罗荣渠文集之四

北　大　岁　月

罗荣渠　著

商　务　印　书　馆
2006年·北京

图书在版编目(CIP)数据

北大岁月/罗荣渠著.—北京:商务印书馆,2006
ISBN 7-100-04924-5

Ⅰ.北… Ⅱ.罗… Ⅲ.①北京大学-校史-史料 ②文学-作品综合集-中国-当代 Ⅳ.①G649.281 ②I217.2

中国版本图书馆CIP数据核字(2006)第016683号

北 大 岁 月
罗荣渠 著

商 务 印 书 馆 出 版
(北京王府井大街36号 邮政编码100710)
商 务 印 书 馆 发 行
北京市白帆印务有限公司印刷
ISBN 7-100-04924-5/I·112

2006年6月第1版 开本850×1168 1/32
2006年6月北京第1次印刷 印张25 插页8
印数5 000册

定价:45.00元

国立西南联合大学校门

西南联大求学时的罗荣渠（1946年）

中学时代的罗荣渠

向达教授
（罗荣渠速写，1946 年）

张奚若教授
（罗荣渠速写，1946 年）

学生在阅览室内勤奋学习（西南联大）

“一二·一”死难烈士追悼大会（罗荣渠速写，1946年）

吴晗教授在抗议“一二·一”惨案大会上演讲

北大红楼（1947 年；右上角小图为当年红楼正门）

北大史学系毕业时的罗荣渠
（1949 年 7 月）

罗荣渠红楼北大求学时的三院宿舍（1947 年）

在校园里读书
（1947 年）
自题：自竖脊骨读书

罗荣渠大学求学时期的日记

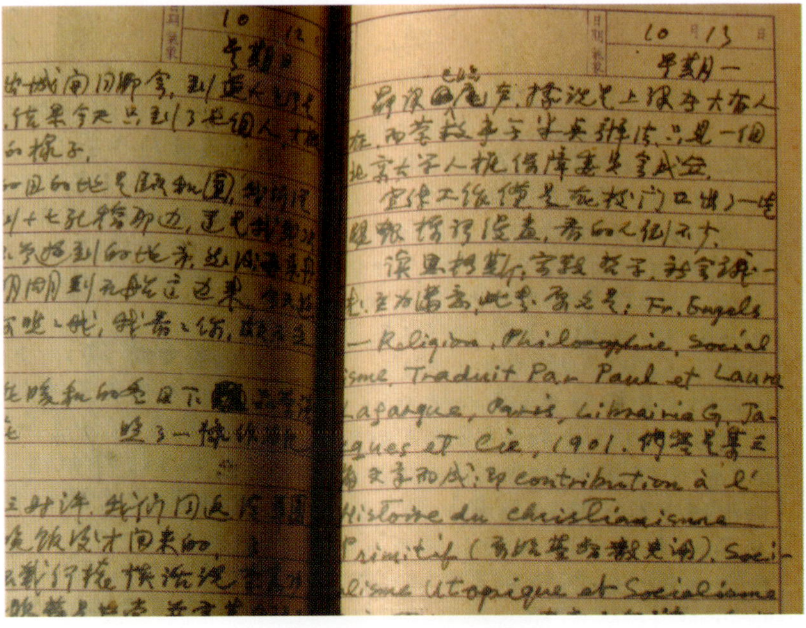

罗荣渠大学求学时期日记手迹

“五·二〇”反饥饿、反内战运动中的北大游行队伍（1947年）

红楼北大的民主墙（1948年）

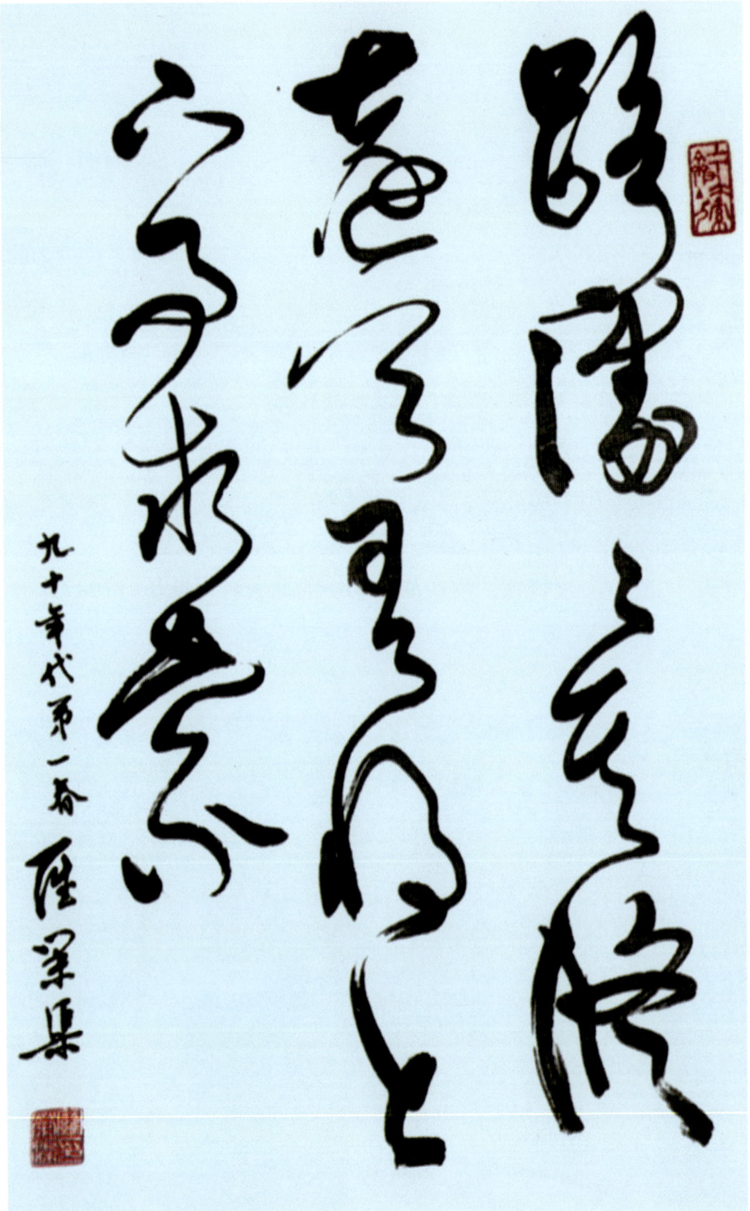

屈原诗“路漫漫其修远兮，吾将上下而求索”书法墨迹。
作者把自己的书斋题名为“上下求索书屋”。

在武汉大学讲学（1979 年）

师生切磋（中间为罗荣渠，1986 年）

在伦敦 Highgate 公墓
马克思墓前（1989 年）

在日本横滨汉学文化圈讲演会上（1991 年）（左三为罗荣渠）

当选为第八届全国政协委员（1993年）

主要著作及其主编的《世界现代化进程研究丛书》

生前参加的最后一次国际学术会议：21 世纪中国与日本（1996 年 3 月）

部分获奖证书

目　录

罗荣渠自述[①]

我出生在一个充满忧患与动荡的时代。出生那年(1927 年)正是中国大革命的危急关头。满 10 岁那年(1937 年)抗日战争爆发。20 岁(1947 年)那年解放战争打响。30 岁(1957 年)赶上反右斗争。40 岁(1967 年)正好是那场史无前例的大浩劫进入高潮。50 岁那年(1977 年)"文革"宣告"正式结束",形势才开始发生重大变化。这就是说,过了大半辈子,我才有可能真正安下心来从事教学和科研工作。了解我们这一代人生活的历史背景,才能理解作为一个中国社会科学工作者所经历的艰辛心路历程。

我最大的幸运是年轻时代是在中国的名牌学校里学习的。初中在成都县中,高中在成都树德中学,都是第一流的中学。老师的教学质量很高,特别在文史方面给我打下了较好的基础。这对我后来的志趣发生了很大影响。我爱读课外书籍,进大学以前,已经浏览了胡适、钱穆、萧一山、冯友兰、朱光潜、罗素等人的著作,有志于探讨中国文化的出路问题。1945 年,我非常幸运以同等学历的资格考入昆明西南联大,一年后学校复员,转入北京大学史学系。这对我的一生发生了决定性的影响。我第一次呼吸到民主自由的

① 本文原稿没有标明写作年代,从内容上推断应在 1994、1995 年间。——编者

学术空气，聆听到学术大师们的讲课。在学术方面对我影响最大的是中西交通史专家向达先生。我的毕业论文的选题是："明清之际西学东渐时期中西文化的冲突"。但我并没有完全因袭洋汉学的老路，而是重视理论的引导与对历史发展的宏观把握。

大学毕业那年，平津战役拉开战幕。在兵临城下的形势下，北大的50周年校庆也未能很好庆祝。胡适校长等人离校南下。1949年初，北大学生在东交民巷敲锣打鼓，迎接解放军入城。当时哪里还有心思写毕业论文。在革命浪潮的冲击下，我们匆匆进入了毕业生学习团，很快我就走上了革命工作岗位——中苏友好协会总会。在那里一干就是7年，当时并未对抛弃专业感到可惜。因为听说是"已经坐上了新民主主义的火车"，心里甚是兴奋。

到1956年，一度出现了某种新形势。当时响起了"向科学进军"的号召。于是我才想起了自己的专业，想回北大念中国近代史的"副博士"研究生。结果却是调回历史系当世界现代史教员。在解放以前，我国的西洋史研究的底子很薄，完全受英美的影响。我的西洋史根底也很差。但我有一个特点，喜欢博览群书，动脑筋，钻研不舍。自己一边学，一边教。我先后讲授过世界现代史、世界近代史、拉丁美洲史、美国史、殖民主义史、二次世界大战史和中共党史等通史或专题课。涉猎的面很广，杂七杂八，但也打下了宽广的基础，使我最后走上了开拓宏观历史研究的道路。

从50年代到70年代，中国的世界史教学与研究是在自我封闭的条件下进行的，受到苏联的教条主义很大影响。一直到70年代末，改革开放的新路线才给中国的世界史研究带来了新的生机。我很幸运，在80年代初就获得机会跨出国门，睁眼看世界。我刻了一方图章:“求知识于世界”。这是日本明治维新的口号。我在美国密歇根大学历史系做了一年半的访问学者,并利用机会到各地访问,探寻美国兴盛发达的历史活力之所在。美利坚人在短短两百年时间中在北美荒原上建立了一个富饶而美丽的国家,给我留下了深刻印象。1989年我又第二次出国,在英国萨塞克斯大学发展研究所做了半年的研究工作。加上其他一些零星的出国访问,使我对世界史的研究从封闭走向开放,这对我的现代世界意识的形成和新的历史发展观的形成发生了决定性的影响。

从美国归来后,我本来是准备从中国人的视角写一部新的美国史:《美国的历史与文明》,做一个美国史专家的。但中国社会主义现代化的大潮使我改变了主意。在美国期间,我读到布莱克教授的《现代化的动力》一书,后来又在普林斯顿大学与他本人和研究中国现代化的课题组成员见了面,这给我以新的启示。我年轻时即有志于中国文化出路的探索。中国搞了一百多年的现代化运动却没有自己的现代化理论,备尝“摸着石头过河”的艰辛。我认为从世界各国现代化进程的比较研究着手去探索中国的现代化历程,是当前中国史学界面临的一个具有重大现实意义的研究课题。历史学必须与时代同呼吸共命运。于是我毅然中断了美国史的写作,开始踏入了现代化研究这个新园地。1986年我申报的选题列入了“七五”国家社科基金的重点项目。

长期以来,现代化一直被视为“资产阶级理论”。我以近花甲之年去搞这个新课题,是要冒一些风险的。我坚信要研究新理论,首先必须自己的思想跟上时代,努力更新自己的知识结构,并且要站在“巨人的肩膀上”去进行思考。我把自己的书房题名为“上下求索书屋”，取“路漫漫其修远兮，吾将上下而求索”之意，活到老，学到老。这些年，我带着新课题重新学习了马克思主义理论，学习社会科学新课程，可说是重新上了一次自修大学。

几年来，我从基本理论入手，根据马克思逝世一个世纪以来世界发展进程的丰富经验，按马克思本来的构思，提出了一元多线历史发展观，初步形成了建立马克思主义现代化理论的中国学派的基本架构；运用新的发展观，探索了两个世纪以来现代化的全球发展趋势；特别是把中国现代化的进程放在世界大变革的背景中进行了新的研究，对旧的理论、方法与结论都有所突破。对我自己来说，也完全突破年轻时代为中国文化寻找出路幼稚想法，认识到现代生产力的大发展才是现代中国发展的根本性问题。

上篇　日记

第一编　西南联大求学时期

（1945—1946 年　云南昆明）

1945 年，罗荣渠在念完高中二年级后以同等学历资格从成都考入西南联大历史学系。西南联大为北大、清华、南开三校在华北沦陷后内迁联合组成的新校，最初南迁长沙，1938 年迁昆明，更名为国立西南联合大学。虽然办学条件极为简陋，但名家大师云集，像闻一多、朱自清这些堪称一流的学者，成为他大学生活最早的老师。西南联大当时还被誉为大后方的“民主堡垒”，罗荣渠在此第一次呼吸到民主自由的新鲜空气，思想发生了重大的变化。这是他人生道路上迈出的重要一步。从此，他与北大休戚与共，结下了近半个世纪的不解之缘。1945、1946 年的日记为我们留下了反映西南联大当年学习和斗争生活的记录，作者爱好绘画，多幅表现震惊全国的“一二·一”学运和著名教授身影的素描，尤为珍贵。不足之处是刚入大学的他尚未养成像他后来那样的写日记的习惯，因此，这一时期的日记内容简要，时断时续，不成系统。尽管如此，编者仍严格依照原文整理，只是为便于阅读，加了必要的按语和注释。文集中（）内文字为作者原注，凡在编辑过程中增补的文字，除直接标明为编者所加外，皆使用[ ]，以示区别。

作者难得保存下来的这份系统而完整的日记,将带领你进入充满青春活力的40年代的北大。

——编　者

1945年

[1945]10月15日　星期一　晴

沿途索小费甚多,尤以车站搬夫为甚。

访黄三次不遇。

抵内[江]已傍晚矣。内江中学生以服饰观之,似还不错。

宿康宁旅馆。

[按:此日罗荣渠由成都搭乘公路客车出发,取道重庆赴昆明西南联大入学。]

[1945]10月16日　星期二　阴,细雨

晨起甚早。

抵渝约4时左右,过供销处,干老伯不在,电话询之,亦不在,即至郑老伯家放置行李后四出找寻旅馆,皆肮脏狭小,且无一不客满,结果商郑老伯于彼处借宿一夜,明晨设法。

[1945]10月17日　[星期三]

晨访陈介生，介绍访皮组长，彼约午后2时至刘健文处商买机票事宜。

下午晤刘，以余副处长函至售票处登记，20、21(日)或能成行。

[1945]10月18日　[星期四]

今日成绩不佳。

下午4时晤徐次长。

访任局长不晤。

晚仍宿信义街省银行雷课长处。

[1945]10月19日　[星期五]

晨晤皮组长，嘱往谒余副处长，彼介函谒航检处四科科长杜科长，继至售票处完清手续，去洋一万六千五百元。打长途电话，不通。

[1945]10月20日　[星期六]

晨绝早即起身，自干老伯处往珊瑚坝，待9时许昆明飞机始来，即起飞，历2时许安抵昆郊巫家坝，即至高先生处。

在珊瑚坝曾见罗家伦等赴印转美出席教育文化会议。

[按：罗荣渠抵昆后。因21日为星期日，22日到联大报到，始知学校已于上月开学上课，外埠新生因交通梗阻，大都未能如期到校，但校方拒绝接纳迟到新生，只准予保留学籍一年。他作为成都考区新生代表之一，据理向校方力争，经过两三天奔走呼号，校方终于让步，同意接纳入学，于25日办了入学手续，进入联大历史学

系。]

[1945年]11月11日 星期日 晴

始至太华寺，即云栖禅寺，庙中之大殿瑞云栖止处，佛像满壁，俨然置身人像馆，宏大森严，非四川庙可望项背。

次至太平寺，在鬟镜轩台下，观天苍水茫，山脚水边之屋如居水中，意味甚长。

抵罗汉崖，即三清阁，再沿石级而上，匍伏于石壁中，即至龙门。此外为石室，名曰达天阁，有联云："举步艰危，要把脚跟立稳；置身霄汉，更宜心境放平。"内两壁有石碑，供神三尊，大概系文昌，中立不知为谁。阁身处绝壁之半，前临草海，对面有山，尤以晨早观日为宜；阁外为半圆石台，故有名"天临海镜"。

下千步岩，买舟渡草海至大观楼。大观楼者，一郊外公园也。

同游者二人，曰世夫，曰桀国。每至兴佳处，皆三同叹曰：斯乐难常。

[按：此系假日首次游览昆明西山名胜后所记。]

[1945年]11月25日 星期日 晴

晚，时事晚会举行，钱端升讲《对现在政治应有之认识》，伍启元讲《从经济与财政看内战必须避免》，费孝通讲《内战与美国》。中有二十八团体之宣言，与王姓老百姓（查宗藩）之插曲。虽在枪林弹雨中，然成绩极佳。

[按：昆明学生于当年10月开始掀起反内战运动。11月25日晚联大、云大（云南大学）、中法（中法大学）、英专四大学学生自治

会联合举办反内战时事晚会，原定在云大开会，云南军政当局下令严禁未经核准的集会游行，并禁止云大出借校址作会场，于是改在联大举行。晚会开始后，邱清泉所部武装包围联大，在墙外鸣枪威胁，特务乘机捣乱，切断电源，但晚会仍坚持在煤油灯照明下继续进行。特务头子查宗藩冒称“王姓老百姓”，跳上台去要求讲话，被当场揭穿真面目逐出会场。四大学二十八个学生团体联名要求通过反内战宣言，通电呼吁美国青年反对美国政府插手中国内战，并酝酿罢课。]

[1945年]11月26日　星期一

自动罢课。

下午自治会开会组成罢课委员会。

全市二十余中学响应罢课。

整日无事，唯消耗金钱于小食。致缄家中与合宁。

[1945年]11月27日　星期二

情势恶劣，议论莫衷一是；政治系1946级不满自治会决议。

“无党无派”起，据云有人操纵。

大一开会，情形极糟，中途退席。

[按：当时联大校内有人公开站出来反对罢课，反对反内战，其中有的是人所共知的三青团分子，有的则自称“无党无派”，并打出“民主”、“自由”的旗号，在校内征集签名唱对台戏，形势混乱。]

[1945年]11月28日　星期三

情势渐团结统一。罢委会修改决议。

上午出外宣传,至昆商;继至衡岳,无人,12时左右返校。

下午在昆北画[反内战时事]漫画。

"无党无派"闹得甚起。

"无党无派"开会,大演全武行。同学排斥者甚多。

[按:此时300多位受所谓"无党无派"者蛊惑的同学宣布退出反对罢课的签名,剩下20多位自称"无党无派"的人多系隐瞒身份的三青团分子和负有特殊任务的职业学生;彼等阴谋暴露后遂大打出手,挑起武斗,并向校外街头散发传单,张贴反对罢课标语,但在校内已陷于孤立。]

[1945年]11月29日　星期四

上午在昆北工作。

午后新诗社、剧艺社、高声唱等表演节目。三、四时许,全体教授召[同学]训话,劝复课,先后有叶企孙、潘光旦、钱端升、张奚若、周炳琳、闻一多诸氏发言。罢委会代表回答:坚决罢课。

教授二次起草抗议书致政府当局。

"无党无派"狐尾渐露,中央报谓彼等反罢课,社论《五四精神不可复见》一文荒谬绝伦。

[1945年]11月30日　星期五

继续罢课。

上午在昆北工作。

午后2时左右，随队出发散发传单。特务数百人横行街头，同学很多被逮被殴。师范学院亦遭扰乱，有同学受伤。某纱厂已罢工。军人、学生、公务员、小工尽力赞助罢委会者甚多。

反宣传甚多，晨各处壁报皆[被涂]有“赤匪”字样。

[1945年]12月1日　星期六

晨在昆北宣传分处工作。

9时左右与世夫、述林进城，至华山西路遭特务袭击，打毁眼镜及歌谱。

回校至昆北闻枪炮声，避入教职员宿舍，事后返校视察劫后战场。

捐洋四千元，即至师院观察。

晚饭时关麟征来校道歉。

[按：据罗荣渠1952年笔记手稿忆述当时情况称：“在‘一二·一’运动前后一个月中，我积极参加了活动，参加歌咏队，到街头去宣传、讲演，到学校和市民中去访问，画时事漫画等等。在12月1日那天，我在街上被特务打了一顿，眼镜打碎，脸打伤，衣袖扯破。原因是我和另一个同学在特务写的标语后面用粉笔画了一个大问号。特务写的标语好像是‘共产党是破坏国家和平统一的罪人’之类的话，当时不可能擦去，只有用这个计谋。这次被特务殴打，并没有丝毫吓住我，反而更增加了我的愤怒。当时我和一个同学说：革命，非革命不可。”回校时，适值数百名武装军人及特务袭击联大校舍。因同学紧闭大门，以黑板桌椅堵塞通道，与其隔墙对垒，武装特务遂悍然开枪投掷手榴弹，酿成惨案；师范学院、工院、附

中及南菁中学等处也遭到袭击。各校有于再、潘琰、李鲁连、张华昌等四人殉难,受伤者数十人,袁复礼、马大猷两教授也被殴打。]

[1945年]12月2日 星期日

上午进城配眼镜,后天取,去洋一万三千五百元,并借得眼镜一副。

中午返校。据云关麟征曾来言,凶手已就捕,请派代表会审,被拒绝。

下午3时,举行"一二·一惨案殉难四烈士入殓典礼"于图书馆前,门饰以松柏,上有"民主自由"四字,两旁各停二棺,灵前置花圈等物,棺前置四烈士遗像。行礼如仪,哭声四起,严肃凄惨,风云变色,狂风大作,挽歌、祭文至为悲壮。荀母(按:即张华昌之母,张又名荀拯中)大哭,语不成声,惨绝人寰。叶代常务[委员]、潘教务长等教授及各校同学、来宾约三四千人参加。

潘琰同学[将]用火葬。

附:悼烈士的部分挽联

"怒看朋辈成新鬼;耻向屠夫讨自由。"

"徒手的学生中手弹而殒命,谁偿此赤血;无党的青年受党棍的欺压,惟诉诸青天。"(赵迺抟)

"挟书者族,偶语者诛,驱四万万人民尽效鹦鹉舌牛马走,转瞬咸阳成灰,古今同笑秦王计;救世以仁,杀身以义,将一重重创痛化为狮子吼杜鹃魂,行看中国再建,日月常照烈士心。"(任继愈)

“开会不自由，人身不自由，让军阀特工无法无天，到处横行霸道，所谓中华民国原来如此；头颅诚可贵，鲜血诚可贵，为和平民主敢说敢做，不惜惨烈牺牲，这样英勇精神值得发扬。”

“田园尽寥落，岂忍刀兵益刀兵，赖君勇洒血，开前路，力抗暴虐专横，浩气应伴湖山水；骨肉多流离，何堪水火复水火，愿吾侪收泪，继后尘，誓争和平民主，寸怀当包风雨声”。(云大女同学会)

“此处是民主堡垒，贫贱未移，威武不屈，更仗尔碧血英魂，常共[两字模糊难辨]；空负了锦绣山河，豺狼当道，鸱枭飞天，当此际阴风惨日，无限悲怆。”(时代评论社)

“点一下脑袋，说几句道歉，企望卸脱行凶责任，天下并无那回事；携五十万元，抬两口棺材，希图掩去屠杀事实，世上竟有这种人。”

“木棍、手榴弹、特务、军官队，竟是为政工具；潘琰、李鲁连、于再、荀拯中，无愧民主前驱。”(工院)

[1945年]12月3日　星期一

在宣传分组工作。

晚闻彭局长谈，李宗黄为此次事件主谋，并先有种种阴谋云。余与祖陶[写稿]投诸宣传股，不识次日刊出否？

连接家信四封，22、27、28、29[日]。

据云关、李发生争执。

[按：云南省警备司令关麟征与省政府代理主席李宗黄对“一二·一”惨案之责任互相推诿，双方特务甚至为此发生殴斗。]

[1945年]12月4日　星期二　阴雨,有雪弹

教授会议议决,派三教授赴渝,在地方法院告关,高等法院告李。

教务处公告,教授议决罢教一周,以致哀悼,向政府抗议;设法劝学生复课;请取[消]24日命令(按:指当局严禁一切未经核准之集会游行的命令)等语云。

今日空气较缓和,昨日反内战壁报皆未被扯,街上近日演讲未被干涉。

晨往观潘琰火葬;中午接相成缄,取眼镜,取五万元,发家信。

下午关某派人送洋五十万,花圈十个,食品甚多,一少将副官送来,被谢绝;晚突抬来棺木两具,同学皆戏云此关、李二人升棺发财用也。

取[眼]镜归来遇令武、德齐等于××路,彼等在义卖《罢委通讯》;余见两份皆卖为一千元,据云最高价有二千元售出者。

[1945年]12月5日　星期三　晴

晨往凭吊四烈士,见血衣、遗物、像片;挽词甚多;诸先烈皆英武有为,潘琰女士更为风尘英杰。呜呼,诚可痛惜。

下午随令武等十人至大小西门南屏街宣传,发致相成等信。

晚与李鹄等四人至大西门外吃羊肉。

近日工作无甚大功效,长此以往堪虑。

中央、武汉报无耻已极,公审事颠倒黑白。

[按:当时《中央日报》、《武汉日报》等官方报纸诬称"一二·一"惨案之手榴弹是学生方面扔出,杀人是异党分子指使等等,并在4

日推出假凶犯在警备司令部举行所谓“军法会审”。]

[1945年]12月6日　星期四

晨往北区工[作],习唱《五块钱》。

接介眉信及与启仲汇票一万元。

罢委会告访傅常委(按:指北大代校长、联大常委傅斯年,日前奉命由渝抵昆“调解学潮”)情形,云彼与关某原系朋友,现决致力善后,非解决不走。

大中学教员助教联会,决罢教至事解决,并派三代表参加诉委会上控。

断至今日募捐总数已超过千万。

[1945年]12月7日　星期五

下午至护国路宣传,讲演先后凡3次。末次余曾讲此次事件情形。首次有人以万元购买《罢[委]会通讯》;末次有人购得后捐出义卖者数次。

“还乡好”主人邀余等一餐,经婉言谢绝后各食一包子归。

[1945年]12月8日　星期六

本日休息。

诗雅来信。

阅读《西洋乐谱作法》。

教部派朱经农来昆调停。

团体、私人来祭者甚夥。

成都支持吾等甚夥;今新华报、大公报等皆有专文论此事。

[1945年]12月9日 星期日

近日天气较冷,晨霜如雪,大地皆白色。

晨与彝尊、正达往接启仲出院,大施“盗贼”手段,甚觉可笑。

[按:苗启仲为罗荣渠在成都县中时之同学,抗战时期出于爱国热忱参加远征军赴印缅作战负伤,此时在昆明军医院住院治疗,因面对内战扩展形势,思想苦闷,伤愈不愿再返回部队。罗荣渠设计约好同学二人前往医院秘密接应其出院,先到病房将其行李提出,由医院围墙上递至院外,苗启仲接着装做送客走出医院大门,立即登上预先雇好的人力车带上行李直奔联大,暂住罗荣渠寝室内,从此得以脱离部队。]

下午至金碧路宣传,成绩中平,工作实有改进必要。

全队有一建议书[交]与罢委会。

本定今日出殡,以故止,傅常委赴渝归后再行出殡。

[1945年]12月10日 星期一

报载朱某[经农]、卢某[汉]谈话,解决罢课事件。据云有工院代表谓朱云,此次罢课非为反内战。

罢[委]会改组。工作决议改为家庭访问、民意测验。

下午至潘家湾庆丰街访问,成绩尚佳,功效不大。

潘琰有无锡来信。不知何人得取,呜呼,痛哉!

[1945年]12月11日 星期二

上午闲谈甚久，彭局长述邮局黑暗，令人发指不已。

下午未出工作。消极言之，不感兴趣；积极言之，不能发挥工作能力，长此以往堪虑，近日已成欲罢不能之势。

下午在宣传分处绘了几张漫画，无甚心得。晚，宗祥谈宪兵黑幕至详。

[1945年]12月12日　星期三　阴雨

两替死鬼昨日枪决，云系老蒋手令。罢委会及傅常委皆无法挽救。

读《中国文学欣赏举隅》；发纯一信。

昨日下午卢主席来校，极劝复课。

晚打Bridge。

[1945年]12月13日　星期四

据悉，11日《大公报》云，成都学生罢课示威游行助余等。

与启仲、彝尊、心言游大观楼。

[1945年]12月14日　星期五

下午与祖陶等上街游要，并至北衡先生处，托购机票。

传卢主席来人告，吾等宣传妨碍秩序，并街头有人摄影。

发家信，接家信。

[1945年]12月15日　星期六

上午梅[贻琦]常委召自[治]会负责人等训话，坚持复课，未得结果;今晚有会决议一切。

闻浙大已响应罢课,马尼剌美国青年来电支持。

发家信,致孔昭、合宁[信]。

晚,自治[会]决议[坚持罢课],仅法律系二年级一代表赞成复课。

[1945年]12月16日 星期日

下午观活报剧《审判前夕》、《凯旋》等,以《凯旋》最佳,效果最好。

晚,罢委会开反内战罢课检讨会,主要注重在明日[是否按照卢汉及校方要求]复课问题。会散,共绕寝室高呼:反对内战,坚持罢课。

缪祥烈同学所断一腿存图书馆[烈士灵堂]。

[1945年]12月17日 星期一

天阴雨,风大,有寒冬气象。

无人复课。下午与启仲等打桥牌,以花生米为赌。

传军官总队已内乱,主因为扣发粮饷所致。

[1945年]12月18日 星期二 阴雨

梅、傅二常委因17日未能复课,传即辞职。昨日教授会议7小时。

下午各系师生开会至上灯后,本系以赞成修正案[按:即修改复课条件]为最多。

传李某调赣[国民党省党部]主委，关某[调]武汉[警备]司令。

闻费[孝通]先生劝[同学]复课至泪下。

情形紧张，街头宣传亦不宜作。

[1945年]12月19日　星期三

闻昨晚自治会对学校有大让步，致引同学大不满。

教授发表告同学书，明日决定上课。

闻八同学被捕，押出小东门外。

[1945年]12月20日　星期四

晨报卢[汉]等宣布保障人身、言论等自由，自[治]会认为满意。

有少数人上课。

12点钟本系系会[开会]，12钟半自治会[开会]，[通过]修正案五条[按：即复课条件]交教授会，对私自上课者亦有处罚决议。

接妈妈信，发家信。

[1945年]12月21日　星期五

情势更紧张。发[复]妈妈信及电报。

教授李济同等组纠察助学生复课。邱某飞渝，蒋座召见。

本市庙内僧尼等义务前来超度[死难者]，附中同学大加指责，标语又行出现。

购鞋一双九千元。

[1945年]12月22日 星期六

下午与祖陶、启仲、彝尊往南屏观《战鼓情花》,祖陶被扒钢笔一支。

回来在蜀光大嚼,吃饭在六碗以上,快哉。

[1945年]12月23日 星期日

晨观早场《想入非非》,极佳,可谓生平第一。有暇拟写成长篇传奇诗。

罢委会似做重大让步,日内即可复课,有漫画刺之极毒。

下午学洗衣、袜,但手指痛苦不堪。

[1945年]12月24日 星期一

上课人数日多,"民主堡垒"殆矣!

接泉、谷弟妹信,责久不通信及不寄日记返家。

服务处布置甚美,盖为迎接圣诞老人也。

[1945年]12月25日 星期二 阴雨

是日为圣诞节,学校放假一日。

下午进城,发家信;至"昆明"观《圣女之歌》,全部童话宗教色彩,女主角演技尚称上乘;购美军茄克一件六千五百元。

云大宣传甚力,壁报、街头[宣传]皆甚可观。

闻昨日工院张裕光同学在青年会门口被击腿部;又《民主周刊》编辑胡钊在翠湖被捕,以非联大人被释。

[1945年]12月26日　星期三

四川声援昆明血案之传单已见到。各报公布梅常委谈话;罢[委]会定明日复课。

下午自治会改选。

传云大等另组罢委会,除去联大。

传自下周起放假。

贵远来函,问询文化事。

[1945年]12月27日　星期四

复课。

浙大来信,并遣人挈款来助;川大李实育家长等亦有声明[按:李实育为川大同学,在该校声援"一二·一"惨案活动中被特务打伤,并被反诬为"阴谋叛国"],今日见之,不胜明天黄花之感。

新罢委会理监事已选出。

发家信,附致贵远[信]。

晚计划如何过年。

发现笔记本遗失。

[1945年]12月28日　星期五

川大各团体来传单数种,痛斥中共,真是啼笑皆非。

校中渐发现对联刺罢委诸公。

购《美国史》一册,六百元。

[1945年]12月31日　星期一

数日课毕,晒太阳,坐茶馆,打桥牌。

昨日下午出街买奶粉、白糖。

今晚在服务处玩牌,吃可可度除夕;7时老蒋广播。

1946年

[1946年]1月1日　星期二

一元复始,万象更新。希望过去种种譬如昨日死,未来种种譬如今日生。

[1946年]1月2日　星期三

发家信,接泉弟来信。

[1946年]1月3日　星期四

与祖陶、启仲、心言、秉权、居敬等打伙煮牛肉吃,晚11时许始得吃,成绩不佳;每人出洋400元。

[1946年]1月4日　星期五

晚再以昨晚所剩肉汤煮稀饭吃。

接泉弟来信,有所指示。

[1946年]1月5日　星期六

写《生命颂》,祝父亲生辰。

[1946年]1月9日 [星期三]

接成鑫信,复成鑫、[俊]镛、炬声信。

[1946年]1月12日 [星期六]

发介眉信。

[1946年]1月13日 [星期日]

本日考试完毕。

张奚若[讲]“政治协商会议应该办的事”。[按:当日昆明学联在联大草坪举办时事讲演会请张氏演讲。]

张氏演讲内容如下:

张氏首先指出,当前中国之政治病,在于国家政权为无知识的、贪污的、专制的、愚蠢的、反动的封建集团所垄断;此集团姓中国,名国民党;其名为福国利民,而实为祸国殃民;彼自称为革命的团体,而实为革命的对象。《礼》曰:“鹦鹉能言,不离飞鸟。”彼等在法律上固可代表国家,然事实上以枪杆为根据。故就道德言之,彼等实为一群强盗;彼等以赤匪诬人,然则其自认为黑匪乎?国父手缔之民国,为彼等盗窃利用;国父在天有灵,亦应悲叹:“好狠呀!”

这些病态之来源为何?张氏强调指出,是为一人包办政治之结果。这种制度是手谕政治、疯人政治、听差政治;或曰领袖制度,亦曰奴才制度。这种制度如能干出好事,则太阳将会从西方升起。故近年之政治只需两句话即可概括,那就是:“好话说尽,坏事做完。”

张氏说，当今治病之理想办法，当彻底废除党治，澄清政治，方能改革现在之病态。详细言之，即：第一，请蒋先生下野；第二，组织联合政府；第三，严办祸国殃民的官僚分子；第四，召集宪法会议。

晚写家信。

[1946年]1月14日 [星期一]

观《大雷雨》。

[1946年]1月15日 [星期二]

往后山野游，翻坡越岭，至铁峰庵，兴尽而还，互约他日再访。

接合宁、父亲函。

[1946年]1月16日 [星期三]

复父亲、合宁函。取欠资信等待约两小时，原系泉弟信过重所致。

[1946年]1月17日 [星期四]

开学注册。

[1946年]1月18日 [星期五]

闻政府[将]有强迫安葬之举。今天扎牌坊，云各界将举行公祭。反标语又出现矣。[按：指反对在惩办“一二·一”惨案主凶前安葬殉难者的标语。]

[1946年]1月19日 [星期六]

读罗曼罗兰《贝多芬传》。

《学生报》出[刊],共三张,[售价]百元,多由同学领卖。

晚开校友会,决由余起草致母校同学[书],报告兹次事件。

[1946年]1月20日 [星期日]

下午钱端升教授讲演“政治协商会议能使中国进步吗?”

拟运动史纲领[按:指“一二·一”学生运动史],收集史料。

[1946年]1月21日 [星期一]

开课。晚旁听西洋社会史课,甚佳。[按:此课由张奚若讲授。据罗荣渠1952年笔记手稿回忆:“听了张奚若讲西洋政治思想史,主要是讲马克思的思想。我差不多是在课堂外的墙脚下旁听他的课的,而且还记了笔记。张奚若的讲课使我受到了关于马克思主义的一些启蒙教育,我开始借《共产党宣言》来读。同时我在他的课里第一次听到对于孙中山的三民主义的批评(也可能是从钱端升先生的课里听来的)。这引起了我对于马克思主义的注意,但在潘光旦的课堂上,又听到他对于马克思主义的批评。”]

近讯工院当局开除自治会三常委事,系起因罢课间执行对复课同学处罚,现各同学皆为之愤愤不平。

[1946年]1月22日 [星期二]

听优生学[课]。

接泉弟、祖昉来信。

读《青铜时代》。

遗去小字典。

现新[校]舍自[治]会已向[联大]常委会提出申诉,以维正义。

[1946年]1月26日 [星期六]

购《中国通史》一部,去洋二千元。

[1946年]1月27日 [星期日]

近日《学生报》印出,工读同学沿街呼卖甚力。

开会选各系1949[级]代表,本系结果仅到三人,呜呼,民主!

[1946年]1月28日 [星期一]

接泉弟、俊镛、诗雅信。复泉弟信。

[1946年]1月29日 [星期二]

接父谕。复俊镛、诗雅信。

[1946年]1月30日 [星期三]

接介眉信。

晚观《潘琰传》,甚佳。

[1946年]1月31日 [星期四]

照相，[去洋]一千一百元。

[1946年]2月1日　[星期五]

除夕，至“迎宾馆”晚餐，晚玩至12时过始睡。

[1946年]2月2日　[星期六]

大年初一，下午进城，欲观《兽宫宝穴》，不果而还，晚去青年公社。

[1946年]2月3日　[星期日]

下午至大观楼游玩。抄录大观楼长联。

[1946年]2月4日　[星期一]

发家信，致贵远、介眉、慈[信]。

[1946年]2月5日　[星期二]

接祖昉信。大衣掉了。

[1946年]2月6日　[星期三]

接介眉信。读毕《思想解放史话》。

[1946年]2月9日　[星期六]

复介眉信。接家信、合宁函。

卖黑皮鞋；买黄皮鞋，七千元。

读毕《人文史观》,读《哲学大纲》。

晚在服务处做从昆明到北平游戏,射谜获得书夹一个。

[1946年]2月10日 [星期日]

星期天,写运动史,未出街。

[1946年]2月11日 [星期一]

接合宁信,复信。选大一代表。

[1946年]2月13日 [星期三]

接泉弟信,读《比较伦理学》。

[1946年]2月14日 [星期四]

送启仲赴渝,发家信及致相成函。

[1946年]2月17日 [星期日]

晨洗被面。

下午,学联、文协、中苏文协、民主周刊等合开庆祝协商成功、抗议重庆"二·一〇血案"[按:指政协会闭幕及重庆较场口事件]、抗议政府任用李宗黄大会,于1时半举行,由闻一多主席、褚辅成、钱端升、费孝通相继演讲后,大会及学联各通过宣言一通,吴晗、缪承烈继之发言后,动议组织昆明人权保障会及游行。游行由青云、华西、武成、福照、光华、南屏、宝善、同仁、金碧、护国、绥靖、正义、华西等路归云大,约7时过解散,参加者计有:主席团、联大、各中学、中法、英专、各界人士、云大等团体。

[1946年]2月18日　[星期一]

接诗雅信,发诗雅、合宁信。

近日推出自治会[按:此处缺三字无法辨认],哲学系1946级全体退出。

[1946年]2月19日　[星期二]

接泉弟信,复之。

政治系1946级全体退出自[治]会。

[1946年]2月23日　[星期六]

接泉弟信,言西装西药已收到。

意欲将来作《中国思想解放史话》一书,不识能否。

[1946年]2月25日　[星期一]

接合宁、贵远函。

东北社举办[东北问题演讲]会,先后请傅恩龄、燕树棠、雷海宗、查良钊等先生讲演,皆义愤满胸。会毕,举行游行,约3000人,以老百姓、小朋友为多。[其背景情况是,1945年2月,苏、美、英秘密签订了《雅尔塔协定》,其中有些规定对中国的主权造成严重损害;1945年8月苏军出兵东北后,迟迟不撤军,把中国视为其势力范围,要求独占东北经济利益,并拆运东北厂房、机器,引起知识界和民众的强烈不满。1946年2月,美、英、苏同时公布了《雅尔塔协定》,更是火上浇油,中国各地爆发了大规模反苏抗议示威游行。解放后,这些游行被视为国民党挑拨下的不正确行为。罗荣渠在后来政治运动中因参加此游行而不得不多次作检讨。]

晚费孝通讲美苏关系。

[1946年]2月26日　[星期二]

发家信,致合宁、贵远函。

[1946年]2月28日　[星期四]

发家信,致慈[函]。

下午开会响应工院罢课。

[1946年]3月1日　[星期五]

接家信及诗雅、相成信。

[1946年]3月2日　[星期六]

复家信及诗雅、相成信。

[1946年]3月4日　[星期一]

复成鑫、兆民、介眉信。

[1946年]3月6日　[星期三]

接泉弟信。

[1946年]3月16日　[星期六]

接家信及介眉信。

[1946年]3月17日　[星期日]

大出殡。[按:昆明学联为"一二·一"死难四烈士举行盛大出殡及公葬,3万多人参加。]

附:联大同学的两条挽词:

"挚爱的殉难同学们,我们永不忘记您们为什么而死和死在谁的手里,我们将带着永恒的悲愤和仇恨,前仆后继地继承你们未竟的光荣事业!"

"潘琰、李鲁连、张华昌,昨天还与我们并肩作战的伙伴,我们将用最后一滴血,换取你们的永生!"

[1946年]3月22日　[星期五]

发家信及介眉、兆民信。

[1946年]3月29日　[星期五]

昨日着凉,昨晚发高热,下午扶病随校友出游大观楼。

[1946年]3月30日　[星期六]

接家信及诗雅信。

[1946年]4月2日　[星期二]

下午,校医说系斑伤寒,嘱入医院,当即会同高先生入惠滇医院。

[1946年]4月11日 [星期四]

上午，朱棨国来接余出院。

[1946年]4月12日 [星期五]

发家信、兆民信，接蕴刚先生信。

高先生嘱人送来父亲转汇之汇票十万元。

晚，听梁漱溟先生讲“一党政治还是多党政治”。

近日迁校消息恶化，下午一部分同学请愿无结果。

[1946年]4月14日 [星期日]

下午至云大听梁漱溟先生讲“我去延安，是为何事”。

[1946年]4月16日 [星期二]

发家信。

[1946年]4月20日 [星期六]

发家信；发诗雅信；发兆民信。

[1946年]4月22日 [星期一]

接泉弟、世安信。

[1946年]4月23日 [星期二]

接世魁信。

[1946 年]4 月 24 日 [星期三]

发家信、世安信。

[1946 年]4 月 25 日 [星期四]

开始大考。填入北大志愿书。

[1946 年]4 月 29 日 [星期一]

发家信,接泉弟信二封及祖昉、蕴刚先生信。

[1946 年]5 月 1 日 [星期三]

考试"逻辑"毕,下午进城取钱,并购衬衣一件、背心两件,去洋一万二千五百元,还高先生五万元。

[1946 年]5 月 3 日 [星期五]

接父亲电报。下午进城,高先生函介喻主任,求设法购飞机票,归。

晚参加文艺晚会于云大至公堂,本晚讨论总题为"人民文艺的道路",由李广田讲"人民文艺的道路",以农家暴露为主,然亦应描写光明;朱自清讲"关于夏丏尊先生";李何林讲"文艺的政治性";夏 × × 讲"鲁迅与五四运动"(?);孟超讲"戏剧与人民";由闻一多做结论,至 11 时许始散会,至为疲乏。

[1946年]5月4日 [星期六]

上午学校行结业礼，济济一堂，至为融洽；立碑[指举行国立西南联合大学纪念碑揭幕式]；唯天下雨，此美中不足者也。

下午2时，往云大草坪听罗隆基讲"政协会后的政治局势"，历时2时许，娓娓不倦，实在难得；讲毕，又有吴晗讲"一二·一后的诸血案"(?)，未听即归。

在图书馆看表演节目，云大附中及昆女中节目最多，天真可爱，难得。

晚，学联在云大草坪举行营火会，一来庆祝"五四"，再来欢送联大、中法北上，并互赠[锦]旗。学联赠联大"民主堡垒"，赠中法"民主先锋"；中法赠学联"民主圣地"。临别依依，益增感怀。节目以《兄妹开荒》最精彩，余如《凤阳歌舞》、《农作曲》、《周大嫂送鸡蛋》皆佳。会毕，曾放"一二·一"烈士出殡影片。

发家信。

又：前次营火会曾看《阿细跳月》、《长亭送别》、《采莲舞》、《希特勒还没有死》、《苦命的农家》，皆极佳。

[1946年]5月5日 [星期日]

晨阴雨，与树德校友游西山，买舟由草海而去，远望西山，山抹微云，雨意蒙蒙，别有意味。

中午晚餐皆吃面食，两女同学所作牛肉尤佳。

下午本有游海埂之议，因雨大天晚作罢。

[1946年]5月6日 [星期一]

晨访喻主任。

晚,[有]音乐晚会。“高声唱”唱《队歌》、《胜利进行曲》、《读书郎》;昆女中唱《天鹅歌》、《不要打、不能打、不准打》、《谁知道他》;昆明合唱团唱《建设民主新中国》、《夜行曲》、《让我们的歌唱得更响亮》;“海啸歌”唱《民主进行曲》、《唱胜利》;“哈哈”合唱《玉门出塞》、《静静的顿河》;“青年”唱《为胜利而歌》。

[1946年]5月7日　[星期二]

由东会堂迁19甲。

[1946年]5月8日　[星期三]

与祖陶、彝尊、心言、桀国、炳权游黑龙潭及金殿。

黑龙潭在城东廿里。有言黑龙潭为明季薛尔望先[生]全家7人殉难处,内有黑龙庙、薛尔望祠、龙泉公园等景。

金殿在城东北10余里,为明季云南巡抚李用宾建,供奉武阳祖师,后康熙十年曾补修,光绪十六年再补修,黄某集铜一万斤,于光绪三十一年完工。殿系仿武当山七十二峰中峰、紫禁城太和殿全像而建;殿建鸣凤山上,经第一、二、三天门拾级而登;金殿下以大理石为基及槛。

发致世安信。

[1946年]5月9日　[星期四]

往晤喻主任,函介往会李大隆先生,飞机事仍不得结果。发家信。

[1946年]5月10日 [星期五]

与祖陶、彝尊、心言、桀国、世夫游筇竹寺。寺在玉案山顶,为名古刹。唐贞观时,有高光、[高]智昆仲猎于玉案山,见灵犀与筇竹,次日发而为林,于是建寺以筇竹名之。在寺与住持老僧谈法有许。又闻附近有一山洞,因天气太热,未去游览。寺内塑像甚多,大概为五百罗汉。

晚读 *Manifesto of the Communist Party*。

[1946年]5月12日 [星期日]

接诗雅信。

晚在东会堂看《芳草天涯》,无所得。

[1946年]5月13日 [星期一]

发诗雅、蕴刚先生信。

[1946年]5月14日 [星期二]

接泉弟信,促归。

[1946年]5月15日 [星期三]

至中航公司,发包裹与相成。

接世安信,复世安信。

[1946年]5月16日 [星期四]

购《史记》一部,2000元。

[1946年]5月19日　[星期日]

晨看《飞电扫艇》,晚看《面子问题》。

[1946年]5月20日　[星期一]

发寿钧信。

下午往晤潘教务长,云联大于7月24日开始报名,8月10日考试新生。

[1946年]5月21日　[星期二]

晨再访李大隆,邀明晨再去。

午饭后与棨国、祖陶、彝尊、心言在青年公社品茶,讨论去留,结果全体一致主张返家。归而大拍卖书物,以所得钱痛嚼一顿羊肉、饵块。

接泉弟信,促归。

[1946年]5月22日　[星期三]

下午游泳。

[1946年]5月23日　[星期四]

接父亲信,发电报。

访[陈]圆圆跳水之莲花池。

晚看《我们的时代》(*In Our Time*),甚佳。

[1946年]5月24日　[星期五]

闻炳权等被劫。晚观《青舞》。

[1946年]5月25日 [星期六]

祖陶为叶君借去通史两部。

[1946年]5月26日 [星期日]

晨观《美月琪花》。

[1946年]5月27日 [星期一]

下午至航空公司,购得机票,忙煞人也。

[1946年]5月28日 [星期二]

晨9时许抵[航空]公司,1时许抵机场,待至4时许飞机始由加尔各答飞来,5时起飞,7时1刻抵渝,宿望江楼旅馆。

晨接蕴刚、介眉、诗雅信。

[1946年]5月29日 [星期三]

至民国路购[返蓉]车票,三万九千六百元,闻系昨日涨价。理发。

[按:罗荣渠于1946年5月31日返抵成都家中,在家中度过6、7、8、9四个月的假期,直到10月3日为止,这段时期全无日记或备忘录式的记录文字留下。]

[1946年]10月4日 [星期五]

昨日至公司购飞渝机票，不得，愤极，决定乘车走。晨起甚早，拜辞母亲后，泉弟送余至车站，临别依依，千言万语，一时相对无言，真黯然销魂也。

黄昏安抵内江。

[1946年]10月5日　[星期六]

在椑木镇渡河，为军车所阻拦六、七小时，黄昏抵永川，宿该地。

[1946年]10月6日　[星期日]

上午10时许抵渝，即至招待所。晤赵隆勷先生；访张主任不晤。

下午至沙坪坝访小罗等。

[1946年]10月7日　[星期一]

晨与兆民、小罗进城。访李德麟，无法[办理]；访杨孃孃，不晤。登记机票，定28日试飞。访张主任，访杨先生购票，不遇，殊怅如也。

重大宿舍闹杂，至为可厌；重庆至坏，非人所居。

[1946年]10月8日　[星期二]

晨至行辕与杨先生至中央[航空]公司，定明日购票。

[1946年]10月9日　[星期三]

进[城]购票过磅后即赴沙坪坝，与小罗、诗雅、鑫宗、绍炘、兆民等吃茶有时，黄昏与兆民进城，宿渝生招待所。

[1946年]10月10日 [星期日]

晨5时许抵飞机码头，8时许起飞，11时许抵汉，2时许抵京，4时许抵沪。首至何培荣、服务处等地，宿交通大学。今日车费亦约万元左右；上海居，诚大不易也。

[1946年]10月11日 [星期五]

上午至办事处登记，并打防疫针；访汪绍曾先生；去通惠银行，会见父亲。

下午同父亲去许士骐老伯处，后又至吴湖帆、法国公园等处。

[1946年]10月12日 [星期六]

至办事处一趟后返交大休息；下午观足球赛，不精彩。

[1946年]10月13日 [星期日]

晚住父亲处，准备明日送他上飞机。

[1946年]10月14日 [星期一]

晨5时起，与父亲、陈斯孝至机场，送飞去，于微雨中怏怏夹回父亲留下之线单[毯]等物。

[1946年]10月15日 [星期二]

至服务处重新登记；遇秉权，彼前日刚到，陪至虹口一带溜了一趟。

[1946年]10月16日［星期三］

去交通银行找汪新先生，恰好汪桜日昨来此；陪至完清手续后，汪新先生又同余等外出购物，并去兆丰公园一玩，购shirt[衬衫]一件，去洋一万四千元。

[1946年]10月18日　[星期五]

令武、世夫、铁生亦赶到；铁生与余住一处。

[1946年]10月19日　[星期六]

至服务处，言22号能走。

[1946年]10月21日　[星期一]

上午去换票，下午好容易挤上船。

[1946年]10月22日　[星期二]

晨9时许汽笛声中离沪，下午船颠簸甚烈。

[1946年]10月23日　[星期三]

今日海水已甚清绿矣。碧波起伏，伏立栏旁，状甚自得，船亦平稳。

[1946年]10月25日 [星期五]

晨8时许已能望见远帆点点，闻即至大沽港口矣，私心喜悦不止。9时许，船忽停下，闻系交涉领港事，又有云系等潮。

[按：1946年之记事备忘录至此处即戛然中止。他在10月底到达北平进入北大史学系后，从1947年元旦开始，才正式重新开始写日记。]

第二编　红楼北大求学时期

（1947—1949 年 北京沙滩）

抗日战争胜利后，组成西南联大的各校于 1946 年末复员，北大回迁北京（时称北平）沙滩原址。罗荣渠也随校北上，转入北京大学史学系，开始了红楼北大的学习生活。从转入北大到北京解放，作者在这一时期的日记，内容翔实具体，生动再现了红楼北大的校园生活、教学活动及众多大师的风采。作者从一个学生的视角，描述了胡适、冯友兰、朱光潜、张奚若、朱自清、梁漱溟、潘光旦、向达和郑天挺等著名教授的讲学盛况。名人讲座经常是听众爆满，场面热烈。而爱好思考的北大学子则少不了对他们评头品足，点评讲演内容，或赞扬，或质疑，或辩论。1947—1948 年的日记就多次记述了作者在听哲学大家张东荪的讲演、阅读其著作后形成的不同意见，他还写信与张氏商榷。从中可以具体感受到当年北大民主自由的学术空气和作者从青年时代起就养成的勤学好思、不盲从权威和求真务实的学术品格。这也正是他日后成长为著名学者的坚实基础。至于当年北大学生们日常生活，如热衷逛旧书店，甘坐图书馆冷板凳，以及内战期间物价飞涨年代的饮食起居以及大学生们的种种喜怒哀乐，其中都有具体描述。这些都是不可多得的历史资料。40 年代末期的北大，对罗荣渠来讲同样是一座大熔炉。这一时期的日记告诉我们，反饥饿、反内战斗争中特务的棍棒和烈士的鲜血，奋勇站在斗争前列的师长们的言传身教，如何使一个原来沉溺于书斋的莘莘学子从迷茫到觉醒，从徘徊观望到走向革命，最后迎来了北平的解放。

——编 者

1947 年

1947 年 1 月 3 日 星期五 晴

记得前年离家的时候，母亲曾再三嘱咐写日记，并且要每周将日记汇齐寄回一次，结果我一个字也没有交卷。去年放假回去，母亲面责我好几次，心中很过意不去，离开成都时，又有开始写日记的打算；到了上海，买了一本练习簿，写了几天，结果还是无疾而终。

今天小罗[按：即罗相成]、汪棪进城来玩，大新年头，望了他们几天，结果今天才进城；逛市场，小罗买了这本日记本送我，人情方着了，自然不好谢却；也好，也好，只有从今天开始写日记，才不辜负人家这番盛意。

好久不提笔了，一提笔就好像重千斤似的，一些很常用的字也想不起来，太陌生了！太陌生了！写一封信也要摇头摆尾，吟咏许久，才挤得出几句欠通的句子来，真是不好意思。但自己还常常安慰自己说:“灵感(inspiration)不来啊!”天晓得!

今天实在没得啥子事情值得记上日记,这真糟糕,头一天写日记就不“发利市”。昨天晚上同世夫他们去看 *Salome*[莎乐美],开张不利,从来没有看见过比这部更“排骨”感的片子,可把我气坏了。今天早晨睡了一个懒觉,准备 K[啃]一天书,结果小罗他们来了。

报上说,南京、上海、杭州等地都已响应我们的抗议[指 1946 年 12 月 24 日,北平发生了美军在东单广场强奸北大女生沈崇事件引发的全国学生愤怒的抗议浪潮]。此可谓“人心不死”,“公理战胜”。学生们在校的时候,天不怕,地不怕,路见不平,总爱拔刀相助,的确是富于正义感。不过,我恐怕大家晚节不终,跨出学校就变质了。孔老夫子说:“岁寒然后知松柏之后凋,举世混浊,清士乃见。”细嚼此数语,实在滋味无穷,常令人作会心的微笑,嘿!嘿!

当今天下何事最急?未有甚于教育者。然而这样神圣的玩意,全为一些草包、不学无术、无耻卑污之辈所把持,简直是亵渎神圣!想到世界文化的前途、常常要不寒而栗。有人说我太悲观了,也许;不过我实在不好意思太天真地说:我看见有任何一点值得乐观的征兆。

1947 年 1 月 4 日　星期六　晴

胯下有小疮一团,本来不爱理它,但是又妨碍可厌。上午到校医室去看,医生说是湿气疮,给了硫磺油膏一包,嘱随时擦抹。

本日 *Peiping Chronicle* 有段关于此次反美军游行事件之消息,极尽污蔑之能事,标题似为“Parade’s Instigate”[煽动游行],言此次游行，北平、天津不约而同，显系有人操纵，并言学生无要求美军退出中国之理由，且此言出于中国人之口，可耻！可恶！

午后至琉璃厂购萧一山《清代史》，该书已售罄；无心中买得《明纪》一部（一千五百元）、《文化移动论》、《李鸿章》各一册（分别为一千元及五百元）、《书纪》四册（二千元）。晚与桀国、汪棪逛市场，碰巧有《清代史》，不惜高价（三千五百元）购得一册而归。

1947年1月5日　星期日　阴

早晨一早起来吃过饭，就同世夫、汪棪、奇文到北海去溜冰；偏偏今天要一千元一张的门票，因为今天有化装表演。我们倒没有那么讲理，不管三七二十一，就闯了进去；下场自然不免摔跤，不过还的确有进步。今天可说是我的第二次溜冰，已经勉强能够滑走了，可见这个玩意并不难，比学游泳不知容易好多倍了。

下午，读萧一山《清代史》，翻开来满纸"国父"、"总裁"，令人很不舒服。他说本着什么民族革命史观，真是莫名其妙！民族革命居然也称为一种"史观"，何史观之多也！

不过，此书比《清代通史》写得简明多了，作者说"非其缩影，二者可以相辅而行也"，诚然，诚然。

读《尚书》，有孔氏传和蔡沈集传两种本子，可好都是讲古文家的，所以非但不冲突，而且有相互发明之处。大概蔡沈集传多引用孔氏传为据，所以特先读孔氏传，然后再读蔡沈的集传，感觉帮助不少。如《舜典》篇末，孔氏传言舜"历试二年"，然经中明言"三载，汝陟帝位"，可证"二"字为"三"字之误；再看蔡沈的集传则曰："历试三年"，更可知此系孔氏传不留神的小错误。

蔡沈《书经集传序》中说:“呜呼,书且易言哉,二帝三王治天下之大经大法皆载此书,而浅见薄识,岂足以尽发蕴奥。”可见此书作者并非持史家之观点解《书经》,而全是从理学家的观点出发,所以,有些地方与其信蔡沈,不如信孔安国。譬如《尧典》:“帝曰,咨四岳,汤汤洪水方割,……”孔氏传曰:“四岳,即上羲和之四子分掌四岳之诸侯,故称焉。”再看蔡沈集传上呢?他说:“四岳,官名,一人而总四岳诸侯之事也。”这两种说法显然冲突。据我想,在原始酋长制度时代,尧不过是一个共主而已,所以有关一切行政命令,一定要征诸各酋长(即四岳)的意见的(在《尧典》、《舜典》中,尧与舜称咨的地方,大半多是与各地方长官商量国家大事,例证很多),绝不是像后人所想像的真正的君主政治,那时还够不上说真正意义上的国家已经建立起来。蔡沈不明这点,自然讲不通那句话,于是只有假设一个“四岳”的官名来自圆其说了。因此,我们宁愿取孔氏之说。不过,根本的问题还在于:尧(或舜)的岁数到底是多少?依《尚书》算来的话:“朕在位七十载”(《尧典》),“……三载,汝陟帝位”(《舜典》),“……二十有八载,帝乃殂落”(《舜典》),则尧共经一百零一年。孔氏传说他(尧)“年十六以唐侯升为天子”,则尧的岁数为一百一十七岁,这简直是开玩笑!再者,孔氏传算舜为“寿百一十二岁”,我算该一百一十三岁,因为历试系三年而非二年。总之,不管怎样考证,也还是瞎猜,因为《尚书》的真假难以断定。再说过火一点,有没有尧、舜这些人,根本就大大地成问题。这样想来,这些推算考证也根本等于零了。呜呼!尧吾能言之,《尧典》不足征也;舜吾能言之,《舜典》不足征也;文献不足故也,足则吾能言之……。

《尚书》中多见与“五”有关的词语,例如“水、火、金、木、土”(《毂惟修》),“五教”、“五刑”、“五典”、“五惇”、“五服”、“五章”、“五用”(见《皋陶谟》),“五色”、“五采”、“五声”、“五言”、“五长”(见《益稷》),与汉朝初期盛行之五行说或有关系,所以近人多谓《尚书》中多篇皆为战国时伪作,信也。

《禹贡》讲地理,蔡沈集传比孔氏传详细。

1947年1月8日 星期三 晴

读《清代史》“百日维新”,令人跃然欲起。康有为有数语最精辟:“国必自伐,然后人伐之。故割地失权之事,非洋人之来割胁也,亦不敢责在上者之为也;实吾辈甘为之卖地,甘为之输权。若使吾四万万人皆发愤,洋人岂敢正视乎;而乃安然耽乐,从容谈笑,不自奋励,非吾辈自卖地而何!故鄙人不责在上,而责在下,而责吾辈士大夫义愤不振之心;故今日实人人有亡天下之责,人人有救天下之权者。”真针对我国积弊,千古不移之警语也。

虽然,戴东原说:“乱之起,鲜不成于上,然后民受转移于下”,亦老实话也。

1947年1月9日 星期四 晴

借到一本李鼎声的《中国近代史》,序论写得很好,见解是代表新兴的唯物史观的。但老套,没有什么新的发明。说它是解释历史吧,不够清楚;说它的史料组织吧,又不够详细,直接史料几乎没有引用。近来读了好几本近代史,都不大满意。陈恭禄的杂乱得很,大段落,笼统不分,史观方面不大清楚。萧一山呢,简直党化了，开口国父，闭口总裁，几十年后的学者只有考证后才能读了！曲学阿世，可悲也已。稻叶君山的《清朝全史》也似乎简略了点，尤其是末了几章，不知是故意草草了事，还是有所讳而不言？

1947年1月10日　星期五　晴

下午在北楼礼堂听哲学会组织的讲演，讲演人是研究院的导师林宰平先生，题目是“中国哲学的特点”。他是站在爱护中国哲学一边的，宣称他是用比较的方法阐述的。不过，我看他对西洋哲学的造诣似乎不太精到，所以见解也并不怎样动听，我接连地打了两次盹。总归一句话，他说中国哲学的特点就是它的完整性。

东方哲学，尤其是中国哲学之平易近人，在我想来是根本用不着煞有介事去“讲”。诸子百家大抵都是“圣人君子”们“躬行之余”的记录而已，其实并没得什么神奇处，所以颜习斋痛斥这些书的奴才。据我看，孔老先生出身破落户，农家之子，自然老实踏实些，所以“不语怪力乱神”，所以“夫子之性与天道不可得而闻也”，所以“著诸空言”不如“见之行事”，怪不得《论语》才薄薄的数十 pages 而已。后来鸿儒以降，徒子徒孙们造反，孔子也被称“王”(素王)了，这是不为孔门争气，以后更是江河日下了。就是颜氏出来挽救，也已经没有办法。何况更混以佛学，杂糅得四不像，民族魄力不但从此日寝，而且在纯哲学上也不见得有甚么发展，那[哪]里及得西洋哲学的丰富精微；而孔子真正的躬行精神更是扫地无余，这岂是二三君子所能换回得了的吗？

老子比孔子的“学籍”、“渊源”和“天资”都高些。这位“清庙之守”是颇读过一些史书的，所以涉历很多，自然“历史的教训”修养也最足。聪明的人总懒,于是乎"为道日损",守庙子吃了饭没事做自然"清静无为",惰性深了就形成一套理论根据,后来也形成了一派哲学。事实上,这套哲学无可否认地是世界上最聪明、最有人味的哲学。但是,太好了的东西不一定可以用之于若何时,施之于若何世,教之于若何人;因为我们知道,这个世界根本是一个傻子推动历史的世界,聪明人是不会干这些事的;也幸好我们的世界上还有好些伟大的傻子,于是人类的历史就在他们的卖力之下前进了。所以我们敬慕那些真的聪明人(自然有好一些只是假聪明而已),但是我们更热爱那些伟大的傻子。

孔子哲学是人生的工作(work)实践的一方面,老子哲学是人生的享受欣赏的一方面,这两方面的结合是人生哲学的完形。所以,我觉得中国有一部完整无缺的生活方法的学问,我们应该好好地照着它做(不是保存它),并且介绍给旁人,这是西洋应该学习我们的地方。我想这部方法论对于世界的和平也许是有益的。

很幸运地借到了鹤见祐辅的《思想·山水·人物》(1929,北新版)。好些年来未能满足的美物,一旦得到手,自然一下子就把它"食"完了。书中不少精彩处,特别抄了下来。

(滔纳 R. H. Towney 在基本"获得心的社会的弊病"中说)"所谓现代的文明的重荷者,并不如许多人所想似的,在产业产品的分配不公平,经营的专制主义,以至关于其施行手段的深刻的冲突。真的弊病,是在产业占了太出格的重要地位。产业者,不过是获得我们的生活资料的一种手段。而将这当作仿佛比别的一切人类活动更其重大的东西,于此就有现代社会的弊病。恰如十七世纪的人们,以宗教为人数最大的事业,发生战争一般,现代的人们以产业为人类生活的最重大事,是错误的。所以要矫正现代的弊病,则当使各人明白,经济的利益不过是人类生活的一部分,而得财者,乃是一种手段,将用以另达别的伟大的目的。就是应该改造社会,使各个人的经济活动力隶属于更高尚的社会的服务。(《断想》,二十七,〈政治是从权利到服务〉pp.75—76)

于是我回到日本,在三年的久别之后,见了日本。这真是骇人的杂乱的世界啊。非常之旧的东西和非常之新的东西,比邻居住着。就在思想善导主义这一种意见所在的旁边,Syndicalism(产业革命主义[现译为工团主义])的思想也在扬威跃武。而在思想不同的人们之间,大家所欠缺的,是宽容和公平。都是要将和自己不同的思想和团体的人们打得脑壳粉碎的性急的不宽容的精神。住在美国,笑了美国人的不宽容的我,一归祖国,也为一样的褊狭和不宽容所惊骇了。而且明了地意识到,为日本,最紧要的东西,乃是真实的自由主义了。(〈说自由主义〉四,pp.213—214)……自由主义的思想,是一个社会思想,离了社会是不存在的。有人讨论人类的绝对的自由的有否,以为倘以绝对的自由给人,社会国家便不成立,所以自由主义是不可的。但这是因为将用自由主义这一句话为社会思想的传统,没有放在眼中,因而发生的误解。我们所常用的自由主义这一句话,并不是那么绝对地架空的观念,而是一个社会思想。是论着社会的自由的,倘将社会否定,也就没有自由主义了。所以自由主义的目的,是在造出最便于这样的人格完成的环境即社会来。(pp.217—218)

因为自由主义的目的,是在和自己的人格完成一同,也是别人的人格完成。所以,自由主义的思想,一定和宽容的思想是表里相同的。不宽容的自由主义,是不能有的。凡有不宽容者,一切都是专制主义的思想。因此,无论为国家的专制,为宗教的专制,为学问的专制,即悉与自由主义的思想背驰。(p.219)

自由主义的思想,既然是社会思想,所以和纯粹的哲学思想的个人主义思想未必相同。个人主义的思想,是未必像想着社会的存在的。所以,自由主义的思想,也和别的社会思想一样,并非绝对的东西。是社会和人们的二元的相对的思想。(p.220)

1947年1月11日 星期六 晴

读罗尔纲先生《太平天国史纲》。据说这位先生对太平天国的历史是很有研究的,准备用20年的时间写一部太平天国史,这本书不过是先写出的一个纲要而已。此书关于太平天国的前因后果比较分析得详细,但是对太平天国本身的发展则写得太简单,即使是作为大纲也不该这样简单。

在回学校的路上,同庆遐谈起罗著《太平天国史纲》,联想到做史家之不易。所谓才、学、识自然不能缺一,而且历史写作对于文学修养也是顶需要的;至于具有卓越的超时代眼光,更需要有不世之才了。

日前读周谷城《中国通史》中关于太平天国一段。他据罗惇曧的《太平天国战记》说:“……乃起兵于桂平之金田村,时道光二十九年(公元1849年)某月也。”然查萧一山氏的《清代史》则说,起兵于道光三十年十二月初十日。再查罗尔纲的书中,则举有四个说法:一、据光绪《浔州府志》,系在道光三十年夏四月纪事下;二、据《李秀成供状》,说是道光三十年六月;三、据严正基《论粤西贼情兵事始末》,记为道光三十年十月;四、据无名氏《金陵癸甲摭谈》,记为十一月初十日。罗氏是赞成最后一说的,这样,他的看法与萧氏相差一个月,而与周氏相差一年,不知到底谁是正确的?

下午,特别去图书馆查商务的《中国人名大辞典》,想查一查罗惇曧到底是一个甚么人,有些什么著作。但是,失望得很,这本大辞典里没有他的名字。也许他不是清代人,因为这本人名大辞典是断至清代的。准备以后再查查凌迪知的《万姓通谱》,或汪辉祖的《史姓韵编》。不过大概是不会有的,因为他也许是现代人。

晚上,同王跃卿君闲谈了许久,谈到时代的平庸、苦闷,大家都有同感。他是有社会经验的,对于青年人择业历世的痛苦,是比我了解尝试的多得多。朋友谈心是很有意义的事;从前我以为闲谈是虚耗时间,现在想起来,没有朋友谈心的生活未免太严肃紧张了。

昨天接到兆民的信,还寄了些歌来;但我似乎没有闲情逸致来唱。

1947年1月12日　星期日　晴

早晨很早就醒了,在床上胡思乱想一阵,立即就爬起来,扭开电灯,写信给诗雅。早饭后,准备去找陈雪屏,但是,为了给自行车打气,就花了半点钟,真气死人了。骑上车去,只走了半条街,两耳就被北风冻得奇痛,于是中途变卦,不想去了,又蹬着车子回来,继续写信。写给兆民的,写给家里的,连同刚接到的世魁的信也一并回了,可说是一次总清算。

说起“清算”,倒想起来了,世魁说贵远著有一条单联:“清算古今人物”，下联有意找我对；这实在是个难差事，准备用心思之。

午饭后，同桀国、世夫去看《战地情侣》（*Song of Russia*）。演员是谁，一直没有注意。看这片子，是因为昨晚有位同学推荐才决定去的，倒是真不错。他们说是演的柴可夫斯基一生的事，其实不是，是他们弄错了。不过的确写的是一个音乐家的故事，剧情的背景是这次德苏战争。虽然是一个宣传片子，但是很有一些惊心动魄之处；对于落后的中国，更是一种最好的借鉴。看到人家富强康乐、一心一德的样子，勾起了许多感慨！

晚上，准备继续读《尚书》，但是兴致不好，攻读梁任公的《李鸿章传》。到底是名家，见识和笔法都不同凡俗。读到此书，又使我惋惜一次任公先生的早死。

1947年1月13日　星期一　晴

下午，又去训导处找了一次陈雪屏，不在。吃了晚饭，打起精神步行到翠花街；刚走到胡同口，电灯一下全熄了，黑暗统治了一切，似乎是一种不祥之兆。瞎叩了一阵门，门开了，又是不在家！

书经中《盘庚》三篇，传为最古之文献，的确是有点佶屈聱牙。孔氏传篇首除照例比蔡氏传的本子多几个字外，它们的断句也是不一样的。大致说来，蔡氏似乎较合理些。

在周君处看到一本禁书：《中国四大家族》，把蒋、宋、孔、陈攻击得体无完肤，全系金融材料，我不太感兴趣，未终卷即退还。

这几天晚上都睡得太晚，以后准备早睡，免得早晨爬不起来。

1947年1月14日　星期二　晴

写日记也真是一种麻烦事;写多了费时间,写的太少又记不清楚,那又何必记日记呢?先贤所谓纸笔上多一分便在躬行上少一分,真不我欺也。

昨天上午考近代史都忘记在日记里记了。邓嗣禹简直美国化了,出了那么多的题,在一点钟之内怎么答得完?有一个小题目Siber,听说是远东史上的,根本就没有学过。

读简又文译韩山文(Theodore Hamburg)原著之《太平天国起义记》(原名似乎是什么"...and the Origin of Kwang-si Insurrection")。韩氏说是听洪仁玕口述的,所以凿凿可信;不过本书止于1853年(著者死于1854年),所述只限于洪秀全早期的生活,其中并无金田起义之日期,只言1850年8月有客家与土著之互毁,似为金田起义之导火线,则金田发难时间在8月以后可知也。

晚,去北楼听沈阳兵工厂厂长顾敬心先生讲演《东北的工业》。我没有想到听的人会这么少,不知那些关心国事的先生们哪里去了?沦陷达十多年的东北,难道不值得我们留心?

顾氏说到东北的工业,日本人已经给我们打好基础了,有些建设的成绩是并不在美国之下的。胜利以后,有的被苏联拆走,有的被战争破坏,但是残余的这些行头,仍够我们利用。接收以后,因为没有钱,大都只好停工;开工的只不过是敌伪时期剩余物资的利用。日本人占领时,钢铁年产约百万吨;现在如果能修理好开工,每日可生产一千吨。原来电力可发几百克罗瓦特[千瓦],现在只能发几十克罗瓦特。他说到抚顺的钢铁、本溪的煤、鞍山的铁,真有点令人神往。

一切好的事情到了中国人手里都弄不好,这是啥子原因?政治没有出路，一切都只好不谈。

这几天，临近过年了，爆竹响得很刺耳，老以为是枪弹声，也许是神经衰弱吧？唉，什么年头！

1947年1月15日 星期三 晴

《尚书》的《周书·泰誓》好得很，简直是一篇独立宣言！这大概是中国第一篇革命文献吧。“惟天地万物父母，惟人万物之灵，亶聪明，作元后，元后作民父母，今商王受，弗敬上天……”，“独夫受洪惟作威，乃汝世雠，……”不但民权意义够，而且把老百姓作为主人的架子摆伸了。蔡沈云“数纣也傲，学者不能无憾”，简直是一副奴隶的样子；所谓“学者”也者，竟至如此，实觉可怜！可怜！

《牧誓》中言征纣时，诸小国皆出动。庸、蜀、羌、髳、微、卢、彭、濮，八国中有四国都在巴蜀——蜀、羌、髳、微。或言巴蜀文化开发甚迟，似不确。

1947年1月16日 星期四 晨雪

接泉弟、贵远、罗伯母、明成信；晚上特别腾了一个时间来写回信，但只把泉弟及贵远的信回了，时间就很不早了。

夜深了，有人说：“12点钟了！”睡了吧！

1947年1月17日 星期五 阴

下午，抽空去农民银行为相成取钱，顺便去中华门内的地摊瞧瞧。记得上次接德华她们时，因过于匆忙，忘了买一部书，挂在心上好久了；事隔数月，这部书居然“无恙”，令人好不高兴！花了两千元获得的这部《汲冢周书》，里面似乎缺了数种，不过我主要买的是里面的《竹书纪年》。

晚，继续读陈著《中国近代史》。关于民国以来这部分历史，虽然写到的都是三十多年前的事了，但读起来都像今天一样的糟糕。三四年前的国会与三四年后的国民大会有什么区别？去年回成都，与蕴刚先生谈到"昆明事件"，使他非常惊异，以为比"五四"时代更差了。军阀时代似乎还胜过于今日，任公先生倘若健在，亦当写一篇《异哉，所谓宪法问题》了！

1947年1月18日　星期六　阴

下午，胡校长讲演，题目是"宋代理学的历史背景"，初说是不欢迎旁听，我也没打算一定要去听，但心想听众一定不会拥挤，不妨顺便去看一看。哪晓得到那里一看，一个小小的礼堂早已挤满，好容易才找到一个坐位。

胡博士的挑战式的演说依然富有革命性，他有时还捏紧了拳头在讲桌上重击一下，"五四"运动当年的风采，犹可想见。他讲的内容大概分为五点：1. 二百五十年的印刷术历史；2. 佛教禅宗的代兴；3. 古文运动；4. 为抵制印度货而兴起的假洋货——道教；5. 政治上王安石的有为与司马光的无为的对抗。适之先生旁征博引，自以为颇能自圆其说，不过他对于这五点历史背景与理学兴起的联系并没有讲清楚，这也许是限于时间关系吧？他的最后一句惊人的结论是：宋代理学是一种反动的思想！

晚，同桀国、世夫、景淮、茨尧集体观影，片子是茨尧选的：《鸳梦重温》。这是一部极细腻曲折柔情的心理学实验片子；考尔门演技之优美自然是毫无问题,不过剧情似有扑朔迷离之处,同时有很多值得研究的地方。总之,这是一部绝好的心理学教育的片子,得益诚不少也。

1947年1月20日　星期一　雪

发泉弟、贵远、兆民、明成信。

昨夜雪花纷飞。今晨积雪数寸,大千世界点染得纯洁冷清,一涤俗尘。今日为除夕前一日,此雪真可谓瑞雪;看此光景,今年必在雪景中过旧历年无疑。踏雪去北楼上课,更富有一番诗意。

为表示过年的味道,决定每晚提前睡觉以资庆祝,三日为限。

读《隋书·经籍志》卷二十八,除书目外,还有大块文章,颇值一读。

1947年1月21日　星期二　雪

雪落个不停,路上厚积盈尺,低凹之处均填平覆盖无缺,真好一片白茫茫世界;树巅枝头经素裹妆粉,更疑是玲珑玉树。南方虽然也有时下雪,何能梦见如此一番气象。

下午领得公费五万元,然下届膳费即需四万,故所剩无几;预定的经济计划早已破坏,虽云节衣缩食,总不知钱流向何处?一万元顷刻即尽,还不如怀中一文莫名为上。

小罗下午进城来,晚饭后同世夫、桀国去东来顺小吃饺子,聊当吃年夜饭。回到宿舍后又打了三两白酒,相互猜拳为乐,声震屋外。

11时许睡觉,梦中亦不曾归家,奈何!

1947年1月22日 星期三 雪

旧历元旦，早饭后本想去溜冰，跑到东单附近的溜冰场去，才知今天停业，去看电影呢，影院上午又不开门，溜达一转归来，脸上冻得发红。

午饭后，本意同相成、奇文去北海溜冰，不巧刚走了两条街就滑了一跤，头一偏碰在奇文的冰刀上把眼镜架碰坏了，只好拉倒。今天上午上街已经跌了几次跤，下午不料还跌得更惨，真晦气！

晚，往真光观影，片名 *Smilin' Through*，是麦克唐纳演的女主角，马马虎虎。

1947年1月23日 星期四 雪

今天上课的人很少。先生缺席的倒少有，大概都是同学自动放假，上午去学校转了一趟，在图书馆坐了两个钟头，读《四库全书总目提要》，无聊得很，不过比读《隋书经籍志考证》有味多了。

下午，本想再坐图书馆，因为天气太冷，室外风很大，算了吧！躲在屋里烤火，读了 Hedin[斯文·赫定]的《亚洲腹地旅行记》。

晚，作《饮冰室全集》笔记。此书是上海文化书局印本，校对太差，错误百出。任公治学之博，于兹书可窥见之。又，兹书言太平天国起义于道光二十九年已亥，与罗惇曧所说相同；而陈恭禄言起义于道光三十年七月，是起义之日期又多二说矣。任公说见《全集》卷十九《中国历史上革命之研究》，第883页。

1947年1月24日 星期五 阴

天气很冷，积雪渐化。

下午无课，读抄《四库全书总目提要》。

晚，读《尚书》《多士》以下3篇。

无事可记，抄任公先生语两段为乐：

危乎微哉！吾中国人无进取冒险之性质，自昔已然，而今且每况愈下也。曰知足不辱，知止不殆；曰知白守黑，知雄守雌；曰不为物先，不为物后；曰未尝先人，而常随人；此老氏之谰言，不待论矣。而所称通法孔子者，又往往遗其大体，摭其偏言，取其"狷"主义，而弃其"狂"主义，取其"勿"主义，而弃其"为"主义（"勿"主义者，惩忿窒欲之学也，如"非礼勿视"四句等义是；"为"主义者，开物成务之学也，如"天下有道，某不与易"等义是）。取其"坤"主义，而弃其"乾"主义（地道、妻道、臣道，此"坤"主义也；自强不息，此"乾"主义也）。取其"命"主义，而弃其"力"主义。（《列子》有《力命》篇，《论语》称"子罕言命"，又称"子不语力"，其实力、命两者，皆孔子所常。知命之训，力行之教，昭昭然矣。）其所称道者，曰乐则行之忧则违之也；曰无多言，多言多患，无多事，多事多败也；曰危邦不入乱邦不居也，曰孝子不登高不临深也；夫此诸义，亦何尝非孔门所传述？然言非一端，义各有当，孔子曷尝以此义尽律天下哉！而末俗承流，取便利已，遂蒙老马以孔皮，易尼鄙以聃莒，于是进取冒险之精神，澌灭以尽。试观一部十七史之列传，求所谓如哥仑布、立温斯敦者有诸乎？曰无有也。求所谓如马丁路得、林肯者有诸乎？曰无有也。求所谓如克林威尔、华盛顿者有诸乎？曰无有也。藉有一二，则将为一世之所戮辱而非笑者也，不曰好大喜功，则曰亡身及亲也。积之数千年，浸之亿万辈，而霸者复阳芟之而阴锄之，务使一国之人鬼脉阴阴，病质奄奄，女性纤纤，暮色沉沉。呜呼！一国之大，有女德而无男德，有病者而无健者，有暮气而无朝气，甚者乃至有鬼道而无人道，恫哉恫哉！吾不知国之何以立也！（《新民说》第七节《论进取冒险》，第25—26页）

吾请言奴隶之种类，而次论所以除之之道。一曰，勿为古人之奴隶也。……二曰，勿为世俗之奴隶也。……三曰，勿为境遇之奴隶也。……四曰，勿为情欲之奴隶也。……（《新民说》第九节《论自由》，第42—44页）

1947年1月25日　星期六　晴

晚，去建国会堂观话剧《孔雀胆》。本来我在成都看过此剧，以周末无事，再去欣赏一次。这里的演员技术当然不及前次看的好，不过在服装与布景的速度方面也有值得注意的地方；在剧本方面，似乎郭沫若先生又修改过，尤其以第三幕的改动最明显。

看《孔雀胆》就等于读一首《正气歌》，全剧悲壮淋漓，可歌可泣，充满诗意，似一部爱与憎的交响曲，感人很深。

北平观众欣赏能力很差，每每正当演到精彩处，场内都有人高声喧嚣，低级已极。

生命就是一支严肃的歌，搬到舞台上便成了戏剧，但具有实际意义、真正值得欣赏和精心创作的，还是我们自己这支歌。

1947年1月26日　星期日　晴

雪开始融化！

接贵远来信说，朝正兄物故了，闻讯后，蓦然惊骇久之。这年头，兵荒马乱，生活真不易啊！朝正与我感情最笃，在银桂桥上学时,我们早晚都在一起,又有谁会想到他居然不能进高中呢?这实在是他的晦运的开始;但是,谁又会想到他会短命而死呢?聚散无常,死生有命,前闻炬声死了,朝正又死了!这一段缘法到哪里去续去?英魂有灵,当时来入我梦!

草得挽联一副,默默祭之:

“同窗虽仅两载,情同手足,忆当时学校演戏,西郊露营,何想遽尔成遗憾; 别离刚才三年,分道扬镳,问他日银桂重游,米家访友,谁来同我话沧桑?”

1947年1月27日 星期一 晴

雪虽没有下了,阳光也略略露了面,但是天气反而更冷,据说今晨4时最低温度达零下19度左右,怪不得坐在教室里上课,双脚几乎冻僵了。

选伙食馐委,本桌我抽中了。晚上在福利委员会办公室开会分配职务,我司登记。搞伙食还是平生第一次,学习学习倒也不是坏差事。

接到父亲来信,附函叫我拿去会叶正昌君。他来艺专当秘书云。

1947年1月28日 星期二 晴

下午,去聚兴诚银行取存款利息,并为明廉取钱,不料去时营业时间已过,快快而返。

晚,开伙食会议。本届伙食遭遇困难最多,如何撑持,尚待努力。俗话说,当家最讨人嫌又说当家方知柴米贵,真是经验之谈,生命的意义总是体验出来的。

重造公费名册，倦极而寝。

1947年1月30日　星期四　晴

晚，去东华门大街换眼镜架子，一副比原来我那副更差的化学架子居然要一万六千元；据说重新配一副眼镜大概要五六万元，好家伙！这副镜子还是前年年底在昆明打坏之后配的，记得花了一万三千元左右，曾几何时，涨了三倍，可见今天中国货币贬值之厉害！一个经济危机正面临战后的世界，中国啊！该不会牺牲在这下面吧？阿门！

在图书馆借得《崔东壁遗书》。真没想到，这样大名鼎鼎的书居然没有人借阅过一次，况且它是我们的胡博士宣传很力的书，怪哉！怪哉！

崔东壁太"棒"了，他的弟子陈履和也是难得得很。

1947年1月31日　星期五　阴

读《崔东壁遗书》，特节录其生平如次，以表至为惊服之意：

崔先生述，字武承，号东壁，直隶大名人，乾隆二十七年举人，嘉庆元年授罗源知县。武弁多藉海寇邀功，诬商船为盗，先生累平反之。于是奸徒控其擅释巨盗，…… 使者故知先生，得免议。四年，调上杭。关税局赢数千金，先生释充缉盗公费，未几，投劾归。著书三十四种，而《考信录》一书尤生平心力所专注……（李元度《崔东壁先生事略》，《先正事略卷三十六》）。

嘉庆二十一年二月初六日，大名崔东壁先生卒。越五月，其门人石屏陈履和至，奉遗命，受书柩前去。越三年，乃取先生学行见于本集者撰次之，而于著书事尤详慎，不敢苟也……(《敕授文林即福建罗源县知县崔东壁先生行略》)。

生于乾隆五年七月二十九日，卒于嘉庆二十一年二月初六日，寿七十有七岁。(同上)

现在坊间所流行的《崔东壁考信录》版本很多，我读这本是顾颉刚先生标点，民国二十五年亚东图书馆出版的本子，相当好，顾氏点书始于民国十年，十几年后才出版，可见其不草草于事。

大抵文人学士多好议论古人得失，而不考其事之虚实，余独谓虚实明而后得失或可不爽。(《提要》上，第34页)

人之情好以己度人，以今度古，以不肖度圣贤，往往迳庭悬隔而其人终不自知也，……以己度人，虽耳目之前亦心失之，况欲以度古人，更欲以度古之圣贤乎，岂有当乎，……故《考信录》但取信于经，而不敢认战国魏晋以来度圣人者遂据之为实也。(《提要》上，第6—8页)

1947年2月2日 星期日

上午，往访叶正昌先生。他是12月到的北平，我倒比他老几个月啦！

午饭后，邀楶国、世夫同游厂甸。在电车上，一个军人听到我们的四川口音，和我攀谈起来。原来他是四川人，从军几年了。我们从家乡谈到学校，从学校谈到内战；军人口里的话，才是内战的真实情况。不一会儿，车到六部口，我们就先下车了。

厂甸的书摊更多了，把眼都看花了，背也躬累了。买到两本书，都是崔述的，一本是《丰镐考信录》，一本是《洙泗考信录》，每册一千元。

1947年2月4日 星期二 阴

近来天气渐暖和。

萧伯纳在《人与超人》中向世人申诉说："各种动物之中，我最怕的是人。驯狮者示人以勇，我意不然。驯狮者在狮笼里驯狮时最安全，至少不会受人类的打击。实则狮子也并没有什么可怕的，它没有什么主义，没有什么宗教，没有政治，……简言之，它决不会破坏它所不要的。"这话的意思，深深地讽刺了人之"不宽容"。

1947年2月6日 星期日

本届伙食真麻烦。我负的是登记的责任，天天都在计算，一直到今天还弄不清楚有好多人，因为有的人根本就不来登记，有的登记了又不登记清楚。一天到晚，为清查哪一个是公费、哪一个是私费，哪一个又是青年军，把头都搞晕了！

读 Anderson 的 *Children of the Yellow Earth* 第一章，书中地质名词甚多，根底太差，不易读懂。

1947年2月8日 星期六

近几日来晚上睡得很晚，大概常常是十一点以后才上床，早晨七点过就要起来，弄得上课很无精神，早饭也常常牺牲了。每天早上起来总说，从今天起早些睡，但是一到晚上就恋恋不舍，莫名其妙地要捱到十一点钟。

上午，去邮局为明廉取钱。

在市场购得 *Life* 画报一册、《东方杂志》一期（42卷第5期）。

这期《东方杂志》中施之勉先生《殷人兄弟相及质疑》一文，驳王国维氏说法，证据很确凿；阅后再细检王国维之《殷卜辞中所见先公先王考》，发现王氏之兄终弟及说不成理由；王氏竟蔽而不通，十分诧异。

1947年2月9日　星期日

《大公报》的《星期文艺》载朱孟实先生之《克罗齐之历史学（下）》一文很好，可惜没有买到一份备存。

汪棪昨天下午进城来，他曾向我许下的送我一个日记本，今天也带进来了，是特别由上海寄来的《文汇日记》，真不好意思。今后不得不写日记了，否则太对不起人。

寝室里诸君爱谈女人，言辞尽低级之能事。生活是体验出来的，青年人处处是狂想，坏处也是狂想。

1947年2月13日　星期日　雪

"中西交通史"课我们要求做报告，向达先生也很同意，出了四个题目。我选定了第一个题目"古代中国文化西来说略述"，日来天天都忙于找参考书，结果还是有三种没有找到：一种是蒋智田的《中国人种考》；一种是翁文灏的《近十年来中国史前时代之新发现》；一种是刘师培的《华夏篇》。下午特别跑到北平图书馆去找，很匆忙地只把蒋智田的书籍阅了一下，当下觉得莫名其妙。该书第一部分是《中国民族西来说》，后面是《中国民族西来辩》一文，署名“抱愳斋”;不知这是蒋氏笔名呢,抑或是附录他人之文?想了很久,觉得无论如何不能不属于蒋氏书内之文;从文气上看,也是与该书同出一人之手。

1947年2月14日 星期五 阴

学校已停止供给每个寝室的煤。偏偏这两天又下雪了,一切都像在故意捣乱!

晚,同世夫、桀国去“平安”观影片 *The Adventure of Mark Twain*[《马克·吐温历险记》],男女演员都是最适当的扮演是角的人选,女主角吕美丽尤其不同凡响。

Mark Twain 的一生历尽了多少苦头,一直奋斗到老年,还在为债主旅行讲演于世界各地。生活磨砺了他的灵魂,他更坚强了,更和平了。“Mark Twain, Ha! Ha!”这笑声响彻了世界,打破了黑暗、沉寂和冷笑。一切的阴谋都在他的笑声下发抖,但是这笑的背后又进行着多么严肃的战斗啊!

1947年2月15日 星期六 阴

下午,写读书报告。

父亲来信,叫把代他买的书寄回去。

写日记对于我简直是一种累赘。

1947年2月16日 星期日

蕴刚先生有信来,要我写一篇较长的稿子。他说他们的刊物已经改大了,要我写好在20日以前寄回,这怎么成呢?今天才接到信,就是立刻动笔也赶不上时间了。况且,写什么题目呢?

一年前,我还算比较爱写东西,近来简直没有这个兴趣了,就是写笔记也觉得似乎用不着,不必要,何况写文章呢!我想:一来因为没有空暇;二来因为懒于提笔,况且还需要有一套理论呢。至少,我现在是这样想的:写东西最费力,又费时间,写都不说,誊起来最头痛,要叫我把字的笔画写清楚,似乎比砍头还为难一样。辛辛苦苦地写,为的是甚么?简直有点玩物丧志。明末大儒颜元他们谆谆斥责,岂无道理?况且,又不一定写得出啥子大道理,还不是剽窃他人,何苦多此一写?再说,文章的效能也是值得检讨的:第一,是不是有人看?第二,即使有人看了,我们的文章就算尽到了责任吗?我向来是反文化派,是不是也该见诸行动了?况且,如果我的思想是错的,写成文章介绍给别人,给那些根底差的人看了,岂不是大错特错了吗?……唔,不敢再往下想,愈想愈没有理由写文章。似乎我自己应该立一条戒律:

"从今以后不写无病呻吟、抄袭剽窃、摇旗呐喊的世界上无此不少的文章。"

今天到北平图书馆读了一整天书,午饭也是在里面吃的。

读 Engels[恩格斯]的《家族、私产及国家之起源》,翻开封底一看,上面盖有一个"禁书"二字的印章,我不知这是在剿共时代盖的呢?还是在日本人统治时期盖的?

1947年2月18日　星期二

两眼几乎望穿了的罐头,今天终于从天而降了,原来是 Milk,每五人领五磅。我对于这样的食物,实在并不太感兴趣,不过时值学期考试在即,加以近来差不多每在不到吃饭时就饿了,而且是饿"惨"了,奶粉倒可以"补"几天算几天。

读新城新藏著《东洋天文学史研究》,倒的确算得一本研究。因为天文学常识太差,只选看了几处关于中国历法、二十八宿起源的文章,等大考以后,还准备继续读。

1947年2月19日　星期三

近来因为考试的关系,图书馆骤然热闹起来了,楼上楼下、窗子下、桌子角都坐满了人,每天都要忙着抢位子和抢参考书,真是有点使人神经太紧张。假使北大图书馆平常也是这样,那将来北大出的学者之多将不可限量！呜呼,此之谓读书！此之谓学问！此之谓教育！

近来,我已从图书馆中撤退出来,有人问我何故,我说:"平常我是图书馆的中坚分子,图书馆常常靠我等撑场子,现在大家要挤了,我可就要休息了。"

其实,挤的原因之一,大概是因为近来停电的关系。

1947年2月20日　星期四

下午无课,上北平图书馆。

先借到一本 Terrien de Daconperice 的 *The Babylonian Character*,虽然只有薄薄十几二十 page,但内容真是妙绝,不禁把我也读笑了。不过,此书构思之巧,确是煞费苦心,怪不得此公学说风行一时。假如我是欧洲人,说不定也赞成他的说法。

后来又在期刊室读《科学》第11卷第16期翁文灏先生的《最

近十年来中国考古学的发现》(题目大概是这样)。不想同一期《科学》上面还有好些好文章,如向达先生的《纸的历史》(?)、王国维的《最近二三十年中中国的新学问》(?)及新城新藏及饭岛忠夫关于天文学的文章。

1947年2月21日　星期五

因为明天考"社会学",于是今天最无聊了。上午在图书馆坐了四个钟头,真是如坐针毡,一连换了四种书:《当代社会学说》、《古代社会》、《先史考古学方法论》(滕固译,Oscar Huletins 原著)、《经济学批判》(K.Marx 原著,刘曼译),一本也没有好好念几页。

下午,继续在图书馆呆坐了两个钟头,借了一本《中国大观》来消遣,随即跑回三院来读了几 page 的《哲学的贫困》。

《世界日报》上有一篇妙文,是龚德柏质问彭学沛的"广告",真是倚老卖老,夸大已极,倒是这些年来不容易看见的文章。"狂者进取",能这样做的又有几位?

1947年2月22日　星期六

上午考"社会学",题皆常识类。

晚,邀桀国、世夫观影,他们都不去,就独自去"真光"看影片《鸳鸯戏水》(*Hardy's Double Life*),是"电影皇帝"米盖罗纳与《出水芙蓉》的女主角主演的。米盖罗纳的片子还是初次看,技术还可以,剧情简直莫名其妙。

读《目录学》,发现一个有趣的现象,找到了六对都是相继修史的父子,真是文坛佳话!这六对是:司马迁继司马谈修《史记》,班固继班彪修《汉书》，姚思廉继姚察修《梁书》、《陈书》，李百药继李德林修《北齐书》，李延寿继李大师修《南、北史》，而裴骃、裴松之父子则一解《史记》，一注《三国志》。

1947年2月23日　星期日

明天考三科，今天最头痛也最痛快。

公费发了，特别去吃了一台早点。

茨尧说，市场内有一家四川馆子，麻婆豆腐弄得最好，特别约桀国、世夫晚饭后去“干”一次。我们丢下饭碗，就到市场去找这家馆子。茨尧说这家馆子名叫什么“山”，按照他画的路线找去，找到一家叫“俊山”的，以为是了，走进去坐下一叫菜，才发觉有些不妙。管他妈的，既来之，则安之，胡乱吃了一些。走了出来，安心要找到那家卖麻婆豆腐的馆子，偏偏就在隔壁，原来只有一个小而不令人注意的招牌，起初没有看见。又再进去吃了一份麻婆豆腐和一份回锅肉，总算功德圆满而回。

1947年2月24日　星期一

上古史的试题出得很好，我特别放弃了那一道容易的“殷墟发掘的意义”没有做，做的是“关于商代继承制的问题”，特别发挥了一些怀疑兄终弟及的意见。

近代史最混蛋，出了两道题：第一题包括25个小题，尽是边边缝缝的小事和年代问题；第二题包括四个小题，除有一题必做外，其余三题选做一题，居然连题也不通。有一题是：“近代史上有何失策？……”简直不合逻辑之至，假如让金岳霖先生看见，他一定会认为这是一个不合逻辑的极好例证。当时,同学们见了题目立刻哄起来,这可把老邓弄窘了。他特别规定,交卷时必须把试题一并交回。个中意义,聪明人自然明白,哈哈!

下午考"史料目录学",事前倒捏了一把汗,临场才知其实不然。赵万里走上讲台,笑道:"你们不要做得那个样子!"他出了两个题:第一题是"我对于史料的新认识";第二题是"试述纪传、编年、会要三体史书之性质,并例举重要著作";此外,还附带写了两行注意事项!"每题请勿超过一千字"、"欢迎白话文"。他说:"我一向对于答对太完善的卷子总不大相信,请决不要翻书。"

1947年2月26日 星期三

[此处缺页。因北平全市"户口大检查"中逮捕清华等校学生多人,北大同学决定罢考两天以示抗议。]

听说华北学院抓去了三位女生,经苦刑拷打,已奄奄一息了。

下午去银行取息,因为图章丢了,另外花了一千五百元重刻了一个,但银行办事人员硬要叫登一个报,真是麻烦得很!

去朝华书局购得《联大八年》一册,留为纪念,去洋一千九百元。

1947年2月28日 星期五

今天罢课已经很泄气了!我刚一听说罢两天课,就觉得不妙;罢课一天表示一下就够了,罢多了有什么意思?非徒无益,而且有害。

下午,有一位军人来找世夫,世夫还未回来,我与他攀谈起来。

下面是我们的谈话纪要：

问：这几天的战况如何？听说很紧张。

答：还好，并不十分紧张，我们的两团人被共军围了。

问：你们对于内战怎么看？

答：我们也一样的反对内战，但这是上边的命令，有什么办法？只有在火线上私自留一手。不过，这次共军进攻，先派了一些妇女打前锋，每人给她们发一颗手榴弹，可是她们完全没有经过训练，到火线上还是大摇大摇地往前走——她们都是小脚，上边却下令开枪。弟兄们不敢抗命，机枪一动，所有往前走的人全都倒下了，真惨！弟兄们都掉下了眼泪……到底都是中国人呀！自己打自己谁也不愿意，这是为的什么呀？

问：共军愿意同你们妥协吗？

答：这很难，因为彼此都猜忌得很厉害。双方走近了，两边都喊："中国人不打中国人，朋友们，缴械吧！"但是，谁肯轻易把枪缴给对方呢？

问：共军的战斗力怎样？

答：我们真佩服共产党军队的精神。他们的人数比我们多，不过大部分是老百姓，经过十几二十天的训练就用来打仗了。同时，他们不像日本军队那样打硬仗。你来了，他就回避；你走了，他又来了；打游击战，令人头痛。他们的弹药，一部分是自造的，一部分得自日本人。他们最缺乏炮弹，所以不轻易开炮。所有的炮手和重机枪手全是日本兵，技术极精，十分准确。

问：你们呢？待遇如何？

答：大家都不愿意打仗，中国人打中国人谁有劲？不过在枪械方面来说，我们当然比共军好。说起待遇，士兵当然差一些；我们是特种兵，比较好一点。

问：老百姓对共军和国军哪一边好点？

答：他们十分糊涂，分不清楚。我们到老百姓家里去借宿，说我们是国军。他们问：日本的国军呢？还是共产党的国军？或是中央的国军？可见老百姓是被内战打得莫名其妙了。

问：听说共军占领的地方，实行土地改良，是否有其事？他们对待俘虏怎么样？

答：有的。假如是伤兵的话，就把他的伤治好送他回来，送到两军交界的地方，任他回去；假如是没有负伤的士兵，就让他做工，如挑水、煮饭、挖土之类的事，慢慢感化他；他被感化以后就拿枪给他叫他去打仗。

谈到这里，我说：我们学生是最反对内战的。在昆明，我们有四位同学为反对内战而牺牲了。但是，我们只不过是叫喊叫喊而已，主要的，还要士兵们都不打才行。我希望你们有暇，常常写点关于内战的真实报道，投给《大公报》或《文汇报》都可以，使全国的同胞都明白内战是怎样在打。

最后，他谈到他是抗战后期动员知识青年从军时才入伍的，现在已两年多了。

接着，我们都沉默下来，心中感到无限的怅惘……一直到世夫回来。

1947 年 3 月 1 日　星期六

前天就有人参加考试了，昨天也有人考了；今天出现了几张招贴，质问"罢联"诸公，自称"社会贤达"，说什么"你们说要罢考，人家还是去考试了，弄得我们这些社会贤达莫名其妙。以后再要罢课，咱们走着瞧！"一肚子怨恨。

修改读书报告底稿，另外缮写了一份。

开始读 Will Durant 的《古今大哲学家之生活与思想》的中译本，译者为杨荫鸿、杨荫渭。译文虽不太美，然亦不能减弱原文的光芒，读之令人顿觉心中朗然，似乎有另一片新天地展开于眼前似的，细细品尝，余味无穷！

1947 年 3 月 2 日　星期日

风刮得很厉害，树梢发出尖锐的呼啸声，大有"云从龙，风从虎"之势。上午独坐宿舍冷得飕飕发抖，但内心与诸大哲人神交，又顿觉一团春意。

午饭后，到向达先生那里去交读书报告，一路迎风走去，品尝了一点"逆潮流"的味道，但毕竟还是我胜利了。

向达先生住在十条胡同北大教职员宿舍，走近大门，叩了好一阵才有人出来，可见此地罕有人来，真是"门虽设而常关"了。见到向先生，跨进了他的书房，我挑火炉旁边站了下来，以为可以就近烤火。可是，这个炉子里的火实在有点营养不良似的，很难感得到一点热气。向先生随着递给我一支香烟，我谢绝了，接下来就站着自由地交谈起来。首先谈关于彩陶的问题，再谈到 Celestial Empire [中国天朝]名称的来源，最后谈的是古代中国文化西来说的价值。我向先生借他的关于长安文明与西域文化的著作，人家先借走了。向先生的藏书假如不是放在另一处地方的话，单就这里这个简陋的书斋来看，实在是太少了，大概只有两个书架的书，另外在桌子上和茶几上还零乱地搁了一些。在我的视线之内的，大概都是些日文书；在书架尽头，我看见订着一张写有“读书符号”的小卡片，可见向先生治学之勤了。谈了大约半个钟头，我就告辞了。

1947年3月3日　星期一

上午到学校打了一转，没事就回来了。中午世夫对我说：没有考的科目订于星期三、四两天补考，麻烦又来了！

下午同世夫、椝国到国际饭店书店兜了一圈，书太多了，随便走马观花看了一下，就跑了出来；随即到西单去，在中国文化出版社买了一本徐炳昶的《中国古史的传说时代》，去八千三百元；后来在市场里又遇见一部中华书局仿宋版的《史通通释》，只花了三千元就买得，自以为得意，走了几步才发觉其中缺了一册，弄得我啼笑皆非，好在我原来还有一部，否则真要气死了。

晚饭后到市场去“营养”了一顿，我们三人每人吃了一盘炒面、一份麻婆豆腐，每人去洋二千九百元。

1947年3月4日　星期二

昨天在西单碰巧遇着祖武。今天下午，锡康来耍，借去三本书：《社会史简明教程》、《清代史》和《谈文学》。听说世魁当了树德一小的校长，北上恐怕成了问题；不但是他，恐怕好多人的北上都成问题了。

等考试比受罪还恼火。不翻翻书呢，心里怪难过；翻书呢，脑袋里又不起反应。读书苦，为别人读书更苦！

只好把《古今大哲学家之生活与思想》翻开来消遣，随手抄一、两段：

太费时于学问是懒惰；太以学问为装饰是作伪；全凭学着的规律下判断是书生的脾气。……机巧的人菲薄学问；简陋的人赞叹学问；聪明的人运用学问；因为学问并不以自身之用教人；乃有一种智慧超乎其外，驾乎其上，可从观察而得到的。（富兰西·培根：《论学问》第192页）

这是依照希伯来的教规，每个学生要学会做些手艺；非但因为研究和老实的教书难于维持生活，并且，加美力尔（Gamaliel）曾经说过，工作令人保持贞洁，而一反转来，每个有学问的人不能执一种手艺，终究要变成一个骗子。（第四章《斯宾诺莎》，第265页）

1947年3月5日　星期三

考"西洋十九世纪史"，杨人楩先生再三嘱咐不要翻书。听说昨天考"法国革命史"有人翻书，考"美国史"刘综铉抓着了7个人，"西洋通史"考场上更是怪象多端；据云还有人摄了一个影。

今天的题目很简单，只要听过课的都可以随便吹几行。

读《古今大哲学家之生活与思想》，以《叔本华》一书之评论写得最好，但我对《斯宾诺莎》最感兴趣。

我方始觉得白种人并不如我素所设想的那样重要。倘欧美人在战争中杀尽了，不必就是人类的绝灭，甚且也不必就是文明的告终。还有许多中国人在呢？许多方面看来中国是我仅见的最伟大的国家，非但人数上最伟大，文化上最伟大而已，我看理智上也最伟大。我不知还有什么旁的文明地方有这种心胸宽大，这种实事求是,这种愿意正视事实,是怎样便怎样,并不谋将事实牵强纳入特种的模型。(《访问记》,见 *New York World*, May 4, 1924)

神话的批评分两个时期。……初则愤怒,目为迷信;继则含笑,目为诗篇。……宗教乃由人的想像去解释人的经验。……谓宗教内对真理和人生的阐说是直接的而非象征的,简直是非非之想。谁作如是想的,对本题还不曾走上有益的哲学思维。……宗教的事永不是争论的事。……我们宁愿去尊崇一片至诚而领会这些寓言里所含的诗意。(*The Sense of Beauty*)

[此处缺页。自去年底开展抗议驻华美军暴行的斗争以来,北大学生运动蓬勃兴起,训导长陈雪屏却故意放纵校内外特务分子进行破坏捣乱,逐渐暴露了他的伪善面目,同学们纷纷要他引咎辞职,反陈的声浪愈来愈高,声势愈来愈大。]

这使我想起了我们在联大时的查训导长,他那慈祥恺恺、循循善诱的样子,真是望之"和"然,其言也厉,及之也温。蔡子民先生我无福看见,陶行知先生又不幸短命死了。寰顾当今教育界诸公,除了查良钊先生以外,还有哪一个像样?说做官,查先生不是也做过教育厅长吗?但是,事实就在于你是不是把办教育真正当作"官"在做。

查先生!我怀念你,我祝福你。

我不敢再回忆了。啊!好一个绮丽的梦。不,这似乎是一曲交响乐刚刚在我的耳边溜过。

1947 年 3 月 6 日 星期四

我的成绩出来了三样,"近代史"84 分,"史料目录学"80 分,

“隋唐五代史”60分。最出我们意料之外的，就是“隋唐五代史”这次考试居然有八个同学不及格。按一向的惯例，向先生的课必定是全体pass，不想他会变得这样严厉。据我自己估计，也不该只得60分，可见向先生的心境近来的确变多了。听说他下半年要走，这叫我更无法读下去了。

今年的考试成绩，原来临大的同学比较起来是要差些，听说有人奔走于教授之门送礼求情的。呜呼，这就是八年敌伪教育的成绩。

1947年3月7日　星期五

“古怪多！古怪多！”的确不错，这年头什么怪事都有：天津每晚十一点戒严；二千余教育界人士拥护搜查户口；台湾又发生大惨剧；何思源听报告沈崇案时大看*Reader's Digest*；胡博士说强奸不足怪，最怪的还是在灰楼发现有男人住宿；三院居然也有女生在大寝室里睡觉，甚至西斋也闹女鬼……。

听说我们邻居的那对野鸳鸯已被人告发了，今天空气很紧张，到处都充满了杀气，邻居的几位联大同学已经迁出搬到我们的寝室来了。

晚上，本级同学开同乐会，打了一阵bridge，再放放话匣子，吹吹牛，十时许，“尽欢”而散。

1947年3月8日　星期六

去会张明炜先生，因为恐怕他起来得晚，捱到9点过才去。门房进去后又出来说，还没有起来，叫我11点左右或下午到华北日报社去会他，令人一股无名怒火冒起千丈。9点过了，还没有起床，这成什么话！腐败！腐败！腐败！

我得了一个结论：共产党必须存在，否则这些腐败分子更可以旁若无人地腐败了。

今天的中国，一切都官僚化了！

下午看影片《八千里路云和月》。此片无疑当为国产片中空前的好片子，凡是在抗战中生活过的人都深深感到亲切，发出会心的苦笑；可是，那些北方老乡却大笑不止。

苦难，所以要尝过才知道。

1947年3月9日 星期日

写了一封长信给泉弟。

近来寝室里闹杂得很，读起书来妨碍万分。不过，我还是依然正襟危坐地读书。曾国藩说，一个读书人要能够在十字街头都能读书，那才算功夫。现在，我正在训练自己哪！

下午，太阳很好，很暖和，步行到琉璃厂去转了一转，看看有没有《故宫旬刊》卖，结果并未发现。买了一本"万有文库"本的《中国雕版源流考》，去洋五百元。

经南夹道，发现一张梅兰芳唱的昆曲唱片《贩马记》，以三千元购成，仔细一看发现片子有一个小缺，虽然并没有大的妨碍，但因这寄运很困难，只有等写信回家请示之后再定夺了。

1947年3月10日 星期一

到中国旅行社崇内大街分社问运书回成都的事，值办公时间已过，未果。

下午到前门外中国旅行社北平总社问询，他们不代办此事，再到中国航空公司，他们说平蓉线无飞机飞行。

最后跑到邮局去问，航运六千多元一公斤，平运二千四百元一公斤。大概一部《世界美术全集》运费要花五六万元。

口袋内没钱，只好暂时作罢。

1947 年 3 月 11 日　星期二

下午，小罗他们进城来，听说他们游了居庸关。

晚，世夫之弟建勋来看他，听他谈了许多内战的情况。他说，这次战役打得最剧烈，全国的战事都受到这里的影响。贺龙指挥了这次攻击，获胜者几稀。在武器方面，国民党军自然保持优势（有飞机助战），不过斗志很差；打共军比打日本人还难，共军组织之严密，克服困难之精神，皆极令人钦佩。最后，他还拿出一张边币、一张通行证、一个小队的点名册给我们看。这三样东西都得自战场，我们还在点名册里发现了一个日本人，不过上面注明此人已经逃跑了。那张冀察晋银行的边币他送与了我。

1947 年 3 月 12 日　星期三

汪棪在中午进城来，彝尊也进来了，真是好不热闹。

上午，陪小罗去游中山公园。清晨漫步于园中，精神益觉舒爽，花房内春暖花香，令人感到心旷神怡。

继“二·二八事件”之后，报载 3 月 8 日台湾又继续发生暴动。［对］陈仪已不好意思不撤职了。啊，苦难的台湾民众！

报载四国外长莫斯科会开幕了,莫洛托夫当头一炮提出中国问题,但英、美外长一致反对。国内爱国分子们闻讯自然不能置之不理,北大尤为敏感,已出现反对干涉中国内政之标语;但不知何故,却有讽刺史[斯]大林的漫画和打倒民盟的口号?

今日为孙中山逝世忌辰,北平却无一处降半旗者。

1947年3月13日　星期四

完清新学期开学的报到注册手续。

汪棪坚邀我赴清华玩一玩,本来老早就想逛逛颐和园和圆明园;遂顺从其请;午饭后,世夫、汪棪和我三人一道乘车出城。

在燕大下车,先在燕大内匆匆游览一周后,就去访寻圆明园遗址。翻过马路边的矮石墙,那边仍然是一无所有。问一位小朋友,他说:"这边就是圆明园,要游览就往北走。"我们照着他指示的方向前进。今天风特别大,野外又特别空旷,我们正对着北方走,真是举步维艰,吹得我们有点东偏西倒,沙粒不时钻进眼里;翻过面前的土堆一望,前面还是土堆,再翻过那上土堆四望,还是一无所有。好大的圆明园,我们连跑带跳地前进,突然我想到 Sven Hedin 的亚洲腹地旅行的心境,心里立刻浮现出一种探求史迹的快意,顿觉勇气倍增。后来,我们终于看见了一个大石环似的桥,再往前走十几丈,又发现一大块地基,大概是纵火焚毁房屋后残留的遗迹;还看见一些被火炙红了的假山石,由此可以确定这一带原来必有园林建筑。再翻过几个土坡,一座西洋的大石头建筑的残柱突然出现在我的眼前,使我犹如哥伦布发现美洲似的高兴不已。接下去,一连还有好几块石头建筑的残余排成一线,从西向东,首端是一座石亭似的建筑,但现在只剩下四根大石柱了,旁边还散布着很多碎石断柱,同时还有许多土坑,这显然是有人在这里进行发掘,把一些完整的石柱或石雕之类的东西挖走了。往东一边,有一座较大的建筑残余,还有一块残缺得只剩半段的石雕。起初,我们以为这是一整座佛像的下半部分;后来,我发现那上面的石槽是刻成的一朵对称的花,所以我判断这大概是一块大的石壁,石壁前的地上有几处砖砌的圆形。以前大概是一个喷泉。再往东,有一个高约丈余的平台,现在已无法看出它本来是什么建筑了;接下来又是一座坐北向南的建筑,石柱的形制很美,国内的石料建筑原来很少,像这样宏伟的建筑我还从未见过。老早就听人说圆明园里都是西式建筑,但在故宫里看到的圆明园模型却与其他中式建筑无异,今天才真正证实园内确有西式建筑之说之不谬。现在残存的石柱,其外层边缘损坏甚多,大概是被炮弹炸坏的。

1947年3月14日　星期五

早上八时许,在晨光熹微中起床,略进早点后,与世夫一同出发,直奔颐和园。本来说搭汽车去,因错过搭车时间,改作步行。清华园去颐和园约四里许,不知不觉就走到了;因为戴有清华的校徽,享受半票入园的优待。进得园内,迎面一块巨石,玲珑有致,极似画家笔下所绘之物。我们在园内的游览,以由外层包抄内层与从高处俯视低处为原则;往北进入一门,内有戏台,昔日曾来过此处,当年情景,仿佛浮上心头;再北行登石级而上,见东北角有回廊水池;接着自高处绕行而下,然后登上万寿山;沿山西行,径旁有亭;此时山顶有风,且风势较剧;由山上向南眺望,昆明湖静卧山下，湖面冰块已半数溶化；远望十七孔桥及环湖道路，巧夺天工，可谓极人力之能事；山顶最高处为佛香阁，有寺塔建筑，大抵为喇嘛教产物；在此处修建寺塔，显示了统治者政教合一用心之深。塔壁为琉璃瓦烧制的大量坐佛浮雕像砌成，惟低下处佛像头部均已被人敲去；沿山西下，即著名之长廊所在，其西侧有石船，并有一小型汽艇停靠岸旁，艇首为龙形，估计是十九世纪内廷御用之物；折回头来漫步于长廊之中，望见前方排列之廊柱愈远愈小，形成一幅极为规则的五彩图案，由此想到绘画的透视技法，顿觉豁然贯通。前行有门可登高处，其名已忘，下览山下之昆明湖，较之山顶俯瞰的景色尤佳；出此殿堂(?)再向东行，经一门入，又有一小院，正屋前立有巨石为屏，其状奇特，传为米某自外县远道运来，至良乡而力竭；乾隆似甚欣赏此物，石上有所题御诗数首。此院昔为慈禧太后住处，其隔壁亦一小院，为软禁光绪皇帝处，两旁厢房均加筑砖墙以严内外，追想当时光绪情景，实在难堪；继续东行，有耶律楚材祠，中有一碑、一像、一坟，冷清萧条，不禁有陈子昂怆然泪下之感；再往东走，即回原处，出园。

颐和园侧有一所保国民小学，为好奇心所驱使，特别进去参观，所见与川省一般小学无异。

回到清华，在辅食部进午餐。下午2时，听张东荪先生作时局问题演讲。张氏面貌清癯，鼻以上似孔昭先生，而精神过之多矣。演讲内容分三点：一、美国调停国共内战未能尽到责任，若去年1月之停战协定能坚持实施，则现在的大局不至如此糟糕；二、我国第三方面人士忽视自己所处地位，青年、民社两党甘为国民党摇旗呐喊，而民盟则不能不倾向共产党，遂使谋求和平的力量为之分解；三、国共双方当事人犹未彻底觉悟。张氏言下怒形于色，指天划地；哲学学者能走出象牙塔面对现实，难得！难得！

晚饭由汪棪招待。

乘车进城，见街旁店铺墙上粉笔书写标语甚多，是上午“十万人爱国护权大游行”的成绩；标语竟有：“打倒民主大同盟”、“杀朱拔毛”、“打倒共产党”，以至“打倒一切”，令人啼笑皆非。听说今天实际上街游行的有三万人，北大也有人参加，由姜科长领头，高举北大校旗为游行打先锋；北大四十八年的光荣历史，今日扫地无余矣！清华、燕京很有骨气，今晨城内特别派车去清华接同学参加游行，结果听说返城时车上只有一人，而此人本是乘车出城接人的。

1947年3月16日 星期日

［树德中学］校友会假北楼开会，我很早就去了，结果到十一点钟才渐渐有人来。听说因为前天清华没有人参加游行，大遭某种人士的反对，于是昨天清华校车被打。据说前天清华校车进城，在途中遇游行队伍，被强迫尾随游行队伍行驶，有人还在车厢上写下“清华同学不爱国”、“打倒共产党”等标语，而车厢内适坐有朱自清等教授，只能徒唤奈何。车上有一位刚从国外归来的教授气愤地说：“假如在外国，一定要向法院起诉。”今天清华校车已停驶，参加校友会的清华同学是坐燕大校车进城的。

中午，校友们在北楼地下室食堂聚餐，饭后，同去景山一游。

1947年3月18日 星期二

本期我新加选了一门课：印度教授师觉月氏开的“中印关系

史”,不过听说是用英语讲,是否招架得住,尚不得而知,算起来我已经选课二十四个学分,一共九门课,加上旁听德文一门,就有十门课了,实在负重太大。等本周星期六听一次师氏的课究竟如何,再作是否退选的打算。

1947年3月23日　星期日

前一个星期,有些朋友到长城八达岭居庸关去玩过,他们绘声绘色的叙述激起我们这些没有去过的人一脸酸劲。在很短的时间内,我们这些人居然就把前去游览所需的一切琐事准备好,一行五十余人同行。

我们首先到学校训导处去办手续,因为正值内战期间,一切从严,八达岭是军事重地,普通人不能随便上山,假如有“奸人”混入的话,谁负责呢?所以,我们事先把此行的人数告诉学校,然后再由学校写一份类似公函的文件给我们带上,免得发生意外。这年头,谁敢不小心翼翼的?

早晨,还没有天亮就起床了,带好水瓶、干粮后,我同几位同学打前站,先到车站去占领车厢上的位子,以便作为我们这次旅行的专用车。我们在昏暗的路灯下行走,还好,没有遇见人盘问。但是,今晨早些时候有一位读通学的同学来校集合的途中,就遇到警察的盘查,问他是干甚么的;他说要到前门赶火车,警察说:“回去,等天亮再坐电车去!”于是,他只得回头绕到另一条街上,偏偏又遇见了警察;结果因为他是北大学生,说明事由后终于放他通行了。

火车在6时正从正阳门车站出发。我们的目的地是青龙桥。这一路线在京张铁路(或称平绥铁路)上,青龙桥就是北平至张家口之间通过居庸关的一个车站，票价一千八百元。

大家在车上唱的唱，闹的闹。我试从车窗望出去，华北平原真乏味呀！一眼望去，尽是平凡而令人厌倦的黄土，也有零零落落的树木，但仍然不能掩饰其平凡，不禁令人联想到此时江南的景色，正该是“暮春三月，江南草长”的时候了。

在车上，翻开随身携带的袖珍中国地图来看，八达岭的位置在察哈尔省南，怀来县东；居庸关又在八达岭南，这是从小在地理书上念得很熟的长城有名关口之一。又翻阅图后所附的《全国名胜古迹志》“居庸关”条下写着：

在怀来东，为太行山脉最北之仄径，两山夹峙，巨涧中坼，悬崖峭壁，称为绝险。关东西距凡四十八里，有城四重，曰南口，曰关城，曰上关，曰八达岭。沿途高山深谷，山如孤墩，如连屏，如牛羊归，如龙蛇走。谷深数丈或百尺；有清水，或渊停，或势如飞镝；有奇石，或嶙峋如牙角，或雄浑如巨兽，千奇万状，成为宇宙大观……今平绥路曲折凿山而过，长城蜿蜒其侧，观觇长城之伟大者，每以此为最胜。

这段介绍，真是跃然纸上，心里有点为火车的速度着急。不觉到了清华园，清华同学已拥上一大批约百余人，原来清华江苏常州同学会今天也旅行居庸关。在车上，那是挤得更为热闹，唱歌之余，又高呼“北大、清华是一家！”

清华园出来第一站是昌平县，听说明十三陵就在附近，我们准备将来再来访古。火车出了昌平县车站，在铁路旁的房屋墙上写有很大的标语，宣传技术是颇称上乘的，例如有一标语横写着如下：“军助民，民爱军”，从两头读去都通顺，实在颇具巧思，又如“建国必先统一”,更是简单明了,“扒路就是土匪”尤为简短有力的标准口号,在别处还少有看见过。

火车经过南口,这里已经慢慢走到华北平原的边缘了。很壮伟险峻的山屹然矗立我们眼前,这有点像在相片中所见的黄山,山峰衬在天空里,更是犬牙参差,极为自然。

抗战初期奉命死守南口的李××,在这时,也突然令人联想起来……

火车开始爬山,速度渐渐减慢下来,这时车厢是用两个火车头一前一后推进的。到居庸关,古长城立刻出现在我们眼帘。“啊!”大家都不禁狂叫起来;但是有很多人感到失望,因为长城并不是一道如想像美丽的城墙,而是一道依山建筑的高不丈的长墙而已,而且居庸关的长城现在已经残断。据历史记载,历代都在修筑长城,所以城的时代先后相差,各有不同。现存的较早时代的居庸关长城大概是明代的建筑。

从居庸关到青龙桥间短短不长的一段铁路上,我们的火车一共穿过了五个山洞,可见这一段路的修筑工程非常艰巨。这些山都是很坚硬的岩石,钻洞的工程真是一种艰巨的工作。

车行至居庸关附近时,突然有同学高呼:“人头!人头!”我忙把头伸出车窗外,但是并没有看见什么。有同学说,他看见电线杆上挂了一个人头,附近还挂了一张布告似的东西。后来,车到青龙桥车站,我们才听说,电杆上挂的是最近俘获的共产党人的头颅,而且在邻近不远处还悬挂着另一个头颅。我想它的用意大概是在表示一点威风吧!

火车到青龙桥已经是9点半钟了,一共走了三个半钟头。青龙桥车站是一个很奇特的地方,车站在两山夹角处,长城沿此山而下,又沿彼山而上。我想,这山脚从前一定是一个关内关外交界处的重要关口。现在山脚的城墙已经拆去了,青龙桥车站刚好在城外,铁路从居庸关到此地为止,然后由此地爬上山去通向张家口。因为转弯处的角度太小,火车无法掉头,所以火车到达此地后,开向张家口方向时,车尾的机车头在前牵引,原先在前面的机头现在只能在后边推,一拉一推地爬山,这是詹天佑的发明。所以在车站的一侧,立有一座詹氏的铜像,像旁还有一块碑。来往过客行经此地都要在这巨人像下面徘徊景仰一番。

车站就在八达岭的山脚。我们出了车站,沿山路前进,经过岗哨时,先由同学代表持公文上前交涉,验明无误后才让我们通行。于是大家三五成群地在山路上乱跑起来,有一个担任向导的士兵吓我们说:"有地雷,跟着我带的路走!"离车站大约走了一里多就抵达长城脚下,迎面有一座碉堡,关口门上横书"居庸外镇"四字,此关就是"北门锁钥",夹在两山头之凹处,长城顺着山势向后面山顶绵延而上,由此遥望山顶最高处的碉堡上,飘扬着一面迎风飞舞的国旗,颇有一番严肃的气象。

我们沿着关右墙脚向上面爬,路是很难走的小道,山势也相当峻峭;山体虽然是岩石,但上面覆盖了一层相当厚的黄土,所以爬起来有些滑,每个人都爬得气喘,很久没有这般劳累过的双腿又酸又软,有好几位同学爬到一大半就停了下来。爬到城墙上去走要省力些,不过城墙因为年久失修。有些地方的砖石已经崩塌了。

站在最高的一座碉堡上向四面环望,八达岭之全景于是展现在我们眼前,到处都是起伏高低的山峰。就地理而言,八达岭这支山脉绵延于冀察两省边境,广达数百里,在这样的条件下修建京张铁路,詹天佑曾经熬费苦心。长城依山起伏,宛如一条长蛇蜿蜒盘绕于山上,向无尽的两头延伸而去,每隔数十丈就有一座碉堡,山质的碉堡,形制雄伟。在群山掩蔽下,无论向塞外或塞内眺望,草原都被山掩蔽了。我在未到此地以前,满以为伫立长城城头遥望塞北,满目一定是起伏的山岗与茫茫的草原,绵延无涯;古人有诗:"天似穹庐,笼盖四野。天苍苍,野茫茫,风吹草低见牛羊",这是何等美丽的一幅图画啊!但是,现在我尽目力所及,也望不见塞外草原;俯视山腰,只见有三、五匹战马在幽闲地吃草,天际飘浮着疏淡的云烟,在塞外的微风中慢慢地散布开来,似乎要带来一点甚么消息。

接着,我歇下来慢慢地观察一下长城本身:它不过一丈五尺高的光景,全是用长两尺、厚约八九寸的石头筑成,城墙上有约丈宽的路,城垛则是用砖砌的,这与我在火车上看见的一段全用砖头砌成的长城比较,大概是稍晚一些时候筑成的。据史籍记载,这一段长城属于明长城蓟州段,明初徐达设九边作为护卫中原的边墙。想到这里,一阵思古之悠情涌上心头,脑子里幻想起一幅外族寇边的战争图景,从赵武灵王到秦始皇,从汉武帝到明太祖,两千年来王朝兴衰已经快被人们遗忘,但长城虽然已有缺损,这封建帝王权力的象征依然躺卧在那里,风吹雨打日晒,都似乎不能磨灭它,仍然孤傲倔强地固守在它的岗位上。

记得萧伯纳来中国时,曾以极其轻蔑之口吻说:"中国所见唯一长城而已",这诚然是大放厥词的污蔑。但也愈显得长城的伟大。我们只要冷静想一下,就会知道建筑长城的许多实际困难问题，不仅要动员极其庞大的人力，而且在山峦起伏、坡度很大的地域筑城，勘测及工程设计十分复杂，运输大量一块重达数十斤重的石料到达山顶尤为困难。历史学家都为埃及金字塔的建筑工程惊叹不已，我们可以说，世界上除了金字塔的巨石建筑以外，没有比长城更伟大的建筑了。

到下午一时之前，我们都看够了长城，先后返回青龙桥车站聚齐，等候回去的火车。在候车这段时间里，很多同学走去同大兵们谈天。这些丘八夸耀地讲述他们同八路军打仗的战绩，脸上露出得意的表情，但是在他们脸上却流露出一副思想麻木、精神疲乏的样子。他们说，离此地不过一二十里之外就有"八路"，不过现在"不敢来扰乱"罢了。

近来火车开行很不准时。据说从前沦陷时期在日本人统治下，铁路交通管理非常严格，行驶准时。现在的铁路员工还是过去那些员工，为什么就不准时了呢？这真是一件有趣的怪事！其实，此中道理当然不言而喻，言之倒反令人痛心。

京张铁路东去的乘客很多，大都是中下层社会的民众，其中又以小商小贩为主。今天开回北平的车很挤，因此特别为学生加挂了两节货车乘坐。

火车于下午1点驶离青龙桥车站开回北平，我们都带着满意的倦容从察哈尔归来。

1947年3月25日　星期二

在"社会学"的课堂上，许德珩先生谈到上期考试中同学闹的笑话，真叫人险些笑破肚皮。例如：有人把Comte写成Kant，同时也就译“孔德”为“康德”；又有人把唯心论（Idealism）弄成“百日维新”时的“维新论”了，真是滑天下之大稽！再如：题目问 A. Comte 受哪些学派的影响？有人答称是历史唯物论。许先生说：“这等于说孔夫子受了孙中山的影响。”同时，还有人背书背错了，把 Marx 受的影响张冠李戴地完全答在 Comte 的项下，把 Hegel，*Feuerbach* 等写了一大串。

杨人楩先生在“十九世纪史”的课堂上说，有三分之一的人不及格，有的同学不仅英文欠通，而且中文也欠通。呜呼！

1947 年 3 月 29 日　星期六

写信给泉弟，并附《游居庸关小记》，嘱转诸友一阅。

昨天领到公费，去故宫购得父亲要的《故宫旬刊》（一至十二，廿九至三十二期），共 16 期，其余各期缺，每期六百元，共去洋九千六百元，本说今天交邮寄出，偏偏今天是青年节，邮局也放假。

晚，同桀国、述林去北洋观影片《天堂春梦》。此片为中电第二分厂战后出品，由孙坚白（石羽）、路明等主演，描写一位工程师胜利后在当今不合理社会里之悲惨遭遇，似为影射去年在重庆某处厕所内吊死的留法工程师。全剧对抗战胜利后各种怪现象有所暴露，对社会黑暗讽刺入骨，但剧中主角下落茫茫，多受各方批评，实在也是编剧者无法尽满人意也。听说政府要禁演，unreasonable［荒唐］！degenerate［腐败］！

1947 年 3 月 30 日　星期日

上午，陪汪棪去朝华书局买书。

中午与汪棪、小罗在市场大嚼一顿麻婆豆腐。

近来简直买不起书了，但还是买了几本，计有：丁赞《青年心理修养》（三千元），萧一山《曾国藩》（二千七百元），R. Peattie 的 *Geography in Human Destiny*（人类命运地理学）（一千元）。

丁先生的《青年心理修养》写得很好，我以为可推为三六年度最佳书籍之一；虽然三六年度出的其他新书我还不曾看过，但我估计这样说是不会太离谱的。此书封面黄底红字，绘双马奔跃图案，颜色极不调和，书名又很平常，与所谓《处世奇术》、《励志哲学》之类的青年读物相类似，容易使真正读书的读者产生不良的错觉。丁先生的应用心理学实践实在太差！

1947 年 4 月 1 日　星期二

张政烺先生讲"畮田"时，据《汉书·食货志》云："……广尺深尺曰甽，长终亩三甽，一夫三百甽……。"当时我就发现所谓"长终亩"有毛病，因为三甽只有六尺宽，一亩地是六十方丈，那一边长六尺，另一边要长多少才有六十方丈呢？虽说古尺短些，但这个"长终亩"的长度还是十分惊人，实际是不可能的。下课后我问张先生古亩的面积多大，他也说是六十方丈。于是我到图书馆去查《汉书》，未得结果；又查《辞源》，仍不得解；再查《说文解字》段玉裁注："长终畮者，长百步也。六尺为步，步百为畮。"（《汉书》亦言："六尺为步，步百为畮。"）则亩长六十丈，合今尺也有四十二丈长，真是骇人听闻。结果，我在陈澔注的《礼记集说》中王制"方一里者"下的注文中找到："步百为亩，是长一百步，阔一步，是一顷长阔百步……"，于是此惑顿解。

1947年4月4日　星期五

今日学校放春假一天。

上午在宿舍读《青年心理修养》,附录诸篇关于Freud[弗洛伊德]的论文,行义甚滞,读了许久,领会太少。

午后,同桀国、奇文去中山公园参观儿童节盛况。昔日童年的我同父母亲出入此门之景似历历展现目前,曾几何时,童心尽失矣。

儿童们在园中游戏,极为自由活泼,状甚自得自骄。今天是孩子们一年中仅有的日子,苦矣,小主人翁们!

我们这些既非上一辈、又非下一代的中间分子,何处是咱们的天下?

归途路过孔德学校,顺便进去参观了一下。此校似为教会学校,课程表上有法文课。学校外表与抗战前无大差别,连他们的游艺会也还在表演"面包舞"!

1947年4月5日　星期六

下午有两个讲演,一个是师觉月的"The Foundation of Indian Civilization",一个是张东荪的"哲学是什么?哲学家该做什么?"两个讲演都是3点钟开始,真把我弄得犹豫不决起来,结果只有对于师觉月的讲演割爱了。

张先生是应哲学系之请而来的,是一次比较有学术性的讲演。他走出了传统的圈子,把哲学与社会学结合起来,拆开了哲学是起于时代社会需要而造出的理论,它与真理原是无关的。最后,他指出世间哲学家的两种类型,一种是现状的保守者、维持者,另一种是现状的破坏者、革命者。这暗示每个学哲学的人,要他们去选择自己应该做哪一种人。

今天张先生讲的,与我中午同桀国的谈话有百分之八十不谋而合,居然所见略同,使我衷心感到高兴。这次讲演还解决了我心里的一个矛盾,那就是我们应该认清这两种类型,同时执著于一种类型。

晚,去北楼礼堂参加"四·五"音乐节晚会。第一个节目是燕大许勇教授讲《西洋交响乐的发展》,并配有唱片示例,首先举出的是交响乐的创始者 Haydn[海顿]和他的乐章;其次是 Mozart[莫扎特]和他的乐章;再其次是 Beethoven[贝多芬]和他的第一、第三(英雄)、第九交响乐,代表他的三个时期;第四是 Schubert[舒伯特]和他的乐章(未完成交响曲);第五是 Brumz[勃拉姆斯]和他的乐章;最后举出了最近的一位欧洲音乐家,代表近代音乐发展进步的例子。许先生的解说不快不慢,没有一句废话,很像是在背诵,但令人十二万分满意。第二个节目是艺专同学的 Violin Solo[小提琴独奏],印象还不坏。第三个节目是沙滩合唱团的合唱,唱的不但是旧歌,而且唱得一塌胡涂,一时座中喝倒彩之声大起,实在有点窘人太甚,事后有人讥之为"沙歌合唱团"。第四个节目是艺专同学的男声独唱,平常得很。第五个节目是六一合唱团的合唱,虽然也是坏得不能再坏了,但比起沙滩合唱团来,似乎还较高一等。

耀卿从天津来,明日世夫将陪其游览颐和园。

读 Freud《精神分析引论》第一册。

接蕴刚先生来信。

1947年4月6日　星期日

早饭后即到北平图书馆查找关于 Richard Timothy[李提摩太]的史籍,还好,不像在学校图书馆里那样失望。(校内只有一本 Timothy 翻译的 *A Mission to Heaven*),而这里竟检得三部他的传记,一本是他本人自著的 *Forty-five Years in China*, *Reminiscence*[《回忆在华四十五年》],一本是 Rev. Reeve 的 R. Timothy 传,一本是苏尔特(原文忘记)的 R. Timothy 传。决定先读他本人的自述,然后辅以另外两本他人写的传,不过要花费很多时间,实在颇为麻烦。

读《左传》,"文公七年,酆舒问于贾季曰:赵衰、赵盾孰贤?对曰:赵衰冬日之日也,赵盾夏日之日也。"注云:"冬日之日可爱,夏日之日可畏。"由此故事,令我想起 Bismark[俾斯麦],其属于夏日之日之类者乎!

接兆民来信。

1947年4月7日　星期一

上午陪耀卿去参观北平艺专,先会见了正昌先生,由他带领我们去陈列室参观;室内陈列石膏像甚多,有立者,有坐者,有伏者,有卧者,或仅有头部,或仅有躯干,宛如置身于解剖室。我们接着又参观了图画陈列室,其中杂陈中西各种作品;近人张大千、齐白石、张书旂、叶浅予等人的作品都有,但画上题款大都为赠与私人者;古画只见一幅,大概是陈老莲的作品。这次参观的印象总而言之是:各方面都嫌太简陋,比之世界各地画苑,实在惨甚!惨甚!

在艺专还看见该校同学出的一种漫画壁报,内容皆取材于当前的现实,技术也还不算拙劣。传云艺专"反动得很",观此亦不尽然！青年人当中自然不乏进步分子。

1947年4月9日 星期三

今晚新诗社为该社三周年纪念开诗晚会，时间本来是六点半，但到六点时已经是济济一堂了。节目开始前，先有冯至先生以杜甫为题的讲演，但内容平泛，并无半点精彩之处。朗诵节目中，有几位的朗诵技术太差；不过有一位女同学刻画诗中的角色非常深刻，至为令人惊服，难得！难得！拿诗的本身来说，同学创作的诗大都欠成熟；比较能收到好效果的都是名家的作品，如艾青、马凡陀……ect.，最后一个节目是集体朗诵艾青的《火把》；此诗从前我在成都曾经听过一次朗诵，不过不是全部，只是其中的一段；今天能听得《火把》的全部，感到非常愉快；诗的美好固不待言，即以今天的朗诵来说，也相当成功。

1947年4月10日 星期四

晚，本级级友集会在北楼顶上举行。停电了，黑暗笼罩了四周的一切，只有稀疏的灯火发出点点微光。北平城的“静”与“暗”有点教人心怯，再加上夜晚的凉风，不禁令我打了一个寒战！

做了一阵游戏后，我们退进教室去接着玩了几个游戏，大家尽欢而散。

耀卿自天津来了一封信，寄来我托他找的两篇《大公报》上的朱光潜先生关于克罗齐学说的文章；没有想到他这样快就办妥了，快慰！快慰！

他把信封上我的名字写错了，写成了“罗文渠”，于是取信时还遇到了些麻烦。经我利用 Freud 过失心理学分析研究，结论是因为他在写信封时想起了我父亲的名字，所以才把“荣”字误写成“文”字了。

1947 年 4 月 11 日　星期五

北平的天气真怪，冬天刚刚才过去，紧接着的几乎就是夏天了。大家都称奇不已：“怎么没有春天呢？怪事！怪事！”

热得有点闷人，已经可以穿单衫了。但是，对于气候特别敏感的女性却还没有赤裸臂膀的，实在使我有点百思莫得其解。

一阵春风，三院门前的树已经现出青色了。春天是属于青年人的，难怪同学们都纷纷换上西装了。

下午，执校医开的条子到北大医院去照 X-ray[X 光透视]。昨天我花了钱去检查身体，等到 11 点半钟还没有动静，白白牺牲了我的几个小时，中国人的时间观念真是太差太差！

今天倒是很快，一到放射科就把相片交进去，他没有什么别的手续要办。不一会，一个大夫就来了，叫我进到一间透视的黑屋里，同时进去透视的还有一位西语系的同学。他说他胸部发痛，我也正是有点这种似是而非的感觉啦！

站到透视机前，我突然紧张起来了，仿佛一切秘密都泄漏了似的。想起来真可笑，自己要来检查病，但又深怕真的检查出病来，何其矛盾！

结果还好。医生说没有什么，但他又说实在很难说，真是弄得人莫名其妙。

医生吩咐以后多多晒太阳，吃些好东西。

据 R.Timothy 译的《西游记》(*Mission To Heaven*)的 Introduction,《西游记》是 CHIU CHANG CHUN 作的,此名当是"丘长春"的译音;同时,他还说与 Nestorian[景教徒]有关系。我当即怀疑起来,因为丘长春的《西游记》只有两卷,而且并未听说其中有怪诞之言,不过我还没有读过这本书。后来,我在中西交通史料里找到这本《西游记》了,果然与唐三藏取经的《西游记》不相干。好在我借到了胡适先生的《西游记考证》,从中知道西天取经的《西游记》著者是吴承恩,元代还有吴昌龄写的戏曲,由此可以判断是 Timothy 弄错了。

关于与 Nestorian 的关系,我找来中文本《西游记》对照,并未发现甚么线索,不知 Timothy 有何根据,存疑。

在《左传》上发现两条记载,不知可否作为讲述奴隶社会史之一助,今录此备忘:

晋侯赏桓子狄臣千室,亦赏士伯以瓜衍之县,曰:吾获狄土,子之功也,微子,吾丧伯氏矣。(宣公十五年)

……郤子至,请伐齐,晋侯弗许;请以其私属,又弗许。(杜预集解云:私属,家众也,为成二年战于案传。)(宣公十七年)

孔子并不是一定袒护统治阶级的,这从他修的《春秋》的体例中可以看出。宋人弑其君杵臼,郑人弑灵汲,传曰:"凡弑君称君,君无道也;称臣,君之罪也。"又曰:"君子曰仁而不武,无能达也。"可见儒家并不只讲柔道,仁的意思并不只是"和平"。到了孟子,更是"君之视臣如草芥,则臣之视君如寇雠"。

1947 年 4 月 12 日　星期六

昨天睡得太晚,今日精神不佳。

下午,本来有师觉月的讲演,偏偏临时他缺席了,糟糕!

傍晚,墨池校友聚会,除懋隆、俊琦外,另有黄君、秦君,我们五人在东单大嚼一顿麻婆豆腐,并讨论写封信回母校去,向老朽们进一言,着重谈国文的改进,信请黄君起草。

小罗的母亲为他汇来十万元。

定明日游芦[卢]沟桥,与其湘等合伙准备干粮。

1947年4月13日 星期日

六时许起床,因为怕中午天热,硬着头皮不敢多穿衣服,但早晨却感觉有点寒意,只好硬挺着了。约同其湘、转身走到学校时,已经有很多人先到了。今天去游览的人可真不少,计有史学系、文学院工会、北星体育会等单位参加,我们系的教授向达、郑天挺、余逊、张政烺、邓嗣禹、邓广铭诸先生都出动了,向先生还带来一位小旅伴、他的二公子小燕(?)。

7时正,乘校车抵正阳门车站。火车在8时左右自正阳门出发,经东便门、永定门、丰台诸站到长辛店,就是我们的目的地了。到达时大概已9点过钟,此时太阳已经开始逞威了。

出长辛店车站向北走,路很糟糕。其实我们走的并不是正路,而是沙与黄土的荒地;渐渐我们看见了河床,由于现在还未到涨水期,所以河身已干涸得露出它的沙底,在一些低洼处的小股水流则湍急而浑浊,怪不得芦沟桥的河俗名浑河,又有小黄河之称。我们并不是在河岸上走,而是走在河堤上。北方平原上的河流河身并不低于地面,所以一涨大水就会四处漫延,泛滥千里;洪水之祸对于河流附近居民的威胁,使筑堤成为历代最伤脑筋的重要政务。

我们脚下的堤高出河底约一丈左右;所谓的堤,不过是沙土的堆积而已;堤脚有些地方现出以铁石 [此处空缺]加固过的基础,但据猜想,这对凶猛的洪水,是不一定挡得住的。

沿河北行约3里许,越过铁路走到河的对岸,此地一连有好几座铁桥,刚才我们乘火车来此时曾经从桥上经过。我估计这几座桥是日本人修的,但仅仅只是推测而已。

芦沟桥就在铁桥那面不远处。它们本来应在同一路线上面,可见桥下的河在此地已分为两支,到下游时也可能重新合拢也未可知。芦沟桥桥头矗立一块石碑,系乾隆五十一年御笔题写,碑文记录重修补建此桥始末。据《金史河渠书》载,芦沟桥始建于大定二十九年,而此碑则言筑于明昌年间;明昌接大定之后,大定二十九年为大定的最后一年,想来是动工于此年而完于明昌年间。桥头两旁有一对华表相对而立;石栏开头处有一石象,以象鼻抵住栏杆,很有意思。

桥面不算宽,约有两丈左右;桥身长约66丈,此系得自传闻,据我目测,大概没有太大差错。脍炙人口的石狮子据我数来,一边约为140头;有人数为142头;又有人数为144头,大概最后这个数字是准确的。其实,所谓144头仅指大的石狮而言;而大的石狮下面还伏有小狮子,或立,或卧,或哺乳,如果加上来算,大概将近两百头吧!

在桥上慢步走到桥的那一头,一面走,一面想搜寻一点战争留下的伤痕,但是一点也没有找到。我本想在头脑里构思一幅抗敌斗争的图画,结果也失败了。

走到桥的尽头,一座“芦沟晓月”的石碑竖立道旁,同学们都争相在碑下拍照留影。

下桥前行,迎面正对着宛平县城门,城墙被炮火摧毁得并不厉害。我们进城到一所小学里小憩,吃了随带的干粮权充午餐。宛平县真小得可怜,只有一条街,从西到东,街的两头就是城门。抗战初期驰名全国的宛平县,不想竟小得如此可怜!

城是四四方方的,长宽均不及半里路;现在城内相当荒凉,住户人家不多,只有两所小学。当年在此尽职守土的县长王冷斋先生的名字,忽然令人联想起来……

我们是从西门进城的,西门城墙受损并不厉害;但是,东门的情况就不同了;城墙转角处已被轰坏,墙面普遍遭到破坏,千疮百孔。大概日本军队最先是在这里开火的,敌人是从东方进攻来的。

我们很诧异今日的宛平县为何如此荒凉?后来,经过同当地老百姓攀谈,才知道宛平县政府和县级其他机关现在都已迁至长辛店去了;这里已经改名为芦沟桥镇,不是县城了。

最后,我们跑到河边远处的沙滩上去看芦沟桥的远景。从远处看来,芦沟桥桥身很矮,曲线不高,似乎载负了很沉重的东西。这时,《芦沟问答》的歌声似乎在空中荡漾起来。

永定河,为什么叫芦沟?

……

马可波罗的游记写得好,

元问好题诗老悲秋。

十三年,这儿打了一次仗,

直杀得,白骨如山水不流,

自相残杀,万年还遗臭!

只有那抗日救国才千古美名儿留。

……

归来,带着一颗沉重的心,耳边似乎又响起了:

……年,这儿打了一次仗,

……自相残杀,……

1947年4月17日　星期日

久闻雷海宗是战国派,是成一家之言的学者,不过,实际内容我总不太了了。上午,借得一部雷先生与林同济合著的《文化形态史观》(三十五年大东书局印行),才得略窥全豹。读了此书,才知道雷先生的妙论的确不高明。成一家之言,固不易也!

近来,很多人爱谈史观。最不通的,莫如民族革命史观;而所谓文化形态史观者,内容也贫乏得可怜,因为死的"形态"是否能说明活的历史已经大成问题;加上"战国时代的重演",假设过于大胆;而封建阶段、列国阶段、大统一阶段的分期不但似是而非,而且应用于横的空间和纵的时间也狭小得十分可怜。真是没有想到教授们的思想也如此不成熟。

虽然如此,但《大夫士与士大夫:国史上的两种人格型》及《士的蜕变》两篇亦不无见识。《士的蜕变》言由"技术"到"官术",由"艺的时代"到"言的时期",是为官僚传统之起,极精辟。

晚,同桀国、奇文往真光观影片《居里夫人》(*Madame Curie*)。已经渴望许久了,今晚才得一饱眼福,真是想煞人也。

看《居里夫人》如仅从欣赏艺术价值来着眼,那实在是格调太卑下了。她那追求真理的精神、与人相处的善良,以及科学对于人类前途的重要性，都很能启示我们的人生。

这些话，永远在我的耳边响着：

“好人都是单纯而善良的。”

“Light the torch of knowledge and build the paradise of the future.”[点燃知识的火把，建设未来的乐园]

1947年4月18日　星期五

今天太阳威风不大，又有些嫌冷。

校医给我的Quinine[奎宁]已吃完，他认为我是疟疾在作怪的诊断大致不错。

晚，朱光潜先生讲演，题目是“从哲学上、宗教上、文艺上看两种人生理想”。他说：“人生不外乎看戏的和演戏的两种类型的人。莎士比亚说，人生如一幕戏，……。”他从东西方哲学、佛教、耶稣教和文艺作品中举出例来，一一分析他们的类型。

但我想，所谓看戏的同演戏的两种类型是从哲学上、宗教上、文艺上的观点看的，而所谓哲学、宗教、文艺虽不可一概而论，但大抵言之，都可以说是倾向于看戏的态度。他们客观地欣赏了别人演的戏，于是才反过来自以为是在超然物外地欣赏。但是，如果我们掉一个角度看，从演戏人的观点来看，那么人生类型似可分为演戏的人和被演戏的人，这意思是说，conductor[导演]和actor[演员]，在演(演是动词)戏的人看来，别人是被他们支配的，他们是支配人的。那么，所谓看戏也者，在他们眼里，不过是他们指挥下舞台上的怠工者罢了。用新语词来说，看戏是silence means consent, or means cann't help but consent[沉默意味着赞同，或意味着不得不赞同],是时代的弱者们自己逃避自己的遁词,是奴隶的哲学,是阿Q。

世间的事理,都取决于从哪边去看和得哪样的结论。真理是一个穿了许多色彩绚丽的衣服又蒙着脸的姑娘,许多人都自以为窥见了她的本来面目;其实,他们只是站在不同的方向透过不同色彩的衣衫去猜想这位姑娘的美丽罢了。

1947 年 4 月 26 日 星期六

事实上现在我的日记已经无条件地改成周记了,自己也有一点不好意思;总是感觉时间不够似的,好像写日记也妨碍了我的工作。不过,嘲虽然自己解了,我还是希望不要又把周记改成月记,或者甚至不记了,Amen!

上星期六(19 日),首次听师觉月讲演,题目是"Aryan's Conquest of Indus"[雅利安人征服印度河]。师氏的英文还不能不承认是很流利的,不过发音含糊得很,要不是事先发了两页讲义,那简直没法听。

星期日(20 日)上北平图书馆坐了一天,还是继续读 R. Timothy 氏的 *Forty-five Years in China*。今天成绩不太坏,读了百余 page 左右,大概还要来两次才能读完这本书。

这几天老感觉自己胸部右侧不舒服,心里疑神疑鬼的;近日才知道神经衰弱病症中有个叫 Hypochrondciacs[疑为 Hypochondrisis(疑病症)之误]者,其症状就是觉得自己右胸侧痛,说起来不禁令人哑然失笑。一向自以为善于精神分析,居然连自己的问题也没有搞清楚,真是"知人曰智,自知曰明",明哲是真不那么容易做到的。

近来发现自己缺陷很多,总的说来可以说是心理不健全。仔细观察自己,近来似愈变向内倾了;同时神经衰弱得很;也许我自来就受母亲的神经质的遗传。桀国说我脆弱得很,真是知己!

自己还觉得自己孤独得很。像我这样一个人,怎么会孤独呢?真令我有点不解。孤独的生活会使人愈加变态,悲观的念头也大多是在孤独时产生的。

啊,我知道了!为什么?为什么?还不是因为自己内心存在的优越感和超人感在下意识里作祟,自以为人不如我,所以就独自超然孤立起来;愈超然孤立,就愈看人不顺眼,于是人我之间的距离愈远,成见愈深,自然更加合不拢来了。

仔细分析起来,我之不满别人,并非不满所有的人;大概我所不满者,以知识分子为主;老百姓、小朋友、无产者,我对他们心怀善意而决不骄傲的。为什么我对某些人似有仇恨呢?这我也不太清楚;犹如有些人只对与他们有关系的人好,而对其他无关系的人则是另一种态度,他们表现的是人类伪善。

前天晚上,胡校长讲我们的"历史研究法"的第一课,题目是《史学与证据》。大礼堂里出乎意外地挤得水泄不通,听说连吴之椿的太太也来听讲了;其他如石俊(?)、邓广铭、郑天挺也都到场站班,可见我们胡博士的号召力真大;想当年他红得发紫的时候,其盛况就更不用说了。这次讲演还不坏,如此平凡枯燥无味的题目在他口里却讲得津津有味,可见胡博士确实有一些才华。

昨天下午4时,胡校长新由印度请来的英国政治学者卡德林教授在理学院礼堂演讲《世界文化危机与人生价值的争取》。卡博士一口牛津英语，令人简直听不惯。当时我疲倦得几乎支持不住了，很吃力地也不能集中注意力；所以他讲些什么，也不甚了了。

今天下午，学校的演讲很多，除师觉月的系统演讲外，还有陈友松氏讲《蔡子民先生的教育思想》，周炳琳氏讲《南行所见》。同时，中法大学放映新闻影片。我在犹豫很久之后，结果同世夫、桀国到中法去看电影。影片分三段，头两段描写美国人的生活，没啥意思，第三段为第二次世界大战欧洲战场的情景，自1939年9月开始到法国投降止，对于德军进攻的步骤与情景都拍得很适当。每多看一次战争的新闻片，我都更增加了一分警惕心，联想到国内的现实，令人不禁寒噤之久。

近来一切其他的书都已搁下，准备以两周的时间集中研究"五四运动"。一开始工作，就感到史料缺乏得很。图书馆有的史料，有《新青年》、《新潮》和《东方杂志》，倒给我不少的帮助。

史料愈读愈多，而应研究的问题也愈来愈大。仔细思索起来，"五四"实在不是一个简单的问题，我觉得应该注意的范围很大。如：

一、"五四"运动本身的发展；

二、"五四"运动是怎样发起的；

三、"五四"时期的国内政局；

四、"五四"时期的国际政局；

五、"五四"的责任追究问题（即曹、陆、章卖国的问题）；

六、"五四"的历史意义。

近来物价不断上涨，一天胜似一天，而伙食却一天比一天坏，营养一天不如一天。奈何？奈何？奈何？

1947年4月27日　星期日

本来同乡会今天开会,没去。

上午去北平图书馆,想继续读 *Forty-five Years in China*,但到了以后,又改变主意,专注于搜寻关于"五四"史料的书,结果很失望,简直没有。报纸阅览室里民国八年的报纸早被学校借走了;杂志阅览室里连《新青年》、《新潮》都没有,更不用说别的了。

只找到一本陆宗舆的《五十自述》石印本,书前有汪大燮的序,很有点为陆氏申冤的意味,陆氏自己的记述也不外乎夸赞自己的功劳,处处替自己辩护,故此书是否具有史料价值尚待参阅他书后方能估定。

借得龚德柏氏译的日本陆奥宗光的《蹇蹇录》(日本侵略中国秘史),不料内容只限于"中日战争"一役前后,未涉及"五四"时期。

又想借王芸生氏所著《六十年来中国与日本》,结果没有借到。

下午,睡了一觉,很无聊地度过了。

晚饭后,去平安看影片 *Kings Row*(金石盟)。此片曾被《文汇报》大吹过一番,想来不会只是徒有虚名。这是一部与《鸳梦重温》同一类型的心理片,不过的确在《鸳梦重温》之上。因为《鸳梦重温》只是一部单纯的心理实验影片,而《金石盟》却富有现实人生教训的真正意义,它的中心思想是 Control yourself, 并且 help yourself。此片大胆地描画人类的心理病态,指出文明的创伤,很合我的口味。

读 Russell《怀疑论集》第1、2章,心旷神怡,似乎又向真理走近一步了。

在影院碰见车惠(?)。

1947年5月1日　星期四

纪念“五四”的活动从今天开始。本来早几天就忙起来了，募钱啦，征稿啦，设计啦，忙个不停。

今晚有科学晚会，地点设在理学院大礼堂。晚饭后，徐步走去，才知不在那里；因为这个礼堂容量太小，改到礼堂前的草地上开会了。此处真是妙极，当中一个圆水池，周围是倾斜的草地，其外是一圈环绕四周的路，路外边又是可以坐人的草地，真是再好不过的天然露天集会场所，只是可惜还小了点，仍然不能容纳太多的人。

扩音器响了，第一位发言的是郑华炽教务长讲“研究科学的先决条件”，内容分人才、财力、时间与合作四个方面加以说明，还举了许多有趣的例子，讲得相当好，我真没有想到他的口齿竟有如此清白。第二位发言的是动物系主任王敬瞧先生；这位“五四”时期的新潮小说家，身材矮小，“五四”才过二十八年，头发就已经花白了。他幽默而正经地说：“五四时代我们喊的口号有两个，一个是‘打倒旧礼教’，另一个科学的口号是什么呢？很滑稽，是‘用科学整理国故’。因此，北大第一个研究所成立的不是科学研究所，而是研究所国学门。我们有一个同学，他研究的最大成绩是考证出大禹不是人，后来经某方的要求，又考出大禹是6月6日生，因此，北方不是有谚语云‘6月6日狗洗澡’吗？……”这简短的演讲，使人透彻地了解“五四”所喊的口号“赛先生”是什么东西了。第三位发言的是现在国内研究新生代的权威学者杨钟健先生，他指出了“五四”的两种精神：一种是自由讨论之精神，另一种是寻找问题的精神，并希望同学们能继续之。第四位发言的是袁翰青先生，是讲得最好的一位。他首先指出郑先生说的科学要靠资本家并不尽然,有的资本家反而阻碍科学的进步啊!他说:要科学,但不能避免谈民生。最后他谈到社会主义国家苏联,认为他们的科学水准是挺高的。袁先生明畅有力的演讲,句句都打动听众的心灵。第五位发言者最蹩扭,是一位姓马的年青小伙子,态度之轻浮夸大令人喷饭,据说是留美归来的。由他今天的表现可知,花旗教育实在太成问题了。最后发言的是孙云铸先生,他很诚挚地轻描淡写地说了几句老生常谈,建议同学们毕业后不应立即离开研究中心太远,留学也不必太急,多在国内住几年再出国较为有益;他还劝大家读书要用思想。最后,他说胡适之先生告诉他,宋人沈括的《梦溪笔谈》谈到地质,有很科学的看法。他翻来看了一下,很觉得惊异,由此感到中国人的智力之高,并不是没有科学,……。

11时许散会,我带着非常满意而愉快的心情归来。

今晚的会听众并不多,不到一千人。科学!科学!何以如此冷清?

1947年5月2日　星期五

今晚的活动是文艺晚会,本来说是在红楼操场游艺室前举行的,临时因为天气突变,下起雨来,不得已只好改到北楼礼堂去开。你想,这么盛大的会放在这么小的礼堂里开,怎么得行?真笑话!笑话!

饭后,我先到西斋领十五万元的面粉钱,然后才赶到北楼,挤到礼堂门口,就不能有半点动弹;又是热气,又是汗臭,实在叫人受不了,我只得杀出重围,退下阵来。好在礼堂外装有一个扩音喇叭,来迟了的同学都搬了凳子坐在外面听。其实,除了看不见以外,这里倒还惬意些。

晚会开始,第一位讲话的是朱自清先生,讲的不甚精彩。然后,是一位同学朗诵鲁迅的《狂人日记》,极糟。接下来是冯至先生讲"五四以来的诗歌"。再下来本该是马彦详先生讲"五四以来的戏剧",但因马先生事先答应了燕大去演讲,所以不能来,改以书函方式发表书面谈话。现在由一位同学来念马先生的信,信写得很好,可惜因时间不够,没有写完,内容主要讲抗战以来戏剧工作者奋斗的情形,亲切动人。再后面是中法大学叶鼎彝先生讲"五四以来的小说",声音太小,听不清楚。最后是朱光潜先生谈翻译,因为在礼堂里空气令人窒息了两个多小时,朱先生闷得头痛发作,不能作演讲了,只是随便说了几句就算了。

演讲完毕后,大合唱《黄河大合唱》在露天举行,锣鼓三弦也动员起来了。这个大合唱的气魄真大,虽然今晚唱得不太好,但也很令人感到满意了。

1947年5月3日　星期六

今晚的活动由我们史学系主办历史晚会,是这三天活动中最精彩的一场。晚饭后不久,坐在红楼操场游艺室前等待的人就已经不少了。8时开会,首先当然请我们的胡校长演讲。他似乎只对"五四"以来的新文学运动进行追思,因为他说他不够资格谈"五四运动"。他说,"五四"的精神是"重新估定一切价值"(Transvaluation all values)。在讲演中他还附带对同学们提出一点要求,就是希望大家不要把标语贴到所有的墙上,譬如新修的墙就应当保护它的清洁美观,自然啰,他的借口是有碍观瞻。明天就有外宾来校参观,到处贴"膏药"有伤雅观。我不大了解胡先生话里的意思,是耶?非耶?第二位演讲的是许德珩先生,他今天真是激动得很,感情差不多快要沸腾了。首先,他把"五四"的经过略为报告了一番,接着发抒了感慨,说了不少冷嘲热讽的话。我想,坐在旁边的胡校长听了恐怕会觉得不太舒服。许先生拉长了嗓子大吼,我起初还担心他的嗓子无法坚持到把话讲完呢。第三位演讲者是周炳琳先生,这位"五四"时期的健将一开口就说不讲太感情用事的话,而是从最理智的方面来谈。他从蔡孑民一直说到胡适之,言语倒是不含冲动性,但他讲的却是同学们不大爱听的话。从他的话里,我们知道了当年北大腐败的一面。据说那时北平八大胡同有所谓"两院一堂"之说,意思是到八大胡同狎妓的除参众两院的议员外,还有京师大学堂的师生。第四位演讲者是容肇祖先生。此公短小精干,年青直率,就像一位哥哥在和我们说话似的。至于他说的什么,我实在是一句也没听清楚;不过,他那真挚的感情即使不依靠语言也能让人领会到。最后一位是我们的四川教授樊弘讲演,此公的话倒是老实有理,只不过显得"宝头宝脑";人说江津"宝气"多,此公又是一例。他的逻辑是人的经济关系决定他的一切,并由此证明帝国主义者、资产阶级、知识阶级、小地主、商人、买办等等都是不要民主的,话中笑料不少,说理精辟,不过因为讲起兴了,话说得多,把安排给郑天挺先生讲演的时间都占去了。

晚会在11点过结束。

1947年5月4日　星期日

由“北京人社”主办的“五四史料试展”今天开展，收罗史料还算相当努力，观众相当踊跃。大家面对着这些历史留下的印迹，都感到亲切和兴奋。

晚，“北星体育会”主办营火晚会，内容虽然不精彩，但同学们也总算颇卖力气了。最叫座的是“西班牙斗牛”，这个节目先在清华表演过，当时就因其新奇获得掌声不少。收场时集体扭秧歌，本来扭得极坏，但由于北方的同学以前没有看见过，一下见到这新奇的服饰，民谣风的音乐，扭来扭去的动作，丑态百出，倒不乏笑料。

熊熊的营火映照着每个人的心，心头的火也被点燃了！燃吧！把黑夜连同那些不敢见光线的夜鬼一齐赶跑！

1947年5月5日　星期一

北大剧艺社为纪念“五四”排演的话剧本来安排三院的同学后天去看，但是我看见今晚三院去看演出的人那么多，也就率性提前去看了。

第一幕《开锣以前》描写上演话剧的种种难关，但剧本写得很不成熟。第二幕《饥饿线上》居然把某些观众看笑了，有人在台下悄悄地问：“什么东西是观音土?”可见此剧在“对牛弹琴”了。第三幕《一个女人和一条狗》，题目看起来怪有趣的，原来是描写一个女人玩弄一个特务人员的笑剧，全剧就像一篇侦探小说似的，颇有些小噱头，但总观全剧，毫无上演价值。最后一幕是《凯旋》，自然也赢得一些人的眼泪，但是哈哈大笑者也不乏其人，可见欣赏水平的低下是提高戏剧演出质量的敌人。

祖武也来看演出。

1947年5月6日　星期二

据说上午陈雪屏把剧艺社的负责人找去，劝告他们停演《凯旋》与《一个女人和一条狗》以免发生意外，否则恕不负责。噫，这真是怪事，训导长怎么知道同学演的什么剧？又怎么知道会出事？校内演剧的自由也没有了，训导长不为同学力争，反而还语带恐吓，我真不解这是为什么？其实何尝不解。如此说来，你是无论如何也掩饰不住了，陈雪屏，不能不说你大有特务分子的嫌疑了。

在四周恶势力的压迫下，今晚的《凯旋》只好在种种顾忌下停演，临时改演《未婚夫妻》一剧。

每个观众都含着愤怒。来观剧的中学同学说："为什么《凯旋》不演了？我们是特地来看的。"为什么？为什么？

1947年5月7日　星期三

在同学的抗议和督促下，《凯旋》还是决定在今晚再次上演。这是在向反动势力挑战啊，看谁胜利！

傍晚，三院门前的形势显得比往日紧张了。进出的人查票比往日严格；无票者今晚绝对不准入场。这样规定自有其说不出来的苦衷。

张东荪先生曾说："没有一个统治者是好人。"此话真不错。统治者大半都是糊涂虫，世界上最愚蠢的统治就是统治思想了。我想起"挟书者族，偶语者诛，驱四万万人尽效鹦鹉舌、牛马走，转瞬咸阳成灰，古今同笑秦王计"的句子。

啊！统治阶级，你的名字叫“愚蠢”。

1947年5月10日　星期六

我们的伙食涨到16万元了。本来膳团分家以后还有一个丝糕膳团，而我一向是爱吃丝糕的，但是，近来不知是胃弱呢还是有别的什么原因，忽然一下吃不惯丝糕了，只得吃米饭膳团，于是，本届不但不退一文，反而还倒欠四万元，由学校暂借。

前次面粉钱领到十五万，但是偏偏物价就在最近大涨了一下。买皮鞋借世夫的三万元还给他，买了一部《法国大革命史》花了二万七千几，一件衬衣四万五千元，一双袜子八千五百元；《怀疑论集》买得最便宜，只花了四千元；另外，桀国借去二万元，于是十五万元就告解决了。

两件衬衣领都坏了，拿去翻了一面，又去洋三千元。

近日作疏球古今地理之研究，问题太多，无甚成绩。

1947年5月16日　星期六

成都、上海、无锡、南京都普遍地发生抢米的事；中大、交大都已罢教、罢课了，老百姓差不多已经临近死亡线了，统治者的一切表现都是垂死的挣扎。啊！暴风雨快来了！暴风雨快来了！

下午，王芸生氏在理学院演讲“日本问题的再认识”，内容取证实例很多，使我们知道今天的日本，军国主义思想依旧毫无改变；麦克阿瑟的政策是有计划地扶持日本来对抗苏联，日本工厂只要有原料就可生产大量的输出品参与市场竞争；这使我们对未来的世界和平感到担忧，因为摆在我们面前的是一些危险的征兆。今天我们正处于千钧一发将要决定今后国家命运的时刻，但是，我们没有积极争取它，把握它，这是如何浅视的蠢事，会给子孙后代留下无穷的祸患。我们正在打内战，自相残杀！罪过！罪过！千百年后我们的子孙不会饶恕我们，未来的历史学家将要尖刻地抨击我们！

我一向认为，中国的地理环境实在太不理想，为什么偏偏与日本为邻？因为中国实在难以同日本竞争，这不仅因为国力强弱不同，而且民族性也不同。如果中国不从文化方面和民族性方面进行改造，中国是永远不会有安宁的日子过的。

清华决定明天罢课，我们还需等明天开会来作出决定。

"时日曷丧，余及汝偕亡！"

1947年5月17日 星期六

早饭后到学校去，首先看到的是《红楼》、《解放》等三家壁报的联合宣言。他们也大呼反对内战，不过，他们主张美国应帮助中国进行建设，而苏联则应退出中国的旅大，其用意颇够玩味。

再往里走，另一类标语贴出来了。什么？真是出乎我意料之外！标语有："只有新民主主义才能解放中国"，"踏着十月革命的道路前进"，"政府改组，胡适胡适？"，"拥护向达教授做我们的训导长"，"国民党教职员退出北大"，……等等，这是怎么回事？值得深思。

今天报载，本年会考暂停，大学考试统由各校自行斟酌办理。

中饭时，膳委宣布本月再发公费八万元。唔，好厉害的手段。我们的"反饥饿"的口号似乎不好喊了。

晚，世夫开了会回来说，决议自后天起至少罢课三天，反内战反饥饿。

诗雅、兆民有信来，他们在重庆搞得很好。诗雅在他寄来的《五四特刊》旁用钢笔写了几句很精彩的话说：

荣渠：惟有民主，才能有创造的自由与智慧的狂想，有了这种自由、这种狂想，科学才能发达，人类生活才能改进。“五四”的精神是严肃的，不容许狡黠的存在，狡黠至少会产生消沉与灰色。“五四”是失败了，它没有使整个知识分子团结起来共同扭转乾坤，它没有深入民间做到唤醒的工作。

1947年5月18日　星期日

上午，清华进城宣传的同学来了三百多人，在北楼先做准备工作，定于下午出去宣传。北大本来不准备今天出动宣传的，临时也决定组织力量与清华同学一同出去。相成、汪楼、彝尊、应常他们都进城来了。

下午，北楼前煞是热闹。这里一堆，那里一堆，有的在练歌，有的在讨论，忙成一团。2时许，都一队队地从北大出发了。我是属于纠察队第2队，我们配合大一合唱团的同学，为他们的宣传维持周边秩序，路线由辅大到西四。我和庆遐、世俄等五人打先锋，一直走到辅仁大学。今天恰好碰上辅大的返校节，熙熙攘攘，仕女如云。我们刚到不一会儿，宣传队就到了，当即在辅大门侧摆开场地，唱起歌来，街上的交通顷刻间被阻断了。唱歌以后，继之以演讲，倒也赢得一些掌声。不过，据我以往的经验判断，实际效果并不理想；因为歌唱得不好，唱些什么根本听不清楚，演讲也不行，不知讲了些什么,只听得大声嘶喊:“我们反内战!我们饥饿!”你们饥饿与老百姓有何关系?听众就搞不明白了。

在辅大门侧宣传约半个多小时,队伍继续前行,到新街口又停下来宣传一阵,贴标语、写标语的工作也同时进行。有的同学在街上拦住汽车贴、写标语,时时发生口角,这种工作方式,实在不可取。

到了西四,又停下来宣传了一番。当时,有同学拦住一辆满载青年军的汽车写标语,车上军人大哗,双方发生口角。车上有的人已经打算下车来动武了,幸好经另一些同学和言劝解,同时,车上也不乏明白事理的人,一场风波幸未酿成武斗。

还有一件有趣的事。有一辆汽车的司机大不满意同学们画脏了他的新车,他说:“这是行辕的车!”殊不知有个同学大笑说:“行辕的车上更该写标语。”那位司机恼怒不已,质问写标语的同学叫什么名字,以便向他的上司告发;同学说:“告诉他去,是北京大学!”

本来到了西四就可以折回来返校了,队伍却继续往前走,在西单商场对面街边才停了下来。事先我们已经得到消息,知道前一支宣传队在此地与青年军发生过冲突,几乎打起架来,他们叫我们最好不要在此停留了。但是,我们还是停了下来进行最后一轮宣传。

我站在正对着演讲的宣传队员的那一边街上履行站岗放哨的职务,当时街上来来往往的青年军人员很多;我深怕在电车上写标语的同学和车上的青年军发生冲突,因为这些军人都以并非善意的目光瞪着我们的宣传队员写字,幸好这一幕终于平安无事地过去了,唱歌、演讲也在顺利地进行着。我心中暗想,今天看来没有什么事了,统治者们毕竟沉住了气。谁知正当此时,不幸的事情却就此开始了。

突然我看见一伙青年军约有百余人从南向北走来,离我只不过五六丈远的光景。"打! 打! 打!"的喊声已经从他们那边传过来,周围的空气立刻紧张起来,"一二·一"在昆明挨打的景象闪电般地出现在我的眼前,而此时演讲的同学依然镇静如故地继续讲下去;说时迟,那时快,那些穿黄色军服但没有佩戴符号的军人(事后我才知道是青年军二〇八师的)已拥近宣传队,每人都解下腰皮带来拿在手里。同学们立即向他们呼喊口号:"中国人不打中国人!"但这几乎是全无作用,他们仍然立刻打起人来,全街一片紊乱,空气紧张,店铺纷纷开始关门。同学们看见青年军冲来,手持皮带向人乱打,遂一哄而散,逃避于街角或商店内,但有很少数人拔脚较慢,不幸惨遭毒手。我站在街对面,为避免引起注意,先退了几步,然后立在西单商场门前作旁观状;被打的同学呼叫声声,悲惨凄厉。大约一分钟后,突然一声枪响。我以为发生了惨剧,一切都完了,但后来才听说并没有人中弹,可能是朝天开的枪。当时,好些在场的女同学都吓软了,倒在地上好一阵都爬不起来,但幸好并未遭毒手。

行凶数分钟后,青年军慢慢向北转移,扬长四散而去。在场的军警都呆若木鸡,不敢稍动;而街上身着青年军服装者仍比比皆是,真分不清楚哪些是路过的无关者? 哪些是刚才专门来行凶打人的?

此时,我看见了世俄,彼此暗暗打了一个招呼。我们沿着街边溜了几趟，因为颇为招人注意，不敢多事逗留。据世俄说，有一个身着西装者，正在往返巡视，很可能是一个特务人员。我特别到香烟摊上买了两支烟，装着若无其事的样子点燃了含在嘴上。我本来绝口不沾烟味的，此时却不得不逢场作戏，含着烟去逛西单商场了。

由于宣传队的同学四处星散，挨打损伤的情况一时还无从了解。我们碰见一个高个子同学，暗地问他情况如何。他示意我们赶快走，损伤似乎相当严重。因为对受伤同学的情况放心不下，我们又继续在这条街上来回走了两趟，看看街上的情况已经比较平静，于是才一同向北大医院走去。

到北大医院门前，看见停有一部人力车，车座靠背上血迹斑斑，颜色殷红，这自然是载来刚才受伤同学的车子了。我连忙快步走进去，看见好些宣传队的同学都聚集在这里，但并没有受伤的人，心里的紧张情绪才暂时缓解下来。

庆遐也在这里。我连忙探听受伤同学的消息，才知道重伤同学一位，名叫张启梁，是本校地质系一年级同学，头部被打破，流血甚多，头上的裂缝处已露出脑骨，满面血肉模糊，状至惨烈，此时正在进行手术治疗；另有轻伤同学数人，被捕同学还不详实数；言下大家都不胜悲愤。为了统计今天挨打现场同学人数，决定立即征集签名，在医院先签一次，回到北楼后再签一次，以免归途中遭遇意外时便于核查。

此时进来了两位交大同学，自我介绍说他们因听说北大同学被打特来探询消息，并拿出学生证来证实身份。我们于是简略地向他们介绍了情况。

有一位到医院来的宪兵被部分同学包围起来进行责难;他申辩说:“我们有什么办法?看见他们(指青年军)打起人来,我立刻把枪藏进口袋里以防被他们抢去。”他表示很同情我们,但是爱莫能助。唉!在法制国家里,宪兵的地位是多么崇高!看一看美国M.P.的神气样子,也可见中美文化不同之点。

回校后,突又传来同学在北池子被打的消息。后来,听宪邦、继善两君报告,才知道实情是这样的:

在我们这一支宣传队被打之前,另有一支宣传队也在西单进行过宣传,当时有青年军在周围捣乱,东一言,西一语,故意寻衅闹事,并高呼“打倒共产党!”同学们对这些无理取闹的丘八自然很感头痛,就邀约他们干脆到四院去座谈,但是他们不敢去,反邀同学们到另一个地方去宣传,其用意大概是到一处对他们有利的地方好下毒手。同学们当然不愿上当,藉口要回学校去,改道进了中山公园开展宣传。此时同学们发现有个青年军骑自行车尾随宣传队,于是又穿过故宫返回学校。不巧的是有少数同学走得慢了些,掉在后面,经过北池子时就被青年军打了一顿。校内纠察队闻讯,立即跑步赶到北池子救援,果然见有五六个青年军还在那里没有散去。纠察队同学的人数当然比他们多得多,但这几个青年军似乎愈打愈胆大了,公然大声嘲骂同学胆小无用,只会逃跑。同学被他们激怒,立刻围住两名青年军,拳头交加,饱打了一顿。要不是有宪兵在场劝阻,同学们就把他们拉回学校来了。

宪邦讲完后,还把他的手伸出来给我看,手上的皮已擦破,言下不无得意的神色。

1947年5月19日　星期一

上午，在陈懋隆他们那一组的街头壁画组画漫画，对于所画题材及其表现手法都感到头痛，因为我们虽然觉得漫画已经画得相当浅显、明白了，但是老百姓还是很难理解。漫画本来就是高等知识阶级搞的玩意儿，“漫画下乡”比起“戏剧下乡”来还更难一些。

下午，金铸邀我到秘书处工作。我对此比较感兴趣。秘书处工作其实很轻松，主要是拟写文稿和收发审核稿件。今天的工作只是写一封“致受伤同学慰问信”、审改“抗议书”等文稿，还拟了一个为明日大游行致学校当局的“备忘录”。

今天燕大、师大、朝院等校都已响应罢课，外国记者有三批来访问。

1947年5月20日　星期二

上午，拟致行辕“备忘录”，缮写“抗议书”、“请愿书”等件。

下午，各学校同学都先先后后集合到北大操场上，北大的每一个角落都活跃起来。昨天，《大公报》的标题宛如“五四”重演，实在有此感觉。

游行归来已经很疲倦不堪了。我担任纠察工作，还算是轻松的了，但也感觉吃不消。

今天没有出大事，真是万幸。游行队伍行列太长，首尾不能呼应，幸好无事。万一出点意外，一定纷乱不堪，难以收拾。

“反饥饿反内战联合会”机构太庞大，同样患了呼应不灵的毛病。不过，组成这样一个机构，也实属不易。

1947年5月21日　星期三

一早在民主广场的民主墙上就出现了怪标语，计有："中国国社党万岁"、"中国学生运动胜利万岁"、"被诬为汉奸或战犯的政治犯一日不复自由，学运一日不休"、"国民党、共产党是国家的妖孽，人民的公敌"、"清算国共双方出卖国家蹂躏人民的内战罪行"等内容。

下午，院系联合会公开征求同学意见，请大家签名表示是否赞成继续罢课。

写致南京受伤同学及天津受伤同学的"慰问信"。

晚，获悉向行辕请愿结果的消息，大致还算圆满。联合会在北楼开会，会议结果决议：为抗议南京、天津暴行，明天继续罢课一日，后天复课。

下午传说南大受伤同学死去一人；还传说先修班在11点被打，但传说大概不确。

晚，游艺室前开戏剧晚会，演出《万元大票》、《民主信徒》、《凯旋》三剧，前二剧是新排上演的，我只看了一幕《万元大票》就走了。此剧是同学自己创作的，剧情是讽刺现实，但除了几个噱头外，全是莫名其妙，尤其是收场得更是不知所云。

明日活动不准备出学校，以开展6月2日反内战日寄信运动为工作中心。

据茨尧言，有一个电灯工人对他说："你们反内战反饥饿真是很合我们的心意，我们当然赞成！"

1947年5月22日　星期四

对于明天复课的事，有同学贴出一张质问，大意是：一、既然征求民意,为何又独意决定明天复课? 二、定6月2日为反内战日是何用意? 三、置受伤同学于不顾,更属不是。虽然文内露出棍子口气,但所言亦不无理由:有人在这张未具名的质问启事上添加了"狗启"两个字。

昨天王府井大街就已经把我们游行时写的标语口号清除干净了,今天街上又出现了另一些标语,有趣得很,如:"没得饭吃,干脆到解放区去吃!""清华大学公费生,每饭四菜一汤,喊饿,真没良心!"

下午,同桀国、奇文去美琪看影片《长春树》,因片子没有中文字幕,剧情不太了了,加以精神不振,注意力难以集中,英语对白更加听不清楚,就演技来说,还算不坏,尤其是那一对小演员,很有希望。

今天无事,精神又不好,无聊得很。上午躺在床上,半小时之内换了三次书看,先是翻开叔本华的《自由意志论》,感觉太打脑壳了,放下,换了没有读完的 *Psychology and History*,仍是太费力;最后,选了王国维的《人间词话》来胡乱读了一会。

世夫谈:"有些人办事根本不行。"此话颇具[慧]眼。他说:"有一个《华北日报》记者对他说:"办报不过是大捧小捧而已,《大公报》就好了吗? 还不是有所捧啊! 我是燕大毕业生,当然是自由分子,但是……。"这可以说是肺腑之言,由此可窥见中国社会的一斑。

《快报》言:朝院今天校内"棍子"打同学,由某职员指挥动手,有受伤者云云。

又传言:清华同学去市中宣传时,被军警包围,并绳绑索缚,要将人带走，幸经市中同学极力反对阻止，联合会闻讯后，立即去何市长处求救，闻现已予以释放。呜呼！人权何在？此对行辕李主任之保证，不啻一绝大讽刺。

1947年5月23日　星期五

刚起床，就听说昨天下午朝阳打死四位同学，今天继续罢课。庆逷说昨晚在"美琪"看电影，10时左右尚未终场就被赶了出来，说是宣布戒严了，叫赶快跑回学校去。这般如临大敌的状况，可见朝阳被打事件之严重。

到学校去转了一圈，同学没有去上课的，又没有什么工作要做，就回到宿舍里鬼混，书自然是念不进去的。

据同学访问胡校长后传言，胡氏对于朝阳同学被打事大为不满，表示决意站在同学方面，担保请求释放被捕同学。今日教授们也发表了宣言。师生果能步伐一致，前途尚属乐观。

下午也莫名其妙地混过；发家信和致诗雅、兆民信。

感觉孤独得很，立刻写了一封信催祖陶早来。

1947年5月24日　星期六

早晨6点钟左右，世夫叫醒了我，立即懒洋洋地爬起床来，换好衣服，随即向天津出发。

坐了三轮车抵达火车站时，已经近7点了；买票的行列站得很长很长，我和世夫轮流分别到前面去"打了几趟游击"，因为每人限购两张票，结果还是没有找到偷巧的方法。

排了一会队，前面传说三等已经卖完了，只有头等、二等车票了。头等票大概是两万元左右,二等票是一万元,而三等票仅五千;二、三等车无大的区别,而票价竟如此悬殊,unreasonable[不合理]!

假如等下一班12点的车走的话,时间上的损失加上午餐的费用,去万元也不远了。与世夫商量了一下,结果忍痛决定坐二等车也走。本来听说有站票卖,票价与三等票相同,所不同者就是座位有无的区别,但我们没有买到站票。

买到票时距开车时间八点已经不远,赓即上车。火车于正8时出发,坐在行驶的列车上,因为几日来工作劳累,精神疲乏得很,无心去欣赏窗外"光赤"的原野,于是开始打起盹来。

大约10点20分左右车抵天津东站。世夫是来过一次的,靠他的记忆,虽然他问了几次路,终于顺利地找到跃卿君住的《新星报》报馆;这却很使跃卿惊异的,因为我们在两天前给他写的回信中已经谢绝了他邀约我们来津游玩的请求!

从天津东站出来,我们先在车站附近吃过一顿午饭,仅两份炒面、两碗饭、一盘糟鱼,就花了一万六千元,这使我们开始感到天津生活费用之高昂;因为已经有好些日子没有出街了,这次我们才认真体会到近来物价飞涨的程度;前两天我还在为公费增加感到高兴,现在刚一跨出校门,同社会现实生活指数比较一下,又不禁为少得可怜的公费黯然失色了。

下午,跃卿陪我们到南开去、转了两次电车到南门,再搭公共汽车直趋八里台,相当方便。这里的公交车票较北平便宜,电车不分远近一律二百元,汽车六百元。

南开大学在天津城西南角,离市区不远,汽车有五站路。当我们的车到达南开学生宿舍前停留的当儿，有两位同学一男一女跑到车前来散发铅印宣传品。我接到一张他们的宣言，还有一张《血的控诉》未得到。他们在散发时还说："我们印刷很不容易，请大家不要随便丢掉。"他们的沉毅表情使我对他们油然产生一种敬意。我从车上举目一望，宿舍大门两旁写着"反内战反饥饿"几个大字。

八里台顾名思义，距六里台只有两里路，那里是南开的校本部。我们先去女生宿舍找陈岱宗，希望她能做我们的向导，不巧她却不在。我们只好自己胡乱地逛起来。南大的比较像样的建筑只有两幢，一幢是教室，一幢是校长室、会客室……之所在；后来我们知道，后一幢名叫"胜利楼"。

跃卿因事去找一位姓张的教授。我们陪他一道去教员宿舍。这位张先生人很年青。年青人与年青人总是谈得拢的，大家无拘束地谈着。他说："这次天津暴行很有趣，是小孩子打大孩子，××班的学生受人利用来打南大的同学；因为他们是小孩子，南大同学不好还手；他们手里握着砖头按着南大同学打，所以受伤很重。"他从口音里听得出来，我们是四川人，又大大地把四川赞美了一番。

从张先生那里告辞出来，我们又去拜访李广田先生。但是，按了几分钟的电铃，里面却一点声响也没有。此时是下午3点钟左右，我们估计他或是不在家，或是在睡午觉，只好作罢。

今天是星期六，又在罢课，所以校内清静得很，我们无处可去，于是回到六里台宿舍去看看。

六里台的宿舍还不错，最令人羡慕的就是有一个很好的小湖（或者说是一个较大的游泳池吧！），湖里有五六只小艇在游荡，夏日在这里消暑，真是再好没有。后来我们才知道，此地是从前日本人的东方学校所在地,这个小湖是日本人用来训练海军的呢。

看见别人荡舟,我们不禁也想去尝试一下;听说是可以用学生证向体育处借用,于是我们不揣冒昧跨进体育处,只见里面坐的是下级管理人员,没有上面的负责人,深怕被一口回绝。我们硬着头皮上前说明来意,声明是北大来的,管理人员果然当即面有难色;我们连忙补充一句说:“我们有学生证”;他才忙说:“可以!可以!”接着我们便顺利地领了船桨出来。南开、北大到底还是一家人。

到了水里,我们三人轮换着划了好久,除了在水里打转外,船并不前进,真是笑话得很。碰巧来了三个跃华的同学,自愿帮忙,我们的小船才划向前进了。

划到湖心,我不禁技痒,临时提议下水游泳,一面说就一面动手脱衣服。世夫最先下水,接着是我,最后下去的是跃卿。在水里打了几下水,手脚都无力,我感到很累,最先爬上船来;世夫顶棒,最后上船。我和跃卿脸色都有点发青,在运动比赛下,才知道我们的体质是落伍了!

在船上和那三位跃华的同学攀谈起来,知道他们一位是高中生,两位是初中生,从他们的年龄看来,可猜想他们入学较晚,这本是北方同学的惯例;但很出人意外的是,他们三人都有很丰富的常识、清楚的头脑和正确的观点。有一位很天真地问我们:“什么叫民主广场?”问时眼中闪出求知解惑的眼光。谈到沦陷时期的事,他们认为日本人在奴化他们,表面是中日亲善,暗中是欺侮压迫。他们不能得到后方的消息,只有暗中在晚上偷听重庆的广播,对后方充满敬慕。“一寸山河一寸土,十万青年十万军”的呼声打动着他们。可怜的他们不知道日本投降的消息,日本人告诉他们:现在永久和平了。8月15日，他们才知道一点消息，但是，日本人告诉他们说："我们不是向中国投降，而是向美国投降。"谈到胜利以后，首先提起青年团的号召青年，一直到和平民主他们都很熟悉。他们说："以前这一带都是日本的工业区，但是，胜利以后便完全停工了。"虽然只是简短的叙述，但听来却令人感触无限。

大约在湖里玩了一个小时左右，我们就上岸返城，在一家茶馆里休息，以恢复过度的疲乏，同时闲谈一些生活中的感触。

1947年5月25日　星期日

早点吃过后，跃卿领我们去逛租界。进了租界，就等于到了外国。在意租界，所见都是罗马式的建筑，房屋以圆柱为饰，古希腊罗马之风展现于眼前；英租界所见建筑则古老呆板，陈旧沉重，颇能表现大英帝国风度；到了法租界，当然作风又不同了，热闹、繁华、摩登，华丽的窗饰，匆匆的行人，具备了现代都市的一切；走到日租界就可怜了，矮爬爬的房子，岛国殖民到底不离穷相！

下午返回北平。

1947年5月26日　星期一

民主墙上贴有一封自南京寄来的信，内中详述此次南京游行事件，说是有一位女同学当时被打死。这个消息在报上并未登载。据说朝阳也有同学被打死，报纸上也没有提及只字。新闻封锁之严，由此可见。

本日上课情形尚好，"六·二"运动在积极准备中，寄信是中心工作。

1947年5月31日 星期六

"六·二"运动已得各方反响,南京等地学校已决定游行,而北大则一片寂静。昨天《大众》贴出一张讽刺的壁报,有些热情的同学又积极思动了。

昨日下午院系代表会议决议,北大主张参加"六·二"游行。北大实在也不得不主张游行,因为这次游行本是北大发起的,别人已经热烈地响应了,焉有发起者反而"打退堂鼓"之理?而今时局艰难,环境恶劣,民主运动之推进实不易掌握。以此观之,此次"六·二"游行似有欲罢不能之势,这真出人意料也。

政府对于"六·二"感到严重的恐惧,蒋主席、参政会及其他民众团体都纷纷有所表示,前天北方教授发表了一个宣言,立场相当公正而站得住脚,昨日北大清华教授来了一个联合的劝告学生停止"六·二"运动的宣言,语重心长,极尽师长恳切爱护学子之意,但是"六·二"似乎是不能挽回了。

政府真能防患于未然,这几天,舆论上的攻势和武装特务组织的攻势相互配合。日前陈继承给学校来了一个通知,申言禁止游行,一面劝导,一面威胁。今天北平报载说,少数共军"蠢动"于北平四郊,以于"六·二"暴动云云。同时,从前晚开始,本市从晚上10时起戒严。如此看来,局势正日渐严重。

今天下午学联开会,详情尚不得而知。据说梅校长、胡校长都在会前见过李宗仁,又赶回召集学联代表训话,劝阻游行,用心良苦。

刚才纪行回来说,据 *Peiping Chronicle* 消息,昨晨3时左右,上海出动大批警察同时到各校大肆拘捕,吴国桢市长宣称此系逮捕共产党，将准备船只将他们送往山东云云。

晚，民主广场有歌咏戏剧晚会，没有去参加。

前天接得父亲一函，除训诫一番外，还说："假使到了学校已不能开门，生活已无法维系的一天，汝可弃学速即返川。"同时，云万也来了一封信，寄来了父亲交他汇来的六十万元，真是令人诧异。当即发回两封信，决定把钱退回去。

拟好追悼因内战而死难同胞之祭文。

1947年6月1日　星期日

上午学联贴出布告，决定明天不游行了。一部分同学对事先任意将这个消息公布甚感不满。

今天报上发表了一篇胡校长的冠冕堂皇的谈话，其中提到学联早已告诉他说不游行了。同学们认为学联有操纵出卖运动的嫌疑，颇为不满。

下午，民主广场举行命名典礼及欢迎受伤同学大会。烈日之下，除鸣炮、升旗、呼口号、给受伤同学献花外，还有颂词、颂诗甚多。

升旗上去不一会儿，旗杆忽然被风吹倒了。民主旗帜在民主广场上刚升起来就倒下了，真是一个不祥之兆！这也许象征我们民主前途的多灾多难吧？

主席团又重新宣布再来一次升旗典礼，呼口号之后，还叫同学鼓掌。这种愚蠢的举措只能表示主席团之低能与愚昧。

今天中午天津就开始戒严了。傍晚，我们去东安市场回来，看见东安门大街上停了不少大卡车；联想到上午看见的一卡车一卡车全副武装的青年军把机枪架在车顶上从街上开过,真不知是什么意思!

戒严了!三院到红楼的路侧街口不知从哪儿运来了这么多沙袋,堆满了巷口。北大是整个地被包围得水泄不通了,这是什么意思?辛苦了朋友们!

可恨!可怕!可笑!可恼!

晚,传说要来搜查,一时弄得空气紧张起来。管他妈的,睡觉!

1947年6月2日　星期一

"六·二"终于到了。《平明日报》第一版的大标题是:"全国本日盼祷平安";再翻开《经世日报》一看,赫然入目的竟是"渝穗汴汉蓉军警捕人竟演成流血惨剧,津渝沈昨宣布戒严"、"渝警备司令部昨逮捕千人,包括教授学生记者"等惊人标题,使人悲愤不忍卒读。

起草"再致行辕抗议书"。

9时赴民主广场开追悼大会,一路上的沙包警戒依然未撤。据住在红楼的同学说,昨晚街上整整闹了一夜,现在全校电话已经不通。报载:"今日商号不开门者,当局决予停业处分"。《华北日报》则大吹"游行在鼓动中,北大清华等校各领津贴一亿多"云云;经济系某位同学算了一下,这笔巨款今日北平的任何银行都拿不出来,真是造谣也造得太蹩脚了!

校内贴满了红绿漫画和标语,漫画也是油印的,画的不外是"共产党的尾巴"之类。不过昨夜张贴时"棍子们"心虚得很,过于慌张,弄得满地都是遗弃的标语漫画。一些同学甚为开心,连呼:"好便纸!好便纸!"

挽联、花圈及李、闻二先生和四烈士的相片都陈列出来了。最精彩而简单明了的挽联要算“独裁千古,民主万岁”一联了。

行礼如仪后,有祭文祭诗的朗读,“一二·一”到现在各地惨案的报告。报告惨案的那位女同学说得声泪俱下,悲愤满腔。唱挽歌后,胡适校长演讲,他对此次运动的工作及措施夸奖了一番,并更正前日报上发表的他的谈话内容,还说今日陈继承总司令已通过电话对于此次戒严向他表示道歉。

其次是周炳琳教授演讲;他先说今天的大会称为“为内战而死难的军民及反内战而牺牲的烈士追悼会”,其中军民并提不当,他对于为内战而死的兵士开追悼会不感兴趣;接着他指出以逮捕共产党的名义捕人不合法;最后他说:我们除悼念闻一多先生外,没有忘记李公朴先生是很正确的。

钱端升、吴之椿先生也相继发表演讲。

在今天开会前,有一位姓何的大一同学在校门口贴标语被捕了。现在学联和学校正在向当局交涉,要求放人。

今天便衣人物散布于我们学校四周作巡游状者甚多。刚才景淮回来说,有个小伙子在那里站岗,自称是什么“自卫团”的。

传昨夜唐山交大因拒捕发生流血惨剧,现在又有同学发动签名,酝酿罢课。

读毕《精神分析学与辩证唯物论》及《马克思的政治思想》一书中的数章。

晚饭后,同世夫步出校门看了一下,街面尚未解除戒严状态;转身回校,便听说又出事了。真是出人意外,兢兢业业的一天居然也不让人安然度过!桀国来说,刚才何思源到北大来拜访胡适,胡陪同他出来视察学校附近堆放的"工事",走到了西斋;同学们围上前去质问何市长,你一言,我一语,难免没有过激之处,弄得他口拙语塞,窘态百出,胡连忙护着他突出重围而去。他们刚走,从景山那边突然开过来二辆满载全副武装士兵的卡车,在西斋门前不远处为一清华同学碰见,忍不住问道:"你们这是什么意思?"话犹未了,军警立即跑来抓他,他拔腿就跑,躲进西斋大门。门内同学看见卡车开来,连忙关闭大门,于是在大门口发生争执。军警当即在门口戒严,刀出鞘,弹上膛,禁止街上行人通行,空气紧张万分。此时西斋四周已陷入重围,甚至屋顶上也有人出现;军警要同学交出刚才说话那位同学来,众人不答应,于是军警想冲进来,而同学们想冲出去;军警威胁说:"谁敢出来就打死谁!"在双方僵持下,幸好胡、何二人走得不远,听到同学的报告后连忙赶回来,经过他们疏通,形势才得以缓和。军警说他们是听说何市长被围才赶来的。何思源乘车走后,军警仍守护在胡适的汽车四周,不准同学接近。胡连忙下车来和同学们谈话,同学们悲愤地向胡哭诉委屈之情,有人疾呼:"打倒特务!"这时特务们还散在四角,这种口号实在险极,也许大家仗胡校长之势吧。这情景真像一群软弱无能力的儿女站在他父亲的膝前哭诉一切。同学们高呼:"胡校长保护我们!"胡适脸色发白,吞吞吐吐地说:"这是误会!"也许这是他迫不得已的遁词吧?

在西斋门口闹了一阵后,大家拥到民主广场,临时开了个会,一些平时不爱说话的同学纷纷发言,情绪激愤;本来晚饭时即有为抗议武汉等地暴行发动再次罢课之议,现在遂成为定局了。

据述林说,昨夜一点半左右他发现有人在窗外屋上,出去察看时把那人赶跑了。他提醒大家要提高警惕;假如他不是心理作用产生幻觉,倒是很值得注意的。

今晚,情形似乎相当严重,搜查宿舍的谣传甚嚣尘上,人心惶惶,惴惴不安。我于是焚去了我收藏的唯一心爱的×币,这都是为了……

1947年6月4日　星期三

武大的事件似乎很严重,大家都纷纷忖度着死难同学的人数。

在民主墙上看见了成都川大、华西协中响应反内战反饥饿的宣言,心中稍慰;又见交大、复旦等校来函,知"五·二五"、"五·二六"、"五·卅"事件都相当严重。据有一封信上说,被捕的某同学眼睛都被挖去,但愿是谣传。阿门!

1947年6月6日　星期五

午饭后其湘邀我同去拜访向达先生,并询问关于译文的事,跨出校门,我却想起到雍和宫去玩,于是遂直接乘电车赴北新桥。

雍和宫是北方有名的大喇嘛寺,最有名的是里面的欢喜佛,今天也可以说是特别为看欢喜佛而来。进了庙门,里面冷冷清清的,买了两张票,却不知从哪里进去参观,因为到处都是关门闭户的。正想去问,忽然殿上中门开了,一个喇嘛招手唤我们进去。迎面是一尊弥勒佛,坦腹坐在床上,笑容可掬。据喇嘛说,此佛是檀香木雕的,刻工极其精细,满身贴金,体态自然逼真;如此佳构,颇为难得,平生尚不多见。殿内光线昏暗,两边塑有四大金刚,因位于阴暗黑处,只能睹其大体轮廓,塑造似觉粗糙不佳。

我们随便同喇嘛攀谈了几句，略知此庙已有二百五十年的庙史，现有喇嘛一百余人，全系蒙古人，包括这个喇嘛自己在内。我注意观察了他的外貌，实在看不出他与汉人有什么不同的地方。随后他向我们兜揽生意，问我们要不要向导。我们估计他一定会敲竹杠，遂婉言谢绝了。他于是随手将门一推，把我们指引到后面的院子去，门随着就关了。

院子里有两座铜鼎，铸造精美，其中一座刻有《喇嘛庙记》的文字，记述喇嘛庙之源流及受中国册封之历史，很明显地表露了清室怀柔异教的用心和手段，蛛丝马迹，随处漏现，真是贻笑大方。

向前走就是这一院的正殿，中坐三尊大佛，全身辉煌。喇嘛坚意请我们点一个火，结一个缘；等我点燃了祭案前油灯的灯心后，他请我布施几文香火钱，我明知这也是一种剥削，但仍旧迫不得已地摸出了一千元。

殿内墙壁上挂着不少画在绢上的彩画，内容都取自佛的故事，手法非常细致，布局也十分复杂，设色浓重艳丽。虽然我没有见过敦煌壁画的原物，但我觉得这些绢画和敦煌壁画近似，其水平与价值非同小可。

再进入后一院，在正殿“法轮殿”前叫了一阵门，没有喇嘛答应。庙内冷清可怕，大概庙内每个殿都只有一个喇嘛看守，游客要叫他们才会开门，但此殿的看守者不知到哪里去了。我们只好从窗口往里望了一望，看见里面是一尊高约三丈的金身坐佛，长腰细身，似系 Ajanta school style，造型相当不错。此庙所塑佛像，主要都属这种类型。再后又是一殿，刚进门时没有注意，不料抬头一瞧，几乎吓我一跳，仿佛济公活佛的金身显圣，面前站着一尊身高七丈五尺、腰大十围的巨佛,面部微微向下俯视,黑色中现出一对白眼睛和一副红嘴皮,很像《天方夜谭》里所描写的魔鬼。据喇嘛说这是一整棵檀香树雕成的,使我更增加了对它的敬意。

转了很久,最后我们才在一个配殿里找到欢喜佛。有几尊铜铸的欢喜佛似乎特别贵重,被玻璃匣罩住供在座上。故作神秘的是这些欢喜佛除头部外,其余部分都被白布帷幔遮住了。我们很失望地问喇嘛道:“别处还有吗?”他暗暗告诉我们,楼上还有两尊,但只能秘密地看。于是,我们便装做毫不知情的样子,好像随便漫无目的地随他悄悄地上了楼。他爬上神龛解开了围在佛像周围的布帷后,高约七八尺的所谓欢喜佛便现出来了。可是,我们看了却失望得很,因为这两尊大同小异的佛像与美国 *Life* 画报上刊登的照片并无区别,我们早就见过照片了。据喇嘛说:欢喜佛本名天地佛,称为欢喜佛是叫讹了的。它本来表示佛要得道时遇到魔鬼缠绕,于是就与她斗法。其实,依我看,从宗教的意义上说,这是喇嘛教对于人的发生问题的解答;从心理学的角度看,这不过是出家人性的 projection[想象]而已。

漫步出了雍和宫,街对面就是集贤街的牌坊,我们知道这一定是孔庙的所在地了。走过去一看,孔庙果然就在不远处。在邻近孔庙的街旁立有一块六种文字的石碑,其中汉文是“官员到此下马”;估计其他几种大概是同样意思的满文、蒙文、藏文、回文等文字了。这告诉我们帝国过去一时的虚荣。

进了孔庙的大门,墙边列有许多石碑,仔细一看,才知道这是有清一代历年录取进士及翰林的题名录。我们发现其中有谭延闿、骆成骧、梁士诒等人的名字,他们都算是列名于孔子之门墙了!

太庙西边紧隔壁是国子监,这是从前大学生读书的地方。我们先不忙逛孔庙,迈步就走向国子监。在国子监大门口立着几块明代的石碑,我们偶然发现碑文是白话写的,就把它抄了下来。这至少可以证明,在胡适校长以前,中国老早就已经有白话布告了:

洪武三十年七月二十三日,本监官同生员一千八百二十六名奉天门钦奉圣旨,恁学生每听着,先前那宋纳做祭酒呵,学规好生严肃,秀才每循规蹈矩,都肯向学,所以教出来的个个中用,朝廷好生得人。后来他善终了,以祀礼送他回乡安葬,沿路上着有司官祭他。近年着那老秀才每做祭酒呵,他每怀着异心,不肯教诲,把宋纳的学规都改坏了,所以生徒全不务学。用着他呵,好生坏事。如今那年纪小的秀才官人每来署着学事,他定的学规恁每当依着行。敢有抗拒不服,撒泼皮违犯学规的,若祭酒来奏,着恁呵都不饶,全家发向乌烟瘴地面去,或充军充吏,或做首领官。今后学规严紧,若无籍之徒,敢有似前贴没头贴子诽谤师长的,许诸人出首,或绑缚将来,赏大银两个。若先前贴了贴子有知道的,或出首或绑缚将来呵,也一般赏他大银两个。

跨进国子监大门,两旁都排列着一长串房屋,里面立着一块块石碑,原来这是钦定石经,内容包括“四书”、“五经”及御撰的文章。我不禁油然想起汉明帝石渠讲经的韵事来,一千多年过去了,依然还流行着石经,真是落伍又落伍啊!

正中有一座琉璃瓦红柱头的堂皇建筑,我想这一定是从前的大礼堂了。果然不差,这里是“辟雍”,里面有一把座椅置于当中的矮台上,大概是给皇帝预备的吧?

此外就没有什么可记的了,因为后边好一部分都被隔开不让参观,甚么都看不见。我的感觉除了这里可称为“国子监狱”外,就没有别的了。

转身回到孔庙去,也没有什么可看的。大成殿内供了一块孔子的牌位,里面还摆放着很多古乐器;可惜殿门紧闭,不能让我们进去就近观赏一番;不过我从窗外望去,觉得和故宫西路所见的也差不多。大殿两旁配殿内,供有不少吃冷猪肉的孔门信徒,如左丘明、程颐、王阳明、金履祥……等。

游玩回来,最后才到向达先生那里去。他拿出两本要我们译的书,一本是他的手抄本,另一本则是 Donald Ferguson 的 *Letters*[唐纳德·弗格森的《书信集》]。他说这两本都不能拆散,这给我们添了不少麻烦。

我们随便同向先生攀谈了一阵。他说下年他要请休假一年,至于一年以后是否继续回来任教似乎尚未决定。我们一向是敬仰向先生的,他休假倒不要紧,假如从此就离开北大的话,那就太可惜了。

1947 年 6 月 16 日　星期一

为了声援武大,昨天经过同学们签名表态,决定遵从学联决定,在今天实施罢课了。

武大同学死得真惨!被达姆弹打死的同学有一张照片,看起来实在骇人,头上的窟窿几乎有碗口大,据说这是达姆弹的出口处。在今天人道呼声高涨的背景下,对于手无寸铁的学生使用国际公法禁止的达姆弹,真令人言之寒心。呜呼!公道,人性,其弱者之声音乎!

上午为武大死难同学开追悼会，请许德珩先生演讲。许先生刚开过参政会从南京回来，他谈了些南京同学游行被阻的事以及他们呼吁和平的前后经过。其次，有杨西孟、吴之椿、樊弘等先生演讲，我没有听就回来了。

经徐绍祥鼓励之下，我把《世界美术全集》的包裹打好了，共十二大包，单是包书纸也花了两万元。

桀国去邮局取鞋子后回来说，平寄包裹五千多元一公斤。我大略算了一下，把《世界美术全集》寄回成都，大概要在十多万元才能了事。我早还以为十万元就可以完结呢？报载邮费要涨价了；有加百分之五百的可能。看来是非寄不可，不能再等了。

1947年6月17日　星期二

上午把课牺牲了，坐三轮车把寄书的包裹运到邮局，还不到九点钟。我填好一些寄书的单据后邮局才开始办公。还好，很快就办完了手续，算盘一敲，居然寄费要十九万五千六百元。恰好我带了二十万元，几乎就一网打尽了。

民主墙上出现冯玉祥将军的告同胞书（名称已记不清是否如此），呼吁反对内战，主张邀请宋庆龄、何香凝、马占山、陈铭枢、李济琛及社会贤达、教授、学生代表共商国事，又言及提高公教人员待遇等问题。此文系5月26日写成，29日发表于美国旧金山华侨《世界日报》，6月6日(?)《纽约下午报》以全版转载。

1947年6月19日　星期四

上午课毕领取救济补品，得浓缩鱼肝油五十CC、奶粉五斤三两。

下午同世夫、桀国去女青年会听谢冰心女士演讲，到时已挤得水泄不通了。好容易挤进人丛中看见了一下冰心的样子，生得五官端正，眉清目秀，天堂很宽大，只是下颚显得稍狭，年纪看上去约四十几的样子，穿一件淡绿底色白花罩衫，精神也不坏，而且口齿清白流利，不愧为一名女作家。她讲的是一个关于日本问题的题目（原题已忘），虽然我在窗外不能完全听到她所讲的，但主要内容也听到不少。她是以友爱的态度看待日本人的，举了一句耶稣基督的话说："他们虽然犯了罪，但是连他们自己也不知道"（大意如此）。在这句话的柔和的声音中，我猛然想起了她就是为儿童们爱戴的《寄小读者》的作者，是中国儿童的保姆。今天看到她，我敢断定她一定是个最慈祥的人。

她的演讲并不太长，讲完后，特别留了一段时间任人发问。在她的答话中我最记得清楚的是：

"日本是一个能骄能谄的民族，中国则不能骄也不能谄。"

"日本人民现在的生活比中国最坏的好一点，比中国好的坏得多。"

"日本的妇女在积极解放中，但她们今天仍处在很受男人歧视的地位；现在男女合校了，但受到男同学们的反对。"

"日本的国家被管制了，但是日本的天皇却被解放了，他的神秘性也许会因此一天天地减少。"

"日本目前物价比中国高二十倍。"

……

晚，"历史研究法"课由邵循正先生讲元史研究法，讲得异常凌乱,无法记笔记。

交"历史研究法"读书报告《从克罗齐的历史学看几个问题》及"中国近代史"传记读书报告《李提摩太》。

1947年6月20日　星期五

晚7时,史学会开欢送毕业同学晚会。参加者不太踊跃,先生来者有郑天挺、向觉明、邓嗣禹、杨人楩、韩寿萱诸位教授。

会场设在第六教室,桌椅布置作"口"字形,讲台上剪贴有几个很注目的红字:"背起重担朝前走","自由大路快筑完"。每个同学进入会场都要挂上自己名字的条子。在校同学的条子淡红色;毕业同学的条子鲜红色,还附有一朵花。

主席致欢送辞,不外伤别离、勉前程的话,并强调争取民主,希望后毕业的小弟弟小妹妹们能过较安乐的日子。他还劝告毕业同学勿学胡校长研究《水经注》那种不合现实需要的工作,可谓眼光短浅,功利已极。

可巧本系向达、邓嗣禹两位先生今年暑假也要走,他们是出国去,于是今天的会就多了一重与师长话别的意义了。

先生们的演讲中,向、邓、韩三位的话最精彩平实,都是经验之谈。向先生赠毕业同学三点意见:第一,不要立志做英雄,要立志做一个平凡人;第二,不要怕失败;第三,应多学一点玩意因为这不但可使生命丰富,也可以使一个人在失意时得以慰藉。邓先生说:中国近百年来把外国的各样东西都搬回来实验过了,但是外国东西一到了中国总是变了样子,弄不好。据他看来,原因是由于自私自利。韩先生说,他回国时曾向一个中国通的外国朋友询问中国不好的原因,那个朋友回答说:你们中国人太聪明了。因此,韩先生劝同学们学习傻的精神。

晚会始终在完美的气氛中进行。

1947年6月29日 星期日

日昨发公费结余款八万元,立即用来购物买书,因为下月可能一切物品又将涨一次。计购买袜子两双、短裤一条,Plato: *Dialogue* [柏拉图:《对话》]、汤用彤:《印度哲学史略》等书。

今天考近代史,五个题目相当大,懒得写,于是尽量少写。管它的,只要及格就了事。

时局愈来愈不像话了。今天《平明日报》以大号铅字刊登消息:美国宣布军火援华,计子弹一亿三千万发;《大公报》载:高等法院检察官通缉毛泽东,缉令很有趣,实在是一篇妙文。摘抄如下:

"最高法院检察署通缉书,他字第一四三号。三十六年度毛泽东内乱一案,应通缉。被告姓名:毛泽东;性别:男;年龄不详;特征不详。案由:内乱。通缉理由:窃据国土。解送处所:各地司法机关。"

再给兆民写了一封信,望他到天津后可去找跃卿帮忙。

在东单书肆购得钱译《英国史》一部,去洋三万元。

晚,某同学自天津回来,谈及那边情形,说是相当严重。各校居然由军警当局会议下令放假了,并且有大量捕人的谣言;在平津路上,则破坏得相当厉害,……。

今天,全国学联在上海成立,华北学联特别在今天下午于民主广场开庆祝会,我因去东单未能参加。据听讲归来的同学说,许德珩先生讲得最精彩。

1947年7月1日　星期二

上“中西交通史”课，自向觉明先生处借得滕固编的《圆明园欧式宫殿残迹》(上海美术专门学校丛书第三种，商务[民国]二十二年十月初版)，仔细地翻阅后，再对照3月13日游圆明园的日记，很多地方我都大概可以猜想它的名字了。最西头的石亭大概是“谐奇趣”通往花园门甬道中的亭子，或是法线山东门到海宴堂甬道中的亭子；再东走大概是海宴堂，或者说是远瀛观；因为有喷泉建筑的痕迹遗留，故而很像观水法，若说是远赢观似乎很勉强；有高台的地方对照长春园平面图来看，只有解释成属于海宴堂的建筑才恰当；至于那最东的建筑则可断定是大水法正面无疑；不过平面图上说，大水法的北面是方外观，而第十二图大水法的后面却清晰可见远瀛观的门额，想是铜版图上的名称弄颠倒了一个，或是远瀛观与方外观弄倒了，或是大水法与观水法相互搬了家。滕氏所言图版，系指沈阳故宫博物馆馆长金梁发现和印行的二十幅图版，这些图版与普鲁士艺术图书馆所藏者相同。而滕氏此编所收之图片则求得于柏林工科大学教授布尔希曼(Ernst Boerschmann)，而布氏所藏之圆明园照片十二张又得自六十余年前德人奥尔茉(Ernst Ohlmer)，彼曾任天津海关监督，当其拍摄这些照片时，距圆明园被焚毁时尚不及十年，距现在还不到八十年，而残迹之损坏竟如此惊人，令人一步三叹。

读B.Laufer[劳费尔]《中国之耶教艺术》中收录的中国化之西画，其中第十幅、十一幅大概画的是乾隆的战绩图；再后附有程大约《墨苑》所载之西画十余幅及书文四通，其中一幅我又在日人薄井君《明清插图本图录》中见过（即“信而步海，疑而即沉”一幅）。这些西不西、中不中的图画，实不高明。据向觉明先生说，The Portaits of Great Elector of Brandenburg［勃兰登堡选帝侯肖像画集］系日人假造，最末几通书文则又系程大约据利玛窦所撰之《西字奇迹》而伪造者。

1947年7月2日　星期三

日前泉弟来信说：“月来此间米价飞涨，由十余万扶摇直上，目前已达每石五十余万元。贫民曾数度抢米，但为军警当局以强大武力及毒辣手段控制，任意枪杀，除‘五·五’一次，以后并未扩大，但如此以往，终将有一日造成暴动。‘民以食为天’，普通中下层市民月入不过十余万，光买米也不够，故恐社会惨剧不断重演也。且内战长此下去，民生势必日益凋敝，而东邻日本方正摆脱束缚，积极建设，后患实不敢想像……”

父亲来信促归，又接得兆民及彼尊翁之函。自觉明师处借得《破邪集知本提纲》及《历史语言研究所集刊》，准备放假后或可写一篇论文。

1947年7月6日　星期日　阴雨

几日来天气都热得难受，今日较好，上午天阴，下午居然下了一场雨。

跃卿来了。

据茨尧谈，今天下午大二补习英文考试，临大同学拒考，要求改必修为选修，并攻击教员计分之不合理。除贴标语外，临考试时又大呼口号“民主万岁”、“自由万岁”、“临大同学出来”等，闻声令人不寒而栗。

昨天考社会学，全是敷衍，翻书之风很盛。读书精神不好，固有许多客观原因，很难说；但考试精神不好，又是谁之疚呢？

1947年7月7日　星期一

晨阅报载蒋主席昨夕广播，戡乱令下。

8时考上古史，一小时即交卷。

阅《申报》（六月三十日），有影君：《贝多芬与“力”》一文，因可供参考，故摘之：

罗曼罗兰说贝多芬是“力”的化身。

要肯定这个“我”，在帝王与贵族之前解放个人，使他们承认个个人都是帝王贵族，或个个帝王贵族都是平民，就须先肯定“力”，把它栽培、扶养、提出，具体表现，使人不得不接受。每个自由的“我”要指挥。倘他不能在行动上，至少能在艺术上指挥。倘使不能征服王国像拿破仑，至少也得要征服心灵和情操，像贝多芬。是的，贝多芬与力，这是个天生就的题目。（傅雷：《贝多芬的作品及其精神》，《贝多芬传》，p.110）

力是那般与寻常人不同的人的道德，也便是我的道理。（《贝多芬传》）

解放与扩大的结果，人与神迫近，与神明合一，那时，力就是神，人就是力。无所谓善恶，无所谓冲突，力的两极性消灭了。（Ibid）

我们的时代，需要有力的心灵，把这些可怜的人群加以鞭斥(Ibid，贝多芬与侄信)

1947年7月8日　星期二

真是快得出人意料，兆民在下午2时左右就到来了，仆仆风尘，消瘦了许多，同时显得有点疲乏，无精打采的样子。

铺位早已找好，与秉权为邻。他洗过澡后，很早就去休息了，明天或许要到清华去一趟。

街上有"活捉毛泽东，血祭老百姓"的标语，下面用的是"七七纪念会"的名义。啊！"七七"，真是不堪回首的日子，从"七七"我一直想到胜利，这九年来，我们究竟得到了些什么？

1947年7月11日　星期五

上午考过"西洋十九世纪史"下来，浑身都觉轻松，暑假现在宣告开始了。

功课成绩贴出两样："近代史"86分，"目录学"80分。

桀国归来说，今天杨人楩先生在考场抓了一份卷子。这种认真的作风实在好！

下午，整理了一下"中西交通史"的读书报告，同时到西斋去催了一下熊石骥与段荣晶。

晚，去美琪看影片《左拉传》，非常感动。

《左拉传》里告诉我们知识分子(或中产阶级)的游离。一个有了钱与地位的人在使他伟大的环境中大都更为懦弱。在这里，我们才感到左拉伟大，因为他毕竟还没有忘记他还是一个"人"，是

one of the people。

Hedonism[享乐主义]者是理想与希望的信徒，但悲观论者事实上是真诚地对现实低了头。世界上只有一个基督徒，但他已被钉死在十字架上了。

从生物学、心理学、历史学综合而得“人”的结论：他是高于一切，同时也低于一切；因为能够成此一端的极端性，所以才能成彼一端的极端性（polarity）。

“He was the conscious of the mankind.”这最后一句话在我的耳心抑荡着；同时，我不禁想起了居里夫人，“The great man is really good and simple”啊！好一个 simple！

1947 年 7 月 18 日　星期五

今天树德校友在清华开校友会，晨与兆民搭 9 时的车出城。

开会地点在机械馆二楼，到的校友不少。说是迎新送旧，实际迎的只有兆民一人，送的都没有到。汪棪、相成两人客串参加，颇为有趣。

起先做游戏，但是每一个节目我都觉得不好。我身体本来很疲倦，头有点痛，加之饿到 1 点半钟还不开饭，简直头闷眼花支持不了，天气又热，可恼！可恼！

吃午饭时痛快地流了一身汗。饭后略事休息，再到新南院一带游玩，并拍照片。一路上嘻嘻哈哈，跑跑跳跳，抢西红柿吃，又抢球玩，不约而同地分成了城内的和城外的两边，互相“兜瓜”挑战。以“社会贤达”姿态出现的兆民加入了城内这边。

折回来在体育馆门前又玩了很久。兆民和世夫还去游了一会泳；我则抽空去看了彝尊，又同奇文去找到期威与巽科，再同到静斋去会一位女同乡，不凑巧她进城去了。据说北大还有一位女同乡，但我并不知道。

今天校友缺席者也不少。据说胡东如已他走，不知确否。此外，很难得的是邓域才校友特地从唐山交大赶来参加今天的会。

我们搭乘七时半的班车回城，带着满身疲乏归来。

阅毕张东荪《知识与文化》的“叙论”，有不少精辟通达处。

1947年7月19日　星期六

早饭后，因为天气阴凉，特别到向达先生处一谈，从交通史读书报告谈到名胜古迹。他东搜西寻翻出了很多地图书籍之类来，一一讲说，碰巧段荣昌也来了，又随便谈了一阵。最后，我提出请他在北平图书馆代借 Oswald Spengler 的 *The Decline of the West*［奥斯瓦尔德·斯宾格勒《西方的没落》］一书，他立刻就答应了。但他大概不大赞同我读这本书，因为他说 Spengler 是悲观论者，又说研究文化宜读 Taylor 等人类学家的著作，最后又介绍我看 Robinson 的 *Mankind in Making*。谈到唯物史论，他说这是从多数人出发的，而唯心论者是从少数人出发的。一直谈到11点钟左右，我们才告辞出来回到学校去。

天气热得发慌，午觉也睡不着。

1947年7月22日　星期二

上帝知道，下午祖陶居然到了，挨了一百七十几万，价钱是前天才涨的，命该如此，阿门！

心言还滞留在家里,他说也要来。

读 Hegel[黑格尔]《历史哲学》,译笔拙劣得很,文意有时可以理会,有时读来简直不起反应,不知所云。

Hegel 说一切合理的都是存在的,一切存在的都是合理的,近来愈想愈是真理。

近来仿佛刮起了一阵风:令武走了;又听说东如也走了;甚至传闻汪夷川君也去了。

1947 年 7 月 24 日　星期四

祖陶说天气很凉爽,硬拉着要到清华去玩,虽然身子很疲乏,也只好陪他走一遭。

同行者还有秉权。上了汽车后,就开始下起细雨来。赶到彝尊寝室,偏偏他不在;找到"局长",才知道碰巧他进城了,刚好错过,可谓不巧之至,因为彝尊是从来难得进城的。

午饭前到燕园去逛了一转。饭后在细雨濛濛中到颐和园去,天气却又变好了;先逛长廊,后上万寿山。要不是受时间限制,还可以逛昆明湖那边;来了两次,都没有走到湖那边去过,十分遗憾。

1947 年 7 月 25 日　星期五

上午,参观陶行知先生纪念展览会,内容包括陶先生生活照片、著作及育才学校成绩等,展品虽然不多,但陶先生的精神仿佛在纸上闪跃着光辉。他那仁慈而严肃的形象,特别是他那崇高伟大的精神,吸引着每一个观众。我们对这位"爱满天下"的陶先生除了崇敬以外,还感到他遗留的未竟之业,是何等任重而道远!记得十年前读小学的时候，就在课本上读过陶先生的文章；当时虽然不清楚陶行知是干什么的，但却很受他的文章的吸引，因感到兴趣而在头脑里留下很深的印象，至今犹能背诵当时读过的一些句子。前年还同祖陶谈到去社会大学跟陶先生学习的想法，谁又想到现实变得如此之快啊！

下午，同彝尊、祖陶、秉权、世夫去北海划船，买了一个西瓜在船上吃，闹得不亦乐乎。

划船是专门技术。记得那次在天津南开划船，弄了半天船还只是在原地打转而已。今天似乎进步了一点，我一个人也可以舞弄双桨，虽然显得有点别扭，但船到底朝前移动了，只不过一身已弄得臭汗淋淋了。

1947 年 7 月 27 日　星期日

上午，其湘邀我同往寻访恭王府。事先我们查了《华北古迹古物综录》(兴亚宗教协会编)，据云什刹海北海岸据《官儒传》说有明珠旧舍，为《红楼梦》书中所写之地。其湘又示我以《辅仁学志》内单士元写的《恭王府沿革考略》一文，言成亲王永瑆府实为明珠旧舍，而恭王府前身为庆亲王永璘之庆王府，再先为和珅所居，珅案定后，其宅赏庆郡王永璘居住，其园赏成亲王住。据《养吉斋丛录》载，成亲王永瑆赐园，初在绮春园东，西爽村联晖楼处，嘉庆间别购园宅，西爽联晖皆并入绮春园云。所云嘉庆间别购园宅，当系嘉庆四年将和珅园购与事。珅园虽不详所在，疑亦在圆明园附近。案清代各帝皆常住圆明园，大臣承值者，咸有赐园，如绮春园即傅恒之赐园，殁后始缴进者。和珅任枢臣久，当亦应耳也。又闻庆王府

(奕劻时)系道光间大学士琦善故宅所改建。(见《京师坊巷志稿》卷上)

我们到了辅大,过了一座小桥,完全依照《同光间重摹乾隆京城全图之一部》所绘路径向前走,图上所绘与沿路所见建筑完全吻合。我们不管三七二十一,一路闯了进去,一层一层地深入里面。这里的建筑式样与松公府大致相同,无啥奇特处,布局也不宽大,尤其令人奇怪的是没有看见花园之类的处所;而据和珅罪状第十三款称,有楠木殿宇,隔段样式皆仿大内宁寿宫乐寿堂款式。据《竹叶亭杂记》卷二云:"和珅查抄议罪后,分其府第半为孝公主府,半为庆亲王府。嘉庆二十五年,庆亲王薨,五月十五日阿克当代郡王绵慜呈出毗庐帽门口四座、太平缸五十有四、铜路灯三十六对,皆和珅家故物。此项亲王尚不应有,而和珅乃有之,庆亲王未及奏者且二十年。缸较大内稍小,灯则较大内为精致,因分设于紫禁城今景运、隆宗两门外,凡所陈铁缸及白石座细铜丝罩之路灯,皆其物也。"今除发现一块碑上有恭亲王字样外,余无物存,房屋大部改为教室,后部屋中住有女生,我疑心是女生宿舍。等出来后找人打听,果然被我猜中了。听说这里门禁森严,今天我们居然胡里胡涂闯了进去,真是有趣得很。出来后又在辅大逛了一趟,辅大后面也有许多中式建筑,为附属中学之所在。我猜想那里在以前也许是一座王府之类的地方,甚至就是恭王府的一部分也未可知。

读 Hegel 的《历史哲学》,艰深得很,尤其是我们东方人很少遇见的某些西洋哲学的概念和范畴,更使人伤脑筋。但是,我仍然继续顽强地细细加以咀嚼。

读《歌德评传》，但这本小书实在不能显示歌德的光芒。

1947年8月3日　星期日

暑假开始以来，热的日子多，阴凉的日子少，像今天这样爽朗而有凉风的日子更是难得。景淮说再过几天就立秋了，难怪微风似乎吹来了一些秋意。今年大概就此热到头了吧？我想，北平到底还算是一个好过夏天的地方。

魏德迈来平了，华北学联写了一个备忘录准备交给他，内容和文字都写得非常好，不过听说魏氏住处门禁森严，昨天没有能送进去，今天本来准备请钱端升先生带去，但当赶到钱先生处时他已经走了。魏氏明日即将飞津，看样子哪怕只此一纸文书也很难递到魏氏手中。

下午赴北平图书馆读书，仅借书就花费了一两个小时，腐败！腐败！

读《观察》一卷十五至十九期连载潘光旦先生《派与汇》一文。此文讨论思想之分家与综合，异常精辟入理。

兆民从清华回来说，汪桗走了，一行还有李鹄等人，这是我完全没有料到的，他简直没有给我泄露半点要走的消息；像我们这样友谊的朋友，竟如此悄悄地分别，实在有点令人难过。我说不出这是什么缘故，他的不告而去实在令人生气，但我仍然为他的前途祝福。

1947年8月5日　星期二

今天是联大招生考试的第一日，饭后特别去沙滩观光。考生非常踊跃,不过考试情形还良好,试场非常平静,无顶替护航现象发现。北大同学之热心服务者特别组织了服务队和为考生提供饮食的膳团,在红楼门前排着桌子卖食物;服务队还备有一大桶豆浆,欢迎考生凭学生证免费饮用。此外,墙上还贴满了标语,为三校联合作宣传;最有趣味的标语如:"如要考北大,必先吃西瓜"……

据说今天漏题了,这事是汇文的同学传出来的。据茨尧说下午有一位汇文的同学来找他,手里握着一包东西,要交与院系联合会,包里可能是试题。当茨尧去把负责同学找来时,那位汇文的同学却不见了。事情似乎不太简单……

奇文介绍一位叫谢绍奇的同乡来找我。此君在朝阳司法组毕业,今天来参加研究生考试。期威也进城来,拟会同商定下周星期一开同乡会的事。

《历史哲学》与 *The Decline of the West* 皆读得我头痛眼花,张东荪的《理性与民主》读来尚有所得。

识字班同学的成绩很不坏,民主广场上到处都是小国民,近日在沙滩附近也可以听见小朋友们的歌声了。

1947 年 8 月 11 日　星期一

同乡聚会,出人意外的是荣县人在平者仅读书的就有十余人之多。今日上午到者计有清华龙期威、詹巽科,朝阳曹积权、谢绍奇、杨光仪、吴藜平,燕大孙儒;最后到的是中国大学及师院的蓝勤臻、车文平、车质彬姊妹,均在平居住一年以上,满口流利国语夹杂在荣县话、成都话之中,实在增色不少。在福春园聚餐,完全四川口味；餐后去北平图书馆及北海摄影品茶，最后则荡舟高歌，尽欢而散。

1947 年 8 月 13 日　星期三

上午，陪同兆民及其女友谢慧娥暨祖陶游天坛。

下午有位小朋友来会兆民，因为兆民有事要出去，所以叫我陪她摆了一阵龙门阵，知道她以前在育才自然组读书，今年才回北平老家来；不过她的母亲已死，父亲另外娶了一个继母，对他们姊妹都不好；她似乎准备继续奋斗升学。早熟而活泼是这一代孩子较上一代进步的地方，这么一个幼弱的灵魂就已在生活中磨炼，这真是一件可怜而又惊奇的事！

因开展助学运动的需要，今晚在民主广场表演秧歌舞等节目提高大家的兴趣，节目不精彩，在场认识了赵白节姊妹两个小朋友。

1947 年 8 月 14 日　星期四

助学运动已积极展开，但是工作进行得并不快。宣募队正在积极招兵买马，剧宣队准备集北大、清华、燕京三校力量演出《升官图》，不过听说其间别扭仍多。北洋、师院等校也准备演戏。此次募捐目标是五亿元，这虽然只是上海一天募捐的成绩，但在北平就不容易了。又传说当局透露，有反对此举的消息。

晚间与桀国、祖陶往观宣传已久之名片 *Peter the Great*［《彼得大帝》］。全片充满浪漫主义手法，热情，激昂，紧张，西蒙诺夫饰 Peter 之成功最值得称赞。总之，此片实在不愧为名片之王。苏联影片进步至为惊人，此片在苏联所能激起的爱国热情一定十分巨大。

彼得的性格在影片中被夸张得非常之好，勇敢，刚毅，铁的意志，这不单是彼得个人的突出人格，也是我们认识一切伟大怪杰的共通点。这使我联想到拿破仑、俾士麦、威廉大帝、希特勒和墨索里尼，他们的成功则各有不同，我想这一半归之于他们理想之伟大崇高与否，一半则只好归之于一个未知数——命运。我想，除坚强的人格外，崇高的理想是一个伟大人物成功的最重要因素吧！

奉父命去琉璃厂购《米南宫苕溪诗》一册。

1947年8月15日　星期五

上午，一群女同学涌到宿舍来，到每个寝室去请男同学签名参加助学运动的工作，可谓逼人太甚也。

我加入懋隆等的一队。

郭沫若《我的结婚》(广益版)书末记朱山先生被军阀诬杀事，其临死别友(刘申叔)诗云："去年谈笑曾分手，地狱天堂两自由，惟有人间留不得，一分鞶笑见恩仇。"可谓甘苦之言也。今日偶读此书，特记于此。

傍晚在太庙松树下读希腊悲剧《被幽囚的普罗密修士》，一股严肃崇高的气氛注到心头，但这更不能弄掉我悲观的面罩。暮色苍茫，生命更显得浑厚，沉实，孤静。

1947年8月18日　星期一

接合宁来信，谈组织三人委员会改组四为学会[罗荣渠 1945 年与一批中学时代好友共同组建的团体]会务事，拟邀小罗、兆民会商后再答复。

晚饭后，本中队小组长会议，商量宣募工作进行办法及义演《棠棣之花》事。结果，推定我这一组担任票务工作，当晚即开始办事，领取剧票加盖印戳及编号，一直搞到深夜 3 点半钟才休息。

Josiah Royce 著、樊星南译述之《近代哲学的精神》一书，深入浅出，颇合口味，导论一讲，更是初学哲学者所应读。

译序开头就引费希德的名言："你主张哪种系统的哲学，完全要看你是怎样一种人。"实在是真正有哲学素养的人说的话。

1947 年 8 月 19 日　星期二

昨夜睡得太晚，一夜不曾入眠，因此，早晨起来头痛，两眼发红。

早点后，邀同奇文赴北楼三号教室宣募部发票，领票单位很不踊跃，上午只有育英来领票，下午来领票的有工院、农院、中法、贝满、女二中及二、三、八中队，不过大都要的是 21 日的票，20 日的都不敢领。

晚饭后，经陈纯介绍，去建国东堂与艺专负责人周友儒先生接头，由前台负责人韩希愈君带领至楼上楼下及后台各处参观，并领教一切票务工作应注意的事项。

1947 年 8 月 20 日　星期三

上午与祖陶继续在北楼发票，领票者计有朝阳、先修班、八中等单位。

回来吃午饭时，途中我忽然发觉祖陶手里捏的一卷纸不见了，这里面有我刚才在北楼闲着时为他画的钢笔画像两张，最为重要的是各单位领取剧票的登记表，还有一本剧票的副本。当下祖陶就掉头折回去找，结果遍觅无着，看来是丢失了。

这可把我急了好一阵。幸好我还大致能记忆领票的各单位名称及所领剧票的本数，是否记忆有误，就只有等各单位来退票时再说了。

晚饭提早在5点钟就吃了，匆忙赶到建国东堂，因为我们的荣誉券及甲普券的座号都是先编好了的，而发出去推销的票又没有收回来，这就使座位的安排发生了重大麻烦，我们事前对此完全没有预料到，一时间把我忙急了好一阵。

最气人的是我早叮咛再三的宣传标语一张也没有带来，别人根本不知道这是助学劝募演出。我们的票价比起艺专以前的演出票价高出许多，他们原来的票分为八千、六千、四千三种，而我们这次的票是二万、一万五千、八千三种。因此，在开演一个小时以前，购票者只有寥寥数人，一时间情形显得非常严重。陈纯等人主张临时降价售票，经我坚持反驳之后，决定维持原价不变。于是，凡有人要来买票，我都要先作宣传解释，说得我舌敝唇焦，售票工作实际上成了募化宣传。

还有气人的事，就是负责收票的同学一点都不认真负责，致使剧场门口无票而闯进闯出者颇不乏人。

在开演前后的不长一段时间内，买票者稍多了一些，不过，这场演出全部售出的座票也不过百张而已。

卖票后我顺便进场看了看演出情况。剧本在我看来技术实在不够成熟，如果演技精熟，也许可以有所弥补，而事实却恰好相反，怪不得卖票如此不发利市。按照今天情况估计，票价定得高虽会给销票带来障碍，但就收入来看，与降价售票也差不多，因为以前艺专的演出一天卖票的收入也不过六七十万元而已。

听说我们向艺专支付的场租达四百万元，他们赚助学钱竟如此狠心！

今天卖票成绩收入约一百二十万元。

1947年8月21日　星期四

昨天卖票的情形太差，与我们的估计比起来简直是惨败。今天决定采取上街推销的办法。本中队除本小队外，几乎各队都出动了。街头兜售的结果，成绩还相当可以，大概卖了一百万元的样子，似可微挽颓势，否则一定蚀本无疑。

5时许晚饭后立即与祖陶抢先赶到建国东堂，卖票情形与昨日差不多，好在推销成绩较昨日稍微好些，我估计两天卖票总有四百万的收入吧！

开演前约半小时，周友儒先生突来票房找我，逼着我要支用三十万元，否则今晚的戏就可能演不出来，因为木匠们无钱不肯布置舞台。当下我即严词拒绝，因为我只能在票款的收支上与陈纯交接，不与任何其他的人发生关系。但我说的话起不了作用，周先生仍咄咄逼人地要钱，形势非常严重。我打算立即派人去学校找陈纯来办交涉，但因开演时间已十分迫近，只好在卞非等同学斡旋之下先付出三十万元，而一股余怒犹蕴蓄心中，老大不舒服。

一会之后陈纯来了，我把此事原尾讲给他听，他也无话可说。他说已经给了艺专一百九十万了，而且还另外出钱替他们登了广告，大概花了八九十万。这样看来，助学劝募演出真是白忙了，不过是在为他人作嫁衣裳。

未收场就先与祖陶回校算账，两天一共卖了四百二十九万二千元，算下来顶多不过能赚一百五十万元。

1947年8月22日　星期五

昨天只进行义卖助学章的窗贴宣传，宣而不募，今天才正式开卖。各校各单位宣募队都先后出动，大概一共募三天。

听说一天宣传、三天募化是清华所坚持的方法。在前次开小队长会议时我就发觉此举不妙，曾向秘书处的同学反映意见。他说可以把意见代为转达，而结果竟仍然照旧实施，实在遗憾。

本小队竟日没有出动募化。

晚饭后，同祖陶到街头观察卖助学章的情况。遍街都碰着挂助学宣募证的同学在拦着行人劝募，实在有点滑稽。今天，助学章几乎变成了一种pass[通行证]，好些人都把它佩在胸前，以免再遭拦截募化。

有些小队工作成绩相当不坏，募上一百万以上的小队似为数不少；募捐的方式无奇不有，花样翻新，厚着脸皮要钱；女同学的成绩自然是普遍较好，男同学向太太小姐们劝募似乎阻力较小；至于募捐区域本来是先为各队定好范围的，但是在容易劝募的街道上常常有没有分配到该区域的小队抢先行动，于是就出现拒绝“打游击”的声明，甚至为此发生一些小纠纷，因为各队要比赛劝募成绩，争当义卖助学章的英雄。我想，假若不是在这种场合，要叫大学生们上街伸手向人乞丐式地要钱，恐怕谁也不乐意去干吧！

据说今天义卖募得捐款大概有二亿元，但要达到募集五亿元的总数似不乐观。

1947年8月23日　星期六

今天就差劲了，街上劝募所遇见的人大都佩有助学章，碰钉子颇为不少。

燕大同学推销助学章的办法甚妙。当他们拦住汽车时，假如碰巧车内只有司机而无车主的话，他们就先向司机推销助学章，然后再问司机：“你的老板在哪里？”接着就顺便搭他的汽车到车老板那里去募捐。此法可谓一网打尽。

复合宁信，分析四为学会症结之所在，暗示将来可能会出现分歧，最后谈了[这]些年来我的生活与心情，告诉他我心中郁结的浮士德的苦痛，又提醒他：“读书只能增进我们的智能，要生活才能给我们以伟大”，自信皆肺腑之言。

1947年8月24日　星期日

今天以义卖糖果、肥皂、什物为主要工作，但是肥皂的销路实在晦气得很，结果想了一个迫不得已的办法，推销的同学各人自买一条缴票了事，简直是剥削到我们身上来了。不过，听说糖果的销路还不坏。

傍晚与小罗、兆民散步去太庙，商议如何对待小张来信所言

"四为"会务整顿时。因为会务本身矛盾太多,讨论实在无法进行下去,真是不知从何谈起,几次都谈到一边遭打岔了,难怪成都的朋友们没有办法,聚会时避免谈这个问题,就是我们三个人也没法谈。事已如此,真令人有些伤感。兆民、小罗的主张偏重寻取新工作,却没有说出什么具体内容。他们两人的想法那么一致,如出一辙,真是时代的悲哀。

1947年8月25日　星期一

老吴进城来玩,上午同到北平图书馆去,我顺便查看有无黄文山《文化论文集》及张东荪之《多元认识论》,结果大失所望,两书俱无。

张东荪著《哲学》一书,一编为《哲学概论》,二、三编为《哲学史》,简赅扼要为其长,亦为其短,然对入门学者实为一本难得的好书,附录《怎样读哲学书》一文,有所拟最低限度应读书籍目录。

1947年8月28日　星期四

日前心言来信说定于今天飞平。上午我同祖陶去打听了一下,知道今天来平的是中央航空公司的班机,于是问明了中航公司在城内的地址。

下午3时左右,同祖陶去接心言。6时许,果然中航公司自机场运来客人一车,我站在车门边注视着下车的每一个客人,从第一个直到最末一个,却不曾看见心言,真把我弄呆了。结果,还是祖陶叫我:"在这里!在这里!"我才看见心言。他因为没有戴眼镜,我几乎认不得他了,幸亏祖陶眼尖,但也差一点错过。"士隔三日,当刮目相看",信不诬也。

与心言同行的还有一位清华同学,我们一同回三院休息,共话人事沧桑;心言话及家常,满口田家苦痛经验。

1947年8月30日 星期六

日昨与陈纯结账。此次卖票共收入427万元,除一切开支外,只剩得四十几万元,可谓惨矣。早知如此费力不讨好,不如到街上卖一天助学章去,也可凑得此数。

晚,观影片 *Edison the Man* 于大华影院。此片叙述爱迪生的发明生涯,虽然是科学故事,但导演颇知迎合观众心理,故噱头甚多,全片始终皆轻松有趣,但我从此片中所感到的却是严肃、伟大、崇高。居里教授的话依然适用于爱迪生:"A great man is really good and simple"。他那样虔诚而忠心地为世界贡献了这么多,但是他仍然谦虚地尊重后来的人,并爱护他们说:"时间是世界上最有价值的东西,最伟大的发明是青年。"

1947年8月31日 星期日

连日阴雨,天气进入深秋,冬之威胁进入我的心里,我在计划要怎样度过这一个冬天,以期待下一个春天。

午饭后同祖陶赴东单地滩浏览杂货,并去社会服务处参观报纸展览,其中展出有麻六甲 R. Morrison 于1815年发行的我国最早的报纸《查世俗》及《宫门抄》;画报之最早者当推李石曾等在巴黎创办之《世界画报》,时在民国前六年。

晚,同祖陶、奇文、秉权逛西单商场,购日本袜子两双,去洋九千元，张东荪著《道德哲学》，去洋一万五千元。

1947年9月1日　星期一

为濮德湘代办请求复学的事，已经教务长批准通知下来，于是立即写信叫他速来。

午前读张东荪的《多元认识论重述》，该篇为《多元认识论》之补订。

午后，奇文与期威相邀一同往访车质彬姊妹。他们住在西单头条，叩门进去后，知道她们不在家，我们与车伯母略为寒暄，即辞出。

出来后，很冒昧地跑到隔壁道德学社去，要求参观，居然蒙里面的人允许带我们进去看看。据期威说，道德学社是车质彬的老祖父创办的，他是我们荣县人，大概以提倡道德为事，一时似曾颇有声誉，就是现在社里也还住有三百人左右。据为我们作向导的人说，现在社外有弟子近十万人，声势可谓不小。我事前猜不透道德学社到底如何提倡道德，经这位向导领我们到该社礼堂(这是我暗中替它取的名字)看了看，才有了一些感性的了解。礼堂里笼罩着神秘气氛，供奉的不是菩萨神佛，也不是孔子，而是该社创办人段正元先生，他们称之为段师尊，也供有师母的像。师尊的相貌倒还一团福气正直的样子。不过把一个真人偶像化到如此程度，这在近代实在尚不多见，因为这不是勾引善男信女的妖言邪教，而是士君子满口仁义道德的宗教化了的团体。我特别留意人们所宣扬的宗旨，大概是以儒家为主，同时又杂糅中外宗教教义，其内容除了什么反身而诚、忠孝仁爱的词语(见诸于匾额对联)外，在他们的师父所著的一篇宣教的文章里，居然发现了波罗蜜等佛家名词。社内还有祷告堂之设，虽然堂中并不供奉上帝，只是一个空洞的堂名，但命名受了基督教的影响则是不言可知的。

他们讲书的礼堂虽然只有一个，但是灵堂，或称神堂却不止一个，除了宝座龙椅外，古玩木器等花样甚多，一时令我大开眼界，疑是置身于故宫之中。参观出来，在大门上我看见有"天下太平"四个大字，心中不觉怦然一动，心想，世界就是靠这些傻子推动的。

走在街上，我边走边推算，创办道德学社的时间应是民国五年。

1947年9月2日　星期二

上午发致濮德湘信及家信。

重读张东荪的《多元认识论》，仔细思索，愈思则不解之处愈多，真理不明，不免慨叹读书的如是烦恼！

日前见有 Russell 的 The History of Western Philosophy［罗素的《西方哲学史》］一书出售，数年想望，一朝获见，惊喜异常，但竟索价三十万元，又令我黯然了。

晚，与祖陶逛市场。他购得《诸子集成》一部八册，仅三十万元，颇为之称庆。我也购得此书残本的第一册，恰可补足吾家之缺失，亦感快慰。

读《张菊先生七十生日纪念论文集》，其中有价值的文章计有：

张东荪：《多元认识论重述》；

吴其昌：《甲骨金文中所见的殷代农稼情况》；

腾固：《南阳汉画像石刻之历史的及风格的考察》；

朱希祖:《西魏赐姓源流考》。

1947年9月3日 星期三

唐山交大已放榜,世夫前去看后回来说,兆民名落孙山,哀哉!

再重读张著《多元认识论》,经过复习,意义又贯通了许多。古人言:"温故而知新","学而时习之",皆甘苦之言也。

诚如张先生说,讨论认识常是"还原性的"(Reducibility)。一面读,一面想,愈发感觉得连环难解了!以我们的经验知识来检查我们的经验知识,说是自己找自己的足印,真是半点不错。知识真是一个怪有趣的东西!

张先生用D.Drake所举的红绿色格子布的例子(*Mind and its Place in Nature*, pp.110—131)作为开头来讲认识:"所以他说所有的其他亦和这上一样,都不是真有这个东西,而都是由我们产生出来的。"(p.9)这种大胆地挂一漏万,我实难苟同一切认识都是同此性质同此方式的。诚如著者所说:"新实在论的弊病即在以比拟(analogy)来说认知,以弓与箭的关系来说明知者与所对的关系。"(p.40)其实著者本人又何尝不犯此比拟的病。我认为,一切的学问(指理论或抽象知识)总难逃此路,比拟似亦出于不得不用;就以演绎的系统来说,他的基本前提不是先验的总难免是比拟的。

书中说:"现在我于一方面认定感相是不存在者,而于他方面则不能不认定这个非存在的感相与背后的东西有相当的相关变化。"(p.11)

这一点我十分不解。既然是非存在者,则何得又会有相关变化?否则就是"存在"一词的涵义不同。我想,除了说:"To be is to be perceived."以外,还有什么更好的界说呢? 书中说:"杜里舒之说在他自己名之曰秩序论(Theory of order)。他以为一切秩序都由一个最根本的而出,而这个最根本的却是在认识上的,他表以公式:我觉得有些东西(I consciously have something);他以为这乃是三位一体的公式(Triune axiom),又称之为根本的事实(The prime fact)。须知其中的'我'是离不开其中的'东西';没有东西亦就没有我。但我与东西必须有个'有'来连缀在一起。这个'有'即是'存在'(To exist)之意。质言之,即我与东西共存在而确为一个存在者。我觉得杜里舒此说实在是对的。我相信没有一个认识而不是把能知与所知含括成为一个存在。"(pp.39—40)由这段话看来,他说的存在的意义是与我想的同义。感相既可认知,则如何又不存在呢? 我实在想不通。

1947 年 9 月 5 日　星期五

午后同彝尊到北大医院去检查眼睛,开始是一位男医师检查,毛脚毛手,一望而知经验很差。我问他我的近视度数有好深,他只是含糊其辞,不作明确回答。接着,一位女医师来复查,又领我去暗室验光,我遂乘机同她攀谈起来。首先我问她眼镜配好了度数是否可以不再增加,她说不一定,这要分优性劣性两种情况;劣性的将可能随身体的发育而增加,遗传的近视多属劣性。我的近视是劣性固无问题,我问:可能瞎吗? 她回答说:Possible! 我心中不觉一跳!

我现在的近视程度约八百度,但是医师说只能配六百度的眼镜戴,度数太高吃不消;而且我发觉左眼较右眼的视力强,我原以为是左眼近视的程度不及右眼深，然而据医师解释，两眼视力不同不是度数的差别而是质上面优劣的差别，此外，还有一点沙眼。最后，医师嘱咐我少看一点书，多多玩一玩。我非常感谢地接受了。

我没有散光，这是较彝尊好的地方。医师要他明天再来放大瞳孔检查。

1947年9月6日　星期六

与彝尊约好明日游西山。

晚饭后与祖陶先至西单购买明日食用的罐头，匆匆找了许久都没有买到，随即作罢，转往北大四院观看演《升官图》。

《升官图》是笑剧(farce)，或者无宁说是卡通；导演用漫画手法，布景全部理想化，剧情讽刺入骨，笑坏肚子，但是太迎合低级趣味。全剧以人民暴动收场，完全是八股或旧小说章法，劣甚！劣甚！

生日快到，开始写《二十自述》以自寿。

1947年9月7日　星期日

晚，承景淮邀，与祖陶去建国东堂观《春寒》一剧。剧本为宋之的作。我本来对剧名的印象不大好，可是事实恰恰相反，看了以后效果非常好。剧情叙述一位老医生为建筑滤水池以维护公益，与地方恶势力进行斗争，似有模仿易卜生名剧《国民公敌》之处。演员方面，连国语也讲不清者固有一二人，然经验技术精熟者也不少；饰老医生者演技有米盖罗纳之气概，令人惊绝。全剧故事虽然平凡，然紧张松懈得体，对白中不少佳句名言。剧末老医生言："要击中敌人的要害。”回味三思，犹觉跃跃于吾血管中。

1947年9月10日 星期三

昨天，彝尊来电话叫今天去游西山，因此早晨才6点半钟就被祖陶叫醒，赶到骑河楼，恰好赶上开车。

到清华为了要等一位姓柯的同学，错过了搭车时间，决定步行前往。从清华园到颐和园三公里，又去玉泉山三公里，又去香山六公里，凡十二公里，一路笑谈而行，昔日在昆明游山玩水的情景似又重见；走起来有说有笑，虽然很轻快，但因为太阳太狠，而我的右脚因生湿气疮发疼，感觉略有点不惬意。

到了香山已11点左右了，在静宜园门侧茶铺内打开罐头，夹着烧饼胡乱地吃了一阵。真是不中用，才吃四个烧饼就胀不下了。

静宜园门口的铁狮子与颐和园门前的相同。进了大门，我们靠着左边的路循石级爬山而上。同路有一大批清华同学，男男女女，说说笑笑；我们走在他们前面，爬到山腰，俯视林木葱郁，远望北平平原，渺无边际。山中并无什么名胜古迹。据路人说：再待些日子，树叶红了，就更有意思了。山里别墅甚多，大都为私人所有，但也有旅社。下山打右路下来，立即赶到碧云寺去。我们租到了三匹骡子，可是人数太多，不够分配，只好猜拳决定。我是胜利者之一，骑上骡子，有一点坐不稳；偏偏我的骡子腿劲好，跑得快，起初真叫我紧捏一把汗；好在有骡夫跟随在身后，稍壮胆子。到骑近碧云寺的时候，我把肌肉放松，骑得似乎还稳当了些，但是已经到达山门了。

碧云寺曾经停过孙中山先生的灵柩，故寺中有中山纪念堂，堂内侧放有一具金属棺材，上面有一层玻璃盖。据管理人员说，这是苏俄送给中山先生的水晶棺，因为小了不合用，才搁在这里的。随后我们就到寺后参观中山先生的衣冠墓，墓顶有台，台上有塔数尊，雕刻细致，玲珑雅观。

由碧云寺出来，已经下午3点过钟，立即赶到卧佛寺去。卧佛寺以一尊长约丈六的金身卧佛驰名，佛像侧身卧地，一手臂弯曲支持其头部，双目紧闭，作睡眠状。祖陶说这是佛涅槃时的景象。据和尚说此佛是铜铸的，但我试以手指弹了一下，只觉得是木质的，不知是否和尚口出狂言。和尚又说此寺始建于唐代，此佛亦铸成于当时，其为狂言则无疑也。

我们为了赶5点进城的游览车，所以不敢久留。我和祖陶、秉权抢先赶到马路上去拦截过路的汽车，碰巧遇见了两三辆；于是我们三人分头各上一辆搭车到颐和园去，丢下其他的人在后面走路也顾不得了。好在他们都是脚力很健的人，一共三个，即：彝尊、心言和方正。

回来时已经疲乏得很了。我对祖陶感慨地说："年轻的时候应该尽量地游览，老来想玩也玩不成了。"

1947年9月11日　星期四

我以为今天要腿疼，其实并不如想像的那么厉害。到校医室去医腿，这已经是第三次了。

晚上一个人跑去看《铸情》的电影。比起我在成都看的同名话剧来，在印象中是后者要好些。我想有几个原因：一、电影中对白的诗句听不懂,大煞风景;二、莎翁的剧本是谨严的文艺杰作,电影无法表现出来;三、话剧演员阵容相对较强,如陶金之饰墨故求,章曼苹之饰奶妈,我觉得似乎比电影里的演员更深刻些。

继续写《二十自述》,草稿完成,有待复阅。

1947年9月12日　星期五

厨川白村的《出了象牙之塔》是一本非常好的书。此书不单好在文艺修养方面,他还指出和批判了日本文化的劣点,而其中好些方面也是中国文化的劣点,因为日本文化与东方文明特别是中国文明有很深的继承关系。作者铁面无私地指出和承认那些病态。我在中国出版界也不曾看见过这样坦白诚挚的学者。

他指出日本的微温、中道、妥协、虚假、小气、自大、保守等病态,并对缺乏伟大的呆子表示非常惋惜。他说日本人缺乏生命力,并痛斥唯心而不唯物的不合理。下面是他的话的摘录:

伤寒病菌侵入人体,于是其人的肉体的生活力即与这魔障物相接触而战争。因战争,遂发热。所以生活力愈强的人这热也愈高,那结果却是体质强健者倒容易丧命。的确与否不得而知,但我却曾经听到过这样的话,并且以为很有趣。

生命力旺盛的人所遇着的"问题",就是横在生命跃进的路上的魔障。生命力和这魔障相冲突,因而发生的热就是"思想"。生命力强盛的人为了这思想而受磔刑,被火刑,舍了性命的例子就很不少。而这思想却又使火花迸散,或者好花怒开,于是文学即被产生,艺术即被长育了。

在生命力的贫弱者,所以,就没有深的思想生活。思想不深的处所，怎么会产生出大的文学和大的艺术来呢？仅盛着一二分深的泥土的花盆里，会有开出又大又美的花的道理的么？（《出了象牙之塔》，十三，《思想生活》）

1947年9月17日　星期三

今天是我的二十岁的生日，天气不像昨天那样愁眉苦脸的了。

注册手续已办好，上下午都在宿舍誊《二十自述》，一面写一面感觉不满意。

除了祖陶以外，没有人知道今天是我的生日。下午5点过钟，我邀了他出去，在北洋看了一场宣传已久的名片《杀人者》（*The Killers*）。全片一个中国字也没有，即使从表演及意义等方面来说，我也看不出有什么好处，看完出来自认晦气不已。

我们到东单坝子里面去吃晚饭，选择了一家卖烤羊肉的馆子，特别去吃烤肉；先是烤好了拿来我们吃，后来我们看见别的食客都是亲自动手烤，不觉手痒起来，叫侍者端两盘生肉来我们自己烤。烤的方法很简单，一看就能学会。其实所谓烤羊肉与我们四川的炒羊肉丝无大差别，不过不是在锅里炒，而是用一个铁做成的大圆平板当锅，下面烧以柴火，把羊肉丝混合好佐料之后就倒在板上让它烤熟，动作非常简单，就是对烹调完全外行的人也可享受此中兴味，在严冬季节，满满一桌人围着圆桌烤肉吃，是多么富于北方风情，多么罗曼蒂克啊！我对祖陶说：北方人什么都笨，只有这件东西搞得聪明。

祖陶还买了两只螃蟹来下酒。这东西我们两人都未吃过，我们胡乱地嚼了一阵，没啥油气。

回来又吃了一些葡萄。

生日总算是快乐地度过。我祈祷明天也是一样的快乐!

1947年9月19日　星期五

学校愈发不像样了。今天转系受严格限制不说,并且还要取消公费,不知是哪国教育作风?

师院发榜,兆民又落第。

申请助学金核准名单今日公布。

下午去北楼选课。本期开的必修课程好些都是我上年学过的,而上年尚未学者本期又多未开;最头痛的是补修自然科学,因为地质学上课时间与我已有的课冲突,而心理学又不一定开,逼人左右为难。

结果,郑天挺先生批准我选西洋上古史、西洋中古史、俄国史、元史、史学史、中国美术史、法国革命史、普通心理学8门课,共39学分。

1947年9月24日　星期三

几日来,主要功课是加紧学德文,准备本期能接着听冯承植先生的课。

日昨虽大雨滂沱,但是晚上居然还是溜去看了话剧《丽人行》。全剧凡十三景二十场,演员的工作是够紧张艰苦的,但是成绩不太好,因为剧的主题是暴露日本侵华罪恶及三女性之历史,前半截已失其现实性,而后半截的终结令人仍然怀疑若英的前途如何,所以这个剧本我认为不太好。

很难得今天接到孙慈祝贺我生日的信。

兆民已决定周内返沪找工作。

读杨译 Mathiez 的《法国革命史》。

1947 年 9 月 27 日　星期六

近日甚嚣尘上之寝室问题闹得沸沸扬扬，贴出了不少标语口号。其实从骨子里看，事情仍然很简单，不过利益斗争而已，可悲也已！

晚，史学系同学与向达先生惜别，在北楼第六教室开会，到场约 30 人。8 时许，向先生驾到，立即开会。向先生自然要作话别的演讲，他除了说为了生活的担子不得不离开北大以外，还为同学们打了一些气。他说像他们那样的人，没有把政治弄好，实在是他们自己的过错，这是自作自受；不过自己挨饿虽然不要紧，儿女们也挨饿则太不合理了；现代人尤其应该纠正的一点是，前一辈他们不问别人的事，都是些只顾打扫门前雪的人，因而希望我们这一辈人应该站起来，应该改变这种态度，应该过问某些事。最后，他说现代中国文化是不中不西的买办文化，其毒害国家民族之深，令人为之痛心；胡校长说要在十年内把北大办成世界第一流大学，据向先生看，如作风不改，则五十年也不会办到。语气至为沉痛，发人深思。

讲话完毕，余兴开始，做了好几个游戏，都非常有趣热闹，真是其乐也融融。最后，大家把桌椅搬开腾出地方来，由几位同学领头，跳起秧歌舞来，三步一停一扭，一面跳一面摆手，同时嘴里还要哼着秧歌调子，一个个东偏西倒，各有各的怪样，真可以把人的肚子笑坏。向先生也跟着我们一同扭，硬脚硬手的，有趣得很。最后，我们高唱《让我们同在一起》，把先生送出教室。

1947年9月28日　星期日

明天是中秋节了！而我这几天口袋里早就不名一文。虽然说不上有点慌，至少口有点馋，我们在盘算如何才能度过它。

偏巧世夫的弟弟给他带了十余万元来，一切似乎立刻有了起色。我们决议去吃一顿烤羊肉，时间我全力主张在明天，而祖陶、世夫、桀国则一致表决了在今天。现在要讲民主，我不得不服从多数了。

决定今天就吃烤羊肉是晚饭后的事。决定后我们立刻跑到东单坝子去，随便兜了一个圈子就走进了羊肉馆。这次烤肉我与祖陶都是有经验的了，自然大模大样地享用，世夫、桀国也吃得乐不可交，大家最后都把肚子胀得难受了才肯作罢。还好，每人只花了一万五千元之谱。回到寝室后，我的肚子还老一阵不舒服。

1947年9月29日　星期一　中秋节

听了一节冯承植先生的德文课，想继续听，但本系突然又加开一门宋辽金史，时间与德文冲突，然似又不得不选修。

旁听唐兰先生的文字学课，也大为满意。

又旁听一节法文课，讲字母发音，我一不注意就把法文当成德文念了。

下午，兆民邀我去逛故宫，只好陪他去走一遭。今天开放的是中、东两路，因为时间有限，我们只走了东路，又看了一次青铜器和古瓷器，又为我国文化发了一次牢骚。

今晚月亮很明，我同世夫、祖陶、奇文等沿着校门外的小河短短地绕了一段路。夜很静，人们大概都过节去了吧？

工友的寝室里也传来阵阵狂饮的声音，而理发师们正在隔壁引吭高歌。

1947年9月30日　星期二

昨晚传来消息说，前天有几位同学出街后就失踪了，因为一直到今天都还没有回来。大家焦急起来，纷纷忖度是被特务抓了，都担心会有什么不测之事要发生。

早晨，"奔流"、"呐喊"、"黄河"等社团的大布告就贴出来了，为失踪同学的事发出呼吁。我才知道失踪的是史学系的吴谟和其他两位同学，一共3人；又听说清华、燕京也有同学被捕，群情都很激愤。

下午，史学系召开紧急大会商讨营救吴谟同学事，结果议决组织营救会，并派代表谒胡校长请愿。今天的会由冯远程同学担任主席，他太激动，一点作主席的样子都没有，一时差点把会场弄僵了。大家怀疑失踪是否就是被捕了，因为并没有被捕的确凿证据，难以令人信服。本来我也不敢说失踪就一定是被捕了，但无论怎么说，人失踪了总是要找的。

1947年10月1日　星期三

晚，我正在自习的时候，兆民递了一张纸条给我，叫我马上出屋子去，告诉我说他明天要走，当时弄得我莫名其妙；因为日前他还说上海有信来，叫他不必去上海，他的那位朋友日内将起程来平,所以我没有想到他竟这样快就决定走。但是,他立刻声明不是回上海,而是到解放区去。我不免感到有点吃惊,这并不是我从来没有想到过的,只是不曾想到事情进行得如此快,如此坚决,并且如此秘密。

他说只有小罗等两三个人知道此事,叫我为其保守秘密。

我们在月下沿着三院的河边漫步走了一转,大家琐碎地谈了一些话,但真正应该谈些什么又一时想不起来。

一切都准备好了。我叫他明早走时叫我起床。

1947 年 10 月 2 日　星期四

在朦胧中被兆民叫醒,天已经灰白色了。我们把他的行李拿出去,在校门口我叫校警开了电灯,写了一张携物出校的字条交给校警。这时,我们才发觉已经快到 7 点了,兆民不等我写完字条就急急忙忙提起皮箱走出去,说了一声:“我走了。”

我写好字条后,连忙走出校门,看见他的背影在早晨的雾气中渐渐模糊。我不打算送他,只高声地喊了一声:“我不送你了,一路小心!”立刻从远方传来了一个沉重的回音:“好唔!”接着一切又都寂静下来,只有一个人影在远处移动。

就这样走了!

我感觉有点说不出的难受,有点空虚。早晨的冷雾刺激着我。我独自转回宿舍来,沉入梦幻中……

1947 年 10 月 4 日　星期六

今天学校举办体育表演,晚上并有电影助兴,我没有去参加。

晚上在寝室内正在读德文时，忽然听见有人在背后喊我，一看是作淼；再看呢，他后面还站有两个人，仔细一瞧是鑫宗与德湘；大家不禁放声大笑，一一伸出手来；我感觉到有点震撼，虽然我早该料到他们应到了。

他们是搭船来的，同行者还有树德校友邵教同学。

听说乐久成也在日前乘机抵平。

世夫接世英信，又知道他与世魁已起程搭船南下，想来皆可在不久会合此地，又要热闹了！

日来颈上肘上生疮，殊为讨厌。校医手法劣甚，敷药数日，不著半点功效。

1947 年 10 月 5 日　星期日

昨晚鑫宗、德湘就在我寝室里睡，今晨特别送他们返回四院；因为他们的行李尚未取得。

归来在西单商场书肆购得 D'Ohsson[多桑]《蒙古史》一部，去洋五万元，至为便宜。

清理了一下兆民留下的东西，找了半天也不知道他的皮袍放在哪里去了。我先拣出几件不值钱的破旧衣服来廉卖，结果只有校工介绍了一位外面专门收买衣服的人来买了几件，共卖得五万元。

读《法国革命史》，书中描述法国各党派寡廉鲜耻之事，不下于今日中国政治之污浊，然而法国竟能在百乱无章中外抗强权，以我们中国人的政治意识看来，实为一大奇迹也。

1947 年 10 月 8 日　星期三

下午，奇文来邀去法院旁听公审金壁辉案，因我有法文、美术史等三节课要上，只得割爱了。

今天美术史课放幻灯，其上有一张片子是一尊裸女的塑像，是我以前所不曾见过的，技术当然说不上，但是在我国古代艺术遗物中，此类物品实属罕见。

傍晚，突然有人来访我，原来是税天麒由重庆飞到了，暂时就叫他下榻我处。

此公果然名不虚传，实在是一个"神"人，不过是天真而不是矫伪造作，这使我们间生活得更没有距离，我觉得这似乎才是朋友之道。

1947年10月9日　星期四

上午税天麒独自去办入学手续。

近日身上生的疮虽然擦了很多药，依然不见效果，我又去问校医，他叫我最好打针，开了一种药叫 sodium cacodylat　0.05，10支，因为囊中如洗，只得待几天再说。

这几天壁报又在骚动了，因为孟宪功等同学继前次被捕同学之后又被捕了；又传说贝满教师田聪等人也遭逮捕；而院联会吁请学校向当局交涉放人，迄无结果，因此又有同学在发动罢课。

孟宪功被捕有好些日子了。以前我听人说他是棍子，因此一些所谓的见义勇为的社团根本就不想为他呼吁，现在拖久了才知道是误传，所以又呐喊起来。我觉得这些"民主斗士"们连保障人权的基本概念都闹不清楚。

1947年10月10日　星期五

今天是双十节，学校照章放假，在寝室里冷坐了半天，读了半本冯承钧的《成吉思汗传》。

下午邀祖陶、世夫出去散步。今天各公园都免费开放，故宫也特别减价欢迎。我们打从午门门前经过，只见老老少少、红男绿女都在那里挤进挤出。

进入中山公园，我们在格言亭前矮铁槛上坐下憩气；这时太阳很暖和，不过间或又吹来一股冷风。

公园每个角落里都活跃着一些大人小孩，尤其是在儿童们玩耍的秋千面前，人堆围得更是热闹。有一群聋哑学校的学生在那里表演角斗，颇有章法。

到水榭前参观蜡像展览，不佳，而所谓古画展览，则更不值一看了。

1947年10月11日　星期六

昨天晚饭时签名征求罢课意见，居然被通过了，决定从今天起暂罢三天，清华也响应我们而罢课。

民主广场标贴的言论激昂愤慨，不过图书馆里与往次搞运动时不一样，今天情形很好，坐得满满的。

上午到孟实先生处去坐了一会，他不在家。

午后在图书馆读了一下午的书。

晚饭时，有同学宣布说胡校长明天要离开我们到南京开中研院的评议会；为了保释被捕同学及我们的安全，大家决定饭后到胡校长那里去请愿。

请愿我没有去。据他们回来说,胡校长又骂又劝,坚持要走,结果由郑秘书长答应负责办理同学所要求的事,才算了事。

1947年10月12日 星期日

同奇文出城开同乡会,到燕大已经是10点过了,结果今天只到了7个人,大概仅只一半的样子。

我们的目的地是颐和园。到了以后我们从铜牛绕到十七孔桥那边去,这是我几次来此都不曾游到的地方;接着,乘舟横渡昆明湖,到石船这边来。今天游人很多,你瞧瞧我,我看看你,颇不乏味。

我们在暖和的冬日下品茶谈天,最后照了一张相留作记念。

大约下午3时许,我们同返清华园。我与奇文是晚饭后才回来的。

今天,报载行辕发言人谈话说,孟宪功、李恭贻、田聪等都是共党分子,并言其已自认不讳云云。如此看来,保释希望渐绝。

1947年10月13日 星期一

罢课已临近尾声。据说上课者大有人在,而营救事无半点办法,只见一个北京大学人权保障委员会成立。

宣传工作仅是在校门口出了一些壁报、标语、漫画,看的人倒不少。

读恩格斯著《宗教、哲学、社会主义》一书,至为满意。此书原文名称是:Fr. Engels, *Religion*, *Philosophie*, *Socialisme*. Traduit Par Paul et Laura Lafarque, Paris, Librairie G. Jacques et Cie, 1901;内容

是集三篇文章而成:《原始基督教史论》、《空想社会主义与科学社会主义,附导论》、《费尔巴赫与德国古典哲学的末日》;译者为林绍真,1929年上海沪滨书局出版。

我早觉得马列主义有点宗教性,读了《原始基督教史论》更是觉得这一认识并不错。此书劈头就说:

原始基督教历史与近代工人运动中间,有一些显而易见的共同之点。基督教与工人运动一样,起初也是被压迫者的运动。基督教最初是奴隶、自由民、穷人、无权利的人以及被罗马压制或离散的人民之宗教。基督教与工人社会主义二者都宣传未来的解放、脱离奴役和贫困,但基督教要实现此解放在世外,在死后,在天上,社会主义要实现此解放在人世间,在社会变革。……(p.3)

恩格斯一再以基督教来比喻社会主义。他说:

"但又在1830年以后共产主义的工人中复现出来。法国革命中的共产主义者,甚至卫特灵(Weitling)及其徒众,都自比于原始基督教徒,这还在勒诺(Renau)所说的话以前。勒诺说:如果你要略略知道基督教的最早教会组织,你就看劳动者国际协会的一个地方支部吧。"(p.6)他又在注中说:"基督教的西方民众运动就不然,宗教的面具不过是用来攻击那种变成陈旧不合时的经济制度之旗帜而已;结果旧的制度推翻了,新的制度建立起来,这是进步,世界是向前进的。"(p.5—6)

这样,我们看见那时的非自觉的基督教与尼塞的圣教公会所独断确定的世界宗教,是相差十万八千里的。后来的信条或伦理那时是没有的;反之,那时却有一种感情,以为他们是在反对一个整个社会,他们在斗争中将得着最后的胜利;那时的一种奋斗热情和一种战胜的决心，在我们今日的基督教徒中是完全没有的，现在只有在社会的另一端——在社会主义者中——才找得出来。(p.23)

他就《启示录》中的书信说：

以上便是这些书信的独断式的内容，其余则是激励同志从事于努力的宣传，表现他们信仰的坚定和勇敢于敌人面前，努力不懈的斗争反对内部和外面的仇敌。关于这几点，劳动者国际协会的热心家纵然不是先知者，也是可以写得出来的。(p.28)

1947年10月15日　星期三

休罢情形尚好，自然贴出质问院联会布告者也大有人在；不过此事如此处理实在是唯一的办法，而院联会遂借接受华北学联的劝告以收场。

在饭厅墙上又出现有零星的标语，开口总是“共特们！……”还是老把戏。

午饭后，随即与奇文往法院旁听金壁辉案公审。本来下午有3节课的，但是因为旁听证得来不易，机会实在难得，于是决定缺课了。

今天并不像我想像的拥挤，法院鉴于旁听人数太少，改在后园审判。当我们赶到的时候，来旁听的人还不算多。

临时法庭设在一个大约两丈见方的亭子上，亭子四周距离约五尺远的地方围了一道木栏杆，是临时搭设的；领得旁听证的人就在这木栏外边旁听，但桌凳一概俱无，只是一片乱草地。人们拥挤在栏杆边上围观这个法庭，仿佛像公园里游人围观动物园里的动物，秩序很乱。

公审定于3时开始。我们到了以后，旁听人陆陆续续地愈来愈多，尤其是朝大的同学，几乎是全体都出动了。报上说只发了两千张旁听证，看来是打了一个大折扣。

渐渐地人多得相当挤了。在进出口处，人们排成了两行很长的列子，因为大家都想占有这进出的必经之路，所以这两行列子的秩序最难维持，中间的过道时常被阻塞起来，宪警们为此特别弄了两条长绳来拦出中间的通道来。

快要到开庭的时候，几位神气十足穿着黑袍的人物走进亭子去。虽然大家不能确知他们是谁，但大致可以认定一定是法官或律师，于是气氛变得稍为肃静一些；没有找好立脚点的人开始设法往前钻，尽量挤进一个视点较好的空隙去。

不一会，忽传押送金壁辉的汽车来了。在一阵阵小小的骚动之后，一辆黑色的汽车闯进了人们排成两行肉墙的道路中间；于是人们一拥而上，前前后后地把汽车围了起来，中间的路根本就没有了；秩序顿时大乱，男女老少都争先恐后拥上前去想看金壁辉；而汽车司机却坚持要继续开车向前，汽车仍在混乱的人堆中慢慢移动，弄得大家都在高喊："停车，不准开！"

有人骂道："什么了不起，一个汉奸！"我这时已站立不稳，在人堆中随着左右人群的涌动被推得东歪一下，西倒一下……

[按：这一天的日记未写完。]

1947年10月17日　星期五

中午下课回宿舍来，碰巧在三院门前瞧见国智，都差不多不认识了,因为他长高了许多。他们是刚才到的,正在那里找不到人。另一个是德湘的令弟德田,他的身材比他哥哥高大些,如果不知实情,还会以为他是哥哥呢。

午饭后,德湘就陪同他们去检查身体,准备明天出城,晚上就在我的屋子里与天骐搭铺。

据他们带来的消息说,世魁在南京生病了,病势似乎还相当严重。这真是晦气得很,可见强健的体魄之至关重要。

生命的活跃力以健康为基础,生活的活动范围也以健康为动力,因此,大凡身体坏的人,活跃力都很薄弱,生活圈子也很狭小。

1947 年 10 月 19 日 星期日

无事上图书馆,准备写一封信给张东荪先生,讨论《理性与民主》的第二章《文明与进步》,但是提起笔来总觉得沉重得很,于是再把这一章的内容细细地读了一遍,益发觉得张先生是一个通儒;但是他所得的结论稍有不惬我心者,我想其原因是我们的性格不同,即 personality 之不同,或称为类型不同,以及信仰的不同,因此立论虽然符合谨严的逻辑,并且似乎无懈可击,但结论常常是事实与理想的掺杂。在这里,我们得为将来留一箭地或一条去路。因为一切社会科学都不只说到过去或现在了事,它得筹划或预告将来。因此,我们就异途了。张先生是长者的想法,想拣一条好路走,但是我怀疑以后的路会有什么不同于以前所走的路。

1947 年 10 月 20 日 星期一

上周东方语文系贴了一个通知出来,说本学期要开一班日文,请李晓忠先生任课。得到这个消息我很高兴,恰好碰见绍祥君,我们都决定选这门课。

我去把中国美术史退掉,改选日文,助教先生答应了,还算运气好。

今天是第一堂课,上课就发讲义。第一章是绪论,随便讲了一点;最后确定每周上课时间为星期一、三、五的一点到两点。

父亲汇了一百万元来,挂号信也同时接到,谆谆嘱咐医治疥疮之法,又叫好好读外国文,将来设法留学。

1947年10月21日　星期二

上午去聚兴诚银行取钱。聚兴诚本来在西长安街,但是在最近迁走了;我不知道它迁到哪里去了,搭电车绕了一些圈子,才在前门外找到地方。

下午跑到东安市场去转了一趟,买了一部 Macaulay 的 History of England、井上翠的《日华字典》、日译本《黄土带》及一部《康熙字典》。

回宿舍来,世魁和士英突然出现在我的眼前。上午我才听到他们来到的消息,不想下午就见到了。

士英的白发似乎少了一些,世魁脸上病容尚未全退。晚上,我陪同他们去红楼各处参观了一下,最后去参加欢迎新同学的迎新会,听先生们的演讲。

诗雅来信说,他明年一定来。

1947年10月22日　星期三

早上把心理学课"涮"了，去北大医院看病。我先以为是9点钟开始，因此8点过就去了；到了才知道要10点钟才开始看病，又跑到街上去溜达一圈；好容易挨到10点，病人已在外科诊室前面站了一大堆，而里面却并无半点动静，等了一阵，我忍不住问护士："怎么时间到了还不看病？"她说医生还没有来，于是我又等。一直到11点钟的时候，好容易才把医生等来了；我以为现在快看病了，谁知又等了半点钟仍无消息，真把我气坏了。因为下午1点钟就有课，不得不赶回来吃饭，自认晦气得很，在西单买了一盒针药。

晚，同祖陶逛市场，买了一顶银黑色的皮帽，去洋十一万元。

1947年10月23日　星期四

上午到校医室请护士打了一针 cacodylat sodium，当时似乎有一点反应，但是微弱得很。

擦油膏似乎多少收到一些功效，不过太脏衣服，很使人难受。洗澡本来是很好的治疗方法，但是腿上和臀上生了两个疮，似乎又不是宜于洗澡的时候。

读 Kroptkin［克鲁泡特金］著《法国革命史》。此书对于经济及人民行动分析描述得清畅可诵，我觉得条理之好在 Mathiez 的同名著作之上；当然他不及 Mathiez 照顾得面面俱到，不过在定谳方面也较 Mathiez 明确，并且很容易令人接受。

1947年10月25日　星期六

兆民的父亲与他汇了两百万元来，假如早一点汇来，岂不是可以免得我卖被盖吗？真糟糕，上午拿到王府井交通银行去取，被一些手续问题刁难，没有取到。

午后到西单商场去买书，我看到一套滨田耕作的《东洋美术史研究》，喊价五万五千元，我还他三万，不卖，于是我想到其他地方看一下回来再说，等我转回来时，谁知书就卖掉了，好快的手脚，简直把我气惨了！

买了一丈四尺黑市布及花布，去洋二十二万元，一斤半棉花六万三千元，定做一件新棉袍，连工钱大概共花了三十五万元。

晚上在市场买到一套最值得的日文书《世界文化史大系》，两巨册才六万元，大喜而归。

1947年10月26日 星期日

早饭后本想到公园去散步，等了一阵祖陶，把时间耽搁久了，只得作罢。

午饭时在饭厅瞧见刘小石，立刻邀他坐下来吃饭，把德湘买的花生酱完全解决了。

小石瘦了许多。饭后陪他去灯市口配钢笔尖，又到东安市场去买了一些东西。

读克鲁泡特金著《法国大革命史》。书中第14章《民众的暴动》、第15章《城市》、第16章《农民的暴动》、第18章《封建权利之依然存在》、第24章《巴黎的“区”和“部”》、第39章《“山狱”与吉伦特》、第40章《吉伦特党人企图停止革命》、第41章《“无政府主义者”》、第47章《民众的革命——强迫税》、第57章《革命精神的低落》、第58章《共产主义运动》等章均极精彩。

1947年10月30日　星期四

“西洋中古史”开课成了问题，据说是马文太太因为最近马文先生升任天津总领事离平，她也得随夫上任，于是这门功课成了问题。又听说学校到处物色任课人选，迄今仍无结果。呜呼北大，原来如此！

晚，在北楼三楼开本级同乐会，出席同学约二十人，并有两位新同学参加。大家恣意地玩了一阵，做了好些团体游戏，最后又坐下来闲谈一阵，一致认为“西洋中古史”的开课问题应该逼学校想办法才是，并且决定派同学代表以同学名义去清华聘请雷海宗先生，请他担任我们的这门课。

会场上空气很下流，自然是指一部分在追逐女性有点着急的人而言，真是有点现丑相。我们级里的女同学大都很老实，这些“男性化”的举动实在应该加以检点。

1947年11月1日　星期六

今天是西南联大第十周年校庆，早几天就在预备纪念活动了。今年的活动在清华举行，数日前就开始登记出城人数。我虽然早已登记了，但因随后听说要出五千元钱，于是打消了去意。今天由于祖陶要去，坚邀我同行，临时又去找游继善弄到一张票。

午饭后，我们集合在民主广场等待出发。下午1时，第一、二、三车相继开发，我是搭1时半的第四车走的。本来我的号数排在顶后面，就是坐最末一班车也有问题，幸亏继善替我想办法，得以趁先走了。

到清华找到彝尊、心言、方正，随便逛了一阵，又到气象台远眺。一吃过晚饭,我们立刻抢先往礼堂跑去,但是礼堂大门紧闭,据说是还在布置会场,要等到7点钟才开门。我们在门外差不多站了整整一个钟头,这还不打紧,可恼的是,由于门没有打开,而来的人越来越多,都挤在门外,最后是挤得水泄不通了。我们站在大门正前方约五六尺远的地方,这地方挤得最厉害,大家都高呼:“不准挤!”“开门!”好容易门打开了,人群争先恐后如潮似的一涌而进,把站在前面的几个小孩挤倒了,甚至踩伤了几个,真是作孽!

今天礼堂楼上楼下满满地坐了两千多人,还有很多人站在过道上,联大精神之号召力由此可见,燕大等校也有同学来参加。行礼如仪后,有南开的代表特别从天津赶来致颂辞。文娱节目中,以用歌剧手法演出的《茶馆小调》最真实最精彩;最后演出的是《花好月圆》一剧,不佳;据说原来是准备演《联大春秋》一剧的,因为场面太大,准备不及,才改演此剧。我只能怪自己没有眼福。

1947年11月2日　星期日

昨夜与心言挤着睡了一夜。晨早饭后大家决议去游颐和园,等我们赶到园门口时,才知道门票涨到五千元一张。大家都没有带清华校徽,认为值不得挨此一棒,率性就不游了,于是转回来跑到清华农学院去参观了一趟。

午饭后,同奇文、德湘、天骐抢先搭第一班车进城,赶开校友会。这次参加聚会的全都是城内的校友,因为城外校友已经个别举行过欢迎会了。今天出席的新校友除濮、税二君外,有世魁、士英等;最难得的是有四位女校友来参加,她们中有一位在中法,其他三位还在念中学。最后,改选常务与康乐,结果忠善、世夫分别当选。大家还决议下次集会在下周星期日，集体游北海。

1947 年 11 月 4 日　星期二

到清华请雷海宗先生上“西洋中古史”课，结果他不能来。最后，经同学们与学校交涉，决定改上杨人楩先生的“西洋史”课，本期不考试，下期是讲中古史一段的时间，需作报告并举行考试。就这样我们就算念了西洋中古史，天晓得！

上月来，浙江大学学生自治会主席于子三同学被杀死于警备司令部狱中的消息在上前天我就看到了，而政府公报却说，于是自杀身亡的。虽然我不敢断定他是怎样死的，但自“一二·一”以后，我就不敢信任新闻了。就算是自杀身亡的吧，他是为什么自杀的？我们要问：这是谁的责任？

清华、燕京决议从今天起罢课三天。

北大也在酝酿罢课，听说决定在星期四罢课一天。

1947 年 11 月 5 日　星期三

各级代表会已经在三三两两地征求罢课意见了。清华同学听说已经有两百人进城，并且准备上街为于子三同学劝募。

胡校长发表书面谈话，对此事表示同情，并且说已经致电竺可桢校长询问此事详情，特劝告同学慎勿随便罢课或采取任何行动。

晚，述林送我两张《卖油市》的戏票，遂邀了祖陶去看剧。此剧由上次演《春寒》的剧宣十队演出，不过由于受到角色个性的限制，演出效果较前次差多了。剧本是陈白尘写的，简直莫名其妙，我一直到演出终场也看不出它的主题思想来。

1947年11月6日 星期日

今天是清华罢课的第三天、我们罢课的第一天。

上午坐图书馆。今天图书馆的上座率依然很高,可见同学们对于罢课并不很积极。

下午,民主广场开了一个追悼于子三同学的大会,出席的同学并不多。我和彝尊、祖陶虽然去了,但根本没有听发言,开会不久我们就离开红楼了。

陪彝尊到东单买了一条羊毛裤,去洋二十四万元,比起我买的那条刚好差十万元,可见物价飞涨之厉害,这还不到两个月光景。

随后,我们到市场里那家南北餐馆去打了一次牙祭,吃了两份麻婆豆腐、一份回锅肉、一份红烧什景,只吃了六万多块钱。

吃过饭,祖陶提议去看一次戏,于是我们又冒失地赶到长安大戏院去。今夜有程砚秋登台,一问票价,最低等的也是四万元,真把我们两个吓了一跳;原来今晚是赈灾义演,不过,就是平常的演出,票价至少也要二万几。我们当然不敢看啰,于是跑到西单商场去喝了一杯咖啡;可是,那里的女茶房的样子令人看来很不顺眼,喝得很不高兴。

回宿舍来,我们听说今天下午发生冲突了。原来是追悼会后,中法同学从侧门出校时遇阻并遭飞来的石子袭击,有多人受伤,只得立刻退进广场来。一时群情激愤,在场内绕场作游行状,并决议继续罢课以及明日游行云。最后,用汽车将中法、贝满、燕京诸校同学车运返校。

今天有几位清华同学被捕。

1947年11月7日 星期五

上午在宿舍抄《法国大革命史》笔记，未出校门。

中午时，得知清华、燕大决定下午游行，现在已经回校集合同学进城了，而北大则决议不游行；空气似乎很紧张，一张清华决定游行的布告旁边，就是一张北大不游行的布告，明显地表示两校的对立；大家都说这是民主运动的紧要关头，假如今天两校分裂了，以后的事是不堪设想的了。

北大这次坚决不游行，是人权保障委员会、院系联合会、代表大会常驻三方面会商的决议。清华一定要坚持游行，是因为他们有五位同学被捕了；其实他们在城内开会决议坚持游行的人数不过300人。

以客观的情势论，昨天中法就挨打了，并且据同学报告，景山及北大附近一带，青年军、特务、军警密布，荷枪实弹，颇不利于我们；而今晨学校又油印散发警备部致学校的指令，大意是说，据闻今日决议游行，值此戡乱期间，决定严予禁止云云。以主观的情势论，同学情绪至少在北大方面并不太高，故游行绝不能号召得绝大多数人参加。

院联会决议在华北学联会议上坚持此事，并且竭力阻清华、燕京两校同学，但由于双方意气甚重，似将僵持不下。

午饭时，院联会又特地来各膳团举行民意测验，结果三院同学赞成游行者仅二十六人，而红楼膳团及西斋膳团皆无人赞成，可见此次决议不游行并未强奸民意。我觉得北大是要老练得多。

午饭后，立刻跑到民主广场去看局势的发展和演变情况。此时，北大剧艺社、大一歌咏队、沙滩歌咏队、新诗社等六个社团已经出城去，要迎面挡住将要进城的燕京和清华的同学，现在的民主广场上显得无精打采，只有三五成群的同学围在一起辩论今天是否应该游行，辩论得很激烈。黄河社、呐喊社等社团出了一张布告呼吁团结，写了两行令人警惕的标语：

"团结就是力量！

分裂就是灭亡！"

1点钟时，广场上的北大同学临时集中起来开了一个会，广泛征求同学的意见。当场大家对不参加游行并无什么异议，但对院联会的工作态度则甚多指责，因为院联会已由坚持不游行改为绝对服从学联决议而行动。有一部分同学提议说，我们先尽力设法劝阻游行；如果他们一定要游行的话，那么我们也游行去。

2时许，六社团赴清华劝阻游行的同学回来说，清华、燕京的同学约千人已作好准备立即出发，但他们已改变非游行不可的态度，愿意听从学联的决定，待进城以后与城内同学再开会仔细商量。他们从西直门徒步进城，沿途不准备做任何带刺激性的举动。又传来消息说，清华被捕的三位同学据悉即可获释，现清华的训导长正在为此进行工作云云。

3时许，传来了三位被捕同学已被释放的消息，于是不游行的决议也在清华通过了。北大同学在民主广场整队走到北楼去欢迎被释放归来的同学；我们大喊口号，并高唱《团结就是力量》。北大同学与清华同学在北楼前会合，围着三位获释的同学欢呼了十多分钟，情绪至为激烈。最后，华北学联代表宣称：不游行了。但是，为了抗议浙大于子三同学惨死、北大孟宪功、李恭贻同学及贝满教员之非法被捕事，决定继续罢课。清华、燕京同学于是启程护送获释同学徒步出城,并准备迎上正在进城途中的另一批同学折返清华开欢迎获释同学大会。当场北大同学提出在北大开这个大会,但因碍于种种原因,清华同学不得不回去;于是"欢迎北大同学到清华来"的呼喊声高响起来。

队伍又立刻在民主广场聚拢排列好了,这时我就折回三院去了。

晚,据茨尧回来说,后来由北大向警备部交涉,调了十八辆卡车来运清华、燕京同学回校。接着,另一批进城来的清华同学在傍晚时也走拢来了,于是北大同学又拥出校门去迎接他们,绕从侧门进校,呼声彻耳。

北大同学燃起了火炬,坚持要送中法同学回校,景象至为动人。回转来时,他们又绕道从西门进校,然后围着民主广场绕了两圈,这也等于是游行了。但是,大家犹未尽兴,还不愿意散去,率性就坐了下来开了一个临时性的营火会,并推出一些同学来表演节目,真是愈团结愈有劲啊!

今天胡校长又出了一张布告,向全校同学公布孟宪功、李恭贻二同学给他的信。

1947年11月13日 星期四

晚,史学会请刚由甘肃考古归来之裴文中教授讲演甘肃考古。我是特地安心去记录的,因此特别预备好纸笔前去。

今天的讲题虽不太吸引人,同时理事竞选演说会又拉走很多人,但是来听讲者仍然不少,大概有百五十人的样子。教授们如韩寿萱先生也出席了;清华地质系主任袁复礼先生特别赶来参加,尤为讲演增色。

从表面看来，裴先生个子虽不算太高，但是与他那强壮的体格配合起来，倒是少有在教授群中找得到如此健劲的个儿。我疑心他是山东人，不过他的语音里不能给我任何暗示。他的头发似乎在开始白了。

讲词我差不多全部记录下来了。讲完以后，裴先生特别谦虚地提到在座的袁复礼先生，因为袁先生是他的老师啦。于是大家又鼓掌请他讲话。他因为没有准备讲话，只随便说了几句，大意是说：

我从前同J.G.Anderson到甘肃考古，仰韶、辛店等几个地方我都去过，偏偏裴先生所说的有问题的地方齐家、马厂和沙井我都没有去过，因此我不敢谈它。……我曾经同李济先生到山西南部帮过一点发掘工作，不过只搞了三个月……当我在辛店同Anderson考古的时候，有一天，他拿了一把珠子给我看，说是从坟中人的颈子上取下来的。当时，我看这些珠子有大有小，就问他这些珠子是怎样得来的，原先的位置怎样，到底是一个大珠一个小珠相间地穿着呢？还是分开穿着的？Anderson回答不出来，他说：你这小孩子知道什么，管它是怎样的。呆了一会又说：哎呀，你这一说我真伤心了，我只注意珠子去了，其他我都没有注意到，现在我真伤心了。于是我才知道他根本不是一个科学家，后来我就离开他独自跑到六盘山去做地质考古工作去了。……Anderson在甘肃考古的时候，工作凌乱得很。他只要陶罐，其他东西不管，间或拿几样石器；他自己不动手，很多东西都是从别人手上买得来的，因此，出土的地方、年代就凭卖的人口说为断，他的方法是根本不科学的。我们做发掘工作，土层最重要，一点也不能错。在新疆等地方，因为是沙土，土层不太确定，但在黄土地带，土层都是一层层有明显区别界划的，所以我们首先要注意发掘时土层的秩序，要一层层地分得出来……

袁先生说话很和蔼，有风趣。他还盛赞裴先生的精神和治学的谦虚态度。

随后，大家又自由提出一些问题来请裴先生答复。

会后我又跑到礼堂去看竞选。今晚的人虽然不拥挤，但是花样可有趣。剧艺社的同学大家都化装，头戴高帽，身披红袍。每当竞选人演讲完毕，如果是他们所支持的人，他们就敲锣打鼓来“啦”一番，的确为会场增色不少。

讲演的人并不踊跃。第一、二位是法律系的候选人，说得倒不坏，但是支持者不多。而21社团提出的名单，则得到了大多数之拥护。

1947年11月16日　星期日

天气已经变了，门前的小河在两三天功夫内全结了冰，人们都穿上棉衣或皮衣。每当清晨或晚上最冷，而寝室和课堂里还未生火，只好逼着坐图书馆了。

昨天下午去兵马司地质调查所，打算拜访裴文中先生，参观彩陶诸器。不巧他不在家，白花了我半下午时光。

归来路过北平图书馆，顺便进去查了几本书，如黄文山《文化论》（中集）、《蔡孑民先生纪念论文集》、朱光潜《诗论》等，居然一本也没有，令人万分失望。异哉！此所谓全国第一之图书馆。

1947年11月19日　星期三

这几天政治系同学主办了一个“联合国纪念周”(United Nations Week)。自本周起,星期一展览联合国文献,地点在图书馆;星期二讲演会,请有崔树琴、吴之椿、王铁崖等教授讲演;今天有联合国晚会,邀请国际人士参加。晚饭后,我即同天麒到理学院大礼堂去,但早已人满,到开会时简直已挤得水泄不通了。晚会由胡校长任主席,中英语并用的开会词,饶有趣味。他的话讲完后,接着是美、苏、英、加、印、澳、荷、丹、比、瑞十国代表人士演讲,其中苏联代表同荷兰代表都会讲中国话,因此获得掌声最多。法国代表用法文致辞。我想在场精通此种 Official language 者恐不多。这十国的朋友们,当然是一致强调世界和平。诚如胡校长所说,为了 next generation[下一代],我们应该努力于和平。晚会在9时左右联合国歌的欢乐声中散会。

步出会场,我纳闷了起来。人们都不愿意战争,但是谁都在恐惧着战争的威胁。究竟是谁要战争呢?是谁?这永远是一个矛盾。

1947年11月20日　星期四

早晨在锅炉室打洗脸水的时候,听见烧锅炉的工友在那里叽咕。他看见了我在注意他,于是就把我当着他讲话的对象说:“……公共秩序要大伙维持呀!水,随便泼在屋里,那我以后根本就不用管,……这还何必特别弄一个桶来搁在门外呢?……就是不讲公德心!Oh!假如大家都讲公德心的话,那国民党共产党又怎么会不管老百姓,打内战!……”我听了只好鼻子里“嗯”一声。我看他的脸虽然是老粗,倒是典型的中国老百姓的脸。我一面端起洗脸水一面走着想:这才是正义的声音!真正的老百姓的声音!但是有谁会理他呢?

晚,史学会请王崇武先生讲演"万历东征"问题。据说他是明史专家,并且是张学良先生最敬佩的明史三学者之一。今天的讲演果然名符其实,证据充足而精密。我当时想,中国的史学是有办法的,除了死硬狭窄的抄书派和主义公式的海派外,到底还有真正的科学的史家,这是很值得乐观的事。

1947年11月21日　星期五

今晚,"哲学系统讲演"请张申府先生讲"现代哲学主潮"。我还是初次见他,自然也是初次听他讲演。我早猜到他要为 Russell 大吹法螺,结果一点不差。他惟罗素始,惟罗素终,认为此老是二十世纪哲学自始至终的主潮。此外,他旁及唯物辩证法、逻辑经验派、实验主义诸家,全部差不多讲了三个钟头,可谓大卖气力。听众慕名而来者真不少,北楼礼堂满满地挤了一堂,真是热闹。

张先生自始至终虽然举了不少的哲学家,但是至少我记得是漏掉了 Croce[克罗齐]与 Whitehead[怀德海]两个人。我想,在现代哲学里,这两个是无论如何也不应该漏掉的。

"Starting the truth with a smile upon our lips."常记 Horace 此语在心,眉头自然会少皱纹。

1947年11月24日　星期一

昨天上午发救济总署剩余物资。我和祖陶一组。他要我去抽签,手兴不好,结果抽得一床美军军毯。其他同学有人抽得衣料,有人抽得奶粉、大衣或毛线不等,而这些东西里,似只有军毯最不值钱。好在我早就抱定"得而不喜,失而不忧"的心,抽来后我看见是毯子,因为我有兆民的用,因此想给祖陶用好了,但是他主张卖。卖了也好,这倒是不无小补。

今晚,很顺利地就把毯子卖出去了,价四十万元。钱到手后,我们立刻就跑到市场去,结果我买了一本 Hayes 的 *A short History of the World War*(1920),只去洋三万五千元。我本不想买的,太便宜,也就拿了。

太原书店的 Van Loon: *The Art* 及另一家书店的 Spengler: *The Decline of the West*, Vol.2,我真看得起,占有欲又在作祟,但是毕竟太贵了,只好望洋兴叹,悵悵而去。

1947 年 11 月 27 日　星期四

上周就独自去访了一次裴文中先生,没有会到他。今天其湘说他也要去,正好今天下午无课。午饭后,我们就一同前往。路过故宫博物馆,因为我听说《故宫周刊》仍只卖六百元一张,我想此刊已经绝版,这样价廉物美的东西不应放过,于是同其湘进去各买了一套。共只有六十六期(从 230 期至 297 期,中间缺两期)。在经过佛学书局时,其湘又进去买了一本藏文读本。

今天运气很好,裴文中先生在地质调查所。当阍者通告后,我们就立刻被引进了裴先生的办公室里。他似正在整理他的关于甘肃考古的论文,因为我们见他的桌上放有几篇文稿,同 Anderson 的 *The Yellow Earth* 等书。当我们说明来意后,他立刻欣然答应,教管理的工人把门打开,亲自领我们去参观。那里是新生代研究室,我们先看 Anderson 氏获得的东西。这些东西现在存在此地的已很少了,全藏在一个大长形的玻璃柜子里面。有些是零碎的陶片,放置在一个盘子里面,也有大件的东西,如鬲、鼎、壶、灶之类。而这些较成器的东西并不是 Anderson 氏所获者,乃大多是殷、周甚至汉以前的东西,器物上面有裴氏破烂斋的收藏记号。至于彩陶则几乎没有,有的那些碎片大多是绳纹。那些较大的鬲等则有绳制范制不等。殷、周器则美观进步多了,外表除对称外,琢磨得也很光。有一个高一尺以上的瓶状物,上面的花纹非常可观。有一张陶器花纹的照片更是精美得很,略如图绘:

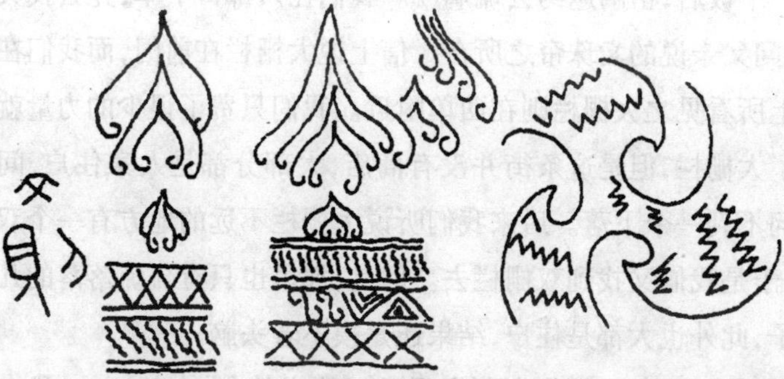

最有趣的还是一个陶器的盘子了。我看有一点像祭器,那平盘中有用朱砂绘的图画。据现在可以认出者,左方似有一鸟,鸟之下有龙,右方有一兽似狗或麒麟。此外,还有一个有羽翼的动物,我们推想它是凤。其他的我们就看不清楚了。盘的四周有蝙蝠形的图案。就此图而言,技术已相当进步。在这些看得比较清楚的地方,我们可以看出画得非常生动,笔调也很娴熟。

其次,我们还看到裴氏此次从甘肃带回的一些陶片,还有一些石器玉器以及所发现的石灰崖中的石层。这些陶片中就有彩陶片了。因为面积太小,我们难于推断它原来的图案如何,这是很遗憾的。最后,我们还看到裴氏在西山考古发现的一些瓦当砖块之类的东西。

参观毕,我们又在裴氏办公室小憩。因为谈到古物的花纹问题,他给我们介绍了一部书,那是 Palmgreu 著的,书收在 *Pales Sinica* 中。

1947 年 11 月 30 日　星期日

午饭后,祖陶邀约去琉璃厂。我们在六部口下车,先去找大栅栏,问父亲说的卖珠帘之所在。信上说大栅栏在前门,而我们在地图上所看见之大栅栏则在西单附近。我们只费了很少的力量就找到了大栅栏,但是这条街并没有商店,大部分都是人家住户,问人也问不到一个下落。后来我们听说大栅栏不远的地方有一个双栅栏,于是我们又找到双栅栏去。但是,那里也只有疏疏落落的几家店子,此外也大都是住户,结果还是摸不着头脑。

到琉璃厂,碰巧在来薰阁看见王静安的《古史新证》。我本来打算在本年假期誊录一通,现在偷懒买了一本,去洋稍高,一万五千元。

祖陶在商务买了一部佛书。

到敬文阁询问《雍穆堂法帖》,已售罄,价值约二十万元左右。

1947 年 12 月 2 日　星期二

气候转冷,火炉在拼命争取之下已“开火”了!

物价又在赛跑，日来东西疾转直上，粮、米、麦、面涨了一倍。大家都在呐喊：何以卒岁？何以卒岁？

晚，孟实先生在北楼礼堂讲“论诗”，释王静安先生《人间词话》所言之“三境界”：一、“衣带渐宽终不悔，为伊消得人憔悴”，为用功发愤之境界；二、“昨夜西风凋碧树，独上高楼望尽天涯路”，为体大思精之境界；三、“众里寻他千百度，蓦然回首，那人却在灯火阑珊处”，为豁然贯通之境界。此三点虽然不深，但去年读《人间词话》时想来想去还是不清楚。今天一说，倒恍然有所明白似的。

读 Van Loon：*The Story of Mankind*，这本书的目的虽说是写给小孩子看的，其实在我的估价实不失为一本西史入门的最佳书籍。

1947 年 12 月 4 日　星期日

祖陶有一位石室中学的校友在清华念书，近来老是闹着要回家，经多方劝阻也无结果，终于今天进城来买飞机票，明天就起飞去重庆。我得到这消息，打算乘便给家里带点东西回去，特别同祖陶去市场买了一对瓷料的鸭子并五只小鸭，准备作双亲大人祝寿的礼品，想来或许可以博得一粲。祖陶也买了一把小宝剑送他的老哥。我们回来包好后，准备交此君带到重庆。我打算请诗雅为我取一下，有便托人带回成都。

晚，奇文发起打一次牙祭。祖陶、世夫、桀国、秉权、天骐、其湘和我一行八人到那家四川馆子去吃了一顿。菜都是奇文预先设计好的，只有两味菜，全是肉。一是回锅肉两大碗，一是萝卜炖肉几大碗；随后还加添了两份麻婆豆腐，吃得尽欢而散。我一向是不吃肥肉的，今天大概也是因为馋久了，也吃了不少。这次牙祭每人花了三万五千元。

1947年12月10日 星期三

康先生突然来找兆民，一时几乎把我窘住了。我急中生智，推说好久没见到他，假如要找他的话，可去小罗处打听消息。我的意思是假如此公一定要找兆民的话，待他走后我再打电话给小罗布置一切。但他临走的时候我问他是否要出城去，他又说立即要赶回天津，只得用信函通知兆民了，这才使我放下心来。

Robert Heinrich Lowie 的《文明与野蛮》实在是一本难得的好书，书中说：

这种稳藏法令人回忆十五六世纪欧洲服装中的怪东西——那个怪可笑的口袋，往往做得花团锦簇的，彰明昭著地挂在那紧束两腿的裤子的正中间。在那个衣服上没有小口袋的时代，钱包、手套、毛巾，甚至水果，一古脑儿全装在这个花口袋里头。（第十章《衣服与时装》，pp.118—119）

此文所说的口袋，很像四川一带人腰下的"Go Der"（裹肚）。不知是否即一物演变而来。假如是的话，是中国传过去的呢？还是西洋传过来的？又是问题。

书中又说：

……克洛人差不多没有什么法律手续，非洲人却顶爱找证据。但他们所谓证据的是叫被告吞一种有毒的豆，他要辩白自己无罪，只要能吞了这颗毒豆不送命。（第十五章《民族与国家》，p.228）。

这种方法与乡人赌咒抓油锅的方法不过伯仲之间，中国人之原始落伍真是可慨也!

万元大钞奉命发行,物价又准备赛跑一次。

邮费也加价了,航空信每封三千元。

兆民的债没有还,但是法币一天天地贬值,看着他那几文是无济于事了。下午我同祖陶上街去准备把他的钱换成金子,但是这几天金市混乱,不作交易,而且我胆子小,恐怕吃亏,只得作罢。

打听了一下,金价是一千一百一十万(卖出)。

1947年12月12日　星期五

本年校庆纪念快到,史学会决定办一个校史展览,瑞林邀我与其湘负责"北大与新文化运动"一部门工作。

下午到孟实先生处征集史料,晚又到贺麟先生处,成绩不好,只收得孟实先生战前北大教职员校徽一枚。

大概检查了一下以往的刊物,的确深深地感觉得北大一向是进步的。假如要统计四十九年来北大所设立的社团的话,不成问题的是在一百以上。我想写一部学生运动史,发现北大可供利用的史料其实不少。今天下午在筹备会上,郑天挺、韩寿萱两先生都说我们的史料有保存的必要,将来应设立一北大史料保管机构以整理之。

晚,翁独健教授讲演"三十年来苏联的史学界",口齿非常清楚,内容因时间限制,似嫌太简略了一点,但是很能抓着重点。

1947年12月14日　星期日

昨夜与祖陶吹牛至12点钟左右始就寝,最后我述说要写一部历史哲学及供全中国人民读的中国史的想法，我计划可能的话在四十岁的时候出版。

上午同其湘去研究室整理展览史料。因为今天图书馆不借书，以致无法入库查书，所有工作只有待明天再办。

我查阅了一下历届纪念特刊的内容，准备写一篇介绍文字："北大与新文化运动——四十九年奋斗历程"，分社会运动与文化运动两个方面谈。

晚，该文大约完成，不过内中有好几处尚待参考史料才能完工，如工学互助运动、社会主义运动等，有些与政治关系很深，更不好乱谈。

史料清理出来整理成秩序者，多不要人乱翻，因而检查史料大受限制。展览日观众自然只有走马观花，而我们整理的人也不能仔细恣意利用史料。如此展览，实在没啥意思。

1947年12月16日　星期二

下午把"法国革命史"课也涮了来搞展览的事，但是工作进行真慢得急死人。似乎是群龙无首，其实也有总盘筹划的人，那是宋伯玉。此君办事倒很仔细，但是因此事事必得躬亲，于是其余的人就闲着了。就算帮一点小忙吧，时间可花多了，因为只等于一个人在做事。

晚饭前只把阅览室整理出来，饭后6时继续开始整理。先布置墙上相片、挂片之类，次则布置桌上展览品，这大多是一些书籍（几乎全是书籍）。按照事前的计划准备占用两个阅览室的，而现在因为史料不太丰富，临时又决定紧缩在一间展览室里就够了。

因此，我们原先准备的编年体的东西就取消了，只照纪事本末体排列，大题目如下：

(1)我们的校址，包括有我们学校四十多个单位注明所在的地图，有各幢建筑的照片及修筑经过的说明。

(2)我们的校长，有张伯熙、许景澄、严复、蔡孑民、蒋梦麟、胡适之等历届校长之著述书籍或照片等物。

(3)我们的先生，有以前在北大任教的教授的照片及其著述，如鲁迅、钱玄同、沈兼士、Graham 等人。

(4)我们的校友，举凡北大历届毕业的同学录，皆尽可能地收集了。

(5)北大的出版物，收罗有《国学季刊》、《国学月刊》、《社会科学季刊》、《北大日刊》、《北大旬刊》及各种科学刊物、专著等。

(6)北大与新文化运动，收罗有《新青年》、《新潮》、《歌谣》、《语丝》、《独立评论》、《每周评论》、《现代评论》、《努力周报》、《古史辩》等书报。

(7)北大与"五四"，多利用上次"北京人社"所展览之史料。

(8)反饥饿与抗暴，此是本年事，人众皆知，有照片、宣传、印刷品等。

(9)南渡与联大，有沿途跋涉、青年从军、"一二·一"运动等有价值照片。

除了这些项目外，贵重而有意义的东西还有两个匾额：一个是"大学堂"，一个是"大学校"。此外，如京师大学堂之大印、罗素来校讲演之手稿，以及蒋梦麟、张百熙、蔡孑民等先生之墨宝，皆为珍贵文物。

晚上12点钟才陈列完毕。

1947年12月20日　星期六

顺手在展览筹备室抓出来亚东图书馆印的《科学与人生观》一书。此书收辑科学与玄学论战诸先生大文而成,现在看来,当年杀得乌烟瘴气,煞是热闹而且有趣,这种论辩精神值得提倡。而今日学者似皆学得乌龟法,得缩头时且缩头矣。

吴稚老的《一个新信仰的宇宙观及人生观》,久负盛名。今天读到,的确说得入情入理,四平八稳。此公学养经历富厚,眼识到底与人不同。《箴洋八股之理学》一文也很好。

下午赴清华访小罗,与商兆民事。我们大致得到一个决定,他的钱准备在日内汇给上海李燕琴。关于他的这件事则尽可能保守秘密,不使其家人知道。

我又提议去拍一个照片寄回去,结果花了五万元在燕大后门一家相馆随便摄了一个影,随后就在海甸大吃其炸酱面。我已经好几个月没有吃过面了。今天吃得很高兴,我们一共吃了两斤半面,可谓饭桶了！食毕,我就搭6点汽车进城了。

1947年12月21日　星期日

罗伟行今晨悄悄起程走了。这已经有一个多月的准备了。我看他本期课都不大上,早已料到他除此一途,另无他路可走。近来他的举动更是明显,字典、书籍、衣物全卖了。小朱也料到他是要行动了。不过我还没想到他这么早就走。昨晚他叫小朱今晨叫醒他。天晓得,此公从来就不曾早起过,今天要起早,我们就料定八成是他要走了。

他走了,床位空了一个。于是我们通知祖陶搬下来。今天下午差不多全花在搬家之上了。

读 Shailer Mathews: *The French Revolution*,该书著于1900年,以时间论较 Aulard, Sorel 诸家为后,然较出于1921(?)年之 Mathiez 的书则为早。读毕 Chapter I,全书印象虽尚不清楚,然直觉印象还很好。

吴稚老的《一个新信仰的宇宙观及人生观》中,骂世俗之学者哲学家最为痛快彻底。他说:

我固然不配讲什么哲理,我老实也很谬妄的看不起那配式子、搬字眼、弄得自己也头昏脑涨的哲学。他的结局,止把那麻醉性的呓语,你骗我,我骗你,又加上好名词,叫他是超理智的玄谈;你敬我,我敬你,叫做什么佛学,什么老学,什么孔学道学,什么希腊派,什么经院派,什么经验派、理性派、批判派等等,串多少把戏,掉多少枪花。他的起初,想也不过求个满意的信仰。跟手,变成了"学"。一变成了学,便必定容易忘了本旨,正在断烂朝报中将自己的式子同别人的式子斗宝,将自己的字眼同别人的字眼炫博。学固然是学了,学者固然是学者了。问他为什么串那许多把戏,掉那许多枪花,也就不如靠在柴积上的日光中无责任的闲空白嚼了出来,倒干脆一点了。所以有人对我说,德国人讥诮哲学家,常说"哲学是把做成系统(所谓式子)的话,去妄用他的名词(所谓字眼)的"。这固然是言之太过,然形容哲学家闹得人太凶,不能叫人简单了解,存心摆他学者的臭架子,也是有几分实情的。(pp.1—2)

1947年12月23日 星期二

翻阅北大《国学门月刊》,无意地在一卷三号(十六年1月20日)捉到一贼。原来此期上有两篇文章,一篇是刘复的《帝与天》,一篇是魏建功的《读帝与天》。刘复的结论奇怪得很,几乎在我的记忆中与郭沫若《先秦天道之进展》一文中的说法完全相同,而两人均未指出谁取材于谁。刘复的文章是1926年9月28日写于北平的;郭氏的文章在前抑在后因手中无书,无法判定。刘的说法是反对胡适之的deva(梵文)、Zeue(希腊)、deus(拉丁)等字与帝天为同源说的。

日来读日本文。日文之馅パン原为标音字,借自葡萄牙语之pâo。我想英语中有bun字,而在中文中饼(Bin)字、四川话中之"吃Bou子"的Bou,音皆略同,不知是否诸字间有关系。此或可勉强利用魏建功所谓相近的声或韵的连缀一说,自然我想一定是偶合。不过,近来发现中外文字偶合之例太多,不能不令人存疑罢了。

1947年12月24日 星期三

下午郑天挺先生邀我们这一级同学谈话。我们自己摸腰包准备了一点茶点。今天同学到得还算齐。一点半钟,郑先生也到了。他先说了一番话,主要是提醒大家对毕业论文作准备,也就是要大家决定专搞哪一段历史,中国史抑是西洋史?其中又是哪一段?因为决定专搞哪一段似乎是必须一分似的,学问之境无涯,不得不划定范围。他说,这不但可使你们的研究有成绩,并且也是你们成名的最方便的途径。

随后同学们胡乱地提出了一些问题。有的谈到他将来的毕业论文题目;也有的询问为什么不聘请一两位唯物史观的教授。问题中最紧要的是关于我们中古史开班的问题了。他说下期一定得设法开班,并且下年还准备在国外聘请五位先生回国来任教。

我特别向他提到图书的事。我们的图书馆实在太不像话了,什么书都没有。这些,他说可以转向毛先生建议。

郑先生还好说话,不大打官腔,对人也顶和蔼的。听说他还常常与同学作个别谈话。这本来不算一件事,但是以他之忙而尚能如此,较那些其他系的主任实在好到哪里去了!一切都是比较出来的。先生之关心学生,在今天买卖式的教学法中似乎是要绝迹了。

他今天的一席话倒说得实在有意思,真正是在关心我们,也提醒了我们。但是,这一提可不打紧,真叫人又苦恼起来。记得从前选系的时候就苦闷了好久,结果是糊里糊涂地闯进了史学系。不想天下事分得这么细小,现在还要叫人往狭缝里钻,真叫人想不通泰。

我曾考虑搞考古学或治美术史,但是这种意识形态的东西实在不是我辈穷小子的雅兴可以搞好的。弄西洋史吧?但是,外国文这工具一直到今天还在学习,前途实在少把握。攻交通史呢?除了高度枯燥以外,治学工具也成问题。弄断代呢?上古难征,近代史简直不能谈。这两头的中间呢?本来汉、唐、宋、元、明,未尝不可随便抓一代,但我实在不大愿意在故纸堆里读死书,死读书,一直到读书死。桀国说学问就是如此,这使我迷惑了,是真的如此而已吗?难道我们不可以重新估定一切吗?

郑先生的话勾起了我的苦恼,叫我又矛盾了起来。

我想为什么我们会矛盾呢？是我们自己太浮躁，沉不住气吗？否，否，不然吧！也许我们的教育制度，包括全人类的教育制度，根本就走歪了。不但我个人感觉矛盾，同学们也感到矛盾；不但中国学生迷惘，全世界的青年学生又何尝不感到迷惘。

呵，话扯远了。

Where are we heading[我们往哪儿走]？

1947年12月27日　星期六

把兆民的钱全部汇给李燕琴了。因为汇水太高，是19%，汇一百五十万元要二十八万五千元的汇水。但我总共只有一百七十八万元，没办法。只得汇一百四十万，连汇水一共是一百六十六万七千元。剩下来的钱，准备汇与四为学会。

到王府井去溜达一趟，问到珠帘的卖处了。但是冬天没得卖，要夏天才有，价钱并不贵，今年夏天只值几万元一张。

到市场去，想买一本《元朝秘史》。但是走遍了各书店都没有。真没想到此书这么少！

下午，北楼六教室展览叶浅予漫画，所有作品皆是素描，内容是重庆、桂林的战时景象和香港沦陷后的情形。我特别注意地研究了画的线条和布局，并无得有特殊感觉，灵感与天才也没有特别流露的地方。我看以技术来说，并不在高龙生、汪子美、王文元、廖冰兄、谢趣生诸人之上。

1947年12月28日　星期日

下午，邀祖陶去四院欣赏文拓社邀请国际公教联合歌咏团的

International vocal concert。表演者全是神父教士们,因此歌的内容也充满了宗教气氛。总共有 Spanish, Dutch, American, Italian, Flemish, French-Canadian 及中文七种语言及民族的歌曲,因此各种国民性及民族气氛都表露在音乐里。最受欢迎并且被观众呼喊 encore 的是 Spanish songs,尤其是 Dime Nido 的 *Tell me*, *my child* 一歌,节奏活泼,最受人欢迎;其次我觉得 Flemish songs 也不坏。据说 Flemish 人是最爱好音乐的民族。再其次 French-Canadian 也表现出他们的 characteristics。我们敝大国的孔庙大成乐章比起这些洋乐来,格外地显得旋律单调和沉穆。Dutch songs 与 Italian songs 不太吸引人,或许是选歌的关系也未可知。还有今天没有 Russian 和 Deutsche 歌是令人感到遗憾的。

1947 年 12 月 31 日 星期三

今天是民国三十六年的除夕。在阴阳合历的中国,依照往例是你过你的年,我过我的年的。但是,今年不同了。我们的自治会诸公的确有一点干劲,特别要使大家同学也穷快活快活,使冷静的北大也热闹一番,于是几天来忙煞了一些同学,大家都动员起来为今天忙。好,今天终到了。午饭后我到北楼上课,北楼就已开始在布置了。北楼一进门,前面挂了一对大红灯笼,贴了一副春联,上联是“同心求民主”,下联是“举手庆新年”。同时,两边墙上贴了一幅春画,虽然不出善才童子之类的东西,但是花样却添多了。因为童子手中抱的不是财喜而是民主,玉女手中握的不是元宝而是自由了,同时还画有一位天使以象征和平。这幅画因此看来真是意味深长极了,并且画得也不坏,色彩与所在地位都很引人注目。再走进去，迎面贴有一张向师长恭贺新禧的祝辞，而两旁壁上已贴好有清华大学、北大农院、工院等单位送来的恭贺年禧的大贺年片。这些中尤以工学院的最好，是一幅画，画有六个人，各代表文、法、理、医、农、工六院同学，各有各人的神气，有趣极了。

我上完日文下来，因为法文缺课了，就跑到西斋吴世俄那里去还他的法国革命史笔记。走去，他正与赵光明在寝室里下象棋。我看他们下完棋后，又随便聊了一阵壳子才走。

晚饭后，略事休息，就跑到北楼去了。今晚北楼真够热闹，门前的一对大红灯笼已经燃起，红光照射着进进出出川流不息的人们。人群里除了同学外，有教授、教职员以及他们的家属，还有工友和教育系补习班的小学生们。此外，左右邻近的居民也都跑来凑热闹。啊！真是像过年的景象！过旧历年的乡场上充其量也不过如此热闹吧？我想，北楼从修建以来，恐怕从来没有经历过像今晚这样有这么多人光临的殊荣吧！?

走进北楼的第二道门，那里除贴有今晚晚会的简报和节目单外，我还发现了一个怪东西。那里挂了一块“除夕银行”的招牌。我走近仔细一看，才晓得今晚在北楼这个“大世界”里，现钞不能流通，花钱必须先在“除夕银行”兑换成新币，比率是现钞一万元兑换新币一元，现钞五千元兑换新币五角。这个妙法，真亏服务诸公想得出来，妙极！妙极！

首先我走进了大礼堂，今晚这里准备放映幻灯、电影，此时差不多已经坐满了人，大半都是些补习班的小学生。他们似乎特别对这个感兴趣。本来，可怜的绝大多数的中国儿童一年中能够看几次电影？他们何曾享受过半点电化教育呢。

走出礼堂,碰见特生与其湘。我们一道向左转到第三教室来。今晚这里是体育促进会主办的卖糖果及抽幸运券(Lucky lot)的地方。大家都向屋里挤去要幸运券。我也要到一张,号数是0443。我把姓名填好后,扯下一半来递给收券的人,另一半存根随手就扔到口袋里去了。

再走到第五教室,这里是政治系办的大赌场,有bridge、象棋、围棋、跳棋、牌九等,赌具应有尽有。我走进去就看见周景淮正握着骰子,吆喝召唤人们来赌一下。其他桌子上,人们也都在全神贯注地各展高招,一搏输赢。

第六教室是西语系的游艺场,里面正在进行着抛球、打棒等游戏。这里围成一堆,那里挤作一团的人正在喝彩欢笑。

我们再到二楼来。第七教室里史学系主办的射虎室,此时尚未开始猜谜。于是我们就先进了第八室,这里是教育系主办的跳舞场。在锣鼓和秧歌的交响声中。一群男女青年正扭得起劲哪!

只有第九教室最清静。在柔和的绿色灯光下,这里正演奏着西洋的什么交响乐、大乐章之类的曲调。

第十一教室更有趣了。门口挂了一块"大世界"的牌子,里面设有雅座,今晚的节目有昆曲、京戏等。我们进去打了一转就出来了,而贺子昭、张政烺等先生太太,却似乎听得很过瘾似的。

第十二教室是理学院某系的游艺场,里面的花样翻新,有什么龟兔赛跑、钓金鱼、贴猫尾等游戏。我为好奇心所驱使,去参加贴猫尾。这个游戏是把参加者的眼睛用手巾蒙上,叫他拿一根竹片去粘到贴在墙上画猫的尾巴上。这真是一件不容易的差事。我看好多人都没有恰好贴着猫尾巴,甚至有些简直差一帽子远。我去贴也失败了。但还好,仅仅只差一点点就被我贴中了。

然后我们上到三楼。这上面有两个展览,一个是高尔基一生的事迹展览,我曾在苏联领事馆看过的;另一个是徐悲鸿、李桦的画展。徐悲鸿的画我倒不想再看了,但是李桦的画我还是初见,而他久负盛名的木刻也是今天才引起我的注意,非常好,非常好。这可算得是中国新兴艺术中一位很有希望的艺术家。

各处看了一下,就是挤也挤累了。我们到休息室去喝了一阵茶,然后再回到射虎室去。这时射谜已经开始了,但是人不挤。我猜中一个"资治通鉴",射一个名,谜底是"史可法",不过没有去报赏。又见"打粉",射一地名,我觉得谜底似为"晓庄(妆)",不知射中与否,因为没有去核对谜底。祖陶射中"四代同堂"(四书一句),谜底为"父父子子"。其湘射中两谜:一是"没有姓名相同"(三代人名),是"伊尹";一是"西凉载记"(战国书名),是"吕氏春秋",成绩可谓不坏。世夫来猜中了"死了外祖母,死了外婆"(数学用语),是"外切,内切",但是被人抢先领奖了。后来,我们大家集中精力攻"法律尊严扫地"(射一单字)及"象棋盘上着围棋,围棋盘上着象棋"(射《论语》一句)二谜,但结果没有射中。后来才知道前者是一"皓"字,后者是"子路不对"一句话。另外,有一谜是"此间只有二十八"(射学校成语一句),没有人射中。我猜是"不准借宿",但与谜底不合,后来才知道谜底是"不假外宿",这与我所想的也几乎骨子里完全暗合了。

幸运得很,大概在10点钟的时候,"幸运券"开奖了,一共有二十个奖,我中了第九奖。闻讯后,我立刻跑去领奖,获得三本书,是:《北大一年》、《闻一多先生死难周年纪念特刊》和罗淑著的《生人妻》。

后来又代庆遐打了一阵 bridge，接着在大礼堂看了一会电影。回宿舍的时候，已经深夜近 12 点钟了。我倒在床上，不知不觉地度到新岁中去了。

昨天下午景淮告诉我说游继善走了。我在事前一点也不知道，这倒不打紧，可恼的是他借了我最心爱的 *Myth of Greece and Rome* 一书没有还我就走了。当时我连忙请景淮打电话问接收他遗留什物的熊曾眷同学，但是今天回话来说"不知道"，真令人痛心得很。这是我生平丧失心爱书籍的第二次。读小学时，有位同学把我的革命连环图借去没有还我，当时给了我一个很大的打击。我简直没有再借书于别人的信心了。

兆民走了欠人书没有还，令武也如此，上品也如此，继善又如此，不是很偶然的吧？假如一个革命者不珍爱书籍，那我真为革命的前途呐喊！

1948 年

1948 年 1 月 1 日　星期四

今天是 1948 年的第一天。一元复始，万象更新，开张似乎是应该说几句吉祥话、几句祝语或几点希望吧！

好吧，但愿今年内战结束，国家有一个新局面。

但愿今年物价不继续上涨，大家饿不死。

但愿今年学校少闹学潮，同学们多读书。

但愿今年家里安康和睦，无灾无祸。

但愿今年自己不害病，多读两本书。

假如可能的话，但愿今年能找到一位如意的女友。

下午同祖陶去历史博物馆参观“海外文物展览”，全都是照片，并无实物，系自向达、王重民、陈梦家、北平图书馆、北大图书馆等处借来的。有敦煌的写本、壁画及现在流散在国外博物馆的铜器等文物，其中我注意到曲子工尺谱很像日文，就中如に，と，よ，ハ，へ，ロ，ス等字简直就是现在的日文，不能不令人怀疑二者有一定的关系。这只有待日后请教王重民先生了。又大悲菩萨及地藏菩萨的版刻画都细致得惊人，今人雕刻亦难过之。

晚，往观莎士比亚名剧电影 *Henry* Ⅴ。

1948年1月3日　星期六

近日来，学校里关于教育制度的问题闹得很厉害，先由新教育社发起，接着各社团皆热烈响应工学院同学之呼吁，请求学校取消“三分之一不及格取消公费、二分之一不及格退学”之不合理规定，建立补考制度……etc.，总而言之，大概都是在争取一种免于退学的自由吧！听说本年工学院有三百人要求休学，不获准；又上年工学院一年级升入二年级者似不及三分之一，故工学院同学一致起来反对疲劳考试制度。这几天同学们分头访问教授。据景淮回来说，教授们多不愿意发表意见。我想这实在是一件令人为难的事情。教授们未尝不知今日教育之弊病，但是如果教育不严厉于成绩考试，则教育水平的高低又以什么为凭呢？

晚,往建国东堂观北平艺术馆主演之《上海屋檐下》,夏衍编剧,焦菊隐导演。剧本很短,只有三幕,写得很平常,演得也很平常,说不好,马马虎虎。不过因为布景有楼,别有风味。楼下楼上一共有五家人,是五种不同型态的人。这些都市里的小人物,在剧中扮演着一场平凡的悲剧。

1948 年 1 月 4 日　星期日

庆祝元旦与行宪一共放三天假,不知不觉三天就过去了。紧接着来一个星期天,这等于是要四天了。

上午,对照阅读周谷城的《中国通史》与钱穆的《国史大纲》。前者分量虽较后者为多,但是平心而论,钱书实在较周书著得好,不但是递嬗分明,文省事清,并且有很多独特的卓见;周先生虽然以新史学治史,但并没有什么发现或发明。

下午,自治会请张东荪先生讲演"西方理性主义与中国理学",并兼评冯友兰氏的《新理学》。他的结论最惊人的地方是认为西洋理性主义是革命的与反抗的,故如中国要复兴理学的话,应该吸收西洋的理性主义。

这个结论引起了我的一点想法:

广义而普泛地说来,世界上所有的哲学思想都是理性主义的。理性主义大略有如下几种公认的涵义:一是承认人同此心,心同此理;二是承认世界上有真理,而且人的智慧可以求得这些真理。我们只要承认这两点就够了。让我们再来看看所谓反理性主义的哲学,他们虽然高唱打倒理智或者呼出绝圣弃智的口号,或者对真理发生压根儿的怀疑,但我们分析起来,他们的一切学理也必定建筑在两个前提之上;第一是世界或任何一个他所面对的 object 是可以研究的,可以解释的,或者是 touchable,因为这是对任何一个 object 开始研讨的最初动机,否则根本就不会产生出这一个问题来。一切反理性主义者大胆地说这个世界无真理,或者说真理非我们的智力所能求得。但我想他们坚持世界无真理毕竟是他们发现的一个真理;同样,他们说真理非我们的智力所能求得也不失为一个对真理问题的解答。虽然他们实际上并不曾解决问题,但他们的学理毕竟是经过分析或综合过程所得出的结论,而不仅是一个最初提出未经分析的命题。他们也要收集各种证据来充实自己的论点,证实它是一个真理。我们姑且不问他们的结论如何,但可以肯定他们论证的过程是理性的,他们的结论是理性的产物。即令他们真正绝对否认理性,这个否认也是一个结论,也是理性的。否则,他们简直等于否认他们自己了。我们可以武断地说,一切学术、学说都是建筑在这个世界或他所研究的 object 是可以研究甚至是可以得出结论这个信念或热忱之上的;无论这个结论是肯定的或否定的,这个信念或热忱都是理性的。我想,这个前提是任何反理性主义必须承认,不能推翻的。

在反理性主义中有一支直觉主义的潮流。他们扬弃理性,走形而上学的直觉道路,以为只有直觉才能接近真知。但是,这种接近真知的信念或热忱也必然是理性的,而且不仅只限于一两个人才能 touch。否则,就不能形成一个系统,更不能成为一个主义。如果它不建筑一个系统,更不能成为一个主义。如果它不建筑在人同此心、心同此理的前提上面,那就没有客观的或者说符合一般标准的准则了。依此则柏拉图的伟大玄想与一个非洲黑人的宗教思想将不分轩轾;人们无论圣、贤、才、智、平、庸、愚、劣,其中哪怕庸俗混沌、不学无术的人,都可以美其名为直觉主义者了,这岂不是太侮慢那些高尚哲人的直觉主义了吗?由此可知,直觉主义既是主义就必然基本上是理性的。否则,一切都无从谈起。譬如两个人下象棋,不管你爱如何着子,至少双方都得遵守象棋规则或者另外约定一个规则,否则这盘棋根本无法下了。

其次,我想谈谈理性主义与革命反抗的关系问题。张先生说,西方理性主义之所以异于中国的理学者,在文化上表现为是否具有革命精神的不同。关于这一点,张先生只略为提及了美国革命与法国革命,认为这是理性主义的革命与反抗的史例。根据我对历史的分析理解来看,美国革命的原因比较简单,法国革命的情形较复杂,但大致可归纳为自我意识的抬头、中产阶级(bourgeoisie)的兴起与民权思想的激荡等因素,革命是哲学的、经济的、政治的诸方面因素的汇流而成,这是一般史家都承认的史实。假如说这与理性主义有关(我们姑且承认理性主义是文艺复兴以后的产物),则我们只发现这两次革命都是较广大的人民运动,由此可以得出理性主义与广大人民的自觉有关的结论。因为人民自觉到人格、人权及个人的尊严与神圣,所以必然要起来反抗暴君与非人道的封建统治,要求民主。但我们在这里不敢直接地说理性的就是反抗的,更不敢说西方的理性主义造成反抗的文化。我们由美国革命及法国革命的史实推求出当时的反抗是理性的,但我们并不敢就此荒唐而大胆地说一切反抗的都是理性的,更推导不出一切理性的都是反抗的逆定理来,虽然事实上有些反抗的确是理性的,而有些理性的人也的确知道反抗。

张先生举的例子太少。我们广泛地看来,可以发现有很多反抗的常常不是理性的。(反抗的与叛乱的在本质上并没有多大区别。从统治者的眼光看是叛乱,从被统治者的眼光看则是反抗。)首先要声明,我说反抗常常不是理性的并不含有道德与价值判断的意思在内。因为事实上大多数的反抗都是本能的、情感的、神经质的,并不一定基于理性。试问当人民不堪劳役重负,饥寒交迫,在死亡线上挣扎的时候,还有可能研究理性,考虑合理合法吗?当生命受到威胁,本能地为求生而反抗的时候,还一定要先进行理性思考吗?这难道不符合理性吗?我的意思是说反抗不必联系到理性与否。人民在自己难以继续生存的时候,奋起反抗是必然的,这是古今如一、中外如一的事实。侈谈只有理性主义抬头才有反抗,言外之意就是中国没有理性主义就没有反抗,岂不是太抹杀事实了吗?

当然,我们也承认西洋自理性主义兴起以后的反抗(或者说是革命,以区别于以前的反抗)是更广大而民主的,这就是所谓理性主义的意义。但是,请注意,这与资产阶级、中产阶级、工人阶级的兴起与教育的普及有着密切关系,绝不是一出空无实物的理性主义观念所能导演的独角戏。如果承认文化具有多元性的话,那理性主义只不过是现代文化阵营中的马前一卒罢了!

反过来看中国文化,我觉得没有理性主义也有反抗的暗流在中国历史上激荡着。因为反抗是人类在不得已情况下不得不然的共有本能。至于以后的中国如果需要西洋理性主义的话,我们可以武断地说这是不够的。文化是一个有机体,如果我们没有西方的文化背景,单单只输入他们的理性主义又有什么用呢?张先生对文化的研究及了解都很透彻，对此一定是知道得很清楚的。

最后，附带还说明两点：

第一点，我认为理性与进步有关。我完全赞成张先生在《理性与民主》第二章“文明与进步”中阐明的看法。但是，我们绝不敢断定理性一定与反抗有关。反抗不一定是进步的因素，而理性却一定是人类进步的动力。因此，理性主义是值得仔细研究和提倡的。

第二点，因为我认为反抗不一定是理性的，我觉得像张先生这样一言一行皆足以为后生效法的人似乎更不应该轻易提倡反抗哲学。潜伏在动荡的二十世纪的人心里的是变态而疯狂的情感。睿智的人都知道，这可能给人类带来心灵的解放，但也可能把世界变成一个疯人院。这是因为人类的理智太脆弱的缘故。我们只消看看理性主义在这不过短短几百年的时间里，就已经出现了反理性主义的逆流，再看看现代艺术的发展状况，都足以为理性世界的前途担忧。因此，理性不只是为了反抗，理性还应该有它更高的使命。如果今天人类感情正在沸腾的时候，明眼人还来刺激群众，强调反抗，似乎是殊可不必吧！

1948年1月7日　星期三

下午举行日文学期考试，题目还算出得公道。差不多只用了半点钟我就交卷了。

日来呼吁改良教育制度之声已达最高潮，工学院、理学院同学最激烈。他们提出的几点要求大概如此：

一、废除以学期为计算成绩决定退学与否的办法，学分应以年计。

二、反对二分之一学分不及格者退学,三分之一学分不及格者取消公费之不合理制度。

三、建立补考制度。

四、反对过分的考试制度。

五、反对助教开主要课程。

以上几点,几天来自治会与学校当局交涉并坚持甚力,一部分同学贴出"誓以罢课罢考作为后盾"之标语。但学校坚称这是教务会议累次决议通过之教务通则,无法更改;惟以后尺度可略为放宽,凡以前请休学假未准者,可再呈述理由重新请假。

昨日写了一封长三千余字的信给张东荪先生,讨论西方理性主义与中国理学,内容大概是补充日前日记上所记者而成。

1948年1月12日　星期一

下午考心理学,随便应付了过去。

晚上领本属公费余款。除了九十万的伙食费外,尚余三十五万元。本来我早想转到米饭膳团去,但是,一来因为往届他们的米不好,二来我总想省几个钱来用,所以一直没有转膳团。

这次剩下的公费余款,我想拿来买前些日子在市场所看见的西村真次的《世界古代文化史》,但是又打算留来作零用,因为这一向我手中都很窘。我不觉向祖陶叹息我们生活的苦命,一辈子都是这样欲壑难填,不发公费时感到窘,发了公费还是感到窘。祖陶说:人生就是这样,等到将来自己找钱的时候还不是这样。这话提醒了我,终于到市场去把那本书买了,去洋三十万元。现在,只好望下月的公费了。我们是不是在希望中过日子啊!?

本来天下事不如人意者十之六七。我们终生之世恐怕也难感到满足。同时,满足恐怕也不是生命的终极意义。

以后我不该叹息痛苦了。因为世间比我们更痛苦的人还多着。我不该渴求“满足”,只有自强不息地奋斗才能充实我们生命的意义。

1948年1月15日　星期四

晚上同祖陶去平安影院看《谪仙怨》(*The Constant Nymph*)一片。此片系查理鲍威育(?)同琴芳旦(Jean Fontaine)主演的,因为备有中文字幕,所以非常有利于观众了解剧情。

剧中故事的主人翁是一位音乐家,他与一位叫桑格的音乐家的家庭有深厚的友情。这位老桑格有四位(?)活泼可爱的小姑娘,她们自幼熏陶在音乐的气氛里,对音乐非常爱好,有相当的造诣。虽然从年岁上说,这些女孩同她们的父亲这位音乐朋友相差了好几岁或十几岁,但是她们都热烈地爱同他在一起玩,尤其是这几姊妹中的莎卜,疯狂地、痴情地爱恋着他。也许是他白活了许多年岁,或许是因为不解风情,他除了纯洁地同她们在一起游玩外,从不曾有过进一步的表示。这两颗爱慕的心始终只是纯洁地偷偷地爱恋着而已。但是,上帝知道,爱情之神往往是盲目而忌妒的。他在偶然的情况下突然和莎卜的一位表姐结了婚。这两个人性格不同,思想意识不同,结婚反倒变成了苦恼。他涌泉一般的灵感渐渐枯竭了;而莎卜则抑郁心碎,兼之她有心脏病因而病倒,终于在听到他忧悒的悲歌“明日”(Tomorrow)时含恨死去。他哭了。眼泪与痛苦使他慢慢发现了自己,并完成了他蕴有真实情感的音乐杰作。

可是,可怜的小莎卜已经悄悄地永别人世。此恨绵绵,直到永远,永远!

这部片子不但故事的情节好,而且演得也实在好,是我平生认为最满意的第四部影片。

走出影院来,我脑子里浮现着许多片断的感想。我对祖陶说:由此我们可以了解,一切悲剧都产生于生命的执着;反之,喜剧就在于能摆脱这些执着。这执着与否决定了我们生命的路途。小莎卜不能像她的姊妹一样远走,也许她能够,但是那时已经太迟了。我又想,假如我们的生活中真是没有了执着,时来夫子适也,时去夫子顺也,那我们的生命又有什么意义呢?这实在是一个矛盾。生命的历程,就是在一团矛盾里打滚。

老桑格批评他的朋友的话说得好:"他要尝过痛苦和眼泪才能创造出真正的作品。"否则,是肤浅的,是缺乏生命活力的。这使我想起鹤见佑辅的话来。他说:"没有哭过长夜的人,不足以悟人生。"这与老桑格的话不是同一个意思吗?但是,为什么呢?为什么我们不能够在幸福与欢乐中过日子,而要在浸湿的泪水里,在痛苦的折磨下才能生活得更伟大,更接近真的生活呢?我明白,我们以往都想错了。我们成天地幻想着美满、幸福、快乐、欢笑,但是,结果只证实这一切只是梦想。我们在生活中真正尝到的滋味是苦,是酸,是辣。我们以往都想得很肤浅,想得很单纯,甚至可以说想得很自私。从今天起,重新勇敢地迎接痛苦与眼泪吧!暂时停止追求空幻的生命的意义,或者偷巧地逃避现实的困苦。那些捞什子的意义,待我们在痛苦与眼泪的残渣中去寻拾吧!

阅《哲学评论》第十卷第六期。冯文炳《说人欲与天理并说儒家道家治国之道》一文前半截写得很好，有所见地。此公诗文均极奇怪荒诞，我素来不敢欣赏。此文中所引的诗，我倒觉得欣赏得来：

太阳说，
“我把地上画了花”
他画了一地影子

他说性善性恶说皆不通，所说多为发挥大程子道理。大程子尝说：“吾学虽有所受，天理二字却是自家占出来(《上察语录》)。”又说：“天下善恶皆天理，谓之恶者，本非恶，但或遇或不及，便如此，”是懂得“灭天理而穷人欲(乐记)”的道理。本文后半截论治国之道，则简直陈腐不经，书生纸上谈兵，思想倒退了不知若干年。我真怀疑多少吃过洋面包的人，怎么生活思想却毫无一点熏习？

1948年1月17日　星期六

早晨考过“中国史学史”，本学期就算功德圆满，要收拾书籍待明年了。

下期3月1日开课，算来还不到一个半月的寒假。

每人发两袋面粉的事大概吹了，我们的一切计划幻想都打破了。今天训导处又叫同学盖章；听说是面粉只能领得到二十几万了，也好！也好！但是，当我刚要走去盖章的时候，伸手在口袋里一摸，他妈妈，图章又不在了，真是祸不单行！这个图章是才花一万五千元新刻的。真晦气，我差不多记不清楚掉了多少次图章了。

读北京大学出版的《哲学论丛》(二十二年，北大哲学会)焦步青的一篇《论因果问题与现代物理学中的因果观》，文章不算好，可与《哲学评论》第一期上张东荪《论因果律》的文章参看。张颐的《黑格尔与宗教》一文看不进去，不过说黑格尔哲学的宗教味太重，我倒是早已如此想了。

此外，主要的几篇是讨论老子年代问题的文章：胡适《评论近人考据老子年代的方法》、马叙伦《辩老子非战国后之作品》、钱穆《再论老子成书年代》、熊伟《从先秦学术思想变递大势观测老子的年代》。他们那些辩论我不感兴趣，倒是胡适的那篇文章引起了我一点感想。

胡适的评论是破坏性的，不是建设性的；是纯逻辑的，与事实无关，甚至可以说多少有一点诡辩的色彩。他次第举出了冯友兰、梁启超、钱穆、顾颉刚诸人立论中的悖词。他说自己是在做一个"魔的辩护士"(Advocatus diaboli)，这倒的确是如此的。但是，我想如果我们真的对于任何一篇考据的文章都给它找一个"魔的辩护士"的话，我敢断定没有几篇考据文章是经得起辩护的；甚至可以武断地说，几乎没有一篇较大题目的考据论断是可以严格成立的。如果用胡适的这个法子打击考据，那可以说一切都完了。因为考据文章本来就脆弱得很，有五成是证据，有五成是假想。一定要追究的话，根本不用看考据文章。要看考据文章的话，就得相信相对的真理，不能借诡辩来作自己的掩护。

1948年1月18日　星期日

寒假应该是名正言顺地从今天开始了。

寒假似乎也应该有一个计划才好，但是怎样计划呢？计划什么呢？我看，在这短短的几十天里休息一下，同时随便读点书；已拟定读陈寅恪《隋唐政治史述论稿》及柏拉图《巴曼尼得斯篇》等书；此外，打算借来陈垣先生《中西回史日历》来校订我自己那本罗振玉增订的《纪元编》；再准备抄两篇书：一篇是容庚的《商周彝器考略》，一篇是周予同在《史料与史眼》一书中记的关于“五四”运动的文章。除此之外，大多数的时间我希望花在外国文方面，尤其是英文，要从头温习一遍文法，因为下学期的课恐怕全得读原文参考书，现在不能不好好准备一下；同时，日文、德文也略加注意，日文决不放弃，法文听其自然可也。

上午，同萧松、老邓到东四菜市去，购得白菜七百余斤、红萝卜百余斤、芹菜数十斤、白萝卜三百余斤，共去洋三百余万，本届小菜大概足够吃了。天天在书斋里坐木了，到菜市上去仿佛到了另一个世界。生活应该有更大的圈子，才能尝到生命的更多滋味。

1948 年 1 月 22 日　星期四

成鑫寄来四为学会编印的油印刊物《自由声报》试刊号及创刊号，均足令人兴奋，来信并询及生活情形。我回信告诉他说：“近来生活得很稳健，也很低沉。没有新的刺激能打起我的气来。我不知道我是否走错了路；我不知道是否真正发现了自己。是等待开花的日子到来吗？唔，我想没有痛苦与眼泪的磨砺，我是不会更有活力的。放寒假已有几天了，没有计划，没有作业，有人邀我加入歌咏团也谢绝了。别人都在浪潮的高尖的时候，我反在低暗的波谷中。这不知是为了什么？生活还有大致的秩序，来往的朋友很少。除了上市场逛逛书铺外，也不常野游。去年本想作东北或云岗[冈]之游，都已经成了泡影，现在想来真有些失悔。每天大约 8

时起床,晚11时睡觉,中途略睡午觉。看书很杂,并无太大兴趣。身体一直很顽健,思想一直是抱残守缺,脑筋一直半微温,理想一直模糊……”

所说加入歌咏团的事,是前天汤继述来我寝室,问我愿否唱歌。他是受龙丽侠之托,来邀请我参加大地歌咏团。我当时就婉言推辞了。我说认识“大地”的人太少,陌生得很,唱起歌来也就缺乏趣味,并推说待我见到龙丽侠的时候,问她看到底有几个我的熟人,再作决定。这不过是一种遁词,哪知他竟信以为真,跑去告诉了龙某。于是,昨天他又托人带来一个条子,说龙丽侠要我晚上去灰楼找她。这真是讨厌极了!结果,我还是没有去。

日来平市同学为办寒假补习班的事,忙得很热闹。清华、燕京好些同学都已搬进城来住了,我们寝室里也安排了两位同学来住。听说小石、文霖、德华等校友也都进城来了,城内的述林、锡康也都在补习班上课。昨天述林问我是否愿意教书,我谢绝了,因为“古之学者为己”的话在我的脑子里打转。不过,他们工作的精神倒确实令人佩服。

这几天,真是穷透了。小朱、祖陶、世夫都在买书,而我却只能望洋兴叹。昨晚我不知怎的在柜子缝里找出从成都动身时随身带来的一瓶维他命丸子,居然立刻很顺利地就卖了10万元。但是,这点小数也不够救急,转眼就花光了。

晚上,拿了《道德哲学》同祖陶等去市场出售。我打算卖七万元的,结果降到五万元也卖不出去。买书的店子最多只肯出四万元。我气急了,索性不爱卖了,带回来送与了桀国。

又去repeat了一次《谪仙怨》。真好!Joan Fontaine的每一个动作都是卖力的。《死之歌》(或者叫它《明日》吧)悲婉极了,余音在我脑子里荡回许久。我迷妄了！为什么生命有 climax 呢？啊！为什么要问“为什么”呢？

《哲学评论》第十卷六期上,沈有鼎《牛津来书》说,康德的价值论与黑格尔的价值论有一个重要的不同点,如下图所示：

康德:善—美—真

黑格尔:真—美—善

从这里可以看出康德是中国人,黑格尔是印度人(或希腊人)。这个论证的后半截我简直想不通。此公怪论！

1948 年 1 月 28 日　星期三

前两星期,跃卿邀我同世夫到朝阳[大学]去玩,但结果并没有去。昨天他们大考完了,特地同世夫、士英去拜访他。

朝大在东四海运仓,从十二条胡同穿过去就是。校舍很旧,既不壮观,更不广大,规模很像四川的一所中学。跃卿住在北大楼,大概是全校宿舍中最好的房子了。在他寝室里坐了一阵,又同他出街来买菜。他立意要招待我们吃午饭,虽说是便饭,但是又很叫人过不去。因为朝阳是私立自费学校,他们的经济来源全靠家庭供给,而且开支又相当可观,所以我坚持不吃午饭就走。但是跃卿太喜客人,立意很诚,我们只好领情了。我们眼盯着他亲手弄饭给我们吃。我看他很有家事天才,搞得虽然不好,但却井井有条,居然不过一个钟头就把饭煮好了,菜也弄了好几样出来。在我们看来真是够麻烦,但是他说他们天天都是自己做的饭,就是考试期间也从不曾间断过。后来,校友张跃贤君也回来了。他带来些牛肉,打了两小瓶酒。大家说说笑笑地吃完了一顿饭。张君也很喜宾客,人也很真诚。临走时他再三要我们到他那里过年,这才令人不好意思啦!

被借为寒假补习班课堂的北楼,日前突然被学校封锁了;原在北楼办公的教授们被暂时赶到红楼来办公。学校封锁北楼的借口是为了节省煤。同时,补习班的学生在教室里锣鼓喧天,吵闹得很,为了保护校具,也是决定封锁北楼的理由之一。但据传此事纯系周炳林一个人的意见。因此,一部分同学在酝酿发起签名运动,准备一面坚请学校启封,一面把周炳林轰走。事态一直在恶化中,双方都显得愚蠢而且感情用事。

晚上,游艺室主办边疆歌舞会,由边疆舞专家王洛宾领导师范学院同学参加表演。开始表演前,王先生报告了一些有趣的边疆风土人情。

他说,新疆的游牧民族终年过着迁徙不定的畜牧生活,当一个牧人领着一群牛或羊在草原上放牧时,走在前排的牛羊一定较走在后排的牛羊长得好,因为前排的牛羊容易得到较多较好的吃草机会。如果要整群牛羊不论走在前排或后排都吃得好长得好的话,就必须保证整群牛羊都有均等的吃草机会。牧人于是想出一个妙法:当他领着牛群或羊群离家牧放时,先照直赶着牛羊走十里路,然后拾起一块石头打在领头的牛羊身上,整群牛羊便会一致向右转;再走十里路后,他又打一块石头,整群牛羊又向右转;又走十里路,再打一块石头,再向右转。这样,整群牛羊刚好走了四十里路的正方形,又回到他的家来,而且牛羊都得到了吃草的均等机会。这个有趣的故事告诉我们,新疆游牧民族是饶有智慧的民族。

新疆的主要民族是哈萨克族和维吾尔族。他们那里有着英雄的传奇和与内地迥然不同的风俗。尤为塞内人士欣赏的是他们的艺术——歌与舞，这从目前新疆歌舞团在京沪一带所享盛誉就可以知道了。

今晚由师院同学表演的歌有：《都达与玛利亚》、《哪里来的骆驼客》、《大板村的石路》、《喀什喀尔》等，但是唱得并不算好。大家特别欣赏的自然还是王先生跳的《掀起你的盖头来》，表演得很好，有力，雄健，调情。听说有一位专门跳舞的小姐没有来，所以跳舞的节目仅此一个。但是，在节目结束后，观众又强请王先生表演一个《青春舞曲》，全场情绪顿时活跃在青春的歌舞里。

近来内战似乎是愈打愈热闹。不过，我看报从来就不注意内战消息。我很同意加来尔的看法："谁是最能为人类造福的人？究竟是在加尼（Cannnae）同脱拉西米尼（Trasimene）战场上战胜的人？还是那个第一次练出铁耜的无名的穷人？"他又说："自古以来"，历史家太"偏爱上议院、战场，甚至君王的前室"，忘却了其余的世界"开花同凋零，不问大战争的胜负"，而"那班只看见王室同战场，不看见其他世界，同那班只叙述如何训练及枪毙兵士，如何这一个政府中魔术家斗胜了另外一个，……这班人统要多多少少成为有用的官报记者，但是不能再称为历史家了。"（《论文》，三卷本，第一卷306页）

1948年1月29日　星期四

真是穷透了，腰间不名一文。早点已被迫绝食了。但是，祖陶还一天到黑在计划过年节目。看样子是纸上谈兵，说说罢了。

萧松通告我明天要去买菜,但是菜钱搁在我的口袋里早用了二十几万。不得已想出的办法只有卖书了,读书人最后出此下策真是不得已也。祖陶也要卖书。吃过晚饭后,我抱了我的《四史》,他夹了他的《辞源》和《王云五小辞典》同到东安市场去,与商人展开争夺战。今日始知经商之不易。结果,我只卖了二十九万元;祖陶手艺不坏,《辞源》卖了三十八万,《小辞典》卖了四万元。

卖了书回宿舍后玩了一会,祖陶提议去看电影。于是,我们跑到平安去看《阴阳镜》(*The Dead Mirror*),影片上不带一个中国字,结果是莫名其妙终场。

1948年1月31日　星期六

一夜北风。透来消息说,下月公费连面粉大概有二百万元的样子。听到这个消息,不觉精神十倍。他妈的,这年头真是在混丝糕吃(因为混饭吃都还说不上),谈什么学术!

昨天看到《观察》三卷二十三期(?)上报道四川混乱详情一文,又在《新闻天地》上看到《芙蓉城的桃色舵把子》一文,川局的黑暗混乱一天更甚一天,每一思及,令人痛心。政治不上轨道,什么都用不着说了,教育当然更谈不到。想到世界,想到国家,想到人生,想到自己这一代以及下一代,都令人不寒而栗。我真不想再回家了,我真有些为弟妹们的教育生活担心。今天才真正领略到《念故乡》歌词的情绪:

"故乡事,都变化,孤客心伤;
住他乡,莫还乡,还乡须断肠……"

报载圣雄甘地于昨日下午五时三刻在印度新德里遇刺身死。

在这沉闷而血腥的空气里，这真是一个最沉痛的消息。大约两天前我还在《大公报》社论上看见一篇论“圣”与“雄”的文章，敬赞这位二十世纪最伟大的圣雄；又看见另一篇社论说，希望每一个搞政治的人向甘地看齐，每一个搞军事的人向艾森豪威尔看齐。谁会想到，才几天光景，这位全世界所景仰的最伟大的活佛，竟会被人暗杀身死呢！这是政治上的阴谋，多么卑鄙而阴险的政治呵！历史上为人类幸福与和平而奋斗的人，多是如此下场，这证明人类是多么愚昧残暴呵！

是应该重新在世界上点起人权与理性的火炬的时候了！

几天来，桀国老是与世夫闹别扭。中午，他俩赌谁认识英文名字多，结果弄假成真，闹红了脸。晚上，世夫有点孩子气地把小朱的逻辑书还了他，这又把小朱的火气点起来，痛快地把世夫骂了一顿。其实，在我看来完全是误会，小朱太易发怒了。

祖陶也与奇文闹翻了脸。这年头的人，火气真大。

1948年2月5日　星期四

发贺年的家信，复诗雅信。

公费发下，连面粉共值一百八十万元。扣去膳费后剩六十万，又还清债务，并办了一些琐碎事，除干打净剩下还不到二十万了。

为了庆祝过年，同祖陶、世夫等八人打平伙，到理学院斜对门那家四川馆子去定了七八个菜，准备三十晚上吃。每人预定至少要花十万元。

北楼的纠纷还未了，同学失踪的事又发生了。史学系的朱国柱、政治系的邓特，还有清华等校的个别同学连日来都失踪了。大家传说政府对付同济的手法已开始在北平使用了,这是有计划的阴谋。真是一波未平一波又起,到底还有没有安静的日子?

同济"一·二九"惨案大概是"一二·一"惨案的翻版。听说明廉被捕了,因为他同刘鸿椿去同济会人,正撞上军警在捕人。他既无学生证,又无身份证,被军警说成是清华派去的联络员而被抓走。

上午,同老马去菜市买膳团加菜的鱼和鸡。

1948年2月6日 星期五

上星期史学会请徐炳昶先生讲演"历史的进行是机械的吗?"历时约二小时。他的结论是历史永远没有规律可循,因此历史绝不是机械进行的;不过,历史的进行是不违反自然规律的。讲得不算精彩,也不太坏。总之,他似乎不适宜于谈理论或历史哲学;他的理论学养似乎也不深厚。

下午2时,"哲学系统讲演"请金岳霖先生讲"Internal and External Relation"[内在与外在的关系],这是金先生自己的创见。他首先表示不敢苟同于Bradley的说法。其次,他说假定关系的意义是指关系者(Relatum)在发生某种关系后与未发生某种关系前是有所不同的,Makes a difference in relation, quality; 或者关系指的是modify或qualify的意义。关系又有两种的不同;一种是逻辑的不同,xRy这个relational complex当然并且一定不同于无此R之x或y;另一种是性质上的不同,这只有靠经验的帮助。总之,假定关系之后关系者确实有所不同的话,他相信除了内在关系之外,一定也有不是内在关系的关系(即外在关系)。他不否认内在关系,但并不敢说只有内在关系。至于我们的知识是内在关系抑是外在关系，那又是另一个问题；也许有些知识确是外在关系，否则事情就太麻烦了。

差不多有两年没有看见过金先生了。他那副半亮半黑的阴阳眼镜已经换掉，现在右眼换上了一个不能视物的假眼。不过他的眼睛还是有点怕光，所以在额前戴上了一个蔽光的遮阳。苍白的头发使他显得似乎已经相当衰老，但他说他才只有五十三四岁。讲演完后，他特留下一刻钟来与旧日的同学寒暄，一刻钟后他就要去赶办过年货了。金先生是一个平凡而有趣的人物，他的风貌之间表现出一个有人性的学者的格调。

1948 年 2 月 7 日　星期六

上午，城内城外［树德］校友举行新年联欢于红楼十六教室。

这次到的校友，大概是最多的一次了，约有三十多位。以单位来说，也有五六个不同的单位吧。

今天做的游戏较以往做的更有趣，更别致，是跳团体舞。老夫子们也硬肢硬杆起舞了，闹成一团，跳成一团，煞是快乐。乐曲是 *Promenade the Hall*。

中午，大家胡乱吃了一些烧饼馒头。因为定做的菜太咸，给了大家的食量一个大威胁。

吃过午饭，大家到地质馆、理学院去拍了好些照片，随即转回来参加下午在民主广场举行的抗议同济血案控诉示威大会。

校友会要我与鑫宗为陈明廉被捕的事立刻写一个启事或报告出来公之于众，以明事实真相。于是我俩匆匆地跑到自治会办公室去拿纸笔来，草草写了一张简略而气度平和的校友会启事，贴到了民主广场的墙上。

随即我们站在圈子外围观看正在表演的节目。我只看到一个御前会议的卡通剧，一个诗剧。樊弘有一个讲演，其他的我就没有注意了。大会还通过了各种宣言，情绪异常高昂。

据说今天广场上出现的贴狗皮膏药者仍不少，校内校外的大小特务棍子都出动了。不过今天纠察工作做得很好，北大、清华的纠察队员围着坐在中间的同学，他们都手拉手地站着。这不但可以防制圈子外的捣乱者，就是混坐在圈内的贴膏药者也动弹不得。

今天参加会的除北大各单位都来了同学外，清华、燕京的同学大部分都进城来了，还有朝阳、中法、师院等 7 校的代表也来了。大会最后的节目是宣誓、呼口号。接着大家又站起来排成行列绕场 3 周以壮声威。“团结就是力量”的歌声与“打倒特务”的口号声相杂成趣。

会后，外校与会的同学要撤退了，校门周围附近一带的气氛突然紧张起来，这里稀疏地散布着警察和便衣人物。再走远一点有大队徒手军警，再远一点在街道转弯的地方则等候着摩拳擦掌、荷枪实弹的打手，如临大敌，大有一触即发之势。其咄咄逼人之状，真令人哭不得也笑不得。我走到校门外东南端桥侧时，迎面正开来一小队架着轻机枪、提着手榴弹的黑衣警察，而向北边进行，与将要从侧面出来的同学正好面对面。一声“立正，稍息”后，警察的刺刀立刻上了枪头，仿佛一幕战斗即将开始。据说早有几辆坦克车在此驰过，大概他们也是示威吧！

但是，广场内的同学却愈来愈兴奋，摆开圈子大跳起舞来。后来，清华、燕京的同学还是安全地回去了。

1948年2月9日　星期一(除夕)

日昨报载,此次被捕者凡九人。据梁秋水致当局函,可知其中有五人是民社党党员,罪名大多是组织青年同盟并替共产党宣传;至于北大的两人,宋国柱的罪名较重,邓特的罪名较轻,只不过是宣传煽动而已,并无真实证据。

相成的母亲给他们汇了一百万元来给他们过年用。今天是除夕,我特别赶到银行代他们取出来亲自到四院交与德华。

午饭后,洗了一个澡,换了一件没有破烂的衬衣,如此庆祝新年。

晚饭加菜改食馒头。因为我们早预定了到福春园吃年饭,所以我吃了两个馒头就下来了。

挨近6点钟的时候,我们到了福春园,计有世夫、祖陶、彝尊、心言、德湘、天麒、秉权与我共八人。预定的是八个菜,临时我们又加了一盘腊肉,叫了半斤酒来猜拳,吃得非常痛快。菜的质量都好,大概老板很卖人情,一共花了八十八万,每人出十一万元。餐后,回到寝室玩了一阵游戏。我守岁一直守到零时一分才睡觉,这已经是进入新年的时候了。

昨夜一夜爆竹之声断断续续,神经衰弱的人老有枪声的错觉。

大年初一,一直睡到9点过钟才起来,原因是今天没有早饭。

起床后就同彝尊、祖陶上街去找元宵吃。但是,我们把东华门大街两头都走尽了,还没有发现一个卖饮食的。初一就挨饿,真晦气。记得在家时,年年初一早晨起来都要吃元宵,好不安逸!

今天午饭提早到11点钟就吃了。饭后,其湘来约[到]东岳庙去玩。一行八人由朝阳门出城,一路上尽是来往东岳庙的游人们。

人与车马挤在一起，尘土满天飞，真有抗战时期在后方跑警报的感觉，不过跑警报只是出城罢了。

东岳庙在朝阳门外一里左右，庙门坐北向南，游人进进出出，挤得水泄不通。进了大门，坝子里摆着各种做生意的摊子，有卖年画的、卖杂货的、卖新年玩意的、卖饮食的(很下乘的饮食)，还有扯起场子搞抛圈套彩的。表面看来，有点像成都二三月间赶花会时青羊宫的景象，或者说像正月初一成都武侯祠的样子。

但是，仔细看起来，却比青羊宫的花会或武侯祠差得太远了。

进了二门，东、西及南面三厢都是一间间的小龛，每一间都塑有以司为名的神像，如恶报司、忤逆司等等，共有七十二司。据说塑像出自名手，但我们看来却相当拙劣，比起昆明筇竹寺的塑像来，简直可怜得很。如此也称名手，何北方之无人以至于此也！

正殿上供的是东岳帝君，香火很盛，但最拥挤的地方还是供奉财神菩萨的那座殿。一般善男信女都要挤到那里去愚虔地烧香下拜。

正殿后面还有一个院子，屋子矮下阴暗，里面供着什么仙君，我们无心去细看。人太挤了，而且差不多尽是一些居士婆婆、商店伙计，以及一些不三不四的男女，就算是人看人也莫得可看的。外国朋友也有人在这里挤热闹，不知他们有何想法。

晚上，小罗进城来。我们同去平安看《六宫粉黛》，只不过为的是找个地方混时间而已。

1948 年 2 月 11 日　星期三

下午，到孟实先生处拜年。

继续读胡仁源译的萧翁名剧《千岁人》(*Back to Methuselah*),差不多丢下有好几次看不下去,但总算耐着性子勉强地读下去了。

萧翁的东西哲学味太浓,思想太超越,有点天上人间之感。这本剧作读起来比《人与超人》还难懂,真有一点摸不着头脑。一来因为是国情不熟,即便是颇有弦外之意的讨论英国政治的对话,我们作为异国人(尤其是亚洲人)读了脑子里却一点不起反应。

本剧分五卷:第一卷《最初》描写伊敦[又译伊甸]乐园中亚当与伊扶[又译夏娃]同蛇的对话;第二卷《巴那柏斯弟兄的福音》宣传一个惊人的奇异思想——希望凡人能够活到三百岁;第三卷《事情的发生》描述几位三百岁的人事情;第四卷《老绅士的悲剧》;第五卷《思想所能达到的境域》。

彝尊说萧翁思想卓越,睥睨一世,有点像我国的庄子,此话很不错。萧翁的隽语尖刻,讽讥文明社会之毒辣无出其右者。

1948年2月12日　星期四

下午与世夫、祖陶上街去找汤圆吃,结果在沙滩附近找到了。每人尝了一碗,又粗又难吃,大失所望,而且其价甚昂,每个三千元,一碗要一万五千元。

接着到美的食品店品茶良久。

晚,到市场溜达,各店铺大都尚未开市,大概要等初五以后才开门。我们想找年糕吃,但除了食品店里有生年糕卖以外,饮食店里都不卖这个了。据说年糕只卖到年三十晚,初一开始就卖元宵了。

为了补偿不得年糕吃的遗憾,我们跑到东来顺去叫了两个菜,打了四两白干来猜拳。人生得意须尽欢，莫使金樽空对月。

《中德学志》第五卷三期（三十二年9月，北平中德学会出版）张宗颖的《社会学的历史观》一文对于历史价值之研讨，与我的看法相合。文章写得很有条理，全文就社会学与哲学的观点立论，言之有物。

本文首先就历史记载的社会条件与个人条件讨论，说明历史事实记载的不尽真实，然后介绍历史相对论者的回答说："历史记载的作用就在把事实简单化，简单化又等于是错误化。错误化的结果使得人们能把握住史实的'确定的意味'。史家的要务不在使人们探知过去的真实，而是在创拟这个'确定的意味'。在这种要求下，我们无须把记载做到与事实一致，甚或是相近的地步。"(p.516)然后他再根据 Bronislaw Malinoski 文化历史知识的功能说以修正历史相对论者的论调。

他先说明把历史知识看作一种意识形态（ideologie）表现形式的理由。据曼海姆氏（Karl Mannheim）的说法，

意识形态乃是纯社会行动发生、实现或绵续的一套精神形式。它乃是一种虚构，从那些想攫获一安定的社会秩序的人的脑筋里不知不觉地产生出来或说印刻下来。它的功能在乎掩蔽人类社会组织的真正性质与作用，使人们不去根究这些社会制度的合理性问题。与这些实行着的意识形态作对的是乌托邦思想（utopie）——那些没实现的意识形态。它们希图激发集合的反抗行为，抛弃了旧的而接受了新的意识形态，在新的蒙蔽下完成一整个社会改变的目的。(p.525)

因此，"在创造新理想或是维持旧组织任何一项企图中，历史

知识常被用作有力的说服工具。在记载一件事情时记载者于有意无意之间(大半无意识到它的作用的是在维持旧制度的情形中,而乌托邦的思想家记载的时候往往是有意的),润饰了他的材料,藉此加强了同时代人们对固有秩序的信任,或是撼动了他们的旧信仰”。(p.525)

等到这记载传留到后代社会的读者手中,假如是合于维持那时社会制度的口味,便可以利用作维持的凭藉,而从中又粉饰渲染一阵,成为当时代牢不可破的社会意识形态的表现。假如不合改造派的口味,自然不是他们所希望的改造的张本了,这时候他们便又要重新去发掘新史实,甚至于不惜歪曲事实,不惜捏造事实以遂其乌托邦思想。每一件历史事件的记载从记载者本身说起就浸湎在意识形态的深潭中;其间经过几多读者的眼和手,历史记载的面孔也就不知改了几多次。传留到现在,这已是经过多次改删批后的结果;其中或为维持旧秩序作说法,或为维持派所排斥,或为改造旧秩序作凭藉,或为改造派所“发明”。(p.525—526)

从这点看来,历史知识乃显明的是意识形态的表映的一种方法。并且在不同的时代,同一的记载所表映的意识形态也跟着时代社会的组织不同而取得不同方面的意义。从这方面来说,我们似乎也可以辩证论派所谓的“一切历史都是现代历史”的话了。(p.526)

话说到此,我们可以总结本节的论旨了,那就是历史知识虽然称得为一种科学知识,但是却不能因这一点而判定历史知识没有功能。它的功能应在社会意识形态的作用中去发掘。(p.526)

因此而得“历史知识随时随地随从社会制度而删增饰伪”

(p.527)的结论。它有“应视作现在社会秩序的一种安定力或是推动力”(p.528)的功能,而“这种安定或推动的力量正是全社会精神生活寄托的所在。”(p.528)

1948年2月17日 星期二

早晨7点过钟,世夫就把我叫醒,催我起床。因为我们先与其湘约定,今晨一早到红楼去搭学校到农学院的校车去白云观,这是我想出来的一个省钱的方法。但是,我们跑到红楼一打听,才知道今天根本就没有车子去农学院,原因是自治会今天把那部车子借来租给同学供到白云观之用。事前本来我们也知道此事。由于自治会要叫每人交一万元车费,而我们满以为到农学院去的校车固定不变地每天都有,所以打算少了这笔钱。不想智者千虑,终有一失,偏偏自治会把我们的计划破坏了。

今天天气阴沉得很,飞着极稀微的雪花,分外觉得冷清。我们把准备去白云观花的钱用来吃了早点,就无精打采地走回宿舍,打算整顿金融,下午再去。

午饭后,我们碰见瑞林、萧松、世华,于是一道由御河桥搭电车到西单,再搭今日特别加班的游览车到白云观去。车票大敲竹杠,每票一万元,而据说白云观去此并不远。

白云观在本市西南郊二里地左右处,是此间最大的道教古观。这里每年正月都有好几天的庙会,最著名的是初八的“顺星”(就是今天的庙会)和十八的“会神仙”,据说每年的游人都十分拥挤。

事实也果然如此。今天这里游人的拥挤实在不下于初一东岳庙的盛况,庙宇建筑比起东岳庙来还更高级,远远就可看见观门两旁的两根很高的旗杆，杆上挂着色彩鲜明的杏黄龙幡。观门的中间拱门上一块穹状的浮雕上，左角有一个浮雕的小孩，长仅约三寸，每个来此的游人香客都争着上前去摸一把。传说摸了可以疗疾，眼病摸眼，腹痛摸腹。这种传说使我联想起成都青羊宫赶花会摸着羊之举，其所迷信者如出一辙。

白云观是道观，当然使人容易联想起吾乡的青羊宫。今天这里的情景也有点像青羊宫正月里或赶花会时的热闹景象，但如此盛传的名观比起青羊宫来，从建筑的精致与宏伟上看来都说不上，不过徒有虚名，真有点令人失望，也许是北方人没有见过大观古刹的缘故。凡事总是比较之后才能见高低，在犹如井蛙的人们的眼里，白云观自然神气得不得了。同时，我不禁又联想到北方其他的建筑，除帝王的御用物以外，就我所见者而论，似皆平凡不足为奇。由此似乎更显得帝王与平民地位相差之悬殊，真令人有天上人间之感。

挤进了二门，里面除各种食物摊、兜售小玩意的小贩以及骗钱的各种五花八门的赌博游戏以外，比较有趣的要算所谓“丢钱桥”了。恕我忘记其名称，只好妄自杜撰此名。这是在一个已经干涸的桥洞下悬吊一个半径约二尺长的方孔铜钱，孔中系有一铃，让游人购买小铜钱站在桥头抛去击那方孔中的铃，击响了铃者象征交了吉庆好运，保管一年有福，百事称心如意。往年在方孔钱后的桥洞中还有一位打坐的道士，今年则只见一个空着的蒲团。我从人群中伸出头来向桥底观看，只见里面满是铜钱，都是游人争相击铃时掷下去的。我不禁为之哑然失笑，暗中叹道：好一个精明的聚敛法！

再往里走,后面还有三四进大殿,东西两厢也有几进殿堂,供奉的反正都是我们完全陌生的仙师道长甚至火神之类,我们没有心情留意这些。据说白云观建于唐玄宗开元年间,堪称古观了。这里历代香火不绝,名号虽有改变,实质却依然如故。最著名的是元代长春真人归国后奉敕住持此观,因此又名长春观。观内各处多见“万古长春”四个大字,当是因此而来。

为什么今天的庙会叫“顺星”呢?这里有一座供有各个星宿的殿堂,你进去一看就明白了。殿里塑有一排排各种形象的星神,你可以从任意某一个塑像数起,一次数去,数到你自己年龄的数目为止,看你最后数到的那个塑像的表情与打扮,就可以判断你今年的福祸吉凶,这就是所谓“顺星”。

观内卖有各种供人佩戴的小玩意;有红绒或纱做的各种花朵,有大小不等的蝙蝠、蝴蝶,有的上面还贴有金纸剪的字或图案;还有纸或其他材料制作的鱼、通宝、金黄色的元宝。总之,花样很多,有些的确做得非常灵巧。这些做小玩意的手工艺人拿着他们的产品在观内到处兜售,口里嚷着:“呀,别忘呐!带福回家呐!年年有余,发财有余!……呀!……图个吉利呐!”这类的话,每个卖玩意的人都会说一套。听多了,我才明白他们的意思是叫你买一只蝙蝠或蝴蝶回去,就表示带“福”回家,买一条鱼回去,就表示年年有“余”或发财有“余”。这全是用对音的办法表示吉利。我看好多游人都戴着一朵大红花,女的插在发髻上,男的佩在胸前或戴在帽子上。老老少少,大都有一朵;众人熙熙,喜气洋洋。

1948年2月19日　星期四

上午，祖陶作为哲学系的代表与其他各系代表一道前往市立医院（即前德国医院）慰问邓特。他回来后告以询得邓特被捕情况如下：

二月三日中午午饭后，邓特由三院到红楼，走到胡同口的时候，碰见两个着便衣佩有北大校徽的人。他们突如其来地告诉邓特说："某小姐叫你去开会。"这个小姐的名字邓特平日曾听说过，但他觉得有点莫名其妙，就不打算听这两人的话，仍然各自走路。于是这两人动手挟持他往巷里走，双方发生冲突。这两人遂拿出手枪相威胁，邓特并不惧怕，继续进行对抗。这时，周围有行人围上来看热闹。那两人扬言在打小偷，硬把邓特扭进了胡同里的警察分局。随后，他们蒙上邓特的眼睛，把他押上一辆吉普车，押送途中曾经停过车。最后，邓特被带进了一间房子，才取下了蒙住眼睛的布。房子里关押了好几个人。接着，不断有人来套他的口供，要他招认自己是共产党的特务，还要他供出学校里有哪些人是共产党。他们对他进行利诱，说是假如他愿意为他们工作的话，可以给他以金钱方面的帮助。他们还说："假如你愿意到解放区去反内战的话，我们随时都有车子可以把你送去。"又说："专门调查你一个人的记录，我们都已有很厚一册了。……我们知道你不是共产党，但是你总是在朝这条路走了。……你们在校内的情形我们完全清楚。你是奔流社的负责人，罗××是黄河社的负责人，……"后来他受到了他们施加的酷刑，灌冷水与坐老虎凳都搞过。再后来学校才保释他出来就医，因为他的身体在狱中被折磨得伤残不堪了。

晚，同祖陶等去平安观看《夕阳无限好》（*Mr. Skeffinton*），剧本是一部很好的小说,描述一个美貌的女子的罗曼史。片中主题只有一句话,但是这句话很有意思:“A woman is beautiful, only when she is loved.”[女人只有在被爱时才是美丽的]

下午去北大医院照 X-ray,大概完全 normal[正常]。

1948 年 2 月 20 日　星期五

听说日前胡适校长曾说他不过是一头纸老虎而已。这句话引起一些同学的反感,他们贴了一个反对意见的启事:“我们不是纸老虎。”又听说校内八系系会曾经上书胡校长骂他滑头,不负责任,对他说的三个观点予以驳斥。(三个观点是:一、学校无治外法权;二、学生不是特殊身份;三、干革命工作应该自身负责。)据说胡校长看了非常生气,在接见自治会代表时把那封信退了回来,并且拍桌大骂,叫同学以后不要再去见他了,还说这一定是自治会理事假借各系级的名义搞的。对此这八个系级的干事们有所商议,共同承当此事的责任。

晚,同其湘等往美琪观看影片《璇宫艳史》(*Ceaser and Cleopatra*)。此剧原本萧翁名著,久已脍炙人口,差不多已等得人们两眼欲穿才姗姗来迟。即以欣赏历史而论,该片对埃及的建筑、艺术、服饰甚至人体造型都很认真考究,相当逼真,甚觉难得。由于剧情本身不是一个恋爱故事,而只是政治的写照,因此我们在此片里找不到温存、柔情、妩媚,有的只是常见的侠义与政治上的阴谋。

1948 年 2 月 23 日　星期一

本年度春季始业的新学期今天开始注册。为了领取健康证,闹了一番,也乱了一番,北大的事情总是这样的。我的手续办得很快,没有遇着大麻烦。

下午,清华、北大经济学会假北大北楼礼堂主办学术辩论会,题目是:《资本主义与社会主义》。此会经过一个假期的准备,大家都很感兴趣,对它特别注意。今天礼堂里济济一堂坐满了人。讲台上正中靠墙五个座位是准备给评判人粟寄沧、胡寄窗、陈寿琦(以上校外)、陈岱孙(清华)、陈振汉(北大)坐的;前面则是主席的座位,主席由赵迺抟先生担任;再前面两边八字席是辩论人与助辩人席位,今天参加辩论者清华是郑士元、刘庆曾、王后尧三君,北大是周幼真、武运昌、黄履中三君。桌上皆铺有红布,布置得简单而严肃。辩论开始后,北大首先失利。第一人只去攻击对方不去立论,以致第二人奉命攻击却无话可说,只有第三人的答复还马虎可以。而清华的发言一个个都来得明朗尖锐。当头痛击。结果北大为社会主义辩护居然输于清华为资本主义辩护之下(72.9:73.1)。这实在是由于北大的辩护太缺乏内容的缘故,无疑是对北大法学院的一个讽刺。不过,今天辩论的双方风度都很好,这是值得一记的。

1948年2月24日 星期二(上元灯节)

为同乡李恭贻、陈明廉、邓特三人被捕事,几日来同乡都在议论,欲有所表示。北大、清华、燕大、朝阳、师大、唐山铁院、中法等校四川同乡会已发起为被捕同学募捐,现又准备向四川父老控诉此事。忠善、述林要我起草控诉书,本日上午我的时间全花在写这个东西上面了。

下午，到红楼领公费支付证及公费。一共是一百零一万三千元。领到后把借债还清，尚余七十多万，立刻跑到厂甸去。因为今天是正月十五，厂甸书摊止于今日，明日就要收摊了。今年厂甸的生意据说非常惨淡，只是应景而已，但是，旧字旧画旧书还是有那么多，我想这恐怕是全国硕果仅存的鲁灵光殿了吧！这里较之西单、东安市场书肆的书价并不便宜，但我终于还是买了一堆滥书归来，计有《燕京学报》、《元朝秘史》等八九种，每种最贵者不过五万元，可谓再便宜没有了。

今日上元灯节，晚上爆竹声放得特别响。由西单回来，见一路车辆尽是往中山公园观灯和看烟火者，今晚热闹可知，好一番升平景象！

1948年2月26日 星期四

下午东方语文学系在北楼八教室举办“东方音乐唱片欣赏会”，听众相当踊跃。

季羡林主席致辞后，由许勇三解释乐曲内容。首先是中国古乐，放了一张七弦琴弹奏的佛曲，乐音锵然，一种温和舒缓雍容的气度浮现于弦律之间，不愧为大国之音。第二张唱片是昆曲《游园》的一段，代表我国歌剧方面的杰作。其次是日本音乐，首先介绍了一个弦乐器的古曲，不但乐器很像我国的瑟，整个乐曲的气氛也是中国味的；另外介绍了一种日本特有的乐器“尺八”的音乐，其音清细，倒很别致。再其次是蒙古民歌，第一首歌曲不但弦律简单，节奏也不分明，歌唱的声音是我们非常不习惯而且刺耳的噪音，使所有的听众都忍不住笑起来了；第二首歌很好，整齐、有力，并且表现出了民歌的地方性所特具的个性来。再其次是印度古曲,他们的音程分得最细密,有二十多个,这表明他们的音乐是相当进步的;印度音乐的特色在于它最爱使用打击乐器来调节歌曲的节奏;今天选出来的两个曲子都很高雅,绝非其他东方音乐可以相比。再其次是爪哇音乐和巴利音乐,他们的文化根底差,因此艺术形式也充满一股野味。最后,由阴法鲁先生介绍新疆民歌。他所选的两张唱片都是这次新疆歌舞团在京沪灌制的,听了使我异常惊奇的是新疆音乐与印度音乐竟如此的相像。假如不说这是新疆音乐,我一定会以为它是印度歌曲。中亚各地往来交通频繁,文化相互影响至深。今天听得此曲,对此我更加坚信不疑了。

最幸运的是曲终即将散会时,突然发现叶浅予、戴爱莲夫妇在座,于是大家临时建议请戴爱莲女士由新疆民歌伴奏起舞一次,一时掌声如雷。她虽然推托再三,终于扭扭捏捏地出来小试身手,舞步轻盈,果然名家手法。真想不到会在此时此地饱此眼福,难得!难得!

1948年2月27日 星期五

昨夜在万治权寝室里会见初中时同学黄绍甫君。他刚由沈阳退伍下来,准备返乡复学川大。别来六七年矣,不想会在此处碰头。一月前碰见岐伦已经使我感到太偶然了,不想在北平居然一连碰到两个初中时的同学,真是人生何处不相逢,诚难逆料也。

晚,去四院观看平津歌联舞联联合表演,精彩节目计有:清华大家唱歌咏团的《生产大合唱》,除人声四部合唱外,尚有各种乐器伴奏,民谣风味甚浓。清华的新西藏舞、师院的克什噶尔舞都是民间形式，由戴爱莲、叶浅予指导演出，均收得极好效果，使人耳目一新。最后，民间歌舞社演出压台戏四幕歌剧《年关》。听说该剧是《白毛女》的前四幕，是一个地主压迫佃户的悲惨故事。只要诉诸于道德心，我想没有人会不为该剧感动的。但若纯就艺术欣赏眼光来说，不仅该剧的故事与对话处理得平凡，就是歌也比较差劲；而就人道与良心来说，此剧又当用另一观点来看了。

我再度怀疑艺术对于人生的道德效用。

1948 年 3 月 1 日　星期一

昨夜在中法礼堂观看影片《列宁在十月》。此片在十年前父亲即领我看过。自然，这次看的印象更深刻一些。列宁的特出的人格(personality)使我相信，凡伟大人物都有他突出的人格——信念上更加多一证据。

今天开始上课。

本期我算是减去一门课（“宋辽金史”上学期已结束），但加多了三门课：“西洋上古史”、“西洋中古史”和“俄国史”。三门课还没有确定教员。不过听说“上古史”请一位叫 Charles West 的外国人担任，“中古史”及“俄国史”都只有等陈受颐先生回来再说。陈先生目前尚在美国，归期遥遥。俄国史又有请北平研究院某君担任之说。上午，我碰到郑天挺先生，提醒他翁独健先生可以开此课。他好像以前没有想到过。

重读 B. Russell 的《自由与组织》，仔细地咀嚼它。虽然觉得罗素先生也有偏见，但是大体说来是一本亲切有味的好书。

1948 年 3 月 6 日　星期六

体格检查透视结果,有肺病嫌疑的同学达百余人,最轻者一个“+”号,较重者两个“+”号,最重的得三个“+”号者有十几位,真没想到其湘竟是其中一个。我想恐怕是弄错了也未可知。不过,患肺病的人也实在没得什么表征。这几天其湘都没有来上课。我到他寝室去看他,见他已带上口罩,一个人呆在屋子里,做得很严重的样子。他说他想回家去了。我劝他莫急,待再透视的结果出来再说。

邓特还住在医院里,他的处境很不好。日前警备部居然以“共匪”嫌疑的罪名发出传票要他出庭受审,此事已由蔡枢衡教授去函请病假了。今天胡校长却说,邓特的病既已痊愈,就应该前往受审,否则以后学校就不敢再保释学生了。

日来新教育社呼吁正视教育危机,已提醒一部分人加以注视。

1948 年 3 月 9 日　星期二

日昨接得父亲来信说汇来二百万元,今天接得银行通知后,立即跑去取出来,赶到琉璃厂商务印书馆,准备去买日前打算买的那本 Fisher 的 *A Hiotory of Europe*,不巧此书前两天被吴恩裕先生买走了,使我心中感到十分难过,只得没精打采地走回来。

到西单逛了一趟,美军衬衣喊价一二百万,美军裤子喊价有高至三百万者,只得知其不可染指而退。

晚,同祖陶、世夫到市场去买了一件衬衣,去洋六十五万元,质料还不坏,与“新光”衬衣差不多。又购得王玉泉《日语口语》、《日语文法》各一部,共价十八万元。经祖陶从旁怂恿,又购得 Trosky,

Geschschle des Russischeu Revolution［托洛斯基《俄国革命史》］。

翻阅《观察》，见罗忠恕与 Einstein［爱因斯坦］谈话，语重心长，耐人寻味。爱氏说："现在世界上缺乏智慧、善意、权力三者的联合。"

1948 年 3 月 10 日　星期三

传昨夜保定、石屏易手，今天《北京人》出了一个绘有内战地图的副刊，说洛阳被围、西安吃紧。前两天我在报上看到过一个小消息说京郊发现小股共军，望治安当局注意户口清查云云。真是愈打愈近了。

校内日来流传着迁校的谣言（北大迁杭州，清华迁长沙，南开迁重庆），不过，并未证实，大抵系神经紧张之谈，不足为据。

今天物价又向上冒了一头。

助学运动的"二斤面运动"已积极展开。

其湘的肺病原来是假的，这真是一个大笑话。他在北大医院透视了两次都说情形很严重，得了三个"+"的符号，一直到第三次拍片结果，才发现根本没有病，真是滑天下之大稽。一周来，其湘紧张消颓，人也瘦了许多。不过，今天他到底破愁为笑了。

研读 Marx 的《哲学的贫困》（作家书屋版，杜竹君译），颇有心得。

1948 年 3 月 12 日　星期五

国父忌辰，学校放假一日。

上午在寝室里读《哲学的贫困》。

午饭后同祖陶、世夫去东单地摊购物，以六十万购得羊毛褐色长裤一条,美军领带一条十万元。又购书三本:郑天挺《清史探微》(五万七千元),Robinson 的 *The Mankind in the Making*(五万元),Nietzsche 的 *Also Sprach Earathustra*(六万元)。

同祖陶在平安看影片《毁灭》(*The Smash Up*),有作为心理学教材的价值。

下午,民主广场举行欢迎宋国柱、邓特两同学被释归来大会。

昨夜,本班全体女同学请全部男同学出席茶会,席间并改选本班新干事。结果陈瑞林、吴世俄、龙丽侠、丁景敏同我5人当选,然后我又与瑞林被推选为参加系会的干事。

1948年3月14日　星期日

日昨本市全体印刷工人大罢工,整天无报。今日大家都忙着抢报看。永吉小丰满失守,洛阳巷战,情形颇为紧张。

下午二时,史学系开系干事会,决定任职人选。结果:瑞林长常务,二年级干事副之(尚未选出);吕铮长总务;我长学术,庆遐、黎光智(一年级同学,住四院仁字十一号)副之;二年级干事长康乐(尚未选出),刘文宗(住四院礼字五号)副之。会上,还决定本期学术讲演照常举办,并在最近期内组织全系师生集体旅行一次,地点如无问题,则决定去明十三陵。

会后,大家闹着要庆遐同耿仁英请客,于是一行在美丽食店去各吃了一碗汤圆和一些花生米。耿君谈到蒋梦麟已暗中同其夫人来平,邀请清华某某教授等赴京参加政府云。

1948年3月15日　星期一

晚饭后述海拉着同去“大地”唱歌，我正闲着无聊，就陪了他前去。再者，龙丽侠叫了我多少次去唱歌，我都未去，简直使人有点难为情了。

今晚唱《生产大合唱》，因为要改选干事，练歌时间很短。

日来学究们在现实的苦闷中多爱谈论中国文化问题。想在这方面找出路的人有张东荪、梁漱溟等先生。日前吴恩裕先生撰文在《知识与生活》上论中国文化缺乏真仁、真智、真勇，一期以后，忽然有一位读者撰文驳之。其实在我看来，二者都是纸上谈兵，何曾摸得边际。好久我就想写篇文章痛斥此型文化论派了，无奈总懒得动笔。翻开 Engels 的《空想社会主义与科学社会主义》（林超真译本）来看，我见恩公早比我先骂了。他说：

这二种大发现：唯物史观和以剩余价值揭露资本主义生产秘密，都是马克思的功绩。这二种发现使社会主义成为一科学者，现在只要研究这个科学的一切细节和关系。

……首先是生产，其次是生产品的交换构成一切社会制度的基础。这二种原素决定当时社会中财富的分配，因此更决定构成此社会之阶级及其中各阶层的形成。所以，如果我们要寻求那决定某种社会变化或某种社会革命之原因时，则不应到人的头脑中，到人对于永久真理和永久正义的最高知识中去寻求，而应到生产方式和交换方式的变化中去寻求。总而言之，即不应到所研究时代的哲学中去寻求，而应到这个时代的经济中去寻求。……因此，我们的头脑应该用来从某种生产的物质事实中寻求这些方法，而不应该凭空去发明这些。（pp.116—117）

这段话，批评得完全恰当。当代这些学人先生们论所谓文化，不过就是在纸堆里拣点死哲人的话来引申一番，或者痛骂一番而已。仿佛文化除了讨论这些以外就没有东西可说了，又仿佛提起笔来“随心所欲，不逾矩”地谈谈，中国文化问题就可以如此解决了似的，真是令人喷饭！

1948 年 3 月 16 日　星期二

晚，哲学会请冯友兰先生讲“旅美观感”。别来将近一年又半，冯先生还是依然故我，长髯还是那个老样子，没有增长，似也并没有减短，不过唯一不同以前者就是脱下长袍穿了西装了。

讲演要点大略如下：

一、美国虽受战争影响而复员最迅速，物价较前增涨一倍半左右，然纽约地下电车二十年来仍然只五分钱，迄未加价，此为特例。

二、美国人民今日所恐惧者有四端：首为通货膨胀；次为经济恐慌；再次为苏联共产主义；第四为罢工。

三、今年美国大选尚难预测鹿死谁手。惟华莱士希望甚小，因为在手续上他就要吃大亏(如果他要在选票上印上名字的话)。

四、战后美国各学校有人满之患(哥伦比亚大学等校学生多至三四万人)，退伍军人读书享有国家优待条例，有妻、子者且有津贴。

五、一般美国人了解中国远不及一般中国人所知道之美国为多。美国人知道中国之少，甚至比我们想象的还要少。

1948 年 3 月 17 日　星期三

下午，创建等社团请一位捷克社会学教授 Prof. George 在北楼礼堂讲演“Russian Youth, Russian People During and After the War”[乔治教授:“战时和战后的俄国青年和俄国人民”],由雷振远君翻译。据说George曾参加守土抗战,并在苏联境内服军役从事医务工作甚久。不过,今天的讲演使我奇怪的不是他骂苏联的坏处,而是他简直不曾提出苏联有任何的好处,这是令人难于置信者也。他的讲演要点如下:

一、苏联军纪极坏,酗酒、奸淫,其原因在于政府的极权统治。

二、苏联人民日夜恐惧,朝不保夕,秘密警察遍布全国,人民绝无自由。因此,苏德战争初起时苏军有很多人投降德国,欲藉Hitler之力以推翻斯大林。后德军残杀太甚,人民反回来又拥护政府。

三、苏联经济完全由国家控制,人民从事生产而自己无所获得,穷困异常,政府计划只赶造军火而不生产日用品。

四、George本人及捷克爱国青年曾受苏联之监禁与刑罚,遭毒手者不少。

五、苏联国内有反政府阴谋出现(今已平定),现斯大林已衰老,大权由Malinkov等人把持。

1948年3月20日 星期六

日前盛传蒋介石有意请胡校长就任副总统之说,而适之先生自己则竭力辟谣;外间又有人说蒋梦麟北来是特别邀请吴景超等教授参加政府,不知确否。

自费半公费同学向学校激烈争取公费事已获得解决,学校决定发给每人贷款一百七十余万元。

清华竞选自治会理事之结果已揭晓，闻邓德祥、曹银江均已当选。

下午阳光美术社在游艺室举办全国木刻巡回展览，计有李桦、刃锋等人的作品百余幅，其中有不少精彩创作，题材紧扣现实。中国近二三十年来木刻画突飞猛进地发展，成绩令人惊异，这大概是近代中国艺术最有成绩、进步最显著的一个方面吧！我个人感觉，我国木刻的成就无论在技术方面，在内容、题材、构图方面比之西洋木刻可毫无愧色地与其抗衡。

木刻是有前途的，Certainly！

1948年3月22日　星期一

天气阴沉，寒气侵人，又像回到初冬季节。时令真是有点反常，中午左右，突然下起冰雹来，颗粒甚大。

下午西洋上古史课领了讲义就走了。为星期三齐思和先生讲演的事，去教务处借教室。

晚，“大地”练歌，唱《生产大合唱》第二段。这段的音乐很不和谐，合起来很感觉有点那样。

唱歌毕，晏福民报告说，3月底为助学运动举行的联合演出因各种事故已决定停办。

绘画小组报告，本周星期四的下午2点在工作室第一次集会。

本组会商，推定晏振凌、汪家镠二人为组长，本组名称定为“红莓草”。

最后，大家给了我一个绰号叫“萝卜干”。这原来是梁思萃的绰名，承她转赠给我，只好接受。

1948年3月24日 星期三

下午3时,本系主办之学术讲演会请燕大史学系齐先生讲演"现代史学的新趋势"。地点先是借的大礼堂,但临时我们觉得听众太少,又改在第十一教室举行。郑主任特另把他历史研究法班的同学放来听讲,但是人数还是不太多,可见公共事情真难办。

齐先生是一个高个子,穿一件长衫。他体态丰满,没有一点学究气,更不像喝过海水的教授。说话很有条理,讲了一点半钟左右,但内容使我失望得很,只是些很空洞的"客观态度"呀,"科学精神"呀……我早就看过他在《燕大月刊》上写的一篇论历史价值的文章,内容与今天讲的差不多,但那是十几年前写的了,而十几年后竟然还是如此……

级里推我为此次学生会理事普选之候选人,但我决意不参加竞选。

1948年3月25日 星期四

午饭后红楼地下室"大地"工作室商讨绘画组开展活动事宜,一共到了六七位同学,决定素描与木刻暂不分为两组。因为普选等事故,推迟到下周开始学习,由艺专李桦教授讲授木刻方法,每周星期六讲一次,只讲五次就够了。

各竞选团热烈展开竞选活动,全校墙上门上窗上都贴得红红绿绿,候选人的大名和画像到处都是,实在很够劲儿!史学系干事会商结果,决定不为四年级竞选,全力支持二年级的袁洪铎、戴秉衡。庆遐坚持要我出来,我谢绝了。

晚,大家又提议坐"沙龙",于是又挟了书上市场卖去。我的三本书才卖了一万五千元，祖陶卖了一本荷兰文的书去换了一本德文小说；世夫成绩好，卖了五万元。

说来倒想起忘了把卖书的事记上日记。近来卖东西度日几乎成了家常便饭。上周星期日卖了几件烂衣服换了十二万元，两天前卖了一本 *Pear's Encyclopedia*，情况最惨，到处卖不出手。人说"学而优则仕"，我们是"学而优则商"，不，倒不如说"学而困则卖"。

1948年3月27日　星期六

昨天下午史学会竞选团开会，闹得不亦乐乎。实际到会者寥寥，大家的事少数人干，看样子搞不出去，人都忙社团去了，系里没得人来。晚上忙着赶一点宣传品，跑到灰楼顶上去挂了一块长布，上书"袁洪铎戴秉衡"；晚上的竞选"显宝大会"我们无人参加。

今天到学校去，又用白粉写了几个大字在墙上，草草完工。后来，决定不搞了。庆遐在搞一个反竞选团，反对平日无工作成绩及无工作计划的竞选人。

今天下午，天津南开等校同学到北平来旅行，学校里又忙着为欢迎他们布置了一番。

世夫说明天开校友会，因为南开的校友来了，一举两得。晚上，又说不开了。

晚，民主广场有盛大的欢迎天津同学的晚会。我因为着了凉，不太舒服，乐得在寝室里休息，写日记。

四川同乡会也要为同乡竞选。校友陈懋隆、杨忠善都决定参加竞选。

1948年3月28日　星期日

原来决定今天出城开校友会,因为天津校友来了,一举两得,昨晚又变卦不开了。

整天未出门,读毕 *Ancient History* 第三章,再参读中原与茂九郎杉勇著《西南亚细亚文化史》,该书于巴比伦文化、社会情况、经济条件各方面都有叙述,而在其他书上尚少说到过者。

晚,民主广场举行盛大营火晚会欢迎天津同学。天漆黑,我同祖陶、治权去到红楼。此时广场上已站满了人,围成了一个很大的圈子。据我的经验,北大的夜里从来没有比今晚更热闹更活跃过。除南开到平受到欢迎的同学外,本市城内城外的大中学同学都参加了。营火在7点半左右燃起,在《光明赞》的歌声里,火燃得那么熊熊,那么亮,千万颗青年的心都在火光下跃动着。晚会的主席说:"同学们,向自由,向太阳!"接着是北平同学向天津同学献民主旗。随后,游艺节目开始。我们因为站在人后,看不见表演,再者因为大多数节目都是早看过的,就走了出来,在美丽食店吃了约一个钟点的茶。

1948年3月29日　星期一(青年节)

为了要随裴文中先生到西郊去作考古实习,很早就爬了起来,准备着口袋、纸笔等什物。

早饭后到其湘处叫了他一同到红楼,并在学校附近买好中午的干粮。我夹了五个烧饼去了五万元,其湘买了八个包子。我恐怕不够吃,也买了两个包子,同时我们又加了一些早点。

裴先生及车子在九时左右都到了红楼。我们都上了车,准备出发,但是,临时出了岔子,车子迟迟不开。打听了一下,才知道是外面街上戒了严,北大附近已禁止通行。为什么事?大家都不知道。其实,昨晚我就看见校外附近加多了岗哨,荷枪实弹,不想今天变得更严重。据说是因为昨夜学联发表了一个宣言,决议平津八校联防,如有受到迫害事件发生,八校决定一致行动。这事似乎惹恼了治安当局,于是警备部在今天的报上发了一个消息,说华北学联直接受世界共产党学联指挥,有不轨阴谋,即行查封,并禁止活动云云。今天的事大概就是为此作准备,如此小题大做,真叫人啼笑皆非。今天适逢是"国大"开幕之日,此举不啻是对"民主"的一大讽刺也。

几经交涉,终于还是让我们出去了。我们今天的目的地是西郊八宝山,此行连裴先生在内一共十人,除我与其湘外,都是考古学班上的同学。听说安志敏先生要同去,但是他并没有来到。我们想也许是因为戒严的关系,他无法进来了吧。

今天天气很好。汽车从复兴门出去,朝着到农学院的那条路上奔驰。这条路大体很平坦,道旁树木整齐。住惯了城市的人,偶然出城到乡下来,感觉异常轻松清爽。不过晨风迎面扑来,尚觉有些寒意。

汽车经过农学院,停了一下,继续向西前进。马路两旁有很多矮洋房,修得整齐、小巧、别致,我想这里一定就是新北京了,路两旁的建筑一定就是日本人的遗留。这条路筑得非常好,路中间有一方一方的矮松,整齐美观。举眼望去,这里的一切都似乎更有生气、更整洁。虽然这里尚未建筑完竣,但是只看到这个规模也得叫人点头了。看到这些,不仅就联想到胜利,从胜利又想到……唉,如何敢往下想去!

过农学院后,车行不久就到了挂有一块"军事警戒区"牌子的地方,这已是大马路的尽头。汽车转向北面开到路基损坏的碎石路上去,不一时就停了下来,目的地到了。

裴先生指着马路西北一个小坡说,那就是八宝山。我差不多忍不住要笑了,这还不及江南一个大土堆的小坡也配称为山吗?裴先生说,所谓八宝山就是这迤西连着的几个山坡,八宝山因八宝而得名;所谓八宝者,黑宝、红宝、白宝等八样也。他还说,这个山当然说不上是山,真正的山如西山也的确不小。我抬头一看,西山还在我们的西边,像华北平原上的一道边墙,漫延在大地的边上。

八宝山出土的古物多是汉代的陶器。我们爬上山坡,慢慢地发现绳纹陶片,越走上去越多,面积也越大,简直是俯拾即是。这些山地现在全是沙土,荒芜无用。据一个赶驴的乡人告诉我们,昨天才有人在此地挖了些东西走。我们猜想,那大概是燕京的同学来过。

沿着山坡向西前进,一面走一面在地上搜索。大家都聚精会神地瞪着面前的地上,希望寻得一点好东西。这种形象有点像猎犬在追踪,不过,说我们正在拾荒还来得更恰当一点。是的,我们在人类的旅途中拾荒,在搜寻二千年前祖先的遗迹,想从沙里拣出金子。这里的宝藏丰富得很,但是却没有人来理会。我们同裴先生谈到在这里发掘的事,大家都只是摇摇头;没有钱,什么都不能谈。

细绳纹、粗绳纹、方格纹、斜纹、直纹等的陶片我都拾了一两块来搁在口袋里。很幸运,我还找到两块残缺了的瓦当,其湘捡到一块相当完整的。

继续向西行,路旁有一座塔形建筑。裴先生说这原来是日本人为他们的阵亡将士建立的忠魂塔,还没有完工就投降了。我国接收过来,把太阳徽变成青天白日;经过聪明的中国人这番偷天换日之功以后,此塔就变成了纪念张自忠、戴笠等的忠烈祠了。裴先生的话里,含有讽刺政府这种有失国家尊严之举的意味。其实,这是何等小巫的事啊!

在忠烈祠西南——马路以南——有两个土台,乡人称为女坟,大概是两座古墓。裴先生说,那里的上层多黑色陶器,下层的陶器多是红色。我们大致绕着两个土堆观察了一周,在表面上看到的碎片并不太多。如果真正要工作的话,必须在坟的正中打一道沟。不过,是否就能有所获也不能料定。

看了双女坟后折回头来向东走,在马路旁的一家小店门前歇下来休息,吃午饭,喝茶。呆了约一点钟左右,再上汽车回到来时最初下车的碎石马路上。再向北行车不远,又下车来。这里马路两旁土堆高耸。原来这里是台地,后来从中间穿过台地开出了一条马路,因此中间低,两边高,高出约五尺左右。上层的横切面中露出瓦片甚多,有很大一块块的。裴先生说,此地有宋瓷。经我们试掘了几处,果然掘得了一块宋瓷的碎片,有些瓷片相当大而完整。附近的乡人都跑来看热闹,对我们专捡破瓷残瓦露出很惊异的眼光。我们同他们逗趣,告诉他们如果挖到了完整的碗罐之类,我们愿意出钱买,并且说,一个好罐子要值一两千万元嘞!

随后我们爬到路西北的土坡上去。这座土坡在八宝山北面,土里的陶片也很多。我们在一个地方歇下来试掘了几个洞,得到的都是些破碎了的瓦片,没有发现完整的器物。我们满心渴望掘得一个比较完好的瓦当,又经过一阵努力,仍然失败了。不过,我们断定此地是可以有所发现的,假如有机会尝试小规模发掘的话。

下土坡回到马路上来时,有几个小孩在那里等我们。他们拿着两个完整的罐子,一个高约一尺,有盖,另一个较矮的约六寸高。我们问他要卖多少钱,他们不知道要值多少。有个女人走来,她狡猾地要价七百万,我们都笑了,先还了他三千元,后来添到三万元,她还是不肯卖,以为是奇货可居,抱着罐子走了。另一个小孩的罐子也喊价百万。我们知道价钱讲不成,不可能成交,就登车走了。他们很失望,怅怅地看着我们离去。

我们返回时从阜成门进城。车子到八里庄时城门的守卫同我们打了一点小麻烦。他说现在是"剿匪"期间,在戒严区内进出者要有身份证才准通行。我们让他看了我们的学生证,他才让我们走了。到了景山后街,麻烦又来了。警察在街上阻拦我们,不准通行,经过交涉,才把我们放过去了。我们看到街上的警察比早上增加了很多,大概是警校的学生全都被调来此地了,他们饥饿地坐在街边上,令我有点啼笑皆非的感觉。车子到了景山东街又不准通过。甚至同学们下车来徒步通过也不允许。现在是准出不准进,学生必须出示学生证才能通行。但我们九人并非都带有,我就没有带自己的学生证。好在我身上带着祖陶的学生证,于是掏出来硬着头皮闯过了封锁线,急忙跑到西斋去借到三个校徽,以便解救困在车上的三个同学。但是,此计仍然行不通。警察说校徽不行,一定要学生证才行。后来听说如果不去红楼,绕道回三院仍可通行无阻,于是如法炮制,才算解了围。

今天下午民主广场上有许德珩等先生的演讲会，虽然街上戒严，与会的人还是不少。

景淮说，三院门前河沟对面安有机关枪一挺。

黄昏，警戒渐形撤去。

晚，民主广场有理事竞选晚会，我因外出一天感到疲倦，没去参加，一个人在宿舍里写日记。

1948 年 4 月 3 日 星期六

北平当局非法解散学联，3 月 29 日派出军警在北大沙滩三院等地戒严，北大经二同学卢一鹏又在汇文被特务毒打，为了对这一系列事件表示抗议，并响应清华北大助教讲师为争取两袋面粉的斗争，昨夜代表会决议自今日起罢课三天；另一方面，自治会电函胡校长请求在"国大"向政府提出抗议。

下午，民主广场开了一个反迫害抗议大会，未去参加。

理事选举开票结果，华惠珍、李鸿藻等二十一人当选。杨忠善、陈懋隆都选到候补中去了。不过，两个月以后，四年级同学毕业了，他们大概立刻即可补上去。

晚，有三个讲演：一个是我们系里请雷海宗先生讲"总论西洋中古史"，这是"西洋中古史"的第一课；一个是哲学系请冯友兰先生讲"中国哲学在美国情况"；还有一个是木刻班请艺专李桦教授讲"速写与木刻"。我本来决定参加学习木刻的，但临时才排出西洋中古史课表，时间刚好与木刻讲演冲突，我只得忍痛割爱了。

听说清华只罢课一天，这倒是明智之举。因为明天是星期日，后天要放假，何必多安一个罢课名义呢？

1948年4月4日 星期日

北大清华讲师助教们罢教大概是一定的了。从6日到8日是罢教时间,到时候同学们大概会支持他们续罢的。工友们因为待遇太差也正酝酿着罢工,这未尝没有同学在其中推波助澜;否则,为何烧饭的工人不酝酿罢工?

今天是儿童节,下午同祖陶、世夫去逛中山公园。天气真好,有初夏艳阳天的感觉。今天公园里人真多,儿童们尤其活跃。看到这些贫穷而天真的下一代,不觉想起了《救救孩子》。这一代没有好好地培养教育下一代,这就注定了下一代的人也还是在灾难中的。

晚上到市场去,无意之间在一家新开张的书摊上发现了几本书,连忙跑回学校,从寝室里抱了一堆书出来,卖了二十五万元,打算拿去买另外几本书。但是,那个卖书的家伙太混蛋,一点价钱也不肯少。我想横了,索性不买,赌气跑回来了。过后想起,这真是一幕笑剧,表演得好精彩呀!

前两天卖了二十五万元的破旧衣服,忘记写到日记上了。用钱如用水,真是"流畅"!

1948年4月5日 星期一(春假)

今天是音乐节。昨日严培先送来音乐会入场券两张,要我到帅府园艺专去参加他们的会。午饭后,我约同世夫一道到艺专去。音乐会在两点钟开始,先由赵梅伯教授致辞,然后节目随即开始。今天的节目都是各学校(主要是中学)分任的,简直说不上精彩。我起初看参加表演的中学同学如此之多,心中暗自羡慕北平学生音乐水准之高,以为一定比成都的学生唱的好,而事实却不然!她们的节目多是合唱(应该说是齐唱)。我们听了市立师范、女二中、慕慈、贝满等校的合唱,觉得市立师范最好,而且是由一位小女同学指挥。女一中两位同学的钢琴二重奏虽然不好,但是小音乐家少,算难得了,辅大某君以洋笛独奏 Mozart 的曲子,这种乐器演奏我还是初次听见。

今天下午一部分同学曾上街散发传单,行动至为迅速果敢,没有惹出事来。

为响应北大清华教职员工警的罢教罢工(6 日—8 日),明日起我们继续罢课三天。

1948 日 4 月 6 日 星期二

上午到"大地"唱歌,听说大地工作室昨晚被暴徒捣毁了。事情大概是这样的:今晨两三点钟左右,特务多人乘卡车来校,从北大东边矮墙上翻进民主广场,并以手枪威胁工友打开东边小门,然后荷枪实弹蜂拥而进,把住各处出入口,在校内各处搜寻,撕毁民主墙上的壁报、布告等张贴物,接着又跑到大地工作室,将室内什物捣毁,搜走室内书籍等物,最后扬长而去。

华北学院被一部分反罢课同学捣毁。

北大等校教授樊弘、杨人楩等签名罢教三日。

晚,史学会、中文系会、哲学系会为准备本周末自治会举办的时事座谈会,特先开一会交换意见。我们三系承担的题目主要是关于史的发展与文化方面的问题,经协商结果,将题目定为《中国目前形势的历史背景》。有关内容与细目,经你言我语地商讨了一个多钟头仍无结果,最后只好推出吕锋、李德齐等三位同学来拟定纲目,等星期五再座谈一次交换意见。

1948 年 4 月 7 日　星期三

上午 10 时左右吃饭钟忽然响了,按说这时是不会打吃饭钟的,一定是出了什么事故。跑出寝室去一打听,知道果然出了岔子。大家互相招呼,都到民主广场开会去。到了广场,已经集拢了二百人了。主持人报告情况后,才知道出了一件非常严重的事:昨夜 3 时左右,学校当局忽然接到警备部公函一封,要求学校准许军警进校逮捕十二位同学。这十二位同学是:田余庆、丛硕文、卢一鹏、周安、吕铮、李绰、王禄庆、黄德青、柯在铄、冯远程、李鸿藻、王子光。当时郑秘书长、贺训导长等立即会商,并召来这十二位同学研究此事。校方出面坚持与警备部交涉,要求时间延迟到早晨 7 点钟;到了早晨,又要求再延迟到 12 点。到时候如不将这十二位同学交出,军警将进校捕人。因此,在民主广场集合时,情况相当紧张。各校门已由同学守卫;三院和西斋等处的同学都纷纷被唤到民主广场,以便群策群力保护这十二位同学。

听说学校一直在与警备部讨价还价,已答应了五个条件(包括撤除安装到红楼门前的扩音器,保证同学不到校外活动等),同时又请来法律专家商讨对策,决定务请警备部无论如何都不要进校捕人。如果这十二位同学确实犯法,他们可到法院控告,再由法院依法传讯,十二位同学随时均可到庭受审。

我在民主广场开了半点钟的会就回三院了。因为校内工人罢工,各种工作都暂时由同学承担。忠善要我负责上半天在茶炉室

加煤,因此我不得不先回来了。后来,又听到了一些消息:

学校召开了教授会议。据说教授全力支持同学,抗议政府。

据周炳琳先生讲,警备部司令陈继承表示说,他要做关麟征第二,不过他是明来,而不暗来,就是自杀他也要干。据冯玉教授讲西语系美籍教师傅汉斯先生对此事表示非常愤慨,宣称如果同学被捕,他愿意同去坐牢。

据说美联社美籍记者四人得悉周安同学有被捕危险时,一致表示:如周安被捕,他们也一定和他一同就捕。

代表大会上,史学会提议无限期罢课被否决;又提议今晚集合同学在图书馆睡觉,以便保护我们的十二位同学,也未获通过。

晚,本级同学集会慰问田余庆同学。

1948 年 4 月 8 日　星期四

昨日下午,空气比较缓和了一点。听说警备部只要六个人了(大概是丛硕文、李绰、吕铮、柯在铄、王子光等六人),但校方与同学仍坚持抗议中。终于一夜无事,实是不幸中之万幸。

因为捕人问题尚未解决,学联决定继续罢课。今日《大公报》社论再论学潮,说得真切而有情理。继续罢课实非智举。我想起昆明"一二·一"前夕教授劝同学复课而同学不听,争执所得者四具死尸而已,思之伤心。此血的教训应为吾人斗争时所记取。然一般热情有余而斗争经验缺乏的民主斗士所见似不及此,可惜!可虑!

晚,自治会招待本校工警。据云席间工警陈词有条有理。

罢课几日来读 G. Vernadsky, *A History of Russia*, 已毕大半本。

俄国革命与法国革命颇有可相比较之处。

1948年4月9日　星期五

这真是一波未平一波又起。师范学院原定今日复课，孰料昨夜突遭暴徒袭击捣毁，捕去膳委成员一人、自治会工作同学九人，并打伤同学数人。今天受伤同学已被送到北大医院治伤，据云有一两位同学伤势相当严重。师院同学对此暴行悲愤异常，未吃中饭即集队前往行辕请愿；午后北大同学也集队前往加强阵容。我因为要到北大医院治疮，未去参加请愿。路过行辕时，看见同学们都坐在门外空地上，大概有一两千人；等我看病回来又经过此地时，同学们仍未离去，晚饭时也未回来；直到此刻我写日记时已近深夜10点钟，仍不见他们返校，想来一定是不达请愿目的誓不罢休也。

腿弯生疮已数月，时好时坏，特到医院诊治。今天挂的是外科号，外科医生却要我明天到皮肤科去看病。

讲助教工警已休罢，教授许德珩、樊弘、袁翰青等发表《告工警同学书》，希望能立即复课。

现在李宗仁不在北平，请愿到今天仍无结果，看样子已是骑虎难下，但愈拖情况一定会愈坏。政治路线决不是直的，同学们热情太高而经验太差，我觉得局势如此僵持下去非常危险。

1948年4月10日　星期六

昨晚请愿的同学一直到午夜12点才回来。虽然宕了这许多时间，但是很有代价，因为同学们所提出的条件大概都被接受了。

请愿除北大、师院同学外，尚有清华、燕京等校同学赶来参加。教授方面，师院全体教授皆到场，北大郑秘书长、贺训导长、许德珩、樊弘、傅汉斯先生都来了。行辕郭参谋长出面接见请愿人员，几经协商周旋。听说郑秘书长代表学校方面与之谈判，态度非常强硬，认为要传讯北大同学是对北大的一个侮辱，坚持要立即释放师院被捕同学。于是，由行辕给警备部打电话，往返磋商，费了不少唇舌，终于达成协议。

请愿时出现了一个有趣的插曲，就是同学们在行列中捉到一个特务。此人学生模样的打扮，挂着北大校徽，当他在同学中间穿进穿出的时候，被纠察同学发现并受到盘问。他答称是北大中文系一年级学生，但在场的四院同学全都不认识他；问他中文系系主任和一年级级干事叫什么名字，他呆若木鸡，答不出来。于是，纠察在他身上搜查，居然搜出了二十多种文件。

请愿队伍归来，沿途均有军警保护，城外同学并由行辕备车送回。

世间上有很多事理本来是人人都明白的，但却不容有人公开地揭发它。谁要揭穿这个公开的隐私，就如像谁揭发私人的隐私一样，会受到团体的攻击与斥责，这是一个“心照不宣”的真理。

想到这里，不禁令人感慨万端。所谓真正能够“打开天窗说亮话”的亮话，其实并不多，而真正能够“打开天窗说亮话”的人尤其少。世界上出了几个伟大而聪明的傻子，如老子、庄周、荀子、马克思、弗洛伊德 etc.，他们揭露了人类共同的隐私，因此，他们几乎受到过人类的总攻击。悲夫！悲夫！

但是我生平最偏爱他们。世人皆知老子最世故，而不知他实在最天真。因为他既知“国之重器不可以示人”,为何又要著书五千言以示人呢?“道可道,非常道”,又何必要强而道之呢?

为了我们要生活,不妨还是打起坚信“真理终于胜利”的傻劲,肩起“知其不可而为之”的担子,为明天的梦而迈进。

1948年4月11日 星期日

上午,在地质馆一一四教室听李桦教授讲木刻方法,他当场刻了一块木刻给我们看,边刻边指示用刀的方法。我看他不是一个废话很多的人,主要还是得靠各人握着刀自己去刻出经验来。当时我就在狄源沧处购得木刻刀三把,每把二万元。

假如今天无事,明天我们就准备休罢复课了。但是,特务狗仔居然不肯放松我们,又来行凶了!

中午时候,自治会突然紧急通知,说今天上午在天安门集合了一伙暴徒学生,正在召开反对罢课、打倒共产党的大会,会后还准备游行和到行辕请愿。为避免发生意外,自治会劝告同学无事最好不要离开学校。

下午2时左右,我正好完成了自己的木刻处女作,突然听得传来消息说,红楼被反罢课游行行列包围,情况非常严重。于是三院大门立即关闭起来。结果这伙人的游行行列南下而来时,我们的大门已经上锁,坚决避免与之发生冲突。

此后,红楼常有电话来,也有同学自那边回来,知道红楼被包围的一些情况。那伙人的人数很多,在天安门开会时估计有一万多人。他们大部分是工人与衣冠不整的流氓(据后来李运鸿报告,这些人的衣着内面露出军装,必是军人改装无疑);也有中、小学生，他们手拿大木棍，棍上贴有一面很小的旗子（字样不明），其用意可想而知；此外，也有手握铁棍、石头、手枪的家伙。他们围在红楼前面和东面，往墙上贴着标语，同时高呼口号："打倒共产党！""北大是共产党的巢穴！""推倒北大的民主墙！""北大是王八蛋！"等等，妙语百出。在标语中，还有一条是"拥护陈司令"，可见特务们是反李拥陈的。他们在军警宪的假意劝阻、实际掩护和暗中指挥下，向红楼丢石头。一时间，石头如雨点般地向红楼砸去。事后检视，红楼玻璃损坏者在百块以上。有的打手还爬上了墙，准备从墙上翻进去，但不知为何又被他们自己的人劝阻了。此时，红楼里的同学都已疏散到灰楼里，校门也早已关闭，幸未酿成大的惨案，实为万幸。但是，特务曾一度冲入东斋，捣毁了传达室，并打进了吴恩裕教授的住宅；如不被他们自己的领头人阻止，可能还要打进内室去。暴行之后，他们一路高呼口号，扬长而去。听说他们随后要到行辕请愿，要求制止共产党的活动并严予惩戒。但是，离开沙滩不久后，他们又一度折返，再次包围北大，并且数度企图冲入校门。一群乌合之众闹成一团，看来真是一场令人发笑的滑稽剧。

暴徒远去之后，自治会立即召开临时控诉大会，有被捕又放回的同学李运鸿及职员会代表发言。会上又广泛关注同学的意见，大抵有如下建议：继续罢课，控告凶手（陈继承、吴铸人），呼吁全国师生总罢教罢课，急电胡适校长促其北归，立即组织联防小组等等。开会途中，还获悉教授们正在开会，将有极重要之表示云云。

听说今天到天安门开会的中学同学说，今天上午学校里先生叫他们去天安门吃"馒头"，喂饱以后，就向沙滩开来；又听说他们准备今晚打师院。

晚上很紧张,学校各门出入检查皆甚严,必须携带学生证才能通过。同时,各宿舍成立了联防小组,五人为一小组,三个小组为一分队,再集而为中队、大队。本寝室以世夫为组长。

整夜通宵达旦都有同学轮班守卫。

1948年4月12日　星期一

传昨夜师院被打,不知确否。

昨夜红楼曾一度虚惊。午夜时分外面正下着大雨,红楼突然被青年军二〇八师包围。守卫的同学听见他们在敲锣,连忙打起钟来,同学们在睡梦中爬起来跑到灰楼暂避。青年军见里面已有所准备,不多时即自行散去。

下午,代表大会开会,代表们均极审慎,大异于从前冲动的作风,决议罢课三天;周景淮等所提出之严惩凶手陈继承一案,也被否决了。

但是,相反地,今天教授会开会却走在同学们前面了,真是奇怪得很。教授们原想全体辞职,后来协议结果决定罢教一周,并决定今后师生团结一起,努力保卫北大光荣传统。据云会上教授们的态度至为愤懑与强硬。

晚上,史学会各系级干事开会,决议后天晚上举行一个史学系师生生活座谈会,以加强师生生活联系。

退公费尾数五十二万元,还祖陶三十九万,其湘十二万,尚余一万,幸好世夫还我五万,共剩余六万,本月如何过去得了?

1948年4月13日　星期二

史学系师生生活座谈晚会因郑主任不赞成,决定停开。

上午,本联防小组值班守卫(8时至10时)。

下午,得悉教职员也决议自明日起罢工。原拟去图书馆借出Toynbee的书来乘此罢课时间一读,以为借不成了。但到图书馆一问,又说只是部分罢工,图书馆仍为同学开放。

向祖陶借得十六万元,在市场购得Apollo: *An Illustrated Manual of the History of Art throughout the Ages*[阿波罗:《插图本艺术通史》]一书,至为称快。因同书在中原书店有一本,原价九十万元,仅书色稍新而已。

无聊,读不进书。

晚饭时得知,教授会决议内容措辞异常强硬,实属难得。

传今晚此时东单某处正在开会,会后还准备作火炬游行,意欲焚毁红楼。据云此系一名外籍记者转告的消息。

今天上午在大光明影院召开所谓的反共大会,我在街上也看见了他们的标语,在市场又碰见党部警特正在清查禁书,查禁的计有钱亦石的《中国政治史讲话》、米定的《新哲学大纲》等书。

1948年4月14日　星期三

因为生疮,整日未出校门,在宿舍读Hays & Moon, *Ancient History*。

下午,民主广场举行全体师生教职员同学工友团结大会,据云有闻家驷教授及各校代表谈话,并有活报剧、诗朗诵、歌、舞等助兴。

报载成都于新任省主席王陵基赴任下飞机后仅三小时即发生

学潮；又讯蒋介石命黄季陆立即返蓉处理此事。远看此事，好似一幕戏剧，其中似大有政治背景，故不可与北方之学潮相提并论。也许学生们本是动机纯洁，不过有野心政客在此中有意无意利用罢了！

写信回家，望能至少汇五十万元来以救燃眉之急。唯此次父亲赴京出席国大，想来一定要耗一笔费用，故实在不乐意再向家中开口要钱，以增加家中负担。

询泉弟成都学潮情况。

1948年4月16日　星期五

昨下午出街买了些纱布胶布、一盒消炎膏，花掉了十万元。

忠善夹了大批衣物出去拍卖，随即托他代卖了一条白卡叽长裤（兆民留下的，太狭小不宜穿），结果只卖了二十三万元，立即还了祖陶的账。

下午，史学会、哲学会、中文系会举行时事座谈会，讨论“目前形势的历史背景”。原定2时开会，但是有好几个约定发言人都临时缺席，尤其是打头炮的李德齐迟迟不到，真差不多把人急坏了。公家的事情真难办。庆遐气急，主张马上停止开会。后来，四处搜寻结果，李德齐姗姗迟来了，于是立刻开会，瑞林主席，我与方德谱等三人为记录，教授有樊弘先生出席，另一人不识。

今天讨论题目的大纲分三大节：（一）中国社会史的发展；（二）中国革命的回顾（自太平天国革命至皖南事变）；（三）目前形势及中国前途。每节下所分细目甚繁，以致时间不够，发言者不能尽量发挥意见。不过，大体说来开会情形还好。

蔡显福提出中国为何未发展到资本主义的问题，很有意思，值得深思。

1948 年 4 月 17 日　星期六

下午 3 时，到地质馆听李桦教授讲授木刻。第一节课讲木刻上光线明暗表示法，计有疏密线条、粗细线条、复杂线条、不规则线条等表示法。第二节课讲素描，谈的都是最基本、最 typical 的方法。随后，大家当场开始练习，推选了一位男同学坐上讲台去作模特儿，大家在下面胡乱地画起来。半小时后，又换请一位女同学作模特儿。我对于素描虽无素养，但平时花过好些时间乱画过，所以处理这两位模特儿倒不感到太棘手。对比之下，我看有些朋友们简直画成了超现实派的图画了。

晚上，传来一个坏消息，说今天有两位医学院的同学被捕了。我听了不禁打了一个寒战。因为如果就此风平浪静不再发生这类事件，我们后天就可复课了。我默祷万事大吉。

陈雪屏奉最高当局令来此处理学潮，但有同学说这是一个新阴谋，说他是来制造 5 月新学潮(以打击李宗仁之竞选副总统)。我觉得同学们也未免神经过敏了一点，固然今天的一切都有政治臭味，但是我们清朗的心态，要注意莫被熏黑了。

1948 年 4 月 19 日　星期一

医学院被捕之陈、周二位同学已被放出。据云被捕系出自误会，因二君所得北大医学院联络员之臂章，系用美国新闻处新闻纸糊成，背面不巧残留“共产主义……”等字，致引起警察怀疑而被捕。

我想“误会”是一个非常危险而可怕的敌人,它是“猜疑”的兄弟,一切人与人之间的鸿沟常因它们而至于不能相渡。噫,此人类悲剧之一也。

为支援成都“四·九惨案”受难者,自治会决议明日节食一日。又悉金陵大学、厦门大学均群起支援平、蓉两地惨案;有人传说全国各大学联络后协议于后日(星期三)总罢课一日云云。

近来每到下午精神就开始欠佳,读书不能贯注精神,疲乏想睡。下午第一节课的日文,简直困乏到了无论如何也不能保证不打盹的程度。假如夏日到来,更是无法招架了。我暗想这是心不在焉呢?精力衰退呢?抑或是睡眠不足或营养不良呢?

今天国大选总统。下午号外满街叫,我倒没有看到,不过倒实在用不着瞧。我制了一条谜语“国大选总统”,谜底俗语一句,即“多此一举”也。

克仇老伯有信来询兆民的消息。

1948年4月20日 星期二

只不过是一字之差,把“总裁”改成“总统”,而各地却闹得来“如丧考妣”,煞是一幕滑稽史剧重演。

国大花絮:有人把选票上“居正”的名字中间添一“不”字,成了“居歪”;又有代表把选票上的名字划掉,另外乱写名字,甚至有写“孙文”者,可谓是一个沉痛的幽默。

为抗议并支援成都血案,今日节食一日。中午,唐山交大来电话说,他们也决议节食一日,并且决定明日罢课一天。

其实明天罢课的事早就在酝酿了。有的说全国各大学决议在明天总罢课一天，大概不确。不过华北学联倒是早就“成竹在胸”。听说清华、燕京不主张罢，不过假如学联通过了，他们也不得不罢。

晚饭时，饭桌上照例发来一张关于罢课的“民意测验”签名条。没有任何人敢说谁在操纵或不民主的话，但是，我可以打赌，赞成罢课的一定多于反对罢课的。这使我默悟了一切政治的道理。马林诺斯基说：“战争是集体的罪恶”，政治也是。

人类最后的战争是人性的战争！？

1948年4月21日　星期三

为抗议成都惨案及此间河北省中非法捕人事，今天又罢课了。罢课学校有师院、中法、唐山交大等。清华、燕京本来反对罢课，今天我们罢了，他们又重新酝酿罢课，其道理大概是在学生运动中不甘落后。此外，我实在找不到还有其他原因。

上课反成了罢课间的休息了，故名之曰“休罢”。今天我虽然高兴又乐得一个假日，但是心中非常沉痛，仔细沉思“罢课”的道理。

下午又有座谈会，现在真是三天一大会，一天一小会了。开会就谈学生运动，谈的趋势好像是今天的工作只是学运，一切都为了学运。

下午2时，同其湘、王伯敏出外写生，在北池子、御河桥一带画了几张速写。

晚，我们的西洋上古史教员 Mr .C. West，Mrs. Ruth 夫妇请我们去玩。到的大半都是本级同学，大家做了几个游戏，吃过茶点，又随便唱了一阵跳了一阵。美国人都是容易亲近的，的确像一个年青的民族。10时,尽欢而散。West有一个金发的小宝宝,很逗人爱。看到他,我想到在苦难中的千万中国儿童,不禁记起《救救孩子》来。

1948年4月24日 星期六

晚,北楼礼堂新诗社举行四周年纪念会,由沈叔平主席报告成立经过;继有李广田先生讲演"论新诗与诗歌朗诵",应酬讲演而已;冯至先生讲"先前与现在",也是在背文章;朗诵节目有《站过来》、《复仇的哲学》等。比较以前,我觉得他们在朗诵方面的确很努力,而且也很有进步。《复仇的哲学》由五男一女化装朗诵,但化装非常简单,所以在这方面并无多大效果。总观今晚的会有几点意见:

一、朗诵者口齿训练欠佳,发音有时混糊,咬字不清,以后应该注意改进。同时,有的人国语念得不好,有似驴非马的感觉。

二、朗诵诗是诗中的一种形式,在写作诗的时候,最好先注意是否要把此诗写作朗诵之用,因此,在选用辞藻方面,宜多用口语式,音韵方面切忌咬口,音同或相似之字不宜用在一堆或多用。

三、凭心说来,这些诗与广大老百姓仍有一个很大的距离,他们并不一定听得懂。

四、《复仇的哲学》的危险性。

1948年4月25日 星期日

今天史学系师生举办春季旅行。8点钟,两辆卡车由沙滩出发到四院,加入一年级同学,共九十余人,外加上郑天挺、韩寿萱、张政烺和西语系的潘家洵诸先生，一路直奔万牲园(即农业实验场)。

十多年前孩提时，我曾同父母来过此地，记忆里模糊留有大象、老虎的印象，似乎还有两个一长一短的守门人。但是今天这些都没有了。老虎、豺狼只剩得一个死皮囊，大象根本不见，笼里是一些小动物或怪禽，少得显得凋零萧索。再往里走，来到了猢狲世界。看到这些高等动物一掬憨态与半点灵性，更感到人类的无耻。园林甚大，唯弃置未加整理，可惜。

出了万牲园，驱车来到五塔寺。一组庄严、别致、精美的五座塔尖出现在马路右侧，沿着田埂走去，进了寺门，有一株文殊果，花色白洁，有出尘之感。此寺为明朝中叶建立，寺形与雕塑装饰全系印度风味，石雕极具匠心。施陀罗艺术立于目前，心中暗喜很有缘法。五塔并立于高台上，每塔凡十一层。壁雕除青狮白象佛像外，尚有菩提树。最奇者是佛足迹，我在别处尚未见过。张政烺先生说，这在日本也有。

离了五塔寺来到八里庄。这里破露的街屋旁，孤零零地矗立着一座塔，高十丈左右。(名叫什么永安万寿寺?)由塔前远远对立的照壁看来，知道从前这庙的规模一定不小。塔上每个角端皆系有铃，柱上有塑像。最奇特者是塔侧碑上，一面是观音，一面是关公，真是妙事。

车子在下午1点左右到了农学院，进过午餐，在图书馆内做了一阵游戏。

3点半，来到农学院附近的钓鱼台。此处迎面有一座小城堡，据说辽金时代帝王在此园囿中观鱼射猎为乐。站在城碉上俯视下面,大有《空城计》中“我站在城楼”之味,真是数千年往事注到心头。园内虽然山石曲折有趣,但似嫌局促太小,有点像昆明的黑龙潭。

5时左右返校。

表演得正精彩的“国大”选举副总统,今天忽然倒嗓。据说程潜奉命放弃竞选,李宗仁继之也宣布放弃。宦海沧桑,瞬息万变……

1948年4月27日 星期二

昨晚本级同学讨论西洋上古史,由田余庆口头翻译 West 的讲义。他休息下来,大家要我继续译。我事先没有准备,而且实在也还没驾驭口译英文的本领。好在讲义不深,我勉强口译了一页就散会了,约定今天改一个方式继续讨论。

晚7时到会,因为考试延期,所以到者不满十人。由我先通述“史观”一段,时间限在二十分钟以内。我因时间迫促,准备不及,只是临时抱佛脚看了看讲义就跑去了。通述由希腊人的思想谈到以色列基督教,再从近代的进步派说到马克思,最后以 Toynbee 结束。因为时间太短,效果不如预期之好,临时几乎乱了枪法。但是,田余庆接着讲埃及、巴比伦、希伯来,比起我来更糟得一塌糊涂,一方面是因为史料运用不熟,一方面是读得太少,再加上没有讲授经验,所以不得不如此惨败。看到这些,我想到今后应该从这方面多多学习,否则将来出去执教鞭一定吃不消的!

1948年4月30日 星期五

今年纪念“五四”，自治会决定大来一下，由北星体育会主办体育运动节目，歌咏队准备千人《黄河大合唱》，剧艺社主演戏剧(《俄罗斯问题》)，并委托史学系筹办讲演会及“五四”史料展览。几日来，工作已经积极展开，瑞林要我在文书方面工作。

我老早想藉史料展览做一点实际研究或收集资料的工作，将来出版一本“五四”史料汇编之类的书籍。今天瑞林告诉我说，史学会准备出一本以“洪水猛兽”为名的“五四”史料汇编的书，要我参加工作。我听了很感兴奋；不过他没有说此事由谁负责，假如人手不好，我看是不会有好成绩的。近来校内很多工作都官僚化、表面化、世故化，令人非常愤恨，学校如此，何论社会！

李宗仁以一千四百余票当选副总统，好戏已近尾声。我想起民国初年曹琨贿选的妙剧，不觉自诩尚能目见，历史岂真在重演吗？

父亲自南京有信来，附邮票百万元，要我按时写信回家。泉弟来一封英文信，显然有若干进步，令人喜慰。

领公费尾数四十九万，面粉三分之二袋。

1948 年 5 月 1 日　星期六

前天早上民主墙上突然发现一张署名为“铁风社”的向自治会的建议书，要求来一个“肃清学奸运动，并展开五月的战斗”。此社以前未曾有过，异军突起，持论惊怪，震骇沙滩同学，自治会以该壁报未向学校登记，负责人又不得而知，遂通知训导处派人撕去。同时，呐喊社等团体立即写文呼吁同学正视阴谋。

昨天下午 1 时，铁风社的怪壁报又出现在民主墙上了，先驳斥同学，再建议“总罢”。同时，校内传说今天5月1日清共大会有二十万人大游行，并有捣毁北大企图。大家议论纷纷，谣言四布。我与瑞林、麟章以史学会名义出了一张文告，呼吁镇静，以防奸人阴谋，并建议自治会要求学校向当局请求安全保证，同时电请胡校长返校。

今天上午很紧张，自治会通告叫同学们谨慎自己的行动，少上街，加紧联防组织。听说今天的清共大会确实开了，只是没有游行。

在市场购得 Plutarch: *Lives*［普鲁塔克《名人传》］第二、三册，去洋二十八万元。我希望能配得齐，不过此书零读也无妨。

1948年5月2日　星期日

上午李桦先生在中法大学二楼教室为我们木刻班作最后一次讲演，题目是套色木刻。套色分两种：一种是有骨套色；一种是无骨套色。我看套色相当麻烦，并且要很仔细。像我这样粗心的人是不配搞这玩意儿的；而且我认为木刻套色并不精彩，它倒反转常常夺去了木刻特有的黑白美的优点。我想，也许配合部分简单的套色，倒是可能增加良好效果的。

讲完后，我们大家摄影留念，并商量以后学习的方法。李先生很愿意继续指导我们，他说最近要在某个报上辟一片地方作为大家木刻习作的园地，还说愿意介绍我们加入木刻协会。

午饭后，把面粉卖掉。面粉每袋二百一十万元，三分之二袋卖了一百四十万元。忙兜了钱跑西单，在街旁地摊上买了一条咖啡色西服裤去洋一百万元。买后我很失悔，恐怕买贵了；同时在商场内发现好些好书，更自怨不该把钱用来买裤子。结果，买了两本廉价书玩。一本《日本史》，一本《俄文文法纲要》，每本五万元。

晚，祖陶、世夫拉着在市场内吃棒棒鸡，喝了四两酒，数月来所未有也。

1948年5月3日　星期一

下午课后，宋伯胤要我到太庙里北大文科研究所清史研究室去看看有几个玻柜是否可用，以便运回来放史料。我骑着庆遐的车子在太庙内不留神滑了一跤，把右腿上皮擦破了，只好自认晦气。见到了该处负责人蓝先生，看了玻柜，觉得很好，很合用。蓝先生领我参观了北大以前买的罗振玉的那几百袋清宫史料（都是档案），满满堆了一屋子。除蓝先生外，另外还有二人一同负责整理这些史料。我不禁笑了。像这样两三个人整理的话，只怕几十年也整理不完，真是"头白可期，汗青无日"，可慨也已！

晚，中文系、西语系主办"五四"文艺晚会，请到杨振声、闻家驷、马彦祥诸先生讲演，陆志韦、焦菊隐两先生缺席。杨振声先生讲"五四"时所欠的债。他说："五四"时新文学运动不彻底。今天我们使用的文字有四源：一、古文的：不今不古，半今半古；二、外国文的：不中不西，半中半西；三、近代平话说部的；不新不旧，半新半旧；四、杜撰的：似懂非懂，半懂不懂。他又说：我们要还两个债：一是编一部国语词典；另一是更努力地学习老百姓的话。

会后，帮助明天的史料展览会布置了一阵，7点钟回三院。

1948年5月4日 星期二

今天不但是“五四”，而且是北大的返校节。为了中午聚餐，赶做馒头，把早饭也剥削了。

从去年以来，“五四”这个节日重新热闹了。今年“五四”纪念周的节目与去年一样的丰富，昨天是文艺晚会，今天是史料展览、聚餐与运动会，明天是民主与科学晚会，8 日是“从女奴到女人”座谈会，周末还有戏剧晚会。

北大难得有今天的热闹，显得更年青了。北大没有老！你看那民主广场几千人在烈日下大跳秧歌舞，你看那争先恐后的运动竞赛，谁说北大老了！

中午聚餐，全北大各院各系师生员工全在民主广场上进食，吃的是馒头、鸡蛋、咸菜和干牛肉，每人出四万元，学校再补助二万元。

今天，《大公报》上有一篇叶先生谈“五四”运动为何发生在 5 月 4 日这一天的文章，对汪大燮先生之功绩有所表扬。

世夫早与我说士英、世魁走了，可是今天下午他们突然来三院，大概是出了故障，但我不好问。

世夫又听说文霖与德华走了，不知确否。我想打电话问小罗，他说这不大好。

写了篇青年自诉寄《周论》，但截稿时间已过。

1948 年 5 月 5 日　星期三

晚，史学系、政治系、理学院工会合办“民主与科学”晚会，请有袁翰青、马大猷、王铁崖、楼邦彦、杨人楩、费青、樊弘、许德珩、芮沐、郑天挺等先生出席讲演，但后三位因故缺席，结果只有前六人讲了。我与冯达程等四人作记录。

袁翰青先生人很爽直。虽然我觉得他大谈民主显得十分老外，不敢苟同，但我对他的印象是很好的。他先在休息室中不断地告诉了我们好几次，指出我们办事的错误，他说："我常常叫你们应注意小节，你们却爱谈什么原则。其实，现在原则还有什么可谈的？而在细处，你们应该老实注意纠正才好。你们的运动中不知有多少小错误的地方，都应该仔细地检讨，……同学们办事应该多想，处处都应该考虑到，最好有几位专门思考的人……"。我觉得这真是畏言。

在《北大半月刊》上看到张东荪先生一篇短文，结论引了 Valliany: *Man and Atom* 的一句话："The only thing man learn from history is that he learn nothing from it."读了之后，我不觉会心一笑，叹为空谷跫音。

1948 年 5 月 8 日　星期六

昨天收到妈妈汇来二百万元。同祖陶、世夫逛东单地摊，买了两件西服上装，一件三十五万，一件四十五万，可谓再贱没有了。祖陶买了一件八十万，质料好而新，完全是日本式的，穿上很"法"气。

赶着整理科学与民主晚会讲演稿。

晚，女同学会主办"从女奴到女人"座谈会，并请有刘清扬先生指导。我因为晚上有西洋中古史课，不能去参加。课毕跑到礼堂去看了一眼，人并不多，除了一半男士以外，女同学大概不会超过一百人吧。为什么女同学也出席得不踊跃呢？固然今天是周末，但是今天是她们的会呀！我恍然醒悟了大多数女子(包括今天的女大学生)之所以比不上男子，在某些方面其实是自作孽。

今天物价涨得很厉害。我已决定下届转米饭或馒头膳团搭伙食，丝糕膳团实在叫人拖不下去了。不过听说猪肉涨了百分之八九十，牛肉涨了百分之六七十，其他什物什么都涨了，并且在继续涨。预定每月吃三百五十万元，看样子公费全吃光也还吃不好。

发家信。

1948年5月9日　星期日

晚饭后即同世夫、祖陶、述林赶到红楼去听今晚空前盛大的千人大合唱。到了民主广场，人已经汇集得不少了，但不限于北大的，城内其他各校以及城外清华、燕京也有人来。

我从来没有听过多到千人的大合唱，也从来没有在如此大的广场里参与过如此多人的音乐会。想到此，我心里相当兴奋。在红楼正中墙上，悬了一幅布，上面写着“战斗的警号”五个红色大字，下面挂了一幅冼星海先生的像，布置庄严而简单。大家围在红楼前坐成一个弧形，大概有六千人的样子。

主席报告说，今天参加合唱的并没有足一千人，因为清华许多同学明天有考试，所以不能来齐，但是，就这些城内城外凑起来的人数也已经不少了。

由晏福民指挥。一阵如雨点的锣声响后，紧接着一股雄壮的声音“划哟——”，好似惊涛拍岸，动人心魄，实在太雄壮了！《黄河大合唱》之后还有《生产大合唱》、《满州囚徒进行曲》等歌，那些只是附带的而已。

人数太多，指挥不易，当然有缺憾。《黄河船夫曲》第三部声音太弱，《河边对唱》似不及前次清华用山西土调唱的效果好，不过男女声 solo 都唱得顶棒，这已经超过我想象的成绩了。

1948 年 5 月 11 日　星期二

此次市府配售的面粉，由斋务小组领来买下，每人净得十万元。但吃饭时有人宣布说，若干同学建议将此款用于购置一台扩音器，以便今后向大家播音，在吃饭时报告事情，并配点音乐。此议当然有人反对，但是表决的结果居然通过了。今天早晨又有人提出质问，说是侵犯了财产权，于是斋务小组贴出两张纸征求赞成者与反对者签名。我首先签了。中午回来，事情更热闹了。斋务小组居然讥讽质问的同学为"某大同学"，所以中午反对者闹得更凶，饭堂前贴出几张标语来："我们要用十万元去还债"，"反对剥削"……。结果，斋务小组又自动取消购买扩音器之议，把钱退回同学。

此事虽小，却很有意义。斋务小组此举名曰为公，实是自私、浪费与奢侈。好在总算北大还多少有点民主作风，有道理的毕竟胜利！

总算又是一次胜利，我们应该珍惜它。

1948 年 5 月 15 日　星期六

昨天下午到前门外廊房二条为木刻班购兰色油墨一罐，去洋三十万元。

今天下午，木刻班请得漫画家叶浅予先生讲演"画漫画"。在我的印象中，他的外表是一个结实的青年，留着一撮胡子。我想他一定有点海派作风。其实我弄错了。他说起话来不夸张，甚至还多少带点羞涩，这点最令人可爱。

开始时他拿出廖冰兄的几幅作品来给同学看（这些作品中有的我曾在《联合画报》上看见过），随后即进行讲述，只谈了一些关于原则与理论方面的问题。关于技术方面的问题，他准备再来为我们讲一次。讲完后他又拿出他自己的几幅以"穷则变"为题的漫画给我们看。

我向他提出三个问题：一、如何速写动作中的对象；二、速写应先画哪一部分，尤其是速写人像应该如何下手；三、谢趣生的画如何。他的答复很简约。大概技术方面的奥妙是无法口授的，只有自己用手用脑去体会。他觉得谢趣生还有天才，不过有时作画太浮于表面化。

晚，有一位英国出席国际学联的女代表来校讲演，我有课未得去听。

1948 年 5 月 16 日　星期日

上午在室内赶写完给合宁的长信，对现实与"四为"详加讨论，指谓今天政治上没有第三条路，只有第二条路可走，不过在文化上我们也许有路可走；又主张改"四为"有形为无形，无形在工作中会更促进有形；还告诉他不是共同信仰与工作建筑在友情上，而是友情建筑在共同信仰与工作上。

下午，本级同学十余人同赴北海公园游玩，想划船而不得，在僻静处做了一阵团体游戏，3 点钟到静心斋看抗战史料展览，由袁同礼、冯友兰、何基鸿等人主持。会间何基鸿历历畅谈事变初起时我方之不备与日人之缓兵计。史料有书籍、照片、画报、张贴物及小型实物(如银国币等)、公文等,虽然也占了好几个屋子,但是认真说来实在少得太可怜了。我想,这也许是因为穷吧!

史料中我认为新奇者是一张联合准备银行发行的纸币,标签上注明"英美升天,德日入地",我不知是什么意思。承刘占文为我解释,指出票面四角上有很难发现的几个花纹,在上的左右两个是星与点,代表英美升天;在下两个是"日"字与"卐"字,代表德日入地,由此可见沦陷时爱国秘密活动之一斑。占文还说,有一种钞票上隐藏有"中央赶快来"几个字,后为日人发现,有关人员遭到严惩。

1948年5月20日 星期四

今天大、副二总统登基,自然是普天同庆,各机关学校一律放假,我们也沾光了。

报载总统礼服一套价值有四十亿以上,真是吓煞一般小民。"国大"据官方报称日耗七十亿元,开了一月的会,公私消耗至少也在万亿以上。如此一笔巨款,不论拿来赈济、兴学、筑路都够了。谁要看这套民主?少剥削老百姓一点就是民主!

上午睡了一觉,同桀国、祖陶聊天,尝试了一阵 body image 的心理测验,相当有意义。

下午同祖陶到中山公园挤了一遭,有所谓"抗战建国行宪戡乱"等照片及画展。因为公园免费开放三日,老太婆、小娃娃也来不要命地挤。

出了公园折到太庙松树荫下去喝茶，画了一张速写。

昨夜在美琪看琼芳妲演的《蛊姬》（*Ivy*）是一篇很完整的故事。各个角色表演都很努力，不过无论怎样，琼芳妲究竟不适合此片角色的性格，因为那股妒劲的深度刻画得还不够。

1948年5月23日　星期日

本来今天上午图书馆两位女先生请我们（约的是我、庆遐、瑞林和其湘四人）到她家吃饺子，因为要开校友会，就谢绝了。下午木刻班请艺专教授齐振礼讲演“谈一幅画的产生”，也没功夫去听。

校友会城内区的同学实在是愈来愈凋零了，世魁、士英、忠善、懋隆一个个悄悄地走了。我听说清华最近走了文霖、德华、锡光，不知确否？

上午只到了八个人，改选负责人结果，奇文与（严）培先当选。下午，玉麟、少俊赶来，由玉麟领我们到辅大参观。因为今天是她的学校的返校节，女生宿舍开禁，这是难得的机会；我不禁想起去年懵然无知乱闯进来的事。

辅大麻雀虽小，肝胆俱全，科系很多。我特别感觉到他们美术系的作风与我们学校同学搞的“业余”艺术大相径庭，这使我深深领悟环境与传统对于意识形态的关系。

晚，出席北楼学艺部会议，要史学会等社团来主办对日问题史料展，我不敢冒昧答应。

泉弟寄来吴稚辉先生《上下古今谈》一部，甚感喜悦。

1948年5月25日　星期二

今天我触发一些感想。记得以前母亲常常骂我“假精灵”,当时非但有些气愤,同时还不解为什么既是精灵,又何谓假精灵呢?这些年来,阅历稍多,才了解这话不错。世上果然有不少的假精灵,他们实在是聪明的,但是他们爱卖弄他们的聪明,不考虑到时间与环境如何,有时反而弄巧反拙;所以他们虽是聪明,如果不得其实而用之,仍然可以说是假精灵,是笨蛋。这种人我们每天都可以遇到很多,使你感到一种无比的厌烦与可怜。这些聪明的笨伯,他们沾沾自喜而不自知。古语说:“知人曰智,自知曰明”,真是谈何容易的事。我记起来《中庸》上说“极高明而道中庸”一语,现在回想,忽然一旦贯通,而众物之表里精粗无不到,一乐也。

景淮是前天走的,懋隆、忠善也走了。早听说德华走了,晚碰见均衡,问他果然不差。立刻写了一封信给相成,报告“四为”近况。

1948年5月27日 星期日

读《周论》一卷十七期“青年苦闷问题专号”,其中在校青年投稿的第五篇是一篇非常美丽的散文,我非常爱它,所以把它抄下来:

理智是什么?

理智是一盏落满灰尘的破灯笼。多少年来,我们小心地提着它,在风雨的夜里颠踬。多少年来,我们把它当作是黑暗中的光明,希望能靠着它,摸索一条人生的道路。为了它,我们失去了童年的快乐和天真。但我们牺牲了一切,换来的却是更深的苦恼。难道人生的意义,就在于永久的摸索?难道人生的目的,就在于绕着坟墓打转?够了!够了!这真是噩梦里的噩梦!

理智是一剂腐蚀情感的毒药。它强迫我们承认宇宙间并无绝对的善恶是非的标准。它叫我们相信只有自私是人类最基本的本能。我们的情感早已成一池死水，——没有绿藻，没有游鱼，没有一丝微波，抱着达尔文、马耳萨斯诸家的著作，我们用疲乏的神情冷酷地观察着人间。失去了一切的热情，我们贫穷得像乞丐一样，从友爱的群体里退缩到阴暗的角隅。

理智是一副沉重的镣铐。我们渴望着获得一种热烈的信仰。我们要爱，要恨，要愤怒地呼喊，要疯狂地行走，……然而理智的镣铐却紧紧地把我们锁着。

理智是一套欺人的骗术。它禁止我们接受一切宗教式的热情，然而崇拜理智还不是一种信仰。我们自以为是无神论者，然而理智却正是我们倒楣的上帝。

今天，我们已丧失了最后的活力。我们的苦闷正在一天天地加深。人类天赋的智慧只那么可怜的一点，理智只能叫我们活生生地装死，然而装死并不等于幸福。仁慈的先生们，请不要把理智再当作什么仙丹吧！请你们自己珍重！请你们爱惜下一代的幼苗！（予）

这篇文章是情感的流露，但也多少表现了一些时代精神。记得十八世纪有“Age of Reason”之称，但是十九世纪以来，这种法宝渐渐不灵，Freud 在心理学上的分析人性，Bergson 的创化哲学，都是理智的反动，今天人类的心情一直在极度不安的动荡中。

杨妹不食新闻轰动全国，这是中国的光荣呀！简直是对科学的一大讽讥！

1948年5月30日　星期日

李桦先生病了，木刻班朋友每人出了三万元买来礼物去慰问。但是狄源沧告诉我，李先生是心脏病兼感冒，病势相当严重，已经送到德国医院去了，大家想发起捐助，每人十万元。

近来老是借债度日，口袋里一个钱也没有。下午卖了一条破长裤，十万元；还要准备交几封信。

晚，看《一江春水向东流》下集《天亮前后》。有人说比上集好，也不见得。迎合观众的噱头仍然不少。中国片的素质实在比外国片差得多，我想主要还是穷。

《列宁传》(Trosky著，韩起译)差不多读完了。这书是Trosky流亡前写的，书中对列宁推崇备至，绝没有抹煞列宁在革命中的功绩。我注意一个伟大人物的Personality，非常有趣。我不知道张墨生先生研究态学，近来有没有什么成绩。

胡适之先生说日本只有教授没有学者。我说我们贵大国既无教授亦无学者，只有文人(或读书人)。

下午，民主广场有盛大的反对美国扶持日本示威大会。

1948年6月4日　星期五

世夫告诉我说，教他们体育的先生是这次北平出席全国运动会的领队之一，同他们聊天时谈到了这次全运会的情形。他说在这次全运会上，离中央越远地方的代表表现越好，例如台湾代表马华他们的成绩好，而且秩序纪律最好。离中央越近地方的代表表现得越坏，例如南京、上海的代表他们秩序纪律全无，每天都要打架出事，使得裁判员无法裁判。这个明显的事实也是今天中国政治的反映,人心之厌恶当今,已是无法挽回的了。据说台湾马华代表在闭幕后临行时甚表愤慨,他们说假如下次运动会再在上海举行的话,他们不愿参加了。这些话使人感到万分沉痛。为什么极盼回到祖国怀抱的侨民或遗民会如此失望呢?为什么在敌人与异族统治下长成的青年比这些生长在自由祖国里的青年更有为更有纪律更守道德呢?为什么全国政治经济文化中心的青年体育道德却表现得最堕落最原始呢?体育精神就是民族精神的表现,体育道德就是人格道德的表现,所以人们说,英国 fair play 的精神,是决定在他们 Eden 学校的运动场上的。反过来,我们看到我们自己运动场上这种腐败、野蛮、愚暴的表现,对中国现代社会的丑陋又多得到一个旁证。我们对现代的御定教育感到悲哀。文明?这是什么五千年的固有文明?它的表现都是如此的野蛮,愈文明却是愈野蛮,我控诉!

下午,赵玉麟同刘少俊来访,请求参加少俊毕业典礼伴舞。我素来不会这套,然而她们邀请甚诚,只得先答应下来再想法。晚饭后同她们去严培先处,因为他是跳舞专家,既可以教我们跳,同时又可为少俊伴舞,岂不甚好。但是他不在家。出来后,折到中山公园内散步,随便聊了一阵天。少俊很健谈,玉麟较笃沉,也要老诚些。

下午课毕过孑民堂,看正在举办的中印画展。中外仕女来宾不少,由胡适主持介绍,作者为 Sukola(苏可拉)、叶浅予、徐悲鸿等氏,还有几幅泰戈尔作的很有灵性的作品。我们特别注意印度画家画中国画,他们有西洋的技巧训练,也多少有创作天才,不过在以线条胜出的白描方面,他们失败了,因为他们笔力太差。

1948年6月5日 星期六

下午7时半，先赶到培先处，与他谈好伴舞事，并请他担任教练。恰好他今晚在女青年会有一个舞会，答应我们一同去参加。8时许，奇文陪同少俊、玉麟来了，我们就一同到女青年会去，还有一位四川青年画家同道。他名叫李信伯，大家谈起才知道是世交。他说他常去我家，这次在南京还会见父亲来。

今晚的舞会是北平歌咏会主办的，规模很小，人也不复杂。乐声一起，男女婆娑起舞。少俊同培先下场训练，我始终没有下去。一来根本不会跳，不好意思下场献丑；二来感觉有点不习惯，男女拖来拖去，趣味实在很少，我不知道乐在何处？似不如大家唱唱扭扭秧歌还有趣味些。

听说陈懋隆的父亲来了一封信给胡校长，说他的儿子好久没有信回家了，此人是失踪了呢？抑是自杀了？咬着要学校交人。胡校长看到信后非常生气。据云以后请休学假非有家长写的证明不可，其原因就在于此。

1948年6月6月 星期日

上午，玉麟陪同少俊送来 Invitaion card[请帖]。我本来没有准备去出席她们的典礼的（因为难得麻烦，而且天气太热），接了请帖，似乎不好不去了。

晚，奇文邀到高九班校友吴世藩处玩。彼住处极佳，父母亲离平，家中无人，我们乐得可以随便玩。随后玉麟、少俊与其女友 Miranda Ma 也来了，大家放起留声机，双双起舞，培先拉着我手，教我走了一阵步法，自觉有点硬肢硬干，不大自然，乐趣索然。我面皮薄，不好意思找 ladies 起舞。

几天来似乎在试探人生，又懂得一些人心的奥秘。我发觉自己的缺憾所在，内向绝对大于外向，略微羞涩，不屑与不洁为伍。我想我自己已经是懂世故的了，但是还不足以 response[回应]外界社会上的 challenge[挑战]。我要勇敢，要锻炼，要反击！

1948 年 6 月 7 日　星期一　阴雨

昨天报上所载司徒雷登大使的谈话太令人气愤了。他说中国学生开展反美运动不应该，俨然以施恩者的姿态来责骂中国人的不知感恩图报。不过美国人的谈话还是可以忍受的，而我们外交部王世杰的谈话则简直太昧良心，丧权辱国，简直是奴颜婢膝，如摇尾乞怜之狗，可耻！可恨！甚至我们的胡校长也大发谠论，赞美美国扶日政策。我想，如果胡校长为的是拿美金，处境维艰，装蒜不说话做个缩头乌龟也就够了，何必一定要出这个风头呢？东瀛小鬼将掩面而笑坏肚皮！

上午，本级同学临时聚会讨论司徒大使的谈话与对美国扶日政策的态度。原来曾生活在沦陷区的同学如宋玉珩、秦英香、张素梅等痛述日人统治下之暴行，令人发指。最后，大家决议，建议系会呼吁同学以行动抗议此事。不过，我提反对校外行动的意见却被否决了。

明日下午请陈受颐先生讲演“中国思想与法国革命的前夕”。

1948 年 6 月 9 日　星期三

昨天进行的签名罢课运动，据说签名的同学已过半数，但是罢课通知迟迟不见贴出。今晨一早起床,大家互相询问是不是罢课了。后来,在三院大门上看到自治会的布告,才知道是罢课了。

吃过早饭,本想略事休息,因为自昨天起,感觉有些头闷,不舒服,到校医室买了点药,大概是受暑了吧?今天起来仍是四肢无力。但是,9时左右忽然听说今天上午准备游行,又马上兴奋起来,赶到民主广场集合。

到民主广场时,北大同学已到了近千人左右。今天动作甚快,不一刻就从广场侧门出发,法学院领头,文、理、医学院次之。游行队伍经××胡同插入东四大街上去,沿途高呼口号、唱反美扶日歌曲、贴标语、散传单、演街头剧。大概是因为我们动作很快,所以路上没有遇到军警的阻拦,顺利地沿东四向南行进,经协和医学院折向王府井大街,再转到东安门大街。队伍大概想从南夹道下去,也许是准备到东交民巷美领事馆去也未可知,但是此时在南夹道附近交通道口已经满布军警及特工人员,荷枪实弹,不让同学再前进。当队伍前锋准备从南夹道强行冲破防线时,警察当即拥上阻止,双方进入争夺状态。突然军警对空鸣枪数响示威。迫使同学停止冲突,同学于是立即匍倒街上,停止行动,由主席团出面向军警交涉。此时,中法、朝阳的队伍也已赶到。由于交涉毫无效果,双方僵持不下,同学们在街头一坐就是一两个钟头。中午时分,北大校方贺训导长赶到,政府方面警察局汤局长、督察处处长也来了,双方几经商量。因同学坚持要继续游行向前,而警方仍不许通过,商谈只好中止。最后,贺先生答应去找胡校长出面向陈继承交涉解决此事,同学们只好继续坐等。

天气很热,正午的太阳直射得烫人,我很怕会因此生病。到下午1点多钟,同学们都还没有吃午饭,大家有点疲乏了,队伍秩序渐乱,大都由街心到街边阶沿阴凉处歇息。2点左右,由学校送来一点馒头,每人发了两个,吃得真香。

渐渐地同学们愈坐愈不耐烦了,队伍开始浮躁起来。一些同学嚷着"前进! 冲!",骂主席团无能。于是大家整起队伍,试探再向前冲一下争取通过。我也以为现在空气已经缓和,大概可以顺利通过了。但是,队伍刚一向前移动,军警就迎面扑来,手握皮鞭乱打,同时又鸣枪几响。在这剑拔弩张的关头,街旁励志社墙内忽然有人抛出砖头来,队伍阵脚立刻动摇,当场有三位同学受伤(女同学郑亚南等),队伍又被迫停止前进。可巧恰在此时清华、燕京、四院的游行队伍由西城赶到,我们热烈地迎接着他们,再一同由北河沿折回民主广场去,大家已疲乏不堪。略为休息后,3时半开过示威大会,我就退回三院了。

今天游行的花絮有几条:一是有好几个外国记者一路跟着队伍拍照,他们大多是美国人。在同学与军警冲突时,他们也想摄影,但是遭到军警干涉,当场被制止了,使人非常气愤。二是教授王铁崖先生也推着一辆单车跟着游行队伍走,其精神不让同学。三是当军警鸣枪时,有一位姓张的同学,身穿美军G.I.的制服,安详地走上前去对警察说:"枪放高点,枪放高点!"警察一时脑筋反应不过来,不知他是干什么的,便遵命老实地抬高了枪筒朝天放,想起来真令人喷饭。四是剧艺社同学演街头剧(表演一个日本兵殴打中国老百姓及妇女之惨状,旁边还有二人扮演助纣为虐的美国佬)时,因为表演逼真,激怒了一个小孩子,他哭嚷着他的爸妈都是被日本人杀死的,要扭打扮演日本兵的同学,游行的同学连忙上前劝说,才排解开来。五是当队伍在南夹道口停下休息后,有些富于组织力的同学跑去把街旁的小孩集合拢来,教他们唱反美扶日歌、喊口号,促使这批小孩子扛着旗子在街上游行起来,甚至走到警察的面前去叫喊,可算一幕精彩的表演。

今天游行险些出事。如果李宗仁在北平也许情形会好些,陈继承到底差劲,作风不同。有些同学在游行队伍被阻时迁怒于军警,其实他们实在是无辜。军人以服从为天职,原是无可奈何的事。同学们常常是感情用事,只知放大炮。小不忍则乱大谋,幼稚!幼稚!今天的纠察组织得也不好,分布太密,又不拉起手来;宣传的同学也有失策处,传单散得太多,假如队伍继续前进的话,愈到后面传单就愈少了;其实路上行人每人最多散一两张就够了,再多就把传单糟蹋了。

晚饭后,中法陈君来,遂同奇文整衣前往艺专找到培先,一齐去 Peping American School 参加少俊的 Commencement Exercises[毕业典礼]。刚进入礼堂几分钟,就开始行礼。先是一个音乐伴奏的 March[进行曲],主席、先生们及毕业同学鱼贯上台,然后由牧师 Invocation[祈祷];其次是毕业同学 Miss Stella Wang 的 Salutatory[毕业致辞],接着是几位同学唱歌,我只听出一曲是 *Auld Lang Syne*,唱得并不精彩;再其次是请来的一位较有地位的人 Mr. Henry Farm 的演讲,此公谈吐很像一位教授,没有美国人的浮躁气,大概是因为上了点年纪吧。他的话里特别强调人类生活的 Security[安全]的获得与保持,颇有发人深思之处。但是,因为礼堂太小,人到得太多,天气如此热,而我们却衣冠楚楚地坐在里面,热得我真受不了,以至于他讲演什么根本无心去细听。讲毕由毕业同学 Presentation of class gift［班级献礼］，接着是 Miss Hedi Ruck 代表毕业同学向学校作 Valedictory［作惜别词］，再后由牧师 Ernest Shaw 颁发 Diplomas［毕业证书］，最后一个节目又是牧师的一个 Benediction［祈祷］，仪式遂告完毕。我们好容易透过一口气来，大家忙退出室外，才开始看见少俊、玉麟、张冰姿、Miss Ma 等人。我们先向少俊道喜，然后大家闲谈，又随便吃了一些茶点。一会儿走来一位壮年的外国女人，用英文与少俊他们亲切地谈着。听了一阵我才知道谈的是今天上午游行的事，于是我也插嘴进去谈了几句。从她的谈话中，知道她不反对我们今天的行动，也不以司徒大使的话为然。等她离开了之后，我才知道她是 P.A.S. 的历史教员，很想和她再谈一次。这次毕业的 14 位男女同学中，第一名就是那位名叫 Stella Wang 的漂亮中国女孩。

1948 年 6 月 11 日　星期五

人与人相处的确是一个平凡而又神秘的问题。我每读一本伟大人物的传记，总爱摩挲玩味他凸出人格的妙处，徘徊而不忍释手。近来我想起“有学无术”、“不学无术”、“有学有术”的人的类型来；至于“不学无术”，我认为是一句骂人的话，世界上不会有真的“不学无术”的人立足的地方。

我对于列宁的人格感到同其他任何一位伟大人物一样的“仰之弥高，钻之弥坚”的神秘性；但对于托洛茨基，我想了很久都想不出他为什么会失败，到今天才似乎得到一点灵感的启示：托洛茨基是理想型的人物，而斯大林是现实性的人物（皆就其偏重方面而言）；而依照历史演进的公式，我们可以得出理想型人物与现实性人物相斗,理想型人物必败的公式来。这一点还使我同时理解了一些问题:例如为什么一个饱读的学者斗不过一个无学的政客?为什么自由主义分子是不革命、反左也反右的?为什么"秀才造反三年不成"?这一点将来有空还可以慢慢发挥。

1948年6月12日　星期六

下午考日文,大致应付过去了。这几天虽然挨近期末考试,但是我老是不想看书。本来每逢期末考试都是我最无聊的时候,但尤以今年为甚,天气热不说,近来还特别感觉疲乏,精神不济,深知身体是一天不如一天了。我想放假以后好好休息一下吧,祖陶准备搬到清华住,我可能也去。不过我是贱骨头,清闲日子是从来过不来的,所谓休息调养也不过是说说罢了。我看只要适宜而有规律的生活,就会使心理健康,心理安康身体也就过得去了。

晚上和祖陶、其湘上街瞎走,乱吃了一阵,既浪费时间金钱,又浪费精力,他们似有欠于自我控制的修养与力量。以后我要改正自己的生活习性,晚上早睡,白天自然精神好。少作无谓的时间与金钱的消耗,要吃就趸吃一次,要玩就真正痛快地玩,不作消耗精力地这里站站、那里看看的活动。近来一向都受了寝室内诸君的影响,晚上十一二点才睡,他们那种开夜车的生活我实在不习惯。

本月面粉发一又三分之一袋,比往月多发三分之二袋。我全卖来作零用,有二百八十万元。

1948年6月19日　星期六

百物疯狂地涨!涨!涨!昨天五百九十万一袋的面粉,今天涨到六百五十万左右;前两天市府配给的面粉条在校内出让只卖十几万一张,昨天涨到四十五万一张,今天早晨我卖了我的一张是五十万元,但到中午就涨到六十万了,下午两点钟左右又涨了十万(七十万),真是涨得骇煞人。米卖二十几万一斤了,市场混乱得很,大家都囤货不卖,倒楣的自然还是穷小百姓。

天气热,喊头痛脚软的同学几乎每个寝室都有。考试到了,心里很消极,自然就不慌不忙了。

晚,同祖陶、周补之去看曹禺的《艳阳天》,写一个阴律师打抱不平爱管闲事的故事;全剧像是喜剧,但是实在沉浸着悲痛的感情。阴律师说:"在这个世界上做一个好人是耻辱!不!做一个好人而受人侮辱才是耻辱!也不!是做一个好人,一次再次地受人侮辱才是耻辱!不!全不对!是做一个好人,受人侮辱而不再争是非曲直才是耻辱!"

1948年6月25日　星期五

开封易手了。据说河南大学死了三千多人,因为政府用飞机滥施轰炸,炸弹之下,贫富、贵贱、智愚一律平等,遭劫的总还多是老百姓。不知姚从吾先生是否遇难了,我怀念这位忠厚可怜的长者。

百物继续狂涨。今天没有人有灵符可以挽狂澜于既倒,反动政府注定要垮台,Certainly!

面粉跌下一点,但这两天立刻回涨上来,今天的价是八百多万,大概明天就是九百万了吧!

好些同学都准备还家了。本寝室郑立南要同他的李硕君回达县,张茨尧、萧俊琦、卓永康大概都请假准备返乡,以后再来补考。述海才来几个月,打算在平考学校,突然又决定要回去了。其湘、天麒都有点动摇。看到他们要走,我自己也有点想家,但还是不打算回去。呆下去吧!虽然为期也不远了!

考了六门课,就看了四场电影,心里倒很轻松。今晚同天麒他们看的是 Spencer Tracy 导演的 *The Seventh Cross*(《还我自由》),演得不坏,但是没有中文说白,英语说得太快,听不清楚,后半部简直不知所云,瞎猜了一阵,乏兴得很。

报载市参议会昨天开会时,居然警察局长同议员们演起全武行来,而且有一个碟子突然飞来,差一点击中局长汤永咸。据说是因为何思源出乎意外地丢了乌纱帽,而汤是何的人,所以参议会要鸣鼓而攻之;汤自知要下台,也不怕事,有意来闹一场。呜呼!所谓议会原来如此。

Berlin 冷战紧张万分,看谁又点起火来!

杜威当选共和党候选人,我看此公希望很大。

1948 年 6 月 28 日　星期一

8 点考心理学,考场秩序简直坏透了,随便自由下位交谈,声音比茶馆里还闹杂。我真不知道考试有啥意思,也许郝某在作心理测验,以考试为检测手段,也太开玩笑了。考试纪律似一年不如一年,比中学考试情况差远了,程度安得不低落。考试作弊为了争几分分数不打紧,副作用是影响一个人的道德心理和人格心理。在这样的场合里,被淘汰的绝对是诚实的学生。学校已是一个不折不扣的熔炉,更何况社会。

考毕一身轻，到中老胡同朱先生处坐坐，只有师母在家，同朱世乐玩了一个钟头。

下午，提笔写信给王贵远。因为泉弟来信说："'四为'之崩溃恐已临近，小张与王贵远近因意见相左，形成对立。小张对我谈他不满王贵远近来'自大及树党'之作风并已宣布退会，此事以前我尚蒙在鼓里，今天小张才亲自和我谈起，目前已成僵局，不易转圜，且人心离散，各自为政，惟一叹而已。"

我对王贵远这样说的：

近来读书，我对人物分析很感兴趣。我常常沉思一些人格心理的问题。的确，我懂得人与人之间的问题很奥秘、很微妙。这是人的悲剧吧！否则，为何尼采与瓦格莱翻脸，拜伦与雪莱不合，而伟大的哥德，竟容不下善良的悲多汶呢？两个天才总难相处，高洁的灵魂难免矛盾。你说这不是人的悲剧吗？

近来，我的心理有点变态，因为每页历史的字缝里都歪歪斜斜地写的是"吃人"。我也许有点"丧心病狂"，我感觉有点害怕别人了。我同意萧伯纳的话：各种动物之中，我最怕的是人。驯狮者示人以勇，我意则不然。驯狮者在狮笼里时最安全，至少不会受人类的打击。实则狮子也并没有什么可怕的，它没有什么主义，没有什么宗教，没有政治，……简言之，它决不会破坏他所不要的。贵远，你说是吗？

聪明的人类，大多是"明足以察秋毫之末而不见舆薪"的。一个人可以忍受仇敌的攻击，却受不了亲友的责备。宗教徒可以不管教外的异端，却必绞毙教内的邪说。南辕北辙的谬论可以并存，但微有不同意见的学说却必须打倒。政党的倾轧常不及派系间的斗争厉害,内战总比外战(与外族、外国之战)的历史长得多。贵远,你说是吗?

你该看得清,今天中国的局势,是谁不争气。你该还记得,“昔宋人议论未定,而兵已渡河”。

同是革命的使徒,而斯大林却容不下托洛茨基。在民主的美国,华莱士竞选居然曾遭受禁止。

田鸡、牛、狗有法律保护,世界上有“恩足以及禽兽”的保护动物学会,但人权保障慈善事业的杰作会是集中营。

……

这些都是不容争辩的事实,但是人类从来就不懂温故而知新。

……

写信给诗雅,我说:“几年来,我拾到了一块埋藏了几千年的废铁,我天天在琢磨它,想把它磨成一柄足以致人死命的利器。但是,失望得很,白费了许多有用的时光,磨到现在我连刀口刀锋都还没有找到。我有点懊悔,但又莫可奈何,弃之又有点不舍,还是准备继续磨下去吧。期望不大,性子也就不急了。”

穷透了,准备向源沧取回借去的《世界文化史》,假如卖得到百万以上的话,就决定割爱以补假期零用了。

祖陶似乎有周期性的神经不宁静,大凡生活圈子狭窄与生活兴趣狭窄的人,总有活力板滞与疲倦的时候。

近来越发觉得生活的秩序很重要,很重要!前几天考试中,天气溽暑难堪,好多人都躺倒床上。我很担心吃不消,但是情形却很好。这全靠我生活有规律,并且不受寝室诸君的影响。我体验到这的确是一种好习惯,以后应该培养成为终身的生活秩序。科学化的生活表面看来似乎很板滞。没有波澜;其实骨子里的和谐方是生命的附丽处,才有 Rhythm of Life[生活的节奏]。

1948 年 6 月 29 日　星期二

报载潘光旦、徐炳昶、周炳琳、朱光潜、Winter 等数十位教授为政府滥炸开封暴行发表抗议宣言。

今年生活水平比去年降低了许多。有一个很简单的证明,就是前年或去年我口袋里经常总有几个钱,但今年以来口袋里是经常没得一个钱。妙!

假期里准备读这几本书,假如可能的话:

Toynbee: *A Study of History*;

Will Durant: *Story of Civilization*, 2vols.;

Croce: *History As A story of Liberty*;

Guedalla: *If All History Rewritten*;

Russell: *Power*。

还想把 *Ancient Time* 未读完部分继续读完,*Mediaeval History* 同样。但是我料到这计划恐怕不能如意实现,因为 Will Durant、Croce、Russell 等的书还没有借到手,能否借到实在大成问题。

再想抽空写几篇文章:一篇题目拟定是"历史科学的价值批判",打算抒发几年来郁积胸中的对于历史的牢骚,此所谓历史之我观也(History as I saw it.)。另一篇是《古代琉球考》,去年已收集了一些初步资料,这是一个很棘手的问题,不知是否会失败;还想写一篇《俄国革命与法国革命的比较论》,兼论自由、平等与博爱,也算是今年学完俄国史与法国革命史的一篇读书报告,不过主要是想借题发挥一点史论。

翻开 Guedalla 等人合伙写的 *If All History Rewritten*[如果所有的历史都被重写],我在未读以前本来料定它是一本有趣味的书,但是翻开来念下去却没啥趣味。一来写的是空中楼阁式的小说,与历史无关,减掉了我许多兴味;二来文章是专门写给西方人(或说是英语民族更恰当些)欣赏的,我们看起来很感"高级"得吃力。

1948 年 7 月 4 日　星期日

从美国图书馆借到一本 Ohio State Univ. 历史教授 Edwin W. Pahlow 著的 *Man's Great Adventure*[人类的伟大冒险],又题为 *An Introduction to World History*, 1938 年出版,借到的这本是 Ginn and Company 1942 年再版的。这本书完全是因为里面丰富的图表引诱我借的,回来翻开一读,感觉写得十分有趣,很富有启发性,比 Van Loon 的 *Story of Mankind* 还胜一筹。像这样写法的历史书,我国从来还不曾有过一本。在专门学术上我们落伍,在普通教育上我们一样的落伍。前天我偶然想起买几本书寄给弟妹们读,但是我搜索枯肠也找不到几本可读、宜读的书,结果在英文著作方面,倒想到了好几种良好读物。但是,弟妹们哪里有福气读呢?

下午,同祖陶、天麒到中南海初次参观游泳池,结果大失所望,比成都的南虹游泳池还不如。随即到北海划船,趣味甚浓,回来时两手都打起了泡。我们决心努力把这双手磨粗壮些。

1948 年 7 月 5 日　星期一

上午,华北十七院校河南同学会在民主广场召开追悼开封十万冤魂控诉示威大会,并有冯友兰、徐炳昶等河南籍先生出席。我到学校去时,见沙滩附近又集拢了一群"民众",又好像煞有介事。

史学会送的挽联是我做的,也是我写的,上联是:"惨杀人民,原来就叫戡乱",下联是:"滥炸城市,如此也是建国"。

听说傅作义要停止流亡同学的公费,今天他们集队去向傅氏请愿,直到下午我们吃晚饭的时候还没结果。自治会临时发起募捐,为这些苦难的朋友们送点吃食去。

前晚同彝尊谈起文化问题,因而勾起想写点文章的念头。偶然翻开两年前未写完的《唯我心力学》的草稿来,好多地方当时想留待后来发挥的,但是现在思路中断,早已想不起来,非常失悔。思想是一个奇怪的东西,有时如闪电袭来,如不赶紧记录下来,又会立刻烟消云散。

如能假我以空闲时间与丰富书籍,我将从事于写作。近来想到好些想说的话,想把它写成这些文章:

一、悲观与悲剧(悲观的人生与悲剧的人生不同,真实的人生观是悲剧式的人生观)。

二、偶像与信仰(一部历史就是一部崇拜偶像的变程,信仰是生活的动力)。

三、理想主义与现实主义(从比较人物研究入手,说明现实主义一向战胜理想主义)。

四、自由与平等(世界上根本没有自由主义这个东西,平等是今后唯一追求的目标)。

五、历史辩证法(讨论中国古已有之的"易道"与西洋近代哲学的 Dialectics)。

六、目的论与情景论(历史的演进不是目的论的,而是情景论的)。

七、论“论文化问题”(对于知识阶级玄学式的文化论争予以总清算)。

这些文章如果写好,我准备集成一册,题名为《再疑录》,因为我要重新估定一切价值。

晚,独自到大街散步,碰见一队学生约百人左右,由南朝北往八面槽拖着疲乏的步子走去,我猜想一定是今天请愿归来的东北同学之一部分。正想着,突然听街上行人传说着要戒严了,于是连忙赶回来,才知道今天请愿出了惨案。

1948年7月6日　星期二

昨天东北同学请愿不幸酿成空前惨案。据各方面的传说与报道进行综合判断,情况大概是这样的:

前天(4日)市参议会通过一件议案,要将东北流浪此间的同学全体加以军事训练,并通知教育部不再发公费,以后的一切由傅作义的剿总办理,大概是给以士兵待遇吧;原因主要是怀疑这批东北青年思想有问题,所以要大大地训练一番。这个消息一传到此间东北同学里面以后,大家非常愤慨,情绪激动到了最高点。东北各校同学(他们分住在城内外各处)差不多是不约而同地立即自动组织起来,写标语,印传单,整整地准备了一夜工夫。昨天早上,他们集合约四千同学(计有中正大学、东北大学、长白师范、临中等校,最小的中学同学才十一二岁),分途到市参议会请愿,一路上群情激愤,众难塞胸,悲愤到了极点,感情燃烧得要爆炸出来。因此,秩序自然不太好,标语口号也无法统一,他们高呼:“反迫害!”“要读书!”“反对歧视东北同学!”“打倒地域观念!”并夹杂一些过激的口号,如“打倒参议员!”“打倒参议会!”“打死参议员!”等等。到了市参议会后,根本就没有人理睬他们,交涉请愿简直无从谈起。在群情激愤之下,大家冲进市参议会内,把里面恣意捣毁一番,并把市参议会的招牌也摘下来,改写成“北平市土豪劣绅大会”。捣毁市参议会的时候,据说在旁的警察不但不阻止,反而加以赞助,因为前几天他们的局长汤永咸在参议会被议员们痛骂一顿,并且还通电中央,要撤职查办汤某,所以今天警察们乐得出气。捣毁市参议会后,同学们又整队到南长街李副总统私邸请愿,当时李副总统不在家,于是同学们就坐在街上等候,路为之断。一会儿之后,李氏坐汽车回来,大家立即欢呼起来,由同学代表入内谒见李氏,获得一定成果。李氏答应可以在城防捐中挪借十亿元,先行救济东北同学,其他各项以后从长再议。同学代表要求市参议会撤回前天通过的议案,并要求市参议会派代表来李副总统门前向同学们当面道歉。李氏回答说,市参议会是民意机关,政府没有权利要求他们如何做,同时,市参议会的议案送交政府,执行与否,政府还有研究的余地。同学们感到不完全满意,于是又赶到东交民巷许惠东议长公馆请愿。他们是分三路从东交民巷两头包抄进去的,到了许议长公馆,里面根本无人出面接见,双门紧闭,军警林立。同学们愤怒异常,有的向大门冲击,有的准备翻墙进去,有的把墙头的砖也拆了,有的和宪警发生冲突。据说有个宪兵队长被揍了一顿,手枪也被抢丢了,接着同学们与军警互以砖头丢来丢去。当时军警后面大概还有特务在活动,他们是不受军警指挥的。同学代

表一定坚持要面见许议长，但是，连议长家的工友也没有见到一个。后来，警察局副局长白世维赶到，劝同学们还是回去的好，因为群众感情沸腾，今天根本无法得到公开答复。他说他愿意帮助同学们解决此事，明天再谈。同学代表坚持己见，与他交涉了很久。此时，东交民巷已被军、警、宪和特务紧紧包围，并开来四辆坦克，车上架着机枪，隆隆地在街上横冲直闯，把同学们的队伍截成了两段。同学们发现情况有点不妙，白副局长这时也说，以后的事他恐怕不能负责了，一切只有听上面的命令。有一位武装人物对同学们进行威吓，言语里杀气逼人。同学中有人气愤已极，质问他说："你把我们逮捕好了！"他说时间还不到，又说什么打死他们还不如打死一条狗。天色已是傍晚时分，同学代表知道今天已经绝望了，正准备整理队伍回去。除北大同学在下午送有一点食物慰劳他们外，大家整天没有吃饭，已经疲惫不堪，刚从地面站起来就要开步走的时候，突然枪声大作。据说是许公馆里首先放出一声信号枪指挥军警开火的。同学们在悲惨的呼叫声中仓皇跌倒地上，当场被打死三个。机枪稍停后，同学们爬起来奔命逃避，突然枪声又作，据说一共打了三次。同学们卧倒在血泊中，满街都是死伤的人。有一位同学肚子被打穿了，血流如注，倒在地上痛苦地呻吟，他叫旁边的一位同学把创口给他堵上。这位同学连忙从衬衣上撕下一块布准备给他堵创口，但是，一个荷枪实弹、头戴钢盔、身着美式装备的军人狠命地叫他不准动，"动一下我就打死你！"后来又命令他立即走开。很多尸体倒在血泊中不准同学抬走，很多呻吟在垂死关头的同学也不准人抢救，情况之惨，史无前例。枪声前后据说共响了三次，有的说是四次。当场死了三位同学，受伤数十

位;奔散后走失的同学一时尚无法统计,尤其是那些年幼的小同学,好些人不知跑到哪里去了;至于学生代表,当然全体被捕解走。事后全市戒严,如临大敌;东北各校同学住宿的地方周围更是被军警特务紧密包围,军警特务当晚又搜查宿舍,骚扰了一夜。全体东北同学都陷入极度悲愤恐怖中,相向痛哭,泪不干面……

这是民国史上最黑暗的一页,比鲁迅先生说的"三一八"还要黑暗。但是,今天中央社的报道说是军警与学生冲突,又说双方互有死伤。学生迄至目前所知已死了七人,但是中央社只说死了三人,此是何居心?

静心检讨一下昨日的惨案,我们觉得东北同学实在是缺乏战斗经验,组织不够严密,态度尤其不好。但是,在求生存要活命的本能支配下,谁能控制得住他自己的感情?我们要追究到底是谁刺激了他们的感情?退一万步说,即使对付行动越轨的学生,为何要搬来坦克、机枪以屠杀武器对付手无寸铁的学生?这些事实很明白,死尸血泪是我们的证据,我们要追究,是谁犯法?

1948年7月7日 星期三

读潘光旦著《政学罪言》(《观察丛书》,三十七年四月初版)内《再论教育的忏悔》(1936年)一文,他认为现代教育的错误在于讲求方法而却无好的榜样,文中有一段谈及历史,针砭时下病态,很有意思。他说:

……维新以还,充满着革命论与阶段论的中国,虽还没有走到这样一个否认历史的极端,但一种贬薄前人的倾向,一种把历史人物与历史事实仅仅当做考据的原料的精神,是很普遍的。……在目前的学术界中间,对于历史有湛深的了解的人当然很多,但不是深怕旁人说他们落伍,绝口不提半句欣赏的话,便是故作迎合时流之论,来把古人痛骂一顿。历史上翻案文字之多,大概是无过于今日的了。但这种翻案文字十九没有理会到薛文清公的一句名言:"在古人之后,议古人之失则易;处古人之位,为古人之事,则难。"总之,在今日此种风气之下,历史人物的言动举措不会有多大的教育的效能,即教育不复能得到他们的臂助,是可以无疑的。(pp. 156—157)

又在《说童子操刀》一文中,有与我所想之心力学相同看法之处:

祸福无门,唯人所召;文明人类一大部分的祸患,我们可以武断地说,是由于人自已酿成的,而其所由酿成的最大原因,便是自我控制的不讲求与缺乏。这种局势是自古已然,于今为烈;而今日所以加烈的缘故,则在:一方面自我控制的力量没有增加,甚或续有减削;而另一方面,人对于物力的控制的力量,则因科学的发达而突飞猛进,终于使两种力量之间发生了一个不可以道里计的距离。社会学家称此种不能协力进行的现象为"拖宕"。……(p.16)

下午正在睡午觉,赵如山来喊醒我到红楼前集合,前往慰问东北同学。到了游艺室集齐已经3点钟,各系级代表的百人挤在一辆校车里对直开到绒线胡同中正大学同学住宿的地方去。刚到门口,就已经有正大的同学迎出来鼓掌欢迎我们了。进去是一个天井,四围站满了人,我忽然听得有人叫我一声,掉头一看,见是李鑫宗,知道他们清华也派有代表来了。天井对面正中的堂屋阶沿上,放着一个"七五死难烈士徐国昌同学之灵位",供有白面馒头几个,旁边放有好些致祭的花圈。我们进去之后，先排成横列面向灵位，由领队司仪，向死难烈士行三鞠躬礼，然后转过身来，面对着三面停立的东北同学，由一位同学朗诵一封慰问信。此时全场气氛悲郁沉痛，读信不及数语，我们四周的东北同学都忍不住悲从中来，泪下如雨，全场哭声四起，哀婉凄怆，似有无数冤魂浮动于头顶，景况之惨烈，自昆明“一二·一”运动以来所未尝有也。读毕慰问信后，大家的情感都燃烧到最高度了，于是分散开来，北大同学与东北同学个别地交谈。与我谈话的是一个二十几岁比较老练的刘姓同学，他向我细谈“七五”当天的情形，谈话间不时显露出那种过度哀伤的恍忽神气。他所谈的与我知道的情形差不多，谈了一刻钟左右，因为我们还要慰问其他东北同学，遂黯然握别。

转到绒线胡同背后一条街上，临中同学就住在那里。我们进去时，他们已经排好队在里面等我们了。一看站在我们面前的尽是十几岁的天真、疲乏而带几分恐怖的小朋友，最小的大概只有十一二岁，大的也不过十七八岁。这些可怜的、无依无靠、一点事情也不懂得的孩子，从烽火的东北历尽苦辛逃到这陌生的古城，有谁来照料他们？谁不是他爸妈的孩子？但是，他们在饥饿与迫害中过日子。东北的孩子，你们真是太不幸了，祖国对不起你们！到底是他们年纪小，他们的反应没有正大同学那么激动。但是，我知道他们是有苦说不出，因为他们还幼稚。当我同一位年约十五六岁的姓李的同学攀谈起来的时候，他再三诉说政府看不起东北人，政府偏偏要虐待东北人，言下无限冤屈与苦痛。我注意到他穿的是一身很脏的短褂，铺就在屋檐下的土地上。挤在屋子里的床铺也好不到哪里去，有一股酸臭味扑鼻而来。这简直是一个贫民窟！

我问他们的生活情形，他说他们一天吃两顿棒子面，但是，“七五”以后，傅作义不给他们送东西来，四周又被特务包围了，这两天吃的杂粮是费了许多力量才弄来的，今天借来吃了，明天就没得办法，……

我们还准备到宣外法华寺去慰问那里住的临中同学，但是，在中途发现有人在监视我们，于是临时折回四院，7时乘校车返校。

1948年7月9日 星期五

听说东北籍飞行员为抗议“七五”血案，已全体罢工；又闻某东北宪兵团已被缴械，不知确否。

上午9时左右，三院钟声响了。一些同学在各寝室外嚷着到北楼开控诉大会去，我没有去，下午才知道他们去请愿来。

今天请愿的行列很壮观，估计在一万人以上，北大、清华、燕京、朝阳及东北各院校都参加了。清华、燕京的同学只有第一批进得城来，以后的四千名同学因西直门、西便门关闭不能进城。他们在城外坚持要进来，一直受阻，后来便将计就计在西直门外一带就地展开宣传工作，化装表演起来。城内游行的队伍在戒严中开到北长街李副总统私邸请愿，街的两头又被军警和铁甲车包围起来。同学高呼“警察学生是一家”，口号是“枪毙凶手傅作义！”“反对剿总剿民政策！”etc.请愿结果圆满，同学们饿着肚子在酷日下奏凯归来，备尝辛苦。

今天上午有两位东北籍空军乘坐吉普车携带花圈要来民主广场祭奠死难同学，途中为军警所阻。

前两天李宗仁发表谈话说，他不过是一个老百姓，有职无权，言下颇有弦外之音。今天他对请愿的同学代表说:"你们为什么要来找我呢?我对此次惨案事前一点也不知道,也没有接到任何的报告。"其实,同学们为什么要找他呢?理由很简单:学生运动虽然不应该有背景,但是,学生运动要能开展还是要多少利用一点政治上的矛盾,所以,说政治上的矛盾可以保护学生运动也无不可,这一点只要纵览学生运动史就不难了解。

今天提出枪毙傅作义的口号是不策略的。我觉得提出枪毙凶手的口号就够了,何必说得如此干脆呢?这个口号除了引起一些坏的反应以外,绝无半点好处。今天中央正重用傅氏,就是中央也还奈何他不得。喊枪毙傅作义与在昆明时喊枪毙关麟征、李宗黄是时异事异,情况不大相同,不可相提并论。

一个运动的开展,有时是骑虎难下、欲止不能的。今天的游行很冒险,自"七五"以来,当局一直持续宣布戒严,并重申禁止集会游行之令。今天的游行不啻是威武不屈的公然反抗,很容易使统治者感到难堪而恼羞成怒,我们应该了解这点利害关系。当然,我承认感情经常征服并推动了我们。

1948 年 7 月 12 日 星期一

早晨起来就听说红楼戒严了,为了什么缘故则不知道。后来刘小石来玩,才说原来是因为清华同学准备今天进城来募捐,也许是这个消息被特务先生们知道了,所以立刻派人来把红楼包围了,先下手为强,他们真是也学乖了。

下午知道清华同样被清共委员会及人民服务队(又称人民大队)包围,不准通行,因此,校车也停了,情形真是尴尬得很。傍晚,得到消息说清华新南院被人民大队砸了，并打杀若干人，体育教授夏翔被殴伤，还有人民大队一支人马向西直门浩浩荡荡行来，很是杀气腾腾。

事情这样发展下去，将来一定凶多吉少，终久是我们吃亏的。理智地分析一下，现在是双方互相交替地刺激，各不相让，冷战的结果必然是火并，这已形成骑虎难下之势。同学们因为斗争胜利了，也不顾忌一下，在这种局势下想出去募捐。假如我是一个市民，我也不会有好感。同时，当局的内部矛盾更是微妙，特务、剿总、清共委员会与副总统府根本是不相干不隶属的机构，内中把戏实在不少。

1948 年 7 月 13 日　星期二

爬起床来就听说三院门口进出也不自由了，戒严显然是更进了一步。两头堵住的是警察，墙脚立着一些老百姓打扮的人（据说是人民服务队）。可怜啊，这些善良而愚昧的中国老百姓！

一直到下午 6 点才解严。原来是胡校长打电话给陈继承说："这简直太不方便了，不但同学要反对，再不解严，我也要反对了。"胡校长的话到底来头大，不一刻就传言外面已经解严。这真是不言则已，言必有中。

据何守智进城来说（他们有些是坐火车进城来的，有些是绕道从南边城门进城来的），昨天清共先锋队围了清华园，拦着路上的行人盘问，只要说是清华的，就不再多问，也不讲理由，即饱以粗拳。有两位同学骑脚踏车回去走近海甸，前面的同学劈头挨了一棒，后面那位同学倒转车来就跑。何守智还说，清华附近的老百姓每家都被迫出人参加人民大队,不来的罚小米面十斤。他们打进新南院之后,把教授先生们家中可以吃的东西抢来吃得一干二净。

Waterman 墨水涨到百万元一瓶,而西红柿最贱,仅值三万元一斤。

1948 年 7 月 14 日　星期三

到图书馆期刊阅览室翻阅近几天报纸,查一点材料,偶见载有"七五"追悼开封十万冤魂大会报道,有几位先生送的挽联很好,抄在这里,亦一种内战文献也。

冯友兰教授挽联:

痛古城遭难人民,彼等果有何罪,忽然淹化为鬼;

告当世主兵领袖,你们若要成功,还须不嗜杀人。

傅铜教授挽联:

静候佳音,结果是开封失守;

信任政府,公然以炸弹残民。

张伯驹先生挽联:

死难一何冤,却为阋墙非御侮;

杀人即是匪,何分正统与偏安。

诸联语极沉重,诸先生平日都是偏向政府的人,而今均有"时日曷丧及汝偕亡"(许德珩挽联下联)之感。政府之失人心,如此可见一斑。

关于"七五"事件导火线之市参议会议案,我查了好几种报均未查到,结果在北平《益世报》7 月 4 日的报上找到,也把它抄了下来:

(本报讯)市参会一届三次大会通过救济东北学生案应包括热河在内,原文如次:

案由:救济东北来平学生紧急办法。

本文:东北学生源源来平,已成为本市严重问题。市府及社、教两局对于东北来平之学生之食住办法已尽最大之努力,然不能根本解决此项问题。兹拟具紧急救济办法,敬请公决。办法:(一)本会电请中央对于已到平之东北学生不论公私立学校,凡有确实学籍及身份证明者,应请傅总司令设法予以严格军事训练,在训练期间予以士兵之衣食待遇,并切实查考其背景、身份、学历等项;确有学籍及思想纯正之学生暂时按其程度分发东北临大或各大学、中学借读,俟东北稳定时,仍令回籍读书;其身份不明、思想背谬者予以管训,学力不合格者即拨入军队入伍服兵役,期满退伍。(二)电请中央停发东北各国立公立学校之经费及学生公费,全部汇交傅总司令,会同省、市政府审核发放贴补东北来平学生费用,或改汇东北临大作为经费。东北各校一律暂行停办,以免其一面派遣学生进关,一面另招新生并套取经费公费。(三)东北国立公立学校停办、停发经费,令教职员一律进关,以原薪(照平津指数)在学生军训班或东北临大工作。

今日报载,市参会对东北人士发表之"七五"意见予以反驳,大家在赌气。如此参政,安得不误尽天下苍生。

晚饭时有同学报告,清华同学徐芳伟、朝阳同学丁治被捕,刻正设法营救云云。

读 B.Russell 著 *Power: A New Social Analysis*[《权力:一种新的社会分析》]第 4 章"Priestly Power",他说,现代国家政府还是教权

(Papacy)神权的继递,"The reverence which the Greek gave to oracles and the Middle Ages to the Pope is given to the supreme court"(p.73)[古希腊人对神谕的敬畏和中世纪对教皇的敬畏现在已变成对最高法院的敬畏]此论很精到。我联想到联合国或天下一家之理想之难达到,实有若干困难存在,如权力(Power)之寄托与行使即一严重问题,盖没有 Power 的世界,今天实在还不能想象。

1948 年 7 月 17 日　星期六

罗素在其书中第 12 章"Power and Form of Governments"[权力与政体]有一种奇怪而有意思的分类法,他说 absolute monarchy[君主专制政体]通常的继承者是 oligarchy[寡头政治],而后者自身有许多种类,其中有一种是"Government by a church or political party—which may be called a theocracy—is a form of oligarchy which has assumed a new importance in recent years."(pp.193—194)[一个教会或政党统治的政府——可称为神权政治——是近年来具有新的重要性的寡头政治]我非常惊异为什么把政党(political party)政治也称作 Theocracy,因为 Theocracy 是一种神权政治。后来我继续看下去,见他所举的这一类型政府的例子有苏联与德国、意大利,我才恍然大悟所谓 Theocracy 之意为何。而最有意思的是他把中国现在的政府也列入这种类型中去了。(...But it was revived by Lenin, adopted in Italy and Germany, and seriously attempted in China.)[……然而列宁把它复活了,意大利和德国采用了,而中国也在认真试行]这真是好眼力!而我国执政诸公还一天到晚向诸民主先进国搔首弄姿,以民主宪政欺盗外援,不知别人早已看透我们这一套把戏根本就不是民主。

请看一看，这是外人的看法：

“In a country such as Russia or China, where the bulk of the population is illiterate and without political experience, the successful revolutionary found himself in a very difficult situation. Democracy on western lines could not possibly succeed; it was attempted in China, but was a fiasco from the first.”[像俄罗斯或中国这样的国家，大多数人民是文盲，且没有政治经验，取得胜利的革命者发现自己处境十分困难，西方式的民主不可能成功；中国曾试图实行，但从一开始就是个大失败。](p.194)

1948年7月18日　星期日

晚饭后树德校友先后集合在三院、红楼，约到北海公园一玩。城内的校友们已很久没有聚会了，今天到得也不齐，三位受祝贺的毕业同学(刘少俊、张冰姿中学卒业，张耀贤朝大毕业)也只到了少俊一人。

上午阴雨，下午稍为转晴，天气很清爽，北海公园里正是游人如织的时候。进了公园，我抢先去登记划船，然后大家在比较清静处的假山上憩下，随便说了一些笑话。船候到了，大家忙下船去，刚好四人一船。我们朝五龙亭方向划去。此时暮气苍然，密云低压，船在平静的水面划起微波，船身抑荡着前进，木桨的声音打破了湖面的沉静，远处间或传来旁人荡舟的笑语。

天黑了！白塔的尖端亮着两盏红绿灯，衬在后面黑压压的天幕上，好似两颗明晶的宝石；湖岸上五龙亭一带，灯火散乱，稀疏有致;夜的黑幕笼罩了我们的上空与四周,船下的水蕴藏着无尽的奥秘与宁静。视线已经模糊了,在大家对话的空隙里,我沉入默静的一刹那,莫须有的伤感又来袭我!

1948年7月20日　星期二

晚饭后同世夫送周东辰的裤子到西观音胡同梁先生处。跨进大门,一个朴质的中年妇人招呼着世夫,我知道这一定就是梁太太了。院子里另一个头上微有白发的中年男子坐着在洗脚,大家招呼了一下,我立刻知道他就是梁先生,他与东辰的父亲是二十多年的老朋友。

我们同梁先生随便攀谈起来。他是一个杂货商人。因为内战,通货无限膨胀,以及混乱的金融状况,使他根本无法经商。他现在一家吃饭的人共有十一口,每天开支至少要五百万元。说到这些,我看他那朴实忠厚的面孔上浮起一丝忧愁的苦笑,但是他仍然坚定,有生活的毅力。

从梁家出来后,我同世夫谈到,北方人有很多非常爽直讲义气,所谓燕赵多慷慨悲歌之士。在今日之世,真够托妻寄子的朋友是太少了;在这兵荒马乱的年头,就是弟兄亲戚之间,为了生活也常撕破情面,何况朋友呢?最后,我不觉想起一副旧对联:“仗义半为屠狗辈;负心多是读书人”,感触很多!

1948年7月21日　星期三

政府的五百万大钞(二千五百元关金券)姗姗出笼,物价狂涨不已,面粉由一千六七百万跳到二千万出关,十五斤配售面条由一百五六十万居然跳到三百四五十万了，袁大头传说由三四百万涨到七八百万，真是吓煞人！

罗素书的第十八章“论组织与个人”（Organizations and Individual）对团体、个人之利弊或 anarchy 与 despotism 之缺点分析得很清楚，团体的组织可以增进个人的幸福，但同时也毁灭个人的自由。要有健全的社会组织与秩序，才会有个人充分发挥自由的机会；要有高度的物质生活基础，然后才能谈得上过精神生活。饥饿贫穷、屈辱算不得贞洁清高，五千年来东亚的阿 Q 们，醒来吧！

法国小说家 André Marlaux 曾说：“十九世纪的问题是‘上帝是否已经死了?’二十世纪的问题是‘人是否已经死了?’”，法国唯在主义（L' existentialism）哲人萨特（Jean-Paul Sartre）回答得好：“人没有死，只要每人的‘我’复活起来！”余意同此，录此以为注脚。

1948 年 7 月 24 日　星期六

下午 7 时，本系同学在理学院草坪与东北各校（东北大学、中正大学、长白师范）史学系同学联欢，宾主约百人，分为若干小组，席地而坐，不拘形式地自由交谈。东北、华北是一家，大家像久别重逢的兄弟姊妹一样，虽然心情都很沉重，但悲喜交织，感情是十二万分地热烈。

我和一个名叫赵文祥的长师同学对谈，特别注意他们在敌伪时期的情况以及光复后的观感。他告诉我敌伪时期的史地教育被歪曲得十分可怜，伪满州国的历史全系伪造，上接辽金元明清，一脉相承；满州之建国并非复辟，而只是宣统的继续。谈到抗战胜利，由希望幻灭到内战烽火蔓延，东北人民受难最巨，大毛子（苏联)进军东北,奸淫抢杀,无所不为。国共接着开火,白山黑水到处在流血,但想不到逃到华北来,又遭到政府的如此屠杀;可是,他们铭感华北青年对他们没有地域的成见,这是他们事先未预料到的。

天黑尽了,但是"向太阳,向自由,……万丈光芒在前头"的歌声响亮地荡漾起来!

1948 年 7 月 25 日　星期日　阴雨

早晨起来得较早,去把其湘叫醒催他起床。早饭后,孙家荣、高辑来了,遂一同步行到西观音胡同李桦先生处去练习素描。

李先生拿出一个人头石膏像来,相貌酷似 Voltaire[伏尔泰],但是却戴着一顶土耳其帽。我们坐在不同的方位进行描画,依照李先生指示的"机械"方法,先画粗线条与外廓,再分配阴影,画起来很感麻烦,也不习惯。李先生改正了我的粗线条,要我画得重而有力一些;接连画了两个钟头,雏形略具,因为我带去的纸太坏,一点也不吸收炭粉,要描精细部分简直不可能。

我把以前刻的《夜读》一图给李先生看。他说以后最好多练习以白天为题材的画面,因为夜晚的光线不容易处理;主题不易明显表出。

后来,冯法祀先生拿出他的一幅北平学生在东华门附近游行与军警冲突的草图来,请同学发表意见,他准备画成一张油画。

和谣又起,物价略有下跌,但转瞬就会烟消云散的。

1948 年 7 月 27 日　星期二

上午,荣县同乡聚会于三院,共到二十人,其中北大三人、清华一人、朝阳四人、燕京一人、中国二人、交大二人、华北大学一人，还有华北大学教员二人，其余不详。这只不过是一部分而已，不想在此会有如此多的同乡人。

大家在我寝室里玩桥牌谈天，正午1时到理学院摄影，然后在福春园聚餐。菜弄得不及往次好，但分量恰到好处，两桌连饭、茶在内花了四千一百万元，其中菜肴三千万元。

餐后又到景山摄影，最后到北海喝茶。大家有心与李南生君开玩笑，要敲诈吃他的糖，但是他并不承认。后来要不是兰德玉站起来"方"了他一下，恐怕那一百万元的糖是绝对吃不到的了。他的对象吴藜平在座不知有何感想。

同乡会是乡土精神的表现，吾乡之怪宝鄙俗今天展现无遗！

5点半我先告辞归来。晚饭后同萧松去民主广场参加纪念聂耳的七月晚会，节目平平，不精彩。

奇文晚上打牌到1点才归来，据云某几位老乡准备通夜作方城之戏。

今天每人份金二百七十万元。

1948年7月28日　星期三

近日一事常萦绕心头，打破此心寂静。

母亲的生日快到了，发了一封信回去祝寿，信是这样写的：

"妈妈：

这封信打从千里之外赶来祝寿，虽然没有带来一点礼物，但是一个字就是一声祝福。

没有字能够形容母爱的崇高，没有礼物能够报答母亲的恩典。

世界上只有母爱最圣洁、最伟大,而在所有的国度里,又以中国的母亲们最艰辛、最痛苦。

今天,世界上虽然弥漫着炮火狼烟,但'圣母颂'的歌声犹荡漾在人间。"

晚,玉麟陪同少俊来辞行。少俊决定后天乘机飞沪转港就学,她的志趣在香港大学外文系。我们随便聊一阵天。玉麟与少俊两人是性格不同而又顶要好的朋友,这是一个颇为有趣的心理材料。我觉得她俩不能在一起很是遗憾,对于少俊来说,尤其是一种损失。

我约定她们明天下午大家最后玩一次。

1948 年 7 月 29 日　星期四

同奇文商议好与少俊饯行的计划,亟待解决的是钱的问题。下午同段公到市场把那部世界书局版的《资治通鉴》卖了,这书留着累赘而且无用,早迟是打算卖的。不想此书如此贱,几乎所有的书铺都不要,藉口是缺《续编》与《明纪》,其实原因是银根紧,书商不愿意花钱买这捞什子的东西。结果,好不容易以四百万元的最高价抛出了。

下午正 6 时,我同奇文骑车到玉麟处,少俊还没有来。一会儿以后,少俊同她的老同学阎克仁君到,我们遂一同到福春园去吃饭。菜早由奇文交涉好,最出色的是那样清炖鳖鱼。我们喝了两瓶啤酒,而又以我与奇文喝得最多。平日我难得喝酒,对于啤酒尤其不欣赏;但是今天我感到很兴奋,差不多喝了三盅。"劝君更尽一杯酒,西出阳关无故人",真黯然令人销魂也。主人很吃得,但客人却吃不下,真使我们觉得有点尴尬。

吃了饭,驱车到北海公园去;先兜了一个圈子,然后登上白塔,在塔侧一个较清静的地方坐下来喝茶。闲眺下去,只见翠绿模糊的一片;西山远远地拦住我的视线,此时金乌西坠,映出数片红霞,真令人有"夕阳无限好,只是近黄昏"之感。

我们随便地聊着,都有一种离愁的感怀。大家静下来,只听见头顶白皮松上蝉鸣唧唧,我立刻不自禁地想起柳永"寒蝉凄切,对长庭晚"的词来,真是切题呀!

10点,夜已黑尽,远处灯火已明。我们离开公园出来,街上是漆黑的;四部脚踏车在马路中并肩前进,大家心里都有一点渺茫的感觉。不一会儿街灯突然亮了,我们不胜欢跃地唱起《光明赞》,每人哼了一支曲子,一直哼到少俊的家门口,送拢了目的地。我与奇文同向少俊道了一声"一路平安",才回身返校。在路上,我向奇文背起杜甫的诗来:"……少壮能几时,鬓发各已苍,……主称会面难,一举累十觞……"一幅数十年后会面的图景浮现在我们的面前。

这两年来,朋友们星散得真快,走的走,去的去,追怀往昔,不禁令人有凋零之感,自己显得孤单起来,怎令人不怀想?不感伤?

生命有时而尽,祝福那些各奔前程的朋友,年华尚早,及时努力!

1948年7月30日　星期五

上午到艺专去为耀卿报考西画系,因为照章规定只收初中毕业生,而耀卿只有高中毕业证书和初中毕业证书遗失证明书,不合规定,不准报名。为此,我忙跑去秘书室找到叶正昌先生,请他设法通容一下,由他写了一张条子,然后我再拿到报名处去,差不多没有打麻烦就准许报名了。噫嘻!纸条之力大矣哉!

下午,赶读完 Franz Mehring 的《马克思传》(上册),忙到孑民图书馆去还书,因为期限昨天就满了,今天算是逾限一日,结果被处以罚金五万元。

晚饭后,瑞林来请去北楼设计字样,为的是明天晚上欢送南下请愿团,史学会担任布置事宜,要剪几个大字。此事的纸张浆糊钱花了二百五十万,真是浪费!我想以后应先作好固定的字样,任何场合都好用,省得每次都作。

在自治会隔壁门碰见一位大胖子,看来不过四十几岁的样子。但他说他是民国四年进北大的,真是老老前辈了。此公一张嘴喋喋不休,我诱着他谈"五四"运动的情况,他谈得绘声绘色,又恣意批判教授同学,语虽不经,但狂夫之言,圣人择之。最后,我约他以后再谈,并知道他名叫李良季(?)。

1948 年 7 月 31 日 星期六

听说北工为华北抗联劝募会演出的话剧《筑》还不坏,于是买了三张票邀了世夫,又打电话约了玉麟同去观剧。

《筑》是郭沫若的近作,又名《高渐离击筑刺秦王》,为五幕历史剧。开幕之后,才看到演技平平,剧本也不高明。郭先生天才纵横,爱写史剧,但是却不合史实。譬如他把赵高写成一个牺牲自己以腐化秦国的角色,把徐福写成一个率领六千童男童女到海外寻找自由之邦的领袖,只能算是差强人意。郭先生一贯是诗人的格调。史剧虽然不一定要求合于史实，但剧本不能不顾及舞台艺术和效果。此剧里的击筑而歌和诗的对白都不易产生好的效果，而且剧本的情景距现实太远。虽然此剧影射时政，但是对历史情景知道得太少的人是不大看得懂，也不大会有亲切感的。此外，此剧不似《棠棣之花》或《孔雀胆》之波澜起伏，即使作纯粹的戏剧欣赏也令人昏昏欲睡。

第四幕还未终场，我同玉麟就先走了。玉麟说她爸爸有信来要她去上海一趟，大概在最近就要动身。

1948 年 8 月 1 日　星期日

生活的秩序好比音乐的旋律、诗歌的声韵，不是可以任意扰乱凑合，而是有其内在美的规律的，这是近来我切身体会到的一点经验。昨夜睡得太晚，今早一起身就不舒服，于是倒上床再睡，生活规律破坏了，仿佛是火车出了轨，一切都出了岔子。

前两天碰见韩立炎，他说我瘦了，使我很惊讶。我本来考虑要搬到清华园去玩憩几天，因为木习搬到清华的事听说由于找不到住处而拉倒，我就难说了。

晚，小石来谈天。他问我川大同学与北大同学比较，读书谁读得多些。我一时没有肯定地答复，他显得很不高兴。我连忙严肃地解释给他听："一个治学者的态度是非常谨严的，没有充足的 Data 不要妄下断语。"我故意说这番话来针砭现在青年朋友之短处。小石有点 cynial[愤世嫉俗]，他说这个无聊、那个无聊，仿佛懂得很多的样子；但是他不知道他骂的顾维钧在巴黎和会上却是一个有聊的家伙。战争把人们压变态了，每个人似乎都有点 cynical，这是一个可怕的、肤浅的、堕落的、衰老的态度。

1948年8月2日 星期一 (午后雨)

《文学杂志》第二卷第十一期(三十七年四月)李长之:《陶渊明的孤独之感及其否定精神》一文,论人生之肯定与否定甚佳,摘录细玩之:

……在这里,他有一种极大的否定力量,否定了自己所不赞成的人物和事物,但同时却也是一种极大的肯定的力量,肯定了自己的人格,肯定了自己的操守,肯定了自己的世界。也就是这种力量使他有所防御,使他有所保障,使他坚守,使他攻击。我们不可忽略了这种力量中之否定的一方面,这否定的强度和那肯定的强度正是一事。也就是否定的一方面,构成了他那人格的壮美性。——我不信任何壮美的东西没有否定的大力存乎其间的!壮美必须包含对于无限之追求、之憧憬,如果没有否定,如何能完成壮美呢?……

否定,否定!这就是壮美性之物必有时表现而为若有缺陷之故啊。太完美了,不会有壮美!熟透了的文化、人格或艺术,往往貌似圆满,没有缺陷,什么也不否定,像包容一切,然而往往就包含了堕落的萌芽,枯萎,僵凝,没有生气了。这是一切古典底东西的命运,也是优美之物的最后悲哀!壮美不然,含有强烈的否定力量的壮美底人格如陶渊明者尤其不然!

先似妥协,终于不妥协,这其中有一种否定的潜流,也有一种伦理价值的挣扎。最后却是伦理底自我胜利了,所以这是壮美,这是悲剧性。——而且是确确切切的西洋美学上所谓的壮美或悲剧性的意义！至于先似不妥协，终于妥协，这却是表现一种空虚，虽然也经过一种挣扎，然而伦理的自我却终于失败了，毁灭了！这哪里有庄严？这哪里有美？根本空虚，哪里会不成为丑角的演出？——二者相似而太不同了！

这些话我很欣赏，至于陶渊明是否壮美我倒不爱问。我不大爱歌德，就是因为他是一个熟透了的人格。

读完郭大力编译的《恩格斯传》（读书出版社三十六年四月初版），这书是根据 Gustav Mayer 所著 *Friedrich Engels*: *A Biography* (1936, London)原文写成，比起直译的《马克思传》来，更适于中国读者阅读。

恩格斯比马克思更可爱，同是伟大的天才，但是一个天才却蕴育着另一个天才。

1948 年 8 月 3 日　星期二

日来精神老是感觉疲殆，不安宁，最清爽的上午也无法读书了。第一是因为饭食太差，营养太坏，早上喝了粥等不到中午，腹中早饥饿难耐，坐卧不安，我也相信多少有点心理作用（属于交替反射吧！）但我想，能多吃一点总不坏事。第二是因为工作疲乏症，书桌生涯，很亏身体，读的又尽是硬性书籍，心理上起了疲乏。第三是因为缺少室外运动与有规则的消遣。祖陶已经搬到清华园去了，我打算下月出去换换空气。

近来自己突然有一种感觉，觉得自己拣错系了，应该读法学院，或者会比读文学院更好些。这固然一部分由于喜新厌旧，但一部分也确对所学有所感触。今天明白了，但似又有美人迟暮之感，自是人生长恨水长东！

有时想转理工学院，大概是想逃避现实吧！模棱两可、莫衷一是的社会科学实有点使人有点头痛，有用的时间与精力作了无用的消耗，可惜！可惜！

继续念 *A Study of History*，心浮气粗，旋读旋缀。

在其湘处抓来一本叔本华的《悲观论集》(*Studies in Pessimism*, T.B.Saunders 英译，萧赣重译，商务二十三年十一月初版)，随便翻来读，《论妇女》一篇可谓荒谬绝伦，满纸胡言，其为法西斯蒂之祖宗，简直是有迹可寻。如此大哲，其蔽若此，可悲此矣。《论教育》一篇最精辟，他说教育应从特别观察(Particular Observation)起，进于普通观念(general ideas)。而今之教育恰好本末颠倒。学童未有世界之观察与知识，而先输入若干谬误之先入观念，贻害无穷，所谓"车在马前"之说，与我国古代《学记》教育原理不谋而合。最末一篇《杂喻》只有最末一段懂得，很有意义：

冬日严寒，多数豪猪挤聚一团，藉以聚温，当其所带之箭彼此互刺，则各不得已而散开。然迫于寒气，则又再聚，尔时互刺再起。挤聚散开，多次为之，至于最后，乃发见彼此共聚应以距离稍远为善。同样，社会上之需要驱诸人类豪猪(human porcupines)共聚一团，亦仅以在天性上有多数不相合及刺人之性质故，互相排斥。其所发见稍远之距离足为堪忍容之交际条件者，即礼节及礼貌。有犯之者，则必加以告诫——在英语中——曰"无令近前"(to keep their distance)。由此布置，彼此相需之温度仅能得有限制之满足，而各人则不至为他人所刺矣。人之有热度在身者，宁愿远离，不入社会，如此，则不至刺人，亦不致受刺。(pp.112—

113)

此喻至佳。我一向觉得中国人讲“礼”有道理,古语说“夫妻相敬如宾”,也不过是一种距离说,朋友之间也是如此;人与人总有距离,就是看合不合适。

月前由青岛来平投考北大研究院法科之曾庆忠君准备明日飞返,飞机票又酝酿涨价,果真如此,则他走不成了。曾君是中央政校毕业,但是他绝无以前我所接触的那些政校学生的恶劣印象留下,可见一个学校中出来的学生不可一概而论。

1948年8月4日　星期三

上午,同乡陈六奇同学邀我们到他处吃面(他念华北学院历史系),被邀者有奇文、何越伦、曹积权、谢少奇、李南生,都是同乡。六奇自己开火,我们帮忙。大家决议吃饺子,积权捏面,我们动手包;开始慌脚慌手,做得不像样,但是包了几个就进步了。煮好来时已2点过钟,虽然做得很蹩脚,但是饥不择食,倒还吃得津津有味。我想自己做饭自己吃的手艺倒是应该学到,这是自食其力的劳动,同时也是一种乐趣、一种口福啊!

耀卿来,欲我陪他去见杨人楩等先生,适逢我要到六奇处,结果只好由世夫陪他去。回来听说成绩不坏,吴恩裕、费青等先生都答应为《大学评论》写稿。

晚,闷坐无聊,同世夫往建国东堂看《悬崖勒马》一片。片中写一个小偷犯罪的经历,对于内心善恶的交搏及环境的诱惑与迫害,都描写得很好;片子剪裁也得体;演员中饰庄某母亲的最佳,那慈祥恺慧的造型,使人非常感动。小偷黄亚明最后说:“一个人犯不得罪，犯了罪是永远赎救不了的。”这是很沉痛的话。

1948年8月5日 星期四

Toynbee论“静”的原始社会（primitive societies）与“动”的文明社会（civilizations）很有意思。他说：

An essential difference between civilizations and primitive societies as we know them（the caveat will be found to be important）is the direction taken by mimesis or imitation. Mimesis is a generic feature of all social life...It operates, however, in different directions in the two species of societies. In primitive societies, as we know them, minesis is directed towards the older generation and towards dead ancestors who stand, unseen but not unfelt, at the back of the living elders, reinforcing their prestige. In a society where mimesis is thus directed backward towards the past, custom rules and society remains static. On the other hand, in societies in process of civilization, mimesis is directed towards creative personalities who command a following because they are pioneers. In such societies, ‘the cake of custom’, as walter Bagehot called it in his Physics and Politics, is broken and society is in dynamic motion along a course of change and growth.（p.49, II The Genesis of civilizations）［文明社会与我们所了解的（人们将发现这个防止误解的说明很重要）不发达的社会之间的一个根本不同之处就是效法的方向。效法是所有的社会生活的一种普遍的性能……然而，在两类社会中，效法朝不同方向起作用。在据我们所了解的一些不发达的社会中，人们效法老一辈和已死了的祖先，虽然人们已看不见这些已死的祖先，但却不

会不感觉到他们站在活着的长辈后面，增强这些长辈的威望。在一个这样向后看和效法过去的社会中，习惯法和社会一直静止不动。另一方面，在一些处于文明进程中的社会中，人们向那些博得一群追随者的富有创造性的人物学习，因为他们是开路先锋。在这类社会中，如瓦尔特·巴吉霍特在他的《物理学与政治学》中所称的"习惯凝结层"被打碎了，社会沿着变化和发展的行进方向富有活力地运动着。]（《文明社会的起源》，第2卷，第49页）

在同书XI章"An Analysis of Growth"（对发展的分析）第216页也有相同的论述。这段话给我一个启示，使我恍然大悟，所谓现在论中西文化之异同之一大关键在此。近代西欧文明进步之飞速，与两千年来中国文明之停滞化恰成一尖锐之对照，其原因就在别人朝前创进，而我们朝后直追。中国人的祖宗观念重，老是幻想"炎黄世胄"、"追怀汉唐"，其实这些"死文明"把我们害了。别人憧憬着未来的远景，而我们却迷恋死人的骸骨；别人努力向新世界迈进，而我们却拼命地开倒车，至今而执迷不悟者多矣！

1948年8月6日　星期五

读任鹤鲤《鲁迅传》（星洲出版社三十四年十一月上海初版），作者的态度有点模棱不清，技巧也说不上。萧红的《回忆鲁迅先生》（生活书店三十五年一月北平版）拉杂写来，但鲁迅先生的粗略轮廓却大致毕现，惜乎内容少了点。鲁迅《伪自由书》（一名《不三不四集》，鲁迅文集出版社1945年印行）把中国文人的嘴脸勾画得活灵活现，这不但是些时评，简直是当代文坛的重要史料。

画了一幅北方街头饮食摊的草图，打算刻一幅木刻。

晚饭后，把自朱光潜先生处借来的两本杂志送还去，凑巧朱先生在家，随便闲谈一阵。我说毕业后打算考研究院，他们劝我考清华的。朱先生赞成再读几年外国文，我说最后没办法想进艺专，他们都不赞成。

回来时借得朱先生的近著《克罗齐哲学述评》。

在其湘处胡乱弄了几下提琴，连 Do、Re、Mi、Fa 也拉不像。

1948 年 8 月 7 日　星期六

把木刻草图画在板上，动手雕刻。

1948 年 8 月 11 日　星期三

伙食昨天满了，决定搬到清华住半月。上午到红楼领公费，但是据称学校没有钱发，教育部的钱还无消息，今天不能发下。现在学校正在四处借钱发公费，不过要哪一天才能借到钱谁也不敢断定。

伙食停了，公费又不能发下，看样子有断炊之虑。幸好祖陶有一张五百万的汇票到了，立刻去取了出来以济燃眉。

中午，何越伦请老乡数人在中国大学他的宿舍里午餐，大家动手做，吃回锅肉、炒田鸡等菜，菜量很多。口味虽不尽纯，但大抵是四川味，尤以回锅肉久思不得，大大嚼了一番。

少奇返唐山摒挡公事，结束一切，十余日后即可返平。

与奇文谈到少奇婚事，大家都略嫌太快了一点。这年头举办喜事费用可真不小，顶简单也得花上好几亿元。听说北方嫁女无陪衾。他们之间的结合是很形式化的，因此，婚礼再说草草，也总得讲究相当形式，如此，则耗费不小也。

1948年8月13日　星期五　（阴雨）

昨晚与世夫同去美琪观《未来世界》(*Things to Come*)，系据H.G.Wells原著摄成，甚为可观，片中造型设计相当煞费一些艺术家的心思。

今日，同段公再去红楼催发公费，听说有一点眉目了，大概下午可能发下。走到总办公室门口，其湘突然对我说：去北大医院瞻仰朱自清去！我说早听说朱先生病了，在北大医院就疗，本想去看看他，但他讲话不便，还是以后去看吧！其湘答道：以后去看？朱自清已经死了。这话惊了我一大跳，再问了一声，他说昨天死的，民主墙上有一张讣告。我忙跑去一看，果然不差，是昨天死的，胃溃疡外加肾脏炎、肝炎(?)，身体瘦弱，终于不治而死，今天上午在北大医院入殓。看了讣告，我忙同其湘乘车前往瞻仰最后遗容。

阴沉沉的雨天，令人感到一点萧索的秋意。车轮在马路上静静地滚动，我想起小时读朱先生的《背影》、《荷塘月色》、《欧游散记》，那时私心敬仰着这个作家，当时还不想后来还有缘瞻其风采、聆其教诲的机会。我想起第一次看见朱先生是三十五年"五四"文艺晚会在昆明云大致公堂，一个矮小、头发微白、架着一副近视眼镜的人出现在台上，大家交耳私语说：这就是朱自清先生！一个在大庭广众中显得如此瘦弱的人就是朱自清么？他讲话的声音很细，但是谈吐却很清白，态度很亲蔼。那晚他讲的似乎是关于新诗的问题。古人尝说："观贤人之风趺，闻一言以自强。"多年的夙愿终于得偿,我心里是如何地高兴啊!第二次会见朱先生就是在我的家里。那是三十五年暑假的一天,父母亲请了许多昆曲朋友来家里玩,在座的还有许多文学家,如朱光潜、朱自清、吴宓、蒙文通等先生。我一一见过后,坐在朱先生的旁边,告诉他我读过他的《背影》与《欧游散记》,又探询他近年来的著述。朱先生很谦虚地说,近年来没有写作什么。第三次会见朱先生是在重庆两路口联大办事处,这也是最后一次的会面。那是在第二次会面后不久,我由成都赴渝转平复学,过重庆时迳往联大办事处接洽飞上海的事宜,在办事处不期而遇见了朱先生。我们匆匆地谈了几句,最后我说到了北平之后再来向朱先生请教,但是谁想得到就此竟成永诀!

到了北平入学后,好几次我都想到清华看看朱先生,但是总是不凑巧。虽然几次出城到清华园去,都是匆匆忙忙,没有机会去拜望朱先生。我心想以后机会多着,何必忙在一时呢。本期放假以来,我早计划到清华园小住半月,并决心去拜访朱先生,但是竟没有这点缘法。我累次拖延,还没有出城去,朱先生就已离开了我们,永远不能再见了,这是一个无穷的遗憾!

记得还是几天以前,几位老乡在北海吃茶,我和蓝臻珍谈天,她是今年清华国文系才毕业的。我们无意扯到朱自清先生,她说朱先生现在正在北大医院,患着很严重的胃溃疡,当天上午她才去看他来。我听了大吃一惊,因为我一直不知道他在害病,还以为他好好地在清华园呢。蓝臻珍说朱先生已经病了很久,最近病势转剧,才住进北大医院来,现在已经开过刀,不过还没有脱离危险期。因为他病中不便说话,所以我打消了去探视的念头。不过,我心里感到相当沉重，似乎感觉得一点凶兆似的。我很失望地对蓝臻珍说："胃溃疡是一种很难治的病，它是'文明的创伤'。"

此后，几天里报上也间或有朱先生病况的报道，据云开刀后情形有好转。我看到好转的消息，心里也就释然了。

今天噩耗传来，虽然感觉得一些骤然，使我吃了一惊，但是也像是经过一阵难耐的阴云低气压后，终于来了暴雷一样，一切都完了。

两三年来，我们看到或听到了多少人的死亡！别的不提，单说文化界巨星的殒落，国际的 H. G. Wells, Guide, Romain Rolland, Mahama Gandhi, Whitehead etc.[H.G.威尔斯、纪德、罗曼罗兰、甘地、怀特黑德等]，国内的张荫麟、闻一多、李公朴、陶行知、许寿裳、乔大壮，最后是朱自清。"人之云亡，邦国殄瘁"，这是什么年头啊！清华两年来国文系折了两位大师——闻一多和朱自清——阵容凋残得不像样了。

在车上追忆往事，怀想接连而来，不觉我们已到了北大医院。走进太平室去，看见四周围站立着许多人，室内传出一阵阵凄厉的女人哭声，不觉一阵辛酸涌上鼻来。我忍不住含着眼泪从屋外伸了头向内一看，门内正中静静地躺着一副棺木，已经盖好了；棺旁暗处有一堆女眷，正哭成一团。我才知道来晚了，已经入殓过了，心里感到十二万分的遗憾。此时室外细雨霏霏，许多来凭吊的人都伫立在雨中。我四面一看，有梅贻琦、冯友兰、朱光潜、冯至、周炳琳、郑天挺、唐兰、杨人梗、楼邦彦、俞平伯等先生，都是一代文苑人物。

11 点，遗体搬上卡车运往城外某地火化，我们没有跟着去了。

回来，同其湘绕道中南海到北平图书馆，在那里吃最便宜的午餐，每客五十万元。碰见一个问路的印度青年，一谈起才知道他是北大史学系的研究生。我指导他一切借书手续，他问了我的住址，打算下星期一来看我。我告诉他我即将出城去清华园，待我回来时再去拜访他，他的中文名字叫丁慕斋。

下午领得公费一千五百九十万元，即搭车出城，到了清华园、祖陶、彝尊恰在校门口等我。

1948年8月14日 星期六

午饭后同彝尊、祖陶去颐和园游泳，来去的路走得人精疲力竭，游水更是累人。两年来我差不多没有下过水，今天下水游了一趟，感觉异常疲倦，连忙爬了起来。真是好久没有运动，简直不济事了！我们游泳的地方在十七孔桥过去龙王庙附近，因为今天上午天阴，所以游泳的人不多。

我的伙食问题亟待解决。这两天买零天膳位吃，以后准备搭半届伙食，但是又听说新入伙者要多缴四百多万元，我就决定不搭伙了。恰好王浚同学要进城医病，把膳位让半月给我(一千五百三十万元)，事情才解决了。

膳堂前贴出一条来自昆明的令人惊恐的消息，说是上月十六七日昆明当局在各校大肆拘捕殴打学生，被捕者在千人以上，受害者无数，手段之惨毒未有甚于此者。此信息在严密之邮电检查下漏网寄到的，事实真相如何令人难以忖度。犹忆日前报载云大及南菁中学军警与学生对峙的局面已解除，此为事后之一大反击可知也。

1948 年 8 月 17 日　星期二

校友陈均衡同学本届毕业于清华机械系，即将启程返川就业。校友们为此特别聚会一次，摄影留念。现在城外的校友也走得差不多了，亦有凋零之感。

下午 3 时半，清华学艺部请吴恩裕先生在同方部作学术演讲，题为《关于辩证唯物论的种种问题》，问题事前由同学提出，计有：马克思学说与性的关系、阶级区分的标准、马克思的人性论、无产阶级一党专政是否民主政治、下层经济基础对上层建筑决定性的限度以及研究马克思学说的态度等问题。吴先生的解答皆平易使人能够接受，最后他提出两个问题希望有志于此的同学研究：一、食与色关系的详细分析；二、马克思人性论与近代心理学是否抵触。

晚，在新斋八五一号陈均衡寝室玩桥牌。不多时校友到齐，先把上午在校园中摘下的玉米煮来吃了，继而大家乐捐些钱买了糖食来吃，有食有说有笑，闹得尽欢而散。

1948 年 8 月 18 日　星期三

读毕《卡尔·马克斯[思]》(副题《人·思想家·革命者》，恩格斯等著，何封等译，读书出版社出版，二十九年八月初版，三十六年五月再版)。该书作者、译者皆系多人合成，但似由一英译本译来，非杂合诸文而成，原著者除恩格斯外，尚有 Eleanor Marx[埃莉诺·马克思]，Plekhanoff [普列汉诺夫]，Lenin[列宁]，Lafarque[拉法格]，Liebknecht[李卜克内希]，R. Luxemburg[卢森堡]，Mehring[梅林]等，此中最出色分量也最多的一篇是列宁的《卡尔·马克思》，董秋斯译，它分三部分，第一部分述马克思的生平，第二部分述马克思的学说，第三部分介绍马克思主义参考书目，总观之是一篇简明精粹的马克思主义介绍。我还没有看到过一篇比此文更精赅的论述马克思的文章。文中最有意义的是第三部分，著者详细地举出了有关马克思主义的参考书目，使我不能不钦佩这位渊博的革命者。此文原写成于1914年7月至11月，初版发表于俄国*Granat's Encyclopedia*第7版第28卷，译文系据Moissaye J. Olgin的英译本，由Alexander Trachtenberg编订的，见1930年International Publishers Co. Inc.出版的《列宁全集》第18卷。

1948年8月19月　星期四

昨天报载行政院训令各地方当局四项，其中有虽无拘票亦可逮捕人一项，系对付各校学生而发。昨天下午，清华空气突然紧张起来，传说当局要大抓人。晚上，在城内工作的同学纷纷撤回来。

今天早上，听一位同餐同学说，昨天陈雪屏携了五百人的黑名单去见胡适，要他们自己投案，胡适不答应。陈说胡最好去南京避一下，他们好下手抓人，胡适也不答应。

中午各报上都公布了特种刑事法庭传讯之各校同学名单，共二百二十余人（北大七十余人，清华燕京各三十一人，师院、中法、中大、华北学院等次之），相熟者若校友吴锡光、梅祖武、张君平、李德齐、康俊、杨忠善，同学若周景淮、邓特、郑立南、谢会娥等皆榜上有名。午饭时拘票即已送达学校，清华园西校门、南校门均被军警、人民大队包围，全部电话线被割断（闻城内各校遭遇相同），并有同学及学校教职员工友相继在学校附近或途中被捕，一时情形至为严重。傍晚,清华留校全体同学会议,决定谨小慎微,沉着应付,组织防卫部,并与各校采取一致行动。若有事,晚间则打乱钟为号,同学集中于各斋二、三楼。

1948年8月20日　星期五

据说昨晚有卡车数辆运送军警武器向城外开来,准备当晚入校捕人,后不知何故又退回去了。某教授言客观环境一直恶劣严重。

今天各校继续有同学零星被捕。中午,清华学校当局公布复刑事法庭函,云某某数名学校并无其人,又某某数名早已离校,某某数名已毕业他去,又某某数名虽然留校,但假期中行迹不定,皆不在宿舍中,故各生于返校后当立即传之到案云云。

听说南下请愿同学毫无结果,并有人透露消息,欲逮捕请愿同学,故请愿团急拟北返。

交通完全断绝了,困守校内,今天连报纸也没有得看了。

午饭后,据报告有军警四十余人由西校门冲入清华园,驾驶卡车绕道而出。

燕大整日在严密包围中,以致吃饭都成了问题,并有军官进入要求交出名单上的同学就捕。闻最后期限为明日上午以前,清华最后期限为明日晨8时云云。

晚饭时,闻讯下午3时特别法庭第二次传票又到,而且当局又公布第二批名单,清华有傅姬等二十余名,北大亦有二十余名,唯姓名尚未探得。

昨日被拘捕于海甸之同学今日传讯后均已开释,唯有一名工友遭毒打一顿。

城内严重情况不减城外，曾冲入中国大学等校捕人。

下午清华园外人马调动不停，有骑兵20余骑驰骋而过。

晚9时左右，忽闻乱铃声。我以为是军警冲进来捕人了，连忙跑下楼一看，才听说是要召集全体留校的清华同学去向学校当局请愿，要求表示明确态度。请愿同学一直到午夜1时许才回来，并无具体结果。

1948年8月21日 星期六

一夜无事，昨晚总算在紧张中平安度过。

今晨膳厅前贴出一张《气象台》的惊人消息，说蒋介石下野了，出国考察水利，政权将由李（宗仁）、何（应钦）、白（崇禧）继掌，在美国调解之下，重开和谈。此事昨晚城内曾发号外，并云甘介侯教授曾证实此事。信邪？非邪？此果真为一惊人消息？

戒严的紧张情况一直没有缓解，今天中膳的菜蔬已开始告罄，如此下去，马上就会弄得没有菜吃。

下午，不知怎样漏进来一张《世界日报》，大家抢着看，并没有半点和谣或下野消息，此事恐怕毕竟是谣言而已，真是一个闷人的哑谜！读报才知昨天第二次所发出的拘票共七十余人，北大有王金涛、颜琳、袁洪泽等，我看大抵全是理事先生们。那些传讯不到已离校的同学已经被特刑庭通缉了，通缉令昨天发出，我看出大多是那些跑解放区去了的同学。昨天朝阳被军警冲入了，按名捉拿而去。中法似亦同此遭遇。最重要的消息是币制改革，金币一元换法币三百万元，两天后即可兑换云云。

下午3时半,燕大被军警强迫冲入,要求检查,全校中外籍教授及同学当即齐集贝公楼,由校方及自治会会同他们进行检查。4时许,与清华电话线路中断,情形遂告不明。

晚饭的菜蔬只是勉强在维持了,每人只分得一点炒青椒。

听说城内朝阳、中法等校已经抓过了,四院也被包围,不准进出。

此次传讯,是全国性的一网打尽,在南京等地传票也同时发出;天津的情形更狼狈,一百余榜上有名的同学多已被捕,各校早被冲入骚扰了。

清华新生已在校内放榜,怀着高度希冀的心情跑去一看,失望得很,所有被录取的名字都是陌生的。我所知道的如刘少俊、张冰姿等全都名落孙山,好在转学生中瞧见了耀卿的名字,实在是一个不容易得到的可喜消息。

午夜12点至1点起来守夜一小时,我住新斋二楼,就守那一层。

1948年8月22日 星期日

据大字报消息,自昨日下午起北大情形愈趋严重,同学均集中红楼,校内特种人物集会,昨夜准备抓人,后因同学防范严密,未逞其谋。

燕大昨天下午搜查的情形至为狼狈,3点半军警进入学校,一直闹到晚上9点过才退出,并且不遵守约束,任意翻检书籍什物(据说要扣走一本苏联经济学书籍,为教授所阻,结果记下书名而已);又进入教职员住宅区,检查时,陆志韦先生在贝公楼当场对同学谈话说:“这是燕大有史以来第一次的遭遇,从前也有一次,那是三十年12月8日,但是这两次的情势完全不同,那次是我们的敌人,而这次却是我们的同胞……”语多沉痛,同学感动。

下午,3时许梅校长自城内打电话来说,今天一定要进清华园来搜查,城内已派来几位处长,警员二百五十人分十队,在4时左右就要进入学校,幸好戴世光先生出去挡了一阵,未让进入。

晚饭后,大家知道拒绝检查是不可能的了,于是同学开始集中,清华同学集合在明斋前,校外同学集合在体育馆前。6时半,钟鸣铃响,两部汽车驰向操场,坐的是几个军人和几个便服者,后来我才知道那穿便服的是学校派的会同看视的教职员。一个高个子来到我们面前,和蔼地对我们介绍他自己是陈福田,然后请大家静待一下,待对清华同学搜查后即开始检查我们。此时,清华同学已分系级整理好队伍鱼贯进入礼堂等待检查,我们这边也来了两个警备部的“同志”和几个本校校警,开始叫我们在体育馆前的石阶上坐下分成三排,自右开始验对身份证或证件,再对看黑名单上有无名字(所谓黑名单不过是报纸上公布的那些名字),因此,对北大、师大、朝阳等几个名单上有名的学校以外的人士差不多没有半点留难,只是对这几个学校的学生一点不放松地仔细对看照片和名单。但是,除了有一位北大同学没有带证件后来由清华李继侗先生保释以外,其他校内外同学没有一个人榜上有名或是发生了任何问题。

今天进来检查的只有军警宪,人民服务大队并没有进来,进来的人也先说好不得携带武器。我感到出人意外的是这些人都不是我想象的凶恶可怕,反之倒很是彬彬有礼。在开始检查第一个同学时，他还向同学先微微鞠了一个躬。我看那领队的官长(大概就是所说的某处长吧)也很斯文有礼，笑嘻嘻的。他对陈福田教授说："贵校真是太大了，真说要搜查的话，就是一个星期也检查不完，哈！哈！"搜查完毕，一位"同志"走过来招呼培先，原来他们是熟人。他说他们不过是奉了命令来的，搜查也还不是那么一回事。事实也是如此，检查宿舍的军警根本是在掩耳盗铃地依样画葫芦而已。他们并没有进入各斋的每人寝室去搜寻什么证据或禁物，只是大致看看寝室里有没有人就算了，有些寝室甚至连瞧也没有一瞧。

当然，我想他们不是傻子，当然知道不会搜出"奸匪"或是查出"证据"的。这样大的清华园，如此"查"法，真是开玩笑。不过，我们也不要笑话他们，这是第一次撕破学府尊严的亵渎，是我们不能医补的一个沉痛的创伤。

有人想起了沦陷时期敌伪搜查时的恐怖，但是今日何日？总之，今天我第一次尝到了"阶下囚"的滋味。

1948年8月23日　星期一

昨日军警搜查情形尚有遗漏补记于下：

一、逮捕五人，工人一人，北大同学二人(因无证件被捕)，艺专同学一人(他是唯一拘捕名单上的人物，听说是躲在教授宿舍某外籍教授房内床下，因不慎而被搜出，真晦气！)

二、教职员宿舍也未幸免于难，依然搜查了。

三、未被搜查之处是三十六所、体育馆、化学馆、气象台。

今天清华算是解严了，不过进城途中还是要遭严密检查，关卡有六处之多。

北大情况愈形紧张，三院、红楼等处重重被包围了三层之多，同学集中红楼坚持拒绝搜查，所有学生证集中在一个同学手中，不让对看黑名单。学校当局布告被传讯同学，敦劝他们在今天下午3时以前自动到训导处投案，由校方护送出庭，否则全体停止学籍。但同学反对甚烈，认为如有同学被停止学籍，则下期全体同学拒不注册。教授向达、杨人楩及师大教授约五十人联合发表宣言，称特刑庭为非法组织，提出严重抗议，然胡校长却斥为糊涂。

传说各校自动出庭受审同学均获保释。

我的膳位自26日至31日已经卖掉，原来打算今晚进城的，后来听说北大情形异常严重，想来还是不回去的好，反正多住一两天也未尝不好，何苦进城找麻烦。

傍晚，心言来，闲谈及日前巽科进城去补习班教书事，言下颇有微词。原来清华为帮东北来平同学补习功课，发动了许多同学进城教书，巽科就是其中一个。他热心而煞有介事地特别借了一又三分之一袋面粉卖了钱，准备进城教书去，但是进去第二天就回来了，原因是不满意补习班作风。据说补习班的目的有四点：第一是组织同学；第二才是教书；第三是对他们（所谓他们当然是指东北同学等）灌输新知识；第四是生活与学习在一起。对于这四点清华机械系进城教书的同学就表示异议，他们坚持教书是第一目的，争执的结果是一个妥协。

早先城内同学组织的孩子补习学校，对于他们的教学精神我一向是敬佩不已，但是我始终怀疑他们的手段与目的。

这是一个革命的时代。啊，啊！善良的人在任何时代都仍然是善良的，可哀也矣！

1948年8月24日　星期二

报载今日上午军警或将进入北大搜查，而事实是并未得逞，因为同学态度至为强硬，结果由学校当局陪同警备部、警察局等单位高级职员进来红楼参观一转而去，沙滩、三院同时解严。

据云农学院方面情形严重，四周被剿总严密包围，有冲入之势。

清华被传讯各同学多已保释。昨日在德胜门有三位清华同学被捕，原来他们是黑名单上有名人物，借了他人的学生证加以涂改，但终于被识破而遭逮捕。又清华被捕月余之徐芳伟同学今日由学校保出重获自由。

下午同相成、小石等步行去颐和园，在燕大附近三岔口处被军警挡着仔细检查(特别注意北大的)。他们把我们的名字在油印的黑名册上详细搜索，当时我想看看名册上的名字，但是被他们喝止"不准看"。我远望册上名字下还印得有籍贯、年龄、履历等项，下面还有双行小注，好不详尽！

到颐和园龙王庙游泳，人很多，太阳很烈，晒得烫人。虽然这不过是秋老虎，但是啊，"苛政猛于虎"，时日曷丧，予及汝偕亡！

1948年8月25日　星期三

下午在颐和园游泳了三个钟头，绍炘来了，我请他教我游蛙式，试了几下，他说我的手脚姿势都要得，但是麻烦的是换气不习惯，水要漏进口里，训练用口换气费了好一会儿也弄不来。游兴正浓，但已经打5点了，只得恋恋地爬起来，快快赶回来吃晚饭。今年怕没有机会再来游泳了。

晚饭后，收拾行装搭7点汽车进城。算来在清华园住了十二天，玩得虽不算痛快，但换了一个新环境，也饶有趣味。城外生活恬淡少变化，住不上几天就不甘寂寞，厌烦了。可是，我一踏上汽车，又有点留恋起来。韶华易过，不知明年暑假是否再能来此消夏？我不知道何必要如此匆匆赶回城去，啊，也许这样就是人生！

回到寝室，倒在自己的床上，周身都觉轻松起来。忙好了膳位问题，翻开报纸，才知道今夜美琪的《剑胆琴心》(*A Magic Bow*)是最后一场了，又赶忙去看。这是世界提琴圣手巴格尼尼的一生罗曼史，片中提琴Solo漂亮极了，两个钟头，我一直陶醉在那神化莫测的弦律里。

1948年8月27日　星期五

今天是孔子诞辰，又是教师节。上午，同瑞林、其湘、景敏代表史学会去拜访教授。先到东厂胡同见到邓广铭先生，张政烺先生外出不遇，即赴府学胡同会韩寿萱先生，也不在家，只是师母在，稍坐后即去看杨人楩先生，大吹了一阵自由民主，杨先生的话与我倒合得来。后来还准备去向达先生处，因为要赶回吃午饭，就作罢了。

晚饭后往访印度研究生丁慕斋君，碰巧又晤得画家Sokola及王青芳先生。随后散步至东安市场，吃了一些冰琪凌、可口可乐之类，回来时绕道三院门口，我邀他们进来小坐，并出示木刻作品请Sokola指教。他见了很感兴趣，问我购买木板的地方，并欲会见我们的木刻老师李桦先生，我答应约定时间代为介绍。印人英语皆极流利，惟说得太快，发音含混，不易听懂，相会顷刻，我即发觉彼等之特殊音色，乃受印度文之影响。

北大今晨放榜，熟友无一人取录。史学研究所今年破天荒收了三个，都是本届本校毕业同学，可喜可慰。

1948年8月29日　星期日

上午把书籍笔记检出，准备试写论文一篇以为练习，拟题为："隋代琉球问题争论的总批判"。到图书馆坐了半日，先复习以前所作之笔记，再动手解析各问题。去年我比较赞同"台湾派论者"，但是今天的意见又动摇了，觉得"冲绳派论者"比较有力，矛盾了一阵，总找不出满意的理由来附和任何一派。历史总是一笔糊涂账，只怕你不动手，一动手就会发现漏洞百出，互相抵触，至难定献。一个严正持科学态度的史家就像一个审案的法官，他不但是原告的律师，同时又兼被告的辩护人，更是不偏不党为两边搜集证据以攻击对方的检查官，或是侦察线索的探谍，这真是一个严肃繁重的工作！

晚饭后，去看孟实先生，并还去《克罗齐哲学评述》一书，适逢将进晚餐，先生师母强留下喝了一杯白干。

晚，同其湘去平安看《乐圣韩德尔》（*Mr. Hande*）。*Messiah*［《弥赛亚》］一曲果然不同凡响，就是我们这些不懂音乐的凡夫俗子，听到"哈利路亚"的歌声，也油然而生一种伟大、崇高、圣洁、富丽、尊荣的感觉。Halleluiah！

1948年8月31日　星期二

读《中建》第三卷六期(三十七年八月二十日出版)容肇祖先生《一个觉悟的思想家——唐甄》一文,文内介绍了唐甄的生平及其著作《潜书》上下篇。唐甄原名大陶,字铸万,号圃亭,四川达州人,生于明崇祯三年(1630年),卒于清康熙四十三年(1704年),其人思想之新颖进步,殆为数千年来腐儒中所未有者也,仅录数语志之:

自秦以来,凡为帝王者,皆贼也。(《室语》,《潜书》下篇,页五四)

自秦以来,屠杀二千余年不可究止。嗟乎!何帝王盗贼之毒至于如此其极哉!(《全学》,《潜书》下篇,页二六)

读毕郭沫若《少年时代》,继续读他的《革命春秋》。

文人相轻,自古而然。看到当年文坛你一枪,我一剑,杀得乌烟瘴气,不知浪费了多少时间与笔墨。今天的情形也是一样,真令人有些感慨。先生们何不把时间笔墨省下来多创作几部像样的作品呢?

"夕阳楼之战"最精彩。先是郁达夫在《创造》季刊上发表了一篇《夕阳楼日记》,指摘了少年中国学会余家菊由英文重译出的《人生之意义与价值》的错误;但郁文又被胡适抓到了一个错字(establish应是"证实"或"证明",而译成了"建设"),在《努力周报》的《骂人》里骂了一番,这自然惹起了成仿吾和郭沫若的回敬;以后愈扯愈远,张东荪也来参加这场官司,惹出了成仿吾的《形而上学序论》的指摘;吴稚晖也参加过这场官司,接着是惹出了陈西滢对于《茵梦湖》的指摘;还有诗哲徐志摩也在《努力周报》上骂郭的"泪浪滔滔”，而郭也拿了胡博士的《我们走那条路》来吹毛求疵，无理取闹了一番。

深研历史的人，都承认偶然事件对人的决定性。郭沫若本来想译《资本论》，后来计划没有实现；假如实现了的话，他将会被钉在上海，“一九二六年往广东以及其后的事情便不会发生出来。一个人的生活路线，有时可以为外来的偶然的契机所左右，确是不能否认的一个小小的真理。”（郭书，p.205）

郭沫若所懂得的讲演诀窍是这样的，他说：

的确的，你要目中无人才行。尽管有多少群众在你而前，他们都是准备着让你吞的，你只是把他们吞下去就行了。怎样吞法呢？我告诉你，你的声音总要宏大，语句总要简单，道理总要武断，愈武断愈有效果。最好要办到一句便是一个口号。喊口号的方法你总是知道的吧？那照例是要有宏大的声音的。但一味的宏大也不行，你总得要有抑扬，而且要先抑而后扬，一句话的表达要这样，一场演说的表达也要这样。——再说一次，总要先抑而后扬。而落尾处你把声音放大，在愈武断的地方你愈把声音放大，包管你是要受着热烈的喝彩的。千切不要贪长，千切不要说理，千切不要先扬后抑，这些都是催人睡眠的东西。懂得这些妙窍，尽管有多少群众都不够吞。人少，少得仅仅四五十人，等于一口稀饭了。（第240—241页）

这段话是经验之谈，说得好，尤其好在说得天真。但是，可怜而愚蠢的奴才，就是这样活灵活现被他们的主人欺骗了而不自知的。啊！好可怕的“吞”吐。

1948年9月5日　星期日

今天是我满21岁的生日,这并不是偶然想到的,而是眼巴巴地望了好几天了。

年行一长大,自我意识也就羽毛丰满起来,对于时间的概念也清楚了许多。每天,自己自觉地意识到"时间"神秘地溜过,心里感觉到一阵阵的惊惶、奇异、狐疑和觳觫。

回首一年,过去的是如此清楚,又是如此模糊。

颔下的须,才两个月光景,就将近长了寸长,真是神速。我不知道是哪点下意识使我留上几根胡须,想起来也有点好笑。

早上醒来,在床上高声朗诵:"太阳升起来了,黑暗留在后面。但是太阳不是我们的,我们要睡了。……"又乘兴把它翻成英文念给世夫他们听:

Sun is rising,

The dark stay behind.

We are going to bed.

大家唱起《青春舞曲》,从床上爬起来。金色的阳光正照射着我们的床,但是啊,"我的青春小鸟一样不回来!……"

晚,同南生、其湘到东单去吃烤羊肉。

1948年9月8日　星期三

早晨喝了两碗粥,就跑到北平图书馆去。因为较开馆的时间早到了一刻钟,走到馆外右侧靠近北海一面的空地上散步,沿着石栏杆走,北海的全景差不多全盘显现在目前,虽然本无心赏玩风景,但是实在太吸引人了,不得不逼我把脑子里正盘旋着的问题暂时搁下来呼吸一口清新的空气。

把身子微靠在石栏杆上，从面前轻拂着的垂柳空隙望出去，一抹晨雾笼罩着整个北海，使对岸的树屋模糊起来。白塔的形象依稀缥缈地伸在空中，它的脚下灰蒙蒙的一团，愈低愈近的地方也愈清楚，那玲珑的拱桥是对岸所有景物中最妩媚的形象。湖面是平静的，但是微风乍起，远处可看见有万片波鳞闪闪；近图书馆这一面的湖岸散洒着零碎的荷叶，好像半袭绿衫披着湖面，但那更广阔的部分却裸露着任它受寒。湖岸的外沿迤出不远，又曲绕抄到白塔的后面不能看见；白塔山立在湖中像一个海岛，湖面上映出一个庞大的倒影。这整个景色仿佛把人凝神置入东方的圣境华严世界，一切呈现出浑厚、庄肃与静穆；只有那湖上一、二渔舟，偶尔划响了湖波的桨声，打破了刹那的寂静。

1948年9月10日　星期五

三年前在联大的时候，我就发觉我的左下嘴唇下的下颔上皮肤里长了一个疙瘩，当时猜想是一个不关痛痒的瘤子。回家后，我还同妈妈谈起过。后来，这小疙瘩由米粒大小慢慢长大，到今年暑假已经有一颗小胡豆般大小了，在皮肤上微微突出一个小圆丘来，慢慢地是仿佛可看得清了。今天下午，我下决心干掉它，跑到北大医院外科去就诊，医生立刻决定把它割掉。一直等到好不耐烦的时候，才轮到动我的手术。取这样小瘤子在大夫们看来，不过是芝麻大小的手术，因此，那分派来对付我的医生的等级是不问可知的。虽然我从来是对医院深恶痛绝的，但今天跨进了手术室去却情不自禁地手脚无措起来，心里发慌，愈是想装出镇静的样子倒愈是紧张起来;等到躺在手术桌上的时候,心里就扑通、扑通地打起大鼓来。我很不好意思地关照了那位年轻医生一声,眼睛就被用布盖上了,好像是觉得被拖上了杀场一般。到这时,我只好闭紧了嘴,合上眼来听他们宰割了。一会儿,嘴部被麻醉了,但是心里完全是清楚的,感觉到右边是一位大夫,左边是一位护士在那儿鬼鬼祟祟地操作……一会儿,手术刀开动了,只听得刀子的格格响声,仿佛是割在骨头上似的(其实那个地方根本就没有骨头);两个人又仿佛在研究什么,有时,又听得一位"扑哧"地笑了一声,"唔,这好像是出了岔子,你们把我拿来做实验,开玩笑!混蛋!"我心里虽然发慌,但不敢开口骂出来,只是在脑子里这样咒着。有时,还听见护士老是在和另外的人说着打岔话,我肚子里简直是恨死了:"格老子,弄糟了怎么得了!"心里慌,一捏手,手里尽是汗。突然我灵机一动,立刻背起庄子的《养生主》来:"吾生也有涯……适去夫子顺也……"东扯一句,西拉一句,无论如何也背不爽通……又过一会,大概是麻药的作用快完了,颌部感觉得隐痛,刀子在上面的动作仿佛都感觉到了,于是我不禁用鼻子代替嘴"哼!"了一声。他们大概察觉了,护士问:"痛吗?""哼!""唔,就好了,就好了,给你打麻药针了!"但这明明在骗我。隔了一刻我又"哼!"她一下,她又说:"就好了,就好了,给你打麻药针了!"我的回答还是一声"哼!"。这一声不但是表示痛,也表示说简直是欺人太甚,我在抗议你……又过了一会儿,针锥线穿的动态我已经感觉得到了,但是那护士还在哄我说打麻药针,真叫人哭不得来笑不得。

瘤子取出来了,我用刀子挑来一看,白生生的,就有点像一块螺丝肉;外面有一层薄膜,生根的一面没有;下面似粉状但又不似,因为它有似肉样的纤维，从自己身上取下这样一个怪东西，令人起了一种莫名其妙的感觉……

结果是否完满，还要待下星期一再去看。不过，总还算受优待，只花了一块五毛钱。

昨天上午同印度研究生丁慕斋君往访向达先生。先生对丁君论文指示参考书若干种，对我所研究之琉球问题也提示几点，并表示愿意介绍研究这个问题的学者梁嘉彬先生与之通信。辞出时，我告诉先生再过数日去取《唐大和上东征传》一书。因昨日漏记，特补于此。

1948年9月13日　星期一

今天学校开始注册，文、法、理、医、农五院全部挤在红楼的半截窄巷子里。行政效率低得气人。我常感慨人类科学研究虽突飞猛进，一日千里，但是人事管理却仍然停留在四千年或二千年前的原始状态，很少进步；与源沧言及，他也有同感。

下午，到北大医院换药，虽然挂的是提前号，但仍然等了一两个钟头，医务行政与医学完全脱了节，凡官方机关之行政效率几乎未有不烂污者！创口情况尚称良好，但是还不能抽线，用 alcohol wash之后，只是 dry dressing 就完了。

傍晚，同奇文往访玉麟。她由上海回来找了我们几次都不晤，我们打电话给她，她又不在。今天去刚好碰上她才回家来，早去一刻就又错过了。大家随便聊天一阵，奇文约明日下午往大华以看影片《银汉笙歌》(*Till the clouds roll by*)。我邀玉麟去看《古城末日》(*The last days of Pompei*)，她不去。我独自去看，是一部历史故事片，描写古代奴隶贩卖，gladiator［角斗士］及贵族生活甚详，看此片固不仅限于欣赏娱乐也。

1948年9月16日　星期四

上午到系里去选课，仔细一算，三年来我已修满111学分，与本系规定学程132学分相较，今年只修21学分就够了，但事实上有很多必修的课程我并没有修，单是“秦汉史”、“魏晋南北朝史”、“明清史”、“西洋近古史”四门课已是24学分了，而三年级就选了的日文现在也不应放弃，如此总计起来，仅一个学期我竟选了17学分之多(除以上诸课外，还有2学分的论文)。

今年中国语文系阵容之严整，我认为是世界第一。音韵语言学大师罗常培、魏建功双双返校，未免有过剩之感；罗庸先生也要回来，而原来的阵营已够强大了，如唐兰、俞平伯、杨振声、沈从文、游国恩、王重民、袁复礼、吴晓玲、冯文炳，或是文宗，或是专家，皆极一时之胜者也。

几年来我想听朱光潜的“英诗”，唐兰的“文字学”、周祖谟的“音韵学”，但是一直等到今年还是没得机会，总是与本系课程时间冲突，这恐怕是再也不能获得机会，将成为永远的遗憾了吧！

寝室调整抽签，我与其湘抽二人组失败，又与许华及萧君共组四人组，抽中西斋一一〇号。

1948年9月17日　星期五(中秋节)

人生几度新凉，一转眼又是中秋节。自前年以来，除了过年以外，对一切的节气我几乎都漠视了，回忆起来，找不到一点遗踪，一切是平凡、清淡、灰白……

晚饭后,级里同学约着去北海赏月,大家围坐在假山顶草坪上。一轮新月,从树梢升起,除了诗人的情怀,谁能说上月的月色比今天减色呢?周围的树巅虽然显得阴翳,但夜景仍很清醒。从山顶四望出去,大地安静地融浴在月光里,我不禁想起了家,想起了“几家欢乐几家愁”的哀歌,想起了我的心事……我们谈着,笑着,玩着。今晚的人真多,而且仿佛是愈来愈多了。四围不断有脚步经过,传来阵阵的笑声或唧唧的私语。人影在草树丛里蠕动着,他们在追寻些什么?欣赏些什么?

我扭动着秧歌的步伐,大家说扭得很好看;其实我根本没有学过,完全是随兴而舞罢了。女同学们都争着要我做老师,教她们扭,真是妙极!

1948年9月18日　星期六

今天全校大搬家,四院搬三院,红楼搬三院,三院搬西斋,搬得不亦乐乎!全个宿舍都搞混了!

早晨,我同其湘把行李运到西斋一一〇号。原室主人昨天跑去过节去了,一夜未归;我们好容易等到10点来钟,他才姗姗来迟。进了寝室一看,里面脏得一塌糊涂,四壁到处都是爬行动物,地面潮湿(西斋寝室皆无地板),上面还有好几个老鼠洞穴。不过好在本室的原主人是毕业同学,只是暂住,所以不打算把室内的所有什物完全搬空。谢天谢地,我们寝室总算不像其他寝室一样的遭劫了。

搬一个家,公私损失不知多少,这里暴露了我们固有的国民性，自私，贪得，不守秩序，无公德心……唉！这是一个考验！继而我又想到是什么原因造成了这些现象的呢？我不觉想到孔夫子“不患寡而患不均”的话，愈想愈觉得正确。

1949年9月23日　星期四

硬是穷透了，好久未接到家里消息，其湘说成都大水灾，这才提醒我家里自顾不暇，哪里管得到北平来。昨天下午到朱师母那里去借钱，真是运气好，太凑巧了，因为她正准备请我今天吃晚饭，而苦于不知我住处无法通知。借了五块钱跑到市场买了点牙刷牙膏肥皂盒之类就花掉大半了。

傍晚6时半赴朱先生之约，今天他是为一个李姓返川同学饯行，同座还有潘家洵先生。因为我以前最爱读他译的《易卜生全集》，所以我们谈得很投机。我约定改日再去拜访他，请教关于戏剧的问题。

晚餐吃的是螃蟹。吃这东西我是外行，临时向潘先生“学习”，朱先生说我还学得很像样。微喝了一点酒。下饭的菜有鸡，但我最欣赏的还是那碗卤肉，肥瘦也顾不得了，胡乱地大嚼一顿，一下吃了四碗饭，打破近年记录。

上课将近一周以来，一直忙着出一个迎新壁报，四天来的时间全花在这上面，差不多是唱独角戏，一直搞到今天晚上，总算可以交卷了，明天就可以贴出去，过两天，再拿到四院去贴。

1948年9月24日　星期五

向达先生借我以真人元开撰的《唐大和上东征传》手抄本，此本是觉明先生据毕大正藏《大日本佛教全书》抄出，并另依六本校定。全文虽不多，但抄本全用蝇头小楷仔细校写，工正整齐，一毫不苟，写错处皆用纸挖补改正，故全书无一墨疤。先生之精细用功，令人惊羡，益深自愧后生小子之气浮心粗，不足以言治学也。

昨天报载清华英文助教徐璋自杀身死，晚上在孟实先生处尚闻潘家洵先生谈及，言下不胜惋悼。当时我只认为谈助而已，未加介意。今天我在《世界日报》看见徐璋照片，不觉大吃一惊。原来在联大一学年下期之时，他曾教过我们英文读本。人孰无情，俯对死者相片，再读到报上所论其孤苦生涯，思及人生之痛苦无常，百念交感。我想俗世浮沉，人情冷暖，生在世界上得不到一点友情、一些温暖、一线希望，倒是不如归去，不如归去！有人笑自杀者是懦夫，但我深深同情他们，不过我决不赞成或采纳他们的途径，可是他们是值得同情的，人死了，为何人们尚冷酷至吝此一分同情！

1948年9月25日　星期六

接泉弟来信谈家中经济窘拮，忙复信叫不兑钱来，自己在吃公费，绝不欲再多累赘家中两老。可是跟着又接到父亲汇来十块钱的汇票，还去债务，尚余五块，准备购些日用零星物品。

晚饭后往邀玉麟出去散步，我们在太庙里转了一圈。大概是秋深了吧，所以游人稀落，冷清清的。我们打从那矮松林中走过，一路谈着，语声冲破了松林的阴森与寂静。似乎有些冷，但是我心房里觉得很温暖。转出来后，我们又折回去邀同她的朋友唐小姐一道去美琪看《忠魂鹃血》（*Lady Hamilton*）。片子描写英国名将纳尔逊与 Naples 地方贵妇 Hamilton 之恋史,内容甚长。但我一点不感兴趣,只觉得纳尔逊与拿破仑最后交锋那一次海战尚属精彩。我以前看过许多海战片,都不及这一场打得如此逼真而闹热。

1948 年 9 月 27 日 星期一

接得何定小姐缄,即往椿树胡同取家中托带来的衣物,计有衬衣二件、袜子二双、鞋子二双。摩娑很久,结果先把鞋子换来穿上了。

今天是最倒霉的一天,因为搞笨了三桩事。第一桩是早上排满四堂课,但是全缺席未到,结果弄得我非常无聊。因为满是课,所以一本书也未带在身边,使得我真狼狈,我才体验到最痛苦的事莫过于无聊了。谁知下午又遇到吃晚饭早到了一点钟,好容易在图书馆里混过。饭后其湘邀着去逛市场,在三院等了他将近一点钟,尝尽了"无所事事"的味道。今天的光阴是完全虚混过去了,我感觉到深深的苦痛。生活应分为工作、游戏和休息三段时间,但决不应有无聊的时间。我觉得尤其是中国人无聊的时间实在太多了,青春的时间在无聊里混过,那简直是自戕行为。高老头子说:"人们常因无聊而犯罪,多可怕的无聊!"

不小心把许世华的玻璃撞坏了,自惭实在太冒失了!

大衣已被世夫代为卖掉,售洋二十二元。昨日花六元买了一丈四尺灰布,去裁缝铺把皮袍面换了,共计约去洋九块五毛。

1948 年 9 月 29 日 星期三

昨日傍晚同奇文往晤玉麟,邀她本周星期天出城拜访燕大校友并赴颐和园一游，因为我打算去面谢何定小姐，一举数得也。

致函何小姐鸣谢，并向谢锦芳、车蕙两校友通告我们星期天出城往访事。

下午4时，印度大使潘尼迦教授应北大之请，在理学院礼堂讲演《中印历史之比较》。他的英文中梵文音甚重，前半时的讲演我差不多全听不懂，后半时较习惯了，场子也静下来，可以大致会意。他讲得很好，最后特别强调中印两国近代与西方文化接触，正在蜕变之中；中印有可相比较观摩之历史，故接触西方文化后之演变与前途，均应相互努力注意关怀云云。讲毕后又由朱孟实先生译述中文大意，说得很简单。我觉得朱先生并没有抓到潘氏讲演的精髓，实觉遗憾。

买一盒卡片送给世华，作为损坏玻璃之赔偿。

昨夜级友集会，讨论改选干事事，结果闹得不欢而散。我又多上了一课“社会心理学”。

1948年10月3日　星期日

昨晚一个人跑到市场去采办今天旅行的食品，跑了好些趟，多少也花费了一些脑筋。

早上大概4点钟就醒了，睡在床上翻来覆去总没法再入睡。近些日子来就是如此了，我想这大概是神经衰弱，否则就只能用精力过人来解释了，因为也许根本就用不着睡那么多小时。躺在床上担心起今天的天气来，仿佛觉得外面嘀嘀嗒嗒的响声，真有“梧桐更兼细雨，点点声声滴到明”的滋味。好容易挨到天亮，7点钟爬起来出门一看，果如所料，外面阴雨如丝，十分冷清。我不觉打了一个寒噤,连叹“糟糕!”为什么偏偏拣到今天这样一个倒霉天气?昨天的太阳还很好,谁料想到今天竟下雨呢。我只望天气能够有一线转晴的希望。不过,我还是以为旅行的事大概吹了。

无可奈何地整理好行装跑到三院去。天气慢慢地似乎有些起色。一会儿,阳光从云端透出来了,我不禁雀跃起来,同世夫、奇文驾车去玉麟处,一同向燕园出发。

不过一点雨,路上格外地清静。自行车并驰在晨风里,心里异常轻松舒适。出了城,车子跑得格外对劲。大自然经过细雨洗涤一番,景色显得更清朗、明快。好多日子没有出城了,到了野外仿佛觉得是从樊笼中解放出来了一样。

到了燕大,把谢锦芳同车蕙叫了出来,才知道她们今天有事,没法陪我们到颐和园去玩。见到何定,先向她道谢带来家里托付的东西,随后谈起来,才知道她也是念历史的,也是四年级。

结果还是我们四个去颐和园。我们沿着万寿山逛过去,爬上山头,放眼望去,只见童山濯濯,丘陵起伏;昆明湖里吹起一阵涟漪,一时千里江山都在眼底,不禁令人有“望尽天涯路”之感。

我们在颐和园东端的一个城楼上午餐。面包、馒头夹牛肉、花生酱,非常可口。餐后,爬到众香界上面去喝茶,并饱览昆明湖全景。再后就转了出来,返回燕园,绕着未名湖兜了一圈;依依杨柳,临风舞荡,别有一番情致。接着在燕大一个小运动场的草地上坐下来,晒在懒洋洋的阳光下谈天。

下午,风渐大了。好在我们是回城,一路顺风,把我们风尘仆仆地吹了回来。

1948 年 10 月 6 日　星期三

级会改选干事，我又被选上了，坚持表示绝不再出任系会工作。今晚召开紧急会议，分配职务结果，我担任级里工作。

晚，往访潘家洵先生，想同他吹一次易卜生的戏剧。他一开口就谈到生活情形，物价天天涨，真不得了；金圆券出来等于发大钞，一涨就是三百万（一元），情形是愈发不可收拾了；两天前面粉才卖十几块钱一袋，昨天卖到三十块，今天就涨到四十块了；米已涨到一块三一斤，并且还到处都买不到。据潘先生说，他今天去市场来，到处商店食铺都关门闭户，打开的鞋店只摆了几双最蹩脚的下等货给人看；香烟、面包、罐头、肉类都差不多绝迹了，有的话，再贵也有人抢着买。今天报上就说，上海有人抢买棺材和冥钞锡箔，成都有人抢猪肉。社会秩序要混乱了，为时想不远了吧？

战事是守无不失，攻无不克。有人怀疑今年北平是否能保得住冬天，是否也会变成长春的惨状。不过，一转眼下月的公费看来不够吃饭，马上就要挨饿了！

这是什么年头？

1948 年 10 月 9 日　星期六

今天完成了一件令人最愉快的事，那就是在胸中酝酿了两年最近提笔写了一月的《古代琉球问题争论之总清算》一文初稿完卷了。这总算了却一桩心事，也算是几年来念历史的一篇纪念文章。因为懒惰、游玩、琐事的耽误，一直到今天才写就这短短的二万五千字的文章。自己感觉得有点惭愧。笔锋是涩滞多了，啊，可怕的退步！努力！还得加紧努力练习。

下午，玉麟友唐小姐邀往建国东堂看《深闺疑云》一片。片由谢添、陈燕燕主演，名摄影师黄宗霑摄制，因而从技术上说此片较有进步，也多少带点美国作风。至于此片主题，则完全说不上，只能说是一个心理描写的故事，这也是模仿美国作风吧！

晚，史学会在红楼十四教室开迎新大会，到郑、向、余、张诸先生及同学约五十人。大家有说有笑，真是一见如故，异常亲热。我特别留意找寻新考上的树德校友黄万福同学，结果在人丛中把他找到，和他摆了一阵龙门阵。

1948 年 10 月 10 日　星期日

今天是双十节，懒觉睡醒起来，同段公到景山上去闲眺。我们爬上正中最高处，俯瞰五朝宫阙，一片红墙黄瓦，煞有一番气象；再看那游人熙熙攘攘，有如蚂蚁在地上爬动；推眼远望，穷目所及，茫茫然不知所止。其湘问道："四川在哪个方向？"我笑诵道："借问灵山多少路，十万八千有余零。"他说："恨不得一个跟斗就栽回家了。"言下，大家都有一种思乡的情绪。我猛然记起我是前年今天离开重庆飞沪的，算来浪迹北平已是两年了。

下午同祖陶、世夫去艺专参观滑田友雕塑展览，作品是近代风格的多，但好东西似不多。他那拿毛笔白描的人体，以中国画线条绳之，毫无可取。

1948 年 10 月 11 日　星期一(重九)

昨天双十节恰是星期天，因此今天补假，大家都乐得多玩一天。

今天又是重九，本来约定玉麟出去登高的，但是天公不作美，昨晚刮了一夜的风,今天仍继续刮个不停;如此良辰,竟吹得飞沙走石,好煞风景。

上午在寝室里校稿。

午饭后,去通知玉麟今日之游作罢,在她那里吹了一阵,回来继续校了半下午琉球论文稿。

一天没有玩,晚上也不痛快。我邀祖陶等说:“务必要出去应一下节气。”结果,大家都赞同吃螃蟹。但是,一直从西斋找到市场才找到一家卖螃蟹的;虽然已不新鲜了,还是每人买了一只(每只三毛钱)。到一家小店去叫了二两白酒,就这样下酒吃。因为蟹不好,大家都吃得很不痛快。出来后又跑到一家清真馆去吃爆肚,一问价要七毛钱一盘,大家的吃兴都吓掉了,但也无可奈何地每人吃了一盘。怏怏返回三院,我向祖陶索纸笔,大书郑板桥诗句:“佳节入重阳,持螯切嫩姜,江上山无数,何处登高去。”反复两次,兴尽而返。

1948 年 10 月 12 日　星期二

几天来思索毕业论文题目,伤尽了脑筋。因为我不想成一个断代史家,不愿意为一种狭而深的专业毁灭了我生活的趣味,因此拣题目就多起麻烦来。先我看到雷海宗先生一篇《论中国人口与历代治乱关系》的文章,我也想搞这个题目,同时也了却我几年来打算检讨马尔萨斯人口论的宿愿。但是,因我国人口素乏正确记载与史料,再加以时间跨度上下数千年,谈何容易,我怕一年的时间弄不完这个题目,又怕搞到中途就弄不下去会进退两难;所以,虽是性之所喜者,也不得悻悻割爱。但其他的题目想来想去也总是高不成低不就,抄书的工作我不想干,太大的问题干不了,太小了的排比之学又没有值得研究的题目,搞起来也实在打不起兴趣。今天上午想了四个题目:一、明清之际西学东渐中西思想的冲突(即:明清之际中西文化的遭遇战);二、顾亭林传;三、宋代党争;四、中国人口与治乱。考虑了好久,决定做第一个题目。下午去和向达先生谈起,他说很好,倒是给我打起一股气来。

1948年10月14日　星期四

几天来,校内笔战打得乌烟瘴气,煞是热闹。先是独立评论"前锋"发难,写了一篇洋洋洒洒的批评北大左、右派英雄的宏文,把他们所谓的"左派"仁兄惹恼了,"大众"、"生活"、"希望"等社马上猎狗式地还击。"独立"社当然当仁不让,立即应战,双方使出三板斧、杀手锏。"独立"社被杀得孤掌难鸣,但是还不被放松。偏巧政治系1949级级会上,金承艺骂了一声"共产党",于是该级出布告,上呈文,要与金承艺摊牌。金承艺方面临阵也闪出了刘沛高等几员闯将,把同学及学校的布告撕毁了。这样一来,事情更借题扩大。扩,扩,扩,不知要闹到哪天!大家都说自己"民主",对方不"民主",谁民主呢?天晓得。

晚,系里开干事会,决议成立系阅览室,举办学术讲演及参加本周星期日"北星"主办的颐和园、西山大旅行等事。

1948年10月16日　星期六

烟台丢了!锦州丢了!"残"共真是厉害!

下午奇文来邀,同玉麟骑车去中南海,这里开放以来我还未去过。里面很大,我们骑车沿着中南“海”的石路上走去,到了瀛台,进去大致看了一下,除了空壁的殿以外,别无长物,也看不出以前光绪被囚起居处的线索来。台北端有一石桥连接,余三面环水,台上也略有楼亭假山树木之类,南端有“迎薰楼”,正对中南海南门内照壁,居此方寸天地之间,生命之渺小可想而知,加之秋风萧索,游人冷清,回想昔日光绪凭栏,当别是一番滋味在心头也。

出了中南海,我顺便到西长安街胜利出版社去买方豪的《徐光启传》,但遍寻书架,独缺此书。

近来生活还算很有秩序,并且也紧张得一点。但虽紧张,心里也还快活。四年级了,心里总有一点着慌起来,有时一想到快要离开学校,总是一阵怀恋,一阵叹息,一阵怅惘。几年来自己也还算努力,自已控制自己、教育自己,也许没有太虚耗过很多的光阴吧,我想。不过,几年来,有许多要看的书仍然没有看(因为许多缘故,或是耽误,或是懒,或是借不到书),许多要想写的东西仍然没有提笔,到今天,依旧欠了这么许多的书债和笔债,而且债还一天天在集,想起来怎不感到发慌呢?甚至连玩耍的债也欠得不少,有好些名胜地还未去过,不说听北京戏了,就是闹了很久的沙锅居也始终没有去吃过一次。但是青春的门槛已濒近了,虽然觉得自己还年轻,以后的时间还多着哪,但我总觉得大学是人生的一个重要的阶段,有些事虽然还可以缓缓地办,但有些事也觉得总应告个段落才好。因此,今年我还不能轻松一点,反觉得要格外努力,格外加劲才赶得完那许多工作哪!我恐惧着是否赶得完,不过,我总[要]努力去赶着瞧。

我要更多读些,多写些,多玩些!

1948年10月18日 星期一

今晚本级级会请教授先生来讲毕业论文写法。召开此会,从与系主任接洽,通知教授,借教室,定时间,邀同学到布置市场,打电话催人,完全是我一个人的事。

到了四年级,都是老太爷了!同学们一天从早到晚根本就难得碰头,碰见了彼此表示得淡漠得很。也许是要毕业了,各人有各人的事,大家都各自奔前程去了吧!生命匆匆,饶恕他们!

郑天挺先生、向觉明先生、张政烺先生、邓广铭先生、余让之先生都到会,同学反只来了十三位。先由郑先生讲写论文的一般规则,次由各先生补充之。后来大家不拘形式地随便聚谈,谈得很亲昵,也很圆满。

我把自己论文的写法大致同向先生商量了一下,准备有暇再亲去向先生家里要详细参考书目。因为图书馆里关于宗教方面的书籍真是陋少得令人惊异,向先生说此题可请教一下陈援庵先生。

1948年10月20日 星期三

时局甚紧,锦州已下,长春入混战状态,太原大概也快易手!

物价仍然不稳定,上海、南京方面抢购之风仍炽。据说买东西不但要赶早排班,而且还要在衣服上画上号码以定先后顺序云云。

日来经济奇窘,其湘、祖陶等也一筹莫展;上午到朱师母处借来五块钱。

下午去北大医院看病,下颌上取瘤子的创口渐好,但是近来感觉得皮里仍然有一块硬物。有时甚至有些痛或痒,并且有还有长大的趋势。我本想听其自然,但接着一想,还是以早治为好,因为脸上隆起一个包块会影响到心里不痛快,所以虽然无钱,也想法借来钱来上医院。

今天的医师换了一位,比起以前那位来更惶脚惶手。他连上次做手术的英文记录中也有一个字不认得,更不用说看病了。他的手在创口上摸弄了一阵,迟疑了一会,终于说:“我看没关系,创口还没有好完啦,不用看了!”我听了好不懊恼,站起来胡乱同他争辩了几句,结果还是只得无可奈何地离开了。

1948年10月21日 星期四

改选理事,渐入白热状态;本级票选结果,陈瑞林当选。但是,他说他在选举委员会工作,不愿做候选人,同我闹了半天别扭,硬要我召开一个会,我也莫可奈何。晚上,邀了同学在龙丽侠房里商议,瑞林来打了一套官腔,说了一篇大道理;但是大家并不认可,于是此公一怒拂袖而去。后来,还是张素梅、马祖珍的脾气好,又去把他找了回来,东拖西扯,结果以次多数票由马祖珍补之。

会后回宿舍来,正展读《方豪文录》,玉麟同奇文来访,小坐交谈片刻后告辞。我送他们出去,赶到门口,看见月色虽已下弦,但尚明亮可照行路,就率性送他们一段路,到北池子口才分手。独自沿御河回来,踏着自己的影子在黑阴阴的马路上走着,夜很静,心里感觉得很恬适。

闻诸葛武侯诫子书云:“夫才须学也,学须静也。”审之实乃知甘苦之言,可书于座右。

1948年10月22日 星期五

偶在《新生报》副刊内读到李自成的《咏雪》诗一首，诗云：

飞，飞，飞，有如天上洒石灰，
咱老子有高粱、美酒消寒夜；
你们这些狗娘养的，
怎么过的？

语极粗鄙，但骨子里透出一股平民百姓的气息。读到此诗，不禁使人联想到张献忠的《咏雪诗》（“乾坤一笼统，井上大窟隆，黑狗身上白，白狗身上肿”）及《祭文昌帝君词》（传此词先嘱文吏撰成，张氏阅后不满意，信口成章，文云：“咱老子姓张，你也姓张，咱老子与你联了宗吧！……”），都是粗声粗气，却颇有一股劲儿，不似文吏的雕虫辞藻。再上溯则可数到明太祖朱元璋的诗文，更早的则不能不推到刘老二（汉高祖）的《大风歌》了。二人都是从最下层的流民爬到最上层的宝座的，“乃公”虽是三棒加两棒，但是随手拈来，气魄却大不同，这不能不说二人确是非凡之才。试看楚霸王的《虞姬歌》，就大差劲了，哪有一点霸气？

1948年10月23日 星期六

日来翻阅明清之际基督教东来史料，才知道明末来华教士邓玉函（J. Terrenz，原名 Shrek）与近代西洋科学的老祖宗伽里略（Galileo）是朋友，这令我小小地吃了一惊；伽里略时代之西洋，其愚昧黑暗与中国差不多，那时西洋科学才开始在发芽。伽氏的年代是1564—1642，近代科学之父培根（Francis Bacon）与他同时（1561—1626）；大天文学家凯普勒（Kepler）比他只小七岁（1571—

1630);牛顿在他死了的翌年才诞生,而瓦特(Watt)则几乎还晚在一百年之后。这段时代在中国史上略当于明代的神宗万历治下(1573—1619),正是国家升平富乐的最高潮时期,竟如此幸运地得与西方文明接触。伽里略的望远镜在他生前就被传教士带来中国,这是何等令人欣慰的事!那时候我们的科学如果能与西洋并驾齐驱,今天我们就不用大喊"迎头赶上"了。这是祖先误了我们,但是又怎能以今日之势非之呢?因为滔滔者天下皆是也,谁个有这样大的胆识气魄呢?

1948年10月24日 星期日

上午到觉明先生家里去请示写作论文问题,并将写作大纲交请先生一阅。先生改定题目为:《明清之际西学东渐时期中西文化之初度冲突》,并借与杨屾《知本提纲》、钟始声《辟邪集》、徐昌治《破邪集》诸书研读。

下午邀玉麟到艺专参观齐人(振杞)遗作展览,创作丰富、琳琅满目,其精力之丰沛,徐悲鸿先生尝誉为"国内也找不到五人以上有如此丰富成绩者",实非虚言。油画《东单地摊》、《拾荒》诸幅,皆罕构之巨作。一个天才被庸医捏死了,怎不令人痛惜!谁能料定他那不可限量的前途,不会是中国的 *Raphel*(拉斐尔)呢?

晚,各自治会理事竞选团在北楼举办"竞选大世界",计有地质系的幻灯、法律系的电影、教育系的"幼稚园"、史学系的茶馆、哲学系的看相、政治系的杂耍、经济系的马戏、××系的结婚典礼、××系的相声,皆大显神通,各有千秋。但是,观众并不似去年除夕的踊跃,可见对于竞选不热心之士仍大有人在也。

谣传教授们为生活窘迫正在酝酿罢教。

1948年10月25日　星期一

今天教授们果然罢教了。一早起来就看见教授们的"罢教宣言"及"上胡适校长书",宣布罢教三日,要求学校当局在本周内借与各教授两月薪水以维持生活,签名教授共八十二人。

到学校去,在民主墙上又读到自治会的"上蒋总统书",要求大学全公费待遇等项。

早餐后,正在图书馆中文阅览室读钟始声的《辟邪集》,忽然许世华来喊,说有同学若干人建议召开级会,商讨如何响应教授们停教的事情,我当即分头四处通告各同学。10时,大家集中到龙丽侠寝室里。今天出人意外地到的同学特别多,大家交换意见,决议支持教授行动,并联络其他学校师生、工友等。最后,又有人提议下午去访问本系教授,遂立即分配同学为四组:一组去东厂胡同,由秦芙香负责;一组去府学胡同,由我负责;一组去十条胡同,由许世华负责;一组去余逊处,只赵光明一人。

午饭后正1时,即同丁景敏、张素梅、董丽华出发去府学胡同。今天天气很冷,刮大风,吹得飞沙走石。我们把能穿上的衣服都穿上了,走在大街上,倒也觉得暖和。到了府学胡同宿舍,这里住着本系杨人楩、韩寿萱两先生。我们去叩杨先生的门。

杨师母打开门让我们进去,杨先生立即出来亲自倒茶。我们首先发觉的是杨先生请的老妈子已不在了。接着,大家坐下来。杨先生开始述说他的生活实况:"你们已看到报上楼先生的谈话了。至于我还算好的,因为我与我太太都在教书(师母在师大任教),所以说在经济来源上是双份收入,本月我领了一个半月薪水,连同研究费四十块在内,总共有三百元的样子;我太太也支了一个半月薪水,也差不多是三百元,一共算来本月就收入了六百元。但是,只是两人的食米、油、火和其他杂用,加上随时要添置一点小的零星什物,到下半月来就只剩四十元钱了。我和太太仔细盘算了一下,每天至少要开销四元钱的菜钱和杂用,那这四十元刚好足以维持十天,挨到月底了,但是昨天一个不好推却的约会花去了十元,装置火炉等花了十多元,到今天就只剩十元,本月看来是无法维持下去。所以,我待会儿还得去学校转转念头,想个办法。……说起物价来真涨得骇人,上月我买了四十斤米,每斤两毛钱,后来慢慢涨到了八毛时,我的米已经吃得差不多了,但是我买不起了。后来,米每斤一直涨到一块、两块,于是我们由一天吃两顿面一顿饭改为两天吃一顿米饭了。菜呢,平常自然是不吃肉的;今天的小菜钱也花了五毛几,大抵是白菜之类。以前有时星期天吃一点肉,因为我有一个侄子在外文系念书,周末回来大家吃一点肉,同时也随便给他一点 Pocket money 啰。再说煤吧,前一向我给了二十几块钱请人代我买一吨,但最近那人把钱退回了我,说买不到;煤已从二十八块涨到好几十,现在是涨到一两百块一吨了,我当然只好作罢了!……我都如此,其他的先生们生活可想而知,那是更苦了!”最后,我们提出准备罢课支援教授的意思。他说,请转告同学们,为了爱惜学业,可以不必罢了,因为罢三天已经足够了。

韩寿萱先生家里吃窝头的消息,今天在报上登得顶显著的。我们叩门进去,先问他近来的吃食。韩先生说:“近来好一点,已经没有吃窝头了。但是,杂粮、小米面、黄豆现在是更难买到了。”他说着笑了一笑，又说："先生苦，同学们也苦啊！我们大家都在熬持着！"韩先生是去年才从美国回来的，因此他再三说他不算苦，因为他没有尝到过抗战期间同事们吃过的苦头。不过，回国以来他已经把在国外仅有的一点积蓄二千多块美金完全贴补进去了。比起杨人楩先生来，韩先生是差多了；因为他每月的收入只有在北大的正薪和在历史博物馆的四十块钱(不过本月还没有领到)，但他却有五口之家。这样的物价，请想想，他们可以无饥吗？当我们告辞出来时，韩先生再三地说："我们要以最小的牺牲来换取最大的代价。"因此，他希望同学们不要随便罢课，就是罢，也不要多罢。

晚饭后得知消息：北大、清华讲助教会均决议自明日起罢课五日。

晚，应玉麟之邀去社会服务处看电影。最后一部片子是戴爱莲女士舞蹈的记录片，一出是《击鼓舞》，另一出是 *Mate and the Cripple*。一人两饰，舞法新奇，据称是广西一带的民间舞蹈，但我从未闻见过。

1948 年 10 月 26 日　星期二

学校里的同学大概可分作好几派：一派是不理派，除了读书或者是搞他自己的事以外，其余一切团体活动或课外活动一概置之不理，好像天塌下来也与他无关似的，一切都与他无干，他也不惹别人，这派人在校内自然只是少数。二是热心派，热心服务，随便什么事都有他，一遇事他总起劲干，摩顶放踵利天下而为之，那股干劲实在令人羡煞；自然，这些人勇于为人常常牺牲了自己，因此功课也许不太好，这派人在校内也算少数。三是无所谓派，这里嘻嘻，那里哈哈，凑热闹总有他，遇好事也来一份；罢课也签一个名，表决他举一只手，有他似乎不多，无他也似乎不少，懒得主动地干些什么，但却是"充数"的好喽啰，这种分子在校内大抵占绝大多数。最末一派是风马牛派，一件风马牛不相干的事情，他可以闹得来不得了，遇事投机，高喊自由民主总是于己于人皆有利的事；每开会总是到场即席慷慨陈词一番，作一次预料能获得喝彩的煽动性讲演，会后实际工作起来，他总是东溜西逛，只会指挥别人，批评别人，实际上他自己什么事也没有干，却成了一个忙人，出民主风头，吹民主牛皮；这种人在每个学校甚至在社会各个阶层中都不少，是一切运动和事业中最坏事的危险分子，但是他们是容易获得群众拥护的，他们狡黠的伪装是不容易被一般人识破的，真是可怕，可恨，更可恼！

事情似乎是越闹越大了，北大清华讲助教会决议自今日起罢课五天，同时清华教授、师院教授也签名停教，中研院研究生已罢研了，同学们当然无有不支持者。此事若政府不即予设法解决，星星饥火，足以燎原，实在不是件儿戏。

1948 年 10 月 27 日　星期三

上午在图书馆读《圣朝破邪集》，毕第一、二卷。

下午毕第三卷，并读裴化行《利玛窦司铎和当代中国社会》三章。

晚饭前在游艺室与其湘下棋，碰上萧明正在找我，说三院七十号杨文浒带了一块腊肉来，是给我的，只是找不到我的住处。我听了不禁大喜，知道家里托人带的腊肉带到了。吃好晚饭，忙跑到三院去打听,好容易才找到七十号,但是没有人在;待一会再去,有一个人在屋里,但是他说不知道,这把我弄急了,心里慌着要看肉;一直挨到九点钟又去,才会到了杨文浒,但他说刚才已请尹文津把腊肉给我带到西斋去了;我又连忙赶回西斋来找到文津,他说已交给世华,准备再转给其湘交给我。真是不知转了多少手才得来一块腊肉啊！难怪大家都直嚷着“请客！请客！”

把纸包解开,仔细一看,肉有三斤重的样子。刚打开纸,一股肉香直扑鼻孔,香溢满室,大家都不约而同地深深吸了一口气。我快活得来连瞌睡也没有了。

1948年10月28日 星期四

上午读《破邪集》,毕第四、五两卷。

下午与祖陶等商量煮食腊肉的方法。我主张请两次客,一次请他们及带腊肉的人等,一次请奇文、玉麟等。但他们觉得如此人太多,失掉打牙祭的意义了,所以提议分三次吃,他们准备割一点新鲜肉炖在一起吃,人要少些,也就吃得痛快一点。结果我决定今天先请文津、世华以及传达腊肉消息的萧明、杨文浒等来尝试一下,明天请玉麟等,后天再同祖陶等炖肉吃。

我先到三院找到一个可以炖肉的美军高罐头空筒带回西斋,又顺便买了三斤白萝卜(六毛钱);再把腊肉纸包打开来,拿到盥洗室费了一些功夫才洗干净,把萝卜也削好了,正要“开火”的时候,才发现其湘的电炉不在了,急得我四处跑去找,一直到五点过钟才找到,于是马上把腊肉煮起来。这些事我都是初次试做,但结果居然搞得一点不差。腊肉尝起来味道简直同火腿一样,香极了！只是请的客有三位都“客气”,没有来,我又临时打电话叫祖陶、世夫过来吃,尽欢而散。

1948年10月29日　星期五

自北大教授罢教以来,其他各校均连续响应。北平的专科以上学校除了中国大学以外,清华、燕京、师大、铁院、中法、华院、艺专、辅仁均停教要求调整待遇。昨天,市立中学教师停教了,要求发三个月薪水、配面粉一百斤;今天,小学教师也起而向大中学看齐。除了师生叫喊饥饿以外,职员工友也酝酿罢工。本校职员明天将罢工一天;工警要求借支一百元,如不得满足,将从下周起罢一周;北大医院也停诊五天。公用事业的电灯、电车等行业正在闹调整待遇,《益世报》职工已经罢工了。除北平以外,天津的南开、北洋等校也响应了这个“争温饱、求生存”运动。罢风之盛,可谓不胫而走。为向来所未有之空前严重生活问题而呼吁,各界人士不分阶层,不论老幼,都一致热烈支持,看政府拿出什么办法来。

上午读《破邪集》,毕第六、七两卷。

下午邀奇文来谈吃腊肉事,碰巧他正要找我同玉麟去辅仁参观运动会,特别要去看看张冰姿的表演。但我们刚走不远就碰到冰姿迎面而来,知道她参加的节目已经完毕,感到很扫兴,不打算去了。大家临时改变主意去看电影,但玉麟坚持不去,我也没啥兴趣,但又不好脱身。结果玉麟走了,我们三人去大华看《幽谷兰》(*Deep Valley*)。美国片的味道早看腻了,看来看去总是那一套。

晚,世华、其湘和我三人在我们寝室里招待全级同学,计到朱玉珩、秦芙香、丁景敏、王宵瑄、龙丽侠、陈集福、张素梅、赵光明、萧松、吴世俄、田余庆,连同主人一共十四人。大家一面剥花生吃,一面聊天,说到最后,都归到近来战事的题目上来。长春、包头、济南等地相继易手,沈阳告急,看样子华北局势难保今年冬天。有同学谣传说学校有迁台湾或杭州之说,但是查无实据,可靠性很小。又听说日来燕大、辅大请休学假南下的同学很多,又有学校已开始南运教职员家属之说。人心惶惶,谈起来前途茫茫,谁都不敢保得定明天的生活怎样,别的更不用谈了。

1948年10月30日 星期六

下午,同祖陶、世夫到市场溜达一圈。好久不到市场去光顾过了,今天去自然看见不少的好书,问起来价钱也不算贵,但是我也奈何它不得,摩挲良久,怅怅离去。

回三院来,把我丢在祖陶处的一双破美军皮鞋拿出来卖给打小鼓的;我满以为可以卖七、八块钱,谁知他只肯给两块钱,我觉得太欺人了,虽然急需钱用,也还是赌气不卖。还有两件雨衣上装,买方只出价五块;祖陶说不如留着当包单用,也没有卖掉。虽说是人穷志短,但谁都不肯输这一口气。

晚,邀奇文、玉麟及唐小姐来吃腊肉。我照着前晚的做法,依法炮制,弄得已很熟练了。除腊肉萝卜汤配馒头外,我又打了三两白干,但两位小姐都只沾了一沾而已。我和奇文猜了三拳,都是我赢了。吃过之后,煮了一壶热茶,喝下去浑身血脉都感到灵通痛快。

1948年10月31日 星期日

上午,祖陶来谈起北大已有百来人休学南返,又谈到近来校内谣传迁校的事，遂一同跑到中老胡同贺麟师母处去打听消息。见到师母和先生，两人都极口否认有迁校的说法，看样子他们似乎持无所谓的态度。我想搬家之说多半只是谣言，因为在今天实在没有人敢提出迁校之举，再说搬家谈何容易啊！

下午校友会迎新。原约定在民主广场游艺室前集合，但是一直到二点半钟还稀疏零落地没有到齐，只得先先后后地分批到景山去。我们先在夕阳下的亭子下剥花生，吃柿子；金风吹来，有些寒意，又移到后山脚下围坐闲谈；坐久了，大家又起来活动一下手脚。最后，由曹慧蓉领头，排成一行长队扭秧歌，一个个东歪西倒，扭扭捏捏，嘻嘻哈哈，从景山里扭了出来，已是五点过钟了。

陈光表校友刚从清华来说，吴晗教授夫妇已经跑到解放区去了，并说现已安抵目的地。

传华北学院俄文教授石、李二先生失踪，后探得系被特务架走，迄今吉凶未卜。

晚，祖陶、世夫、其湘，加上自工院过来的天骐，大家打平伙，在我寝室里炖肉吃。我因为出腊肉，所以就不用再出钱；他们则每人凑了几块钱，割了两斤半肥猪肉，买了几斤萝卜。萝卜一半拿来炖腊肉，和往次一样；一半拿来炖红烧肉，是初次尝试。大家帮着搞，弄到八点过钟才开始吃。今天因为有红烧肉，肉很肥，油腻大，大家都嚼得口角流油，异常痛快，可以说是用猪油把半月来的枯肠洗了一番。真不中用，两斤半肉就把大家吃得头闷肚胀，消不完了。腊肉今天简直是黯然无色，比起红烧大肉来好没味！

吃了下来，红烧肉还剩了不少，连同一大碗油，大家决议搁起来后晚再煮白菜吃，真是好主意！大家因为尝到油头，都异口同声说,以后有钱就炖肉吃。看来愈是兵荒马乱、米珠薪贵的时候,大家愈馋,食欲也愈大。老子"虚其心实其腹"之教训,置兹乱世,当不胫而走矣!

吃罢,又煮了一壶茶来"刮油",围坐纵谈天下大事,嬉笑怒骂,气煞一般俗子了。

1948年11月1日 星期一(联大校庆)

今天是联大校庆,本年纪念仪式决定在天津南开举行,其湘、特生等前往参加,每人只缴六块钱,极称便宜。

小学教师为生活问题停教,仍未得具体答复,故仍继续停教。

大一同学上午来沙滩向胡校长请愿,要求生活救济。他们在民主广场高呼反饥饿、争温饱口号,又贴标语甚多,呼吁沙滩区同学支持。闻四院同学约二百人,有奖学金者仅八十余人,而近来物价波动,多数人深感严重威胁,故今日停课请愿。不过听说结果仍不圆满,因胡校长也束手无策,无可奈何也。民犹是也,国犹是也,莘莘学子,巍巍教授,犹奔走呼号于五斗米之间,呜呼,谈什么教育!

1948年11月2日 星期二

下午4至6时,上胡校长"历史研究法"一课,这还是本期的第一堂课。因为胡博士名气太大,第七教室被挤得满满的。胡校长进来,第一句话就说:"十一年了!有十一年没有教过书了……"接着就谈他研究了五年的《水经注》,讲得很详细。他说他写了一篇五万字的文章,叫《全校〈水经注〉辩伪》,判决全祖望的《水经注》是偷赵一清和戴东原两人的《水经注》,并且确定是伪作,即非全氏本人作贼,而是别人假冒之作。但是,一直到最近,他才发现他这个列有十大证据的判决书是大错特错了。他举此例的意思,是用以说明考据学的证据法(Law of Evidence)必须谨严科学,否则就会差之毫厘,谬以千里。听了他的讲演,不禁又勾起我对历史科学的怀疑来。早就想写一篇《历史科学的价值批判》的文章,一直懒得动笔,今天上了课下来,又有点跃跃欲试了。

晚,用前夜的剩汤煮白菜萝卜吃,胀了一肚子,虽觉得怪难受,但却怪惬意似的。

1948 年 11 月 3 日　星期三

报载美领事馆已通令撤退华北侨民,英领事馆也有类似旨令,都走光了,好让我们关起门来好好砍杀一场。

晚,玉麟来还我借书证,同到民主广场散步,向她倾诉了半肚子的郁积。

读历史至"楚汉之争",楚败汉胜时未有不废书而三叹息者;及见汉高祖大戮功臣,更觉得"飞鸟尽,良弓藏,狡兔死,走狗烹"之言不爽,令人不寒而栗。但是,比之读明太祖开国历史来,又觉得汉高祖太仁慈了。明太祖之开国勋臣贵戚中,除文臣袁凯、武臣汤和两人装疯乞老、幸免一刀之外,几乎没有一个不被太祖斩草除根、拔除干净的。遁迹江湖的田兴最能猜透太祖心理,太祖那篇肉麻的饵文:"……元璋自是元璋,元璋不过偶然做皇帝,并非做皇帝便改头换面不是朱元璋也。本来我有兄长,并非皇帝便视兄长如臣民也;愿念兄弟之情,莫问君臣之礼。至于明朝事业,兄长能助则助之,否则听其自便,只叙兄弟之情,断不谈国家之事。美不美,江中水,清者自清,浊者自浊,再不过江,不是角色。”话说得如此漂亮,实在叫绝,但田兴究竟是个“角色”,仍旧置之不理,可谓知己知彼者也。

1948年11月5日 星期五

报载傅作义飞京请示戎机,不知拿得出什么锦囊妙计来。

停教之风已漫延至南京等地。

中午法律系会贴出一“时局严重”之斗大字体布告,建议自治会要求学校当局表示明确迁校与否的态度,因近日校内校外,谣诼纷纷,人心惶惶。报载燕大当局已表示不迁校,惟缩短学程而已。下午耀卿来谈,知道清华同学也反对迁校,理由是离解放的日子近了。

午饭后,世华、其湘、萧松、世俄等人聚谈,商量大家凑一点钱,乘这几天限价令刚取消,物价尚未升起之时,买一点粮食储蓄起来,以备万一围城时之用。大家考虑结果,都一致赞成买花生最方便合宜;此外,再准备几包盐、几包糖,甚至火柴之类都想到了,有钱更可以买几袋面。不过,现在大家一时都拿不出钱来,恐怕还得慢慢设法。

发家信,望能汇一点钱来救急兼储粮。如果再不来款,只有大拍卖才能度日了。火急!火急!

1948年11月6日 星期六

昨晚世华、其湘谈起近日校内闹配面及迁校的事,要求召集同学来谈。我当即答应,并分头通知各同学。今晨9时,在丽侠屋里,到了十几位,大家瞎谈一阵,说不出个所以然来。本来,迁校与否我们学生作不得主,配面改配杂粮也是无可奈何的事,一定要坚持,终极不外是罢课,但罢了之后又如何呢?

中午听说法律系大请愿,要求胡校长取消周炳琳代兼法律系主任职务。同学们闹得很凶,胡氏看见威吓不能了事,终于答应同学请求,说只要周氏提出辞职,他可以准许。

晚,同祖陶到市场卖书。但是,近日市场生意萧条,买卖皆不景气。我的一本《新编世界地图》及一本 *Elementary Russian Grammar* 一共只卖得五块钱,还算发利市啦!

卖得了钱,立即邀祖陶去平安看电影片《化雨春风》(*The Corn Is Green*)。这是一部很有教育意义的片子,描写一个女教育家从矿工里发掘出一个天才,又费尽心血琢磨他成器的茹苦含辛经过。全剧充满了智慧与振拔人类的爱,主题在表现 If the light come into the mine,实为美国影片中不可多得之佳构。

1948年11月7日　星期日

几日来其湘嚷着要回川去,这问题使他烦恼踌躇,叫我们做朋友的也觉得不好办。他要我们帮他考虑,为他贡献一点意见。但是,未来的事尚不可预知,人们连自己都保不定,怎么还能为他人谋划呢?早晨我同他谈了许多,考虑到种种的问题,最后,还是看他自己作何决定。他想来想去,总在两可之间,又拉着我去张政烺先生处征求意见。张先生的看法和我差不多。这事旁人作不得主,最后还是自作打算为妙。我笑着对其湘说:你倒不如打个卦决定,看是回去好呢?还是不回去好?

午后去看玉麟,通知她关于入伙的事尚无眉目,闲谈片刻,邀她去逛公园,她不去,我就往三院拉了祖陶同刘辅昆去中山公园,在花室前草坪上坐着吹牛,冬天的太阳晒得人怪舒服的。

晚饭时,再去为玉麟打听入伙事,以半公费膳团最便宜,除了三分之二袋面粉外,只交五块钱。我决定为她登记一个名字再作定论,谁知我6点3刻前往登记时,已站了三十几个人在那里等待登记了。原来说的是7点钟,而且同学们办事都守时的,不料今天提前一刻钟已经站了这许多人了。我看把她补入这个膳团似无希望,不愿枉站一番,就索性拉倒了。

1948年11月9日　星期二

接到家信及五十元的汇票。

爹爹在信里说:"汝前函中谓'人生朝露骨,艺术千秋',颇有见地。数月以来,因感国是日非,心情苦闷已极,故每日除例行到公之外,早已摒绝一切,闭门作画写字,聊以寄慨。入秋以来,曾临摹黄大痴、沈石田、兰田叔、汪秋涧等先贤手卷十余幅、扇面五六十幅,作书亦勤,为近年以来未有之收获,此即汝来信实得父心也。吾人生斯世,既不能于功业有建树之机会,自应于学术有所成就,庶不负七尺之躯空在人间走一遭也,汝其勉之。"反复看了数遍,心情也一样的沉重。

下午,打电话去精益眼镜公司问配眼镜的价钱,单是镜片也要七八十块,把我吓住了。同祖陶到王府井一家公司去配,用中等的日本制镜片,花了五十二块钱。验光的结果左眼是八百度,右眼是八百五十度，与去年在北大医院检验结果大体相符。

五十块钱就这样完蛋了。

1948 年 11 月 10 日　星期三

下届原定与世夫调换膳团，我吃丝糕，他吃馒头，约定好了，但他临时变卦改入女生膳团，于是我也不得不改变主意，还是留在原来的膳团。本来预算吃丝糕可以退三十块钱的，现在只退十五块了，还去债务又当是一文不名。好在上届面票今天退了十四块下来，才不致刚发公费又是囊空如洗了。

原说与世华他们合伙储蓄一点粮食，因为没钱，只好自动退出他们的集团。

晚，同祖陶、其湘去北洋看驰誉已久、姗姗来迟的名片《万家灯火》。幸喜没有失望，果然算得是国片中顶好的片子。看了出来，我们都沉重得说不出一句话来，大家默无一语地各自回味着。我一路走一路想，知识分子实在是太不中用了，肩不能挑，手不能提，“生爱面子死要脸”，这实在是对一般知识分子真实的刻画。知识分子压榨在广大人民身上建设他们的“有闲文化”，这是好一群聪明而脆弱的蠹虫呀！为了更大多数苦难的人类，我更坚定了实行社会主义或共产主义的信念。为什么有人憎咒它呢？因为它为了顾全最大多数而暂时牺牲了一些既得利益的最少数。唔，我明白了，这就是社会主义或共产主义的罪名。

1948 年 11 月 11 日　星期四

航空信由十一万元一跃而涨到四角五分（合一百二十一万五

千元)，家信只好改交平寄了。

下午4时，持父函往谒胡适校长，不晤。

晚，世华及同桌的同学五人在我们寝室里炖肉吃，一定要请我参加。我推托不去说："如果也要我交钱的话，我就参加。"但是，他们终于还是未收我的钱，我算是白吃了，可是吃得很不痛快。世华没有炖肉经验，炖出来的是一锅没有汤的干肉萝卜团；又因为肉太肥了，虽说是大家都很"饿痨"，但还是吃不消，吃得闷头闷脑，怪不好受，害得我一夜不能安眠。

今天下午去取眼镜，发生了一件插曲：因为我是将就旧架子配新镜片，但因旧架子年久脆损，一不小心，用力稍微过度，架子"砰！"一声就碎裂了。公司自认晦气，只得另外配了一副赔我。本来有一副顶好的架子值三十块钱，公司愿意打个折扣二十块钱卖给我，但我还嫌太贵，还到十七块仍不成，我就不再要了。配来赔我的架子还使得，只是新镜片戴起很不习惯，感觉有点昏。

1948年11月13日　星期六

听到两件怪事：

这次沈阳失守，当最后一架飞机自沈飞起时，乘客发现窗外有一个人挂在机身下，机内的人连忙设法把他从窗外拖了进去，但一拖就接连接上三个人来，因为这个攀机窗的人脚下还挂着一个人，而那人脚下又吊着一个人。所以，一拖就有三个人一连串地上了飞机，可谓妙极！妙极！

又报载天津某医院发生了一件窃婴案：有一位少妇欺哄她丈夫说自己怀了孕，等到临盆期近，她发起慌来，四处寻求鬻子者皆不可得,于是情急之下跑到一家医院去偷抢走别人刚生下来的婴儿,然后跑到另一家医院去装产妇,骗她丈夫说自己生孩子了。但此事终于被人识破,演出了一幕有声有色的悲喜剧。

傍晚,到孟实先生处归还月前所借之五块钱,闲谈及北方形势,先生提醒我以储蓄一些粮食为妙。我口里诺诺称善,实则心中暗道:“谁不知道应该多买些东西囤积起来,但是要有钱呀！我的教授!”

1948年11月14日　星期日

晨接得严培先电话,说他定今午起程赴津搭轮到上海,准备回四川去,行色匆匆。中午11时我去艺专看他,他随即提行李上车,大家没有说什么话。临行,他送了我及奇文、(伍)嘉衡、(陈)光表各人照片一张,挥手告别,祝福他一帆风顺。

在椿树胡同日文书店购得《世界年表》一册,二元五角钱。此册较我原有版本晚出三年(原本为大正七年,今本为大正十年),原册特赠其湘。

下午到大明眼镜公司验眼镜,仍不能判定是配的度数深了或是浅了。技师说是因为我目力衰弱,故明视太差,乃无可奈何的事。我想此说很有道理,本来先天就有近视的遗传因素,再加以后天身体衰弱,用眼过度,视力当然不济了。这是无论配什么镜子也难以补救的,还是节省目力、增强体质才是治本之法。

在祖陶处读到萧辉楷译的一篇淫荡小说《包华夫人》,写得虽极亵秽,但所描写的倒是人性之真相。读完后在文后签了一个名为记,在我前签名者已有二十多人了。

1948 年 11 月 15 日　星期一

昨天下午在日本书店碰见 Mr. Sukola，才知道他已自敦煌回来了。他要我约一个时间去看李桦先生。今天晚饭后去东厂胡同，先去叩胡适校长的门，他又不在家。再到研究生处访 Mr. Murty，看到他近来翻译的《海路》（*Sea Route*）一书的稿子，又听了几张印度歌曲的留声片。最后，我想起昨天其湘问我关于印度纪元的事，特别提出来请教他。他说古印度帝王纪年各有年号，今日较古纪元为 Vikram Era，其元年为西历 78A.D.，至十一世纪时改用回历纪元，称 Fasali Era，及到十九世纪中叶又改用西历了，至今通用者以后者为限，但也间或看得到 Vikram 或 Fasali 纪年，只是很少有人懂得了。

接着去看 Mr. Sukola，本想看看他从敦煌带回来有些什么珍贵东西，不巧他的临摹作品正在付裱，所以只看到几张千佛洞的照片。我乘机请他送我一张他的作品以为纪念，他说可惜说得太迟了，现在手中作品全已寄出，但如在回印前有空，他愿意画一张来送我，不过他下周就要飞印，不知还来得及否？

1948 年 11 月 16 日　星期二

报载承德国军“主动”撤守，仿佛共军是“被动”占领该地似的。保定也很紧张，好在似乎徐州还暂时不成问题，稳定了一些子人心。听说这次徐州会战之惨烈，真可谓空前所无。打日本也没有这么精彩过，飞机、大炮、战车完全出动，双方动员之浩大真是无以复加。唉，这究竟是为了什么？

下午 2 时在理学院礼堂听 British Consul 请来的 Dr. Dobson 女

士讲演“Bronze Age in Europe and Asia”[欧洲与亚洲的铜器时代]，并有幻灯助解。D氏的英语讲得很清楚，只是内容不过还是大家都知道的那一套，幻灯片也不太引得起我的注意，到了后半部分，我像上中国教授的课一样地打起盹来，对外国博士也一视同仁。

听胡博士讲“历史研究法”一课，他以《水经注》为例，大谈特谈。胡氏花了五年时光研究这部书，尽管他把这个研究说得如何“了不得”，神气十足，但在我看来也不过是那么回事——自吹讲学法螺而已。

下了课后，我到休息室去见他。他问我是哪一系几年级，我答说是史四。他连忙就提到我做的什么论文，我把我的长十九个字的论文题目一口气背了出来。他听了仿佛很合口味，说他十几年前对这个问题也很注意，这个问题很有意思，只是他没有时间去搞它。我问他有没有什么材料，特别问到关于明末清初的大儒如顾炎武、黄宗羲等人对耶教的态度似模糊不清。他说片断的材料总是有的，叫我去同郑光生、容肇祖先生、王重民先生谈谈；特别是王先生，因为他在国外抄得有好多史料。谈到此处，我们的谈话就差不多完了。他说今晚学校请客，我就把他绕小路带到孑民堂去。路上，我问他有无迁校的消息，他绝口否认说：“没有，没有。”

晚，偶然听到其湘口里哼一支歌，立即勾起我的记忆：那是我七八年前同妈妈在成都沙利文看话剧《青春不再》里的主题歌，一个深深的印象一直刻在我的脑子里，我一直没有忘记它的歌词：

来来去去，

去去来来，

人生几徘徊；

忙忙碌碌，
碌碌忙忙，
黄粱梦一场。
春来了，红绿遍野；
春去了，蓬蒿满堂。
休空去，
莫白来，
青春不再——！
青春不再——！

这些年来，我一直没有找到它的谱，所以一直不会唱它，但是我却总不能忘掉它。今天其湘的歌声使我猛然一惊，立刻沉默下来静听他唱。话剧里一幕大学毕业生彷徨在旅舍里的情景又在我的面前浮现了，啊，我们现在不正是在身临其境演那出戏吗？光阴过得真快，当年看剧的时候我记不清是在上小学呢还是刚进初中，这才一转眼，我们已徘徊在大学的门槛边了。

我随着其湘哼这支歌，心情如歌声一样的低沉。

1948年11月18日　星期四

上日文课下来，回宿舍看见玉麟留条，知道我们刚巧错过。她说上周星期五曾来过一次，皆不遇，甚觉歉然。她已于日昨搬进学校去了，这对她虽较便利，但辅仁修道院拒人于门墙之外，可恼！可恼！

下午，与其湘同去北平图书馆查书。我找到了《烟霞草堂遗书》、《天主实义》（下卷）、《十六世纪在华传教志》、《辩书遗牍》、《大西利西泰先生行迹》诸书。

觉明先生告我,刘光贲(古愚)先生遗书中有批评杨屾《修齐直指》的文章。我查学校图书馆所藏的《烟霞草堂文集》无此文,今得遗书,亦未收录此文,只是其门人王典章在序中提及古愚先生有文评《修齐直指》一书,惟遗佚不录。据此可知,觉明先生也许是在别处见得此书,而误以为在遗书之内。不过,我翻了一下文集遗书,倒不是毫无益处。刘光贲与康有为同时为维新变法进步人物,他的文集实为研究维新运动时期思想形态的重要史籍。以前我还不知其人,直到翻了他的文集才注意及之。

1948 年 11 月 20 日　星期六

日前谣传傅斯年来平议迁校之事,终于证实完全是谣言;傅氏根本至今未来平,谣诼之盛,可以想见。

又传剿总开列的黑名单已送抵学校,平日较活跃的同学日来均已躲开,大清查户口或搜查学校以及总点名等事恐怕终久会在北平发生的。

晨,第一节课考日文,一直没有准备,匆匆上场,枪法几乎乱了,还算勉强应付下来,侥幸过去了。

9 点,在龙丽侠屋里开级会,商讨近日严重局势。大家交换意见,说来说去都想不出善策,只好叫嫌疑分子自己三十六着,走为上着,如此而已。

开了级会下来,我又忙去开理事会召集的系级干事会议。主席宣称局势确实极为紧张严重,自治会曾数度走访校长及学校当局,要求表明对迁校问题及安全问题之态度,但学校当局的态度一直模棱两可，不作肯定答复。理事会采纳同学建议，决定成立一个无形的、半公开的安全机构。此机构以各宿舍之系级为单位，配合斋务小组施行戒备及联络工作，以防万一被迫强制接受搜查或捕人时因事起仓猝而混乱无备。

吃过午饭，立即到灰楼把女同学们找齐在一起，报告今天开会结果，并要求她们推举出一人为史四灰楼安全委员会负责人，结果丁景敏当选。

下午4时，玉麟来访，借去了张东荪《知识与文化》、《理性与民主》、《思想与社会》、《华北学生运动小史》、《怀疑论集》、《甲申三百年祭》诸书。她说她闲暇很多，我望她能多读一点有系统的书。后来，我同她去灰楼找曹慧蓉，曹不在，碰见陈作森。

晚，彝尊自清华来玩。他们"石室"校友明天聚会，今夜特借我们的电炉炖红烧牛肉，肉香溢于室内，令人馋涎欲滴。

入睡后，斋务小组来人告知：今晚若有事时，以棒击为号，大家到膳厅集中。我当即又爬了起来，分别通告各级友。余庆昨夜即已暂避来与世华挤睡一床，真有"山雨欲来风满楼"之势。

1948年11月21日　星期日

上午，同其湘去觉明先生处，谈及时局，大家都一筹莫展。今天教授们要集会，大概有重要问题讨论。

向先生示以关于明清之际西学东渐的参考书目，有五六张纸之多，这还只限于原材料方面，看后令人咋舌不已。先生又从其笔记中取出一张详细书目，尽列明末清初刻本之宗教书籍约数十百种，何其浩瀚！先生还拿出一些他在巴黎抄的手抄本，全是依照原书格式依样画葫芦抄成的,无丝毫走样或偷工减料,摘抄之处,字迹写得很工整美观。他做学问如此耐心、踏实、彻底,实在令人叹服。这在教授中并不多见,在同学中更是绝无其人。看到他如此做学问的认真精神,自已益深感到惭愧、惶恐,受到很大激励,更由此知道学术之伟大与尊严。其湘看了也为之动颜,出来之后对我说:这种精神用之于科学,将会有了不得的成绩啊!

临走,借得手抄巴黎藏本书十三种,计有:《六书实义》(温古子述)、《重刊二十五言》(利玛窦)、《西国记法》(利玛窦诠著,朱鼎瀚参定)、《开天宝钥》(清陈薰)、《交友论》(利玛窦)、《斐录答汇》(卷上、下,高一志译授,东莱毕拱辰删润)、《樊绍祚奏》、《原本论》(刘凝)、《五十言余》(艾思及)、《再与颜大老师书等文诗书辩错解》(闽漳严谟定猷)、《易原订余附》(严谟)、《鲫言》(清严谟保录)。又笔记抄本郭保录《太平万年书》等一册。先生所撰之《明清之际西学东渐史》初稿原本一册。得到这么一大堆珍贵书籍,真令人喜出望外。

下午,去研究生宿舍找 Mr. Sukola,因日前与他约定今天去拜访李桦先生。不料此公居然爽约,参加另外的宴会去了。有事不能分身固亦无妨,但总应事先通知我一声,免得我空走一趟,何竟失礼至此也。

到市场买了几本《东方文库》的小册子,每本两毛,再贱没有了。

到三院看奇文、桀国、少奇、(邹)元高,谢、邹二君即将出走,特别关照他们要十分小心才好。

1948年11月22日　星期一

读北平版《中建》第一卷九期(十一月二十日出版)念慈:《自由主义在中国的实践》,论述甚为公道。彼称:

在中国现代革命运动中,自由主义大体上起了前进的作用,但是没有起过重大的积极作用。自由主义所反对的和争取的大体上包括于中国革命运动中,却不是中国革命运动所要求的和反对的包括于自由主义中。但是中国革命发展的路线不是自由主义的路线,中国革命运动所表现的精神不是自由主义的精神。自由主义的浪潮随着中国革命浪潮而进退,不是中国革命的浪潮随着自由主义的浪潮而进退。在中国革命的力量分野中,大多数自由主义者时常是在革命的阵营中,但不是主力。随着中国革命运动的胜利开展,自由主义的一些要求一步步接近实现,但中国革命运动不是在自由主义的轨道上行进。(第6页)

又李广田的《鲁迅的思想和创作》一文(在清华鲁迅晚会上宣讲)中引鲁迅1930年(《二心集》)《"硬译"与"文学的阶级性"》一文,说得明白清晰,恰到好处,一并摘录于下:

梁先生首先以为无产者文学理论的错误,是"在把阶级的束缚加在文学上面",因为一个资本家和一个劳动者,有不同的地方,但还有相同的地方,"他们的人生(这两个字原本有圈)并没有两样",例如都有喜怒哀乐,都有恋爱(但所"说的是恋爱的本身,不是恋爱的方式"),"文学就是表现这最基本的人性的艺术!"这些话是矛盾而空虚的。既然文明以资产为基础,穷人以竭力爬上去为"有出息",那么,爬上去是人生的要谛,富翁乃人类的至尊,文学也只要表现资产阶级就够了,又何必如此"过于富同情心"一并包括"劣败”的无产者？况且“人性”的“本身”，又怎样表现的呢？譬如原质或杂质的化学底性质，有化合力，物理学的性质有硬度，要显示这力和度数，是须用两种物质来表现的，倘说要不用物质而显示化合力和硬度的单单“本身”，无此妙法；但一用物质，这现象即又因物质而不同。文学不藉人，也无以表示“性”，一用人，而且还在阶级社会里，即断不能免掉所属的阶级性，无需加以“束缚”，实乃出于必然。自然，“喜怒哀乐，人之情也”，然而穷人决无开交易所折本的懊恼，煤油大王哪会知道北京捡煤渣老婆子身受的酸辛，饥区的灾民，大约总不去种兰花，像阔人的老太爷一样，贾府上的焦大，也不爱林妹妹的。“汽笛呀！”“列宁呀！”固然并不就是无产文学，然而“一切东西呀！”“一切人呀！”“可喜的事来了，人喜了呀！”也不是表现“人性”的“本身”的文学。倘以表现最普通的人性的文学为至高，则表现最普通的动物性——营养，呼吸，运动，生殖——的文学，或者除去“运动”，表现生物性的文学，必当更在其上。倘说，因为我们是人，所以以表现人性为限，那么无产者就因为是无产阶级，所以要做无产文学。

报载中央社伦敦电，哲学家罗素发表谈话，略谓吾人当于苏联发明原子弹以前与之作战，否则将来不堪设想云云。久已未聆罗素先生说论了，不想居然出此弥漫火药味的论调。我知道罗素素来是一个反战的人道主义者、理性主义者。他来过中国，去过苏联，对于马列理论集权主义素来痛斥，但对于英美资本主义也不见得欣赏。所以，到头来差不多弄成了一个有国难投的叛徒，一个睥睨一世的怪哲。这些年来，他一直沉寂没有发出一点声音，今天的谈话的确有点突然。斯人也，斯言也，实令人有惋惜之感。这使人愈加感觉到这是一场思想斗争,一场意识形态领域的搏斗,现在英美壁垒与苏联壁垒的矛盾是紧张到极度了。不过,人们都是高度文明形态的代表者,所以,他们能在吃饱了饭以后来进行意识形态的斗争。而我们就太惨了,一直落伍在中古的荒野中;我们今天面对的问题是如何迎头赶上,然后才说得上加入斗争的行列。国共之争在美国人的眼中看来是两种意识形态的斗争,但是在我们不过是腐败势力与进步势力交替的过程。什么主义,什么党纲,那全是皮毛的认识。这个交替的斗争,其胜负本来可以立见分晓,但是,外人助长内战拖惨了我们……

1948 年 11 月 23 日　星期二

天阴雨。

午饭后,小憩。步行到辅仁大学图书馆,原与玉麟约定 2 点相会,早到了 10 多分钟,先去查阅书目,结果非常满意,北大没有的书如《天主实义》、《天学初函》、《铎书》、《性理真诠》、《三山论学集》、《西学启蒙十六种》(艾若瑟)、《入华耶稣会士列传》等书此处全有。《天主实义》在北平图书馆只有半本残卷明刻本,但此处却有明清刻本数种。其他宗教书籍亦多,令人十分高兴,如获至宝,果然不负其名为公教大学也。

借得《天学初函》零种一函,内收《几何原本》、《浑盖通宪图说》、《简平仪说》、《天问略》、《表度说》诸书,系手抄本,纸色甚旧,是否明抄不可考;《天主实义》一函,明刻本,附《辩学遗牍》,因为是善本书,不借出,我只好在那里把《天主实义》上卷草草看过,尽量抄录了一些。可是奇怪得很,《天学初函》也是善本,却让我带了出来。

玉麟告我她住三十三宿舍，电话二〇六九八。

1948 年 11 月 26 日　星期五

日来天气转变，室外北风呼号，已有严冬景象，同学们都改着皮衣皮帽。夜来寒气袭人，我盖了两床被子，仍然差不多被冷醒了。

自治会决议称，同学在任何情况下都不迁校，此议实在糊涂得很。大局瞬息千变，谁也不敢说在任何情况下如何如何，不可遽尔作口号式之决定。迁校事关重大，教部来员表示，必要时当竭力抢救学校。所谓抢救也者，就是把胡适之流运走之谓也，同学则谁也不会来管，因为你们自己决议不迁，到时候自然可以引为藉口不予考虑了。其实同学们绝少有人在迁与不迁的问题上"坚决"表示什么，只是提请学校注意，并要求学校表明态度而已，更没有人说在任何情况下都不迁校，但不知如何在代表会上竟然会通过如此幼稚的一个决议。

在北平图书馆西文新书目录中看到两本书，一是 Toynbee 的 *Civilization on the Trial*［受考验的文明］，另一是 Sarokin 的 *Man and Society in Calamity*［灾难中的人类与社会］。只看书名，也令人蹙眉感慨。日昨桀国来谈时局与文化前途，同声叹息修明之无望，愿共同致力于学术。

1948 年 11 月 28 日　星期日

昨晚在奇文桀国处闲谈，并同到市场去。奇文购皮帽一顶，我买了一本廉价书:佐伯好郎的《支那基督教的研究(I)》,三块钱。为此已早在心中盘算过一番,终于还是买了。

回来,到祖陶寝室里去,他们正在围炉闲话。我一跨进房里,便感觉得热烘烘的。原来三院也并没有生火,他们要了一次Prometheus[普罗米修斯]的"偷火",才造福大家得些温暖的,无怪大家要嚷着"向太阳"啰!

因为烤火,昨夜睡在三院,但睡得不甚好。

今晨8时起床,9点过去总布胡同访叶正昌先生,他说最近要回成都去。看这些南奔上北、北奔下南的人们,不禁哑然欲笑。

在万端的矛盾与犹疑之下,终于下决心把日本书店那本东洋文化大系中的《明之兴亡与西力の东渐》一册买了,去洋六块。还有一册《汉魏と六朝》,下午我叫其湘去买就已售出了,可惜!可惜!

昨天世华借与我十块,买书就去掉九块。

1948年11月30日 星期二

午饭后打算把《天学初函》一书与玉麟还去,但一连打了好几次电话都打不通,只得算了。

在系办公室碰见觉明先生,与他闲聊起来。我问他是否打算把他未完成的《西学东渐史》的稿子续成,他笑着说道:"人家都说光明要到来了,还写那个干什么?"蓦然听了这句话,使我心里非常不痛快。虽然这好像是句笑话,但是出自一位教师的口中,总觉得有点刺耳。近来学校里同学大批出走,课堂上是那样疏落冷清,自治会因为理事大都走光几乎不能展开工作,所以近来忙于成立生活互助会以代之，但是大家的情绪都低落到了极点。本系同学瑞林、余庆、素梅不告而去，三年级同学听说走了十几个，二年级也差不多，真令人有不胜今昔之感也。

1948年12月1日　星期三

接到家里汇来金圆券一百块钱，准备取出后尽量储蓄一部分到福利银行去，有一点算一点。

其湘为了回不回家的问题已经差不多考虑了一个月了，但还是犹豫因循不能决定，每天到晚长吁短叹，苦苦闷思，一个豁达不拘的人也弄得一筹莫展了。我们也为他考虑过许多：如果从回家的机会来说，现在的确有一个难得的好机会，搭船可以一直搭到汉口，不要船票，沿途一路都是大伙人马，既不寂寞，又捡方便。但是从另一方面来看，眼前这个世道回家去又干什么呢？遍地烽火，兵荒马乱，政治腐败，经济溃烂，军心不振，人心思变，而四川又是一个最黑暗、最糜烂的地方，封建余毒最深，民智娇伪虚浮，风气闭塞，人心狭窄，哪里是青年人图发展的地方？更不是可以安心致力于学术之地，……面对这些，其湘回去之后能不失悔吗？但是，同样地，如果他不回去，机会一过，他又能不抱怨吗？

1948年12月2日　星期四

下午1时，史学系系级干事联席会议在北楼楼顶举行，谈起目前同学情绪低落情况，大家都只有叹气而已。关于生活互助会工作分配问题，本系被分配担任采购；大家决议每级选出两位同学，会同专门负责此事。关于系内工作，除积极筹备系图书室外，建议各级组织歌咏组唱唱歌,以振奋同学们的精神。关于校庆校史展览方面的工作,冯至先生要本系同学帮忙,高辑叫我出来负责,我连忙予以谢绝。

晚,本级同学来我们寝室开级会,选出参加生活福利会采购工作同学两人,结果吴世俄、郭贤溥当选。谈到本系同学生活问题,萧松发了一番牢骚。最后,我向大家报告其湘有回家去的消息,大家都挽留了一番。但是,王宵瑄想了一阵,忽然说:“段其湘,我赞成你回去!”原来她也想回去。

1948年12月3日 星期五

其湘的行程已经逼近了,听说6号可能上船,此地人马明天就要到天津去。但是他呢,依然还是没有决定走或不走。我看他是走定了,也许是放着没有定的烟幕。说得更恰当些,大概是走已不成问题,只是还没有把不走的情绪一刀两断。我为他做了两个阄,叫他选择,但是他竟然连拣阄的勇气也没有,后来才拣了,拣到的是“不走”。当然,这对于他决定走还是不走,实在毫不相干。

下午,本来说邀着本级同学在北楼照相,但是因为有一部分同学到灰楼去等,搞错地方,结果没有几个人照了。

碰巧巽科进城来,我留着他送其湘。到了晚上,我又郑重地问其湘:到底走不走?他还是模棱两可。我说:假如要走的话,有些什么留待办理的事好托交我们给你代办,他仍然不说什么。

晚,出席西斋生活小组成立会。与会者为推举负责人而互相推诿,无法选出,结果还是抓阄决定,大家工作情绪之低落可想而知。

1948年12月4日　星期六

昨晚将床铺让给巽科睡，我到别个寝室去打了一夜游击。

一早起来，其湘已经走了，行旅匆匆；旋见巽科回来取物，我忙借了一辆脚踏车赶到西站，看见他已经准备上车了，忙问他有些什么未了的事？他说最重要的就是保留学籍问题，现在一切都放弃了，所担心者就只此一项。谈了一阵，仍无法推知是否可顺利请假保留学籍。最后，他决定把图章和学生证留下来交我代办未完手续，办妥后下午我搭车到天津车站去找他，或者他抽空赶回北京来一趟，再不然就把学生证先寄到庆遐处等他去取。话还没有说完，火车汽笛长鸣，车厢蠕蠕移动，时为早晨9时左右。我们就这样匆匆话别了，留下来的是一大堆未了的事。

我同巽科赶回学校，立即开始奔走办理其湘请假的事。殊不知这事出人意料的简单，根本不必出示学生证。我们又为他办了一张护照，也很顺利地弄妥了。接着到西斋办公室盖公费图章，由巽科硬着头皮冒名顶替混过去了。剩下的事就是借钱坐车到天津了，东借西借，大家都没有，结果我只好到朱师母那里去借了三十块钱。

吃过午饭，又在萧松处挪了十块钱，再多就无法凑了。我急忙赶到东站买3点半到天津的快车票，到时站里已排了很长的买票队伍。幸好遇到一个公务员以五块四毛钱让了一张票给我。票的问题解决后，我又想到今晚膳宿的问题，因为口袋里带的钱有限，同时又多半不可能很快找到他。在天津他与我都没有熟人，我们只能约定在车站等。想到这里，我不禁着急起来。忽然我想起世夫有一位姓涂的朋友在天津车站任副站长，于是我连忙从车站打电话回三院找世夫，可是电话一直打不通。我只好叫了一辆三轮车赶回三院，不巧世夫又不在。祖陶劝我考虑不去，但我决定还是去。正要走的时候，世夫回来了。他说那位涂兄早已到解放区去了，现在天津没有其他的熟人了。大家商议一阵，结果都觉得不去也可以，于是决定天津之行作罢。

回到寝室感到疲倦已极。睡了一觉起来，清理其湘丢下来的衣物。令我很诧异的是他平日辛辛苦苦很有兴致地搜集来的一些报章学术论文，他完全没有带走，甚至连他的阿拉伯文书籍也忘掉了。其他遗留之物尚多，也没有作过清理，更没有说明如何处理，简直就是不管不问地丢下来了，真是太孩子气！

他这次走，未免太匆忙、太杂乱无章了。事前本来有足够的时间，但是他除了叹气以外，别的概不考虑。既然决定走了，就该早作准备，何况我们还一再提醒他要干些什么事，可是他依然置之不理。家里给他汇来六百块钱，到临行时只剩了三百多块，把我口袋里的二十块、巽科的五十块临时拿了去，一切都没有计划考虑过。临别时我告诉他："我将坐待你失悔的"，这实在是功亏一篑啊！以他的聪明才智，却配上这样一副个性，真是一件大大的憾事。我想，假如他不能遇到一位很好的师友辅导他，他将是一个可惜的天才。

1948年12月5日　星期日

早晨睡在床上，想起其湘的事，总觉得有些不妥，担心他万一出了什么岔子怎么得了，愈想愈不安。接着又想立刻起来搭早车赶到天津去，下午搭晚车回来。但是，这样做希望很渺茫，因为他自己如果不能赶回来一趟，就一定是已经上船了。起床以后，心里仍怏怏不快。

上午打算到日本书店去看那本《东洋文化史大系》究竟是否已经卖掉，离开寝室时，我特意把其湘的学生证和图章、护照放在桌子上，如果他回来了，好立即拿去。果然不出我的所料，等我回到宿舍，知道他已经赶回来过，现在又赶回去了。原来他昨天并没有到天津，在半途就下了车，再搭回头火车，行抵廊坊时天色已黑，车子停止前进，他就在车上睡了一夜，今天早晨车才开回北平。回想起来真是险极了，假如我赶到天津，岂不彼此都扑空了！

午后同奇文往访玉麟，同到北海去晒太阳。虽然今天天气怪暖和的，但是滑冰的人仍然不少。我们站着欣赏别人溜，奇文、玉麟都看得跃跃欲试。返回时同去美国新闻处听唱片欣赏会，我还在美国图书馆借回一本 Northrop 的 *The Meeting of East and West*。

1948 年 12 月 6 日　星期一

节水节电周开始，校内到处贴满了标语漫画，有不少佳构如："节电传家久，省水济世长"、"节水节电，多子多孙"……。

其湘走后，寝室里仿佛觉得清静了许多。谈话的对象没有了，清寂得连打字机的响声也听不到，屋子里似乎空了一大块，使人有孤寂之感。寂寞呀！像在沙漠上似的寂寞。

下午接到家里托人带来的小包一个，内有黄咔叽长裤一条、蓝长裤一条、毛巾两张、袜子两双。令人遗憾的是袜子没有上底。

晚，为纪念五十周年校庆，提笔写了一篇文章:《北大与中国新文化运动》。写了三千五百字，因为受篇幅限制，不能尽意发挥，深感歉意。文中有涉及政治之处，不得不郑重落笔，并考虑是否不用真名发表。

写文章的时候，忽然传来两声巨响，门窗为之震动。尤其是第二响震撼得可怕，像是炸弹，又像是火药爆炸。大家推测是南苑军火库出事了。

1948 年 12 月 7 日　星期二

日来睡眠不佳，大伤脑筋。上床后虽即能入睡，但一觉醒后即辗转反侧，不能再熟睡了。有梦，因此脑子不能充分休息，早上起床来头昏昏然然好像比没有睡觉更不舒服，对此自己深感忧惧。世华说我用脑过度，太用功了。我看大半还是神经衰弱所致，心绪不宁也有之。

晚上，段公又翩然回来了，令人大为诧异。一问，才知道他又想变卦了。他走到天津呆了两天，到处看了一下，又回心转意不打算走了。但是，他此行还负有替一位同乡护送家眷的使命，因此，不走是欲罢不能，仍然势在必走。今晚回来，他想找芙香设法找一张飞机票，请那位同乡的眷属飞走，他自己就可以不走了。我同世俄陪他去找芙香，不在。回宿舍来，我们都责备他。因为此前我们一点也不知道他的回家背后还隐有这么一段衷情，如果早知道的话，一定劝他作罢了。但是，他一直守口如瓶没有提过半个字，叫人好生不满。现在他苦恼了，要一直苦恼到家，抵家后还要继续失悔下去，……唉，孺子不足以成大事！才两天光景，他就已经消瘦了，这岂不是自寻苦吃么？悲哉！

1948年12月8日　星期三

昨夜入睡亦晚，仍不安寝。

报载怀柔、密云、涿县均已撤守，冀东战云密布，北平将有事矣！

陈雪屏飞平，据说是衔命来请某博士南下就商国是。大概是蒋夫人在美国求援搞不开了，Queen已无用，只有请出王牌Ace来了。

北大五十周年的纪念章已经做好，售价两元一枚。我拿来一看，真是蹩脚死了。我早料到学校干不好这些事。这次学校筹备校庆也不和同学商议商议，实在太武断了。事务处的职员懂得什么？让他们包办怎么能办得好事？纪念章上画了五道叉，表示五十，真是笨拙死了。这正应该用一个罗马字的五十或其他什么图案也可，这么五个叉子像什么东西？堂堂北大五十周年纪念章如此俗气，真是叫人摇头。

晚，去王府井为其湘刻图章以备取公费之用。遇奇文，拉我去美琪看《铜山碧血》（*The Hungry Hill*），平常得很。

1948年12月9日　星期四

上周末耀卿到朝阳夜宿，半夜里被校内的特务抓了起来，拳棍交加地打了一顿之后，拖走了，走向不知。这是前两天世夫告诉我的，当时把我震撼了一下。

这两天朝阳的情形更不像样了，简直变成了恐怖的监狱。学校里的特种学生公然在光天化日之下搜索在校内平日较活跃的进步同学，捉住后不分青红皂白，先是一顿毒打；运气好的打了之后打手即呼啸而去，运气不好的挨打之后还要被带走。听说这些被带走的同学就关在校内教室里，计有数十人之多。日来该校同学都纷纷逃往外校避难，人人自危，不敢有半点声息显露出来。至于学校当局方面，校长、训导长等早已不在校内，而负责的某训导员已被绑架走了，学校差不多完全陷入无政府状态，听任彼等特务横行胡搞，情况至为严重，简直是目无法纪。这是什么法律学校，我为中国法治前途痛哭！

1948 年 12 月 10 日　星期五

为帮其湘领取公费，特别去为他刻了一个图章，又到注册组去报称学生证遗失，请求再补发了一个，花了八毛钱，手续倒很简单。但是，探询之后，才知道他的公费要本人才能领取。这是训导长亲自批示的，因为他知道很多人走了，所以才批了这一张条子，可见训导处的特务工作做得不坏。

中午，祖陶、特生来说，冯至先生要找人为校史展览写字，找去找来都找不到人，他们要我去勉强帮一下忙。既然是为学校做大寿，我也不好太推却，晚上同特生去见了冯至先生一面。冯先生很客气，对学生的态度非常和蔼，说话总是用疑问语气。在这种场合下，我十分感动，更不好说懒得搞了。我对他说，一切设计好之后，有什么吩咐，只要通知我一声，一定照办。对于这次学校主办的展览，本来我很不满意，决定袖手旁观，看他们搞得出个啥子花样……

1948 年 12 月 12 日　星期日

上午在寝室里同世华、世俄谈起时局，都认为情况相当严重。

世俄提醒大家早作准备。我说:“如果要想解放的话,最好是趁现在还有路可通之时,赶快走过去的为佳。否则留在学校,如果学校决定南迁,就只有跟着学校走。要是不打算离开北平,坐等解放,那是很危险的事,在战火中谁又保不定自己不被伤及。”他们两人都同意此言。

午饭后,小憩片刻,夹着 Northrop 的 *The Meeting of East and West* 到景山上去,在后山松树脚下草地上坐下来看书。暖和的阳光晒得人怪舒服,心中觉得很舒适,也很恬静。

4时夹着书到美国图书馆去还书,碰巧今天有音乐唱片会。节目是“Debussy 以后的现代音乐之展望”,由江文也教授讲解,内容相当精彩,使我对近代音乐的大致轮廓有所了解。

1948年12月13日　星期一

时局转变之快,真令人难以置信。平素我们以为最安全最不可能被攻打的北平,今天竟然可以听见炮声了。

天还没有大亮的时候,我睡在床上猛然被一声沉重的声音震醒。当时我以为是国军的飞机在抛弃剩弹,没有想到这竟是清河的炮战声。

吃过午饭,情形渐渐紧张起来。我在民主广场上碰见世夫,他说他刚自清华回来,清华园里化学馆后落了一枚炮弹,轰然一响,使清华园震动起来。今天进城的校车只有一辆,被挤得像沙丁鱼似的。西直门道上,火车、战马、以及撤退下来的士兵,夹着奉命撤进城来的附城百姓,络绎不绝于道,路为之塞。西直门口堆满了大堆泥土,大概是准备堵城之用的。道旁有人在赶筑战壕,真是慌作一团，使人有临渴掘井之感。

战事正在清华园前一站的清河方面进行着，所以炮声可以清晰地听得那样响亮。同时，在北平以南的房山附近，战争也正在激烈地进行，不过还听不见炮声罢了。

下午我在七号研究室为史料展览会设计几个字样。吃晚饭的时候，突然听说今晚8时开始戒严。吃完饭走上街去，看见街上大多关门闭户，沿街突然增加了三五成群配备有新式武器的散兵，有的还背着一袋面粉。他们在街上东钻西闯，大都闯进饮食店，也进老百姓的屋子，看来使人有些心紧。街上还有一些匆匆忙忙的行人，大都搬运着面粉等什物。

晚上听说清河守军有两师人起义，又传北平根本不准备打，军队要撤退。其他的谣言也很多，都说傅作义有撤退的打算。从事实来看，虽不一定言中，恐亦相距不远矣。

世华、世俄都有些神经紧张，大惊小怪，弄得我也不安起来了。

电灯并没有停电，提起笔来给泉弟写一封信，劝他应该开朗一些，讲了一些生活应该活跃、有生气的道理。心情是沉重的，炮声有些微震撼人的心房，但那是兴奋的表现。躺在床上，五百年往事注到心头。

1948年12月14日　星期二

昨夜炮声稀疏，入晨渐密。我躺在床上计算了一下，大概每三秒钟打一发。

报载"剿总"发言人谈话：北平为文化古城，天津为工业重心，故必全力确保平津之无恙。同时，为统筹大局故，不得不忍痛自动撤守唐山。单从这篇谈话来看,似乎傅作义还没有丝毫撤离的征象。

今天上课的人很不踊跃。明清史班上,郑天挺先生姗姗来迟。他说今天要开会,不能上课,特别来劝告同学们要保持安静,并向同学们保证学校的一切应变设备都很充分。他看见今天有十二位同学来上课,心里非常高兴,大为夸奖了一番,并且叫拿出一张纸来把名字签上,以为纪念。此公的心眼真是太好了。

关于清华园落有炮弹的事情,郑先生说已向清华当局打听过,并无此事。据他的考证,是因为昨天清华园体育馆前安了一尊大炮,于是人们以讹传讹,就说成落了一个炮弹。其实他的考证也错了。待我事后仔细问了世夫,才知道的确落过一个炮弹,不过不是落在清华园里面,而是落在清华园化学馆后面的墙外,并非墙内。大家传错了,才闹了这个笑话,并且说得活灵活现,说是还打伤了一个厨工。由此可见大家心理之紧张,与传闻之容易走样。

今天校内外没有昨天那样慌乱了,不过听说西直门、阜城门都通不过。农学院昨天撤进来了一部分教职员眷属和女同学,今天学校要设法派车子去运。

下午在寝室里剪字。4时许,玉麟来。谈到时局,她好像一点也不紧张似的,这点的确不像一个平常的女孩子。我们同到三院去看奇文,因为听说他到天津去了好几天,不知回来没有。但他的寝室门是锁着的,我们就到世夫那里坐了一会。世夫说,据传二〇八师已起义。

晚上谣传提早自6时起戒严,其实还是8点戒严。

传闻西郊、南苑两机场都被共军占领了。

李秉衡来告,今天长白师范挨打了,情形同于朝阳。西斋生活小组纠察队已开始守夜，我们系里出五个人组成一队。

1948年12月15日 星期三

昨夜接到家里汇来金圆券二千元的汇票，真是恰到好处，不胜迫切企盼之至。今天起来，第一件事就是去取钱，因为怕的是一有变乱就取不到钱了。9时半赶到西交民巷中央银行，一路上还看不见多少战争的迹象，只是路过司法部街口时，看见一长列轻甲小战车自东向西驶去，大概是去增援吧。

取了钱出来，肚子已经饿得呱呱叫了，因为今早起身稍为晚了一刻，早点吃不着了，只好饿着肚子到央行去。可是，取到的钱都是五十块一张的大钞，小摊上根本花不开，只好怀着钱挨饿，真是别有一种令人哭笑不得的滋味。

钱取到了，怎样处置呢？倒是令人烦恼了。以时局来看，北平到底能守多久没人敢说。面粉被炮火打跌价了，可是，买面粉存储，在大家都没得吃的时候你一个人有面粉反而很不安全；钱存入福利银行罢，存取都受时间限制，很不方便，也难保险；买美金、银元呢？鄙人素来拙于此道，而且听说政府已禁止银元买卖，根本买不到；再就是购买物品，经我考虑结果，决定买一块手表。这是我想望很久的了，不想在绝望中居然得到一个机会。好吧，牙关一咬，心一横，就跨进王府井的表店，走了两家，结果在“亨得利”挑到一块价廉物美的Sorna牌十五钻夜光表，定价九百五十元，比起一千七八的十七钻表和三千几的表来，实在是不能再低廉的了。讲价一番，以九百三十元成交，带着表踌躇满志地走回来。

回校后，邀着祖陶、世夫去“福春园”打一次牙祭，叫了一个回锅肉、两个盐煎肉、一个麻婆豆腐、几两酒，痛痛快快地吃了一顿，花了五十六块，可谓穷欢矣！

下午，与祖陶同到图书馆去帮助冯至先生布置展览。虽然外面炮声隆隆，但大家都若无其事地集中精力于展览的事。五十周年校庆在此枪炮交响中度过，真是富有历史意义的佳话。

5点过搞完展览的事回宿舍来，才知道电灯停电了，自来水也停水了，大家都在忙着准备煤油和水。我也慌了，但是听说附近各杂货店里的煤油都被抢购光了，买不到，只抢储了一点水，可以供一日之用。

傍晚时炮声愈来愈近了，连机关枪的声音也可以听到，好像已经逼近城垣的样子。

听说胡校长已在今日下午南飞了，临阵脱逃，连熬过校庆的勇气也没有……

老蒋下野之说盛传一时，看样子也非他下台局势不能收拾。

晚，在寝室赶工为校庆展览会写点标签，世华在外面留宿未归。因为有事做，我一个人也并不觉得如何寂寞。

1948年12月16日　星期四

据说昨晚下半夜枪炮声仍然很密，不过我并没有福气听到，但入晨以后，大炮又日出而作，炮声复清晰可闻。

报载日昨战况国军“成绩甚佳，共军溃退”，但是炮声却愈响愈近。妙！妙！妙！胡适昨天突然走了，同行者除其夫人外，尚有陈寅恪阖家及张佛泉等教授，听说是中央派的专机接走的。

晨8时即赶到图书馆布置展览。今天上午本是预展日期，但是布置尚未妥当，诸位先生多是慢腾腾地办事，难怪花费了许多时间。今年的展览质量方面说不上有什么进步，而最令人不满意者，即太分彼此。同在一间屋里的校史展览和已故教师遗著展览就各管各，而且出了屋子一步大家都一点不管，甚至我建议在图书馆大门口贴上"校庆展览"四个大字，也被认为"不关我们的事"而被否决了。分工的结果是三不管；教授负责的结果是外行专断。

临近校庆，但是，校内仍然是冷冷清清的，谁还有心来庆祝呢？

罗莘田先生要我为他的展览照顾照顾，连声地"本家"、"老弟"、"家门"喊得怪亲热的。

午饭已经没有丝糕可吃了，据说是因为停电之故，磨子无法转动，所以改吃小米煮的饭，粗涩无味，又有稗子，简直怪难吃。晚饭好得一点，每人可得一小块丝糕，喝小米稀饭。稀饭倒比干饭好吃，就是太稀了一点。

下午同祖陶到王府井一带去逛了一转，欣赏所谓战时景象。大致说来，虽然市面略形紧张，军旅倥偬，一切市肆经营除吃食外，大都显得很清淡。东单操场开始改建成一个机场，以东长安街为跑道。我们走过去看，那个地方附近都已戒严，只能远望。地方倒是不小，估计起降小型飞机决无问题。

为应付今后可能长期停电之需，买了一大瓶煤油，价钱真贵啊！十二块钱一斤。还买了一条短内裤。

到三院去看奇文，他还没有回来。碰见陈光表，陈君说奇文又到天津去了，已经三四天没有消息，大概是被困在天津了。糟糕，糟糕！真是有点荒唐。现在我能怎么办？实在是爱莫能助。

听说昨天农学院被抢了。昨天战事在八宝山、罗道庄一带进行，农学院被"剿总"军队进入，逼令师生们撤进城来，但不准带东西。待教师同学们刚一出校，校内即被军队一抢而空，大概一切贵重宝藏、衣物、面粉等都在劫难逃。现在同学们仓猝空手逃进城来，膳宿无着，向着郑秘书长、贺训导长以及训导员们大发脾气，表现得非常不好。士穷节乃见，其此之谓乎？

入晚，炮声响得使门窗也略有震动，好不厉害。

晚饭后到灰楼看望女同学，只见到马祖珍一人。接着去中老胡同孟实先生处小坐。

1948 年 12 月 17 日　星期五

早晨睡在床上，忽然听见西北角上传来一阵急密的机关枪声夹杂着炮声，仿佛共军已经在攻城了。

报上偏偏说"共军不支，伤亡惨重"，但南苑机场落了五枚炮弹，场里的飞机不及载客都立即仓皇起飞逃难。不知究竟是谁不支？谁伤亡惨重？

北塘车站已被共军突入，塘津大战序幕已经揭开。

上午，世夫来说，昨晚三院同学商议结果，决定在沙滩集中，今天开始迁运行李。我忙同他赶到三院去把我剩下的书籍包裹好，再跑去奇文处，他的行李已由桀国清理好了，遂接过手来，叫了两部三轮车，连同祖陶的一些书籍全都拉到沙滩存放。搬祖陶的好一堆书真把人累坏了，我肚子饿得同书一样沉，搬到后来简直是一点力气也没有了。回到宿舍，我把自己的书籍打开来陈放在书架上，以示决心不再搬动。

今天是北大五十周年校庆日，城郊的炮火成了祝贺校庆的礼炮。此外,一切都在冷静中度过。听说上午有一个纪念仪式在孑民堂举行,由汤用彤先生主持,出席的教职员寥寥无几。

午后在宿舍等玉麟来看校庆展览。两点半钟她同唐小姐来了,但刚走进校史展览室她们就退了出来,无心参观而匆匆离去,令人好生索然寡味。听唐小姐说,城北战火已直逼城下,德胜门一带居民的住宅屋顶已有枪弹交响。

两日来世华都未归宿。他曾提议说我们二人中的任何一个都不得外宿,不知何故出尔反尔地由他自己先违约了,白天他也少回寝室来,晚上只是我一人独对孤灯,灯光昏黄,读书写作都颇不方便,太伤目力。因为只有我一个人,炉火也懒得生了,入夜渐冷,只得缩成一团。

下午3时邀同本级同学在马祖珍屋里闲谈,只到了七八个人。大家都好像各有心事,自作打算,讲话老是不对劲。有些人表现得太自私,太世故,太敷衍。

自其湘走了以后,吾道孤矣!天之将丧斯文也!天之将丧斯文也!

1948年12月18日 星期六

今天报上说,胡适在南京举行的北大校庆会上哭起来了。真是不害臊,是独效包胥之哭呢?还是猫哭老鼠呢?又听说他以擅离职守故向教育部自请处分,果真如此的话,那真亏他做得出来了。大人物们多是沐猴而冠,善于演戏者也!

校庆纪念特刊已出版,我的那篇《北大与中国新文化运动》也刊出,惟错落太多。

今天的炮声渐远而转寂,也许真如报上所说共军被挫了吧。傅作义勉励士卒之文告发表,似充满信心与决战意志。但日昨阜城门内落了两枚炸弹,略有死伤。天津方面,北塘已撤守。

中午李秉衡来告我,传本校三长要南飞,望各系代表午后1时在生活互助会集合,前往挽留。但是,一会儿又有更正消息出来,说郑秘书长表示他决不走,并且从未考虑过走,此事纯系谣传。听说他非常生气,觉得同学们的这种谣传对他简直是一种侮辱。据杨翼骧先生说,郑先生近来为应付事变,整天忙碌异常,连睡觉也不能安眠。

午后1时去生活互助会,因郑先生已有不走的表示,故大家决议改挽留为慰问,派教育系、政治系、西语系三级为代表前往。我特别对他们说,主要的是要钉紧贺、郑(华炽)二先生。

到市场买了一双手套(三十五块)、一本自由日记(三十块)。回三院来,同世夫去看他的弟弟建勋(现已升连副)。据称今日城郊战事打得很好,傅作义虽然也费了吃奶的气力,伤透脑筋,但其用兵神出鬼没,确实厉害,故在两三个月内大概北平可确保无虞。不过,日子再拖长下去就难说了,尤其是老百姓,将会遭遇悲惨的日子。

晚上,光明来谈系级事情,都觉得难搞好。我与他辩论了很久。

入夜炮声又作,像是在城西角南角开火。

世华卖给我面粉一袋,二百元。

1948年12月19日　星期日

今天炮声很沉寂,市面上也更安定些,只是昨天广安门内落了几枚炮弹;天津方面则愈形紧张,大概双方主力遭遇战将在塘津一带揭幕。

上午10时本级开会,我寝室里满满地坐了十三个人。谈得还不坏;大家肯闹就好,都闭着嘴就糟了。

下午到美国图书馆去听音乐讲座,今天提前了一个钟头举行。江先生说此后每次讲演定为一百分钟,大约十次可以讲完。

今天开讲先补充上次匆忙中未解说清楚的地方。有三点最紧要:一、Schönberg的表现派音乐系得名于俄国画家Kandinsky的表现派绘画之影响;二、中国音乐非七音阶系统,而是五音阶系统。若以西洋乐器钢琴演奏中国音乐就会弄成非驴非马,因为中国昆曲中之4、7二音比钢琴之二音高1/3音;三、关于微分主义者Alois Haba的乐谱写法。

今天新讲的是:

3. 几种不相同的调(频)同时在一个曲中进行合奏。

4. 音阶同调性既然都变形了的话,和声是已经将过去二三百年来和声学的中心思想cadenga原理打破了。

1948年12月20日　星期一

战事沉寂,人心稍稍苟安,物价又抬头上涨。今天面粉三百块出关,花生米卖十三块一斤,柿子也要四块钱一个。

自治会向南京在逃中的胡适校长发去一封电报,促其即刻筹款归来主持校务。

农学院也去了一封快邮代电,陈述16日农学院被难经过,并要求学校当局赔偿一切损失;同时,又公布了此事真相并向沙滩同学之热心维助表示感谢。

下午，去三院同楶国聊了一阵，又同到王府井大街溜达，见东单机场上停着三架民航机。回来时，我在东安门大街拐角处买了一筒 Butter，去洋一百九十五元，前天我问价只要一百五十元。

晚，世夫、祖陶都来了，大家挑灯围炉闲谈。夜深了，我们到街上去找咖啡喝，但早已毕了，又在一家糖食铺里坐着谈了很久，时近 10 点，要戒严了，他们才回三院去。

几年来，最使我痛苦的事就是没有遇到好多志气相投的朋友。在初中，在高中，都自喜群英聚会，令人有"一时多少豪杰"的感奋；但不想入大学以来，竟像在沙漠上旅行一般，一个人在孤独寂寞中迈进，听不到一点友情的回声。几年来，爽朗的笑声渐次减少了，活泼的反应慢慢迟钝了。一个有风趣的人失掉了风趣，一个爱说话的人变得沉默。生命力好像在收敛而不是发射，在枯竭而不是滋荣。多么可怕啊！回顾十年以来，知交之中，朝正最先夭亡，所谓天道，是邪？非邪？"四为"诸君子四分五散，各奔前程。兆民走了以后，就没有人能与我纵谈人生艺术；相成虽近在清华，然思想间已不无扞格；汪楙不辞而去，令人非常愤慨友谊是否能超越政治；而诗雅这个灵魂最幽美的朋友，半年多了，弄得音信渺无，下落不明。至于这几年来在大学里的朋友：祖陶、彝尊等均秉赋慧能，但可惜祖陶生活趣味太狭，索然令人寡味；彝尊敏于数理，在社会科学方面不是谈手；世夫善良而单纯得可爱，楶国别扭木讷得可爱，耀卿缺乏豪迈的气势，而其湘这个宝贝，可惜是一块未经磨炼的良铁，……淘！淘！淘！在这茫茫的沙滩上，我仅只淘得这么几粒沙金。时代的动荡使我们坐在书斋里有浮士德的苦闷，青春易逝,谁没有少年维特的烦恼?我看见过多少女人,但我都爱而不恋。自己也知道“理想”与“现实”的秘密,故不欲刻舟求剑。谁猜得透上帝的意志,让我来自创一个奇迹!

1948年12月21日 星期二

报载昨夜广安门激战,但我们一点也不知道。昨天停在东单的飞机原来是中央派来接梅贻琦、李书华、袁同礼、赵梅伯等40余教授的,大概今晨可起飞。

昨天清华园有三位教授进城。他们说清华、燕京处于真空地带之中,内部很安静。一切谣言不廓自清。

电灯、自来水彻底停了,好在我们临渴掘井已经成功。

物价出人意外地猛涨,面粉据说已跨过六百块。早上世华买的煤油十二块一斤,下午我就买成二十四块。

今天上课情形还好,只是红楼大多数教室被农学院占用,不能上课。

下午玉麟同唐小姐送来曾小姐的身份证,小坐片刻。我约定玉麟本周星期天去看她。

1948年12月22日 星期三

今晨4点到6点轮到本生活小组同学守夜。因为一共有八位同学,昨夜我就分配好,今晨只要四位值班就够了,其他四人待下次再值。今晨的一班是世华、世俄、萧松和我。我们这一班的时间离天亮已经不远了,但仍然夜黑沉沉,有一点惨淡的月光。人们都在睡梦中,听不见半响炮声,一切都死一般地寂静。我们两人一组轮流巡逻了一趟，然后都聚到门口电话室里闲谈，从《西游记》、《西厢记》谈起，一直扯到邓演达、杨永泰，瞌睡也吹跑了。一夜无事，乃不知东方之既白。

物价猛涨，徒唤奈何。下午存了一百五十元到福利银行去，折合面粉十斤十四两。

晚，西斋生活福利会代表大会。由谢邦定主席报告工作概况及以往检讨与对将来之希望，随即开始讨论。第一，关于用水问题：决议发领水票，每人凭票每日可领取开水三磅，足够饮用。第二，关于节煤问题：学校原计划可有四千吨冬煤，每月又可自剿总配得足量之经常煤，但现在时局变化，门头沟的煤运不来，在农学院方面已损失近千吨煤，剩下的三千吨还要挪来用作经常煤，因此，节煤势在必行。西斋每日需煤二又四分之一吨，为节煤计规定以后气温在摄氏零度以下时才升火，否则不升火。第三，关于安全防护问题：决议要生活互助会设计部计划在西斋挖避弹壕，并设法开辟自西斋通沙滩校本部的便道，以便于人员集中。第四，关于守夜问题：决议仍继续进行，每晚12时至翌晨6时，分三班轮值，每班减为三人；守夜同学每人发馒头两个，并备有棉大衣及开水供守夜同学使用。第五，关于厕所问题：要求在最短期内挖新厕所并请人清除堆积之粪便。第六，关于工警生活问题：据说他们每人每月只拿九十几块钱，每顿饭都吃不饱；决议会同沙滩总会调查清楚后商量补救办法。

1948年12月23日　星期四

炮声几乎没有了。据说共军有向天津及徐州集中的趋势，所以北平松了气，但是，水、电、食的问题依然严重。围城十天光景，一切人的生活都失掉常态了。

昨天炸糕两元一个，今天三元一个，每餐早点至少十元。早上稀饭废除，不吃点东西实在受不了，吃点东西也实在吃不消啊！听说花生米已经四十元一斤，煤油已四十出头了。

报载新阁成立，梅贻琦长教育，联合大学之议又起，要是迁台湾才糟啦！

午后，把自觉明先生处借来的十几种手抄本抱去璧还，因为怕受战争的损失，赔不起。到向家时看见季羡林、马坚两先生都在那里同向先生谈应变的事。一会儿马先生走了，向先生同季先生站着聊，我坐在一旁听。季先生到底年轻些，对于这次农学院的人殴打事务处熊正文等职员的事，表示非常愤慨，并且还说了两个笑话：农学院的某太太跑到事务处去又跳又闹，要学校派车子送她回农学院去。结果是重赏之下，必有勇夫，总算是找到车子，开好通行证送她出城去，但车子开出城到了远郊，枪声渐密，有国军围上来盘问，司机下车来应付丘八，这位太太却乘机溜之大吉；于是丘八们大呼：快捉住女八路，并扬言要枪毙司机。后来，司机费尽唇舌，终于获释。待枪声停息，某太太忽然从道旁钻了出来，赶忙开车仍回城内。另一个笑话与此类似，但不是太太，而是一群先生硬要回农学院，开车走到城门口，教授从车上下来，叫司机同助教先开车出城看看动静。车子刚一出城，就飞来一颗子弹把车身打穿，这群先生只好掉头赶紧往回跑。向先生说，有位先生自己花了两块大洋叫了车子把自己的东西从学院搬进了城，结果他的损失就很小，遇见危难总要自己负责，不能怪这怪那，非要依赖学校不可。

学校根本无力派出五十辆卡车去农学院帮他们搬东西进城,他们坐以待毙,岂不糟糕！季先生还说:胡适临阵脱逃,应该明正典刑。向先生说:我们可以打个电话,叫教育部另派一人校长来;又说:我们上了胡校长一个当,教授会议只不过是一个咨询机构,遇到事情还是要他们“三长”才能决定。说到北平城的问题,他们都一致惋惜天坛古松被连根拔起,却没有一个站出来说一句话。向先生说,韩寿萱先生等人拟议大家联名写一封信给傅作义,对此事进一言,但陈垣先生反对。又有教授们主张给胡校长写一封长信,问他走了还要不要照顾学校,要不要出来为这文化古城说几句话。季先生说清华已经落了炸弹,傅作义阴险已极,北大也说不定要被报复一下;“剿总”组织了五百人在各校工作,每人发手枪一支,看来国民党只有不过五个月的寿命了;将来事定之后,应该组织一个战犯法庭进行人民审判,包括王跃武、郑洞国这些人都不能逃脱;现在傅作义的面前明明是死路一条,这二百万人的生命财产和北平这座古城就是他握着的可恃之物。

两位先生闲聊了大约一个钟头。季先生走了,于是我又同向先生聊起来。说到军阀的专横与战争的残暴,他说与北洋军阀时代比较起来,现在是每况愈下了。最近听说北平城里治安情况很糟糕,晚上破门而入的盗案竟然有守夜的人作案。他家的门窗都是玻璃的,如果是这样的话,他只好叫人把家里的门窗都钉上木板;这真是一个滑天下之大稽的笑话,连守夜的人也要防备,还何必守夜呢？最后,话题转到读书方面,向先生把我给他看的那篇《古代琉球问题之总清算》还给我,他说在写作方面还有点火气,如果有才气的话,学顾颉刚的文章好;在史学方法方面,最好读阎若璩的《古文尚书疏证》、赵翼的《廿二史劄记》。

1948年12月24日　星期五

温度在零度以下，图书馆因为无水无法生暖气，很冷，不慎Catch cold。

读昨天从觉明先生处借来的艾思及的《口铎日抄》（李九标执笔）。

传不但清华吃了炸弹，燕京也吃了几枚。

膳团时而连小米饭也接济不上；今天吃馒头，中午每人六个，晚上五个外加小米粥，定量分配，吃得恰到好处，只是老是一样黄豆咸菜杂拌。

晚上6时继述来告，今晚忽改提前为8时戒严，不知何故？

《圣经》上有一句话在中国很流行，就是“富人升天堂，比骆驼穿针孔还难”这句话实在欠通，曾经有人指出应是缆绳穿针孔之误，今读《口铎日抄》卷之七有一条云：

闰四月五日，司铎入桃源，颜雨宣从，晚宿邸中。雨宣叹曰，诸奉教者，士庶非乏也，如富贵者之寥寥何。司铎曰，噫，昔耶稣常谓宗徒曰，胡有财者进天国之难耶，以巨绳穿针孔易，以有财进天国难。何也，盖有所系吝故也。今中邦一二名卿慕道而新承教者，此岂可泛视之乎，必有默荷主佑者矣。然则富贵而慕道者，论人情则难，论主佑则易。（第52—53页）

据此知明人（此系崇祯十年事）并不误，而今人竟误，翻译圣经者可谓退步矣。

1948 年 12 月 25 日　星期六

不单是水电发生故障，连我们的早餐（小米粥）也发生“故障”了，几天来都没得吃的，但早上不吃东西又绝难熬到午饭的时候，一吃就非十块钱不能了事。炸糕已卖到三块钱一个，十块钱不过才三个炸糕，但一天十块，一个月就该三百块，怎么得了啊！

下午玉麟来玩，同去三院，看到桀国，探询奇文的消息，依然杳无音信；再去看世夫，不在，小坐片刻，我们又折回西斋来。玉麟学校已经放寒假，假期很长，她准备在假期中找神父补习英文。临走的时候，我借了《伪自由书》、《鲁迅传》、《马凡陀山歌》、《火把》等几本书给她看。

傍晚，突然在民主广场看见耀卿，使我立刻怔了一下，但马上就反应过来，走上前去同他握手，庆幸他的出狱。当时他正准备同世夫出去洗澡，我们就约好吃过饭后到三院去畅谈，一叙衷情。

耀卿是今天上午才放出狱的，狱中的滋味很丰富，虽然受尽苦头，但幸喜没有生病，健康状况没有大的变化，只是在朝阳被捕的时候，特务用铁棍重重打了他几下，至今右脚伤口尚未痊愈。看到他的脚的蹩扭样子，我马上就想起苗启仲来了。

同祖陶深谈至午夜，先从“本体”说起。他给我提供了几个意见，说单是动口不行，到必要时还得动手才行，对此我殊觉碍难从命；其次谈到毕业以后的工作，他希望我能在学术方面致力，因此以能升入研究院或充任助教为佳，但是这个目标很少把握；他自己有一个事业的理想，就是要打算办一个出版公司，为文化事业努力，这点很好，因为我觉得世界上没有比做一个“职业的”哲学家更无聊的了！

1948年12月26日　星期日

下午，等玉麟至2点50分，她还没有来，我就独自到美国新闻处听音乐讲座去了；但不巧偏偏该处今天休假(大概是因为圣诞节的缘故吧)，空跑一趟，折回来马上赶到辅仁去找玉麟。

我们到什刹海去看了一会儿溜冰，然后再一块儿去看唐小姐。她住在帘子库胡同第六保第八保国民小学(?)，在她那里看见一张六弦琴，我请她表演一下，她说才是初学，但仍很大方地伸出纤纤十指，挑动琴弦，弹了几句 *Auld lang syne*，我仿佛有一种凄清的感觉，不知是否在无意中透露出一点她的身世？

晚，萧松为我娓娓而谈他的恋史，真是几多离合悲欢，说得人怦怦心动，不过现在他已经和过去的情网一刀两断，这只是"多少往事堪重述"罢了。

1948年12月27日　星期一

上午，祖陶告我，参加这次展览会的同学，每人酬劳一百块钱；听到这个消息，大喜不已，午饭后即同樊伯川到冯至先生那里取钱。

要开始生命的试探，要得有一番勇气。祖陶劝我无论如何要坚持下去哪怕这是失败，我们也多一次爱的经验。在青春的生命里没有 Romance 的波澜，这是如何平庸呵！

1948年12月28日　星期二

午后换了短装，骑车到辅仁时刚好两点正，我叫传达进去叫玉麟，偏巧她正走出来，没有逗留，就提着冰鞋到什刹海冰场。今天溜冰的人真多，这么大两块场地，满处都是男男女女，像穿花似的不停地忽来忽去，没有人看得清这滑动的轨迹，只觉得这是一团生命力在活跃。

玉麟今年才开始学，只溜过几次冰，比起来我倒算脚艺高明些了。我们牵着手刚下冰场时，彼此感觉得走步子都有点不大稳，但下场子一会儿以后，手脚就稍微灵活点了。于是我大胆地作滑走的尝试，我的左脚比右脚强，这大概是学习时所造成的习惯，因此两脚滑行不能作等速的协调动作，不过总算还好，没有大摔其跤。玉麟的姿态比我美些，但是她有点怕摔跤，因此滑得更慢。我们两人牵着手溜，一不小心两人都摔倒了；但是，后来也居然牵着手绕场三周没有滑倒，算是创下了一个最高记录。

溜了一个半钟头，真痛快！周身十万二千个毛孔个个通泰，溜得发热发汗，于是把帽子、手套、短大衣都脱了下来再溜，真是溜得留连忘返，要不是肚子饿了和玉麟憩了下来，我还打算溜一阵子。

4点回西斋来，马上又赶到王府井市场去买贺年片，但是一连跑了无数家文具店，看了无数种样式的贺年片，都令人不满意，设计既俗气难看，价钱又昂贵，有一种居然要五元一张，只得悻悻而返；想起去年弟弟曾寄给我一张很精致的贺年片忙从箱子找了出来，略加修饰，倒比今天看到的所有的贺年片更美观些。

晚饭后，级干事在丽侠屋里商量过新年的事，结果决定时间定在元月1日下午2时至5时，地点在红楼一〇四号史学会的阅览室，仪式我们一致主张要弄得考究些、别致些；每人发一张 Invitation card，到会后抽签入座，先做游戏，接着跳两个团体舞：一个是 Promenade the Hall，一个是 Jenny Crack and I don't care，待大家的兴趣都提起来之后，再坐下来交谈，题目范围是彼此间的认识与了解；至于吃的东西，其他各位干事都提议要喝点酒以庆祝新年之禧，我虽然竭力反对，但终因寡不敌众而任其通过了。散会后，我的工作是负责收钱，每人收十五元，还加上拟请帖，抄舞曲，并领导大家跳 Promenade the Hall。

回宿舍来，已经很疲乏了，但还是勉强打起精神来拟请帖，形式是这样的：帖纸里面的左页写一句祝词："Best Wishes for a Happy New Year"；

右页写邀请词："We take a pleasure to announcing the New Year Party will be held at the Reading Room No. 104, Red Building, on Saturday, 1st Jan. 1949, from 2p. m. to 5p. m(Punctually). Please bring your partner with you. Committee of 1949 class, Department of History."

封面上写着被邀请人的名字，同时封底准备作为签名留念之用。

这个拟好的请帖准备明天就带给丽侠，由她请人用打字机打好。

此外，还拟了一封给玉麟的贺年信，并且赶制好贺年片，这也小小地费了一点巧思。

1948 年 12 月 29 日　星期三

下午，找到丽侠住的地方去，和她商量新年同乐会的事。

创建社荒谬已极，专门放大炮，又提出什么罢考的意见来，而罗道庄农学院的自治会上书胡适，又要求迁校，即使不迁校也要迁院，真是笑话！

炮声又响了，白天晚上都有。

1948年12月30日　星期四

日文课已决定不考试，好不安逸！

下了日文课，就提着冰鞋到辅仁去找玉麟，不在，我只好一个人跑到什刹海冰场去。上午人确实少些，冰也好些。今天下场比前天在心理上更有准备，有点像在溜冰了，并且想要学背着手溜和倒退着溜，但后者实在太难。我还没有熟练到那个地步，背着手溜倒不太难。一共溜了一个半钟头也不见玉麟来，搞得我如同“单刀赴会”。我溜得周身发汗才出场来，真是痛快之至，要在运动中才能真正体会到运动的趣味！

下午，花了八块钱到澡堂去洗了一个澡，浑身舒服。

为了过年，别的不买，赶到市场去抢购精神食粮，买到一本想望已久的 *Golden Treasure*，去洋三十元，一本 *Keats and Shelly* 十元，两本书都很小。

到丽侠那里去要打好的 Invitation cards 才知道闹了一个大笑话。我所拟好的格式以郭贤溥君为例写出了被邀者的姓名，封面上写的是 Mr. And Mrs. S.P.Kuo，但这份请帖只适用于他一个人，不能用于其他人，可是打字者把每一份请帖的被邀者都打成 Mr. And, Mrs. S.P.Kuo，真是令人笑不可止。

丽侠和芙香及芙香的弟弟在外赁屋居住，我们劝她们搬进学校来好些，但是忠言逆耳，她们老是不听。现在我才知道“此间乐”，来往客人多，空军多，打情骂俏的机会多。这儿的空气的确有些令人不习惯，是活跃？还是下流？是开通？还是低级趣味？我耐着性子和丽侠谈话,但她老在打岔,令人好生不痛快。可惜芙香、景敏这些老实家伙也被带坏了!

父亲本月16日的信今天才接到,可见邮递路线大概要经过京沪绕道才能寄来。

回家信,给父亲祝寿。

1948年12月31日 星期五 雪

上午丽侠把打好的请帖给我,我发现上面仍然弄错了好几处,在Miss后面打了一个圆点,又在姓名的后面打一点,都是不合规范的;里面happy错成happey,your错成yours,都错得莫名其妙。

下午在寝室里试译尼采小诗一首:

乌鸦在空中叫喊,
扑翅飞向城市,
快要下雪了,
可怜,无家可归的人。

一会儿玉麟来了,说奇文有信来。我看到信是16日写的,邮路上走了十多天才到,无怪令人纳闷了。既然他尚安在天津,虽是困守穷途,但总算令人放心了。

我们打开他的箱子来看,内有银元三枚,特代他保存起来。

同玉麟去三院看有无奇文的信件,得少俊来函一封;又去看桀国,他也接到奇文一信,嘱咐照顾一切。

再到楼上去。世夫又不在家,祖陶在睡觉,把他喊了起来介绍他与玉麟相识,又敲他的花生米吃。

送走玉麟后去吃晚饭,不意晚饭刚刚开过,不幸又有幸,到厨房拿到两块丝糕,去理学院对门小馆里吃了一份回锅肉,去洋四十四元,独嚼一餐,聊当吃年饭了。

晚上,世华出去团年了,独对孤灯,有无限凄清之慨,倒也是正好“清夜扪心自思”的时候,又是一年啊!一年来自己有多少长进?有多少成绩?做错了多少失德的事?与朋友谋而不忠乎?言不信乎?……仔细盘算起来,倒还心安理得。检阅一年日记,还不算是一笔糊涂账,既然如此,也就不必说什么:“过去种种譬如昨日死”了,只望未来种种,为今日努力之不断继续。

戏拟春联二副:

“迎新年,送旧年,年年岁岁花相似;

过今朝,待明朝,朝朝日日价不同。”

“刀兵水火又过一年,哀天下苍生几许;

金圆大钞才行数月,问今年行市如何?”

深夜,世俄来说外传蒋总统将于明日元旦下野,今天晚报上已有消息透露,物价已普遍开始下跌,听到这话,我感到很兴奋。

1949 年

1949 年 1 月 1 日 星期六 阴转晴

大清早就爬起床来,漱洗毕,忙跑出去找报看,看有没有“发利市”的好消息。每个报头上面都登着蒋总统的大文告,我挤上去看了一下标题,就没兴趣再看下去了。除了外交辞令以外,文告为了

"面子问题",依然口口声声为民请命,"非战之罪也!"呜呼,何穷兵黩武者之执迷不悟以至于此也。

吃了四块炸糕,跑到三院去找陈光表拿车子;早就和他说好今天我要用车子去向教授们拜年,不想此公毫无信用,把车子骑到清华去了;当时一股无名怨气冲顶而起,要不是新年元旦,我倒想骂出来了;结果还是给他留了一张很不客气的条子,叫他回来以后立刻把车子送来。

因为没有车子,原定去拜访"老板"(郑天挺先生)的计划只得变了,临时改为到向达先生处去。我们分为两队:世华、贤溥、光明、萧松到郑先生处;我领同世俄、祖珍、继述到向先生处。大家同时分头出发,我们这一队走到向先生家时,大约在10点左右,正准备请向先生和师母出来,行两鞠躬礼,拜年如仪,不料佣人出来说先生还没有起床;真是出人意料,因为我知道在往天的这个时候,向先生一定已经起床了;今天是元旦,他莫非是以睡个懒觉来度新年?既然没有起来,大家也乐得省事,就把贺年片递进去,之后就溜大马路返回来了。一路上看见好多队拜年的同学,排着队子在街上走,路人多莫名其妙,很少人理会这是过新年。

到孟实先生处拜年,只见到师母;朱先生大概有点小恙,小坐即离去。

吃过午饭,就立即跑到红楼一〇四阅览室去,忙着布置今天下午级会的会场。光明、继述都来得很早,但是丽侠却姗姗来迟,令人很不痛快。

出人意外的是,今天本级的同学全部都到齐了,没有一个人缺席;这简直是空前的记录,令人小小地兴奋了一下。还来了两位客人,一位是韩立炎的 Partener 宋国瑛,另一位是郭贤溥的太太。

两点过几分宣布开会,为了使会场空气生动一点,我劈头用了一串英语致开会辞。第一个节目是每个人寻找自己的位子;我制了一种带图画的卡片来代替每个人的名字,搁在每个座位上,要自己去找它。结果除了世华没有找到以外,其他人都各得其位。于是第二个节目就由世华开始了,他抽到的节目是要他叙述谁是他最好的朋友,并且是怎样的好法?他略加思索后说道:"你们都是我最好的朋友,我们不是都很好吗?"这两句油腔滑调使得会场空气马上板滞起来,我听了尤其感到老大的不痛快,逼着要他重说过,他才吞吞吐吐含糊其辞地说了一段他和他的爱人曾小姐的一段故事。

节目的进行和中间的插曲都得安排得合时。最精彩的团体舞最后出场,由我和丽侠领头,先跳 Promenade the Hall,大家都参加了;虽然有好些位像骨头骨节仿佛都硬化了似的老太爷,也不好意思不随着大家运动起来。一时歌唱起处,舞姿婆娑,会场活跃到了最高潮。接着跳 Jenny crack and I don't care,这个舞也很美,只是太累人,结果跳得每个人都发热发汗,不断发出欢快的笑声。

舞停后,由光明报告两件有待商量的事情:一是南迁问题,一是考试与继续上课不放寒假问题,讨论半小时无具体结果,时近 5 点,宣告散会。

会后,大家都说今天玩得很好。事实虽不尽如人意,但今天的会确实是盛况空前的。不过我仍感到很失望,因为费了九牛二虎之力,想把同学们集中在一块儿,玩得痛快率真,使大家互相了解的目的并没有真正达到。今天事前我捏了一把汗。深怕无法把握会场的空气；结果在尽量努力之下，总算还相当成功，但是世华和景敏之世故态，却给我一个从未有过的坏印象。大家都说相互间了解不够，友谊不诚，但是有机会自己也不坦白，也还阴险自固，怎么能够与别人亲近呢？怎么会建立起真正的友情呢？

晚，光明来挑灯对谈，评述他的奋斗、遭遇和罗曼史；听了他的话，我才廓清了对于他与丁景敏间的谣言，同时也才知道他被生活侵蚀得钝拙，苦难把他摧残得超过了他年龄的苍老；他比萧松小两岁(民国十二年生)，但是看起来他却更老些。这是命运之神在作弄啊！这里，我不得不私心庆幸自己的幸运了。

1949年1月2日　星期日　飞沙走石

太阳大大的，但是狂风怒号，下午比上午更厉害。

吃过午饭，想去向玉麟拜年，并送去为她借的《山水、思想、人物》，风大，又不想去；要不是发现她送还我的口袋已经洗净了，给我一点兴奋，我也许就不去了。

顶着风骑车到辅大去，她不在，只好怅怅而返；顺风去给唐小姐拜年，顺便也看看玉麟是不是在那里。果真凑巧，她们正在屋里玩 bridge，我就参加进去玩，在座还有她们学校的女校长及徐老师。随后我又略显神通，耍了四五套魔术给她们看，搞得她们莫名其妙。

晚，到三院去同祖陶、世夫闲谈。

1949年1月3日　星期一　狂风

不向阳光的教室里冷透了，手发僵，抄笔记不灵活，脚冷得麻木得像一团冻肉，加之"内燃机"燃料不足，饿得难受。这个日子不知还要拖好久？

在图书馆里碰见桀国，谈论近来的生活，谈得比较投机。

下午，把手表拿去亨得利公司修理，据说是因为天冷油腻，所以不走。

1949 年 1 月 4 日　星期二　狂风

昨天下午教授会议议决考试延迟一周，原定 10 日开始改为 17 日开始，因此，本来不考试的日文又要考了，简直把人气坏了，我不明白这个愚昧的决议有什么意义。想到考试就有点令人头脑发涨，这不过是背书，夹带稿纸，自欺欺人的训练而已。考了十多年的试，愈考倒愈不怕考了，只是提起它来就令我厌恶，令我咀咒。

下届公费只有二百五十元左右，但伙食至少要七八百块，怎么办？怎么办？怎么办……

上午在图书馆前请狄源沧兄给我拍了一张照片，又在北楼前同祖陶、世夫合摄了两张。

晚饭后回寝室来，没有点灯，除了火炉门前一团红光外，一切都是死一样的黑静。一个人在室内来回踱着方步，我猛然想起《茵梦湖》中老人的情境来，仿佛自己已到了那个境地，不禁低唱起《青春舞曲》来。

1949 年 1 月 5 日　星期三　狂风

下届副食费只有二百五十四元，然而本膳团（假半公费膳团）的预算是七百七十四元，其他各膳团预算也差不多，单是吃饭就差三分之二,不知如何是好?

连日因和谣故,物价甚疲,中午自福利银行取出面粉十斤,合洋一百四十四元,到市场口去买了一小筒 Ham[火腿](12 ounce),去洋五十五元,以备过旧历年之用。

晚,参加斋务会议,知警察局已来公函,要在明晨拂晓来校检查户口,当即商讨对付办法;决议以敲梆为号,全体集中膳厅或操场,携带学生证,听候点名,同时在事前我们与学校当局取得联络,并尽量与警局人员协商,争取不检查,如结果不行,则要求只点名而不逐个寝室搜查。会后,大家即分头负责赶造西斋名册,并分头到各寝室去进行登记,通知他们查户口的事。倒楣!我分工登记一三六号至一五〇号,恰好是 T·B[肺结核]区。

1949 年 1 月 6 日　星期四

一夜无事,安静地过去了。正准备起床的时候传来消息:查户口的来了,要同学们马上集中到操场听候点名。大家到了操场里,在冷清的晨风中站着,呆了约三分钟,不见检查人员来,于是又一哄而散,退回寝室去;谁知还未退完,走在前面的同学又倒转过来,知道还是得检查。但所谓点名也并非认真执行,只要大家双人排队从操场门走过,数一下总人数就算了。这大概算是很有面子很客气的做法了吧?事实上是大家都挤门而出,是否真正数清了人数,只有天晓得!

寂寞啊,可怕的寂寞!炉子又时常熄灭,小小的斗室里没有一点温暖。晚上跑到德湘屋里去聊天,并且为他复习一下德文。我也是丢得太久,拿起课本来自己也恍兮忽兮弄不清楚了,不过还能勉强同他研究一下。

1949年1月7日　星期五　下午有风

上午去为其湘办理休学手续,跑了好几处,总算弄好了;只是图书馆一关几乎通不过,因为他借了一本《回教真象》弄丢了,同时邬先生借给他的借书证在北平图书馆借了两本书被人拿到燕大去了,一时拿不回来,按理手续未完清是不能休学的,只是看在大家往日的情分和我的面子上,才算通过了这一关。不过,邬先生说,此事要绝对保守秘密。

下午到三院去问桀国有关奇文的公费问题,得知奇文在去年底18日、24日又有信来,近况平安,并在设法买回北平的飞机票。

桀国说近来想读西洋古代史,而且对希腊很憧憬,喊出了"向希腊"的口号,又给我看拜伦的 *Isles of Greece* 一诗及其译文,随后我们同到祖陶屋里去,大家又异口同声地喊"向歌德";我不禁解嘲道:"过着尼采的生活,而喊着向歌德。"大家都笑了,自比为在 dialogue。晚饭后,邀世夫到寝室里围炉闲话,到7点钟他才回三院去。

今天物价又抬头上涨了。和谣毕竟是"谣",不诚无物,什么都不用谈,何"谈"之有!

1949年1月8日　星期六　风

早上有一堂日文课,这是本期的最后一堂课了,要商量考试的事,所以不敢缺席。上课会商的结果是不考试而交一段翻译代替。接着,又上了一堂语言学课。

午饭后洗了一个澡,差不多把人冷坏了,好家伙!

物价涨!涨!涨!猪肉已三百元出关,花生五十元一斤,煤油四十八元一斤,面粉昨天的价是八百元。

1949年1月9日　星期日　晴

早晨睡在床上,忽然想翻身爬起来写论文,盖灵感来袭故也。

下午,难得天气很暖和,同祖陶到北海溜达一圈。北海自打炮以来就关闭了,现在也只开放了前面冰场那一点地方。我们站着欣赏了一阵溜冰,觉得无甚趣味,就回来了。路上我同祖陶谈起,要他培养一点生活的嗜好或兴趣,要有所执着,生活才会丰富,又劝他假期中不妨动动手,提笔写点文字,不必说应世,就是熟朋友间流传观摩,以文会友,也是很有意思的雅事。他近来很懒散,所以才督促他找点兴趣来混混。

晚,德湘来谈多时,又提了几个德文课上的问题问我,我找了一本 *German Grammar* 给他念。

1949年1月10日　星期一　晴

早饭后去辅仁找玉麟,差一点就错过了。同着回西斋来聊聊。

自从我的信发出后,她的反应似乎并不很热烈……似是存的“步步为营”的战术来拖着瞧,此事大概吹了。做到此处也算是适可而止,我们就拖着瞧吧!

下午3时去桀国处,他详述其 Platonic[柏拉图式]的恋史,念了几段日记给我听,像但丁的 *Vita Nova*,又好像歌德的《少年维特的烦恼》。

晚，到三院去为祖陶祝暇。今年是他满22岁的生辰，我们同世夫到沙滩茶馆里去泡茶，并喝了二两白干，“为兹春酒，以介眉寿”！

接到泉弟去年除夕的信，令人很感兴奋，在油灯下写了一封较长的回信，说出今年的宏愿是觅取生活的伴侣。

1949年1月11日　星期二　阴

桀国借与我Byron的*The Isles of Greece*及马君武、苏曼殊、胡适三人的译诗，我草草地读过一遍，即发现马译诗中有好些错误之处，并且有些地方错得很荒谬，不过译文实典雅可诵；苏译是五古，较之马译更不忠实，同时因为五古较马译的乐府格式更拘泥，因此传达的意境也更差；比较起来，胡译最为忠实，但是豆芽文翻版成方块字，无论怎样也难令人惬意。我想自己也尝试译一次，或者写一篇《论哀希腊诗的翻译》。

伙食从今天起改到西斋膳团来了，一因懒得跑路，二因在红楼膳厅同桌的诸君子吃菜的作风实在太凶得一点；回西斋来吃不但两害皆无，而且出人意料的是伙食比假半公费膳团办得好得多，菜既多一样（三个菜），而且又有油水。

吃过午饭，在寝室内绕室散步，火炉熄了，甚苦于寂寞得难于消磨，坐下来刚准备写点东西，忽然胃痛起来，痉挛得很厉害，于是马上又站起来。偶然想到很久没有看见天骐了，何不去拜访他呢？因此即刻骑了车到工学院去。我还是第一次去工院，同时又不知道他住在哪个宿舍，全凭瞎闯，但是很凑巧，居然把他撞见了。他的头发长长的，乱作一团，长衫上比我的油汤水渍还要多，同时还没有穿整齐,脸上有那么一股霉气,似乎还清瘦了一点。由那副表象,我可以猜透他近来生活的窘迫和心情的苦闷。他拉着我回到他寝室里坐下来谈了两个钟头,知道他的确是很苦闷,也很想回家;他说放寒假准备搬到西斋来住几天,我简直是不胜欢迎之至。

1949年1月12日　星期三　晴

提起笔来译 *The Isles of Greece*。诗的翻译实在太难,几乎每一个字都感觉别扭。劈头第一句"The isles of Greece, The isles of Greece!"就把我难住了,改译了几次都不惬意,最后还是勉强用"希腊岛,希腊岛!"全诗的移译差不多花了三个钟头,算是草完初稿,可是自己一点也不满意。在体裁方面,我故意竭力避免郭沫若的那种不文不白的格调,因此在韵脚方面虽然我很有把握,但却尽量把它捣碎成新诗的风格。

1949年1月13日　星期四　晴

在西斋吹了半天牛。

中午几声炮打得好响,门窗都哗哗啦啦地震动起来。我深怕玻璃会落下来,猜想这炮可能是从景山打出去的。

桀国把奇文公费余款一百九十八元交我存入福利银行,但是这几天他们停止营业,我就把它挪来作零用,作为我借的钱,但把它合算成面粉(计八斤五两,每斤二十四元),总以不亏奇文为原则。

入夜,户外的风刮得很厉害,触景生情,翻开雪莱的 *Ode to the West Wind*[寄西风之歌],动手移译。

1949年1月14日 星期五 风,晴

上午躲在寝室里读解放区的油印宣传品,计有:关于发展工业的劳动政策与税收政策(陈伯达)、关于工商业的政策、发展工商业的指示、晋察冀边区保护工商业指示、新区和新解放城市的政策、惩办战争罪犯的命令(解放军总部发布)、关于保护新收复城市的指示、人民解放军与济南人民的约法七章、济南军管会颁发的安民布告、军管会颁布入城纪律。

所谓惩办战犯的命令主要内容是这样的:

一、凡国民党军官及其党部、政府各级官吏命令其部属实行下列各项罪恶行为而证据确切者均加以逮捕,并以战犯论罪:

1. 屠杀人民,抢掠人民财产或拆毁焚烧人民房屋者;

2. 施放毒气者;

3. 杀害俘虏者;

4. 破坏武器弹药者,烧毁一切文电案卷者;

5. 破坏通讯器材者;

6. 毁坏粮食、被服仓库及其他军用器材者;

7. 毁坏市政水电设施、工厂建筑及各种武器者;

8. 毁坏海陆空交通工具及其设备者;

9. 毁坏银行仓库者;

10. 毁坏文化古迹者;

11. 毁坏一切公共资财及建筑物者;

12. 空袭轰炸一切已解放之城市者。

二、凡带领执行以上各项罪恶行为之一者,亦应依法惩办。

三、采取有效办法反罪图功,因而使人民的生命财产及一切属于本军的战利品及城市建设获得安全或免于破坏者均应给予应得的奖励。

……

从这堆文件中,又探悉共产党的工业政策是毛泽东所提出的十六字方针,即“发展生产,繁荣经济,公私兼顾,劳资两利”。据此略可猜到一点共产党近年已经扬弃“左”倾冒险主义的政策。我不知道这是革命的权宜之策呢还是妥协?

听世夫谈,关在特刑庭里的同学已经全部释放了。政府认为他们既然爱“太阳”,就特备汽车,要送他们出城到解放区去,要利用他们去宣传“和平”,同时还每人发给边币五千元。真是一件令人啼笑皆非的事。

译《寄西风之歌》,困难重重,进行得很慢。

1949年1月15日　星期六　晴

报载毛泽东对“元旦文告”已有反响。毛氏的话说得简单明了而有力,他指出蒋介石集团求和的虚伪,并提出八项和谈条件,计有惩戒战争罪犯,解除反动武力集团的武装,取消伪宪法伪法统,召开不包括反动分子之国民大会等项。

听说天津已完了,市内警察起义,里应外合,很快就解决了。

昨日教务会议议决,学校校历仍旧,毕业论文未作者,可以其他课程代替之。又算了结一桩大事!

晚,听世俄说,红楼对面新开巷里落了炮弹。我想大概傍晚时的轰然巨响就是它的声音吧。

水电又发生了故障。

午餐吃面做的长条形花卷，才吃了一条，两颚都嚼得酸痛了。要不是几天来剩下这点面粉，今天中午大概要被迫断炊。晚上吃带皮的小米饭，满口钻，肚子吃胀圆了，但是食欲还没有满足。

1949年1月17日　星期一　晴，风

昨天下午红楼附近落了炮弹。

夜里猛然被一声炮响惊醒。

一早起来准备考试，才知道事情有变化。昨夜7点20分开始戒严，以致三院有一部分同学无法回宿舍睡觉，在图书馆坐了一夜。经过一夜的签名酝酿罢考，今晨自治会出了布告，以过半数人签名为依据，决议停考。

还要拖延！停课就可以避免危险吗？第一堂本应考明清史，至少也到了超过半数的同学，我怀疑所谓“民意”也者的真实性。张先生说大家不考就不考，不过将来还是得补考。

这种学校！这种环境！念什么书？不，再也不能念下去了！我感到从来未有过的动摇和沉痛！沉痛！沉痛！

下午，我正动笔写我的论文，玉麟来。我们同到三院去了一趟。听说三院落了炮弹，原来才是谣言。又听说何思源家落了炮弹；教授们有宣言吁请傅、毛将军队撤出城郊作战。

1949年1月18日　星期二　晴

傍晚，级友来围炉闲话，世俄分析战比和多；谈到何思源家被炸，都一致怀疑那不是炮弹，报上称是爆炸物，想其中或有阴谋。沙滩附近连日来也时落炮弹，说这是共军射击的，也令人很疑惑。

理由有三:一、今日许惠东谈话,日来城内落弹百余枚,何不见诸报端?二、落弹全是小炮弹,此炮若为共军所发,射程不足;三、共军何必如此零星地向城内乱发炮弹?

今天上午很寂静,但傍晚轰然几声巨响,沙滩附近又落了几枚炮弹。

听说学校自星期五起开始考试。

1949年1月19日 星期三 晴

天气很晴朗,吃过午饭,打电话叫世夫找玉麟等一同去溜冰,只恨场子太坏,冰面凹凸不平,大窟窿、小窟隆不少,阻力太大,滑不动,我比上次的成绩退步多了。她溜得很沉着,慢而姿势正确,只是不摔跤。我叫她把速度加快些不要怕摔,果然,她就连摔了几下,一笑!

银匣胡同口落了一弹,顿时炸死一老一小。三院紧张了,下午开始有人往红楼疏散。上午教授们为安全问题重新开会,结果决议期考移至下学期开课时补考,同学们闻讯莫不大喜。

午后,双引擎飞机若干架在市空低飞,向中南海投下面粉,一时面袋如雨而下,好像撒传单一般,听说还砸死了一个小孩,不想面粉也和炸弹一样的可怕。

晚,西斋燃煤管理委员会初次开会,讨论如何防止工役贪污及改善管理。委员会由五人组成,生活小组聘请我加入其中。

1949年1月20日 星期四 晴

早上吃的是大米稀饭,饭后即到各寝室调查火炉情况,从106

号到140号的屋子以后归我经常照管。

重读鹤见佑辅的《山水、思想、人物》,由回味而后知"温故"的精意。仔细读恩格斯《反杜林论》,嚼烂点,受益也多些。

午饭后去王府井取表归来,在三院附近碰见一位大兵,面貌诚憨,上前来给我行个礼,说自己是天津战车部队的,逃来北平,寻友不得,求我助以十元。我看他不像游惰流氓,当即慨然解囊,并且问了几句关于天津的情况。他说打得很惨,破坏很大,死伤也不少,解放后的情形尚佳。

三院工字楼某寝室落了一弹,妙在并未伤人。今天出城求和的代表回来了,粮食金银售价均普遍下跌。

1949年1月21日　星期五　晴

下午,写毕业论文第一章引论。

晚饭后去红楼阅览室开系干事会,仲裁二、三年级的争执。事因是三院迁到沙滩来住在北楼的同学,被生活福利会分配在第八教室,但三年级的同学不愿住在那里,要求进住红楼阅览室,可是二年级的同学反对,双方坚持不下。开会时,我就安全与联络情感两个原则加以逻辑的分析,问题迎刃而解,决议暂不开放阅览室。

今天仍有冷炮。

1949年1月22日　星期六　晴

下午,写论文约二千字,进行很慢,因为每提到史实或年代总得翻一翻书,而仔细一查,发现各书互相矛盾抵牾的错误之处甚多。

萧还来借去看的《闻一多纪念特刊》,书已被她蹂躏得不堪了。她还要看关于唯物史论的书,虽然怕她破坏书,还是借了一本《唯物史论精解》给她看。她这个人倒活泼大方,批评我这人不爱管闲事,有点象牙之塔,真是出乎我所料的一个恰当的批评。我的老朋友也没有批评我这样精当过,想不到这家伙倒说得不错。

晚饭时接得生活互助会今晚8时开会的通知,又仿佛听到一点局势有变化的风声。6时召集本斋级友座谈,互相交换马路新闻。玉珩说事情昨天就决定了,本来昨天就要进城,因为准备不及,改在今天下午5时进城,现在应变的形势已过,无所可谈。

8时,生活小组长会议,谢邦定自贺麟先生处打听消息回来说:傅作义已与共军直接谈判好,计有八项要点:一、自22日10时起停战,军队撤出城外到黄村听候整编;二、设立联合办事处;三、新闻出版事业重新登记,继续出版;四、教会、学校一体保护;五、市内治安仍旧维持;六、各工厂、市场照常开业;七、邮政等照常运行;八、市府组织暂时不变。此外,又听说石觉的部队已经调走了一部分,并传军统局可能在这个时候进行破坏活动,已有某教授接到所谓北大学生除奸团的一封匿名恐吓信,因此,过渡时期的安全问题成了当前最紧要的工作。经过两个钟头的会议,对于消防、救护、防卫等问题均有原则性的决议。

传说6时戒严,事实上并无此事。5时过电灯亮了一下,大家都喜形于色道:"光明来了!"但旋又熄灭。晚上市面上似乎有点紧张,寝室里大家也有点兴奋。

上了床,因为恐怕夜里有事,袜子也没有脱去。

1949年1月23日 星期日 晴

有如Byron的话:"一觉醒来,世界已经变了。"昨夜静悄悄地过去,今天一早起来,报上已登出和平消息及十三项条件,内容与昨夜所悉者略同而较详。读报后不禁大喜,跑去吃了两块炸糕以资庆祝。一切都落价了,但是炸糕还是五块钱一个!

下午,祖陶来,谈及将来开办出版事业之计划,皆跃跃欲试。

到王府井溜达一转,一切平静如常,只是物价下跌,面粉六百元,袁大头一百九十元。晚6时,崔寿康来叫我开燃煤会议;因为他要退回物资部去工作,要另选一人出来负燃煤管理委员会的总责;大家推我,虽然推辞再三,结果还是莫奈何地接受了。

8时参加斋务会议。

祖陶今天说,这次北平解放是不流血的光荣革命。确然!共产党似已彻底放弃其过激手段,在可用缓和方法处,不惜委曲求全。由此次北平的和平解放,令人深庆傅氏能识时务,古城幸甚!人民幸甚!

听说日内即可恢复供电,我虔诚地期待着光明,并将用勤奋的工作来迎接它。

读到一张赤色新闻,知悉本月12日国民党飞机曾狂炸济南;又此次天津战役中,陈长捷、杜建时等均被俘虏。

1949年1月24日 星期一 晴

早上隐隐有疏落的炮声,听说是石觉的部队有部分骚乱。

市面情形一如往昔,不见变异。人们说北平在痛苦的蜕变中,但是街上却看不出谁是"那边来的"。印着毛泽东像的长城银行钞票已经出现了。

物价又回涨，面粉传说回到九百元，银元二百九十元。

下午同祖陶去王府井把那筒牛油卖了，惨得很，只卖得六百五十元。

表修好还是不中用，跑去亨得利大闹了一场，坚持要他换一个。结果，让最后一次步，再修理一次看看。真是淘气尽了！

听说清华同学有一千多人明天要进城来宣传。他们解放后的情况是这样的：吃的是小米饭，有肉吃是绝对不确的谣言；生活更苦些，最近每人才要得五斤小米的钱作为零用；在工作方面，小组学习普遍而激烈地展开，自动组训成了六个迎接解放的大队；在学校体制方面，除自动取消训导处以外，一切仍旧，校务现由委员会管理。

1949年1月25日　星期二　晴

一大早就醒来，在床上漫想如何迎接这个伟大的时代，配合它的步伐，忽听得一阵急骤的敲门声，忙翻身下床来开门一看，原来是奇文！哎呀，好家伙，一个多月没有见面，好像隔了几十年似的，大家握着手，心里有无限的感慨和兴奋，说是"死里逃生"也好，"再见天日"也好，反正相对大笑一阵，不记语从何起了。

他口中连说："差一点不能见面了，几乎打死……"又说："经过这一次的历险，才愈觉得人生的渺小。"我笑道："还不够啊！要上过战场的人，才算得上通过了人生的火线。"

谈到一个半月来的生活情况，真是一言难尽。我最担心他的经济问题，然而事实上他倒是最不成问题；住在一个朋友处，那朋友对他异常之好；只是战火就在他们住的地方东局子进行着，如果他不撤走的话，大概被流弹打死是无疑的，因为炮弹交织成了一个严密的火网，死伤损失都很惨重。西营门经共军无数次的波浪式人海冲锋，但始终没有攻进去；被突破的地方在东局子，一经涌入，国军立即挂白旗投降。共军进入的秩序异常良好，宣传品传单标语立即四处飞散；老百姓不顾街头满地枪炮弹壳，都走上街头来回溜达，高兴得很。南开同学还整队上街游行，迎接解放。只是接收工作做得不大好，闹得笑话百出。从前北大教三的同学金扬接收教育局，另有同学接收电讯局，而这些被接收的人员都是留学生，好些还是联大同学，看见这些家伙来接收，不禁大失所望。金扬看见奇文，竭力劝他留下来工作，但他谢绝了。回来时火车只通到丰台，他步行费了一些麻烦，才进得城来。

银元回涨到三百五十元。听说天津物价猛涨，此地大概也不会例外。

桀国来谈行动事，我也被他说动心了，真是静极思动。

1949年1月26日　星期三　晴

下午，同西斋办公室马先生算煤账，他东支西吾，顺说顺有理，横说横有理，以往的账简直查不清了！以后用煤最多不会超过一个月，我看根本不必多此一查了。

晚，彝尊自清华来，天骐自工院来，闲谈移时。问到关于清华解放后的详情，彝尊说一个月来情绪很高涨，一天到晚忙到黑，开会、讨论，讨论、开会，“学习”得不亦乐乎；地质系开了百多次会了。平均每人每天要开六次会；开会除讨论城市政策、工商政策以外，还有新民主主义论、论联合政府等，但是，到后来内容愈来愈空虚，资料也太缺乏，连钱俊瑞到清华讲演一次同学们听下来后也要讨论一番，于是大家批评自治会无能。此外，扭新秧歌、下乡宣传都略有成绩。

1949年1月27日 星期四 晴

下午，民主广场开春节联欢大会。1时左右，这沉睡了好几个月的广场的每个角落又活跃起来了。大学生、中学生、工警、新闻记者、市民都陆续地从各处赶来，集中在广场里，他们谈笑歌唱的声音又重新像以前那样自由自在。死灰又复燃了，大家都露出愉快的、胜利的微笑。

今天的大会虽然是几个月来低压气氛中最高潮的一天，但是比起“当日”盛况，不禁令人大有今昔之感；不论在人数方面、布置方面、表演节目方面，都较以前差劲。唱了两个新歌：《欢迎胜利》、《你是灯塔》；扭的秧歌还是老样子；演了一幕剧《碗》；因为声音太小，不知道搞些什么名堂；一幕化装朗诵倒很有趣，节目名叫《第四十一》，是描写俄国革命时一个白军被红军女战士所俘虏，漂泊在一个荒岛上，两人渐渐相爱，但是最后当白军的救生船来到的一刹那，这位女红军以革命利益为重，忍痛一枪把她的爱人击毙。随着她也痛绝地伏倒在他的身上，幕急下。这幕所谓化装朗诵也者，与话剧实在无大区别，只是对话比较音乐化，全剧很紧凑，对白的诗句把贵族阶级讽讥得很厉害，像一幕 farce[滑稽戏]，只是结束得太勉强，除了说它是革命的战斗宣传文学以外，人们是不容易接受的。

晚，级友在我寝室里团年，除了有些同学乐捐实物（如大米、白糖）外，每人份金五十元。天晓得，这一点钱也竟使我们痛快地吃了一顿粥。粥是由景敏和宵瑄两人煮的，一锅咸的肉粥，一锅甜粥，大家都吃得笑眯眯的。过年吃稀饭，这还是生平第一次。我想到晋惠帝说的“没有饭吃为什么不吃肉粥呢？”不禁又破涕为笑了。

同学散了之后，（刘）占文留宿；世俄、继述，我们四个围炉谈天，以共产党的土地问题和经济问题谈得最多。占文饱有社会经验，谈的内容颇实际。谈的结果是：我们觉得共产党的土地问题实际上是困难重重的，将来的问题还多着。关于经济问题方面，大家都觉得共产党的军事与政治工作配合不上，军队是愈打愈强，攻无不克，战无不胜，但是政工、经济、技术和接管人员质量太差，与军事配合不上；尤其是在打下大城市以后，人才更显得缺乏，在接收方面，天津就是前车之鉴。北平之所以至今迟迟未进入，也许就是准备不及之故。北平物价之飞涨，是由于城外及天津的物价管制不当之影响所及，这里最大的失误在于不该把人民券与金圆券的兑换比值提得高低不平，殊不知金圆券贬值的后果是物价飞涨，金融行市混乱，直接影响人民生活与心理情绪。此外，在接管城市后，除技术人员缺乏外，在粮食供应方面也是共产党面临的一个十分棘手的问题。

1949年1月28日　星期五　晴

上午在寝室里整理内务，不料我离开寝室一会儿，归来就发现床壁上贴了一张小条，上面写的是：“给徘徊中的荣渠，将革命进行到底，决不能临阵脱逃，奇文——三十八年新春。”正看得出神，桀国进来了,奇文也跟着进来,大家相顾而笑。我告诉他们,已决心主动撤离了。

今天是旧历除夕,晚,到三院同奇文、梁国,(任)学良一起过年。我出了一个小火腿罐筒,奇文买了鸡肉、萝卜干、花生米等吃酒菜,大家猜拳喝酒,闹得一佛出世,二佛升天。守岁守到过了12点才睡觉,上床就觉得热得睡不着。

1949年1月29日 星期六 晴

大年初一早上4点钟就醒来,热得睡不着,即翻身起来,翻开《词选》来读了几首,总觉得尽是卿卿我我、花儿草儿的靡靡之音,实在没有闲情逸致来欣赏,心情乱极,自己也奇怪为什么连这类抒情的软性文学都失掉趣味?另外换了一本《世说新语》,一直读到拂晓,入厕,出来后在三院风雨操场散步到大天亮,心情有点恍惚,嗒然若有所失似的。

一早上爆竹声中夹杂着无数的冷枪冷炮,使人有点打冷噤,东猜西想,生怕是出了什么岔子。

8时由三院出发,先到芙香处拜年,只有她一人起床了。再到灰楼,看到祖珍和萧、唐小姐。然后折回西斋,把昨晚剪的窗花贴上,再到十条去给向先生拜年。向先生说近日的情势仍然不妙,今天一早韩寿萱先生就被人叫去,听说大炮已经拖上午门了。

午饭后,到朱先生处拜年,被拖着喝了一杯酒,吃了点菜。师母说今年过年只买了一斤猪肉,言下似有无限感慨。最有趣的是一会儿冯至先生夫妇和贺麟先生夫妇都先后来给朱先生拜年,先生很神气地拿了半瓶英国威士忌酒出来,给了他们一小杯酒喝,没有菜,只有空口喝,就像小孩子办姑姑筵似的。虽是苦中作乐,倒实在也是乐在其中了。

回宿舍后,一个人溜达到厂甸去玩了一趟;和平门外两旁的人行道上每年春节都有的书市,今年除一两个破摊子以外,全没有了。师范大学门前在广播共产党的城工政策,海王村庙会拥挤着一些游人,但是,比起往年的热闹,今年的景象实在显得寒伧,这也许是受了战争的影响所致吧?

晚,祖陶、世夫来玩,喝了三两白干。

1949年1月30日 星期日 晴

中午,去北楼二十教室宣传部美术组开会,商讨工作事宜。我答应如果系级里工作能够摆脱,愿意每天上午到美术组工作半天。

午后1时,奇文到我寝室来玩。

晚6时开系干事会,决定明日开始练歌。

晚8时,西斋斋务小组联欢,吃红豆稀饭。这年头,过年吃粥,倒也吃得心满意足,津津有味。

1949年1月31日 星期一 晴

物价惊人狂涨,一天几个行市,面粉已卖到七八千元一袋,袁大头突破两千,花生米六十元一两,瓜子五十元,一份报纸也要三十元。一周以来,物价至少跳了三倍。有人说金圆券贬值对人民券是有利的,但是老百姓莫不叫苦,尤其在这过渡的两不管时期。

下午1时召开级会,选举工作小队小队长,结果世俄当选。我算是大松了一口气。

解放军今天下午进城，同学们纷纷组队前往欢迎。我没有去，据欢迎回来的同学说，解放军的纪律风度确实很好，脸儿红红的，精神愉快，只是个儿有些太小了，好些都还没有成年。世俄说的与众不同；他所得印象有点狼狈，沉重的枪压在矮小的身上，拖着疲乏的步子走着，对欢迎者的态度有些淡漠。

欢迎的地点在铁狮子胡同。听说同学们在大街上大扭其秧歌舞，这未免有点班门弄斧吧？欢迎的人除了各校同学以外，还有公职机关人员及普通老百姓。这使我想起了“箪食壶浆以迎王师”的典故并不是历史学家用的夸大之词，也使我想起郭沫若所记的北伐军攻下武汉时盛况之仿佛。

晚5时半，系歌咏队首次练歌，唱的是《庆祝胜利》和《你是灯塔》。唱歌毕，由我主持各级小队长选举中队长，结果罗永立当选。

这次迎解会的组织与工作方面值得批判与改善的地方很多：第一是机构之叠床架屋化，既有自治会，又有生活福利会(生活福利会解体了，但各班的生活小组仍然存在)，再新来一个工作大队(下分中队、小队，另外又有艺工大队)及庞大的后勤组织(总务部、联络部、宣传部、不管部，etc.)，以致当官的人太多，干事的人不专，职务不清，权界不明；第二是机构之反民主化，整个机构是由上而下，不是由下而上产生的，并且各个部门的负责人都是通过私人关系或社团关系拉来，以致忙的人仍然忙，以前清闲的社会贤达依然是不管事地看热闹的人；第三是工作之反科学化；机构太庞大，没有统筹计划思虑的人，以致浪费工作和时间，例如油印品就有许多都是重复了又重复；又如要去欢迎解放军，但事先并没有同入城部队联络得很好；又如艺工大队几乎收括了所有的人才，以致各系都变成真空了;工作小队无法顺利展开活动。

一两周来都少有空闲念书,只读毕 Rilke 著、冯至译的《给一个青年诗人的十封信》,德国派的情理交融,清新可颂;再读冯至译的《歌德论述》(三十七年八月正中书局出版),此书由六篇文章凑成:《歌德与人的教育》、《歌德"维廉麦斯特的学习时代"》、《论浮士德里的魔》、《从浮士德里的"人造人"略论歌德的自然哲学》、《歌德的"西东合集"》、《歌德的晚年》,附录画家都勒。我最爱的是那篇《论浮士德里的魔》,它给我的启示最大。文中说明,《浮士德》是一个悲剧,其中包括四个阶段:一、学者的悲剧;二、爱的悲剧;三、美的悲剧;四、事业的悲剧。魔鬼靡非斯托非勒斯(Mephistopheles)是代表一个缺乏幽灵(Daimon)的天性的消极的本质:第一,他不认识人类里有一种积极的力量,对于不可能的追求;所谓宇宙和人生中的伟大,他都不能理会。第二,他赞颂黑暗。第三,他不理解"天行健君子自强不息"的意义;他的哲学是虚无主义,他把一切都看得毫无意义,只发现"空"和"无"。第四,因之,他不大容易理解"人之异于禽兽者几稀"的道理。第五,他自以为看透世情,对于世事也非常冷淡,无感伤,无热情,与浮士德相比,正好是一个对照。这种否定的性格完全建筑在理智上,但是魔鬼最后失败了,天使在最后才说出全剧的意义:"谁永久自强不息地努力,我们就能够解救他。"魔鬼在向浮士德介绍时给自己下了一个定义:"我是那力量的一部分,它永久愿望恶而永久创造了善"。

这篇文章我早在《艺文杂志》上看过一篇,但是只有今天它才闪电般地刺激了我的灵感,顿时我感到一种莫名的痛苦和悚惧。错了!错了!几年来的生活态度是根本错了!为什么这正该是春蕾初动，感情焕发的青春时代，我要痛苦地压抑自己，矫伪地自我含蓄，不让生命尽情地发泄、尽情地开花呢？几年来，我作茧自缚，自毙！为什么要这样愚蠢而残忍地对待自己？这是谁的过错……我想起来不能不追溯三年前离开成都时朋友们给我的“易藏蓄”的提示，藏蓄？藏蓄什么？当生活正该发扬的时候为什么要藏蓄？今天我彻底地觉悟以前的错误，我要立刻打碎那灰色的枷锁，我要生命！我要力量！我要追求！

1949年2月1日　星期二　晴

上午，在北楼宣传部美术组赶制游行使用的图标，画了一张大的毛泽东的像，气魄跃然于纸上。

午后，原定开校友会，因大家工作太忙，暂缓举行。一点半在民主广场有时事讲演会，有许德珩、钱端升、王铁崖、樊弘等人出席讲演；听说还请了两位中共人士来讲演，姓名不详。今天广场上到会人数超过从来的记录，至少有1万人以上，黑压压地拦断了广场；只是许德珩上台打第一炮谈土地改革，又长又糟糕，听跑了许多人。我同奇文、玉麟、冰姿、慧蓉、萧跑到北楼顶上，大扭其秧歌，并合着一些中学女同学跳了一阵，跳得满痛快。

其湘来信说我有老庄精神，回信大加辩驳一番。但是对于以往施之于己的老庄味，决心努力革掉，残余愈少愈好。

1949年2月2日　星期三　晴

上午，在美术组着好两幅画的颜色。

12时美术组开会，重新检讨宣传部审查后之图画。审查的态度是严肃的，审查得也很仔细，我们画面上的很多瑕疵都被指了出来；但是由于审查者太缺乏艺术修养，因而吹毛求疵的地方也不少。这一次审查大家都一致觉得很有意义，促使大家对工作更加认真和更加严肃，因为革命是艰巨的工作，而不是轻狂的儿戏。

复查完毕。大家集体学习写美术字。有一位同学精于此道；我虽然写了这么多年的美术字，也不得不自叹弗如。提起笔来用心地向他学习，哪怕只有片刻的时光，也觉得学得有些长进。

椝国给我看他的日记上对我的评语，他说："罗荣渠很能认识我，从昆北教室后便如此，但没有很大的勇气爱人改造人，对我也是一样。我爱他的'才'而惋惜他的'气'，因此与我性格决不同；学问和智识来说比我好点，而生命力却不如我。他是很有理想，感情极丰富而深蕴，不过不是一个绝对的 Ontologist[本体论者]，而是一个善良的 Individualist[个人主义者]，在生活上 passive 大于 active，在学问上 poetical 多于 philosophical，而且又很 realistic；他有一些人的长处，而缺陷是在他无一些人的短处。"

看了他的话，我深为所动。除了"没有勇气爱人改造人"一句话值得商量以外，其他的我认为都有难得的精辟认识。了解一个人是不容易的，世界上难得有一个知己，椝国其庶几乎！

为了回答他对我的眷爱，我也准备答他一个尖锐的批评。

1949 年 2 月 3 日　星期四　阴，风沙

昨天晚上得到今天要迎接解放军的消息，真是五更造饭，星夜赶工，早晨 6 点半就起了床，7 时吃午饭(因为我们无早饭，提前吃了 11 点的午饭)，8 时在民主广场开始排队集合，各个单位的队伍

从各个方面汇集到广场上来，旗帜飞扬，纸标招展，再加上叫嚣的人声、扩音器声，喧天的歌声、锣鼓声，的确，大地真的翻身了！人民真的解放了！这广场上虽然充满着欢欣和跃动，却缺乏秩序和安稳。日子太不凑巧，天公不作美，一大早就阴风惨惨，飞沙走石。

9时，这支庞大的行列由北大艺工队领头，宛如一字长蛇阵，从民主广场的东门蜿蜒地伸向东单，再折入东交民巷。10时，一辆卡车奏着雄伟的《义勇军进行曲》，徐缓地把伫立在大街上欢迎人民解放军的群众分开，从中让出一条大路来；接着，前面载有毛泽东画像的装甲汽车领着吉普车队、机械化部队、炮兵部队、战车部队、骑兵部队以及整齐的两师步兵部队不断地从永定门经过前门向东交民巷走来，从上午10时开始，一直到午后4时才走完。队伍之壮观，我生平还是第一次看见。夹道而立的数万群众对这些劳苦功高的战士们莫不报以热烈的欢呼和掌声，但是解放军战士们的脸上多半严肃得没有丝毫的表情，使欢迎者的兴致为之减低不少。今天是故意“耀兵”于民的，所以不但衣着整齐，配备美观，而且气势也很盛大；最使人触目惊心的是那些装甲车、坦克和重炮，上面漆写的“made in U.S.A”、“辎重第X营”等字样依然犹新。参加过远征军的同学们都能熟悉地指出来哪一种是美军军备，哪一种是印度军备，哪一种是日本人留下的，哪一种是新一军的“行头”。原来这些野战攻城的新式武器，差不多全是解放军光荣的战利品。看到这些，不能不叹息蒋介石这个运输大队长太辛苦了。

我们的同学都回来了。在东交民巷口碰见了素梅，我们热烈地握了一个手；又看见瑞林，他更长得像个小胖子了。他们不论男女，都一律身着黄棉军服，臂上带着"军管会"的臂章，由"同学"变成了"同志"。现在瑞林在新华社做外勤记者，素梅在市委会；又听说余庆在西郊搞土地改革，集福的近况不大清楚。

欢迎的行列从早上9点出发，在风沙中站立近十个钟头；饿着肚子，身体在寒风中感到些微的战栗，下午4时我就同世俄开小差回来了。后面的队伍早就东溜一个，西溜一个，跑得一干二净，比我们早回来几小时。其实这也难怪，昨晚大家星夜忙着写标语，通知同学，今天又一早赶来，午饭也没有吃，又冷又饿，尤其是那些天真可爱的中学同学，怎么能熬得下去呢？

晚，奇文来谈，他自从此次天津劫余以后，对人生的体验更深刻了很多。首先令我惊异的是他对我说出一句密言："女人们是爱占小便宜的"，能说出这样的话非得有亲身的经验的人是不可能的，他说这话是一位老大哥告诉他的，难怪说得这样精辟。他说经过这次天津之行，他才感觉到我与桀国的好处，同时深自痛悟到自己没有一个朋友。从桀国的日记上他才恍然大悟我们之帮助他"不过是为了人情，还说不上什么感情"，"朋友满天下，相知有几人"，他到今天才知道呢。

他对我愈更真诚坦白，而且自己确能躬自反省。能知道自己的人总是有办法的，能追求上进的人都够格做我的朋友。因此，我第一次真正坦白地提示了他一番。我说我以前对他还够不上说是朋友，现在我们的友谊正在增进中。因为我深知我们的性格不同，旨趣不同，但是，友情是纯粹灵性的发射，此外，还苛求什么呢？

谁永久自强不息地努力，我们就能够解救他！

1949年2月4日 星期五 晴

仔细地把桀国研究了一番,写下了这么一段很慎重的评语:

桀国是一个诚笃君子,但是气盛得有点近于自我夸大;太过于勇于爱人和改造人,因此爱与憎几乎同样地招来悲剧性的结束。他感情极丰富而近于泛滥,有理想,但是一种集团生活中的自卑感使他下意识地退缩到以自我生活为中心,而自我陶醉。他的见识大于他的才学,生活的信念坚定,但能专一而不能持久;生活 active 而 realistic,观念 dogmatic 而 fanatic;而那最后支配他生命的动力是那个倔强而易受感情动摇的意志,这是他成功的因素,也是他失败的种子。总评一句话:其为人也,毅而不弘,任重而不道远。

虽然说得峭刻,但是桀国看过仍能谦虚地句句赞服,认为真能说到痛处。

午后1时,小罗来谈。他是进城来宣传的,住在汇文中学。我提出想追随狂潮"动"一下的意思,他很赞成,但是对于我情绪间的矛盾与苦闷,他似乎不能够同情地了解。这个矛盾即是追求真理的价值体系与追求社会功能的价值体系之冲突;这个苦闷即是个人的得失与自我牺牲之顾虑。

下午,本小组集体学习第一次集会,到了李衍、王宵瑄、丁景敏、宋玉衍、吴世俄,连我一共六人。秦芙香迟到。我故意地批判了龙丽侠,提出了小组存亡的问题。大家决议晚上再开一次会,不料本小组就此呜呼!

晚间的会上,准时到的还是下午到会的几个人;大家一致支持吴队长,签名表示拥护。我开玩笑地在纸上写了几句誓词,末尾说:"如违此誓,以反革命论罪。"一会儿以后丽侠姗姗来迟,看了这两句话大不高兴,要请解释一下。我们说这是开玩笑。而且愿意参加工作与否,绝对听君自由。但是,雷霆终于借题大作了,她愤怒地宣称即日退出级会。呜呼,“联络”四年之“感情”终告破裂,哀哉尚飨!

晚,第三次学习集会。

1949 年 2 月 6 日　星期日　晴

早上,奇文跑来说决心参加工作,已开始料理一切琐务,并想买卷胶片来拍几张照片留念。

下午,正在廖小姐寝室里同玉麟、宗谌谈笑,忽然奇文跑来说,他已报名参加工作,今晚 7 时就要出发,地点是外五区(天桥),工作内容大概是兑换伪金圆券为人民券和调查户口或民间情况,特地匆匆前来辞行,又要我把他放在西斋的油布给他带到三院去,托毕我们就匆忙地分了手。同时,我知道桀国也加入了工作队。

晚饭后,把油布等物带给奇文,到三院时见他已整理好一切;我帮着他打被盖卷,理东西,大家心里都有点兴奋,但我则特别有沉重的感觉;不想他这次走得这么快,这么忙,说走就走,虽然这次只是一种短时期的服务工作,但是我知道奇文是不打算再念书,而决心随军南下的。我不知道该给他谈些什么辞别的话,想了很久,才提议趁时间还来得及,赶到照相馆去照一张相。结果我用一个袁大头换了一千七百元去照相,照毕相回来,我又陪着送他到军管会去。在那里的幽暗的露天里,已经先到了十几二十位他们的男女同志了。

回三院来看见桀国,大家心里又是兴奋,又是歉然(指我自己)。他赠我一本Iliad[伊利亚特]题有“要革命,要智慧”几个字。我也回敬他几句临别赠言,大意说:在革命中,最难得的是要看谁能坚持得最久,谁是最“不可腐化的”;同时,在追求平等的时候,希望也不要忘了自由,在追求权力的时候,希望也不要遗弃掉智慧。最后我说,在解放中国的工作场上,随时我都准备碰上他。

看见他们走,我心里剧烈地发生冲突,矛盾得很厉害。走欤?留欤?没有一点定见。我从来没有像今夜的不安宁过,心中真像有小鹿儿顶撞似的,忐忑紊乱,一夜难眠。

1949年2月8日 星期二 阴

早上碰见唐维明,问我走还是留,我说还未决定。他是劝我留下念书的,这种盛意使人很感激。萧则是赞成我走的,我也感激。

午饭后,突然发现书桌上放有一封我的信,一望字迹而知是祖陶写的,信封背面还写了这样的几句话:

“——我们终究到了!你多沉重!孩子,
你究竟是谁啊!
孩子答道:
——我是那即将到来的日子。
——约翰克利斯朵夫——”

念了这几句话,我心里顿时感觉得严肃起来,眼睛仿佛有点发亮,连忙慎重地折开了信,仔细地读去;愈读我愈沉重,我觉得从来没有过的友谊跃现在这信纸上,我觉得每一句话都是纯真的友谊的箴言。最后,念完了信,我也就立刻决断我不走了。是,我得留下来。

我得救了!

跑到辅仁去,正撞上玉麟出来。我是安心来谈判的,就拉她上北海去谈;首先,我开门见山把奇文爱慕少俊事和盘托了出来问她,她说少俊是个小孩子,感情也很吝啬,对奇文并没有进一步的意思,望他不要过于敏感了……未料到今天她的话里明确地透露出她感情之淡漠,我试探性地问她对于我走留的意见,但是她绝不发表肯定的意见。一种强烈的个人主义意识支配着她的独立的性格,我感到失望,不是绝望。

今天,我觉得快愉;走留的问题决定了,爱情的丝网拂扫干净了,心里清爽,明朗,舒畅。

1949年2月11日　星期五　阴

时间被"莫名其妙"占去了,连写日记的空暇也找不到。

听说明天要游行,上午再赶画了一幅毛泽东的像,比前次那幅还要稍大一点,用赭石画的。

中午,野战部队文工团来校与艺工大队联欢,在民主广场表演节目。第一个节目是胜利鼓舞;锣鼓一响,只见两旁闪出两行演员,一行是男演员,一行是女演员,都是一色打扮,头上包着浅蓝色帕子,上身穿白底滚蓝边蓝排扣的短褂,下身穿深蓝色长裤,腰间系一条粉红色绸带,身上斜背一个大红腰鼓,浑身线条明确,色调鲜明;那一阵锣鼓,一套步法,我还从来没有看见过,节奏活跃有力,充满欢腾的热闹,从开始到舞毕,没有一声鼓不够劲,没有一举步不紧凑;尤其使人感动的是,每一个表演者都精神饱满,气势充沛,脸上堆满了欢悦的笑容。这才是真正的人民的艺术啊!我们哪里曾看见过！第二个节目是军乐演奏:第一曲是《人民解放军进行曲》,不要小看这些穿黄军服的解放军同志,他们一样能娴熟地使用大喇叭、洋笛、洋箫、黑管,……etc.这个进行曲的旋律跳跃而有力,使人立刻想到苏联的音乐,这大概是革命音乐大致的共同趋势吧。第二曲是《劳动者进行曲》,旋律较慢沉,主调不易捉摸,似较前曲逊色。第三曲是《民主进行曲》,就是以前脍炙人口的《义勇军进行曲》。第四曲是《说打就打》,这是一曲 pure 的军乐,说不上很出色。除了这四曲以外,在雷动的"Encoure!"[再来一个]的掌声中,又来了一个《新中国进行曲》。第三个节目是军舞;全舞分若干场面。内容全是军旅生活,从训练骑射到战斗攻击而最后获得胜利,完全用舞蹈的手法表演出来;机关枪、手榴弹全登了场,枪上肩,刀出鞘。充满了战斗味儿,使人马上回想起已经几年没有看见过的抗战戏剧来;那时的艺术也是一切为了战争,火药味弥漫舞台,杀气腾腾;从艺术的表现来说,问题很多,但从为人民革命的利益来说,这都是可以不必计较的。第四个节目是歌剧《杨勇立功》,写一个名叫杨勇的解放军战士,由消极变为积极,最后立下杀敌大功的故事。据说写的是真人真事,但不管怎样,这只能说是军中的一个宣传剧。可是,从演技方面来说,很使我惊异的是他们的技巧那么高,一点不马虎,绝对够得上专业的演技水平。这充分证明,人民解放军不但有文化、有艺术,而且有它的高度水平。

看了他们的表演,我有几点感想:一、我觉得他们走的路线就是苏联的路线,他们的方向就是朝向苏联的方向。这里有的是活力和群众基础。充满了青春蓬勃的生气,这给我们一个铁的保证:新中国前途一定乐观,新中国一定有办法。二、我觉得今日的革命党确实比北伐时的革命党更为进步，他们的手段与目的也完全正确；因为他们真正能领导人民，同时又依靠人民，接近群众同时更深入群众。我敢武断地说：在这样人民的艺术的宣传下，国民党的一切宣传都显得黯然失色，有如摧枯拉朽一样地被抵垮了。

看毕表演，又忙回北楼赶画了一幅巨画：《在毛主席的领导下前进！》，以备明天游行之用。

晚上继续赶画，其他同学都忙着准备明天游行用的旗帜。

宣传部工作同仁开了一个同乐晚会，我只去吃了粥就溜走了。

回到寝室，读了半小时书，疲乏已极，已经是夜晚10时半了，正准备上床睡觉，突然房门打开，来了一位不速之客，一看原来才是桀国，见面劈头就说："朋友！爱情！革命！……"我指着对面的椅子叫他坐了下来慢慢谈，尤其要把几天来的工作情况和感想仔细道来。首先，他用很坚决的口吻下一个结论道："像他们共产党的这种基层干部，莫要说什么自由主义、资本主义，不论你什么主义遇着了也要被摧毁；只要有这样艰苦深潜的工农干部，不但中国革命一定成功，就是世界革命也可以成功！"他说的每一个字都像一颗钉子打在我的脑袋上，我感到无限的兴趣，东盘西问，我知道他正在做最基层的深入民间宣传和发动群众的工作。在一个区里有若干工作组，他们的一组共六个人，一个是共产党的老干部，已经五十多岁了，从事革命献身于这种卑下无闻的基层工作已经几十年了；另外一个是青年干部，一个是华北联大的女同志，此外就是他们三个新参加工作的学生。他们每天工作的内容表面上是兑换金圆券，实质上是做一种街坊的逐户宣传访问工作，深入到最下层社会的居民中，向最贫穷的老百姓、工人、三轮车夫、老婆子解释："人民翻身的日子到了！你们今天出气的日子到了！你们以往有什么困难、苦痛，受过什么灾害、压迫，今天都可以痛痛快快地倾吐出来"；又宣布"要开人民大会，清算以前那些压迫你们的土豪、劣绅、地棍"。他们先调查清楚街坊的贫穷困苦情况，然后逐户以优惠比值，按三比一以金圆券兑换人民券。工作的主要意图是启发贫苦群众的阶级觉悟，培养一种阶级仇恨，组织无产劳动大众，觅取"骨干"为新中国社会奠筑巩固坚实的群众基础。他们的工作很忙，生活在一种与学校书斋绝对不同的党的集体意识、革命意识的气氛里，这种工作很痛快，一天到晚很少别的思虑，没有小布尔乔亚的感情生活，好些同学都感觉得有点"恼火"，不过桀国还好，工作情绪很高。

我很失悔没有参加他们这次工作学习的机会，虽然桀国说："我们仍不惬意，仍不满足，我们还要思考……"

1949年2月12日　星期六　阴

8点半吃早饭(应该说是吃午饭)，9时在民主广场集合出发，经景山前街、北长街、南长街到庆祝北平解放大会会场。原说开会地点是天安门，我以为是在太和殿前。现在才知道就是在天安门前的大街上。东西以三座拱门为界，千步廊为场座，箭楼为主席台；南以中华门为界，这么大的天然会场，真是壮观得很；尤其是那红色的箭楼，像一座高巍的城堡，正中原来是悬挂蒋介石油画像的地方现在已改换成一幅毛泽东的巨像，城垛上两旁插着两排大红旗，配着这巍峨的城墙，衬上背后蓝色的天空，十几面红旗在迎风飞舞，十分引人注目，立刻使我想起苏联的红场来了。啊！这不正是中国的红场吗？你看，在这广场上密密地站着成千成万的民众，有各大中小学的老师、学生、员工，各机关的公务员，各工厂的工人，各街坊的老百姓；帮会的人来了，三轮车夫来了，龙钟的老太婆、天真的小孩子全来了！各色各样、各行各业的人，各阶层的人，从各个不同的方向汇集到这新中国的红场上来，每个人都露着笑脸。这是人民的日子啊，因为人民翻身了！你听，那喧天的庆祝胜利的锣鼓声、雄壮的军乐声、艺工大队的歌声、主席台的发号施令声、人民的欢腾声交织成一片，汇合成一首伟大的人民胜利交响曲；还有那千百面庆祝胜利的旗帜，五色缤纷，迎风招展、长短不齐地从这黑压压的人丛中伸展出来，像战阵中士兵们的刀尖；这是一幅人民的八阵图！这是一个九耀星光阵！今天，我才真正看清了什么是人民的力量！

我们的队伍于10时以后到达会场。在我们之前已经有许多团体先到，在我们之后还不断有队伍陆续进场，一直到12点半钟都还没有宣布开会。我因为昨夜着凉，微感不适，就先退出会场独自回校了。

回来在灰楼门口碰见张贞，听说田余庆回来了，忙跑去找到他。他还是那个老样子，没有瘦也没有胖。我问他去后的感想，他说："牺牲的多于得到的，并且要在我们的内里(不是表面)挖出一块，开始时这是我们感到很不适意的，但是，日子久了，也就慢慢习惯了。"言下彼此都觉得知识分子的改造是很不容易的一种长期训练。

午后4时，桀国的乡兄毅钦来邀赴他家吃水饺，去时桀国、学良已经先到。吃得顶丰富，除吃水饺以外，还有红烧肉、回锅肉、韭黄肉片几个菜，又喝了一杯酒、一碗粥，饱胀得不亦乐乎。主人很诚意，虽然是老粗，但很虚心追求上进，很乐意同我们大学生交往。他的那位嫂子也没有受过高等教育，但诚朴而能劳动。给了我一点启示，我要找一位像这样的劳动人民的女子做妻子。

1949 年 2 月 13 日　星期日　晴

读毕《陈独秀评论》(糟糕！忘了记下编著者和出版处，好像记得是民国二十二年北平亚东书局出版的吧？)对于中国革命加深了一些认识，更加认为今天中共路线十分正确。

下午，奇文回来，衣服搞得很干净，头发梳得光光的。他一见了我就说，他虽然工作了一周，但简直没有进步，觉得有点不好意思似的。我告诉他：要慢慢来，先要完成一个自我革命；真正的革命者还要能清算庸俗的乐利主义和个人英雄主义，不要有太多的领袖欲。晚，又同他谈到少俊等问题；我看他仍然深陷于某种生活形态的泥淖而难以自拔。

1949 年 2 月 14 日　星期一　风

中午，到三院去看源沧，欣赏他的摄影杰作；他是一个很有希望的艺术家。

把奇文留下的那辆自行车拿去修理，换一个东洋飞轮要两块半银元，太贵了，只好换一个旧家伙来用，只要一块钱。

桀国突然回来了，真令我奇怪。仔细问他，才知道昨天他还没有去工作，在红楼同任学良、王利器一阵会商之后，主意变了，马上拉倒，要求退出工作回来念书。他对我说出了一大套必须回来的理由，而这些理由就是在前天他的脑袋里也还没有制造出来。我感到大大的惋惜，就说要念书待开学时再回来也不迟，一周的学习实在太短了，但我惋惜也无可奈何。噫，任重而不道远，到头来，一事无成，奈何！奈何！

晚，张书成来访，同到"天一龙"去吹了一番，彼此很能相投。我说他是拜伦型的人，以自我为中心，他点首称是。这家伙感情富锐，是一个极有希望的诗人。

1949 年 2 月 15 日　星期二　晴

上午在家读《反杜林论》，恩格斯对于真理的看法令人非常同意，一乐也。

下午 1 时，出席北大自治会代表大会，决议取消迎委会，筹备普选学联代表，以院为单位，每院产生一人，各院自组选举委员会开展工作；因为在本月二十日以前代表就该选出，所以此事急待加紧进行。

开了四个钟头的疲劳会议，赶回家来吃饭。碰见天骐，他说："少俊回来了。"我还以为听错了，跑步跑到寝室门口，果然看见她和玉麟、Miranda 站在那里等我，这是使人意想不到的惊喜呀！没有想到我们还能在解放后的北平见面，阔别半年，她还是那个老样子。这次她是同邵力子、颜惠庆等和平代表同机来平的。

晚饭后，召集系干事会，选出何禹九与我二人参加文院选举委员会工作。

1949 年 2 月 16 日　星期三　晴

本级提到系里竞选的学联代表候选人是萧松。今天开会时的情形很微妙,从来不出席的许公、萧公今天都到了,来耍了一套双簧,结果萧公以五票当选。其实我可以用一句话宣布这个选举无效,因为其得票未超过半数,如此则两公的愚民手法可谓枉费心机;但为了顾全大局,虽然小处令人不满,毕竟我们是有些友谊的,此事总算替他"维持"了过去。可是吴公就不客气了,他把官僚腐败作风痛痛快快地批判了一顿。我还是决心支持萧公竞选。

下午2时,去麻线胡同回拜少俊。我还是第一次到她家里去,她在一个二等客厅里接待我(至少我是如此想)。我们瞎吹一阵,比起赵来,她确实健谈得多。今天她穿一件黑旗袍,胸前有一道宽花镶边,很出色,也很 charming。

1949年2月17日 星期四 晴

读冯文炳《谈新诗》(艺文社编,新民印书馆三十三年11月印行),其见解之精怪,诗品之高,令人大为惊叹,有几句话尤为令人吃惊,他说:"如果要做新诗,一定要这个诗是诗的内容,而写这个诗的文字要用散文的文字。已往的诗文学,无论旧诗也好,词也好,乃是散文的内容,而其所用的文字是诗的文字。我们只要有了这个诗的内容,我们就可以大胆地写我们的新诗,不受一切的束缚,'不拘格律,不拘平仄,不拘长短;有什么题目,做什么诗;诗该怎样做,就怎样做。'我们写的是诗,我们用的文字是散文的文字,就是所谓散文诗。这与西洋的'散文诗'不可相提并论。……"(p.32)他还批评了新文学运动中只是散文成功了,诗则大大失败,都是不刊之论。

下午参加法律系主办的土改座谈会。

晚饭后为四院送选票，累了一趟，回来又参加班上的土改讨论。

1949年2月18日　星期五　晴

午饭后，应奇文电话之邀到天桥去会他，好容易才把他找到。我们到天坛里去逛了一转。我把少俊归来及其态度大略告诉了他；他又是惊喜，又是陷于矛盾的苦海。这般滋味本来够受，加之他对工作闹情绪。知识分子革命少有不动摇者，我看他尤其成问题。叫他回来看少俊呢，他又要傲。为了保持相当的傲劲，他要了一点小手法。我对此事无所谓，以后也不打算管他们的事了，采取超然态度，以观后效，免得伤脑筋，找麻烦，惹是非。

傍晚，少俊、玉麟来邀明日下午2时赴辅大看影片《史大林传》由少俊请客。

晚，系歌咏团练歌毕，举行系干事会，通过系图书馆章程，闹得一塌糊涂，大动肝火。樊百川躁得没有理由，时光非常跋扈。本来我不想多话，迫不得已非坚持一番不可。我原想世故一点，但是火气总按不下来，率性吼了出来。

1949年2月19日　星期六　阴

桀国示我以《二二自述》(一九二七—一九四九)，要我批判；读毕后我写了一个《跋》。

下午，少俊来，同去辅仁看电影；玉麟早到了，在等着我们。开演后才知道我们把片名弄错了，是《史大林宣誓》，不是什么史大林传记。该片以一个家庭为中心,描述列宁死了以后苏联新经济政策完成的情况,一直写到这次世界大战为止。片子的技巧与剪裁都很好,剧情是 so fantastic, so fascinating,扣人心弦,使一股革命的热潮在我浑身里翻腾着。

看完电影出来,她们二人希望见见奇文;我答应负责把他叫回来,随即先行离去,回宿舍打了个电话通告奇文,叫他立刻赶回。晚6时许,她们来了,奇文稍迟些也到了,还带回一大包花生米,吃得很高兴。7时,我们同到民主广场去看文教会放映记录片《民主东北》第五、七辑。今晚的人太挤,人声嘈杂,片里的说白根本听不清楚,copy 不太好,图像也看不清,真是大煞兴味。我们看了一本就离开广场到灰楼去找萧宗谌,在她屋里聊着玩。一会儿唐维民也来了,我提议做游戏,但大家玩得很不对劲。玉麟突然立起身来要回去,劝也劝不住,场合只得扯垮了。

1949 年 2 月 20 日　星期日　晴

午后出去修车子,在车行里碰见宗谌,邀她逛中山公园。我们且谈、且走、且玩,萧这个人,从表面看来一个大脸蛋,一头蓬松的散发,一身衣服从来没有穿好过,乍遇见的人,不会有好印象的。实在,她才是一个非常有灵性的女孩子,敏慧极了!在唐、刘、赵诸人之中,她算顶聪明。我同奇文与刘、赵间的关系,她懂得非常清楚,而且眼光竟那么透澈,不令人不叹服这个"小妹妹"如此厉害。她说我与奇文并不很"顶好",又说奇文有些虚荣心,又说我的感情顶丰富,真是每句话都能搔到痒处。

傍晚,奇文去访玉麟来,他说少俊对她说要他回来,而对我说则叫他参军去，他似乎乐观地有所了悟，其实他仍然是执迷不悟哪！

晚，在唐维民处玩 bridge，玩后她请吃炸元宵。

1949 年 2 月 21 日 星期一 阴

源沧想参军工作，苦无门路；我请萧宗谌告诉她的朋友程亚光帮忙打听一下，是否欢迎艺术工作者参加工作。

傍晚德湘自清华归来，带回一封小罗给我的信，还附有一封兆民自锦州寄给我们的信。小罗的信上说：

"……兆民信上说他得到一个教训，'愈保守陈旧的观点认识进步得愈慢而且愈痛苦'，这点我深有同感，我认为是很值得记取的。渠，你的生活态度是够严肃认真的，但如果你不能把自己的要求与千万翻身的人民的要求相结合，将无法避免浪费精力与时间在空想中绕圈子。这话对我说，同时也对你说。……因此我同意你'走'，现在。"

兆民的信太没有满足我所渴望知道的一切，也不能帮助我解决走留的问题，不过他的信息总算是使人快慰的事。他欢迎我们到锦州去玩，看看土改，看看关外。的确，我倒是想出关走走，但是旅费实在成问题。

因为这两封信，又使我动摇起来。我愿意坦白承认，我实在没有勇气毅然决然地丢下我沉重的包袱来。别的同学能丢得下，是因为他们的包袱轻。但是，不幸我的包袱压得太沉了，这有什么法子呢？

1949 年 2 月 23 日 星期三 阴

参军革命的浪潮掀天，辅大、朝阳集体数百人报名投考革命大学、军大及华大、北大、清华等校同学可以不必受训直接参加工作。最近要南下一大批，光明、继述都可能去；本系二、三年级走了五六人，有罗永立、刘华骐等；法学院最热烈，经济系二年级差不多全走光了，法律系、政治系也大批走，真是走得空得有点凄惨。我有点站立不稳了，参军革命的浪潮愈高，颠簸人也愈厉害，要立稳也愈难愈痛苦，但愈是因为这样，我就应该愈加坚定。

下午奇文回来，一会儿天骐、明廉来了，德湘也不邀而至，真是"碰巧"得很。明廉决定随军南下，听说德宣也打算走，只是还在矛盾。

晚上，同奇文闲谈。他说他决定考华大或军大。我看，如果他不毅然出走，他将会自食痛苦的悔恨之果的。

1949 年 2 月 24 日　星期四　晴

下午 2 时，本系同学聚会惜别南下工作同学；会上，对理论与实践及知识分子的改造诸问题交换了许多意见。我有一点新的感觉，就是大家都不像以往的离别那样有一种黯然的情绪；反之，倒感到一种前所未有的快慰。

晚，同萧宗谌到中法礼堂去参加庆祝北平学联成立的"文艺晚会"。萧拿出了一篇她创作的短篇小说给我看，小说写得虽然空泛而幼稚，但以她那样的年龄和学力却能有尝试创作的兴趣，实在令人喜慕。我觉得她是一个有希望的天才，鼓励她尽情地、无拘束地写，并且努力学习。

晚会的节目有集体朗诵《王贵与李香香》，但听众主要是来看人的，来看艾青、光未然、田间、安娥这些左翼诗人；但是，只有艾青和光未然讲了话，诗人的风采是那样使人失望，讲话里也寻不出美的诗句。以貌取人，真是失之子羽。艾、光两位的谈吐依旧像知识分子，由此可以想见知识分子“改造”之难也。

1949年2月25日　星期五　阴

晚上八时，到理学院教室去为工警补习班上近代史课；这是我生平第一次教书，也是第一次学以致用。现在我“用”了，在一小时内我讲完了“英法联军”和“中日甲午战争”。不管听课者的印象如何，我自己觉得在这次教学尝试里有几项缺点：一、口语不能大众化、通俗化，虽然想尽量避免学究式的术语，但仍然带有不少，甚感口语词汇之不够的丰富；二、讲课的条理不够清晰，听课者记笔记一定会感到困难；三、说话声调太高，以致讲一小时的课嗓子就有些嘶哑了，以后必须很平和地、从容不迫地讲。这三项缺点，我希望能在下次讲课时有所纠正，有所进步。这是一次满有意思的学习！再学习！

晚上，祖陶买了两斤肉，邀同世夫在我处炖红烧肉吃，弄得很好；大家都很久没有大嚼过了，口馋欲滴，可是食量并不大，三个人吃两斤肉还没有吃完，都被油腻胀得闷头闷脑，于是再煮清茶解闷。

1949年2月26日　星期六　晴

下午，少俊、玉麟及其友马美屏来，请代为觅取介绍书，并为报名华北大学。

晚饭时，奇文归来，谈已决定休学离校参加工作，或继续现在的工作，或随军南下，或进华大、军大。总之，贯彻革命精神，决不退却。此事我看他也矛盾难决，既能毅然取舍于学业与事业之间，不致磋跎自误，良可庆幸也。

巽科进城来，还我所借面粉的钱，因为我早已托人告知我打算去锦州一行，急需钱用。

晚七时同奇文往访少俊，我本意置身局外，享旁观之乐。不意少俊有意点我难题，要我批评她，使人甚感为难。我就其大者提了三点：（一）真感情太少，吝啬；（二）ego-centric[自我中心]；（三）有半套美国人的人生观。她能坦白承认自己的缺点，率真处很可爱。

1949年2月27日　星期日　晴

傍晚，少俊来告不准备投考华北大学了，决定在北大旁听半年再说，所以来与我商量选听课程问题。

晚，唐维民请我同萧宗谌吃饺子，地点在我的寝室里。她们早把馅和面粉弄好了才拿来的，碰巧少俊、玉麟先后来到，不期而遇，真是口福不浅。大家帮着做，人多手快，维民任总指挥，才一个把钟头光景，饺子都包好了。我也学习包了一些，但技术实在拙劣得很。8时左右饺子煮熟了，送到口里莫不叫好。我吃了满满三碗，吃完之后，又品了一会茶。

1949年2月28日　星期一　晴

学校原定今天上课，因为文管会要来接收，所以又停课一天静候接管。

上午为办赴锦路条(即通行证),训导处、区公所、警察派出所、公安分局都跑到了,最后才知道学生的路条要在公安总局办理,可谓白跑一上午。

午后2时,民主广场举行接管联欢大会,首由汤锡予先生致辞,继由文管会主任钱俊瑞讲话。这个“文”八路给人的印象很好,举止沉着文雅,谈吐清楚,说一口江浙官话,但仍能让人听得很明白。他把北大赞扬了一番,同时搬出一大套新民主主义的文化教育政策来,语调很肯定,很坚决,句句都 dogmatic,使人感觉到有点扎耳。

晚上,天骐卖了一件美军军用大衣来打牙祭,割了三斤肉,买了两斤洋芋,炖了一大锅红烧肉,吃得痛快淋漓。

晚,第二次去讲历史课,听者都说讲得很清楚。

1949年3月3日　星期四　晴

晚,华大文工团第二队招待北大同学演出短型歌剧,地点在辅仁礼堂。看了他们的演出我深有所感:一、我觉得共产党是有真实的文化基础的,新民主主义也不只是枪杆而已,它还有饭碗、教育、艺术……etc.二、他们宣传的队伍与战斗的队伍是同样坚强广大,政治与军事确能密切地配合,革命的胜利是绝对的,也是必然的;三、在他们的合唱里,我得到一点新鲜的感觉,就是女声高过男声,唱词异常清楚。虽然我曾经听过许多有名的音乐团体歌唱,除了有一种虚无缥缈的纯粹音符趣味外,毫无所解,那是小布尔乔亚吃饱后的音乐,不是人民大众所需要的音乐。

今晚的秧歌剧节目一共四个:一、《王大娘赶集》;二、《夫妻识字》;三、《想错了》;四、《买糖的姑娘》。

1949年3月31日 星期四 晴

日记整整地间断了四周。四周来的变化和经历几乎比一年还要丰富,但这丰富而宝贵的生活,值得永远记忆的日子,却偏偏缺乏记录,没有留下一个字迹,难道说这不是一个深深的遗憾吗?无论如何,就记忆恍惚所及,我也得赶记一笔。

我是14日启程来哈尔滨的。这次的北上,在事前几乎是一无所知,仿佛是一次极幸运的巧遇,生活常为"偶然"所冲击,有谁能否认命运之神呢?

3月7日星期一,那天晚上,我召集了一个级会,主要的任务是改选干事,结果到的同学并不多,大家挤在王宵瑄的房里随便聊着。协议结果,我还是不能卸脱职务。为了维系全级同学的感情起见,我答应继续干下去,不过只担任级代表;另外级里及系里的事,新选出贤溥与玉珩负责。会散后,我们三位干事同世俄留在屋里商量一些事。贤溥在无意间告诉了我一个消息,说最近有哈尔滨俄文学校的人来此,想在回去的时候顺便带几个学生回去学俄文。这个消息顿时带给我们无限的兴奋,我马上向贤溥打听详细情形,请求设法代我问一下,是否可以让我随同前去哈尔滨学习。贤溥对详情也不太清楚,他说来的人明天可能就要动身回哈,如果能去的话,是否有决心,并且来得及呢?我当即下决心放弃北大及北平,上东北去学习俄文。那时,我几乎没有经过一分钟的犹豫或考虑,而是立刻就决断了的,并且态度异常坚决。世俄也想去,但是他并没有明确而肯定的决定,只想打听清楚了再说。贤溥答应马上回去就为我们接洽，当晚9时回话。散后，我同世俄连忙分别去准备一切，因为恐怕万一第二天就要走，临时来不及。我顺便去把此事告诉了萧宗谌。她说她已决心南下，但我的这个消息使她也感到说不出的兴奋，一定要我设法帮她一道去。我知道她早有素志想念俄文，十分高兴也为她设法子。

9点钟我同世俄到贤溥那里去听消息。事情进行得很好。一切很顺利。我们约好明天8点钟去和哈尔滨来的负责人见面交谈一次。

第二天一早，我们就到约定的地点北池子草垛胡同，见到了负责人尹企卓同志，把情况了解得比较清楚些：我们要去学习俄文的地方是哈尔滨外国语专门学校，学习的年限是二年到四年，学习期间一切费用由学校供给，毕业后的工作由组织分配，适当照顾同学的兴趣。学校由中国共产党领导，毕业出来的同学当然是为中国人民服务的。有好些人希望出来后能做外交官，但这不是哈外专的主要培养目标。尹同志这次不是来正式招生，他来的目的是接东北同学回东北去，顺便带几个愿意到东北学俄文的同学回去，因为正式的招生必须经组织批准，同时必须经过考试。这些情况的了解使我很满意，我们领到履历自传表纸，回来后即着手准备行装。因为听说哈尔滨异常寒冷，最冷时刻冷到零下二十度，吓得我直打冷噤，对着衣服发愁。此行路费由学校负担，但是自己也总得筹几个零用钱，于是我忙跑去告诉祖陶、世夫；他们的态度是淡漠的、黯然的，不过，对于我的走愿意竭力帮忙。

同时，我把有关情况通知了桀国，他立刻决定要设法去，任学良也要去。我为他们办好手续。

9日,奇文从天桥工作组赶回来。他原不知此事,我告诉了他。他忽然伤心起来,眼泪夺眶而出,要求和我同去。我本来没有想到所有的朋友都走同一条路的,但是他一心要去,并且立即丢掉目前的工作,决心甚坚。我不愿拂人志气,就答应介绍他去。赵、刘两人也知道此事了。赵要求去。

12日下午,郭沫若、侯外庐在民主广场讲演。侯讲的题目是关于新民主主义的(原题不复记忆),郭讲的题目是《谁领导了北伐与抗战》。

13日(星期日),到觉明先生处辞行,并送还所借各书。我问此去对于研究中俄问题应该注意些什么,他摇了摇头说:此去最好专心地念俄文,不要管那些东西了;再者,中俄问题认真地谈,倒不如不谈的好。此外,还胡乱地说了好些话,但此时已记不起来。总之,对于离开这位慈祥善诱的长者,我感到无限的依依。

中午,应图书馆管理员赵(竹君)、邬(天民)两先生之邀,到赵家吃饺子,三年图书之交的友情,使我很感动和留恋。

晚,到孟实先生处辞行,师母留我晚餐。萧宗谌的朋友吴家柱来送行,宿我处。

14日(星期一)早上8时,到尹同志处问消息。他说搭今日傍晚火车出发,约定同学们于下午1时半在西站会齐,并指定我为北大领队,黄跃平君为清华领队。此时又有好十几位北大同学赶来登记,要求同去。他们大多是法律系同学,我并不曾认识,事情似乎有点仓促;但我还是发给他们每人一张表,叫他们会齐在车站上交来。

[按:荣渠于当日傍晚按原计划启程前往哈尔滨外专学习俄

文，离开了北大，终止了在沙滩的生活，日记也从此中断。以下至6月1日，为在哈尔滨外专的零星日记。]

1949年5月

8、9两个整天和10日一个下午的四班大检讨会，获得了相当的收获。这个会本身是依照辩证的原则发展的，由错误到否定的否定，可以觅到一个明显的进程。

新到学校的这些毛头小子，披着小资产阶级的轻衫，发出街头巷尾的油腔滑调，连我坐在会场里也感到有点毛酥酥的，浑身的血脉感到一阵阵的麻木，但是可敬的共产党员们——王校长、赵副校长、赵处长、张副处长、尹处长，etc.——的修养真可谓气魄磅礴，整整地在那硬木椅上坐了两天半，就单是这点劲也足够我们学习10年。

9日下午会后，几个同学围着张天恩同志闲聊起来。他的那一席话和翌日下午王、赵诸同志的谈话，是我生平以来最感动最受益的了。我没有听见过比他们更和蔼诚恳、更中肯的言语。

让这两天半的大会作为我彻底清算自己思想的序曲吧！我必须全盘检察一下我的意识和下意识！

多学习一天，更多地觉得革命必须继续到底。

梁其璞同志辍学回北平师大去，临时托他带给祖陶一信，告诉他们我打算抽空回平参加毕业考试的意思。事情进行得异常顺利，16日（星期一）接到他们的“善”电，心中矛盾得很厉害。

16日下午，柯在铄来校看看北大的同学，他是这次出席世界和平大会中国代表团的学联代表，返国路过哈市，随便来和我们玩玩。他讲了好些大会的新闻和苏联情况给我们听,大家都像听海客谈瀛一样地被他的报告所吸引着。

20日天骐、世俄来函,言休学假已请准,参加考试事恐不可能。

21日 [星期六]

世夫来函促速归,言在校一切手续问题均已解决。死下的心情又复燃起来!

中午找王校长谈了一下,她表示可以,待商量一下再告诉我。

晚饭后,本班与二班、十九班同学联欢,大家有说、有笑、有玩。

王超塵临阵卸甲脱逃,令人遗憾万分。

晚8时传来西安解放消息,或说是上海解放,锣鼓又喧天地响起来了。

5月26日 [星期四] 晴

早上刚起床就听说上海解放了,听到这个消息,大家都高兴得不得了,宿舍外面传来锣鼓的声音,咚咚锵!咚咚锵,……

今天一部全体同学出动到八区(烈士)公园去劳动,我因为得了感冒没去,在家照顾萧娃吃病号饭后,就到教室去继续我的校勘《共产党宣言》的功课,搞了半个上午一个下午,总算是校完了,但我也疲乏不堪,虽然没有去体力劳动,但是六个钟头的脑力劳动,没有一点休息,比起劳力来还要吃力亏人些。校勘得很有趣,因为在译文上捉到了好些错误,很令人有一点得意的快愉,只可惜找不到德文、日文等其他种文字的译本帮忙,工作甚感不便。

晚饭后,同王钢在大直街上来回散步一趟。

5月30日 [星期一] 晴

牟怀真在小组日记上批判我,"学问是首位,就是太冷了些。"

今天,我在日记上答复她道:"这几年来,我在这古老的大地下找到了块藏了几千年的废铁,我日夜地琢磨它,满以为可以磨成一柄致人死命的利刃,但是最后我失望了,那腐朽的铁锈的气氛,反而把我熏入精神的老年。

这几年来,我提着一个理智的破灯笼,摸索在这黑暗的大地上,满以为可以寻得一些人生的线索,但是,最后我失望了,我所能照见的只是我自己的影子,我仅只向那可怜的灯来取暖。

我读过一些书,书上每一页都歪歪斜斜地写着'吃人'。

我知道曾有过那么一些人,他们把感情铸成一柄匕首,向人群中投去,只得到辱笑的回报。

如果说,'世界上只有一个基督教徒,但他已被钉死在十字架上了!'

那世界上也只有一个圣雄,但不幸他竟死在一个狂徒的枪下。

以往,我被这些话、这些事鞭策、琢磨和虐待。

后来,我终于开了小差!

一座火山也有静歇的时间,何况一个人,他为了要活下去。

朋友,看完了请不要挑剔这些'字眼',否则,你将会失去你的情感。"

5月31日 [星期二] 晴

近来班上的学习情况很差,虽然搞了两个重点学习计划(生活纪律周和学习改造周),并且第一部分也已经完成了,但是一切都做得差劲，令人颇感灰心。下午讨论会上，联系到"资产阶级小资产阶级的知识分子如何才能无产阶级化?"的问题，我站起来对全班痛切地检讨了一番，举出一团和气的自由主义作风，敷衍政治学习，小组干部领导不力，同学不守团体纪律等各项缺点。发言后，引起同学普遍地发言及检讨，情形之良好，为我班空前第一次。会后吴钟清、沈泓、萧宗谌都哭起来，也检讨之成效也。

晚，同小兰、俊雄、传照、鸿飞去莫斯科影院看《遥远的未婚妻》一片。

6月1日 ［星期三］ 端午节 晴

早饭后，本班同学(邦治、俊雄、国俊、钟清、小兰、传照、晓山、文义、贤耀、树栋、怀真、维诚、志英)集体出去游玩，我们乘汽车到松花江畔，因为风大波急，不能渡江去太阳岛玩去。遂沿江畔斯大林公园而行，我们在江边石坝上坐下来，大家都脱了鞋袜，濯足江中，江水击荡在我们的脚下。想起二千年前屈原之于汨罗，胸中油然蕴蓄一团诗意。

1949年6月19日 ［星期日］

8点过钟，火车进入北平东站，我们经过五夜三天跋涉了几千里路，又回到了我们朝夕怀念的古城来了。

赶着马车到北大三院，首先碰见的是耀卿，把行李卸好之后，祖陶、世夫也回来了，大家相视而笑，不知语从何起。

洗过澡，把身上仆仆风尘抖换一新，再问及关于学校的事，才知道明天就要开始大考(对于我来说就是毕业考试)，当时真像挨了一闷棒，使我吃惊不小，我们原来听说北大28日开始考试，因此满以为可以从容回来应付复学考试的事，现在才知道我们的计算完全错了！怎么办呢？考，实在来不及，不考，要再念一年似乎也划不上！？

跑去找郑毅先生，不在家。又到教务长曾昭伦先生处去，听说他去开新政协会议去了；先后找了他三回，都不在。

见到孟实先生，师母和汤锡予先生，他们对于外专这样的处置都觉得莫名其妙，有些失当之处。[据罗荣渠老友曾石回忆，1949年夏，他随所在单位转来北平，有一天去北大，意外地发现应在哈尔滨俄专学习的罗荣渠正在房内看书，大吃一惊。据罗说，他在俄专写了一篇讲述唯心主义的源流发展的文章，并提出唯心主义并不是那么简单几句话就可以批倒的。此文触怒了俄专领导，准备批斗他。但后来没有批斗，只是发给路费，让他回北大，属"遣送复员"。]先生叫我明天还是去应付考试，考毕之后再办复学手续，但是我实在还不敢说缺了三个月的课，既无书，又无笔记，更无时间，自己疲乏得要命，怎么考？

见到世俄，他也赞成考。晚上到灰楼去看李珩和王宵瑄，他俩正在温习明天要考的魏晋南北朝史一课，见我来了，给我打气，叫我考。李珩把本学期授课的要点给我作了一个钟头的讲解，我一面记一面写下一个纲领来，参加考试的勇气增加起来。

下午出来看见余逊先生，谈起我的事，不置可否，要我同郑先生、曾先生谈好再说，显得胆子很小，不敢作主。

回三院借了一本笔记本放在床头上，就倒在床上呼呼入睡了。

6月20日　[星期一]

早晨4点半钟爬身起来，翻着笔记草草看了一遍，刚好是7点，忙把笔记送还原主去。

一早跑去找曾昭伦先生，他已略知我们的事了。谈到复学的事，他说如果名单已经交到文管会的话，则现在复学不可能，不能复学则助学金也不能申请了。这话好像给我泼了一头冷水，仿佛觉得一切都无望了，一切糟糕完蛋！

好容易挨到9点钟，到教务处去查底案，翻开册子一看，我的名下盖着很清楚的两个红字印“休学”，其他好多同学也都一样，我以为现在一切都完了。不过还要作最后的蘑菇，硬要把我请假文件的批示找出来一看，果然还有一线生机！原来我的休学假批准之后，因为我来函准备回校参加考试，又把休假撤销了，批准随到随考，所以现在还可撤销此案，这个消息使我不禁狂喜，此时已经9点半了，连忙又看了半个钟头的笔记，就跑去参加魏晋南北朝史的考试。

下篇　书信、诗词

第三编 燕园北大时期
（1958—1976年 北京海淀）

罗荣渠于1949年从北京大学毕业，被分配到中苏友好协会总会工作，暂时地离开了北大。1956年“向科学进军”的号角，又把他召回北大，到历史系任教，开始了他为时40年的燕园北大教书生涯。解放后，作者已不再写日记，但他与远在西南边陲的二弟罗荣泉书信频繁。这些经过“文革”洗劫而难得保存下来的信件，正好填补了反映他在燕园北大工作和生活情况的空当，时间上与日记大体相接，前后连成一体。日记所提供的是纪实性史料，而书信除了叙事，更多是表达作者对亲朋知己的内心倾诉，因而更具真情实感。“文革”之前和“文革”初期的书信大多缺失，五六十年代仅收录了4封信。我们想尽量保留“文革”之前和“文革”时期的文字资料，是为了如实反映当时环境下作者的所思所想，有助于今天的年轻人了解上一代知识分子的心路历程。本编所收书信主要为“文革”后期。这时他正身处北大这个重灾区，遭受着严酷的政治迫害，陷于绝境。书生有志，报国无门，但拳拳之心，跃然纸上。当时在他登台讲课和正常科研权利都横遭剥夺的情况下，他思考的最大一个问题是：自己的后半生怎么过？所读一辈子的书是否就带到棺材里去？为此，他充满痛苦和失望，甚至怀疑自己活着的意义,思想上经历了“生”与“死”的搏斗(参见1974年3月3日致罗荣泉的信)。但经过认真的思考,他做出了明确的选择和回答。这在他致妻子周颖如的一封信中得到了集中的反映,在这封信中他对自己的后半生作了设想和具体规划(参见1974年5月12日的信)。他在这封信的最后部分写道:“总之,可以做的事很多,需要胸怀大志订出一个20年的长远规划来。有了战斗的目标,生活就有了意义,有了方向,就不会昏昏沉沉过日子。这样,对于世态炎凉,人情冷暖,也就可以不予理睬,而专心一致地走自己的路了。鲁迅说过:‘先前并没有什么路,路是人走出来的。’只要大方向对头,走下去总是没有错的,总可以踏出一条路子来。”从日记到书信,在他身上似乎可以看到有一种打不垮、砸不烂的东西,那就是:视学术为生命,要用自己的知识服务于祖国和世界人民。这个信念和目标,成为他在困境中坚持生活下去的勇气和力量。在他处于人生低谷的一封封书信,如此感人肺腑,甚至催人泪下,实非偶然。逆境中不甘沉沦,发愤图强,最终迎来了改革开放的春天。

——编　者

1958年春北大的双反运动

（致周颖如）

颖如：

最近一直没有接到你的信，很想念你。

想来春耕很忙，又要搞文化技术工作，就更忙了。但抽时间写三、五行回家也好，免得孩子们都快把你忘了呢。

……

学校近来搞双反，也很忙，前次信中已约告知情况。这次运动可说是解放后大学中知识分子思想教育运动中最深入的一次。许多从来没有碰过的老教授，在这次运动中被烧了一烧。当然，要说已经烧得很透，也不符事实。但有了好的开端，事情就好办了。这次运动对于知识分子的意义的确大，它跟历次运动都不一样。过去运动总是烧别人——找出几个典型来"整"，而这次运动是所有的人，不论党内党外，都要放在老君炉中烧一烧，人人烧，互相烧。的确是一次自我革命的运动。听说最近彭真同志作报告，说我国的生产关系、经济基础已经改变，但上层建筑，人与人的关系还没有改变，因此要来一个大变革。我自己也作了初步的思想检查：离开中苏友协到北大，老实说，就是走只专不红的道路，就是逃避现实（政治）走学术的道路。很显然，这条道路现在是走不通了，因为：1）形势不允许，国家需要又红又专的干部，学生需要又红又专的老师,非红不可;2)不红就不能专,现代史这门科学更要求红透才能专深;3)红是可能办得到的,过去我在红的问题上失掉信心,老以为非入党不能红,现在看来这是不正确的,红就是一个人对党和社会主义事业的政治态度、全心全意为人民服务的人生观、集体主义精神,在专业研究中贯彻彻底的马克思主义观点。我想,这些别人能做到,我也可以做到。当然,有了认识还不等于就能做到,但看来是必须跃进、大大地跃进不可。从下星期起,我们大概就要转入大辩论阶段(目前是大鸣大放),以后还要订规划——红专规划。不知你们是否也要做红专规划?

4月中旬可能要到十三陵义务劳动10天,尚未最后确定。

祝你在红专的道路上也大跃进一步!

荣渠

1958.3.29

[罗荣渠70年代以前的书信在"文革"初期已损毁殆尽。此信和下二封信是仅存的50年代的信件。]

与下放锻炼的妻子谈学习、工作、家庭生活

（致周颖如）

颖如：

既然在农村锻炼，就不应再考虑业务问题，这是没有任何好处的，考虑也没用。红在农村，专在农村是唯一的办法。我校下放干部在农村的工作搞得很好，最近北京各高等学校下放干部的代表在那里开了现场会议。当然，我校下放干部具有好些别处下放干部没有的优越条件（技术条件），因此在把文化科学技术送下乡一方面，搞得很猛。这里寄去我们的校刊一张，上面登有一点消息。

我们教研室的五年规划已基本订出了。下学期我将担任6小时的课，此外在一年内要编写出现代史的讲义，编出整套的资料，此外集体活动如批判资产阶级思想，批判修正主义，学习毛主席著作，科学研究，甚至文体工作也要跃进。这些一齐"并举"，对我的压力的确很大，感到有点吃不消，但想起工农业战线上的跃进来，只是小巫见大巫了。

……

渠

1958年6月29日晨

大跃进中思想跟不上形势

（致周颖如）

颖如：

回京后给你写的信，想已早收到了。

现在正是你们为明年的高产卫星和大面积丰收而日夜奋战的时候吧？

回家后，继续拉了几天肚子，同时继续搞没有全部完成的科学大跃进的结尾工作，因此仍然不得闲。最近几天又忙着学习，准备下厂。昨天去参观了工业交通展览会，只是走马看花地跑了一圈，确实是令人十分兴奋。重工业方面，由于是外行，体会得不多；但是在轻工业方面搞的一些代用品、塑料、钢笔、手表、自行车，etc.，任何人都看得懂。今天钢铁翻一番，明年赶英国，看来赶美国也是几年之中的事了。

形势来得这样猛，我们的思想的确是跟不上。随着人民公社的发展，工农业差别和城乡差别的消失，资产阶级法权的消灭，知识分子像过去那样作为一个特殊的阶层而存在的情况很快会逐步消失的。现在学校已在考虑取消学衔（不问教授助教，一律称教员）。这些，对于既得利益的个人主义的知识分子来说，确实是一个关。有人对共产主义既是欢欣鼓舞，又是忧心忡忡，可说是知识分子的写照。

我们下厂的日期暂定为本月15日。今天石景山一位同志来做了报告。据他说,石钢在几年内即将建成一个年产580万吨钢的巨大的联合企业。看来这是中央在首都决心建设的一个大工业基地。不过目前来说,生产条件还不是很满意的。因此,估计这次下厂比下乡在劳动锻炼方面要重得多。工厂生产分秒必争,每日三班轮换。我们初去,大概是为钢元帅做一些辅助性的劳动。具体的工作目前尚未确定。总之,我已做了充分的思想准备,投到这个伟大的钢铁熔炉中去把自己烧炼一下。

信写到这里停了几天。

昨天我们到徐水人民公社去走马看花地参观了半天。早晨7时由北京出发,到徐水已经11时过了。当晚9时乘车返京,在徐水只呆了半天光景,而走路又占了大部分时间(走了四十里路,两脚疼痛),听了两个报告(一个很精彩),因此实际参观时间不过两小时左右。我们先到谢坊看了看,那里的食堂、幼儿园、托儿所、幸福院、水电站、缝纫社等都搞得很好,整个村的房子从头到脚都用石灰刷得焕然一白,遍街都是大幅壁画标语,气魄很大,简直是一个诗画的世界,连新建的猪圈里也陈列有一些艺术品、盆景,全村清洁异常,完全不像我们去过的南召乡的情况。然后,我们参观了实验田。这里的棉花树长得比我还高大,不是眼见,真难令人相信,据估计今年每亩将产皮棉1000斤以上。在毛主席摸过的棉树上,农民们系上了红布,以为标志。这里的玉米也长得出奇,最多的一棵结了30几个棒子。高粱也是一棵多穗。白菜是这里的特产,长得又大又好。白薯地亩产20几万斤。外国朋友听说时,都不相信,眼见后才信服了。他们的小麦实验田的苗长得很旺盛,深翻七尺,施底肥就有17万斤(? 还有各种其他肥料),要亩产3万斤。山芋是采取坟堆式种法,白菜是梯形的小土堆的种法。……看了这些,使人对农业生产的无限潜力增加了极大信心。现在这个公社已做到吃饭不要钱(伙食费标准农民每人每月5元,最高的县委级干部每月15元),穿衣每年发20几尺布票和钱,自己做。这样可以随各人喜好,比发衣服好。还有袜子两三双、鞋子两三双,牙刷、牙膏、肥皂、洗澡票和电影票,免费医疗,此外还发零花钱,按工分分等,最高的每月5元,最低1元5角;干部县委级每月8元,最低的两三元。他们全公社社员目前的奋斗目标是实现毛主席来此时的指示:明年只吃小麦,不吃白薯。这句话已成为动员全体社员的冲天干劲的行动口号:"明天咱们只吃小麦!"

徐水过去生产很落后,年年不是旱就是涝。今年的奇迹是去冬今春大搞水利建设,修治了为患多年的暴河而得来的(徐水之名,是由于老百姓久思暴河能徐徐地流,为人民谋利而取的,但过去几十年来这一向往始终未能实现)。即使1956年,徐水还是缺粮,他们吃遍了全国20几个省支援的粮食,而现在一跃而为全国的榜样。在这里,我们已经看到共产主义的近景了,这不是发人深思的事么?

关于到石钢的事,目前尚未最后决定。这两天学校又在讨论办公社的事。今天一切事情的变化很大,不敢保险没有变动,不过估计绝大的可能性还是要去的,最近两三天内大概可作决定,决定后即刻出发。

北京城内听说在公社化了。各机关也在大炼钢铁。[保姆]李桂琴进城去回来说，中苏友协炼了两天，没有炼出东西来。中关村科学院也在登记50岁以下的家属，大概要炼钢铁。今后的事情多了，妈妈对此感到麻烦，怕李桂琴去炼钢，家中的事都要她来做。我也不知如何是好。其实如果她加一把劲，不要保姆问题也不大。罗晓在不得已时可送全托。不过目前情况只能走着瞧。匆此，祝

身体好！

荣渠

1958年10月16日

文化大革命初期谈对运动的思想准备

（致罗荣泉）

泉弟：

很长时间没有给你写信了。虽不提笔，而心向往之。

我们的四清原订在6月15日结束，下期要转战内蒙古或搞县级机关四清的可能性都很大，但6月2日人民日报公布了聂元梓等人的大字报，6月3日改组北京市委之后，形势突变，我们于6月4日全部匆忙撤退回校，参加文化大革命运动，至今已满一个月，生活异常紧张。

这次文化大革命的号角是去年11月（？）姚文元评吴晗的海瑞

罢官一文吹响了的。情况不断变化发展,把"三家村"一个个地揪了出来,到5月8日何明、高炬的文章发表,把批判"三家村"的运动提高到了一个新的阶段,到5月25日聂元梓等人的大字报出来,由北大首先发难,到6月3日北京市委的改组,使运动又进入一个全市规模的新阶段,其势如暴风骤雨,迅猛异常,全市和各地成千上万的人前来北大支援、声援。紧接着在清华大学、其他各大专学校、中学、小学、工矿、企业……都全部展开,现在已经把前北京市委的修正主义领导和前中宣部的修正主义领导全部捣毁。这次运动的战线之广,规模之大,声势之壮,群众来势之猛,革命积极性之高涨,都是空前的、史无前例的。自己在运动之中,虽然不断端正自己的态度和立场,不断努力跟上去,但仍然感到跟不上形势。

现在,阶级斗争的盖子已全部揭开。解放以来,北京大学基本上是没有进行改造的资产阶级大学,近年来更是加紧推行资产阶级和修正主义的路线。1964年由张磐石同志领导的工作队在北大搞运动,遭到了前北京市委的坚决抵制,最后把张磐石和工作队赶走了,来了一个反攻倒算,在国际饭店斗争积极分子和左派前后达七八个月之久,这是1965年的最严重的反革命事件。但是斗争并未停止,今年在党中央和毛主席的领导下才把案翻过来。现在北大除哲学系总支以外,其余各系总支的领导人基本上都已烂掉。哲学系和历史系是搞阶级斗争的科学的,因此在这次运动中都是首当其冲的冲击对象,大字报像排炮一样地横扫一切大小牛鬼蛇神。

现在运动正在向纵深发展。看来第一阶段主要是打掉黑线,集中力量打击党内走资本主义道路的当权派,即反党反革命的黑帮;第二阶段是肃清一切资产阶级思想,重点是打击反党反社会主义的资产阶级权威和资产阶级知识分子,然后是在这一基础上进行教育制度的彻底改革。不采取这样的大革命运动,不搞这样的大民主,像北大这样的顽固的反动堡垒是根本不可能打破的。

我在北大已经呆了10年,这10年来自己走的完全是资产阶级成名成家的白专道路。在这两年的四清中,自己对这些问题多少已有一些认识和醒悟。但投入这次运动之后,才认识到自己过去的认识还差得很远。所谓走资产阶级白专道路的问题,提到阶级斗争的高度来认识,就是顽固地要坚持做地主资产阶级的孝子贤孙的问题,其性质是严重的。由于自己的地主资产阶级世界观没有改造,教学中就不可避免地会散布一些修正主义的资产阶级的毒害。运动以来,自己已被大字报扫了一下(还很少);人民日报上有一篇谈到拉美史教员吹嘘门罗主义进步性的材料,也是指我,但事实不符,莫须有之事。看来在批判资产阶级思想的阶段,会有更多的大字报的,自己已经做好思想准备,力争变被动为主动,从消极转化为积极,争取[此处因水渍洗去笔迹脱落四字]好好地过这个社会主义革命的大关。好在自己这些年以来,在系里没有担任过什么职务,和黑帮总支也很少联系,因此在当前运动的阶段还不至于被卷入。

由于我们的家庭出身关系,阶级本能上的立场问题常常站得不对头,这是阶级斗争的客观反映,有时是不以人的主观愿望为转移的,每个人都要按他自己的阶级本能在政治舞台上表现他自己。自己在下乡四清前对前半生做了一个小小的清算和小结,解放以来十几年的历史，就是党不断教育改造自己的历史，但自己常常不自觉、不满意，对党有距离和隔阂，以为此路不通，另走学术道路。现在看来，这条路还是根本不通的。对于整个资产阶级文化和历史文化遗产都要来一个彻底的否定，重新估定一切价值。书读得愈多，历史的包袱愈沉，离现实的阶级斗争愈远。学历史的人比一般人的包袱还要沉，历史成为一个藏垢纳污之所，成为反动势力遗老遗少流连忘返、安身立命之所，思之不寒而栗。你这些年来，也在历史系的染缸里染了一下，不过下水不深，爬起来还较易，也要好好清理一下。

特别是家庭影响，要认真地清理。回想起来，我们在这个问题上干了很大的蠢事。好在去年我毅然把妈妈送回去了。这根线不断，我们是永远不能真正前进的，但客观上又很难断。你在这方面受的影响比我深得多(我在资产阶级个人主义的影响上比你深)，值得很好地批判。从前，我还以为自己受家庭的影响不深，现在看来，根本不是那样。事实上，自己走的白专道路、往上爬，不正是父亲过去走的道路阴魂不散的影响吗？必须彻底向无产阶级缴械投降。

在这样一个触及人们灵魂深处的文化大革命中，每个人都要考虑他自己站一个什么位置和何去何从。你们那里的情况不知怎样，早晚是一定要展开的。你一定要好好经受住这场大风浪的考验，激流勇进。

我们几弟兄的家庭包袱都很沉重，我对他们几人也深为关怀！

渠

1966年7月2日

［此信是仅存的60年代的唯一一封信。“文革”初期，罗荣泉也同样遭到“横扫”，此信由荣泉连同自己的思想检查材料上交，“文革”结束后又连同个人的检查材料一齐退还本人，因而得以保存下来。］

在鲤鱼洲的劳动与“斗批改”

（致罗荣泉）

到鲤鱼洲以后，生活军事化，劳动较紧张，生气勃勃。春节前，主要是基建劳动，如盖房、修路、筑堤等等。南昌动员了一万几千贫下中农为我们加固加高大堤，使之从危险堤变为安全堤。这是毛主席对我们的巨大关怀。

开春以后，农事较忙，我连劳力大约有100多人，生产任务是500亩地，绝大部分是稻田，其中五六十亩是双季稻，其他是单季稻，此外还有一些其他杂七杂八的作物。按人丁来分配，劳动量还是相当大的。这里天气多雨，最近已开始阴雨连绵，影响出工；听说雨季来到后，更是不方便。南方的鬼天气，实在讨厌！

自《红旗》杂志发表《文科大学一定要开展革命大批判》一文后，教改问题在我们这里也提上日程。生物系等系已决定在鲤鱼洲招生，在这里办起新的教育基地。文科主要是开展革命大批判，批“四条汉子”（周扬、田汉、夏衍、阳翰笙）。各连都建立了大批判组。我参加连的大批判组，主要任务是写批判文章。因此，基本上只有半日参加劳动。今后农忙以后,估计全部劳力都要上第一线,到那时大批判恐怕难以继续,这里毕竟是劳动农场,以农为主。另外,各连也派有教改小分队,走出去。我连的小分队去了安源煤矿,在那里试办了工人大学。据说那里条件很好,估计我系要把安源占领下来,作为教育革命的一个重要试点,以后也许大家都有可能轮流去搞搞教改。

树欲静而风不止。最近我校又掀起了一场巨大的斗争。斗争是由孙蓬一等人挑起的。孙等5人借抓"5·16"分子为名,贴出了一张大字报,含沙射影,恶毒攻击工宣队不抓"5·16",当了"5·16"的防空洞,滑到"右倾机会主义"泥坑。北京大抓"5·16",但北大、清华未搞,估计中央有统一部署。孙蓬一等想借此打开缺口,再把对方打成"5·16",为校"文革"翻案。现在在北京校内和鲤鱼洲上都展开了对这张反动大字报的批判运动。这场斗争的爆发不是偶然的,是工宣队进校以后,特别是"8341"进校后,批判了校"文革"后期的错误,作出了"派文革,武斗文革,逼供信文革"的结论,聂、孙等人一直耿耿于怀,暗中进行捣乱,最后终于摊牌,贴出了大字报。但孙蓬一之流错误地估计了形势,以为一呼百应,天下大乱,即可取而代之。不料今日之北大,在工人阶级再教育下,广大革命师生都消除派性,团结对敌,今非昔比了。现在斗争正在向纵深发展,从大量的揭发材料来看,大字报虽然贴在北京,根子却在鲤鱼洲,因为那位"大人物"正是在我们这里。我连同哲学系在一起,正是斗争的中心。这次斗争,性质是夺权和反夺权、改造和反改造、占领和反占领的斗争,绝不可以为工人阶级占领了学校,就天下太平了。失败的阶级绝不甘休,他们必然要作垂死的挣扎。盖子正在揭开，这些家伙绝不仅仅搞点什么派性斗争，他们的野心很大，手伸得很长，甚至对中央进行探风、摸底、造谣、中伤。

这是北大文化大革命中的一个新的回合。斗争是不可避免的。为了捍卫毛主席亲自抓的这个点，为了捍卫工人阶级的领导权，每个革命者当然不能袖手旁观。我参加革命大批判组工作，更是责无旁贷。要奋斗就会有牺牲。在新的阶级斗争风浪里，首先要站稳立场，其次也要小心谨慎，牢牢掌握斗争的大方向，但不能持保命哲学。

（摘自 1970 年 2 月 27 日信）

[罗荣渠于 1969 年 12 月被下放江西南昌鲤鱼洲北大分校（农场）劳动。此地位于鄱阳湖畔，本是一处劳改农场，乃趁冬季枯水季节围湖造田开辟出来的，所得到的是一片红色胶泥，实际上长不了什么庄稼，纯靠大量施用化肥种出稻谷。加以平时还要开足水泵调节大堤内外水位，种种花销加在一起，种出来的稻谷折合当时的人民币 7 元一市斤。1970、1971 年洪水到来时，鄱阳湖面水位因湖的面积缩小而被逼高，超过堤内平房屋顶高度一两米（据北大历史系张广达教授发表在 2000 年第 5 期《读书》月刊《绿色生活》一文）。]

白石港运砖有感

（十六字令 1970年4月8日）

砖，
号令传来加夜班。
汗未干，
跑步到江边。

砖，
脚踏长堤头顶天。
呼声急，
夜战在河滩。

砖，
雨骤风狂催加鞭。
淋不断。
壮志敢移山。

砖
斗倒天公抢时间。
风雨过，
战士笑颜欢。

砖，

七上八下急相传。

川流急，

飞过大堤巅。

“五一”记劳动两首

一、插秧(清平乐　1970 年)

五一节晨 4 时半起床，奋战一天，争取插秧 17 亩，完成第一批春插任务。

东方未晓，战士起身早，你赶我追夺分秒，质量看谁最好？

红旗插在地边，歌声响遍田间。突击队员带头，今天干得特欢！

二、大雨战秧田(浪淘沙　1970 年)

五一下午大雨中扒秧有感。

大雨战秧田，其乐无边！爬泥滚水只等闲，湿透衣衫心头暖，斗志冲天。

举目长堤宽，越野连川，鲤洲今日赛南湾。喜看青苗新绿遍，春满人间。

参加教改小分队编写党史教材

（致罗荣泉）

很久没有同你通信，是因为我从5月中即离开了农场，参加教改小分队出来了。经中央批准，我校和清华都要在鲤鱼洲和北京招生（已正式批准将鲤鱼洲农场改为北大江西分校），看来带有试点性质。最近毛主席对此批示“照发”，作为中央文件下达。这是教育革命的重要措施之一。这次招生，主要是招来自工农兵和经过锻炼的下乡知识青年，学制缩短为一年左右，是文化大革命后第一次招生，一切都要重新探索。在北京和鲤鱼洲都展开了多次大辩论，研究教育方案等等。因此农场已为准备教改和招生问题大大地忙起来。估计8、9月份，新生就要来校。

这次，我们这个小分队出来的任务，是编写新的党史教材。由历史系4人、政治系2人组成。感谢党对自己的高度的信任和培养，使自己能够参加这次小分队，参加这光荣而艰巨的任务。

这次我们打破了过去闭门造车的方法，走出了校门，先后去到南昌、长沙、韶山、安源、井冈山、瑞金、古田，再折返南昌，行程5000里，脚迹历湘、赣、闽三省，沿着毛主席和老红军走过的地方，进行参观访问学习，主要是参观各地的展览馆，与当地同志座谈或进行访问,收获是很大的。只是因为时间太紧、任务很重(要赶在学生来校前写出教材),所以在各地还是比较匆忙,未能学得很深入。现在回到南昌,主要是集中突击,全力写出教材前三四章初稿,整理收集的资料。准备在最近两三天就返回鲤鱼洲,等领导和群众审查后,估计还要继续进行这一工作,而且极大可能还要集中到南昌来编写。

我现在的具体工作,是整理这次出来采访的全部材料,编出《毛主席的伟大革命实践活动大事记(1893—1935)》,这是这次学习的重要收获成果之一,现正在紧张的工作中。

我写的最后一段,是遵义会议。估计今后去遵义的可能性也极小。你那里如有关系(与遵义纪念馆的同志如有熟人),如方便,请寄一点遵义的材料来,主要是要有关遵义会议上两条路线斗争的材料、回忆材料之类以及出席名单。估计遵义馆是一定有一些调查的。我们编写的东西,也是内部使用,不对外。对学生的教材选择上则要严格一些,大事记要宽一些。

(摘自1970年7月16日信)

上 井 冈 山

(浪淘沙　1970年11月25日)

1970年11月25日与工农兵学员一起步行上井冈山

风雨急行军，直奔永新，翻山涉水过丛林。才饮三湾红井水，又向茅坪。

莫道路难行，万里征程，先驱用热血铺平。踏遍井冈迎不尽，革命风尘。

谒井冈山革命烈士纪念碑

（满江红 1970年6月8日）

1970年6月8日晨，党史编写小分队谒井冈山革命烈士纪念碑。

烈士陵前，心潮涌，激情难抑。想当年，湘江澎湃，井冈霹雳。道路而今通四海，红旗由此遍东国。有万千志士抛头颅，洒热血。

巡圣地，感盛德；写青史，颂勋业。放眼黄洋新世界，长歌一曲《西江月》。炼红心一颗为人民，继先哲。

在鲤鱼洲参加"双抢"劳动

(致罗荣泉)

我们小分队于7月20日匆匆告一段落,赶回鲤鱼洲参加"双抢"。回去正是时候,立即投入紧张的抢收抢种的战斗中。我们在外面两个多月,劳动大大落后,身体也较疲惫,突然投入紧张战斗,很吃力,但总算还是跟上了。参加这样紧张的生产战斗,还是生平第一次,对自己是一个大的考验。经过10天的战斗,日以继夜,我连一共收割了190亩稻子(包括代外连收的稻子),已全部扬干打净,送入仓库,胜利完成了双抢战斗任务,平均亩产均600斤,丰产田亩产达800余斤。外连还有比我们产量更高的。在这半年的时间中,我们自己选种浸种,育苗插秧,亲自播下了种子,现在亲自获得了第一个丰收。知识分子种出了粮食,这是毛泽东思想的伟大胜利!是党的改造知识分子政策的伟大胜利!回顾一年来鲤鱼洲这个大革命大洪炉对全体五七战士的锤炼和锻炼,感到很受鼓舞!

从明天起,重点又要转向教育革命,盖房子(为新同学准备宿舍)。昨天我们一个邻近公社灌溉放水出了事故,内堤决口,造成相当损失。我们正在抢险。好在离我们稍远一些,尚未直接危害。一般说是"双抢",实际上要变成"四抢":抢收、抢种、抢修房子、抢险(防汛),生活是军事化的。今晨,我也参加了基干民兵的行列去进行了抢险战斗,这在过去也是难以想象的事。

(摘自1970年8月1日信)

北大文科在"文革"中首次招生

(致罗荣泉)

最近,我校新生已全部来校。我连历史、哲学两系各招30人,都是来自三大革命实践的工农兵优秀学员。这是文化大革命后第一次招生,举行了盛大的迎新活动。新同学来,上大学,管理大学,用毛泽东思想改造大学,也完全是新的任务,与过去来学校单纯接受知识,根本不同。在这方面,他们也都缺乏思想准备。教员面临这样的新任务,畏难情绪重重,不愿上教学第一线。这个教育革命如何革法?已进入200米刺刀见红的阶段。新问题不断出现。目前比较突出的是生产和教学的矛盾,生产冲击教学,这是过去旧学校也没有遇到过的新问题。

××最近来我校,强调大学向中小学学习,解放思想,敢想敢干。北京许多中小学白手起家,小将闯尖端,鸡毛上了天,把教学与生产结合得很好,很有成绩,相比起来,大学的步子慢了。

我们的军宣队已改名为军代表,旧的要换走,总的趋势是工宣队、军宣队退居二线,领导班子仍由教职工中产生。这一新的情况也颇使人忧虑。我系教工的领导班子很弱,都是刚毕业不久的年轻干部,又都是知识分子,如何担此重任?

我们有教学任务的各连,教工均已分为两摊。有教学任务的与同学编在一起,实行三同;没有教学任务的,是生产连。我参加党史教学,是第一线,新生入学后第一门课就是党史。但因我们的党史教材未编好,我又抽出去编党史教材,由各连组织人进行突击“会战”,在国庆节前编出解放前各章初稿,任务很艰巨,现正在星夜赶工。看来质量大有问题。原先我们的小分队出来编的教材,回来后没有继续搞,就散了摊子。这次重搞,抓得太晚了,同学又已到校,搞得很被动。由于我脱产编教材,教学组的工作已不参加,也许编好教材还要回去搞教学。

(摘自1970年9月21日信)

党史教材编写及教育革命

(致罗荣泉)

来信所谈党史教材编写问题,都是经验之谈,甚是正确。由于编写的班子很弱,现虽已写出新民主主义革命时期的初稿,但很不理想。这样艰巨的任务,只凭搞突击来完成,往往是欲速则不达。精神领域的事情同物质领域的事情毕竟不能相比。目前等待中央编党史,远水不解近渴,而北京总校对我们有厚望焉,所以还是要尽力为之。

清华出了理科经验,在国际上引起很大重视,北大要创文科的经验,众目所视,任务艰巨,新同学来此一个多月时间,党史上了第一章，然后停课，评教评学，提了一大堆意见。一方面固然是教育革命是新事物，每一步都要探索，不可避免要出些问题。但另一方面也暴露了我们在劳动锻炼中所不可能充分暴露的问题，即对主席教育革命思想很不理解，很不得力，出现了不少形“左”实右的东西。如强调以主席著作为基本教材，不解决辅助教材问题；强调“论”而丢了“史”；强调“自学”而不敢讲课；强调少而精而实际是少而空，使教学走了一些弯路。追根求源，是对为谁服务的问题没有真正解决，不了解工农兵，不急工农兵之所急，不了解自己的教育对象，教员中“怕”字当先。结果是欲新实旧，教员同学都不满意。问题暴露出来，认识到是世界观的问题；教员触及了灵魂，大家都感到有很大收获。

党史第二章教学结束后，估计要到井冈山、韶山等地参观学习，实地教学，在外呆一两个月。届时我们编写组决定同去。但外出又有外出的问题，也并不简单。

我原拟本月中回北京休假，因颖如挤不出时间来，已向后延。但我的工作较忙，放掉一个空隙就不知要等到何时了。

（摘自 1970 年 10 月 20 日信）

登八面山

（沁园春　1970 年 12 月 16 日）

风展红旗，过黄洋界，上八面山。望茫茫云海，千峰拥翠；苍苍叠嶂，五井生烟。锦绣梯田，盘旋险道，万树葱茏护雄关。登高处，看井冈日出，辉映人寰。

携来工农学员，听革命老人说从前。叙东征西战，艰难岁月；南瓜苦菜，似火流年。八角楼头，茅坪河畔，高唱红歌忆辛甜。征程远，步红军脚印，一往无前！

二上井冈山及在南昌修改教材

（致罗荣泉）

我于去年11月中随同学外出实地教学，第二次上了井冈山。我们坐汽车从南昌到永新，然后背着行李步行200多里上山，一路参观访问，同时也进行一些教学。同学上山后，以典型任务带动教学，写一本井冈山斗争史，带动党史学习。然后还要到韶山、长沙等地。最近毛主席批示“拉练”，计划稍有改变，教学时间要压缩，拉练时间加长。

到井冈山后，我们党史编写组就分开活动了。其他几位同志未去过长沙、韶山等地，就去那里参观去了。我因去过那些地方，就留在井冈山修改教材。12月中，回到了南昌。现在我们小组集中在省革委会学习班继续修改民主革命时期的教材，预计在春节前告一段落。春节后很有可能要到延安去参观访问。

最近大半年时间，我一直在编党史，二上井冈山，特别是这一次，是步行上山的，收获很大。一路上参观访问，真是进了一次毛泽东思想的大课堂，接受了很好的革命传统教育，从头学习了毛主席著作，阅读了很多党史的资料。一言以蔽之，可以说粗粗地真正懂得了一点中国革命是怎样胜利的，懂得了一点毛泽东思想是怎样产生和发展起来的，懂得了一点毛主席的革命路线是怎样战胜了“左”“右”倾机会主义路线的。接受了这样重大的任务，一则以喜，一则以惧，喜的是任务很光荣，惧的是任务很艰巨。领导上下了很大决心，要我们出成果，放光彩。元旦社论明确提出了建党五十周年大庆问题，更加感到责任的重大了。过年后去延安的可能性很大，甚至可能到遵义一行。

现我校北京和鲤鱼洲同时在搞“一打三反”，抓“5·16”，声势很猛，重点是原“井冈山”的一小撮坏头头牛××等人，还有就是聂孙反党阴谋集团。听说总校已对聂进行政治审查。北大阶级斗争起伏很大，工宣队进校后，树欲静而风不止，这次大概可以彻底把根子挖出来了。

你来信说贵州在疏散人口的问题。听说南昌也在进行，主要是干部下放，复员回乡，清洗，退休，已在一些机关搞试点，按工龄每年发一个月工资。看来文化大革命后必然会有大的调整和变动的，我自己没有什么考虑。对鲤鱼洲比较感兴趣，对回北京反而不感兴趣。在北京呆了20年，浮在上面，不如脚踏实地的好，处之泰然。

我尚未休假，如有可能，考虑在春节前后回北京一行，同时也到那边搞一些党史资料。我们的工作大概要搞到“五一”，才能告一段落。

（摘自1971年1月2日信）

1971年春节前后情况

（致罗荣泉）

泉弟：

寄到鲤鱼洲和南昌的信均收到。因编写较忙，未即时回信。春节前一日回到鲤鱼洲，正好曙儿从北京来了。除夕之日，颖如也从咸宁赶来，一家不期而遇，在鲤鱼洲团聚了。颖如因身体不好，在去年12月下旬已回北京休假，当时我正在井冈山，错过了时机。她这次来，是利用春节4天休假，因此在鲤鱼洲只住了两天就回去了。现在曙儿还在此地，准备呆半个月才回去。我原拟回北京或去咸宁，既然颖如已经来了，见了面，就不拟再休假去了。工作较忙，也难抽出时间来。……

这几天，主要是作年终总结，劳动数日，然后决定下一步计划。我们想争取上延安去，但是否能去成，还不一定。可能性不是很大。如果能去，也可能到遵义一行。现在我们不了解遵义纪念馆的陈列内容如何，是否包括长征的全部内容，是否有张国焘在长征中的分裂主义活动的材料，还是仅限于一个遵义会议的材料。除了展品之外，不知那里还有多少文字材料？你如有熟人，请代为打听一下，了解清楚情况，我们好决定是否去遵义。如果纪念馆还出有一本有关长征的册子（有插图），如在旧书摊上看到，可给我买一本，作为收集史料保存。

我们这里的“一打三反”运动还在继续中，据说还要掀起新高潮，因刚回学校，情况还不甚熟悉。在春节时开过一次批判会，重新批判孙蓬一的“1·27”反动大字报(一周年)。挖“5·16”的斗争也在深入中。总的来说，似乎目前发现的对象还不多。

晓儿在这里表现很好。这里五七学校的政治气氛很浓，革命化抓得很紧。这次到安源“拉练”，来回步行一千余里，很有收获，已被列为入团发展对象(已填了表)。看到孩子们的进步，作父母的也感到高兴。只是曙儿的情况令人忧虑。她们那里根本不突出政治，她在那里锻炼了两年，劳动上有一些进步，但思想上却是空白，挣的工分还不够养活自己。她们之中的男生已分配了工作，女生也要陆续分配，估计是在附近的工矿机关或商业部门。这次来鲤鱼洲，也有意让她学习一下这里的革命干劲和政治作风。即问

近好！

渠

1971年2月1日

编写党史教材及其他情况

(致罗荣泉)

我们编写的党史教材，第二稿已草成，与领导汇报后，提出抗日战争以后的路线斗争很不清楚，写得很弱，要加强调查研究，因

这部教材是“七一”献礼重点项目，领导很重视，决定让我们带着稿子到延安等地学习访问，征求意见。现我们小组分为两组，三个人赴延安，其中有我；两人赴武汉、广州，有很大可能去遵义，定于明日启程。估计要4月底才能返回分校。

你的来信收到，我已如实转达。但因去广州的同志很想借此机会多跑一些地方，我也不好阻拦，因为自己分配在去延安组。他们如到遵义，如来找你，你有什么线索，可以予以协助。

我们这里已进入农忙季节。今年生产要翻一番，争取粮食、蔬菜、肉类自给，油半自给。由于教学上马，人力十分紧张，现正大搞机械化来解决（播种、平地机械化），是否成功尚不得而知。

揪“5·16”运动也在深入发展。×××等人已承认是“5·16”分子，并交出了名单。聂孙正在受专题揭发批判，已经就反工人阶级领导，反军乱军，反谢富治、市革委会，反走五七道路，在汉中打死人，在学校搞武斗打死人等开了批判大会，证据确凿，铁证如山。孙蓬一仍很不老实，百般狡赖。但这个家伙已经煞了威风，今非昔比了。“5·16”在两派都有，年轻人很易上当。这个教训十分深刻。北京的“五大领袖”全部垮台了，清华已斗过蒯司令，那里的“5·16”更多。工宣队进校被打死10余人，血债累累，罪恶甚大。这些人走到了自己的反面，也是一个极深刻的教训。

此次能有机会到延安参观学习，是莫大的幸福。只是身负全场同志的重托，深恐托付不起，又诚惶诚恐也。

（摘自1971年3月29日信）

访问延安及返回后的情况

（致罗荣泉）

我在今年4月同其他两位同志到延安去了一趟，在那里呆了12天。有机会亲临革命圣地一游，甚属难得。只可惜此行收获并不甚大。延安地区在解放后工作比较落后，对于毛主席活动纪念馆方面的工作，抓得更差。去年以来，中央委托邓颖超同志抓延安馆的工作。我们去时，该馆的主要工作同志刚好草拟了一个新的陈列方案，带到北京审查，因此没有能访问到多少新东西，只在展览馆和主席各旧居参观了一下，总算多少得到一些感性知识。延安地区有很多北京去的知识青年，向中央反映了不少意见。总理对延安工作提出了批评，北京又派去大批干部支援，现情况有了改变。从延安归来，在西安匆匆参观了八路军办事处和市容，在武汉参观了中央农讲所，再次到长沙、韶山一行，在长沙图书馆倒是看到了一些重要资料。路过咸宁时，在颖如那里住了两三天，于4月底返回鲤鱼洲。

回校后，各连有新调整。八连改为教学连，将文科各系招生连的"五同"教员和同学都集中到一起，便于领导。原来八连的历史、哲学两系未参加教学的教工，大部分到其他各连；剩下一个生产连，管理经常性的生产田（农忙时同学参加劳动）。我分配在八连生产连，教材编好后，就回连劳动。因长期脱产，群众也颇有意见。

我也希望能早些回去劳动劳动。

前些时半月阴雨,水涝接近成灾。大堤再涨水,就要疏散了。近日又大旱,天气很热,估计今年夏天又要苦战一番。此间发现患吸虫病者日增,我们尚未查到,估计比例不会太小。

回校后,又将稿子从头修改了一遍,现已基本改好,等“七一”中央社论出来,根据新的精神最后修改定稿后,即可送去打印;印出后送审,再修改,如有可能,再行铅印。教材约20万字(民主革命部分)。社会主义部分要等《毛选》五、六卷出来后再写。这一部分更难写。我已准备适可而止,希能另换一班人马了。

我校六届党代表大会于5月举行。对老佛爷有全面揭露,她在九届二中全会上支持骗子,已彻底垮台了。北大问题,真相逐渐大白,因骗子插手其间,是她的总后台。现在全校进行批判,并对她进行全面审查。天网恢恢,疏而不漏,其此之谓乎!

总理在出版口有指示,要求出版工作上马。估计在半年之内,颖如她们那里有可能调动。我们这里因是分校性质,大轮换可能性不大。轮回去也是教学,还不如在这里的好。

(摘自1971年6月18日信)

北大总校分校决定合并

（致罗荣泉）

此间有巨大变化。根据最近北京教育会议精神(我们在最近将传达)，工农兵学员要大量进大学，总校、分校两处招生，教员干部矛盾甚大。为了缩短战线，总校、分校决定合并，这里的工农兵学员已于昨日放暑假，假期后就直赴北京学习。这里的五同教员大概在几天后就要回北京去，同时“五七”战士也有一批要轮换回去。我现在生产班，不在教学班。这次是否能轮换回去，估计在两三日内即可确定。对于今后这里怎样办，领导尚未明确宣布。听小道消息，鲤鱼洲这个点要撤销，到河北另建新的更好的教学基地。看来，这次轮换回去的是有课的教员或工作需要的干部，其他“五七”战士在今秋晚秋作物收获后，估计都要撤走，只是时间早迟而已。这个消息尚未正式公布，希你不要外传。

国际形势大好，对外联系大发展，看来许多工作都要跟上去才行。商务、中华已合并为一，一部分先遣人员已回京，准备大力开展工作。估计颖如在年内很大可能也要调回去。

两年来在江西战天斗地，既参加了生产斗争，又参加了复杂的阶级斗争(反极“左”思潮和挖“5·16”)，又参加了教育革命的科学实践，三大革命运动都经历了，生活十分丰富，过得很有意思。对于北京，并不很留恋，哪里工作都是一样，都可以发光发热。面对着我们两年来辛勤劳动建立起来的“新农村”，不胜依依之感。

(摘自1971年8月2日信)

撤销鲤鱼洲分校搬回北京

（致罗荣泉）

形势变化甚快。分校于 8 月 5 日晨宣布加快搬迁速度，当晚宣布五批回校和到新点（京郊大兴县新建农场）的名单。我在第一批，应于 8 月起程回京。其余三批在 9 月底以前搬完，最后留下收尾的一批大概要到 10 月内才能撤离。分校移交南昌县附近几个公社（最近听说可能有新的变化）。

于 10 日晚同晓儿单独乘车返京。在杭州玩了大半天，让孩子看看灵隐寺大雄宝殿的菩萨，开开眼界，逛逛西湖，三秋桂子，十里荷花，也正是时节。到上海住了一夜，参观了"一大"旧址，逛了外滩。又到天津住了一夜，看看荣陶的两个孩子和颖如的妹妹等。14 日下午返抵阔别两年的北京。

回到学校，可能分配到世界史组，搞旧的本行；也可能重新分配新的任务。分校合并以后，又有些人浮于事，人头不少，顶事的不多。估计有相当一部分人要干各种机动性的杂活，我自己也已做好各种思想准备。教育革命任务艰巨，目前人力又不强，估计要有多次反复。教员除了政治上的再教育外，业务上的再学习也是严重问题，否则就要成为空头教员，像鲁迅所说的空头文学家一样。这些年来新留下的年轻教员很多，教员成分在不断改变中。新的师资队伍的成长需要一定的时间，在这个过程中，我看学生们也只好委屈一点了。这种动荡不定,我估计至少还有一代人的时间。自己已有充分思想准备。

(摘自 1971 年 9 月 16 日信)

1971 年返回北京后的情况

(致罗荣泉)

回家后,15 日突然得到上级指示,今年国庆节不游行,马上赶挖防空壕,搞战备,一连忙了半个月,星期天也没有放假。当时心想有些蹊跷,也不知到底出了什么事。一直到本月中,风声才慢慢透露出来。前两天我校已在全校师生员工,包括附中、附小高年级学生中正式传达了中央文件,真相大白。估计你们那里也已知道,或快传达。事情是骇人听闻的、不可想象的[指"9·13"林彪自我爆炸事件],对自己思想震动很大,左思右想,夜不能寐。数十年来亲自耳闻目见之重大政治事件,未有胜于此者。搞了一年党史,对一些事情虽多少有些新的认识和体会,但面对这样事件,也感到目瞪口呆!瞻前顾后,上下求索,真是"尘海苍茫沉百感"也。

国庆节后,才开始正式"上班",分在世界史组。因现有的学生都学哲学、党史、农战史、世界工运史诸课,只有世界史没有人上。既没有教学任务,也就落得个"清闲",正好利用此时间进行"再学习"。从 1964 年以来,早已荒疏学业,几乎是达到不读书不看报的程度。温故知新,也要花不少时间。

原有周一良主编的《世界通史》，因缺书荒，还要重印发行。同时，我们要准备写新的世界史教材。听说明春要招新生，但是否要招世界史专业的，尚不一定。北大目前人浮于事，同别的单位情况大不一样。

学校正在抓所谓“教学方法”的改革，以启发式为主，废除注入式。但到底什么是“启发式”，谁也不清楚。反正有两点比较明确：一、上课必须发讲义；二、尽量少搞课堂讲授。一切都经常在变，教学秩序很不稳定，这大概也是革命时期之所必然。我看至少在5年内稳定不下来。5年之后，现在中学五年一贯制的毕业生跟大学接上气，估计慢慢可以稍好一些吧！目前同学对学习甚不满意，认为学不到东西。脱离学生的具体实际，空谈启发，自然难免是“空对空”。教师质量之低，也相当惊人。这些形“左”实“右”的东西，如何能适应国家经济文化飞速发展和国际地位的空前提高！再过20年，什么人来接班？既忝居人师地位，也不能不有所忧虑也。

闲来把一年来在各地收集之主席旧居旧地、革命纪念圣地照片剪贴成册，发现唯有遵义是大空白点，只有一张遵义会议大楼的外景。你处如能搜集这方面的照片等，可在便中留神一下。原遵义纪念馆出有《长征在贵州》(?)一书，1960年出版，估计现在市面已绝迹，旧书不知能否买到，而遵义也未必有旧书店吧？今后虽不再研究党史，但仍想在业余好好学习一番，把搜集之史料加以编排保存，摸索玩味，也是极有意思的事。

（摘自1971年10月31日信）

仓促奉命下乡下厂并谈家庭出身对下一代的影响

（致罗荣泉）

我系已初步决定明春招收世界史班的学生，时限3年（因为准备学习外语）。现在我们已开始着手编世界史讲义的准备工作，想写一部30—40万字的通史讲义。上下五千年，纵横数万里，确是一个十分艰巨的任务。书的字数少，因而就要求高度的概括，这在很多人集体写书的情况下，十分难办，何况长期以来学业荒疏，肚内空空如也。原定在校内把粗纲讨论好再下去，但我系其他各组早已率同学下乡下厂，我们呆在上面，压力很大。昨天领导有令，叫我们下星期一全下乡。一切都未准备好，下乡解决什么问题？但既然有令，只得下去，否则还以为你不想下乡！

……

信未写完，接到你24日来信，来得正巧。明天我就要去南口机车修理厂。下工厂还是生平第一次。估计在春节前可以回来。下去怎么办，还不明确。好在南口离北京很近，坐火车一两小时就到了，两头下火车都很近。中途肯定还要回来的，你来信仍可寄到家里。

……每一想到上一代的政治僵尸的幽灵不仅笼罩着我们这一代的前程，而且甚至还影响着我们的下一代的前程的时候，我立刻起了一种不安的心情。这种心情，也许你还没有这方面的体会。晓儿这学期初中毕业了，最近刚考完试，正在进行分配之中。我考虑到孩子完全可能不是因为她自己的过错而在分配时受到的政治影响，心情就很不安。据说今年可能有百分之二十的人升高中，其余是插队、工厂、八大员、小教等等都有。由于家庭的影响，孩子在思想上也多少感到压力，虽然晓儿在政治上还是比较单纯的，组织观念也很强，有志气，听从党的安排。我对是否升学，毫不介意，晓儿也是如此。但我对再去插队，在思想上是不乐意的。当然，目前还是杞人忧天，但这一步举足轻重，估计在下月中可以确定下来。

（摘自1971年11月28日信）

谈党史研究与出版荒

（致罗荣泉）

寄来的油印材料，匆匆翻了一下，似乎没有多少内容。关于遵义会议情况，目前出版物中不可能找到。当事人很少，此事属于党的核心机密，如果没有重大政治事变，估计在半个世纪内不会传出什么实质性的东西来。老实说，目前国内对党史的研究十分可怜。一些所谓搞党史者，实际上连门径也还没有摸住，更无论窥其堂奥矣。国外对中国的研究，包括对党史的研究，要活跃得多。1968年日本《历史学研究》上有一篇论长征途中毛泽东领导地位的确立的论文，对实质性问题也没有搞到什么重要材料，不少是忖测之词,但比目前国内所见要多一些,如有张国焘与外国人的回忆谈话等等。另见西文杂志摘要中,介绍美国 *Communism Problem* 杂志上登过关于遵义会议决议注释的论文,但这种杂志我校图书馆没有,尚未见到详细内容。其他在台、港等地出版的中文党史著作中也有些国内难见的材料,但只能望洋兴叹。研究党史目前不是时候,也不是像我们这样的人适合搞的。但通过一年来的学习,我深感当代历史的研究是最富有趣味和最有意义的事了。要想真正弄通马克思主义,不真正了解党史,是不可能的。要想真正懂得历史,不真正了解现实也是不可能的。一年来读了一些书,看了一点材料,颇感大开眼界,思路开阔。在业余之时,我仍想把这个工作继续下去,主要是为了求得自己精神世界的满足,别无所求。

你想要买的书,目前还没有。以后出版,可以购一部给你。目前出版荒,广大读者没有书可看!各出版社的人手都下放了,没有上来,计划要把世界各国的历史组织人译出一些来,我系也抽了几个人参加这一工作。目前已出的书只知有:马克斯韦尔的《印度对华战争》,周总理同赖斯顿谈话时提到过此书,著者最近也在中国,听说还想写一部中苏边界的书,不知确否,此书写得还不错;另有郭老的新著《李白与杜甫》,是带考证性的传记,我未看过,只翻了一下,有不少独出心裁的妙论(!?)。郭著公开发行,但恐也难买到。回京后去了两次中国书店,买了一些旧书。逛旧书店对我来说是最大的嗜好和享受,可惜现在没有可逛的了。中国书店要凭介绍信才能去看,去一次要开一次介绍信。拿出来卖的书也不多,但毕竟在市场上看不到,所以也可聊解饥渴。不过大家都想要的书,在这里也买不到(如你说的《中国通史》、《世界通史》etc.)。要什么书,可提出来,人民出版社的内部出版书籍我们是近水楼台,还是可以搞得到的。

(摘自1971年11月28日信)

有关子女的问题

(致罗荣泉)

泉弟:

十二月二十日来信收到。

你对孩子分配问题所谈的意见,考虑周详,甚为正确。孩子们的出路虽然要受家庭的影响——这一点正是我们作父母所深感歉然之处——但她们的道路毕竟是靠她们自己走出来,不是我们所可能包办的。的确"不能从个人的角度来考虑,只能从认识必然中得到自由"。这一点我们倒还是达观的,绝不会去拖她们的后腿的。所可告慰者,现晓儿已经分配上高中。全校留上高中的占毕业生总数20%,其中80%是工农出身和革干子弟。我们的孩子能升学,表明党的政策也还是要重在表现的。不过我们对是否上学是无所谓的。形势变化无常,两年后的情况又不知如何,似不如现在分配了还好些,只不过是把矛盾延缓两年而已。但,既已分配上学,能多学两年文化也好。时一过往,何可攀援,同学少年,风华正茂,就让她们去找自己的道路吧!

罗曙据说也要分配了。最近未接到来信,今年也可能不回来了。由于她远在外地,对于她的一切,我们已根本管不到了。不过插队的情况确不甚好,存在严重的自由散漫和非政治倾向,也只能由她去了。……

来信所谈不想生孩子的问题,我看也太悲观一些。以你目前的年龄来看,我还是劝你们夫妇生一个孩子的好。兰英虽有一女,到底不是你自己的血统,自然你不好过于管教。我倒没有什么封建思想,她前夫之女,亦当以己女视之,只是碍于各种关系,难以插手,我是理解的。根据她家的情况来看,我认为此女叫你几声爸爸,长大了也影响不大。既然当了爸爸,能管的地方还要管。不要杞国之事忧天倾,天是塌不下来的!至于你们再生一个孩子,我看也是完全合情合理的。天也塌不下来。一切形势都在变化。孩子的道路归根到底是由社会和他本人自己所决定,而不是由父母来决定的。这也是从认识必然中得到自由,不要作茧自缚。

干部宠惯子女,现在已成为一种不正的社会现象,特别是高干的子女,问题更多。"文化大革命"中有所冲击,看来并不解决问题。这样下去,后代怎样能不变修,令人徒唤奈何!今年决定初中毕业生抽百分之二十升高中,以及不断地对读书无用论进行批判,也是对当前的另一种不正社会现象的纠正。自己身为教育工作者,每一想到再过二三十年,我们所参与培育的一代青年将成为社会的中坚、国家的接班人,自己就深为不安。教育工作中的某种措施,往往要几十年时间才能看到其效果。但如果真的等到那时,就为时已晚了。当前是一种倾向掩盖着一种倾向,一叶知秋,见微知著,所谓反潮流精神,谈何容易耳!

《李白与杜甫》,书店里出来很快就光了,可见读者对书籍之饥

渴。我买了一本,已寄给颖如。不过有同志多买了一本,也许可给你弄到寄去。即问

近好!

渠

1972年元旦

搜集党史图片及文字资料

(致罗荣泉)

1月11日来信收到。文件和画片也均收到。这个文件很好,一是铅印,二是比我看到的更全,对“九大”可基本窥其全貌。画片也是北京印的,比井冈山等处印的还好一些,也很有用,只可惜都不收真正的历史照片,是一大缺点。我现收罗有韶山、井冈山、长沙(片断)、武汉、安源、遵义、延安、上海等处纪念画片和自己在别处零星搜集剪存的一些照片,贴成了一本,包括了整个民主革命时期,作为一种业余嗜好,也略可一观了。以后还想继续搜集历史照片。目前特别是缺总理的照片,一张也没有,但这又是不能缺的,准备从书籍刊物上补取,但现在又甚难得。《新华月报》1951年7月号上有几张珍贵照片(有六届六中全会的合影),这种老杂志现已很难买到。你在读书看报之余,发现有什么好东西,可代注意。遗憾的是前年编党史时,只注意文字材料,否则可以借便搜集不少

的。

关于遵义会议的情况，我们这里没有任何传达，足见各地传达并不完全一致。过去我们搞到一个名单（几次搞的都是一样，包括去遵义回来），同你开来的名单有几人不一致。来信中有：朱德（说是总参谋长，恐不对，当时总参谋长是刘伯承）、华夫、叶剑英、李卓然。我们搞到的名单有：林伯渠、董必武、邓发、董振堂。其余的人相同。经我分析，来信的名单比较准确。因为朱德是不可能没有的；华夫即德国人李德，是五次反“围剿”的罪魁，是遵义会议中批判的对象，是不可能没有的；李卓然和董振堂，属五军团，当时两人中必有一人参加。只有叶剑英，情况不详。去年总理讲党史，说叶在反张国焘斗争中立了一功，星夜将张谋害毛主席的消息报告了毛主席，因此也可能是会议参加者。而林伯渠、董必武即使参加了长征，他们当时是否政治局委员不得而知。或者，参加会议的不止十八人也未可知。

关于郭老的书《李白与杜甫》，我只翻了头几页。李白生于碎叶，不足为据。陈寅恪的文章，我们在前年编新老沙皇史时，也看过一下。陈氏对中亚情况和唐史，学有专长，不致闹大错误。而且离开历史、地理、政治、经济条件，以一人生地的孤证来论证某地是否属于中国，也相当荒唐。我估计外交部文件中的这一条材料很可能就是郭老提供的。外交斗争之剧烈达到了何等程度，由此可见一斑！

（摘自1972年1月17日信）

出版界情况及尼克松访华

（致罗荣泉）

2月12日，我们即结束在南口机车厂的编写工作返回北京过年。过年后就准备在京继续写了，不再去南口。春节前后，我系派人到各地招新生。世界史成立专业，招45人，主要收高中毕业生，这也是几年来的经验得来的结果。我们的书，就是为他们写的。由于社会上图书荒，人民出版社也早来预约出版。但目前看来，距出版水平为时尚早。多年来教学荒芜，重操旧业，又要“革命”，只能是搞实验品，估计还会有很多反复。教学质量之低，就不用说了。物极必反，事物矛盾到了成熟时，总会解决。从形势来看，目前学校已开始在考虑师资进修、教材、科研等等方面。显然，老像“文化大革命”这几年那样下去，是不行了。一张一弛文武之道也。

春节前，颖如回京探亲，但罗曙因乡下较忙，没有回来。回京后，了解出版界情况，颇为令人冒冷汗。他们原是“连锅端”下到咸宁，出版会议后百端待举，商务也恢复业务，原以为下面的将陆续回来。结果到目前只回来了30人左右（约七分之一），其余名额都由北京市其他机关补足了。据说现在名额已满，在下面的广大干部已成为等待分配的“处理品”了。商务外文编辑，原历史组懂业务的，一个也未调上来。现在的编辑一个也不懂外文，连书名也不认得是哪国文字，如何进行工作。闻之令人啼笑皆非。这种“大换班”情况不只商务,比比皆是,外地尤甚。据说高教部是撤销单位,下放干部已全部分散,牛郎织女,天各一方。但听说中央对此已有批评和新指示精神。有说中央在外地干部已冻结了,要等四届人大以后再说。毛主席五七指示被歪曲如此,已在下面造成了不良影响。目前只有一面等待,一面也自己打听门路。北大西语系甚为需人,已向组织反映,请求调进。但问题还很复杂,调人也甚不易也。

尼克松来,北京做了充分准备,可说是全城动员。许多访问单位都大搞清洁卫生,粉刷一新。市面上多了一些水果、蔬菜、食品、百货之类。王府井一带,市招为之一新,认得出哪家铺子是卖什么东西的,是一大改观。书店陈列了《红楼梦》等书(旧版),供外人选购。治安保卫,更是抓得很紧。到北大的,只是卫星站的技术人员和新闻记者两批,到处拍电视,访问谈话,一般表现还礼貌。尼克松的群众性活动只有两次,一次是看戏,一次是看体育表演。体育表演原定是每五人中有一人鼓掌,后来临时改为全场起立鼓掌,首尾共两次。外电报道说,毛主席接见后温度升高,确是如此。北京每晚有电视新闻,时间很短,但也可见一斑。我也看了一次。《人民日报》报道之篇幅,也是空前未有。中央传达的精神是:主要是利用苏美矛盾,美国则力图利用中苏矛盾。目前苏修陈兵百万于我边境,当是邀请尼克松来的主要考虑。但也还有人不了解主席的战略部署,在学生中多次组织了学习。尼克松已于日昨离京去杭。从告别宴会上的谈话来看,据我的看法,没有取得什么重要进展。这也是意料中事。双方讨价还价的情况非我等所能了解。但此行任务确甚困难。一方想以一些让步换取对方的让步,而对方能够让步的东西却极少,这样的谈判就很难谈到一起。我想这就是困难之所在。中美谈判中可供讨价还价的东西,远不如美苏谈判的东西之多。但不论如何,此行总还是积极的,我看形势还是在向缓和的方向发展。

(摘自1972年2月27日信)

参加撰写《读一点世界史》

(致罗荣泉)

关于大学招生收高中毕业生问题,现在北京没有应届高中毕业生,不发生此类问题。到各地招生,是招收上山下乡经过锻炼的。不过此次因各地本位主义等作怪,招生任务难以很好完成,估计今后几年中愈来愈成问题,除非中央下令一律调回来。

上月忙于给《红旗》写稿:《读一点世界史》。这是毛主席的最新指示(只是口头传闻)。我系搞了几个同志,苦战了半个月,文章是我执笔起草后集体修改定稿的。现在还要求继续写一篇,继续宣传这个问题。因为已写一篇,再写要求就提高了,要写出一些新的意思来。估计这个月大部分时间都得为这篇文章而奋斗了。

(摘自1972年4月8日信)

参加集体写文章的教训及高校教育水平低下

（致罗荣泉）

现在，我刚参加搞完《四谈读一点世界史》，谈读一点关于民族解放运动的历史。这是最后一篇，下期以后就要转到谈学习中国近代史的问题了。参加写这几篇文章，有不少收获。但班子不理想，意见分歧。头头以机械执行《红旗》的要求、迎合为能事，所以文章愈写愈没有劲。提出意见也不愿听，文章质量也愈来愈差。集体搞东西，只能是妥协了事。多提意见，反而是个人突出，增加口舌和是非。我这个人干事常常是过于认真，结果是反而不好。在这次写作过程中，也得到不少的教训。

目前北京正在召开高等学校的教育工作会议，总结近年来招收工农兵新学员的教育工作中的经验和问题。精神如何，尚未传达。清除过去的形“左”实“右”的错误路线的干扰，估计是一个重要方面。目前高等学校教育水平惊人之低。我说的不是工农兵学员，而是指的师资问题。旧的学院规格已经破了，而新的规格却没有建立起来。问题没有认识，反而大搞浮夸。如不改正，长此以往，则数十年后，其后果难以设想！自己身为人民教师，站在教育岗位上，想到这些，时有坐卧不安之感。

牢骚太盛防肠断，就此打住。

（摘自1972年6月22日信）

谈教育革命等问题

最近中央召开了高等学校教育工作经验交流会，不知上次是否告诉你了。这次会议主要是交流贯彻去年高教工作会议纪要精神一年来的经验。会议以很长的一段时间来批判林彪路线对教育工作的干扰，诸如：搞先验论、立竿见影、读书无用论、立足现实追述历史，……对政治思想工作、哲学、历史科学教学起了很坏的影响。这种形“左”实“右”的东西，影响甚广，其流毒不可低估。加之人们在宁“左”勿“右”的思想支配下，愈来愈“左”，还不敢说，因而就很难纠正。骗子一垮台，问题总算迎刃而解。像北大这样的学校尚受其不少影响，其他地方就更勿论矣。听说有的地方到现在还在叫要以毛主席著作作为文科基本教材，这在北大早已否定的了。会议精神下传以后，学校也狠批了林贼的路线，对大家思想有很大提高。不过这次会议对具体做法解决问题不多，主要精神是让大家放手去试验，不贸然做出结论，可以闯不同的路子。如何以社会为工厂，就是一个大问题，各校做法不一，不强求一致。这样做是正确的，只是没有统一的结论出来，有的人未免感到有些失望。关于外语教学，也是讨论重点之一。有一些经验介绍，最近在《红旗》发表的，即其中之一。同时还专门讨论了关于外国研究的问题，据说以后要专门召开会议来讨论这个问题。

教育革命如何搞法，目前在校内思想仍很乱。有的说主要问题是反“左”，有的说现在右的东西又在复辟，刮起了抓业务的风。到底什么是主要的，莫衷一是。反右必出“左”，反“左”必出右，此自然之理也。有关知识分子政策问题，在北大落实较好，仍然有一些东西，别处不少地方还没有落实。至于双百方针就更谈不上了。这种情况，我估计还得继续一两年吧！

关于英国史上的国王称号，据我所知，都是各人的名字。因为在英国一般是老百姓称姓，国王称名。但英国人的名字换来换去，就是那么几个，所以同名者极多。这些人当国王之后，就按过去同名的国王的顺序排下去。例如历史上已有三个乔治当过国王，第四个乔治当国王就称乔治四世（不论他距离前一个乔治有多远多近）。也有空出来的，例如法国路易十六之后，是路易十八，因路易十七在国外流亡，也被王党认为正统之故也。

（摘自1972年7月14日信）

《张献忠屠蜀记》读后感

（致罗荣泉）

《张献忠屠蜀记》购回后，饭余之后偶尔翻翻，不料立即吸引了我。在假期中已一气看完，甚是不错！此书原稿是《大西通记》，蔡山谐道人著，任乃强是如何改编的，不了解。虽然是小说，但都是根据正史、野史的各种记载来铺陈发展的，其中山川地形、人物、典章制度，看来都是有根据的，与一般小说的虚构是不同的。对于张献忠的兴亡事迹，并不是谩骂一通，而是肯定其前期如何得人心、得政权，后期如何演变、变质，以致失国。虽然没有马列主义词句，但讲得很有道理。对农民革命和农民政权的历史局限性写得很形象；对李自成也涉及一点（可惜太少）。实际上，书中所述，不仅是张献忠之所以亡国，也是李自成之所以亡国，明朝之所以亡国，颇足发人深省。书中对张献忠个人的描写也栩栩如生，有相当的文学性。最后一部分谈张献忠政权吃人的事，骇人听闻，极残酷之能事。从小说角度来说，大概已达到今古中外有关吃人奇闻之顶峰；从社会经济角度来看，一个社会达到人吃人的破坏程度，亦有警世之效，只是过分夸张，似有玩世不恭之嫌。总之，我看后认为颇值一读。久不读旧小说，颇为开胃，觉得比《水浒》之类的书有意义，虽然文学价值没有那样高，但作为研究农民运动的价值来说，则大大超过。我说的研究农民运动，不一定是指张献忠之事，而是指探索历史规律而言。请读一读马克思对于太平天国的评述吧！这里的确是反映了“用丑恶万状的破坏与停滞腐朽对立”的历史。只是马列的书已经不被人读了，很多重要的原理也被人遗忘了！那种把农民运动描写成无产阶级革命一样的假历史到处都是，总有一天要走向否定之否定的。这也算是自己的一点反潮流的想法。书，并不在于出名。很多不出名的书是好书，被历史湮没者甚多；而出名之书，却未必都是好书。

（摘自1972年9月2日信）

谈 读 书

（致罗荣泉）

我的课已于国庆前夕结束。下一段是近代史，因我已参加古代史辅导，近代史就不参加了，近代史方面的人手不缺。这样，以后似可能稍微轻松一点。这一个月，形势逼人，只好拼命读书。学然后知不足，收获很大。以后有机会，还要再多学一些古代史。不知古如何知今？把厚今薄古理解为不要古，是何其浅薄的观点！果如是，为什么毛主席还要大读其古书？这学期如没有其他突击任务，准备闭户读书——以学习近代史为中心，读马恩的著作。首先要好好读完《马恩选集》四卷，这是最低限度的要求，不知能否实现？

（摘自 1972 年 10 月 1 日信）

争取为人民做点有益工作

（致罗荣泉）

我最近因颖如工作问题，到处奔走，不甚安宁。关于我的科研，准备明年正式开始。在今后二十年内，如能争取到十年到十五年的比较安定的环境,我想或许有可能为人民做一点有益的工作。但这很可能是奢望。即使能争取到这样的环境,最后也未必会有什么好结果,到头来还是要被粉碎的。这就是历史的悲剧。不过这也无妨,在人类历史的长河中,这一幕幕的悲剧加在一起,就是人类的喜剧。人类就在这悲剧中有所前进!有所创造!

(摘自1972年12月17日信)

谈"批林整风"

(致罗荣泉)

我们春节以后,一直在搞"批林整风",以批林为主;批林以批实质为主;批实质以反"右"为主。所谓林的路线问题,过去有些模糊,有说"左"的,有说形"左"实"右"的,有说先"左"后"右"的,现在统一为是极"右"的,但在有时采用形"左"实"右"的手法,利用和煽动极"左"思潮。如果按"左"的方向批下去,可能要把文化大革命否定了,所以必须从"右"的方向来批,批极"左"思潮不能代替批林。如此大张旗鼓地搞,当然是有点来头的,只是弄不清楚罢了。最近全校文科学生要到郊区各县农村参加批林整风一个月,我系明天出发。我因为在外系有课(拉美史),免了。据说是教育革命还要迈大一些步伐,不知道还要如何运动一番。

颖如已返京,到原单位报了到,明天上班。是否原来的工作尚不一定。虽说是回原单位,实际上等于调到新单位差不多,因为变化甚大。最近那里出版上连出了几个漏子。在《长城》的小册子中,说长城是抵御外族的,被外交部发现,数十万册书报废。不过好在尚未上市,否则后果就不堪设想了。

(摘自 1973 年 3 月 11 日信)

计划写拉美史纲

(致罗荣泉)

我原来想会下乡搞"批林整风",后来因为要给外系上课,没有下去。我现在一边上课,一边写拉丁美洲史的讲义,准备写出一半来,上完课后再写后一半,争取在明年之内写出一部十四五万字的、简明扼要的、有新观点的拉丁美洲史纲来。年行已长大,时一过往,何可攀援?总得抓紧时间写一点东西,为国内研究拉丁美洲史奠定一块砖石。最近人民大学有一教师在商务出版一部拉美史,有几十万字,不过我完全有信心要比他写得更好一些。这就是我的心愿。原订研究计划想推迟到以后。

最近听说因去年"三突破",今年要压削一些生产指标。大城市卡得很死,计划生育也抓得很紧。如果颖如这次不调回来,现在也很难办了。估计今年高中毕业生也只能上山下乡了。形势变化很快,一切都要抓住时机,时机错过,许多事情都不好办。

最近又是"反右"的趋势。学校里在叫嚷又有右的苗头,又要加大教育革命的步伐。只能是跟着潮流走,但不敢为天下先。尽可能的,还是要自己拿定主意,否则"左""右"都不是。经验一多,人们都变得"油条"起来。过去的教训是:认不清自己的历史地位,现在认清了,不存非分之想。管他冬夏与春秋!

（摘自1973年4月8日信）

1973年暑期情况

（致罗荣泉）

这个假期,荣陶的两个孩子都从天津来我这里玩了近10天。孩子们到北京来很高兴,只是把我忙得受不了。因为今年我们不但没有休假,反而更忙。毕业生的综合训练已开始。我在《世界近代史话》组和《帝国主义裁军史话》组都负有指导任务。裁军是临时确定的题目,匆促上马,事前毫无准备。因此就不能不乱成一团了。下学期(明天开始)还要继续上课(拉美史),同时要抓几个头,只好一心三用了。孩子们在此颇影响我的工作,只好让他们玩了几天就把他们送回去了……

《红旗》社论要抓上层建筑。目前我校到处都在找《十批判书》,要批郭老的尊孔思想。此事有什么背景尚不清楚,看来螺丝钉又要拧紧了。

毛主席赞扬了杨荣国,批评了郭老。关于秦始皇的问题,看来要大大肯定一番。评《红楼梦》的文章,大概也要热闹起来。主席提倡读点小说史,特别提到《红楼梦》,认为迄今没有写出一篇正确评价此书的文章来。

这学期综合训练刚开始,又嚷着要赶快写出书,走出学校。估计至迟10月,又要来一次全校出动。目前清华正在批一位教员写的《五七风云》(短篇小说),据说是反党小说,本人是一个新右派。形势动荡,有反复,受害的还是学生。张铁生的一封信已闹得很凶,北京已派出检查组到各地复查招生情况。走后门的情况比比皆是。这封信也许可以起一点作用,但如果不要考试,又如何选拔学生呢?现在是,一切与文化大革命之前相同的东西,都认为是复旧,走老路。这样,只要坐下来读书就难免有走老路之嫌,所以,还是卷起被盖下乡上山最革命了!

(摘自1973年8月19日信)

在"反右倾回潮"中陷于绝境

(致罗荣泉)

我这里发生的事情,对我来说是毫无思想准备的[指1973年"反右倾回潮"中制造对他的政治迫害]。去年10月随同学去承德学军回校,开始总结第一届工农兵学员的教育革命经验,没有想到一上来就提出对文化大革命、"7·21"指示、工人阶级领导、两个估计、知识分子改造等五大政治问题,开始是对领导,很快就转向对教员。自己没有担任课,自认为没有很大问题。但因各种原因,结果搞成了全系的第一个重点,来势极为猛烈。思想上搞不通,抵触很大，结果就使自己处于更加不利的形势，不但联系到现实问题，而且把历史问题、家庭出身等都扯上来，不少是文化大革命初的各种以讹传讹的材料。思想斗争很激烈，几次都处在生死搏斗的边缘，差一点就同你们诀别了！

后来因第一届学员要毕业，运动稍停，接着市委指示下乡搞“一打二反”运动。回校后，传达了中央一号文件，之后很快下南口机车厂搞批林批孔运动，两周后回校。由于这些变化，今年学校运动已转为批林批孔运动，年前运动中问题基本上都已揭露出来，今后主要是批判的问题。现转入专题批判，3 月份重点是批“克己复礼”。在下乡下厂中，自己也担任了一定的工作，同其他同志没有什么两样。看来总的政策是“一批二帮”，划不到敌我矛盾。今后的批判主要是结合批林批孔进行，不再单独另搞一套。因此，春节前的严重紧张气氛有所缓和；但形势在不断变化，今后运动如何发展，尚难逆料。要做坏的思想准备，决不能重蹈复辙，犯主观唯心主义的错误。

这次运动对我触及灵魂之深，大大超过文化大革命之初，同时也说明文化大革命初期自己没有认真吸取教训，以致故态复萌。这次的经验十分沉痛，也许不会再犯了！但阶级斗争常常不以主观意志为转移，雄关漫道，而今迈步从头越，还不知是否真正过得了关！

现在除参加运动外，在研究室搞翻译，几个同志一起翻译《世界史年表》现代部分，文字很浅，每天是上班制，倒也还正规化，也比较不太伤脑筋。今后如能长此干下去，倒是求之不得了。

这次运动触及面很广，中央 5 号文件河南修正主义教育路线逼死人的事,就出在外语教学的问题上。你们搞外语教学的,难免要有所波及。随着形势的发展,今后教育工作更加难搞,特别是北大这样是非之地,我现在才认清,绝非像我们这样的人可以久留之地。过去被名缰利锁束缚,没有觉悟,迷途已远,今后有机会必须毅然离去。

(摘自1974年3月3日信)

受批判后的情况和想法

(致罗荣泉)

4月14日来信收到。陈词恳切,思虑周详,甚为感谢!

此次事起突然,初时甚是惶惑不解。后渐渐思之,又觉得并非偶然。我年少时即很自负,盛气凌人,锋芒毕露,这个毛病,后来因境遇不甚顺利,因而也没有很大地暴露出来,但病根没有除去。这两年对我来说,形势较为一帆风顺,老毛病就复发了。这次的暴露对自己是当头一棒,虽然一下子被打懵了,但自己却也清醒了许多。过去塞翁得马,焉知非祸;现在塞翁失马,焉知非福。事物总在不断发展和转化中。人贵有自知之明,要做到这一点确实甚属不易。

4月份系里搞批林批孔思想小结。我的小结当然未能满足要求,这是我早就料及者。一些人不是搞教育革命,而是拚命要往政治问题上拉,如说什么我认为社会主义制度不如资本主义制度好之类。对于这些,当然不能承认。过去就因为过于老实,已吃过不少苦头。下一步批林批孔,在我校可能是要抓对 17 年的批判,主要是通过批判控诉,使师生从思想感情上痛恨 17 年教育路线,估计不会再大搞个人重点批判之类的东西了。最近又听说要在 5 月份下连队学军,可能有几个系全体师生都要去。这也是改造大学的措施之一。最近在体制上也做了一些改革:过去各系的师生是分属不同的党支部,现在按年级专业,把师生合并在同一支部中,加强一元化的领导,同时不论教员是否任课,也编入学生的小组,一同政治学习,加强师生的联系和谈心活动。这样一来对教学政治工作的一元化也大有好处,但教师之间的单独的政治活动基本上消失了,也是一个问题。一方面强调走出去同工农兵结合,一方面又设法请进来,在校内办各种类型的学习班、短训班,请工农兵来上大学。前些时文科各系都办了不少批林批孔学习班,现在正在办经典著作(如《哥达纲领批判》)的学习班。总之,最近以来,我校的确是有较大的变化。不过,听说外地学校一般就动得很差了。

我现在研究室编辑翻译《世界史年表》,每日坐班 8 小时,倒也心安理得。关于调教学岗位的问题,今后机会甚少。因为我系世界史教师人浮于事,今后的总的趋势是把老年教师换下来由年轻教师担任第一线教学。像我这样专搞拉美史的,更没有必要上第一线。我自己也不想再上教学岗位。如果翻译工作能相对稳定地搞下去,我想就这样也不错。只怕不在教学第一线,杂务甚多。待一两年后,如时机光临,我想一定要设法离开北大。此生已虚度大半辈子,本想为国家的学术事业有所贡献,也是知识分子报效祖国之一主要途径,但看来已无甚大希望。教育工作,特别是像北大这样的高等教育工作,不是像我们这样的人适宜长此下去的,当应知难而退。当然,后半生也不能苟且偷生,潦倒度日。还是要在自己主观努力能及的范围内,为人民做一点真正有益的工作,这就是我近来正在考虑的问题。

(摘自1974年5月2日信)

自己后半生应走道路的设想

(致周颖如)

后半生怎么过?这是近来自己常想的问题。最近接曾石来信,其中写道:“从你的信中,我呼吸到的消极气氛似乎有那么一些。我没有想到你这样一个‘做学问’的人到了壮年会有这样一些想法。对于你来说,从小就希望认真读书学习,以研究、著书立说为己任的人,从你现实的基本条件来讲,不应该这样想。政治上有‘自知之明’,这本是一件好事,这样可以更安心地去从事学术研究。至于‘让位’的问题,是否有‘位’可让呢?学术上是否已经有了‘位’,这可要历史作答案,争取对人类有所贡献,这个位是永远不让的。能否取得一个‘位’,主要看各人的研究成果来确定,不是用现任职务来确定的。我希望你不要半途而废,为的是给人民做点事,而不是为了现实的、一时的虚荣。这是谁也取消不了你这个权利的。另外说来,你呆的地方总还算学术机关,看资料比其他单位总有点优越性。希望你把自己确定的题目,坚持搞下去。现在业余小搞,将来退休的时候就可以大搞。听说写《李自成》小说的那个姚雪垠,是在他划了右派在乡下劳动时在香烟纸上开始构思的。你的处境和心情比那位姚先生当时的条件强过百倍吧。充分利用现有的条件,包括生命、健康在内的一切有利条件,虽然比研究所的人条件差些,但也比忙于写讲义的人好一点吧!”

此信给我很大的鼓励和鞭策。最近我在想:前半生,主要的问题一个是阶级出身的包袱拖累,压住自己的前进;一个是名缰利锁的包袱拖累,还没有摆脱低级趣味。多次的现实的教训,特别是这次的沉痛教训,使自己有所醒悟,有了一些自知之明。阶级出身的包袱是客观存在,这辈子是摆脱不了的,但名缰利锁的包袱是可以摆脱的,但不能从消极方面来摆脱,而要从积极方面来摆脱,使自己成为一个摆脱了低级趣味的人,做一个真正有益于人民的人,应该说是后半生努力的方向。像我们这样的知识分子,一辈子都在读书,但我不愿望像某些人那样,把读的书将来全部又带到棺材里去。这样地苟活一生,即使是长命百岁,又有什么意思。在今后的20年里,一定要选定自己的目标,不计成败、不计世俗的毁誉,坚决地脚踏实地地为中国人民和世界人民做一点力所能及的工作。最初,我想过是否搞翻译,但这毕竟是跟着别人的屁股后面转。搞科学研究,则受客观条件的限制较大,自己的能力也属有限,而且很容易又陷入成名成家的泥淖之中。想来想去,我想是否可在今后的20年中致力于写作几部较系统的大型的通俗读物。随着社会主义革命高潮的到来,文化革命的高潮也必然到来,广大的工农兵群众需要读书,需要提高;但目前一般都只注意写一些小册子的通俗读物,真正较大的、系统性的通俗读物,却一本也没有。目前似乎还很少人想到这个问题；有的可能想到，但没有条件去进行，而专家们则又不屑于搞这种工作。在国外，像伊林（苏联）、房龙（美国）、H.G.韦尔斯（英国），这样的作家是大有人在。我们也应该有自己的伊林、房龙……，这不是为了成名成家，而是为了亿万的工农兵群众。做这样的工作，是很值得的。这种工作主要是进行较大的综合，不是专门的研究，只要坚持下去，长期努力，总可以出一些成果；这种工作受现实政治影响较小，收集资料也不过于困难；这种工作也较少与人发生争名夺利的纠纷。从主观方面来说，要求有较广博的知识面，有较好的综合能力，对我来说，也还算可能胜任。此外，也可以做一些整理史料和编检史料的基本工作，编世界史年表的基本工作等等。总之，可以做的事很多，需要胸怀大志订出一个20年的长远规划来。有了战斗的目标，生活就有了意义、有了方向，就不会昏昏沉沉地过日子。这样，对于世态炎凉、人情冷暖，也就可以不予理睬，而专心一致地走自己的路了。鲁迅说过：先前并没有什么路，路是人走出来的。只要大方向对头，走下去总是没有错的，总可以踏出一条路子来。在客观条件允许的范围内，充分发挥自己的主观能动性，为人民争取做一些真正有益的贡献，我想，完全是事在人为的。

我这后半辈子的设想，你以为如何？在这后半辈子的道路上，你是我唯一的知己和伴侣，你看这条路子想得对不对？我们是否可以一同携手前进？请你一并好好想想！

这里最近传达了13号文件，内容是关于今年国民经济计划，估计你那里也可以听到。

人民文学出版社出了《封神演义》，听说你们那里得到消息，但无人肯去出力买书，结果，后来去了，已买不到了。我系搞到20部，部分给了领导和中国古代史的同志，我们一部也未搞到，可气。

就写到这里。

渠

1974年5月12日

困境中仍想有所作为

（致罗荣泉）

来信收到。封面相片也收到，没有见过。我们去延安时，在文化大革命开始之后，此类相片都已见不到了，但作为历史来说，还是很珍贵的，有保存的价值，已收入我的相片册。

我校的运动，现在主要是抓儒法斗争。中央下达精神是要注释法家著作，要向全世界说清楚法家。过去外国只知道中国有儒家。现在北京正在召集有关省市的有关单位开会，讨论全国如何分工合作注释法家著作的问题。我校文科各系师生都已动员起来，大搞法家。我系主要是搞法家的人物介绍，如秦始皇的资料方面的工作，也办学习班，成为压倒一切的任务。课程也为此有所改变，以编写法家人物介绍的任务来带动中国古代史、近代史教学。只是我们这些“外”字号的单位还没有完全动起来，正在受到领导的催促和压力，大概也要配合，要上马，因为这是一个政治任务，而不是学术问题。我所在的翻译组另两位同志都调去翻译联合国资料,只剩我一人负责校对全部历史年表的译文,所以未卷入中心工作,一人单搞,按时上下班。如你所说,这可算是不幸中之幸事了。最近北京市传达精神,批判说17号等文件是“刹车”、“纠偏”的错误说法,批判北京市也有人暗地搞串联反市委的做法。整个运动在这里是较为平稳的。学校主要是抓儒法斗争、理论班子、学科改革,但世界史如何按儒法斗争精神来“革”,谁也没有底。

最近常思考在后半生中还能干点什么事情?当然不再是为了名利,而是为了读一辈子书,总不能全都带进棺材去。老友吴兆民也来信有所勉励,也增加了自己的一些勇气。我还是想在后半生中争取为人民写出一点有益的东西。整个形势之变化难以逆料,如何能找一点有益的工作干干,而不只是做一天和尚撞一天钟,不是随俗浮沉,不是沽名钓誉?我想,在学术方面有所建树,主客观条件都已不甚允许了,可以做的是搞一些综合的通俗著作,这种综合的通俗著作是比较大部头的,能综合各方面的成果,需要有较长远的努力和规划才能达到者。这种工作目前甚少人去做,或许没人想到,或许想到而没有时间没有能力。例如编写较大部头的世界史话、殖民主义史话,etc.。颖如的意思是先写出《拉丁美洲史》,这当然是较为现实的。在编译年表的过程中,我才想到可以编一部世界史年表,其形式不是翦伯赞那样的按月日编排,而是像日本三省堂的世界史年表,以年来编排、世界各国并列的表格式的,使用甚为方便。有三省堂的可供参考,北大的图书资料可供利用,编写较为省力,而用处较大。我想你也可参加这个工作,如有兴趣的话,例如其中中国史部分,你就可以分担。当然,主要是时间问题，一切都要业余来搞，还是较辛苦的。目前我还有些业余时间，估计你恐怕就没有了。这问题可以提出来考虑一下，等几年再搞也未必有人搞的。如有人搞了，也就不用搞了，反正世界上可做的事情还很多。既不是为了名利，就没有争的必要了。这只是一些闲时的遐想，是想有所作为，而不是潦倒不起也。不知你以为如何？

最近商务出版《民国通俗演义》（许廑父编），是旧书新印。我购得两套。此书作为小说来读，没有多大意思；作为历史来读，还是很有教益的。其中一部准备寄给你和香谷、荣汉等传阅，不知你们谁人有空，先寄给谁较好？

（摘自1974年6月30日信）

谈儒法斗争和不自甘沉沦的打算

（致罗荣泉）

主席指示要注释法家著作，最近北京召集了各省市、大学、出版社有关方面开了几十天会，大体定下了注释的著作和分工。据说法家人数大体定为25人，还有没有著作的10人（如秦皇汉武之类）。第一步计划两年完成。在会上主要在三方面的问题上引起争论：一、各个时期法家的阶级基础；二、儒法斗争和劳动人民的斗争的关系；三、法家的爱国主义和民族矛盾的关系。最后中央领导同志接见讲话，强调要谨慎，要允许不同的意见争鸣。

我最近在工作之余，通读范老的《中国通史简编》，是从儒法斗争的角度来读的，感到颇有收获。从秦汉以来，法家在中国历史上的最大功绩，在我看来似应为建立中央集权的统一国家。从马克思主义观点来看，君权的提高，较之分散割据的封建邦国具有重大的历史进步意义。中国自秦汉以来，通过多次的反复斗争和经验总结，确立了中央集权的、郡县制的大一统国家，使国家机器不断强化和完善、形成东方专制的一套成熟的封建集权制度，较之西方国家早一千数百年。（西方到 16 至 18 世纪，随着资产阶级的兴起，才形成中央集权的开明君主专制。）这是中国历史发展的一个重大特点。当然，事物总是一分为二的，对中国资本主义发展迟缓也有一定的影响。可惜这样重大的问题根本无人论及。许多论述儒法斗争的文章都相当肤浅，各取所需。所谓不同意见的争鸣，是否鸣得起来，大成问题。

我想在今后搞点工作，也是不自甘沉沦的意思。一般翻译作为工作是可以的，作为志趣则无大可取。我想搞的工作有这样几个原则：一、不赶时髦；二、不与人争名争利；三、不受很大的时间性限制，可以从长进行；四、需要进行较大的努力，而一般人因为种种原因又不愿意搞或未想到搞的东西。据此，从事一点费力较大、需要有较大的综合能力和广博的知识基础的工作，也许是较合适的。这样，也许可以对社会，对人民多少有所贡献。至于深入的专门学术研究，各种条件和时间都较难具备。这就是我考虑搞年表或写世界史话一类著作的由来。要搞《年表》，当然要新的体系，有新的见地，但毕竟是一种“汇总”的工作、笨的工作。古人编通志之类的类书，对后代的贡献也大体如此。《年表》虽有难处，到底是录而不作，文字简单。功夫不在一事一条上，而在总的综合上。搞得好，是很有用的。但此事如拖得太长，别人搞了，就不必去重复了，除非有突出的特色。目前也不可能马上动手。提出来与你事先酝酿。以后如真有别人要搞，我们也不去抢这个行市。怕只怕功败垂成，白费力气。即使如此，对自己学习来说，也还是有意义的。

搞世界史英汉词汇集，意义不大，似乎是为搞点什么而搞点什么。《世界史词典》当然很好，只恐是工程过于浩大，非个人所能完成者。翻译这类词典，一来不易找到合适的原著；二来一般卷帙浩大，吃不消。

此外，可考虑搜集、整理、汇编史料、文献等工作，受时间限制较小而实际用处很大。（如王芸生：《六十年来的中国与日本》。）

（摘 1974 年 8 月 18 日信）

精神要有所寄托

（致罗荣泉）

在此国庆佳节提笔写信，首先祝贺你们愉快欢度佳节。今年北京要放烟火，中关村就是一个点，估计今晚会有一番热闹景象。科学院大道两旁早已彩灯高挂，人群熙攘。每年过节都要游园，票少人多，也就很难轮得到我了。好在最近接受一项任务，为清华大学的批林批孔展览会画一幅“谭嗣同在狱中”的画，不是临摹，而是创作，已数易画稿，尚不甚惬意。假期中大概可以此消磨这些天的时光了。

我说今后的写作打算,也同现在的画画一样,主要是使精神有所寄托,自己时时总有事情可干,不致投闲置散,愈来愈懒,多去胡思乱想。至于成一家之言,在今日的条件下是不许可的。即使写了,也无处可以出版;即使出版了,也不过是变成肥田粉而已。……准备搞一点自己想搞的东西,在写时即要有不计成败,不计得失,不计能否出版的思想准备。马克思说:"为世界工作",不是为出版工作。但既要写东西,总是希望能出版。如真是对人民有用的东西,迟早总会有出版的可能的;如果对人民并无用处,不出版也不值得遗憾;如果非徒无益而又害之,那就最好不出版为妙。

寄来的书费10元已收到,来信写的是《最新汉英大词典》,现在的书名是《当代汉英词典》,估计不是两部书,而是你弄错了。国庆节我即开介绍信去买。此书是林语堂主编,但编者和序言都已去掉。我翻了一下,收的词汇确实很广泛,但新词不多,旧词却相当丰富,译得也好,不但是一部汉英词典,简直可以当一部中文词典使用,编者采用了全新的检字法,因序言被抽掉,不知这种新检字法比四角号码高在何处,估计也许与搞中文新打字机或电子计算机有关。全书的工程是相当巨大的,可惜像这样扎扎实实的学术性工作,我们自己却还很少人去做。现在把有限的人力都投到一些重复性很大的法家著作注释上去了,甚至其他的著作都被挤掉,难以及时出书。

报载湘黔路已通车,令人鼓舞。遵义同北京距离已大大缩短,今后有可能再在北京一叙了。

(摘自1974年10月1日信)

研究华工问题的打算

（致罗荣泉）

最近上面（外交部）交来我系一件突击任务：写一个关于19世纪美洲中国移民即华工问题的材料。因加勒比海的特里尼达·多巴哥的总理埃里克·威廉斯要来我国访问。他是一个学者，著作甚丰，听说要准备写一本有关美洲中国移民的书，来时顺便收集一点材料。这个任务交给我和黄绍湘等几个同志，10天完成。这个问题，我在10年前即搞过一些。这次我又找到一些新的材料，最主要的是《古巴华工口供册》，藏北京图书馆，是研究这个问题的最主要材料。过去除马士写《中华帝国对外关系史》时用过它的英译本材料外（现存美国国会图书馆），中文本极少人用过，彻底研究过的人更没有。由于完成这个任务，引起了我对这个问题的兴趣。

我想在今后几年内就先搞这个选题，不搞整个西半球，就搞拉丁美洲。过去你给我抄过的《中国和拉丁美洲的历史联系》一文，不知你还记得否？当时准备按论文发表，所以有所压缩。现在我准备把这篇论文加以扩充，改写成一本四五万字的小册子。这个选题有几个好处：1. 本身有学术价值。早时宓亨利（MacNair）写《华侨志》（*The Chinese Abroad*）一书，李××见之，认为外国人旁征博引完成如此著作，实为中国人之耻辱。这样的工作，中国还没有人做,更待何时?(厦门大学对东南亚华侨有所研究)2.也有现实价值。只要从反殖民主义角度立论,就有现实意义。我想不能搞得过于学术气,那样不合时宜,不能出版。3.同时,积累的资料今后在必要时可编成史料出版,也有价值。甚至将来还可以扩大范围,把有关全世界的华侨的史料都汇编出来,不过这过于奢望,恐怕只是一个狂妄的幻想而已!如果你将来能有时间有兴趣来搞搞,也许可合力一试之。

(摘自1974年11月3日信)

再谈研究美洲华工问题

(致罗荣泉)

美洲华工问题,现在还在进行。因为威廉斯2月份可能还要来中国,这样就沾外国人的光,也捞到一点读书研究的时间,像开矿一样,最近又挖掘到一些有价值的东西。60年代时有一位在海关工作的老人员陈泽宪,在《历史研究》上发表过一篇19世纪中国契约工的文章,最近我已同他接上头,他对史料很熟,从他那里得到不少资料方面的帮助。他现在正与陈翰笙等人合作,写一本《华工出国记》(似乎上封信已告诉你了,已记不清,以他为主,都是老头子)。不知他们是否能完成这一工作?不过,我估计我这辈子就完成这一项(拉美方面的华工问题),大概还是可以的吧!华侨在全世界的情况,面太广,先让他们去弄,我搞得狭一点,可以稍稍深一点。我现在虽然极愿得你一臂之力,但你目前的状况,还不能来麻烦你,还是先养病要紧!

(摘自1975年1月6日信)

谈威廉斯总理访华等情况

(致罗荣泉)

今年我校未放寒假,全校搞学朝农运动——记得上次信中可能已经告诉你了——现党委已决定,把文科各系搬到京郊大兴县我校干部农场去办。各系的一年级学生都去那里,半工半读,搞一年。今年的劳动任务除了种田以外,是盖房子。二年级(我系)可能是出去搞社会调查;三年级是到工厂(二七机车车辆厂)。此外要大办短训班。总之,不能呆在学校里,必须不断下去运动。这次的搞法,不但教员中思想抵触很大,高年级的同学多也不愿到处跑,很想坐下来读一点书,但是很少人发表不同意见。发表意见也等于零,根本不考虑。形势比人强。目前尚未分配我去哪个年级,只叫我赶快把《世界史年表》的一些扫尾工作结束后,准备下去。所以我要下去是肯定的了,只是到大兴、农村还是工厂,还不大清楚。估计3月中就要开步走。我的扫尾工作也可能拖10天半月。主席说的安定团结的指示,在这里的理解完全是另一回事。

威廉斯已来京。我只是搞材料,座谈是别的同志去的。这次他主要是听我们的同志谈,要材料,他说得很少。上次来时,他提出中国发明指南针、明代航海术发达但未发现美洲、未搞殖民征服的问题。这次座谈中有同志作了解答，他不满意，建议我们组织一个“习明纳尔”[研讨会]，请各国学者参加，他准备来“辩论”。我们那位准备这个问题的同志的论点的确也肤浅得可笑，以至我都没有兴趣在信中给你复述。论点也没有在小组中提出讨论，就上报领导，成为“定论”。当下我和小组的另一同志都对她准备的材料婉言提出意见，但已打印好，生米成熟饭，也就只好如此了。连我们也不能说服，如何还能说服威廉斯？真是为国丢丑！

这次准备了四个补充材料：1. 有关19世纪华工被掠卖去国的历史背景的几个问题；2.19世纪拉丁美洲华工概况；3.19世纪美国和加拿大华工概况；4.15、16世纪葡萄牙、西班牙和中国远洋航海情况（即我上面说的那个材料）。其中第二个补充材料是我写的。

威廉斯走了，我的任务也就“完成”了，下乡之后，估计不可能再摸这方面的东西，只有等回来之后再说了。这次搞到不少新材料，结识了新朋友（陈泽宽，与陈翰笙也见过两次），收获还是很大的。陈翰笙想搞一个班子来写书和整理材料，不过我看他目前不是当权派，未必搞得起来。他如搞成班子，调我去参加，也未必调得去。

你说的阿英编的书，名叫《反美华工禁约文学集》。我自己就有这本书，的确搜集了不少材料。只是我怀疑阿英不懂外国文，不熟悉外国史，所以他对哪些是美国的材料，哪些是美洲别的国家的材料，不甚分得清楚。

我近来身体一般还好。玻璃体混浊，打了胎盘组织液后，没有什么明显的感觉。只要不继续恶化,就行了,不能苛求治好。打了针总比不打好,但这种药在医院也缺货,所以我也不常打,断断续续打过几盒,最近又不打了,所以疗效很难说。最近托易国英从宁夏买了两斤枸杞,这东西既明目,又补肾,准备试试看如何。

（摘自 1975 年 2 月 23 日信）

答　友　人　书[①]

（七律　1975 年）

洪都共砚未能忘,犹忆鱼洲茅草房。
一路风尘君仍健,几回笑说蠢周郎。
冬夜冰雪惊凉梦,春宵寒雨暖华章。
何处南园好种树,[②]古今上下任翱翔。

---

① 罗在“反右倾回潮”运动中身陷绝境,同事郝斌暗地写信劝慰,罗心存感念,写下此诗,90 年代书成条幅相赠。——编者

② 后汉樊重种梓漆之树,以待成大器之材,人皆笑之。柳宗元诗云:却学寿张樊敬侯,种漆南园待成器。(作者原注)

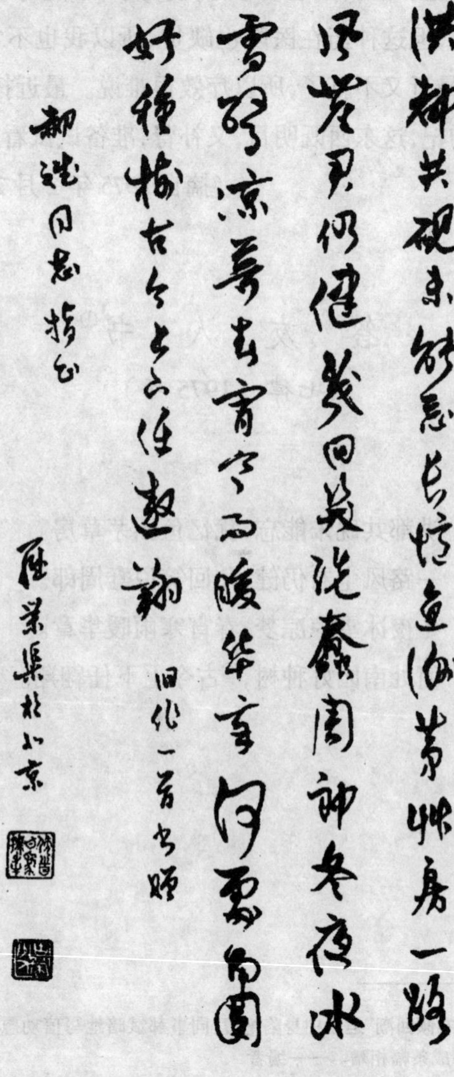

附:答友人书墨迹

谈学“朝农”下厂和理论问题的学习

（致罗荣泉）

我从3月初就与同学到北京东郊制药厂，迄今已满2个月，大概在5月中旬即可回校。这次下去，是响应学“朝农”的号召，全校各系师生，大都走出校门了。我系在北京分散在十几个点，有工厂，有农村。一年级的新生到南郊大兴县我校五七干校去，半工半读，种水稻，盖房子，准备在那里搞一个教学基地。其他年级则是下厂下乡。我这次是跟二年级中国史学生下去的，因为很分散，一个点只有一个世界史教员，所以就要担负起全部教学任务。我们主要是配合关于理论问题的学习和宣传工作，结合学习国际共产主义运动史。我多年不搞教学，这次下去是临时决定，毫无准备，下去后才说要搞教学，只好临时应付，靠老本吃饭。到工厂去，以别人为主，一切得听工厂的安排。我们本想搞些调查，但工厂迟迟未定项目，我们也不好自己动手，所以这次在工厂中主要是到车间宣传马恩关于无产阶级专政的语录，配合组织一些学习，此外的时间就安排搞自己的教学了。我们所在单位的起居条件较好，在此没有学校那样多的杂务和会议，因此还是比较不错的，只是教学质量很难保证。

关于学“朝农”的问题，大方向当然是正确的。但开门办学如此搞法，问题还是一大堆。学校只是产生新资产阶级的温床之一，如果怕出新资产阶级分子就不敢办学了，就不讲教学质量了，那就是因噎废食。其实就是把目前的全部大学都封闭了，也丝毫不能解决出新资产阶级分子的问题。今天大学所发生的变革比社会的变革要大得多，主要的温床是来自社会。要想在大学中来消除社会一切弊病，而大学却去掉作为学习基地的存在条件，又何必办大学？我看将来按工厂、公社自己的需要办大学就可以了，何必办什么独立的大学呢？

这次理论问题的提出，我看是自列宁逝世以后对于社会主义理论（无产阶级专政理论）的第一个新的尝试。过去的一切运动都不过是巩固社会主义和发展社会主义的斗争，只是这次触及到共产主义的萌芽这样的问题。《参考消息》上登的一篇法国人写的苏联如何变修的文章，很值得一看。问题是无产阶级专政的历史经验要由法国资产阶级学者去进行探索和总结，这是相当可悲的了！

运动当然不可能只停留在学习阶段，如何联系实际还不清楚。主席指示以安定团结为主，如何同这个运动结合起来，也不了解，可能这个运动会有一些新的特点。

（摘自1975年5月1日信）

奉命修改《社会发展史》

（致罗荣泉）

最近我的教学已结束，新接受一个任务是修改《社会发展史》的资本主义部分。原稿是我系三年级同学与北京汽车制造厂的工人应急赶出来的，现在是应时货，要赶急修改出版。现已在《北大校刊》上登载了原始社会部分，即将刊登奴隶社会、封建社会部分。我修改的资本主义部分和别人修改的社会主义部分，还要在下期才能刊出，之后要集成小册子出版。社会发展史是阐述人类历史发展的规律性的科学，但想起来可怜得很。马恩在一百多年前提出来的这个任务，迄今几乎没有人研究，资本主义国家的学者反而有一点零碎的著作，社会主义国家可说是一无所有。我最近发愤读了一点书，愈读愈觉得问题很多，偶然读到了考茨基晚年的巨著《唯物主义历史观》一书（是文化大革命前内部出版，分为六个分册，不知为什么，第三分册未出版，而这一册正是关于人类社会部分），我只是抽读了其中的一些部分，才发现考茨基对马克思主义的历史唯物主义问题有不少的新见解和新发展，仿佛在眼前出现了一片广阔的天地。书中关于无产阶级的论述，当然是完全错误的，但是在许多别的问题上有不少值得重视的见解。可惜以人废言，这部著作大概是永远被埋没而不会有人理会的了，良可慨也！

这部稿子我当然只能凑凑合合地修改一下，决不能认真去改它,主客观条件都不允许这样做。

(摘自1975年7月27日信)

谈评《水浒》及教育革命等问题

(致罗荣泉)

最近主席批示《水浒》,这里只有出版部门正式传达,在我校也未正式传达,不知是何缘故?过去我读的也只是七十回本,都是三十年前的事了,后来只偶然读过一些片断。这次主席提出问题,我才查了一下鲁迅的《中国小说史略》、《流氓的变迁》、《论金圣叹》等文,问题早已说得明白。又查郑振铎的《中国文学论集》有长篇文章考证《水浒》源流。但解放后竟然把金圣叹腰斩的《水浒》视为奇货。金是从诬蔑农民运动的立场出发,解放后是从歌颂农民运动的立场出发,结果却是殊途同归,岂不怪哉!李希凡在《红楼梦》上立了大功,而在《水浒》评论上却犯了大错,更不怪哉!如何古为今用,真令人摸不着头脑。主席的批示,据说是对上海人民出版社新近出的《明容与堂刻本水浒传》的批语。此书是平装影印本,有插图还有李贽评语,8.85元一套,较之线装本八九十元一套,就算是便宜了。此书我已购得一套,以后要出普及的新本。新读之后,觉得此书写得的确是好,但招降之后就较为平淡了。我甚至怀疑是否后人续的。最近我系有同志考证了历史上的宋江,此人并无投降事迹可考,是被官兵擒杀的,事在方腊被擒之后,材料比较过硬,但这已不是《水浒》的问题了。

前些时传，据周荣鑫在内部报告，对当前教育革命中出现的不敢抓文化、业务，理科向工科靠扰、学生只抓劳动等等，提出了尖锐批评；并说教育革命至今未上轨道，对主席批示理解有片面性，除十七年旧路线外也应注意林彪路线干扰等等。这些均是内部谈话，外面未传达，但早已谣传纷纷。科学院学部已恢复工作。精神与我们这里也大异。听说校内已传扬，社会上出现一股反对教育革命之风，关于《水浒》的指示传达后，有的人就硬起来了。看来是一场极为复杂尖锐的斗争，恐怕斗争还不只在教育一个方面。你在教育革命办公室，一定要注意，凡事不要轻易表态，只按主席的指示说话就行了。

前一阵，系里领导找我谈话，问我一年来对自己问题有何新认识，要我写一检查，主要是总结教训，在一定群众范围内谈一谈，希望能一次通过；又说我的问题未了，似乎是要了一了，落实政策，但谈得很不明确。我含含糊糊，表示愿意写，但把过去不合事实的事，都摊了出来。领导说，群众运动可能有不实之处，此外没有别的表示。我观察形势，我们这里根本没有真正检查工作或真正降温之意，不过是为了落实政策，不得不走一过场，但是要我检讨，再批一下，就此收场。我考虑再三，决定不写检查。理由是：上次是总结教育革命，宣称对事不对人，当时问题揭了，我也有所检查，我认为问题已经完了，为什么说还没有完呢？现在不是抓“5·16”，又不是抓右派，有什么未了的事呢？所以不能检查，但也不再去纠缠此事，既往不咎。总之，跟他拖，已近一月，最近也未再找我。可能是等我跳出来，我则根本不动。问题来了，又怎样呢？估计不可能再做大文章。只要我不跳,他们就没有多大的东西可抓。争取不了了之。科学院学部方面要人,现在两方面可说是针锋相对。等待一年半载之后,伺机提出调动工作,不干了。这些想法,不知当否,请你代我考虑一下。

(摘自1975年9月7日信)

谈关于宋江的史料和农民起义的局限性

(致罗荣泉)

你对宋江一事的分析,掌握史料虽不多,但已发现其矛盾重重,说明你还是有鉴别力的。宋江的史料最早见于李埴《十朝纲要》卷十八:“宣和元年十二月,诏抚山东盗宋江。”方勺《泊宅编》卷五:(宣和二年十二月)“初七日,歙守天章阁待制曾孝蕴以京东贼宋江等出入青、齐、单、濮间,有旨移知青社”。方勺是北宋末年人,书中记方腊起义事甚详,都涉及宋江。《东都事略》称宣和三年四月方腊就擒,五月宋江就擒。新发现的史料是1939年陕西府谷县出土的折可存墓志铭(写于1130年)。此人见《宋史·杨震传》。墓志铭中记他参加平方腊之后,奉旨“捕草寇宋江”,“不逾月继获”。这是最可靠的史料。另一重要史料是镇压方腊起义的方庚的话,系元代徐直之(仲儒)所撰《忠义彦通方公传》,见《桂林方氏宗谱》卷七,内称方腊起义军于宣和三年四月被灭亡不久,即把“猖獗于淮甸”的“宋江三十六人擒获”。以上史料都是最早的,是证有关宋江之事可信。不过听说最近《历史研究》也收到过持不同意见的文章,所以问题尚可讨论。关于宋江的讨论,目前是如何深入的问题,同时对《水浒》的评价也还有不同的看法,不是简单化可以解决问题的。

关于农民起义不反好皇帝的问题。经典作家都论述过,意见都是一致的,这些论述并没有错。现就我所读过的抄录几条如下(着重点是原文所有):

俄国人民,这些“本能的革命者”,固然曾经举行过无数次零星的农民起义去反对贵族和反对个别官吏,但是,除掉冒名沙皇的人充任人民首领并要夺回王位的场合以外,从来没有反对过沙皇。叶卡特林娜二世时代最后一次大规模农民起义之所以可能,只是因为叶海亚·普加乔夫冒充是她的丈夫彼得三世,说什么他未被妻子杀害,而只是被废黜和关进牢狱,但是他逃出来了。相反,沙皇被农民看成人间的上帝;Bog Vysok,czar daljok,即上帝高,沙皇远——这就是他们绝望中的叹声。至于农民大众——特别是从赎买徭役以来——所处的地位,日益迫使他们去同政府和沙皇作斗争,这是确实无疑的事实;……〔恩格斯:《流亡者文献》(《马恩全集》)第18卷第621页。〕

农民要求废除农奴制,但丝毫也不反对沙皇政权,并且信任沙皇。〔列宁:《宝贵的教训》(《列宁全集》第5卷第69页)〕

个别农民起义,即使不像斯杰潘·拉辛的起义那样带有“强盗性”和无组织性,也不能得到任何重大的结果。农民起义只有在和工人结合起来并由工人领导的时候,才能取得胜利。……

除此以外，在说到拉辛和普加乔夫的时候，绝不应该忘记他们都是皇权主义者；他们反对地主，可是拥护“好皇帝”。要知道这就是他们的口号。〔斯大林：《和德国作家艾米尔·路德维希的谈话》(《斯大林全集》第13卷第100页)〕

以上恩、列、斯的语录观点完全一致，也完全正确。在中国历史上也完全如此。两种农民起义：一种是只反贪官不反皇帝；一种是反掉旧的皇帝自己当上新的皇帝。农民革命的历史局限性就是如此，这是封建时代的生产方式和农民所处的阶级地位所决定了的。历史唯物主义的最根本出发点是主观反映客观，从历史事实中科学地抽出历史规律。而现在一些自称学过马列主义的人实际上连教条也不学，只读语录，大搞“实用主义”，把马克思主义庸俗化和简单化。从表面上看似乎很革命，看不出有什么恶果，其实它的后果是不论怎样估计也不会过高的。这完全是林贼路线的余毒。鲁迅论《水浒》，指出《水浒》只反贪官、不反皇帝，正是指出了农民起义失败的历史必然性，完全符合马克思主义的观点。只要仔细读读鲁迅的文章，就会知道他说得很明白。当前评论《水浒》的文章，没有一篇在这个关键问题上讲清楚问题，甚至根本回避这个关键问题，这是科学研究中极不正常的现象。把政治同学术、文艺完全混淆起来，造成这种极不正常的现象就不足怪了。列宁指出：马克思主义在广度上的发展不免使理论水平有所降低，这是发人深省的名言。当前盲目自大，自以为“中国世界第一”的思想有所抬头，决不是什么好现象。中国自清代以来，把自己的落后视为先进，吃了不少苦头，这个历史教训现在从来没有人说起来。最近邓小平同志在大寨农业会议的讲话中指出我们的农业还很落后，算是坦率地点出了问题,使一些人的头脑可以清醒一点。其他方面也是一样。

(摘自 1975 年 10 月 8 日信)

用西方的科学方法整理中国史

(致罗荣泉)

前年的事对我刺激很大,深深地伤了我的心。不过,坏事也可变成好事,这主要还不是学得油滑一些,而是“文穷然后工”,更有助于我在精神领域中摆脱流俗,进行独立的探索。只要能争取 8 年到 10 年的比较安定的条件,到 60 岁退休后能争取五六年的比较健康的条件——如果上帝不突然召唤的话,在这两个条件大致具备的情况下,我想在历史唯物主义的基本理论方面进行一些新的探索,或者转到中国史方面,为祖国历史进行一些新的探索。在这里,决没有什么平坦的道路可走,而是百丈悬崖,风险很大。不研究世界历史,不用西方的科学方法整理中国历史,我认为是打不开中国历史的局面的。近代有成就的学者,如梁启超、王国维、陈寅恪、鲁迅、郭沫若等,之所以有所突破,我认为原因均在于此。现在国外对中国史的研究很可能已超过我们很多,我们只是自己封锁自己,来一个“不承认主义”,也就心安理得罢了!

(摘自 1975 年 10 月 8 日信)

再谈怎样看待历史上的农民起义以及个人科研的想法

（致罗荣泉）

关于宋江的问题，你能因陋就简，在史料极大限制的条件下提出自己的独立的见解，思虑较细密，已甚属难得了。我现在基本上没有时间读中国史书，对研究宋江也没有兴趣，只把道听途说传达与你。关于历史上的宋江，迄今大概有四种看法：一、余嘉锡在解放前有《宋江三十六人考》，主要是根据《宋史》和《东都事略》的《张叔夜传》，认为宋江降于张叔夜，后又参加征方腊。据《三朝北盟会编》，打方腊的名单中有名宋江者。二、张政烺解放后有《宋江考》（载《历史教学》，据说也收入《农民起义文集》，认为宋江是假投降，后又造反，未打过方腊。投降是根据《宋史》，未打方腊是根据1939年发现的折可存墓志铭碑，碑称打方腊之后捕草寇宋江，不逾月即获。可见，降了之后又反，被获。三、目前我系中国史教员的意见：既未招安，也未打方腊，根据是方灼的文章和桂林方氏家谱，均属较早史料。《宋会要》所载打方腊的名单中，也无宋江之名，因此是坚持到底的英雄。四、日本人的看法，认为有两个宋江，打方腊可能是另一同名宋江。《宋史·侯蒙传》中载有建议招宋平方之事，在此后《宋史》等书中不可能毫无记载。也还有别的说法。我与商鸿奎（副教授）聊起，他认为是先降后被杀的可能较大，理由是《宋史》称宋降,不可能没有根据,但降后即被杀,所以《宋史》无可记载者,这也是一家之言。

关于《水浒》上的宋江,前几天《人民日报》上李希凡的《〈水浒〉的“忠义”观和宋江的叛徒形象》,我觉得还有一些新的意思。梁效在《光明日报》上发表的论历史局限性的文章(题目大概是:《历史唯物主义还是历史唯心主义》),本身就是历史唯心主义的大暴露,胡说八道!

历史上的农民起义,从起义者个人来说,有反皇帝的,有只反贪官不反皇帝的,两种都有,这是事实。历史上什么稀奇古怪的事都有,岂会找不出反皇帝的农民起义来。但从历史唯物主义来说,却是另一个问题了。在过去,历史是统治阶级写的,诬蔑劳动人民,特别是害怕讲劳动人民的革命精神和造反精神。作为无产阶级的历史学来说,当然应该把被颠倒的历史颠倒过来,大力宣扬历史上劳动人民的反抗斗争。但是,这里有一个立场观点的问题。马克思主义者肯定历史上农民起义的进步性和革命性,一方面是恢复历史的本来面目,一方面是宣扬造反有理。但是,马克思主义者是站在无产阶级的立场来宣扬农民起义的,而不是把自己降低到农民阶级的水平去宣扬农民起义。因此,对于农民起义当然应持两点论。我的看法是:农民被剥削压迫,忍无可忍,铤而走险,揭竿而起,敢于革命,这就是农民的革命性的一面;而农民不可能认清封建制度的本质,也不可能找到自己解放的道路,这就是农民的历史局限性的一面。所谓两分法,应该这样地分,而不是分为既反皇帝又不反皇帝。中国是世界历史上农民起义最多、斗争传统最突出的国家。中国史上的汉、唐、明、清四大帝国都是在农民大起义的基础上建立的，但丝毫没有越出封建制度一步。清代的太平天国起义，是在西方基督教的意识形态影响下搞起来的，也仍然没有越出其历史局限性。这就是农民局限性的历史悲剧。马克思主义者研究历史，必须在充分肯定农民的革命性的同时，指出其历史的局限性和反动性，才是真正的无产阶级革命家的立场，否则就倒退到农民革命家的立场上去了。在这方面，无产阶级导师有明确的指示。列宁对于俄国农民革命和民粹派的分析，就是光辉的范例。民粹派比历史上的任何农民革命派也进步得多。列宁在《社会民主党在俄国第一次革命中的土地纲领》中指出："在反对旧专制制度的斗争中，特别是反对旧农奴主大土地占有制的斗争中，平等思想是最革命的思想。农民小资产者的平等思想是正当的和进步的，因为它反映了反对封建农奴制的不平等现象的斗争……，'平均制'的其他一切东西都不过是思想上的幻形，都不过是小资产者的幻想而已。"(《全集》第13卷，第217—218页)列宁说："民粹派的民主主义在经济学的形式上是错误的，在历史上却是正确的；这种民主主义作为社会主义乌托邦是错误的，但是，作为农民群众的特殊的、有历史局限性的民主主义斗争的表现，却是正确的。"(《两种乌托邦》，《全集》第18卷，第352页)正因为如此，所以列宁在《对普列汉诺夫的第二个纲领草案的意见》中明确指示："草案肯定了小资产阶级的革命性……而只字未提它的保守性(甚至反动性)。这完全是片面性和不正确的。我们能够(而且必须)肯定地指出小资产阶级的保守性。我们只应当有条件地指出它的革命性。只有这样的表达，才能确切地符合马克思学说的整个精神。"(《全集》第6卷，第33—34页)(着重点是列宁加的)这些指示都说明,马克思主义者只应当有条件地宣扬农民起义的革命性,任何夸大(更不用说故意骗人的了),都背离了马克思主义的立场、观点。这是一个原则性的问题。对法家的评论也是一样,你是站在马克思主义的立场上评论法家和肯定法家呢?还是把法家拔高到无产阶级的水平上来呢?如果说历史为现实政治服务就可以离开历史唯物主义的基本立场和观点,那么到底历史唯物主义还要不要?马克思主义还行时不行时?到底是搞历史唯物主义还是搞历史唯心主义?

以上是我的总的想法,我们还可以继续无拘束地自由讨论。……

我现在在教学班,正在准备搞《美国史话》,这是所谓任务带教学的办法。还请来了几个工人,一起参加编写。现在世界史即将上完课,下段先上一个月美国史的课,然后编写一个月《美国史话》。我负责的是帝国主义时期,是比较重的一部分,过去没有全面地搞过。一般教学的分量有限,所以现在是集中力量备课和进行各种准备,没有时间搞别的东西。写完草稿后,将来还是要教员来收摊子,估计至少还要忙半年左右。华工问题已经放下,因为我所知的中西文材料,已阅读收集得差不多,大约达百分之八十以上,再进一步,就是要查阅粤海关的档案和西班牙文史料(在国内没有),现在根本不可能。不看这些东西,现在已可动手写了。但我总想有一个比较完整的时间;晚上业余,只能零零碎碎地写,难以一气呵成,所以停下来;好在这个东西没有什么时间性,停几年也不打紧。现在想转过来研究帝国主义和殖民主义的问题,准备写一部《帝国主义与世界政治》这一类的综合性的著作。这个课题的任务较大,政治意义也较大,也是研究拉丁美洲历史和第三世界的历史命运的进一步发展,很值得好好研究一下,自认为也具备基本的研究条件。这比华工问题的路子和发展都要广大得不可比拟,如果有三、五年的时间比较安定,可以搞出点成果来。这样,华工问题就成为副产品了。至于探索历史唯物主义的基本问题,不是近期的计划,而是整个研究工作全过程中的最后归宿,现在只是有意识地注意这个问题,最后成果将是毕生学习历史的总结,即使将来有时间能写出来,在生前也不准备发表,也不可能有发表的条件。不过,目标明确,方向明确,读书就较能有的放矢,生活也有较大的奔头,如此而已。我并不打算研究中国史,而只是注意中国史的研究,以便从世界历史的全局来观察历史唯物主义的问题。这个任务不是我辈所能完成和担负得了的。不过每一代人都总要进行新的探索,科学才能有新的进步。

来信建议各项,都很值得我注意,主要精神是不要被动,不要把问题自己搞得很死、僵化。目前基本上准备拖得不了了之。因为上次谈话后,我未封口,只说不好检查,但可考虑考虑,再答复。我一直未答复他们,他们也一直没有查问,估计有两种可能:一种是目前忙于别的任务,抽不出时间(现在在整顿党组织);一种是觉得硬要压我检查,也找不出有力的理由,只好拖着再说。有一次小组会上,支部一个同志说,有的同志一时对自己的问题还想不通,但也还是顾全大局,搞团结,工作也还努力,这也是好的。估计是指我说的。所以,只要对方不提起,又没有别的什么不利的迹象,就暂时清静无为吧。如果对方问起,再看情况。目前要抓学科领域的改革(结合批《水浒》),对教员的积极性不能不比过去更重视一些。总的方针，他们是不会变的，具体做法则会有所改变，这样，他们也才好争取主动而不陷于被动。我现在除上课业务外，别的一概不过问，也不发言，就是单纯业务观点，他们也不来过问。这样日子反而好过一些。

（摘自1975年11月9日信）

清华、北大批判刘冰、周荣鑫

（致罗荣泉）

最近学校又热闹起来了。起因是：清华以刘冰为首的四个党委副书记在8月13日、10月13日两次联名写信给毛主席，告迟群，第二封信附带也告了谢静宜。毛主席在第二封信上批示："清华大学刘冰等人来信，告迟群、小谢，我看，信的动机不纯，想打倒迟群和小谢，他们心中的矛头是对着我的。"并指示吴德处理，在清华展开大辩论，弄清两封信的实质。可是清华一哄而起，大字报的矛头并非对着刘冰，而是对着教育部长周荣鑫；开了批判会，称刘等是一个走资派同三个被招安的投降派。接着北大也搞起来，同清华一样，更是对准周荣鑫，说是7、8、9月谣言四起，社会上出现一股否定文化大革命、否定教育革命的右倾翻案风，矛头指向毛主席，指向党中央。现在北京市高等院校已普遍搞起来，中学教师也参加。中小学是否要搞，市委尚待统一安排。情况就是如此，其他看看报上也就明白了。这次点名被批者为周荣鑫、刘冰，矛头不向下，不搞群众，看来是解决上层的问题。同时，早有所谓“一搞运动就整知识分子”之言，大概也要松一松。事起刘冰、矛头则对准周荣鑫。项庄舞剑，意在沛公，真是又长了不少见识。贴的大字报准许外国人观看、拍照等等，显然是要扬名国外去了。请你自去思索吧！

我还是那样，上课，辅导，别的不管。临书浮想万千，不尽所言。

（摘自1975年12月7日信）

谈运动的长期化及其他

（致罗荣泉）

来信及茅台酒两瓶均收到，而且是先收到茅台。还是你考虑周详，看来邮寄虽然多花一点钱，但到底是比较妥善之法，处理得完全正确。……

茅台驰名中外，但我迄未尝过，在目前条件下得到，更为珍贵。今天是元旦，准备就此择吉开张来尝一尝。只可惜家中只有我一人偶喝一两杯，独酌无友，使美酒也大为减色。荣汉说今年要来，倒可以在一起对饮两杯了！

运动还在继续进行。中央已有23、24、26、27号文件下达，其中只有26号在群众中传达（清华运动的汇报）；23、24是党内传达，据说是给老干部打招呼；27号是新下来的，尚未传达，据说是张春桥与阿尔巴尼亚教育部长的谈话,基本精神,想你均已知道。目前我校主要是搞专题批判,一个专题大约搞半个多月或一个月,都是对准周荣鑫的言论来的。运动中不停课,看来今后对抓革命促生产还会加强。这期理科学生毕业,搞了一个去青藏的高潮,表明教育革命之成果。领导说对运动要有长期化的思想准备。只要不搞群众,长期就长期了!据说科学院有人贴胡耀邦的大字报,国防科委有人反对张爱萍,其他大专学校,都是一般性的学习和批判,还没有别的动向。有人估计运动要越出教育部门,目前迹象还看不出要搞全国性的大运动。这个斗争,当然不会结束,看来还要斗半个世纪,也许要斗到21世纪末。“斗争正未有穷期”,的确必须有如此的思想准备。

《水浒》问题,只是随便谈谈。我也没有时间去研究,即使研究了也没有什么用处。你愿意坚持任何意见均可,不必强求一致。来信说,农民起义在主观上具有反皇帝的性质,即反封建制度的性质。我看有的农民起义是如此,有的也未必如此。在资本主义社会,工人反对资本家的经济斗争,并不等于反对资本主义制度的斗争,在主观上也不是如此。否则如何区分马克思主义和工联主义?在封建社会里,农民反对地主的斗争,很难说在性质上与工人反对资本家的斗争有什么本质区别。所不同者是,在资本主义社会中,工人可以利用资产阶级民主同资本家进行合法的斗争,而在封建社会中,农民的斗争只有采取暴力斗争的形式,别无其他道路。至于这个斗争是否要推翻封建制度还是仅仅是改朝换代,则取决于这一革命的纲领和路线。我的这一看法也不一定正确,也不坚持,不过是随兴所至,拉扯一番罢了!

现在想搞的事情很多,实际上搞的很少,成了放空炮!一是工作不安定,时常变换,二是兴趣比较广泛,也时常变换,结果也许是一事无成,上帝就来召唤了。只好走着瞧,历史在前进,马克思主义也要前进,自有后来人。我们没有条件完成时代赋予的任务,将来还是会有人来完成这一任务的。颖如要我搞一点翻译工作,易见成效,我总是坚持要干一点更有意义的东西,也许什么也干不出来,就见上帝了。但总不能随俗浮沉,而宁愿做一个不顾成败利钝的书呆子!

另附寄老友吴兆民诗一首:听聂耳、星海音乐会(念奴娇 1975年)。他在文化大革命中饱受冲击,现下放在湖北崇阳文教科任领导工作。

(摘自1976年元旦信)

听聂耳、星海音乐会

(念奴娇 1975年)

听聂耳、星海音乐会,闻奏《黄河大合唱》、《中国狂想曲》等,情怀激荡,书赠老友,兼示泉弟。

江河怒吼,听声声、震耳惊天战鼓。记得少时追狂梦,慷慨悲歌几许。邂逅渝州,辞行燕阙,肺腑曾倾吐。长城内外,风涛云浪掀舞。

而今春满芙蓉，浩歌一曲，觅知音何处？敢有豪情挥彩笔，奋写《黄河》新谱。稻熟东南，梅红冀北，何时游江楚？眺临黄鹤，兴亡千古如数。

纪念“四为学会”成立三十周年

（沁园春　1975 年）

何日重逢？共叙花潭，再访银桥。
笑同学少年，书生稚气；
登高怀远，枉学英豪。
天下兴亡，古今轶事，
风雨同窗共笑遨。
三十年，共一腔热血，都付萍飘。

年华似水流消，把荣辱得失尽洗淘。
去名缰利锁，勤磨铁砚；
安贫乐贱，笔走风骚。
过则为灾，物盈必反，
任凭它风打雨飘。
登高处，看天翻地覆，唱念奴娇。

［此词本系未定稿，由编者据作者手迹整理而成。］

悼念周恩来总理

（满江红　1976年）

1月15日，前往天安门烈士纪念碑悼念周总理逝世，思怀万端，有感而作。

国栋凋零，恨天倾，擎天俊柏。我来此，仰空长吊，泪飞灵阙。白玉阶前思盛德，红旗柱下怀英烈。伫长街，听万户空门，悲声绝。

行万里，方半截；瞻前路，心潮急。问安邦定国，有谁人接？自古忠贞多孽子，敢无慧眼辨奸邪？归去也，望长安大道，从头越。

遥谒碧云寺

（蝶恋花　1976年）

春游香山遥谒碧云寺，怀古。

遥谒碧云二月暮，踏遍香山，试把香留住。万紫千红无觅处，晴云望断天涯路。

一代风流归何去？只剩英名，常与游人诉。北伐未酬恨无数，空留遗训镌荒墓。

赠尚志、香谷

（诉衷情 1976年）

尚志来京，晤谈甚欢，临行时作诗一首相赠。

乡关万里久离分，风雨几经春。却喜亲人老健，草堂景色新。

浮昆池，啸长城，饮中村。明朝酒醒，君渡秦关，我梦武陵。

（武陵指诸葛武侯之陵，亦可指《桃花源记》的武陵，两解。）
[易尚志是罗荣渠胞妹罗香谷的丈夫]

拒绝检查，埋头读书

（致罗荣泉）

来信收到很久了，一直懒得动笔，日常琐事，不值得念叨；重大的事，又难以置一词，所以总提不起笔来。

运动的情况已基本明朗化。最近报上的社论和文章，已传达了中央精神。据悉，中央在2月份召开了5个省市(问题较多的省市)的会议，后又召开了12个省市的领导干部的会议，大概都是打招呼。毛主席有一个重要指示，已在党内传达，是否会在群众中传达，尚不得而知，但基本精神已见报。一是对一些老同志打招呼，要正确对待文化大革命和老中青三结合不要犯新错误。二、邓的问题还是人民内部矛盾问题，与刘、林还是有一些区别，批是要帮，不应一棍子打死，引导得好还可以不走到对抗方向去。三、运动(大辩论)限于学校和部分机关，不要冲击工业、农业、军队，但是也会波及。四、不要轻视老同志，我是最敬老的，对造反派也要高抬贵手，不要动不动就"滚"。这些要点，只是我自己的体会。

现我校的运动，在报上轰轰烈烈，实质上很一般。群众(学生)劲头不大，开批判大会秩序不好，靠抓组织纪律来维持。其他单位的情况可以想见，可见不得人心！批来批去，就是那么一些，群众已听腻了。科技界比教育界差得更多，批胡耀邦、李昌；学部方面批胡乔木、胡绳；七机部批张爱萍；文艺界正在烧火，还未听说有什么大头面人物。运动在下一阶段是否会转向下面，打横炮或者下扫，现在还不敢说，也许在学校内再扫一把，要做思想准备。不过我偏重于认为不至于大搞群众或矛头向下，因为现在"乱"的形势和苗头在社会上已有滋长，在某些省市两派又闹起来，为了稳定局面，恐怕不会大搞；二来批邓的罪过之一是挑拨党与知识分子的关系，只能反其道而行之。当然，这只是主观臆测，不足为据，而形势与斗争之发展常常为一些不能预见的偶然事件所转移，所以说难以预测也。

我自上次运动以来,埋头业务、工作,不问政治,开会不发言,发几句也不关痛痒,当个安之若素的落后派。去年7、8、9三个月,除了把他们要我再检查的事顶了回去之外,别的什么话也没有说。要找岔子,他们总是不患无词的。要躲,也是躲不了的。不过,尽量不去碰,超然物外,看他们要怎样。目前还看不出什么动向来。在自己思想上来说,感到的只是幻灭而已!最近读法国马克思主义者夏尔·贝特兰著《苏联国内阶级斗争》(1917—1923),第一卷(此书在《参考消息》上曾有详细介绍,现由上海人民出版社译出,内部出版),对苏联革命长了许多见识,从而对我们自己的革命,也得到很多的启示。“吾常终日而思矣,不如须臾之所学也。”鲁迅说:倘能生存,我仍要学习。近来只是发愤埋头读书,而已,而已!

我大概在5月初到塘沽新港开门办学,搞国际共运史,同学正在写《美国史话》,正在火候上。

(摘自1976年3月13日信)

毛泽东主席逝世后的感想

(致罗荣泉)

来信收到,正准备回信,传来了毛主席逝世的噩耗,真是晴空霹雳,来得太突然。10天的哀悼活动,初步结束;由于不在中央机关,名额有限,我们都没有机会去瞻仰遗容,是一憾事,但天安门前的追悼大会都去参加了。主席什么病逝世,没有宣布;遗体如何处理，也没有宣布，一切都没有把人民放在眼里。小道消息说是肺气肿，转为心肌梗塞，不知确否？

主席死得很不是时候。日本蜡山道雄教授的悼文说得很恰当，他是在“进行人类历史上没有过前例的宏伟实验的中途逝世了”。主席在中国历史上是千古一人，不但是前无古人，恐怕也后无来者了。主席的逝世标志着革命的英雄时代的结束，没有人能继承他的伟业，也许集体的努力可以共同分担他的某些方面。主席关于文化大革命的宏伟实验，是成功，是失败，现在还不能定论，估计在20年内可见分晓。我们或许都可能活到这一天。

主席一死，更感到有许多工作要赶紧做。近年来，我很想摆脱一切工作，从事研究和著述，真正思考一些根本性的问题。想退职来搞，势不可能；想在退休以后搞，恐怕那时精力不继，会遗恨终身；想什么都不搞，又觉得作为一个知识分子，读了一辈子书，最后把知识都带进棺材，实在是枉自人世走一遭。现在只有挤零星时间，做一点点滴积累，把一些稍纵即逝的思想写成片断，以后有时间，才可以继续之。我现在所想的，已不是成名成家，不是低级趣味，而是国家大事和世界大事。继承主席，只有继承他的真精神，领会他的思想实质，敢于反潮流，抗流俗，只有这样，才能把我们的事业推向前进。这当然是一种傻瓜干的事情，聪明人是不能干的。但历史总得有些傻瓜才行。鲁迅说得好：“苟活者在淡红的血色中，会依稀看见微茫的希望，真的猛士，将更奋然而前行。”我当然谈不上当什么猛士，但至少可以像王船山那样：“六经责我开生面，七尺从天乞活埋。”把自己活埋在书斋中做一点文字方面的工作吧！

我不知你现在生活情况如何？教学情况如何？是否可能抽点时间读一点书。我建议不要泛泛地读，最好找一两个问题，搜索尽可能的资料，搞一点深入的研究，最好是中国史方面的，例如：1. 有关中国封建社会的长期性的问题；2. 有关中国农民战争的规律性的问题；3. 地方史如四川史的问题，或其中的一部分，如张献忠起义的问题。要是搞的话，就要真搞，即不受当前一切的框框的限制，也不要求发表，这样才能搞出点真正的有意义的东西来。你去成都治肠疾以后，痊愈否？身体如何？如果家务拖累很大，身体又不好，营养也跟不上，那就算了，先养养身体再说。

我自到北大以来，近20年。头10年中，主要是应付教学，讲的科目不固定，总是被动地应急。唯一的好处就是涉及的面较广阔，视野比较开阔。后10年就是文化大革命的10年，正是年富力强之时，基本上是虚度过去，其中搞了一年多党史，近年认真读了一点马列著作，是唯一的收获。今后10年如不抓紧，转瞬即该进棺材了，自己又不甘心。这10年书虽然念得不多，但阅历不少，也有胜读10年书的地方。从这个意义上来看，又不完全虚度。感谢前年对我的批判，倒是使我猛吃一惊，冷静下来认真思索了一些问题，重新考虑自己的道路。结论是——走自己的路。

《美国史话》在最近快改定初稿，下一步是什么工作，可能是去开门办学，尚未定。

（摘自1976年9月24日信）

第四编　改革开放新北大时期
（1976—1996 年　北京海淀）

“四人帮”一举被粉碎，遭受磨难的北大得到回归，一路与北大共命运过来的罗荣渠，也由此否极泰来，获得了新生。从这时起，他的报国之心和作为爱国知识分子的责任感和使命感，他的才智学识，他长期蕴藏和积聚的潜能，都猛然迸发了出来。他精神振奋，才华横溢，文思泉涌，全身心地倾注到他所追求的学术研究和教书育人的事业之中。80 年代初开始，他曾多次出国访问，足迹遍及美、英、法、德、荷兰、丹麦、日本等国以及港台地区。走出国门，放眼世界，大大开阔了他的视野，研究工作发生了“从封闭走向开放”的重大转变（参见本书《罗荣渠自述》）。他以近花甲之年开辟了一个对我国现代化建设具有重大现实价值，对历史研究也有开创意义的现代化研究新领域，把个人的学术研究完全融入到社会主义现代化大业之中。他全然不顾年近古稀，废寝忘食，不知节假日，夜以继日地工作，要把过去年代里损失的岁月夺回来。正如他给女儿罗晓的信中说：“生活中是有捷径的，那只是少数幸运者才能碰到。对绝大多数人来说，唯一的捷径是自己的全力以赴。”（1989 年 7 月 16 日）给罗晓的另一封信中又说：“‘生也有涯而知也无涯’。我正处在自己事业学术的高峰，来日无多，自应抓紧时间奋进”(1994年12月11日)。他的几篇影响较大的文章就是他在自己生命的最后日子里争分夺秒地赶写出来的。到90年代中期,《现代化新论》等论著不断问世,获得了国家多项大奖,并当选为全国政协委员。这时的他,的确可以说达到了他事业的高峰。但他丝毫没有以此为满足,或稍有懈怠的念头。“来日无多”、“自当奋进”,成为他后期书信中最引人注目的用词。在他人生事业的高峰期,仍然展现着他的高尚境界和情怀,因此,高峰期如同低谷期的书信一样,读来同样感人至深。直到1996年2月4日,他在给远在大洋彼岸女儿罗晓的信中还表示“在生命的末班车上仍当努力工作”。这封信,也是我们所能收集到的他生前所写的最后一封信。两个月后,即1996年4月4日,他终于由于劳累过度猝发心肌梗塞,倒在他亲自开拓的现代化研究的园地上,如同牺牲于疆场上的战士那样,献出了自己宝贵的生命。

本编所收作者与丁建弘、王加丰等讨论学术问题以及指导研究生的通信,反映了作者的治学态度和治学方法,也很值得一读。

——编　者

一场惊天动地的政治大地震

（致罗荣泉）

此间近来又传有地震,有人在挖地窖,但地震迄未到来,可是,

“渔阳鼙鼓动地来,惊破霓裳羽衣曲!”一场惊天动地的政治大地震发生了,震级不明,裂度不大,损失极微。除了“四害”,人们奔走相告,额手称庆,好得很!好极了!真是顷刻瓦解,一朝覆亡,其兴也何暴,其崩也何速!这说明我们的党的确是久经考验的党,要搞垮我们的党是不容易的啊!

前些时我一直怀疑毛主席逝世后为何毫无动静,原来其中蕴藏着如此一场斗争。目前北京市尚未传达到基层,所有情况还是来自道听途说。看来搞得很稳,不是大轰一下的做法。清华、北大,外间传说已军管,但我们在校内却看不出来。估计只是在最高一级进行安排,我们的头头也还在校,外表一切如常。清华不详,除迟某等被捕外,也未惊动大众。10日深夜,解放军两车人进校,把那个炮制舆论的黑据点拔除了,抄走全部材料;除个别头头外,别的人一概未抓。但校内已是干柴烈火,只等一声令下,就会万炮齐鸣了!

历史并不重演,但还是值得注意。苏联在斯大林垂暮之年时,贝利亚窃取了极大的信任和权力,对斯在背后已不尊重。斯刚咽气,他就带着得意神气扬长乘汽车而去,干什么?抓军队去了。他在中央主席团会议前,拉拢马林科夫,推马做部长会议主席,马推他做第一副主席。他掌握内务部大权,力图操纵马林科夫,篡党夺权。赫鲁晓夫识破其奸,看到极端的危险性,便联络和争取主席团其他成员,在中央开会时,召他出席,揭发其罪状。然后各位元帅在隔壁一拥而出,将其逮捕,干得干净利落。除一大害,结束了内务部驾凌于党之上的恐怖时代,应是赫的一大功。当然,斗争尚未结束,不过那是新的斗争了。这个故事,暂时讲到这里。这次除害之大，当大大超过苏联铲除贝利亚的斗争。我们党在政治上之成熟，比之更是大不相同，非可简单类比。

来信所谈运用对立统一规律研究历史，有所融会贯通，很有启发，我建议你沿着这个路线继续思索下去。如没有时间搞大题目和完整的东西，写成读史札记之类的条目形式也可以，不必成为系统；今日一条，明日一条，日积月累，自然形成体系。

不过我认为你说到儒法斗争，却又陷入了形而上学。在秦汉以前，的确有儒法之争。过去崇儒抑法，是中孔老二之毒，翻案过来，实有必要。至于说此后两千年来封建统治阶级内部有什么儒法两条路线的斗争，我看这不过是现实路线斗争的历史投影，完全是虚相，其目的一是为宣传现实路线斗争之重要性服务，一是为巩固中央集权和国家统一服务，如此而已。自汉定于一尊以后，儒家统治中国两千年之思想，压倒一切，百家尽收其中，何来两条路线？古代唯心、唯物之对立，绝不似现代之明显，而且互相渗透，界限甚不易分。这是儒学统治下之哲学的必然现象。再说，儒家在中国之历史地位，决不是可以简单骂倒的。这个问题，我没有研究过，完全是随感之言。感想不能代替科学，只有科学地研究之后才有发言权。你要是有兴趣，倒是可以按自己的思路进一步深入下去，也许可能有所发现，有所发挥。我目前对这个问题是持异议者，希望你能搞出点东西来，也可能说服我；但现在市面上的文章是不能说服我的。说老实话，我也没有看，因为根本不是历史。如果说历史为现实斗争服务，就是用现实的框框去套历史，那历史的研究就太简单、太容易了；那样也太危险了。斗争瞬息万变，这个历史也就要瞬息万变了，结果就会像胡适所说的那样随便捏造了。这不是唯心主义是什么？不彻底地坚持唯物主义，就早晚要滑到唯心主义或半唯心主义去。

至于苏联变修，这个问题是当代的大问题，我已开始进行研究。我的计划是：一、检阅马列主义的全部重要经典著作，从马克思到毛泽东，研究正面的理论演变和发展。这个工作比较好办，因为全部经典著作几乎都有中译本，到处都找得到，只要肯去读就行了。二、检阅自恩格斯逝世以来，全部反对、批判马列主义的重要代表作，看看别人是怎样反对的。这个工作就比较难了，很多著作不好找，或者不知道(当代的尤其如此)。三、把正反两面的说法用历史的实践加以检验。这个工作最难。有关苏联的资料，自列宁逝世以后，很少有什么真情全部公布过；西方有一些材料，但很难得到。总之，从列宁以后，对无产阶级专政的历史经验必须加以小结，否则，说什么苏联变修，不过是就事论事，瞎子摸象。要搞这个工作，必须发宏愿，用后半生的时间来做。好在没有时间性，什么时间都可以做。做出的成果在生前也不必发表，也不可能发表；也可能未得成果，就见上帝去了；也可能有一点成果，不能发表就由老鼠去批判了。我想，那也无妨。只要是科学的东西，任何有志之士都可能而且一定会同样发现它，只是时间的早晚而已。如果不是科学的东西，老鼠不批判它，历史也会转瞬把它批判得无影无踪。这就是我后半生的宏愿。今后20年的亲身生活本身，就是检验一切理论的最好的方式。

(摘自1976年10月15日信)

“四人帮”揪出后北大的形势

（致罗荣泉）

四人帮揪出后，我校形势大好，开过几次党委扩大会议（拉线广播，全校收听）揭发问题。大批判组头头宋××已被公安部门逮捕，校党委中的几个自称“江青派”的人物已被停职反省。但由于市委联络组不强，职权也有限，目前运动还没有什么实质性的大突破，揭发问题都是群众性的，圈子里的人还没有认真揭发交代。由于查封“梁效”为时太晚（10日夜），估计早已销毁材料和订了攻守同盟。本周把迟、谢分别拉到清华、北大来斗。由于群众激愤，迟在清华校内游行示众时，被砖头打伤了头部。谢在北大斗，也有揪头发，吐唾沫，踢拳脚者。这种群众批斗，主要是打威风和解恨，目前教育革命方面的问题还很少涉及。由于他们已把人们的思想搞乱了，估计要清算这条路线，还是一项十分艰巨的工作。我准备在适当时机，把1973年底批回潮时对我的诬陷，公之于众。此事就是自称‘江青派’的×××（党委常委）在我系蹲点时一手炮制的，现在很多系的师生对他十分不满。化学系点名要把他下放到他们系去批，搞清他的问题。

为庆祝“除四害”，有诗一首［见下文］

（摘自1976年11月21日信）

除四害赞

（七律 1976年11月）

昨夜神州喜讯传，秋风落叶扫长安。
十年祸水伪装巧，一旦画皮尽戳穿。
语重心长嘲吕后，英明果断捉群奸。
廓清毒雾鼓余勇，万里春潮震人寰。

“四人帮”揪出后北京的概况

（致罗荣泉）

“四人帮”揪出后，《光明日报·史学》副刊开过一次座谈会，对当代的“康梁”（南霸之康立，北霸之梁效）进行揭发批判。几年来他们霸占史学阵地，歪曲历史，为“四人帮”服务，把历史搞乱，又把思想搞乱，要肃清流毒，任务还是很艰巨的。白寿彝同志批评说他们评法批儒是超时代，超阶级，把在社会上已打倒的帝王将相又在讲台上扶起来；他认为尊法反儒也是天才论的翻版，是法家至上。有人批判他们是用儒法斗争来改造整个历史，把法家代表人物吹得比清官论还厉害，法家爱人民是阶级斗争熄灭论的翻版。对于吹捧吕后、武则天,已有批判文章见报。他们还压制不同意见,《光明日报》最近发表论霍光的文章,就是一例。

目前我校的运动还是“温吞水”,群众都很不满意,给市委贴有大字报,但问题未解决,到底是领导不力,方针不对,还是有人捂盖子,还不甚清楚。清华也是一样,斗了几次迟、谢,也只是出出气而已,内幕基本上未揭出来,教育革命方面的问题还没有多少接触到。如果运动开展顺利,在搞到教育革命问题时,我准备把1973年反右倾回潮时对我的迫害问题提出来。那次运动,校内已有人开始论到,认为目的在于反总理,对内是镇压群众。当时搞我的问题是从所谓“弄虚作假”引起的(我批评他们搞综合训练,出成果是弄虚作假),现在看来,正是打中了他们的痛处,所以他们咬牙切齿了。今年夏天,他们还要叫我检查,被我顶住了。当然,斗争仍很复杂,我并不存任何幻想,但也并不害怕了,因为并无任何钢鞭材料被他们掌握。

天安门事件不许翻案。北京市委向中央写了一个报告,把被捕的人分为三类:一类是反以毛主席为首的党中央,搞打砸抢者,列为反革命;二类是纯属反“四人帮”者;三类是反“四人帮”但有错误者。第二、三类都全部释放,撤销立案,补发工资,恢复组织生活,但第三类回原机关要写一书面检查。邓小平的问题属人民内部矛盾,似乎是不了了之,也不让翻案。不过这两件事并不得人心,因事关高层内情,就不甚清楚了。

目前的运动,上海搞得最有生气。据说大字报、大批判遍于街头巷尾。徐景贤等人都已几次公开揭发交代了问题。群众可说已真正发动起来了。

《国际共产主义运动史》已修订出版，早已售完，最近又印了一次，是否尚有书，还不清楚，如有书，当给你寄去。此书写得不好，修改后可能好些，也好不了多少。目前基本上没有社会科学的学术可言。这本书如果说有什么可取之处，就是目前除此一家之外还没有第二本。学风不正，必然要使一些假货和劣货充斥市场。“四人帮”揪出，今后的学风可能会有所改进。

震情已缓和，但今冬明春大震的预报尚未解除。

（摘自1976年12月12日信）

1977年初北大和北京的情况以及重读《法兰西内战》等书后的感想

（致罗荣泉）

我校运动还是那样死气沉沉，群众很不满，简直可说是失望，认为关键在市委的领导。有人贴出大字报要吴德来校表态。看来当前北京市委的问题不解决，北大、清华等问题也很难解决。市上传说纷纷，但大都是主观幻想。目前文艺界倒是有点造反精神的样子，生气勃勃；教育界看来没有什么大变化。有人说是没有四人帮的四人帮路线，走资派还在走。估计还要拖一个时期，可能拖相当长也说不定。中央总要先解决国计民生，才谈得上教育。现在校内连大字报都几乎看不到了，开会也不积极了；想当年四人帮得势之时搞运动的盛况，对比之下，不能不连叫怪事！怪事！

总理逝世一周年形成新的高潮。天安门人民英雄纪念碑因施工被圈起来，花圈全部集中到观礼台，的确是花的海洋、诗歌的海洋！中国诗歌之盛，恐未有如今日者。我也亲自到天安门看了一下，深深感到总理的确是深深活在人民的心中。此情此景，在中国，在世界，恐怕都是罕见的。同时在天安门还出现了一些大字报，一个内容是为天安门事件鸣不平，称之为革命运动——“四·五运动”，要求平反；一个内容是为邓小平鸣不平，为之评功摆好，要求重新工作。还有直接涉及吴德等人的大字报，不过我未直接见到，可能已被覆盖。看来这两件事不翻案，民愤难平，民怨难申；早晚是要翻的，主要是时间和采取什么形式的问题。估计中央内部意见未必统一，华主席也有他的难处，斗争是复杂的，局外人很难臆测。我想，中国只要还有民意，就还有希望。这次天安门送花圈，也完全是自发的。据说从本月六七号到十六七号，十来天中有200多万人次前往观看。这样的群众自发行动说明了什么问题，的确是发人深思的。北京如此，估计全国也不例外吧！

外传中央已决定：方毅主持科学院工作，刘西尧、李昌主持教育部工作，胡耀邦主持文化部，万里主持轻工部。又传邓小平官复原职。不一定可靠。

近月来备课，重读了一些马列主义书籍，不断有所收获，主要是对马克思主义关于国家的学说有了进一步的理解。过去一般把马克思的《法兰西内战》一书捧得很高。这次细读，又参阅了它的初稿、二稿，觉得其中问题不少。长期以来，人们对巴黎公社的评价也是言过其实，这主要是根据《内战》而来，实际上并没有真正读懂内战，没有读懂哪些是《内战》一书的精华部分，哪些早已过时，反而把过时的东西也当成了宝贝。一件事物宣传得多了,一种意见重复得多了,仿佛就成了真理。例如说巴黎公社是什么无产阶级专政,就是一例。我仔细检阅了马恩列的著作,马克思从未如此讲过;恩格斯有一句话讲过,见于《内战》的"导言",一般还是错解;列宁论公社的专门著作中也从未如此讲过;苏联早期波克洛夫斯基的著作,也不这样认为(未见原书,可惜)。后来不知哪里吹起来的一股风,硬说巴黎公社就是无产阶级专政,而且愈说上纲愈高。现在马列主义的理论已经变成只能背诵的教条,实际上根本没有人进行认真的研究,也不需要研究。这是极大的危险。一百年来,世界上最大的革命运动就是巴黎公社革命、十月革命、中国革命。而在马列主义的历史学著作中,偏偏是在这三大革命上都没有任何一部稍微像样的著作。马克思写了《内战》,似乎巴黎公社就已经没有东西可以研究了。苏联出了《联共党史》,似乎俄国革命的问题就没有东西可以写了。中国革命更不用说了,前几天一个留学生对我说,中国这样大一个革命,没有一本历史著作,我们要读外国人写的中国革命历史著作,这真是天大的讽刺!马列主义这样宣传下去,我看要亡党,亡国,亡共产主义运动。这些话如果让别人听见,简直像是荒谬绝伦的反革命了吧!一种生气勃勃的无产阶级科学理论被糟塌得这个样子,是谁之过?我这些话完全是"杞国无事忧天倾"。没有时间,不能在信上与你细谈。

(摘自 1977 年 1 月 18 日信)

“四人帮”倒台后斗争仍很复杂

（致罗荣泉）

考虑到你身体不好，寄去白糖2斤、奶粉1斤，想已收到。白糖在京每月有2斤供应，奶粉是罕见的珍物，是罗曙从东北带回来的。可惜数量太少，不解决你什么问题。本想多寄点东西，但现在寄费很昂贵，也就作罢了。不知你们今年春节过得如何？甚为悬念。

今年春节北京供应之紧张，为历年所未见。从1月中以来，物资大量外流，市场上除肉类外，其他东西很少，连糖果也不多。到春节前几天，据说火车站上要检查，只准带10斤肉、5斤鱼。但市场上拥挤排队现象愈来愈严重，以至我们连凭证供应的5斤鱼和4斤牛肉，至今也未买上。时间耗费不起。有时耗费了时间仍然买不上，最不划算。为此，我们今年过节决定采取尽量少上街抢购的原则，也不请任何客人，否则真是劳民伤财！据称现在人口已达9亿1千万，每年净增人口大概就有一两千万吧。农业即使有所增产，也不过只够维持简单的人口增殖。听说四川、贵州、云南等处已有卖儿卖女现象，未听你说起过，不知道遵义乡间和城关情况如何？

我校运动还是那样不死不活，不过我系的情况还好。世界史专业的教员对1973年反右倾回潮问题已座谈多次，一致认为是上反周总理,下压群众。春节前,专门召开了一次批斗会,批斗当时在我系蹲点的学校第三把手郭××,会开得很好,连系总支书记都起来揭发了他。但只是初步揭发,准备在春节后继续搞。这个问题的案是非翻不可的,全校重点对象二三十人,而横扫的面则达到相当广泛的程度,这次运动实为四人帮控制北大、清华的一次转折点。这是当前校内的广泛的认识。我至今尚未在会上发言,只是作壁上观。因为此事涉及到当时的广大群众,发言多了可能要误伤群众,所以让别人起来揭发更为策略一些。自己只准备在必要时作一说明情况真相的发言,因为完全不发言也不好,等于是默认当时还是搞得有理,承认自己理亏心虚。

《历史研究》第6期出版,可见"四人帮"倒台后的一些新动向,可惜文章的质量似不高(我翻了几篇,尚未读完)。原来报上介绍了要发表一篇有关西安事变的长文,后来因为要保护张学良(在台尚未死),临时抽掉,所以延误了出版。回忆周总理的书,不知邓颖超同志是否要写。国外英、法、日文都有多种总理传记出版,我最近就读了美籍华人许芥昱所写的一种。就是中国人自己不能写,怪就怪在这里!

最近又传达要反对听传谣言之类。《解放军报》、《北京日报》、《人民日报》等先后发表了高举毛主席旗帜一类的文章或社论,说明斗争仍很复杂。

我们只放假一周(教员一周、学生两周),下学期仍有课,好在暂时不可能走出去开门办学了,可以少些麻烦事。

(摘自1977年2月18日春节元旦信)

观　画

（七绝　1977 年 3 月）

春三月观赏马克思画稿，题赠高莽同志。

廿年风雨逐沧桑，喜赏春华翰墨香，
纵有豪情皆入画，淋漓彩笔显辉煌。

周总理遗像赞

纪念周恩来总理逝世一周年

（水调歌头　1977 年）

凝目春阳暖，眉横厉冰峰。身尽千回百折，赤胆照长虹。心劳万端巨细，奔驰三洲百国。业伟不居功，永葆风华茂，毕生向阳红。

忠灰撒，英灵播，活寰中。人民八亿，追思无限念周公。曾下五洋捉鳖，何惧蚍蜉撼树。一指拔晴空。遗愿化宏图，遗韵壮东风。

谈专与通及批判“四人帮”的历史观

（致罗荣泉）

两个月来，集中力量修改《第二次世界大战》一书。原来准备加以修改补充，看了一些材料之后，愈陷愈深，觉得有必要重新写过，扩大成15—20万字的中型读物。理由是：一、二次大战内容极为丰富，应力求反映现代科学研究水平。字数太少，不能说明任何问题，写10几万字也只是很粗糙的轮廓叙述而已；二、为了从战备需要出发来写书，应突出现代化战争的特点，而过去写的稿子流于一般化，非大改不可；三、科学院世界史所正在写一部40万字左右的二次大战史，有一个相互竞赛的问题。由于计划改变，时间有限，到目前为止，只是阅读了一些材料，还没有动笔。系内排定今年7月我有课（世界近代史），现在只好暂停下来备课，等课上完以后再动笔了。这一拖，估计要到年底才能完工了。

发表在《红旗》上的文章，后又几经修改，殊不令人满意，不过基本要点还算保留下来。国外有评论，认为是通过北大理论组为天安门事件平了反，第一次提出“拍案而起”（指迟群在清华借一封信的问题发难之事）etc.。可见外国人读得很仔细。

斗争正未有穷期，一种倾向掩盖另一种倾向，是历史的经常现象。目前学校还是起色不很大，批梁效只是走一形式，现在又在批聂元梓，查文化大革命中的打砸抢，特别是打死人的罪行等等。小平同志说聂不应留在党内，也不应留在北京，可能要回乡劳动改造。北京的“五大领袖”大概都要重新提出来搞一下。今年清明节天安门又有小字报，我没有去看，听说是为“四·五事件”申冤、翻案的呼吁等等。此事不平反，年年总会有人提出的；此事如平反，可能与安定团结精神又不大协调。

在科研方面，我目前的毛病已经是战线太长，精力分散。这一点自己心里也很清楚，但很难改变。现在学术的发展愈来愈专，钻牛角尖，较易出成果；在历史学的研究方面，这种倾向尤为突出。一般人都把搞综合性的研究作为吃力不讨好的工作，甚至认为学术性较低，加以鄙视。我觉得，专与通、分析与综合，两方面的工作都应当有人来做。从历史科学的社会意义来看，“通”的工作比“专”的工作还更有价值。不走前人的路，首先就是要打破当教授、院士的纯学术道路。如果要想在学术上真正有所突破，就更必须要看破这一点。一句话，要敢于看破红尘。这说来容易做来是很难的。具体来说，主要是抓紧最近十年干一点工作。拉丁美洲史虽是我的专业所长，但我不拟全力搞下去，因为它的范围较狭，主要是古代部分（殖民地时期）和近代独立战争时期比较有意思，以后的时期很难搞，没有多大发展的前途；作为中国人要想深入下去，困难很大。这方面主要是干一些在中国打基础的介绍性的工作。今后的主要精力打算放在一些重大课题的综合研究上面，如：殖民主义的兴衰史、帝国主义史，写出一两部综合性著作，也招点研究生。最后落脚到对当代三大革命（俄国革命、中国革命、古巴革命）的综合研究方面的问题上来。这当然不能招研究生，而且搞这项工作是必须看破红尘的，研究的成果是不必期望发表的。总之,我的研究方面是把理论、历史、现状三者结合起来,通过理论来研究历史,通过现实来检验理论。要立足于总结马克思以后历史科学的新成就的高度来研究历史,而不是从微观世界来研究历史。十年之后,精力已衰,想把研究世界历史的所获转回头来为研究中国历史服务,当然不是要解决什么具体问题,而是要探索中国历史发展与西方历史发展的运动规律的共同性和特殊性,等等。这些想法,内容庞大,倾毕生之力不知能做到几分。可惜过去的十年宝贵光阴被四人帮索去,今后的10年20年要加倍努力去索回来,至于成败利钝,非能逆睹,就置之度外了。每一代人,总要有人不避艰险去研究新问题,探索新事物。而不是墨守成规。马克思说过:"为世界工作";鲁迅说过:"我们总要争取光明,即使自己遇不到,也可以人留给后来的。"这就是我自己在今后的学术生活中的座右铭。

我曾想过一些题目,可与你合作进行研究。例如:批判"四人帮"的历史观。吴江有一篇文章,写得不错,但并未把文章做完。

我认为"四人帮"的历史观就是所谓的儒法斗争史观,而所谓儒法斗争史观,也就是"复辟史观",即把整个阶级斗争的历史歪曲为复辟反复辟的历史,同时又制造出所谓每个大革命之后必然要搞复辟的历史规律。而实际上他们是打着反复辟的旗号搞复辟,复辟封建专制主义。黎澍在《历史研究》去年年底(?)发表的那篇文章,揭露"四人帮"的封建专制主义,就写得不错。但到底历史上的复辟与反复辟斗争是怎样一回事,从中可以探索出什么规律,确是一个值得研究的问题。

又如:中国农民战争问题,说什么农民战争推动历史前进,这是很可怀疑的。中国是世界上农民战争最发达的国家，但中国封建社会却是世界历史上最稳固的，社会发展停滞性最突出。农民战争推动农业生产的提高，也似是而非。中国历史上农业技术改进极为缓慢。只有先进的生产力和代表先进生产力的先进阶级才能推动历史前进。奴隶起义和农民起义只能打碎旧政权，而不能打碎旧生产方式。单纯的农民起义把封建社会打碎一千次，也不过是王朝体系的循环，也打不出资本主义来。相反，农民起义愈多，愈使封建国家机器完善化。明代是农民起义立国，而明政权是中国历史上封建国家机器的最高峰。马克思有一个著名论点，谈资产阶级革命只是使资产阶级国家机器愈来愈完善；实际上封建社会的农民起义也相似，只能使封建国家机器愈来愈完善化。

又如：中国封建社会发展的长期性和停滞性的问题。解决这个问题，是研究中国历史的一把钥匙。这个问题解决的程度如何，可说是中国历史研究的深度的一个测量器。这当然不是找出某一个因素就可以解决问题的，而是一个"多元联立方程式"。这个方程式的关键，很可能是与中国自给自足的农业生产的特点和中国家族制度的特点密切联系在一起的。农业对世界历史的发展就是一个很重大的课题，中国没有人研究；外国是否有人研究，不甚了解。

（摘自1977年4月16日信）

谈北大无人管事和个人写作打算

（致罗荣泉）

春节后，北京对肉类从3月份起实行配给制，每人每月两斤，两毛以下的肉不限。这比过去虽然大为限制，比外地还是要好得多。一来是货源紧张，一来是外流太甚，所以采此措施。其余什物，也有变相涨价的，就不用说了。对机关集体购物，听说也开始严格限制。国民经济如再不搞上去，限制将会加强。今年时令不好，北京迄未有雨雪，人们对今年的农情，都颇为忧虑。

这学期以来，一切如常。开学后本来传达了市委新精神，说“辽（宁）海（上海）两校一线穿”，两校是四人帮严密控制单位；又传中央要派新人来领导，一时运动似又要掀高潮。不料一阵风过后，就无事了。广大师生都很失望；校内呈无人管事状态，大概可名之为“看守内阁”。估计泛传派人来的事，并非虚有。只是恐怕谁也不愿来接这个烂摊子。中央先要抓经济；辽、海是大问题，也要抓紧。两校的问题，估计提不上日程。而北京市委是除了洗刷自己同四人帮的关系之外，是任何事也不愿插手的。那就等着瞧吧！我的那个问题也就依然挂在那里，我也是依然照章上课，别的高高挂起！

课完之后，分配下学期为外语系西班牙语专业课讲拉丁美洲史。之间略有间隙，又叫继续修改去年同学写的《美国史话》。这是几个教员共同负责的，当时四人帮路线还存在，问题很多，现在想推我来总其成，我不愿意承担，想搞自己的东西，争取在今年业余的时间中，或是把《中国和拉丁美洲的历史联系》的旧稿扩充成一个专著，写成初稿，或是抽出这个问题的理论部分扩充成为讲殖民主义兴起和衰落的规律性的文章，为三个世界的理论提供一点历史根据。《中国和拉美的历史联系》本非当务之急，只是考虑到年龄日增，不应开许多个头，应做完一件事再做另一件，争取在今后10年中为人民做一点贡献。再以后，想做恐怕精力就不继了。

去年中联部拉美研究所曾与我联系，要我到他们那里去。当时我很想离开北大，基本同意，但当时他们还不敢去北大调人。四人帮垮台后，情况变化，我也就不想调了。倒不是对北大还有什么幻想，主要是考虑拉美所是搞现状、为现实服务的，不一定有什么专攻。到那里去，还要抓紧再学学西班牙文才行，有点另起炉灶之感。而我自己主要兴趣还是研究历史，不是搞现实政策性很强的东西。北大唯一的好处是自己能自由支配的时间较多，可以自由地进行一些研究。但是他们似还不愿放，还想找我谈，我还在考虑中，不知你以为如何？

（摘自1977年4月22日信）

中联部拉美所约谈调动事

（致罗荣泉）

两天前给你一信，想已收到。信中谈到拉美所想调我的事。最近又谈了一次，情况如下：中联部新近成立了拉丁美洲研究所，事实上是过去的恢复，主要是为中央提供拉美各国的基本情况，对现实政治、经济、外交进行综合式专题研究，并将成果写成汇报上报中央参考。现该所有60多位同志，真正能顶事的人很少，特别是缺乏比较高级的研究人员和编写人员。该所副所长沙汀（原人民大学教员），经朋友介绍认识，对我在拉美方面的研究也早知道。去年我就托人请求调拉美所，目的在于离开北大。四人帮倒台后，我考虑那里主要搞现状，政治性很强，还是不如我的老本行，就不打算去了。但最近他又托人来约面谈，主要是他现正在办一内部刊物，不定期，向中央汇报拉美基本情况的，手下缺少得力助手，意思是要借助我去给他当笔杆子，搞综合情况分析、写报告之类，工作当然是很重要而且也很有意思的。不过我考虑到近20年来，自己都是搞历史，已有兴趣，而且也有一些积累，准备今后在这方面为国家作一点学术性的贡献。北大各方面都无可留恋，只是可以不上班，教学以外的时间可以自由支配，而且今后对近代史熟练之后，可以自己支配的时间可能会更多一些，这样自己总可以干一点自己想干的事。因此，尚未答应他，表示考虑一下再作答复。此事关系到今后下半生的方向问题,我自己思想也很矛盾。从离开北大来说,这是一个好机会(据说两校已冻结人事,故只能采取借调形式,作为过渡)。那边又较重视,研究的条件无疑是很好的,搞三五年,肯定可以成为这方面的专家,是没有问题的,这是好的一面。缺点是:那边得力干部较少,去后可能成天忙于应付上面交来的各种任务。年已五十,在工作上又要做方面性的改变,这些年来对历史的研究,不能说是白费,至少很大一部分要丢下来,至少是在相当一段时间是如此;我所积累的上千册的图书也大都用不大上,也殊为可惜;再者现实政治性的东西,其学术性毕竟很小,所以又不大想去。如这一机会错过,又可能坐失良机。北大情况,教育革命的问题估计还会有长期反复,这里的人事关系也处得无可留恋,能完全摆脱教学做研究工作,也是多年所向往。总之,权衡得失,难于决断,特请你帮我参谋一下。此事不能拖得太久,请能尽早谈谈你的意见,集思广益。此事最后如我决定同意,再将简历写给他们,他们提到上面去进行讨论和政治审查,才决定是否调。

（摘自1977年4月26日信）

决定不去拉美所工作

（致罗荣泉）

信悉。你提的参考意见,思虑周到。鉴于你那次转换工作的历史教训,所以我这次一定要写信征求一下你的意见。不管你的意见如何，最后还是只能由我自己根据情况来决定；也不论这一决定的后果如何，都不能责怪提供参考的意见。因为这种事情别人难于决断，只能由自己负责，所以你完全不必为你提供的意见感到有所为难。

现在我经过反复考虑，最后决定不去了，已通知拉美所。在这次征求意见中，多数意见是赞成我去的，少数是赞成不去的。赞成去的理由是政治上有利，换换环境，可能对我好处更大。单从政治上考虑，我认为这个意见是正确的。拉美所属中联部领导，政治上业务上肯定远远超过北大。我不是党员，在党的机关中可能更能得到政策上的照顾。都说中联部是执行政策较好的。你估计这个单位是否可能长期稳定，未尝没有再调动之可能，但这种非常因素，不宜打在考虑之内。但从业务上考虑，那里主要是"服务性行业"，一切得遵命而行，不可能有学术上的百家争鸣，特别是不可能有很多的自由与时间，这是最主要的。因此，去的弊病是：一、业务上要另起炉灶，而且搞现状事实上极难出成果；二、原来积累的东西用处不大，大都要放弃；如果要坚持搞下去，只有利用业余时间，这是很不够用的，不能存很大的指望；三、每天上下班，跑通勤（在城内上班），来回至少两小时；这样全家三人都跑通勤，家务很紧张，晚上已没有多少精力和时间搞点东西了。留在北大，在政治上实无好处，但考虑像我们这样家庭出身的人，不论在哪里，这辈子也不要指望在政治上有什么发展，何况近几十年的长期政治动荡带有时代的特征。必然的认识就是自由，这也是我为什么不主要从政治上考虑去拉美所的原因。下半辈子唯一的指望，是求得一个相对稳定的环境，政治上与人无争，与世无争，只争十来年的宝贵时间。古往今来,真正的学问大都在逆境中做出来的,在顺境中很难做出学问来,这也是对必然的认识,有了这种认识,也就有了自己的主动权和自由。到拉美所去,从业务上说,可以接触到许多在北大不可能看到的资料,即使搞历史,也有极大的帮助。但是那里第一没有时间,第二没有自由,第三愈是接触的内部东西多,愈是难以使用。留在北大,接触的面小,对深入做学问当然也是大不利。但主要是搞历史而不是搞现状,这种不足也就小些。同时,在北大也可以有在拉美所未必能看到的东西(因为学校图书深度不足,但广度有余)。根据我自己的经验,只要在北大拥有60年代初的那种政治和业务条件,我就可以在学术上有所建树;而估计那种局面似乎并不是什么很高的奢望,至少在一段时间中是可以争取到的。至于十年八年的大变化,非我们所能逆睹,也就不能打在考虑的视野之内。再思可也;三思而行,有时就过多了。

上周动员全校搞清查,又要掀"高潮"。动员三天,一张大字报也没有。这就是今日之北大。这种骗人的东西已经不灵了!是真清还是假清,只要看看领导上是不是真正派来有力的领导,就明白了。脓包熟透了总是要破的。

(摘自1977年5月15日信)

北大校系两级清查工作开始

（致罗荣泉）

近日来我校运动又稍有起色。原来学校的头几把手和梁效的几个头子，都被宣布为敌我矛盾（当然不是定论，而是就性质而言。以后如何定案，还要看各个人的态度和表现），在组织上也作了某些调整。同时，校系两级的清查工作也已开始。由于迄今中央没有派第一把手来北大，工作由原校党委黄辛白主持。此人很软，求稳，不能当大局，所以群众发动得还是很差。估计北大这种"温吞水"的局势还要长期保持下去，只能搞一点点滴的改良。

近参观故宫慈禧展览，辑有慈禧篡权之史料，阅之发人深省。中国封建政治之劣端几乎有重演之危险，岂不令人毛发悚然！现将简介寄你一阅。

（摘自1977年6月3日信）

谈清查帮派体系等问题

（致罗荣泉）

我系清查帮派体系，有关1973年反右倾回潮是重点问题之一，民愤甚大，已上纲为有计划有组织的反革命事件。我们几个被整的重点对象认为，当时整我们是政治陷害性质，要求平反和销毁材料。当时领导人在形势所迫之下，也不能不承认搞错了，但散布是扩大化、混淆两类矛盾。我们考虑有必要彻底揭开真相。此事原拟尽可能少出面，但后来想，也不能示弱，必须趁此时机把问题全部搞清，澄清事实，把颠倒的历史颠倒过来；这样，以后他们才不敢于在新的运动中再揪出这些问题来，以绝后患。当然，必须考虑有绝对把握，真理完全在我们方面，才能这样办。近日正在对当时强加给我的罪名，逐一分析整理，准备批驳。当时在教育革命问题上，主要抓住我两点，一是说“综合训练中搞弄虚作假”，一是说“寄希望于中小学生”，是根本颠倒是非的；在批林批孔问题上，硬把我说的林彪没有完整的修正主义理论体系篡改为林彪不是修正主义路线；还有是我对有没有天才的问题表示过怀疑，这也是完全可以驳倒的。其余捕风捉影的东西更是不值一驳了。特别是他们抛档案一事，其中有不少假货，更要趁此提出清查，以绝后患（例如，其中一条是说父亲是戴笠手下的大特务）。

四人帮借“评法批儒”的幌子，古为帮用，把整个思想界和学术界都搞乱了，流毒全国，后果难以估计。就我所看到的文章中，以吴江之文最好，有史有论。今后随着批判的深入，当可大大推动历史科学研究的提高。过去受他们骗的人太多了，今天也只能说是初步拨正。真正要清算这种唯心主义和形而上学的东西，我看是很难的。因为这不只是一个学术问题，首先是一个政治问题。年来深深感觉，要真正学到一点马列主义，不但要下很大的功夫，而且要有很大的勇气，而后者尤为难能也。

高校招生之事，乃是传说。此事非由最高层作出决定不可，估计在教育部一级是不会贸然决定的。不过我看可能性很大。继抓农业、工业之后，华主席最近指示要大抓科技，决定筹备召开盛大的科技会议；要表扬先进，提出明确任务，引起巨大震动，使科技现代化走在四个现代化的前面。中央政治局委员全体都要出席，时间可能在今冬。如此看来，形势逼人，教育也非上不可。只是教育问题难办，刘西尧的魄力远不如周荣鑫，所以很可能是慢慢来。

（摘自 1977 年 6 月 19 日信）

“反右倾回潮”的清查工作

（致罗荣泉）

目前我系关于 1973 年反右倾回潮问题的清查工作已经开始，开过了几次教员会。第一次会上由总支几位主要负责人说明情况，交代问题。但他们刚一说完，群众立即发言，指出他们避重就轻，不涉及实质性问题，也未揭发出当时整人的内幕。特别是负责世界史教员工作，当时整我们三人的那位头头（吴××），发言时表面冠冕堂皇，说 1973 年根本不存在回潮问题，也不存在复辟势力的代表人物问题，但具体谈到历史系世界史专业的问题时，暗中仍然持过去的态度，虽然没有明说，但发言的含义中表露出这些人挨整也是因为他们本身有问题，只是这些问题不应上纲过高，不应划为敌我矛盾，云云。在第二次会上，我第一次作了发言，对吴某的论点进行了彻底批驳，指出他是抽象否定1973年"反回潮"而具体又肯定1973年"反回潮"，实质上仍然在为迟群、王连龙等人辩护，并针锋相对提出两个问题要他回答：一、当时整我们几人有何根据，到底是先定罪名再收集材料，还是先揭出材料之后再定的罪名；二、所谓揭发材料未核实，铸成大错，也是骗人之谈；到底是材料未核实，还是根本阻挠核实材料，企图弄假成真。在会上我只提问题，未进一步揭发，这叫做"引而不发"。这两个问题，他们根本无法回答，既不能拿出任何根据，那么事情的性质属于政治陷害就一目了然了。在发言中，我还明确要求他们把认为仍是问题的问题亮出来。我已掌握了他们当时在群众中散发的一个整理好的我的问题的黑材料，列有9大罪状，27条材料，全是捕风捉影，颠倒黑白，歪曲捏造。

整个说来，会开得不景气，发言的同志虽一致指出1973年反回潮是莫须有的罪名，应予平反，但多数人尚未发言，持观望态度，甚至一些知情人也尚未起来揭发问题；再有一些人或与此事无甚牵连，或因当时也积极整了人，因此避而不参加会议。领导上并无真正解决问题的诚意，估计他们的意图是开个会，让当时挨整的人出出气，即算完此一事，然后等学校统一规定，把当年整的黑材料一烧了事。据我和一些同志研究分析，倒不是某些人对1973年反右倾回潮问题还想搞什么阴谋，主要是目前整个学校运动处在不死不活状态，群众对领导丧失信心，又看到这些领导未必会倒台，因此多一事不如少一事，得过且过算了。我原来的打算是，在会上把当年整我的一些主要事实加以澄清，一方面为了把颠倒的历史颠倒过来，另方面是彻底揭露他们整人的卑鄙手法，使之以后很难再要类似的花招。但是当前,1973年的受害同志在如何对待这个问题上也意见分歧,一种意见认为,在会上主要是揭露领导并没有诚意解决问题,而不是忙于澄清事实,因此宁可把问题拖下来,等以后条件更成熟时再解决,主动权在我们之手,不能跟着领导的指挥棒转。现在会议时停时继,我的态度是,基本上与1973年受害同志的态度取得一致,但又不完全一致,还要保留自己在一些问题上的独立态度。在1973年事件中,我是全系重点,受害最深,因此我的态度至关重要,发言取慎重态度。不过,根据解放20多年来的经验,我认为过去的主要问题在于重大政治斗争中不仅书生气十足,而且往往过多地考虑息事宁人,表现得过于软弱(这和家庭历史等包袱是分不开的),结果是被别人随便抓住小辫子来整,也没有作应有的抵抗,结果是吃了很大的亏。吃亏在于遇事过于老实。1959年在教学中,一个党员故意找茬儿,说我教学中有修正主义观点,加以批评,其实是毫无根据的。当时本来应该反抗,结果是服服帖帖地挨了一次批判,最后只有对自己不利。1973年反右倾,在当时情况下,当然是很难对抗的,但就整个态度来说,还是比较强硬的,在强大的压力下没有随便供认,否则,今天自己就给自己带来很多麻烦。这次解决反回潮问题,真理完全在我们手中,因此此案必须彻底翻过来,不能让他们马马虎虎地完事。当然,斗争还是要尽量做到有理有利有节,不能只图一时痛快,忘乎所以。

一周前,市委重新派工作队进驻清华、北大两校。我校来了80多人,大多是本市各区县机关抽来的干部,以加强领导,为期1年。但是,我校第一把手仍然未派来,由原来的黄辛白任工作队队长,这本身就很说明问题。因此,人们对此并不存过奢之望。不过既然派来工作队,就说明两校的运动实在推不动,无法向中央交差,所以只得派工作队来收场。工作队一来,肯定要掀起一个批"四人帮"的新高潮。到底是否真的"高"得起来,只好拭目以待。

信写到这里,停了一些天。8月4日全校开了动员会,决定在放暑假中,教员拿出两周来搞运动,批王魏郭李和"梁效",然后放假一周,备课一周,开学。这完全是走过场。广大教师极为不满,以不参加会的方式进行消极抵制。前天新来的工作队、副书记张某来我系开会,当场被群批驳得哑口无言。斗争可能有新的发展,部分教工已决定贴大字报,揭穿当前运动的假象。昨天《人民日报》登了宇清的《彻底粉碎"四人帮"的帮派体系》的文章,看来是有所指而发的。

据确悉:邓小平已开始抓教育。7月31日与刘西尧谈话两小时,主要内容有:从明年起招生两条腿走路,一半直接从高中生招,一半从别的路子招;科研人材的培养也要靠多种形式;各地要办重点大中小学,大中小企业也可办大中小学;用一年时间先把教材搞出来,要吸收国外先进的东西,进口一批外国教材(理科),教材引进后,从最先进的部分讲起;增派留学生,请外国人来讲学;大学要办成科研机构;办好中小学教育,大学才有希望,从小学三年级起学外语;全面正确贯彻主席的教育思想,等等。

原定8月召开教育工作会议,因准备不充分,决定推迟召开。看来邓在这方面要认真抓一番,谢天谢地!

暑期放假一周,准备练习书法和画几张画,如此而已。

(摘自1977年8月7日信)

不可只讲辩证法不讲唯物主义

（致罗荣泉）

你对学术界的动态，似乎比我还注意。姚雪垠在《人民文学》上的文章，我未见过，因为不大上图书馆，经你介绍，当去找来看看。北京批梁效批不起来，问题在市委。3个月前《北京日报》布置我校写10篇评梁效的文章，分配到各系，大概只完成了两篇。我系的任务迄今未完成。我也是不胜荣幸，被拉进了“班子”。但大家一听说是为《北京日报》写稿，都不感兴趣。听说在党的十一大上，北京组讨论时，对市委工作提了许多尖锐的批评意见。现市委正在开会研究，所以学校仍处在半瘫痪状态。周培源地位日增，据说已向最高领导反映了北大的问题，中央正在考虑人选。

邓小平同志在8月初与方毅的谈话，估计你们也已听到了吧？要大抓中小学，原定的今年大学招生方案，刚开完会就被推翻，现在正在重新开会研究新方案。这表明邓的干劲和求实精神都很大。由于积重难返，整顿只能是逐步地来，不过看来是希望在前了吧！

有的单位已传达，18级以下干部长期未调工资者，今年准备调整40%，增加工资5—8元，主要看工作表现，不是按人头加工资。万事起头难，开了头总就好办了吧！

今年是我50岁生日，从个人的历史来看，50岁是一个重大的历史界碑,从此以后,就是年过半百之人了,记得鲁迅在自己 50 岁之时,曾感慨岁月蹉跎,贡献太少。对比之下,我就感到有点汗颜,无地自容。这前半生,一半是糊里糊涂过去了,另一半似乎有些明白,但仍然是虚度,特别是近十年精力旺盛之时机已经白白放过了。这笔账当然只能记到四人帮身上。今后如能假我一二十年,或许可以出一星半点成果。愿许得太多,都成了放空炮,就不多说了。

我早就想通知你:不要送礼来客套了。如果做一首诗,我很赞成,就这样吧,不一定非要花费钱才能表达心意,更不要寄钱来了。千万千万,就这样一言为定吧!

你运用辩证法解决教学问题,可谓是对症下药,想来当有许多精彩议论,如能打印出来,望寄一份来。至于运用辩证法研究历史,你过去来信论述一种倾向掩盖另一种倾向,就是一个很好的启发。这个问题是马克思主义方法论的精髓,我早就十分注意。我认为当前的问题不但是要恢复辩证法(v.s 形而上学),而首先是要恢复唯物主义(v.s 唯心主义)。如果只讲辩证法不讲唯物主义,很可能要变成实用主义或随机应变,或者是倒退到中国古代老庄的唯心辩证法。当前首要任务是恢复唯物主义,即实事求是,尊重客观世界,这是马克思主义者的起码出发点。由于四人帮的长期毒害,要恢复马克思主义的这个 ABC 知识,也要花极大力气。

应用辩证法于历史研究,在马恩的著作中到处都有光辉的典范。我认为,恩格斯晚年所写的《费尔巴哈与德国古典哲学的终结》的第 4 章,以及给施米特等人的信(见《选集》第四卷),是历史唯物主义理论的最高成就。后人不但没有什么新的发展,实际上很多都忘记了或背弃了这些指示。马恩对哲学有极高的修养,可惜除早期著作以外,后来在这方面没有时间写作。恩格斯的《终结》和《反杜林论》是为后人留下了唯一的晚期哲学概括的著作。列宁是在1905年革命失败以后为了同经验批判论者斗争,才开始认真研究哲学的。他的《唯物主义与经验批判主义》主要是解决唯物主义的问题。他在辩证法方面的著作,见于《哲学笔记》,这是马克思主义哲学辩证法的卓越的遗产。你要研究辩证法,可以找来读一读。至于说到把辩证法归纳为对立统一规律,虽然是简明扼要,但未必能概括宇宙事物的复杂性。我看还是列宁的概括全面得多。斯大林搞了一个"辩证唯物主义与历史唯物主义",就是想搞出几个条条来归纳,结果弄巧反拙。要把复杂的世界概括成一个简单的公式,古往今来就没有真正成功的。××××[原信如此,系书名]中有一些中国传统哲学辩证法的东西,有中国哲学的特色,至于说对于哲学和历史的真正研究,我认为是很难与马恩列相提并论的。在半殖民地中国革命搞了好几十年,革命经验极其丰富,但是理论的空气实在是非常薄弱,特别是在解放以后,基本上没有理论研究可言,而井底之蛙、夜郎自大的风气却很盛,动辄就说这是世界第一,等等,其实根本不知道世界是怎样一回事!

（摘自1977年9月2日信）

谈继承马克思主义历史唯物主义研究方法以及北大形势

（致罗荣泉）

我的生日是旧历八月初三日。我与鲁迅同日生，算是沾一点大人物的光吧！……

古来50岁确是人生中的大事。现代人来看，虽是一件很平常的事，但如你所说，毕竟是人生中的一个重要里程碑。近偶翻鲁迅著作，他在50岁致友人书中写道："前几天有几个朋友给我做了一回50岁的纪念，其实是活了50年，成绩毫无，我惟希望就是在文艺界，也有许多新的青年起来。"鲁迅感到自己"成绩毫无"，吾辈将是无地自容了。他在1934年5月致杨霁云书："自问数十年来，于自己保存之外，也时时想到中国，想到将来，愿为大家出一点微力，却可以自白的。"在这一点上，自己不惭，也有同感。只是年华虚度，只是想想而已，而已！特别是近10年来，本来正是年富力强之时，正好出一点成果的，却一事无成。但又一反省，似也不悔。因为这10年的暴风骤雨骇浪惊涛，不只是在思想上洗涤了自己，而且在世界观上有重新的认识，摆脱了流俗的名缰利锁，自认为已上升到一个新的高度。今后我所要从事的，不是一般的历史研究工作，即考证某些历史事件和历史过程的真伪，而是要通观世界历史的全局，继承马恩在历史唯物主义方面所开创的事业。这个工作，在马恩逝世以来，大概已经成了“绝学”，或者是接近于成为“绝学”。30年前，我们谈到过的“为往圣继绝学”，是继中国传统文化的绝学。今天我所说的绝学，是马克思主义之绝学。这个工作，不论从我自己的才学识三方面来看，都绝难胜任。但是，我既经看出来它已经成为或正在成为“绝学”，就要努力以赴，不计成败，不计得失，去为之开辟道路。我们未必真能为之开辟道路，但每一代人总要有人清醒地估计现实，而为之斗争。一个人的力量是渺小的，但斗争的人多了，失败的次数多了，在这些失败的积累中也就慢慢出现了道路。历史上任何新的学术开创都是极少数人见到的，都是当时绝大多数人所不能理解的，都是反潮流的，都必须有布鲁诺的精神。

马克思和恩格斯毕生为创立科学共产主义的世界观而斗争。他们初步创立了科学共产主义的思想体系，尽管他们都是人类历史上罕见的天才，但是新的科学共产主义的体系毕竟不是任何一两个天才所可能完成的，不过道路已经开辟，方向已经指明。就在马克思在世的时候，人们已经指出：“几十年来我们花费了许多劳动和精力才把空想社会主义，把对未来社会结构的一套幻想从德国工人的头脑中清除出去，并且使得他们在理论上（因而也在实践上）比法国人和英国人优越，但是，现在这些东西又流行起来，而且他们所具有的形式不仅比伟大的法国和英国的空想主义者所采取的，而且也比魏特林所采取的还要空虚得多。”（1877.10.19，马克思致左尔格，《选集》第4卷）世界上伟大的思想家的继承者几乎无例外地都赶不上他们的大师，而总是歪曲和断章取义，各取所需，马克思主义也不例外。列宁是马克思主义的伟大的继承者和发展者。但他一生主要从事革命活动,没有很多时间从事历史唯物主义的理论工作。在列宁以后,历史唯物主义的研究不过是变成了寻章摘句而已,进一步就开始了变质。如果说今天在我国自然科学的基本理论研究处于停滞状态,那么,今天在世界范围内,在所有无产阶级掌权的国家中,马克思主义这个最基本的革命理论的研究工作表面上虽然在进行,实际上却处在惊人的停滞之中。这是当前关系到世界革命全局的大问题。

近年来,我开始在历史研究中思考着一些新问题,其中一些问题我将在以后的信中告诉你。当然,这不是三言两语所能讲清楚的,所以很想有机会与你促膝谈心,畅叙所思,并望你在身体病好之后,能开动机器,在中国历史的研究方面做一些工作。这样我们可以配合起来,我主要搞世界史,你搞中国史,我出主意,你进行细密的论证。近年来我就有这个想法,因你身体不好,家务又忙,所以一直没有谈起。现在形势逼人,百废待兴。我虽有些雄心,但时间仍很不够用(其实比一般人都有更多的学习研究时间),最近又在开始学习日文和法文(都是听广播),相当地忙。我的一些想法今后到底可能完成几分;现在还很难估计。

北大情况仍是不死不活。有人贴大字报说党委已神经麻木、四肢瘫痪,是惟妙惟肖的写照。这种情况已通过一些渠道反映给中央,中央正在物色人选。像北大这样的庞然大物,就是中央派来得力之人,估计也不是短时间搞得好的。不过总的形势很好。最近邓小平同方毅、刘西尧谈话,对刘提出了尖锐批评,说他左顾右盼,甚至提到教育部不齐心、不愿干的可以调工作,军宣队、工宣队都要撤出学校,《纪要》是迟群一手炮制、姚文元修改、张春桥定稿的，要公开进行批判；对十七年教育战线的估计要翻过来，否则不能拨乱反正。看来邓和中央的决心都很大。科学院的职称已恢复，大学的职称（教授、讲师、助教）也要恢复，以明确岗位责任制。邓自告奋勇抓教育，敢于开顶风船，态度鲜明，抓方针大计不含糊，气魄很大，目光宏伟。几次讲话，给我的印象很深，确是一个难得的帅才。他提出的全面、准确理解毛泽东思想，就非常高明，华主席政治报告中已采用。而某些人提出什么两个"凡是"，相形见绌，不可同日而语。当然阻力必然不小，思想也很混乱（特别是在青年之中）。清华有一人贴大字报反对。邓说有人敢说话是好事，不要覆盖（事实上已盖了），也不要抓人。

形势发展很快，传说纷纭，最后当然还是以报纸和中央文件为准。

最近拉美研究所的领导亲自来我家找我，看样子他们是要力争我去。最后我提出如果能去研究历史，我才去。这一点他们也答应了，但不是绝对的，估计是争取我的一种手段。我又慎重考虑了这个问题，也征求了有些朋友的意见。有赞成去的（居多数），有反对去的（居少数）。反对者认为我这样大的年纪，已不是考虑政治出路一类问题之时，也不宜再改行，而是要争取时间出成果。就这一点来说，也许北大还是利多一些。到拉美所最大问题是搞现实问题，谈不上什么学术性，很可能是忙一些应急任务，同时在中央内部机关是很难自由写作和活动的，所以我现在还是决定不去的好。

（摘自 1977 年 10 月 1 日信）

谈纪念五旬寿辰的诗词及北大近况

（致罗荣泉）

贺诗和信都先后收到。《咏松》的一首，立意很好，但自己回顾前半生，觉得实在是愧不敢当，只能作为我们共同互勉的诗。另一首，似还可以接受，只觉得不大合乎律诗的平仄。我把它改了一下，基本意思没有动，主要是文字上的修饰。"雄篇"，不敢当，改为"长篇"；"长保健壮加餐饭"，词意素朴，但意境稍差，作了改动，如下：

五十欣逢大治年，千山北望祝华诞。
沧桑不改少年志，风雨难摧旧时颜。
半世寒窗勤百史，一支铁笔写长篇。
秋霜寥廓添新健，此后频期捷报传。

不知你以为然否？如果同意，请另纸书我以为纪念。不必写成扇面，因为扇子主要取其适用，于大庭广众之间，有自我吹嘘之嫌。

我自己也写了一首《沁园春》，既以自寿，也是对你来诗的答谢。现抄寄如下。[见下]

……最近，我这个家庭的杂事也很多。……搞点教学科研，都还要进行必要的斗争，才挤得出时间。加上听两种外语广播，就更忙了。我原来也准备只听一种（日语），后来法语开播，觉得机会难得，索性毕其功于一役，在今明两年内大致打一基础再说。因现在年龄关系，记忆力衰退，再拖到以后，一是不知什么时候才会重新开讲法语，二是愈晚学对自己的使用价值就愈低，所以现在是勉强维持着收听的水平，要求不高，争取一两年抱着字典可以看一点粗浅的文章，以备找关键材料时用一下，也就可以了。我在大学时学过两年日文，都因不用功，后来又丢了，等于从头学起。法语与西班牙语近似，学起来也有相得益彰之好处。这就是目前勉强维持之原因，估计明年不会有多少教学任务（因为没有招生）。

……中央已任命原南京大学第一把手周林同志任教育部副部长兼北大党委第一把手，高铁（原东北某工大党委书记）、韦明（宁夏党委宣传部长）为副书记，现已进校。原定昨天开盛大欢迎会，有方毅、倪志福、刘西尧出席，可能传达中央关于教育方面的新精神，因首长太忙，没有开成。估计近日内这个盛会一定要开，这应成为北大历史的一个新转折点，现全校师生正引领而望。中央已明确，北大、清华主要由中央来抓，由教育部直接领导，北京市委退居次要地位。现四人帮倒台后，市委派了大批工作组来，窃居要职，这些人如何处理，是一个问题：领导虽强，只有三个人，没有带来强大的班子，而原来的帮派体系基础深固，如何搬得动，也是一个问题（清华刘达进校三板斧，之后还是推不动，现又明确刘达任校长，另派去一名党委书记）。总之，已成“夹生饭”，困难重重，很不好搞。昨天，系内有人来通知我，要我参加校理论班子，写文章批梁效，下期在《红旗》发表，为北大恢复名誉，看来这是新官上任的三把火之一。我现在对这种文章不感兴趣，正在给西班牙语专业上课，但对中央新任领导，还是寄予希望，应大力支持才是。目前尚未定下来，如果去参加写文章，今后就得大忙起来，课是否能继续上，也都成问题。

最近在辽宁召开了一个史学座谈会，批判四人帮在史学研究方面造成的破坏。北大未派人参加，只听说开得很热烈，从分期问题、农民战争问题到让步政策问题等等，都提出来了。因为非官方组织（由辽宁大学出面），百家争鸣，很热闹，似乎又回到1956—1957年前后去了吧！上帝保佑！

（摘自1977年11月9日信）

五十抒怀

（沁园春　1977年秋）

逝水东流，别梦西回，春去匆匆。况山川岁月，翻天覆地；神州风雨，涤俊淘雄。慷慨当年，沉浮半世，万里长江逐浪踪。饮君酒，祝乌蒙晴日，塞北梅红。

生有涯，知无穷；流光迅，征程无尽终。观虫凋病树，风肥劲草，莲居秽淖，雪斗寒松。未遍青山，雄心难老，我欲乘风觅险峰。时方好，寻千流万壑，直索苍穹。

不再写配合运动的批判文章

（致罗荣泉）

近一个多月来，一直在参加写作组，写“评梁效”的文章，从总体上对梁效的罪行作一个初步的清算。由于班子匆匆凑成，很不理想，结果是重担子大都落在我一人身上。为了对新党委表示支持，自己也尽力而为，还到《红旗》杂志编辑部住了一个时期，天天开夜车。最初的稿子写得很粗糙，去年12月未能用上；原拟赶在今年1月号出版，但临时编辑部又突然决定不用，理由是说我们的稿子质量不好，“一般化”，但是具体的意见又提不出来，支支吾吾。此稿我们已报请党委在校内进行过讨论，基本通过。写作的路子与思想都基本上符合党委原定的要求。编辑部突然决定不用，我们估计其中必有文章，很可能是我们文章中对1976年批邓反右倾翻案风的问题做了明确的论述之故，但是他们始终没有明说出来，这只是我们的猜测。这次稿子未能用上，不仅对我们这些具体写作的同志在情绪上打击很大，对我校的运动也很不利。因为至今全国报刊上没有发过我们学校的文章。我们感到很气愤，已向党委作了汇报，并表示今后不论《红旗》是否还可用稿，我们决定拒绝再给《红旗》写稿了。

我为赶写这篇文章，最后累病倒了。感冒，主要是过于疲劳引起，现正在家休息，已快好了。本想为北大打翻身仗出一点力，不料出师不利,十分扫兴。今后这种文章决定不写了,还是回头搞自己的学术工作。

1973年反回潮事,已在系内正式宣布平反。系总支几个头头已作过两次检查(交代),都未被通过。不过此事看来也就如此了,我也不想过于纠缠。别的同志还可能想借此改组总支,但这个问题牵涉的问题较多,我不想过问,让党内自己去斗争吧。全校各系的领导班子都要在最近一个时期加以调整,这个问题很复杂,是否搞得好,是今后工作的一个关键。

(摘自1978年1月8日信)

谈评"梁效"文章的发表及科研工作打算

(致罗荣泉)

原来准备不再写的评梁效那篇文章,后来为形势所迫,又继续搞了半个多月,在2月份《红旗》上总算刊出来了。这次发表的稿子是在原来基础上修修补补而成,字数压缩到1万字左右。左改右改,把内容和锋芒都削减了不少,读起来已颇感乏味。我曾想作较大的修改,加强评论分析。无奈我们小组的头头怕费事、返工,因此力求不大动原稿,凑合了事。我也无法。花了两个半月时间,搞出这么一篇东西,自己觉得有些不值得。好在总算发表了,可以交差了。领导的意思还要继续写下去。我在这篇完了之后就避而不出了,一直也未来找我,估计就此结束了。

春节后,准备坐下来赶快抓紧科研工作。因为同时听日语、法语广播讲座,目前已处于被动和困难境地。特别是日语,因进入中级班后生字很多,如不用较多时间自习,就有跟不上的危险。曾一度想放弃了专攻法语,又感到可惜。犹豫有日。读到徐迟的《哥特巴赫猜想》一文,给了自己一些勇气,决定还是要硬着头皮坚持下去。再有半年时间,估计日语可以初步解决翻字典读书的问题。这样,每天准备用半天时间来搞外语学习,只剩下午、晚上搞业务,有时还有会议杂务,因而时间就搞得很紧张了。做学问,总不能处处想得很顺利。比较来说,条件已经是很不错了。现在我正在做的是修改《第二次世界大战》一稿。原有5万字的通俗小册子,商务压着一直未出,因雅尔塔会议评价无把握,现在我决定从新改写,扩充到10万字左右,这样,可以把问题说得稍明白一些,加强一些分析。现在科学院世界史所、辽宁大学等处都在写这个题目,须有战备教育意义,又有一个相互竞赛的问题,不能写得太差。明年是第二次世界大战爆发40周年,我再出一个副产品——一篇专题论文。改写稿准备在3月份完成,之后,要帮助外交部写一个中国和西班牙的历史关系的资料,供今年夏天西班牙国王访华参考;接着,还准备把《中国和拉丁美洲的历史联系》,从论文发展成为专题研究著作,估计要写10多万字。这就是我今年的计划。我想,今后不能走过去教授、院士们走的钻牛角尖的道路,要研究新问题,思考新问题,走前人没有走过,或没有走完的道路,而不能在别人走过的地方爬行。时间已经浪费了很多,来日无多,要抢时间、争朝夕。

(摘自1978年2月25日信)

参加欢迎西班牙国王访华的国宴和北大落实政策情况

（致罗荣泉）

6月中，西班牙国王访华，这是“文革”后欧洲第二个国家元首访华，接待规格较高。事前外交部曾找我给他们准备了一个中国同西班牙历史关系的资料（这方面的资料极少），后来又请我到外交部去讲了一次西班牙的历史文化情况，有章文晋副部长、齐宗华副司长、马牧鸣大使等人参加听讲，效果也较好。以此，国王来时，外交部发来请帖，请我去出席国宴，也算是去见了一次大世面。宴会上把我排在第八桌，就在第二排，靠近正中主宾席，可说是很重要的席次。好在一桌都是中国来宾，有赵丹、冯牧、张光年、徐迟（《哥德巴赫猜想》作者）、白淑湘（巴蕾舞演员）、杨绛（《堂吉诃德》译者）等等10人，都是文化界知名人士，倒也不觉拘束。桌上菜不少，但味道并不佳，还不如找个中国饭馆叫一桌中国酒席的好。虽然也是中餐，似为大锅烹出，不见精彩。这次宴会由小平同志主持，我距他较近，看得清楚。虽然脸上有些老年人的痕迹，但头发白得不多，大部分是黑发，步履矫健。这是这次参加宴会的最大收获。今日邓公之健康为全国人心所关注，天下安危系于一身，私心不能不频频为其健康祝福。

6月中，在天津召开了中国史和世界史的规划会的预备会，由社会科学院主持。我系去了两名代表,据回来谈,于光远在会上讲话,说当前有两种人:一种人心有余悸,一种人心有余毒。后者有时还舞动棍子,前者不时还感到害怕;其实后者不过是吓唬人,没有东西,你不怕他,他也就无所施其计了。《人民日报》汪子嵩在会上讲了思想理论战线上的斗争。近来《人民日报》发表的《实践是检验真理的唯一标准》等文章,遭到"理论权威"们的反对。吴冷西打电话去指责,说这在理论上是错误的,在政治上是有害的。一句顶一万句不对了,难道一句连一句也不顶了吗?看来斗争是尖锐的。联系到招生会议上和教育工作会议上有人反对招生制度,军队政治工作会议上也有人反对,山西批判安徽提出的农业十六条,等等,无风不起浪,说明拨乱反正并非轻而易举。邓小平同志在军队政治工作会议上的发言是有所指而发的;最近《解放军报》又发了特约评论员的文章,是决心斗下去了。有人向小平同志汇报这篇文章,小平同志说:实践是检验真理的标准是马克思主义的常识;汇报者说:现在就是要保卫这个常识。这场斗争如何发展,尚需拭目以待。天津市委最近改组,解学恭已撤换。北京市委也正在"整风",不过似乎不大可能动大手术。

我校我系起色仍然不大,新领导作风不改,根本难得与广大群众见面。我系领导班子更成问题,原来的威信丧失,新推选又找不到合适者。最近在抓落实政策,我在文化大革命中被对方组织抓去劳改八九个月,放出来时又胡乱写了一个文字"审查结论"(据说不算数,我本人也从未签过字),现在重新写过,推倒一切诬陷不实之词,因未发现新问题,维持1955年审查时所作的属一般政治历史问题的结论;文化大革命中批判聂元梓是正确的。可能日内就要宣布。这个历史包袱总算可以减轻一些了吧！系内主要问题是落实文化大革命中自杀的翦伯赞等人的问题和查清一位可能是被拷打致死的教员的问题。

胡耀邦有报告，对过去的一切错案都要坚决落实政策（未传达到群众）。1957年右派摘帽并无一风吹的说法。

这段时间我主要是忙于教学。今年我教近代史前期，是新课，至少其中多数题目是新课，不能不在备课上花大力气。此课是世界史教员的基本功，下点功夫还是很必要的。“五四”又有科学讨论会，世界史主要讨论拿破仑的评价问题。4人发言，2人基本否定拿破仑，一人基本肯定。我最后发言，题目是《如何完整地准确地理解马克思主义经典作家对拿破仑的论述》，对那种滥用语录、为我所用、片言立论的学风，有所批驳，指出像拿破仑这样的大人物的评价必须慎重，掌握辩证法，一分为二，不能一棍子打死，也不能捧到天上，我的立论还是比较谨严的，讲后很得好评，获得大多数同志的拥护。这个问题暂时到此为止，看看社会上有什么动向，必要时再写成文章发表。

（摘自1978年6月30日信）

科研搞英语语法不是方向

（致罗荣泉）

现在年龄不等人。要注意专一，不要太分散精力，分散许多方面。搞英语语法,我认为意义不大,不是方向。当前英语教学质量不高,关键在于整个程度低,而学习的重点一般在抓说、听、写。语法对撰写文章当然很重要,但毕竟是死东西,也不是学好英语的根本方向,把力量放在这上面我认为不值得。因为语法毕竟是语言的提炼,不一定有很多大道理,讲得太多太细,喧宾夺主。我自来对吕叔湘的汉语语法毫无兴趣,几乎都搞得人们不能写文章了。从来没有一个写好文章的人读过什么语法书。搞外国语法,困难更多。来信提出英语名词单复数问题,分析细致,言之成理,但是否真正站得住脚,就是另一个问题。Mathematics 一词,我翻查字典,来自拉丁文,词尾是-cus,并非来自法语,这是随便一本普通外语词典都可查到的,不知你说来自法语有何根据。关于英语一般现在时第三人称单数谓语动词词尾加-s 的问题,我不知是何缘故,只记得我过去学德文时,德文变格中,第三人称单数动词词尾有"s",我一直主观认为这可能是英语此词变化之所本,因为英语也属于条顿语系(?)(这是我主观猜测,没有念过任何文法书或语言学史),而拉丁语系的第三人称单数却没有加-s 的(以法语和西班牙语为例)。你说所有拉丁语系的语言除法语外,mathematics 等词都是单数名词,也不知有何根据?因我查了一下西班牙文字典,mathematicas 也是复数。我这些看法可能对你目前研究文法热泼了一点冷水,实在抱歉。如果你的确正在势头上,工作又很需要,就不要理睬我的这些意见,按你自己的想法搞下去吧。随信给你寄去今年留学生出国考试的英文笔试试题一份(理科试题)。如果从应付这个考试来说,当然学好文法又是很有用的了。

最后说一点近况:《中国青年》月初复刊,出师不利,刚发出四万份,就被勒令停发,罪名有四:一、无华主席题词,只有叶帅题词;二、无纪念毛主席文章;三、报道天安门事件中一青年事迹,不典型;四、不应登《诗抄》上的诗,云云。该刊联名上书中央申诉,听说华主席很快就寄来题词,增补了毛主席照片,刊物照发不误。此事在街头已出现大字报:"救救《中国青年》"已被覆盖。你如有空,不妨借一本来看看。

最近我系调整各级领导班子,我被提名为亚非拉史教研室副主任,现正呈请校党委批准中。此事我毫无思想准备,也非所愿,几次谦辞;但这是群众推举,盛情难却,又不便坚决不干。本来这次重新分教研室,把拉丁美洲划入亚非史一边,就是从现实出发而不是从历史的科学体系出发,但时潮如此,只得勉强到亚非拉史教研室去。原想脱离欧美史的教研室,可以少搞一些基础课,今后专门研究的时间可以多一些,不料有此一招,又不好再返回欧美史教研室。我系第一把手已改换新人,过去和我关系一直特好,系里的空气有所改变,只好补台,不好拆台。但从全校来看,工作迄无起色,群众背后对周林的议论甚多,我看这个矛盾早晚会爆发出来的。我到亚非拉史教研室后,讲明不必上基础课,只讲专门化课,也可准备带研究生,但今后总有一些行政工作和人事工作,要费些时间,甚至分一些脑筋。正主任是一位党员同志,我居于辅助地位,也许不必负太多的责任。不知你以为如何?

（摘自 1978 年 9 月 22 日信）

谈夜郎历史地理问题的研究

（致罗荣泉）

信悉。你提供的（有关夜郎历史地理问题的资料）线索很重要。我查了一下，尤中的两篇文章均找到。其中一篇关系不大，我只写了一个简单摘要，把结论部分抄给你；另一篇载《历史研究》，比较重要，最好你能读全稿，我想找一本单行本寄给你，尚未找到，否则只好借一本合订本了。

朱杰勤在《东方杂志》上的《秦汉时代夜郎国考》写得很好，我看是目前关于这个问题的最高研究水平。作者列举了六种说法，一一加以论列，最后肯定了夜郎国中心所在地应在今云南沾益、曲靖一带；论证的方法主要是根据《水经注》，从河道系统入手。我粗粗读了一下，认为考证是科学的、有说服力的。因此文较长，我准备通过图书馆与你复制一个完整的复印件寄去。（原杂志是抗日战争后期出版物，是土纸本，是否能复制清楚，尚不敢确定，日内即去联系。）

从朱杰勤的文章又查到解放前罗香林对这个问题作过研究，朱杰勤的研究成果实际上是罗的研究的发展。我找到1955年台湾出版的罗著《百越源流与文化》一书，把有关部分抄了下来。此书全书都值得一读，是一本比较严谨的科学著作，只是分量较大，不好复制；而且连书也只能在图书馆内看，不能借出来。如果你有机会来京,再设法借给你看。

另外,又在《黔书》上找到一点材料,未必有什么用处,一并附信寄去。《华阳国志》我校无排印本,只有线装本,如找不到排印本,准备借线装本与你寄去。

通过这次查材料,我体会到掌握关键材料很重要。解放后有关夜郎的文章,似乎远未达到解放前罗香林、朱杰勤的水平。罗、朱的文章是否尤中见过,因为我未细读尤文,不敢肯定。按理说,朱、罗之文在解放前均发表过,见到的可能性是很大的;但也可能因资料工作的缺陷,未见过也是可能的。解放前期刊上尚有什么线索,你可来信告知。我校图书馆查阅较方便,可能在全国收藏的旧期刊中比起来也是较全的,应充分利用。

夜郎问题,我只能匆匆抄材料,供你思考。我自己没有花脑筋去想这个问题,因为必须仔细研究分析材料才能得出较明确的判断。我的初步印象是:除非古史中发现重大材料,夜郎的确切位置可能是无法确定的,只能根据不充分的材料划出一个大致的地理界限。正面攻不上去,只能侧面迂回包抄。朱杰勤从《水经注》入手,与你的方法相同,只是他对其他方面还综合得不够。如果你根据他的成果,再加以提高,完全可能写出一篇更全面和更高的论文来的。罗香林提到考古材料问题主要是铜鼓问题,但他说在汉以前,夜郎尚无铜鼓。铜鼓在贵州分布较广,这是南越文化的一个重要特征,近来越南人研究很起劲。我们教研室一位研究越南史的同志最近整理了一个材料,印好后我即给你寄去。这对夜郎问题未必有什么直接关系,但对研究贵州古代民族文化还是可借鉴的。

三中全会结束,尚未正式传达,但风闻会议开得很好,真正做到畅所欲言,西单民主墙上的大字报全都印发给代表们。人事虽未大变动,但(华国锋)实权已经解除;中央警卫工作、中宣部、毛选编委会、《红旗》杂志社等都重新换了领导;胡耀邦任中央秘书长、胡乔木副之;社会科学院今后主要由周扬负责。总之,中央的隐患似已消除,这是一大喜讯。

(摘自1979年1月1日信)

拨乱反正后自己处境的根本扭转

(致易尚志、罗香谷)

尚志、谷妹:

来信收到。先拜一个年!虽然今天已经是上元佳节了,年已经过完了。但今年毕竟是值得庆贺的一年,喜讯从各处雪片飞来。各方面的政策正在逐步落实。尚志复职复级,汉弟改正错划,妈妈摘帽,看来都不成问题。妈妈的成分订为地主,我近来也想过,看来是宁左勿右的产物。我们家上一辈长期都不靠地租收入生活,似乎也没有经营多少土地,如何划为地主?不过这种问题似不止她一人,相同情况尚多,如何解决,不知政策上有何规定。你们在基层工作,情况比较熟悉,应帮她了解一下。如果不能改正,把帽子摘了也是一大好事。这顶帽子三十年来已不只是压在她一个人头上,而是压在我们子子孙孙的头上啊!

国璋、海燕的工作已解决也是一大事,现在只剩下罗曙的问题。国英也不想当工人,想调转,估计总可以慢慢解决。

我现在的情况也已根本扭转。系行政领导调整以后,我从欧美史教研室调到亚非拉史教研室,任教研室副主任。我本来坚辞不干,但这次任职基本上是群众推举,难以推脱,只好勉强为之。年终评奖,又评了一个一等奖,虽然只有 15 元钱,但说明了形势发生了很大转化。最近提职,又被提名为副教授,在系内一致通过,现在需等上级批准。20 多年来,形势转化如此之大,是难以预料的。当然,目前是拨乱反正,百废俱兴,问题仍然很多,局势也不那么稳定,不能盲目乐观,还要有各种思想准备。但从人心、党心、党员之心来看,要想发生像过去这样的大反复,已是非常困难了。

我现在较忙,今年没有课,准备招收拉丁美洲史研究生二三名,暑期后入学。研究生一来,就非常之忙了,现在正为此作准备,同时自己搞一点研究工作,现在是在研究拿破仑,准备写一组文章。荣泉在研究“夜郎”,有时还要为他找一点材料。此外,还有一些行政杂务,还要学习外语(听广播法语,自修西班牙语)。要争取在今后 10 年内多写一些东西,60 以后就精力不继了。……匆此即问

合家安好!

渠

1979 年 2 月 10 日

“四人帮”在历史科学方面搞乱的两个主要问题

（致罗荣泉）

目前我主要忙于为今年“五四”科学讨论会准备文章。近半年来，我对这些年来世界近代史教学、科研中存在的一些问题做了一些思考，在教研室会上和同学的班上都各讲过一次，反映较好，因此准备提到“五四”讨论会上去扩大讨论。但是当我把问题进一步深入思考时，发现根本问题必须从理论上解决。从理论上来说，根本问题是对历史唯物主义特别是马克思主义阶级斗争的学说如何正确理解的问题。这些年来，“四人帮”以抓阶级斗争为名，事实上是以极左的面貌出现，把阶级斗争夸大到了极度，结果是真理变成了荒谬。从历史科学方面来看，主要是搞乱了两个问题：一个是暴力在历史上的作用，“四人帮”夸大成为暴力万能论；另一个是被压迫阶级在历史上的作用，“四人帮”夸大为“奴隶们创造历史”。这两个问题是由“四个帮”发展到极端的。第一个问题比较好破，因为恩格斯在《反杜林论》中有关暴力论的章节已经批判了这个问题；第二个问题比较尖端，很迷惑人。所谓农民战争推动历史前进论，就是这种理论的运用了。破这个问题要花很大力气，但这个禁区必须打开，否则将禁锢历史科学沿正常轨道前进。现在我决心闯一闯这个禁区。深入加以思考，就发现问题很复杂，就发现对马克思主义的曲解可以说比比皆是。要打破这个禁区,光是引证语录是没有说服力的,必须理论与历史统一,中国史和世界史统一,全面地考察问题,这样才能视界开阔,高屋建瓴。当然,要破禁区就要冒风险。科学上是没有平坦的道路可走的。没有所向披靡、一往无前的精神是不行的。这个问题不是一两个人能解决的,我只是提出问题,提出"四人帮"从左边来修正马克思主义的问题,开辟一条新的战线。这次中宣部务虚会已经解放思想,提出了许多过去不敢碰的问题。思想解放不是乱说一气,是使之回到科学的轨道上来,否则只能说是自由思想泛滥,不是思想解放。

我这只是抽象地提出问题,以后准备先找人座谈座谈,然后再写成文章。成文之后,再寄你仔细推敲,特别是请你在中国史方面为我多考虑一下,诸如让步政策之类;其实让步政策论者和反对者不过是五十步笑百步的差别,一个说农民拐弯抹角、间接推动历史前进,一个说农民直接推动历史前进,都是形而上学的阶级斗争观。

(摘自 1979 年 2 月 25 日信)

研究历史动力问题的初步设想

(致罗荣泉)

最近我所研究的理论问题,已大体成形。题目暂定为:《历史唯物主义的一个根本问题——论"奴隶创造论"对马克思主义关于历史动力学说的歪曲》，中心内容是批判“英雄创造历史，还是奴隶创造历史”作为两种对立的历史观，不是马克思主义的提法。这个提法原意就不科学，主要是批判英雄史观，强调人民群众是真正的英雄，但后来对这个问题的解释已远远超出这个范围，变成奴隶即被压迫阶级是历史发展的唯一动力，定为历史唯物主义的基本原理。这是错误的，是反对右的错误理论而走向“左”的错误理论的一种典型表现，对历史科学研究和现实政治生活都带来极大危害。戚本禹等人用这根棍子打翦伯赞等人。谁要是提出英雄和帝王将相的历史作用，就被扣上“共同创造论”的大帽子，而“共同创造论”的说法是毫无马克思主义根据的。

对这个问题的论证主要分为以下几个部分：一、马克思主义阶级斗争历史观的基本特征；二、不能用“奴隶斗争”的概念偷换“阶级斗争”的科学概念；三、在以往的历史时代，历史的进步主要是特权阶级少数人的事；四、在历史上没有奴隶自己解放自己的先例；五、农民战争是推动封建社会发展的决定性力量吗？六、“史学革命”与科学。

在这六部分中，估计可能引起最大争论的是关于中国农民战争的历史作用的问题。因为这个问题很复杂，史学界意见又很分歧，研究也很不够，所以比较不好写。我现在对这一部分的基本论点如下：

1. 把农民战争同社会生产力的发展直接联系在一起，得出阶级斗争直接推动生产关系的一般规律，从原则上说不是马克思主义的提法（否定经济的客观规律）。

2. 只有农民战争，如无经济本身的内在要求，不可能巩固农民战争取得的经济成果。

3. 农民战争大多与外族入侵交织在一起,而在研究其经济后果时,却完全排除了外族入侵战争的作用和影响,是简单化的做法。

4. 农民战争固然打击封建政权,但对封建国家也有反作用,强化国家机器,使之日臻完备,结果是中国农民战争规模虽然愈来愈大,而历史发展依然特别缓慢。

这些思想,准备找一些同志座谈之后,再正式写成文章,只是先把一个初步设想告诉你。

(摘自 1979 年 3 月 11 日信)

解放前旧期刊有关夜郎的资料

(致罗荣泉)

根据你这次来信寄来有关夜郎问题的文献篇名,今天我到图书馆查了一下。这次所列解放前旧期刊有刊名全称、出版单位,去就查到了。初步翻阅一下,情况如下:

《中山大学历语所周刊》上的几篇文章,与夜郎问题都不沾边;《西南民族神话——槃瓠》一篇内容也不甚充实;《文史学研究所月刊》中,罗香林的《古代越族考上篇》是一篇重要文章,作者自称有上、中、下三篇,不知中、下篇发表在何处?从《上篇》来看,主要是说古代越族不是华夏族,越族是从中国江南向南和西南迁移一直到越南的,其中有关于铜鼓问题的详细考证。文章较长,看不出与夜郎问题有多大关系。考虑到他的重要成果在后来的《百越源流考》一书中一定包括进去，如果复制，就不如复制单行本上的材料。因此，重新借出此书，查到其中《僰族种属考》，论证僰人即濮人之后裔，与你的观点一致，现已交复制，估计3日内能寄出，请注意。朱士嘉《华阳国志版本考略》主要是谈版本，对该书本身评价不多，只谈《华阳国志》是伪史，但历代都很重视，版本也很多。这些古版本估计告诉你也无法查找到。可以注意的是民国十三年《四部备要》影印本，是根据清人顾广圻、廖寅题襟馆本影印，估计是较好的版本、现在也比较好找的版本吧。《东方杂志》三十卷上郎擎霄的《中国南方民族源流考》一文，也较泛泛。目前查到者就是这些，其余待查。

关于中国农民战争问题，非常复杂，不是短时期啃得下来的，也不是我要干的事。我的文章主要证明农民战争不是唯一动力，就行了，这是不太困难的。因为要证明农民战争是唯一动力，实际上是无法证明的、不可能的。既没有人能证明它是唯一动力，这个立论就不驳自倒了。当然，也不是说可以不费力气，随便乱说一通。

（摘自1979年3月13日信）

谈各种学会热和国民经济调整问题

（致罗荣泉）

从上月17日到24日，我在京参加世界史规划工作会议。这次会议是由社会科学院委托世界史研究所主持的，有30多个高等院校和研究机构的代表60多人参加，多数是世界史学界的一些知名人士、老先生和科研单位负责人。会议主要是落实八年规划中的具体项目，同时筹备各专门学会，最后筹备成立世界史总的学会。现在是各种学会热。我就有拉丁美洲史学会、美国史学会、第二次世界大战史学会等几个学会的筹备活动。这些组织都是“民间团体”，没有什么权威性，今后除搞些学术活动外，可能对外联系出面较为方便。只是目前世界史的队伍非常有限，力量很单薄，学术水平也很低，成立学会并不能解决什么大问题，但总可以活跃一下学术空气吧！

在会上听到胡耀邦在理论务虚会上的总结发言的传达，邓力群又到会讲话。今天是五四青年节、北大校庆，召开了隆重纪念会，蒋南翔讲了话。总起来看，目前中央提出三年调整的方案，改变国民经济中的比例严重失调现象。因为经济上不去，上层建筑自然也只得靠后，意识形态方面的问题也就更加难办，它总得为基础服务，为经济基础服务。弯子不能一下子转得太急，急了就要翻车。搞四化必须从中国国情出发，这个国情中的最重要之点就是中国有8亿农民。根据这一情况，今后先进工业技术会长期与落后的工业技术并存。邓小平讲话以后，在知识分子中出现了泄气的情绪，反映不甚好，有人怀疑要“收”。不过我听今天蒋南翔讲话，仍然强调思想解放问题、民主问题，似乎基本精神并未改变。当然，目前人们思想很“过敏”、“凡是派”也必然要伺机跳出来反扑，这是阶级斗争的客观规律，只是希望不要发生大的反复，阿弥陀佛！

（摘自1979年5月4日信）

第二次世界大战史讨论会

（致罗荣泉）

7月下旬，我去哈尔滨出席第二次世界大战史讨论会。会期10天，开得较好，争论很激烈。外地除上海外，携来的论文质量均不高，大多是受过去苏联观点的框框所限制，思路闭塞，保守势力相当大，对苏联在二次大战中的政策和斯大林一概全盘肯定，等等，反映了目前我国世界史研究的一斑。

8月初，我校工会组织黄山旅游团，我也报名参加。正式成员大多是老头子，平均年龄65岁，我是其中最年轻之一。因为这次旅游是自费，一般人都无力负担。我原来也不想去，后经友人怂恿，加之年龄老大，再不出游，恐怕将来心有余而力不足了。最后下决心还是去，一生也就此一次。由于有工会组织，一路上都安排较好，自己不必费事。我们按仅次于港澳的游客接待，只是目前旅游事业严重落后需要，加之暑假游人特多，黄山应接不暇，吃、住、喝都成问题。我们上山后数日，山里即限制游人前来。山上缺水，住也大成问题。一般游客非有很健壮的身体，均难以应付此行。

我们在黄山共住了九天(包括在山脚下宾馆休息)，作为观赏风景来说，还是太匆忙了，因体力不济，一些最高处还未能上去。我在山上即景画了一些山水写生，这是平生第一次，也是三十多年来第一次重新画山水。因在山上的时间实际只有十天，又要忙于游逛，画画的工具也不强，只能说是一个尝试。全国各地画家来此写生者不少。我也拍了一点照片，佳作较少，因缺乏拍风景照的经验。原来准备在回京路过泰安时，上泰山一游，因在山上最后病了，搞得精疲力竭，最后只好作罢。

归来写黄山记游诗一首，抄赠如下[见下文]。

(摘自 1979 年 9 月 4 日信)

黄山记游

(七律　1979 年)

薰风铺路过江南，胜地登临半月还。
面对群峰舒广啸，杖随诸老奋长攀。
劲松破石磐龙出，奇壑摩天鬼壁前。
欲下幽林探画境，诗意激扬百丈泉。

武汉世界史学术讨论会

（致罗荣泉）

本月初我去武汉出席世界史学术讨论会，颖如作为商务的代表也一同去参加。这次会议是由世界史所、湖北省史学会、武汉大学历史系三个单位出面组织，实际上是靠吴于廑出面邀请人。到会代表共达150多人，可说是解放后世界史学界少有的一次盛会。会议分四部分：一、讨论武大历史系同志编写的《世界史纲》，号称是要打破旧框框，有所创新之作；二、讨论武大等校合搞的苏联现代史提纲；三、美国史研究会成立；四、拉丁美洲史研究会成立。以上四项中，第一、三、四项都与我有关，但主要是去参加拉美史研究会的成立会。事前吴于廑几次邀我到会上去作报告，盛情难却。我在会上作了《关于世界史研究中的两个理论问题》的报告，谈了两个问题：一个是如何正确理解马克思主义的历史规律性的问题；一个是如何正确估计近代资本主义的世界历史地位的问题，在会上引起了很大的反响。讲完之后，《武大学报》立即来约稿，并要在明年1月份刊出。为此，会完之后，我又在武大住了3天，赶写出报告中的一个问题的一个部分，敷陈成文。［即《浅谈政治权力、经济权力在世界历史进程中的作用——关于世界通史教材体系的一个问题》（《武汉大学学报》1980年第1期）］在会议期间和会后，武大、华中师院、武汉师院三个学校都邀请去他们的学校做了这个报告。听报告的同学们兴趣也很大。目前世界史学术界在理论方面还比较沉闷,不活跃,外地尤甚。这个报告引起了思想活跃,得到大多数同志的赞同。尚未成文的部分,也考虑在明年内慢慢写出。抓了理论问题,拉美史的具体问题就要受到影响。时间有限,本应收缩研究范围,集中精力,但常常又被广泛的兴趣所打断。这个矛盾目前迄未很好解决。单纯从出成果着眼,研究范围以愈有限愈固定为好。但是,目前全局性的问题大家都不研究,都是各抱一摊,似乎也不利于中国和世界史研究的发展。总要有些人从宏观范围来观察一下世界全局,研究一下理论,整个历史科学才能较快提高,否则只能是解决一些史料问题和具体问题。这个问题在中国史研究方面同样存在,不过中国史的理论人才要多一些。

这次会议开了八天半,由于中间休息、参观(武汉〇七工程——钢铁公司),实际会期不长,很紧张。最后两个研究会都告成立,我当选为拉丁美洲史研究会的副理事长。架子虽然搭起,实际人马不多,绝大多数都是兼搞拉美史,专搞的人很少。这种状况估计在短时间内难以变化。研究会是群众组织,主要起联络、交流学术成果的作用,没有经常活动。有的研究会一年开一次年会,有的隔年一次。由于经费成问题,这种会也不可能多开。

明年拉美史方面的一项主要工作是参加中国大百科全书的编写工作。大百科全书决定分类分卷出版,任务庞大。外国史将成立一个分编委会,负责外国史有关条目的编写工作,目前已确定全国分编委计十五六人,我是其中之一,主要负责拉丁美洲史方面的工作。

(摘自1979年12月18日信)

谈有去美国进修的可能

（致罗荣泉）

告诉你一个消息。去冬美国密歇根大学历史系主动与我系联系，要求我系派一名 young scholar 到他们学校学习美国史，将来他们派一人来我校学习中国史。赴美时间 1 年，费用完全由他们负担。现我系已向学校推荐我去美国，同时向美方询问是否可把年龄放宽。目前此事尚在酝酿之中，一是要美方同意接受，二是要学校（还要报教育部批准）同意。此事看来有六成希望。如果能去，大概今年 9 月左右即要起程，因此时间非常紧迫。此事亦打乱了我的全部学习和工作计划，但考虑到机会难得，作为一个世界史工作者，如有此机会，当然要尽量争取。不过年龄较大，远游异国学习也是一件苦差事。目前我手头有一些杂事，搞完之后，就准备全力突击学习英语口语，训练听说。本要我下学期上课，现已尽量设法推掉，因不集中精力，不好办。此事不能等待上面批准下来之后再去准备，中国办事拖拉，等批准下来，就来不及了。先行准备，不去也无妨。如果能去我想研究中美关系专题，收集资料，回来重写中美关系史。不知你有何看法？

今年 6 月下旬要在昆明召开二次大战史研究会学术讨论会，届时我将去参加，顺便去成都看看。不过如批准去美进修，是否尚能去昆明也是问题了。出国一事未决定之前尚需保密，不必对人讲，以免去不成闹大笑话。估计近两个月内可见分晓。

（摘自 1980 年 1 月 26 日信）

《历史研究》约稿事

（致罗荣泉）

上次在武大讲的一个问题，已在武大学报上刊出，现寄一份给你。最近《历史研究》编辑部看了此文，一再要求为他们再写一篇，因此又赶写了一篇[即《略论历史发展的伟大动力与终极原因的内在关系》（《历史研究》，1980 年第 5 期）]，问题写得比这篇文章更全面一些，其中涉及到中国史方面的问题。本想征求一下你的意见，时间来不及，只好先寄出。但编辑部来信说，这篇文章可能要晚些时间才能发表。如果这样，我想把它取回来再琢磨，或寄你提些意见。他们准备先发表我为美国史研究会写的另一篇文章[即《关于中美关系史和美国史研究中的一些问题》（《历史研究》，1980 年第 3 期）]。

（摘自 1980 年 3 月 9 日信）

谈出国进修及对荣泉科研之建议

（致罗荣泉）

4月中旬来信早已收到。最近以来一直都很忙。一直到上星期末，密歇根大学费维凯教授才来到北京，亲自带来“IAP－66”材料，并见面；连飞机票（来回路程）也购好：8月25日起程，经东京，宿一夜，次日飞芝加哥转底特律。至此，美方的手续已全部办好，可见别人效率之高。但是，在我国方面，只有等“IAP－66”到后，才能上报教育部，这是关键一环，据说一般经教育部批准后再转外交部，再去美国大使馆办护照、签证，大约要两个月时间。如果中途设置障碍，就可能拖下来，就不能如期起程，飞机票就要改期。总之，估计此后要去经常催问才行。此行是一人独行，不知将来教育部是否给一点外汇，否则旅途上稍微出一点问题，就可能要出“大洋相”。

因杂务不少，英语准备工作是零零星星，没有系统的学习班可上，这是一大缺点。业务方面的准备，更没有时间。最近写了一篇《关于中美关系史和美国史研究中的一些问题》，已交《历史研究》，下月可发表。同时又托人将此稿译为英文，带在身边，必要时可拿出来宣读。本来过去写的文章还有可用者，只是找人翻译，代价不低，每千字至少要6元。个人实在难以负担，又不大好叫公家出钱，所以只准备译一两篇。等出国以后，英文水平提高之后，慢慢可以自己动手,还找人略为指点帮助即可。这次对方给8000元生活费,算是比较大方。但听说领取者只能花一部分,其余部分要交公。这个办法在留学生中和在外国朋友中都引起不满,但争来争去,听说驻外使馆坚持不同意。目前在国内的准备,看来我至少要花上几百元(教育部批准后,要发制装费;即使发了,也完全不够)。好在最近写了两篇文章,又有一本二次大战的小册子要出版,还能支付得起。承你很体谅我目前的情况,要我免去答应送你的五旬寿礼,但我却很过意不去。此事暂不说定,因目前我也没有时间来考虑这个问题。

关于你准备搞英语汉语比较研究一类问题,从你目前工作情况来看,可以结合得上,比较现实。有所作为,我是赞成的。听说荣汉目前就已把某古医书译成现代汉语。不过,目前这种东西要争取在商务等中央出版社出版,比较困难。因为目前搞这方面的问题的人很多,除非确有专长,一般容易搞成比较平平的东西。出版社稿件很多,一般只能争取在地方出版社出版。目前全国都在学英语,中学教学辅助材料尤其需要,估计写出来还是容易找到出的地方。但是这类东西一多就容易滥,真正写好,有特色,绝非易事。目前这方面有两本书:一是钱歌川的:《翻译的技巧》,香港版,北京已有人影印,我购到一册,例句丰富,此人也是老有经验的专家。此书商务正在校订,重新出版后可与你购寄一册。另一本是钟述孔的《英汉翻译手册》,是前天我才从他那里硬要来一册,用英文写成,据他说已有学校作为大学研究生教材。此书商务出版,从中学教学来说,恐怕用不上;从研究翻译来说,恐怕还是有一些价值的。钟在学生时代就是佼佼者,目前的英语水平的确还是相当不错的，估计非一般肤浅之作。从你目前处境来看，调离遵义绝非易事，去贵阳也许可解决家属问题，再远就困难了。北京虽有要人之地，但对你来说颇不现实，同时最近有新情况，首都要严格限制人口。这就是说，大膨胀的时间已经过去，又该来一个大限制。但不论如何，我认为你都应利用已有的条件，争取写作，大的不行写小的，日积月累，即有可观。还是那句话：要有所作为，不进则退。

（摘自 1980 年 5 月 26 日信）

首次出国的思想准备

（致罗荣泉）

来信收到。《历史研究》上一文，写得仓促，你说有些地方文字欠考究，不知指哪些而言，请来信告知。估计下期还要发一篇我的历史理论文章，比这一篇重要，写得更匆忙。你以后读到，请仔细推敲一下。

此次出国，是"求知识于世界"。中国在历史上向西方学习过，今天还要向西方学习。但此次能否真正学到一点有用的东西回来，目前还不敢说，当努力而为之。密歇根的"中国通"不少，指定帮助我的惠廷是国务院挂了号的人物，在《参考消息》上可以看到他在国会外委会作证，这些人都不是好对付的。出国不似在国内，一切言行都要自己拿主意。估计密歇根方面对我之去，也是会加以注意的,时间有限,主要应放在书本上学习不到的东西方面,独立自主,以我为主。

行前事情很杂乱,甚至有些打乱我的日常生活秩序,匆忙草此,即问合家暑安!

(摘自1980年7月27日信)

赴美进修初期的情况

(致罗荣泉)

我于8月25日下午由北京国际机场起程,当晚飞抵东京,宿一夜,第二日下午继续飞行;由东京到芝加哥虽然历时约11小时,但因时差关系,到芝加哥竟是26日下午3时许,然后继续飞行,到达底特律,飞机误点两小时。机场距我所去的Ann Arbor[安阿伯]还有数十里之远。好在密歇根大学中国研究中心的负责人Allen Whiting[艾伦·惠廷]教授亲自开车到机场来接,送到旅馆安置下来。

来到美国,最初的感觉是来到了另一个世界。Ann Arbor是一个很小的城市,以密歇根大学为中心,所以可说是一个文化中心。开学之后,街市上来来往往都是学生。估计约3万大学生,近1万研究生。按中国标准来看,学校相当的大,但学校秩序井井有条。我到的第二天,一天三餐都由Whiting教授陪同,还与费维恺、Oksenberg[奥克森贝格]等中国问题专家见面。我今年在《历史研究》

上发表的关于中美关系的论文，在我到之前，已由美国新闻情报机构出版的一个中国报道的刊物(可能相当于我们的内参)，全部译成英文。Whiting 等人都十分重视，相比之下，比我在北京花钱请人翻的译本要好得多。Whiting 当即把他的一个办公室的钥匙给我，让我在我的办公室未搞好之前，利用他的办公室。我搬到学校公寓之后，楼下邻居一美国老太太很热情，主动把自己的旧窗帘送给我挂。这里的一部分台湾同学对中国同学更是特别热情，一见面就要请吃饭，主动帮助解决困难。一些美籍的华裔学者也很热情。李政道的儿子[李中清]今年也在 Chinese Center 做研究工作，专门研究川滇黔一带的户口和粮食问题(准备明年回国到四川看档案)，他曾在北大学习，但我并不认识，这次一见面就很热情招待。

但远离祖国，来此异乡，毕竟很不习惯。初来之日，我就因时差不适应、饮食不适应(这里的人不饮开水，吃饭喝冰水)，染感冒病了 3 日。搬到公寓之后，自己一个人住一小套，有盥洗室、贮藏室、电灶、冰箱等设备(每月 183 美元租金)，但要自己开伙。做饭本来不难，但在美国，各种炊事工具和设备与国内大不相同，要从头摸索。跑到超级市场买东西，真是琳琅满目。美国是一个商品社会的典型。一切东西都商品化，因此举凡衣食住行的一切用品、各种不同种类的食物，应有尽有，尽量满足消费者的需要。多数商品我都不认识，不知其用途，简直像是刘姥姥进了大观园一样。商品经济按价值法则办事，因此同一货物在不同商店不同时间有不同价格，经常变化，经常打折扣；购买者如熟悉市场行市，就可以买到价廉物美的东西。美国商品，除工业品、尼龙塑料制品便宜之外,其他商品折算为人民币也不便宜,西红柿几毛钱[美元]一斤,洋白菜一块多钱一斤。但美国人赚钱多,相对来说,还是比我们便宜。一般美国人的房租大约占收入的30%(一般中小资产阶级的家庭都远远超过我校燕东园大教授家庭的水平),汽车占20%,吃饭花的钱不算多。中国学生比较穷,在这里经常逛Moving Sale,买旧货,有时可以买到很便宜的东西,甚至一两块钱就可以买一件西装、西服裤或大衣。

学校刚开学,我选听了两门课:一门是美国外交史,一门是20世纪美国(讨论课),都是旁听,其余时间我自己研究。这里有一个亚洲图书馆,有数十万册中文图书,可供使用,借阅较方便。目前主要问题是英文。在国内听到的英文都比较正规,说得也较慢。这里听到的是地道的英文,不但速度快得多,而且生活词汇、俚语很多,很难听懂。到了美国,才深感我们现在国内英文教学远远落后于实际。这个问题在几年内很难解决。根据我目前的年龄,呆在美国的时间只有一年,估计在这一年内要想学好英文,困难很大。现在正在想办法如何有所促进。

(摘自1980年9月12日信)

谈来美研究的实际目的

（致周颖如）

我在这里，公开的研究课题是19世纪末20世纪初美国门户开放政策的形成与演变，但实际上我的第二本账是要对美国资本主义的发展进行宏观的考察，看看近代资本主义在人类历史发展进程中到底起了什么作用，怎样给予正确估价。我认为这是今天学习西方要在思想上解决的大问题。如对资本主义不能正确认识，只派些留学生去学科技，结果不过是一个新的洋务运动而已。因此，钻图书馆、查资料、写文章都不是主要问题，主要问题是要设法多了解美国、认识美国。

（摘自1980年11月14日信）

这学期，我重点在中美关系，粗粗摸了一下，最有意思还是研究抗日战争以来中美关系的变化，但现实性太强，不想插手。下学期我想主要转入从总体上了解美国，着重研究如何重新评价现代资本主义问题。这当然是个尖端，但是非研究不可。

（摘自1980年11月30日信）

准备在密歇根大学中国研究中心做首次学术报告

（致周颖如）

明年1月底，我要在中国研究中心的 Bag Lunch（即各人带干粮去听人做报告，时间是1小时）上做一个报告，我的题目是有关中国现代化与学习西方。这是第一次登台，当然要好好准备一番。用英文写东西，非常困难。我准备先写成中文，因为只能用中文思维，自己翻译成英文，再请李中清帮我修改。开会时拿着稿子念。

（摘自1980年12月20日信）

人远天涯思故国

（七律　1980年）

老大乘桴万里游，咖啡难得解离愁。
晚窗寂对霜林黯，枫叶同吟大湖秋。
人远天涯思故国，心悬海角念金瓯。
闻君不负洗衣曲，欣得新交共唱酬。

（是年秋于密歇根州安阿伯）

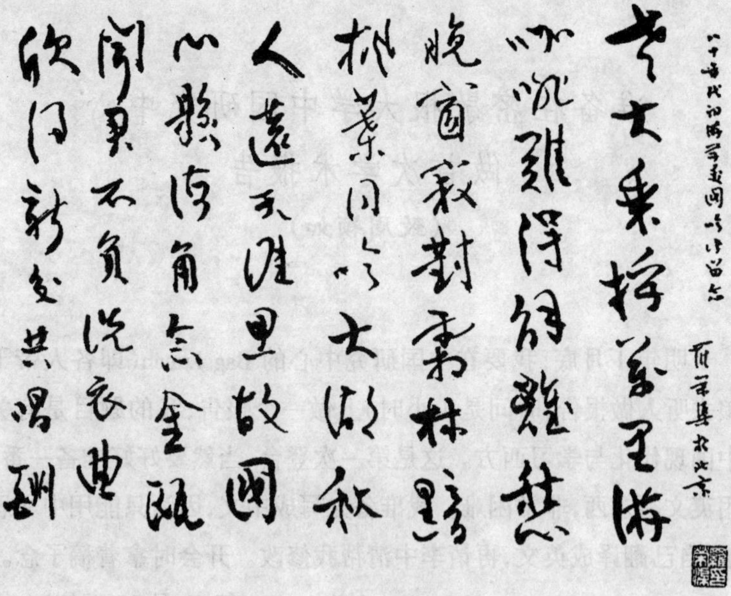

附：人远天涯思故国墨迹

除　　夕

（七律　1981 年）

1980 年旧历除夕，华裔教授杨维训伉俪邀饮，乡亲满座，议论风雨，高歌守岁。海外度此良宵，不能无诗，归来即兴而作，殊未尽意。

美宵佳节纵千欢，不及乡亲一夕谈。
海外欣逢忧时彦，天涯横议富国篇。
故园风雨云边急，异域豪情酒后添。
雪夜浩歌辞旧岁，神州西望祝丰年。

（1981年于美国密歇根大学）

密歇根湖畔

（浪淘沙　1981年）

碧野浩无边，
翠树林盘，
百花蓬帐竞争妍。
万紫千红醉沙岸，
一洗尘烟。

极目水连天，
雁戏长滩，
夕阳西下送孤帆。
待得夜阑萤火烬，
卧听秋蝉。

（1981年夏吟于密歇根湖畔）

参加华盛顿“美国与东亚关系学术讨论会”

（致周颖如）

我来华府之后，29、30两天开会。地点在Wilson Center，出席会议的正式代表约35人，其中中国人3人：我、蒋湘泽、姚伟（原外交部新闻司负责人），日本人2~3人，其余为美国人，可谓是个国际性会议，出席会议的著名学者有Borthy Borg，Iriye，Barnett（包大可），Allen Whitting等。……这次会议的主要议题是检阅最近10年东亚史研究方面的成就，中心是中国，兼及日本、朝鲜。会议第一天共有5个小会，第二天有4个小会。平均每2小时进行一个会。每一个会上都有专题报告，然后是大家自由发言。第一天第一场是关于19世纪中美关系史研究情况的报告，报告人Michael Hunt，是美国很有成就的年轻学者，两个评议人中之一就是我，事先我已看过他的报告，写好了发言稿，到时候我只是念一下罢了。第2天最后一场是由蒋和我报告中国研究中美关系史情况，我的报告是我自己用英文写的，然后请李中清、汤维强两人修改过，受到与会者广泛欢迎。

（摘自1981年6月6日信）

谈对现代化研究发生兴趣

（致周颖如）

我现在正在读一些有关现代化问题的书，很有兴趣。目前在国外这已成为一门新的学问。这门学问的特点是对世界历史进行综合比较研究，与我的兴趣最为切合。我想在中国应加以介绍和推广。商务原订出一本论俄国和日本现代化的书，不知是否 Cyril E. Black 等八人合著的那本，如已出版，设法托人带来一本。

（摘自 1981 年 6 月 29 日信）

我现在读的现代化方面的书，是指近代世界各国的现代化问题，作为一种比较历史学的研究，不专指中国现代化。当前中国的问题是可重新做启蒙运动，不是研究什么专题成为什么专家的问题。那些问题可以留待以后的来人去做。不是我们这一代人的任务。年轻的时候总被成名成家所累，年纪大一些，应该把这些看穿一点，应该摆脱世俗的低级趣味。中国对外国封闭了 30 年，我们有机会出来，应该找机会多看看，多听听，作为一个社会科学工作者，不能埋头在写论文之中，应该去认真地了解世界，用中国的尺度去评量一下世界，再用世界的尺度去评量一下中国。如果每个人都只看见自己眼皮下的那一点东西，中国还有什么办法？来此一年，自认为学习的收获也只是表面和一般的东西，深入太狭，没有意思，深入太广，又谈何容易。

（摘自1981年8月5日信）

在美国进修的体会

（致罗荣泉）

时间过得很快，来美国匆匆已满1年；又申请延长半年，也获同意。应于明年2月返国，但考虑回去过春节，很可能提前在1月中回去。在这一年中，书虽然读得不多，但收获是很大的。主要是因为这是一个完全新的环境，这里的最大的特点是你可以自由阅读任何出版物，自由研究，探讨任何问题和发表自己的任何见解，也可以找你自己愿意找的人。真正的学术只有在这样的条件下才可能获得创造性的发展，特别是社会科学。这里是完全开放的，欧风美雨，世界各国的思潮、学者，一视同仁。中国近千年来，自唐以后，基本上是一个封闭的社会，虽然也不断与外国有所接触，但都是以我为中心，极端老大。西方的冲击，打开了闭关自守的中国。但近30年来，我们又再度自我封闭，夜郎自大。教训是十分沉痛的。出国以后，站在彼岸远距离地看看中国，再听听别人的评论，用别人的尺度也看看自己，实在是大有裨益的。最近国外有人专门以新出现的现代化理论，对世界近代以来的历史进行比较研究。这种新的研究方法，综合了社会科学各部门的知识领域，称之为interdisciplinary approach（跨学科探讨）或 Multidisciplinary approach

（多学科探讨），正是我所欣赏的宏观世界历史研究方法。普林斯顿大学有一位教授是这方面的专家，送了我两本他的著作，一本是概论性的书，一本是日本、俄国两国现代化的研究，颇有启示。回国之后，准备开辟这方面的新路。

上次写信给你之后，我就动身去美国东岸旅行。到了波士顿、纽黑文、阿默斯特、普林斯顿、纽约、费城、华盛顿7个城市，参观了哈佛、耶鲁、麻省、哥伦比亚、普林斯顿、费城等著名大学以及大批名胜古迹。美国历史很短，但纪念胜地甚多，博物馆林立，每个大城市至少有十个八个，多者数十个，由此可见别人对普及群众教育之重视。华盛顿的博物馆全部免费，非有很大的财力难以支持。白宫和国会都开放任人参观；白宫的围墙是一个稍高的铁栅栏，路人可以随便靠近参观、摄影、窥望，给我留下了深刻印象。但另一方面，纽约地下铁道之阴暗、肮脏、不安全，黑人青年之游荡街头，也给我留下了深刻印象。在华盛顿，出席了美国东亚关系研究会主持的一个学术讨论会，并在会上提出了关于中国研究中美关系和美国史情况的书面报告，又专门开了一场小会，听取询问和进行讨论，也算是第一次见世面。与会者有美、日、中三国学者。这次旅行，沿途多有华裔朋友帮助，但一人出门，身在异国，也十分紧张，总算初步取得了一些经验。今秋，普林斯顿大学历史系还要邀请我去讲一次。此外，我还计划去西部一行，尽量开扩眼界，结识一些朋友。

（摘自1981年7月29日信）

谈研究美国社会保障问题

（致周颖如）

我现在在读一点有关美国社会安全保障的资料，下星期准备同 social work school 的几位专门研究这个问题的人座谈一次。这是一个很值得研究的大问题。现代资本主义发生了什么变化？为什么马克思的无产阶级绝对贫困化的理论已经过时？都要从这里找到答案。如有可能，准备找陈必照带我到底特律汽车城去看看那里的黑人区的失业状况。

（摘自 1981 年 9 月 1 日信）

谈留美一年的观感与生活

（致罗荣陶）

陶弟：

在太平洋彼岸接到你的来信，感到十分高兴。

你去四川、贵州之行，荣泉有信来提到，已得知一二。你提出明年回去大团圆之事，我甚赞成，只是在当前条件下，团聚亦殊属不易，但可尽量争取。“人生不相见，动如参与商”，“少壮能几时，鬓发各已苍”,再不会聚,今后恐怕难以三世同堂了。

时间过得很快,我来美国,匆匆已过一年,主要在这里的中国研究中心,名义上是研究美国史和中美关系,事实上是想对现代资本主义作一亲自的观察,取得第一手材料,回去准备写本关于美国的基本面貌的书,使闭塞了一个世代之久的中国读者能够多多少少了解一点今天的美国和现代资本主义的真实情况。这个任务非常庞大,非个人能力和一年半载所能奏效,但总得有人去做。一个人能力有大小,只要认真去做,做一点算一点。现在我年过半百,虽不敢说闲白了少年头,但精力特别是记忆力已大大减退,甚感力不从心。一年来主要在这里历史系旁听一点课,收获甚微,其余时间自己读书。在这里可以广泛自由阅读任何书籍,思考任何问题——这是最大优点。此外,当然也交了一些外国朋友,特别是一些华裔朋友、台湾朋友,非常热情,帮助不小。今年四五月,我去美国东部一游,对今天美国城市也略有了解。总的印象是:美国比今天的中国处于更高一级的经济发展阶段——或称之为后工业社会(post-industrial society),这是现代科学技术的新革命的成果。但高度现代化也带来了一系列严重问题,能源之浪费十分可观,汽车个人化即一例。大城市十分不安全。我一个人单枪匹马闯东部,一路上提心吊胆。我们的学者在这里大街上光天化日之下被抢劫者,已有数起。目前我所接触的主要是知识分子、中产阶级,对上层和极下层都未接触过。现在我正在了解美国社会福利制度情况,准备去观光一下黑人区域。朋友们都建议不要去。

(摘自1981年9月5日信)

作《中国现代化的历史回顾》的报告及参加纽约辛亥革命座谈会

（致周颖如）

7日晨乘飞机抵纽约，即换乘汽车去普林斯顿，于下午1时许到达。……下午4时半，到东亚研究中心会议室讲演，题目是《中国现代化的历史回顾》，到会约40人。Black教授（现代化研究专家）会前说有事，将中途退场，但后来他不但听完了我的讲演，还托刘子健先生要一份讲稿，我慨然允诺。Black等人正在写一本有关中国现代化的书，准备在1982年或1983年到中国去讨论此书。……

在纽约，经唐德刚先生邀请，偶然碰巧，出席了香港《中报》主办人傅朝枢先生召开的海外学人座谈辛亥革命和促进祖国统一问题。会上大家都发了言，我当然也得凑几句，记录将在《中报》上发表。本人未过目，文责也就由编辑部负了。

（摘自1981年10月18日信）

赠日裔檀淑理(Ed. Yoshiko)夫人

（五律　1981年秋）

邂逅安娜堡(Ann Arbor)，重逢米德堂(Middle town)。兼程迎远客，一路恋秋光。翰墨传三海，文缘结四荒。临行频致意，明岁饮扶桑。

游休斯顿

（七律　1981年12月）

冬日遨游德克萨(Texas)，乌金魔窟舞婆娑。巡天巨龙夸武化，盖地圆穹竞浮奢。

北有洋基(Yankee)学牛仔，南来苍奴逐油渣。更惊昨夕膻腥地，一片高炉吐白花。

访美收获和返国后的打算

（致罗荣泉）

我已于旧历除夕前一天(1月23日)乘日航班机由东京起程，安全正点抵达北京，现在在家休息10天左右。

这次访问美国，历时1年另5个月，本来准备延长半年，到2月份才满期，后来一方面是学校催回，另一方面家人也想早日团聚，所以提前返回。

这一年半的留学生活，是我一生中的极大幸运。收获是多方面的，一言难尽，归纳起来大体有三：1. 突破了孤立关闭的中国学术界，在太平洋彼岸生活了一年多时间，进行了许多自由的学术思考；2. 参观访问了美国许多城镇：东部如波士顿、纽约、华盛顿、费城、普林斯顿、纽黑文，南部如休斯顿、奥斯敦，北部如芝加哥、底特律，归程中又参观访问了旧金山、洛杉矶、圣地亚哥、夏威夷，最后在日本停留了5天，参观了东京大学、京都大学和一些名胜古迹，大开眼界，真是壮游天地阔！3. 结交了许多新朋友，有美国人、日本人，也有来自台湾的中国人和美国的华裔，初步建立了国际联系。

归来后的计划是写一部介绍美国的书，不是一般游记，而是费正清的《美国与中国》一类的分析性的评论美国的著作。此书如能写成并得以出版，或可在中国打开研究美国的一种新局面。

但刚一归来，事情就很多。系里要求开课，招收了7个新研究生,因另一教授出国,下学期的课就要我来上。我准备讲《美国概论》一课。《大百科全书》拉丁美洲史部分的编写工作今年下半年要开始,同时侨委要编写《美洲华侨史》,又有人来拉伕,我还没有答应,但杂务看来是不会少的。

（摘自 1982 年 2 月 4 日信）

谈对日本和美国的印象

（致易尚志、罗香谷）

这次在美国呆了近一年半的时间,……回国时顺便……到日本,在东京和京都住了 5 天。不论在美国和日本,对现代资本主义都有了很多感性认识,开了很大的眼界,也交了一些朋友,包括台湾来的朋友在内。壮游天地阔。古人说,读万卷书,行万里路,平生得此机会,实在难得。比较来说,日本的短短几天之中给我的印象更加深刻,感到中国现代化应该向日本学习的东西比向美国学习的东西更多。过去我们头脑之中的日本人的形象,都是《红灯记》里的鸠山,而事实上战后日本已发生了极大变化。日本朋友、青年学生对我的接待也很热情,今天我们实在应对日本刮目相看。

美国之行,收集了一些资料,回来之后,准备写一本关于美国的书。中国对外封闭已整整一个世代,对于世界,非常不了解,瞎子摸象,闭塞眼睛捉麻雀,仍然到处皆是。而美国就是我们谈论得最多而了解得很少的一个国家。因此有许多工作要做,第一步是做启蒙的工作。年龄日增,记忆力衰退,精力也不如前,必须抓紧时间,赶紧工作,才能完成我们这一代人的历史使命。意在斯乎!意在斯乎!小子何敢让焉!

(摘自1982年3月13日信)

谈代查资料及弟兄回川团聚问题

(致罗荣泉)

5月20日来信收到。所要的谭其骧的文章,已去图书馆查过,我们这里只有《史地杂志》一卷1—3期,恰好没有第4期。此刊第3期已是土纸本,估计已很难找到,第4期就更难了。北京图书馆我最近没有时间去,只有等暑期,不知你是否要得很急?同时我估计那里也未必有此杂志。抗日战争中的杂志,大部保存在四川。也许川大图书馆较易找到,你可写信请孙慈帮助,估计他不致推辞,或者直接写信给谭先生也可。以文会友,不必拘泥,不成也没有什么关系。

祝贺你入党。此事对你来说,应是必然的归宿,因你早在解放前夕即已提出。现在不过是延迟30年才实现。人世沧桑,良可慨也!

《夜郎首邑考》被删节,十分可惜。要力争多保留一些,不必过于迁就编辑老爷的意见——而现在的编辑老爷的确也操生杀大权!

本学期快结束。7月我要为大百科全书赶写一些条目——已经延迟了;8月要准备参加拉美史学会年会的发言和论文;暑假中还要准备搬家，一点空都没有。加之暑假又热，香谷似也不愿我们选这么大热天回去。因此，我已决定推迟回成都的时间。9月我要去山东出席拉美史学会年会，之后，准备请假回去。我已20年未回老家探亲，估计请假是会被批准的。荣汉说“召之即来”，任何时候均可，问题是不知你何时方便。荣陶两天前突然来信，说他在上海出国人员外语训练班学习，暑假结业，可以回成都一行，此事出乎我之所料。我想我们分批回去也可，这样可以减轻香谷一家的负担，不知你意如何？

（摘自1982年6月4日信）

登 泰 山

（七律 1982年）

［1982年9月赴济南参加中国拉丁美洲史学术讨论会，会后组织登泰山。作者时年55岁为同游中的长者，但精神饱满，从中天门至玉皇顶一路领先。］

有志无高不可攀，无为坦道亦称难。
横游绝壑探幽奥，仰步云梯溯南天。
夜半玉峰催日出，黎明皇顶跪求仙。[①]
往来多少名利客，纵使登临也枉然。

---

① 泰山游客中有不少为求神拜佛求签而来者。

谈1983年的科研工作打算

(致罗荣泉)

我这学期同时招美国史和拉美史研究生,后者是为教研室培养接班人。如招进来,今后几年将更忙一些;再不招,人才就更不易得。今后重点搞美国史,准备写一两本书,至今仍未能动笔。这次评教授,系内通过,但学校一级未通过。现在评教授的决定权提高到教育部一级,要求严了,要有专著才行,为此,非加紧写一两本不可。但很难抽出完整时间,愿是许了,不知何时能完成。没有一点压力不行,但有些临时任务是具有特殊性质的,又不能不应付一下,这样就化整为零了。

(摘自1983年1月10日信)

拟去川大讲学及荣泉进修问题

(致罗荣泉)

成都别后,一路顺风,全部按计划行进,2月24日中午返京,胜利完成此次旋风式旅行。

合家团聚,三十多年来第一次,盛会难得。只惜时间太紧,外面亲友应酬稍多，晚上电视节目又占去不少时间，以致大家聚谈仍很不够，只涉及一些迫切的家务问题，未及深入，是不足之处。但总算见到你和小冈，殊属不易，甚感快慰！

四川大学顾学稼来信，邀请我今年回川大历史系讲学一两周或更长一些；今年不便，明年也行。我这学期有课，不好安排；下学期要准备出国参加学术讨论会事宜（如被批准），也不甚方便；看来明春较好，准备复信同意，争取能在明春或明秋回去一次，也不可能太长，但可稍补今年之不足。

在川江轮上写小诗《故乡行》一首，录此留念。

故乡行

（七律　1983年）

1983年春节，偕颖如归成都探亲，为老母八十寿，合家团聚，30多年来第一次，有感咏此。

久念乡都洗墨池，锦城西巷访遗诗。
高堂八十琴音哑，兄弟卅年聚面迟。
羞愧韶华随浪逐，幸存知交雨过时。
杜陵常遇天涯客，来也匆匆去也驰。

（摘自1983年3月10日信）

对《"扶桑"考证在中国》一文及有关问题的意见

(致《世界历史》编辑部)

庭光同志:

很久不见,您好。

《世界历史》新出版一期,就中国人发现美洲问题发表了两篇文章:一篇是房仲甫的《殷人航渡美洲再探》,编者特加按语,"意在引起学术界重视";一篇是赵淑凡的《"扶桑"考证在中国》,足见贵刊对这一问题之重视。

房文我事先已承编辑部寄我看过。就我所知,卫聚贤等人在香港、台湾发表的大部头的著作,比此文的材料多得不可比拟,但那些巨著在国际学术界似乎并未引起过什么重视。

这里想专门谈谈赵淑凡同志的那篇文章。该文表面上是在介绍这一学术争论,但可惜是一篇很片面的介绍。感谢作者对我在20年前的那篇拙文作了较高的评价。但如仔细读一读这篇文章就会发现:文中凡是提到扶桑即墨西哥说的观点的文章,作者都有较详介绍,而凡是反对此议的文章,作者往往是语焉不详,一笔带过。朱谦之的所谓《慧深年谱》发表以后,汤用彤先生就在《文汇报》上发表《关于慧深》一文,指出《年谱》中把几个慧深说成是一个人是无根据的。这样一个重要的不同意见作者不会不知,在介绍中竟然只字不提。这还不说。房仲甫的《扬帆美洲三千年》等文发表后，张虎生在《拉美丛刊》上发表了《石锚物证与殷人东渡辨析》一文，全面反驳了房的观点。赵淑凡在《拉美史研究通讯》第六期上所写的《中外学者关于谁最先到达美洲的探讨续志》一文中，对此作了详细介绍，说是“房仲甫也遭受国内反对者的严厉驳斥”。但奇怪的是，在贵刊上发表的文章中，却对张文只字不提，实在令人难以理解。又如关于加州发现石锚的问题，作者有相当篇幅介绍，而对反对“石锚”的论点，只是轻描淡写地一句带过。凡此种种，都说明这篇介绍是很不客观的。至于说到国外对于扶桑国问题的争论，介绍得就更加偏颇了。这个问题的争论，在今天西方学术界早已不感兴趣，学有素养的汉学家中几乎无人谈及。李约瑟在有权威性的《中国科学技术史》第四卷第三分册，可说是作了总结性的评论，不妨请编辑部找来参考一下。美国一个业余爱好者默茨的所谓新见解，在国际汉学界根本没有影响和地位，李书只是在注解中提及而已。赵文再一次对默茨的《淡墨——中国人在美洲探险的两份古代记录》大加介绍，还说什么房文“在国际上引起了广泛注意”。我想，国外对这种文章感兴趣者同国内一样，确乎大有人在，因为耸人听闻的新闻在哪里都会吸引很多人的，但在严肃的学术界似乎无人注意过。我专门研究这个问题，在国外一个时期，从未听人说过。

近年来，为了活跃学术空气，报刊上提倡百家争鸣，这是一件大好事。但有些文章无实事求是之意，有哗众取宠之心。谭其骧先生最近特别撰文指出史学界的这种不良之风。作为有学术水准的刊物，应善于识别、引导。像发现美洲这样的大问题引起人们的很大兴趣，是很容易理解的。在报刊上发表一些不同观点的文章，真相自会愈辨愈明。但刊物总是要起指导作用的:对弄得清的问题,应向正确方向引导;对弄不清的问题,则应取慎重态度。目前关于扶桑国问题和美洲发现问题的著述,大多是抄袭前人之作,捕风捉影,并无突破。至于像《淡墨》这样的书,根本不能算是严肃的学术著作。作者不懂中文,竟然对《山海经》这样重要的著作作了海阔天空的比附,这大概也只有在美国才能出版。但据我所知,即使在美国这样的"出版自由"的国家,此书也几乎找不到出版处,在国际汉学界更是无人一顾。贵刊一再介绍,实在令人不解。

看来《淡墨》一类的观点在国内已发生了"广泛影响"。我估计经贵刊之推广,影响会更广泛,今后有关这方面的"争鸣"文章会更多。为古中华的光荣鼓吹者知道国内外有这么多支持者,信心也必然更大。诚然,当学术普及向广度方面发展时,水平不免有所降低,但我想这也不足过虑,这对于年轻一代的中国历史工作者也许是更好的锻炼。

我最近为此问题在《中国建设》和《历史研究》上各发表了一点看法,也许您已看到。拙文并没有什么创见,目的只不过是向国内外学术界表一个态:中国学者并不都同意目前报刊上讲得很热闹的看法罢了,如此而已。在今后,除非对这个问题有什么重大突破,不再准备写这方面的文章,因为有很多更重要的事情要做。

以上是阅读贵刊后的一些拉杂感想,请恕直言;不当之处,乞予赐教。此颂

撰安!

罗荣渠

1983年5月

谈调查父亲冤案准备申诉

（致罗荣泉）

很久没有给你们写信，近况如何，念念。

最近北大历史系发函到遵义、成都外调，了解父亲问题的处理情况（这是我自成都回来后向系党组织汇报后，他们主动发函的）。据总支同志告诉我，成都方面已有回函，抄寄来孙慈关于父亲问题所写的材料。他们认为这个材料是当时参与策动父亲起义的人提供的第一手材料，内容写得很具体，有说服力。据说，孙慈在这个材料中把当时地下党如何布置这一工作，以及他如何通过荣泉进行工作，以及父亲思想转变的发展过程（从要去台湾到不去台湾）都交待得较清楚，还谈了贺龙宴请的事。在此前后，贺龙还问四川地下党的人如何做的工作，答孙是通过他的儿子川大同学关系，贺龙表示赞许。后来被押回荣县一事，孙慈当时即感到非常突然，并与原来他的上级（即已故的王朴）谈及，当时他们还私人议论农会的权力真是太大了。押解回荣县是由7个县的农会联合会办的，当时押回去的大概是一大批人，云云。从总支同志给我透露的孙慈写的材料来看，是十分有力的，尽管他的上级已去世，是一个孤证材料。

听到上述情况之后，我考虑了一下。目前的主要问题是在解放以后这一段即押回荣县与参与暴乱的问题。据孙慈的材料，当时判罪大概是两项，一是参与叛乱，一是与荣县地方势力，特别是与教育局长有勾结。历届教育局长都是罗某操纵其手(这是总支同志凭记忆转述，不一定确切，总之是与地方势力勾结的问题)。这两项罪状中，当然只有第一项才是关键。因此目前只要能就这个问题做一些调查，有所突破，别的问题都不足为虑了。要突破这个问题，必须在荣县方面查到一些线索才好进行。我看可以采取如下一些办法：一、请妈妈努力回忆一下当时的情况，与荣县的人的联系情况，是否能想起一些人的名字，再根据这一线索找这些人；二、查访当时同案人还有谁，如李劲夫等等，他们的家属估计还有人活着，找到他们查找荣县叛乱案的线索；三、荣泉就近写信给孝质、孝思或直接写信给四孃，请她回忆提供一些线索，在荣县还可以找到什么人，有什么人估计了解内情，我们再根据他们提供的线索查访；四、直接回荣县去查访，但必须先找到一些关系，或是亲戚，或是朋友，否则回去之后也无人接待；五、从罗伯铮、罗伯荣处是否可以找到与荣县的什么人有联系，等等。总之，此事要寻找与荣县有关的知情人，然后顺藤摸瓜。事情相隔只有三十几年，应该是较易搞清楚的。只是我们是当事人的子女，有些事不好直接细究，是否可以让妈妈多出面？

以上是我最近的一些想法。我今年下半年赴美之行已延期到明年。下半年如有可能，可以借去川大历史系讲学之便再次回成都，必要时可以亲自去荣县跑一趟。但去之前，必须事先做好各种准备，有一定的线索。如果一时准备不及，可以延到明年回去。但事不宜迟，要抓紧，拿出较大的精力来搞，才有可能突破。现在先把这些想法告诉你们，你们对各方面的情况比我熟悉得多，仔细考虑一下,看这一想法是否可行,或有没有更好的办法。荣泉过去把查找关系主要放在地下党这条线上,看来一时不容易找到线索。现在如换一头,从另一端着手查访,是否可能更容易一些。只要能否定参与荣县叛乱一事,确凿有据,此案就好翻转。有了证据,才好去找民革或其他部门请求申诉。

寄去近作三首,以博一桀。诗附后。

[三首诗略,见“诗词”部分《三返成都》]

（摘自 1983 年 6 月 19 日信）

得悉罗相成悲惨遭遇并寄赠悼词

（致罗荣泉）

最近曾石与罗相成的姐姐罗德华取得联系,才得悉相成于 1957 年被错划为右派后,刺配北大荒劳动,在困难时期饿死于当地。[①]闻之令人十分痛心。曾石让我明年回成都时可邀老友悼念之。现老友早已凋零,是否能搞一小型悼念活动,尚不可知。最近我找出了相成的照片,准备翻印。他的姐姐现在都没有他的任何东西保留下来。近作《沁园春》一首悼之。

① 罗相成为罗荣渠中学时代挚友,曾一同发起组织“四为学会”,20 世纪 50 年代初从清华大学毕业后,在高教部工作,被错划为右派。据戴煌《九死一生》中记载,罗相成在北大荒劳改时,冻饿致病,严重浮肿,但仍强迫出工,被折磨凌辱致死。——编者

三返成都

（七绝三首　1983年）

赵君以近作《三过成都》见示，感慨良多，赋此唱和，以志永念。

一、1946年自昆明返成都

一年初别聚都门，共唱江楼曲调新。
独把春光磨铁砚，蜀山滇水听雷鸣。

二、1960年自北京返成都

重别十年风雨频，故园何处觅知音？
敢知天意高难问，略解少陵忧国情。

三、1983年自北京返成都

一代风流付劫尘，羞将华发换闲情。
曾浮东海探龙穴，不羡峨山送晚晴。

悼 相 成

——为了不忘却的记念

（沁园春　1983 年）

故里重游，江楼怅望，俊侣零飘。忆成都结社，翩翩年少；燕京闹学，阔论滔滔。目疾疮痍，心忧斯世，风雨同怀共笑遨。惊回首，痛春芳早谢，秀卉先凋。

廿年鬼斧神韬，虽汉武秦皇亦折腰。看长城内外，千徒墨面，大河上下，瞬息风骚。逝者如斯，狂澜起落，天荒人老又几遭？追往事，唱大江东去，酒酹洪涛。

这学期我没有课，原准备全力写作《美国的历史与文明》一书。人民出版社已同意列入选题作为重点著作。但动笔之后，发现工程较大，不宜赶时间，加上不断有些事情插入（最大的事是《大百科全书》牵扯最多），这学期最多只能完成一半。明年上半年有课，难以动笔（因还有研究生，要费好些时间）；下半年如去美国开会（原订今年，改明年），要准备开会的论文稿，在那边呆两个月时间。估计能写作的时间不多，但去了可以搜集新的资料，对写书也大有好处。

（摘自 1983 年 11 月 5 日信）

谈研究学问要因地制宜及近况

(致罗荣泉)

来信及寄来的《贵州省史学会首届年会论文集》均收到。《文集》中你写的遵义历史沿革的文章,我看很有意义。研究学问也要因地制宜,就地取材。此文集似乎是非卖品,暂保留我处,你随时可以收回(如对你更有用的话),放在你处比在我处更能发挥作用。不久前见贵州编有一文集,似乎是有关夜郎的,不知为何你的文章未收入内,而要另投。也许是他们排挤?

关于你调动的事,我已去信谭英华,把你的意思说了。此事主要是谭的朋友介绍,似乎不是谭与四川省委党校直接联系,关系隔了一层。谭是书生,估计很难有更大力量。也只有听天由命!你愿去信,可以直接去信。

父亲冤案平反的问题,看来确是难题,我看很难取得确切证据。此事只有随时留心,见机行事了。我大约在明年四五月要去川大讲学,因学校有课,不能长留,只准备呆两周,飞机去来,节省时间。

明年2月可能去泉州出席海上交通史研究会,讨论美洲发现问题。明年下半年要去美国开会(如果批准的话。原是今年的会,延到明年)。我正在写《美国的历史与文明》,这学期可能完成一半草稿。本来不想出国,但出去也有出去的好处。事情很矛盾。此事是否能成行，还要看形势，听其自然。

颖如被借调去日内瓦联合国裁军会议担任中文译稿的审校工作，定于明年1月10日左右离京飞瑞士，10月返国，目前正在准备行装及其他。

兰英有病，你的公私担子都加重了。望多保重身体，不可大意。经济上是否有困难？是否有何需要帮助的？可随时来信。

（摘自1983年12月21日信）

在川大讲学

我于5月12日飞成都。在头两周时间，每一、三、五下午上课，共计6次，讲了"开展世界史研究新局面"、"美洲发现"、"美国农业发展道路"、"二次大战起源"、"中美关系的历史发展"、"当前美国的社会观测"六个题目。场场座无虚席，最后一次改在小礼堂举行，大概是川大历史系讲世界史所未有的盛况。只是学生提问甚少，说明这里世界史研究空气薄弱。

（摘自1984年6月2日信）

泉州元宵盛会

(七律 1984年)

访泉州之行,元宵盛会有感。

为访遗篇到鲤城,风流荟萃赏南音。
元宵四海来归客,夜市花灯耀眼明。

(1984年元宵节草于泉州)

寄发请求复查父亲冤案的申诉书

(致罗荣泉)

要求复查父亲案件的申诉书已修改打印,兹寄去一份,请你再细看一下。如无其他意见,我将直接寄送荣县及自贡市法院、四川和中央统战部,以及张秀熟、罗承烈、肖烈、孙慈等有关人士。

(摘自1984年9月7日信)

附:请求复查1951年初荣县人民法院判决罗文谟一案的申诉

书

罗文谟，四川荣县人，1902年生，解放前是国民党中央候补监委、四川省参议会秘书长。成都解放前夕经中共地下党组织策动起义，做过有益于革命的事。解放后于1950年冬被荣县农会派人到成都将罗押回原籍荣县，判处死刑。30多年来，家属迄未收到任何有关此事的通知和判决书，也从不敢提出询问。

根据1979年中共中央办公厅6号文件有关对前国民党起义人员既往不咎和落实政策的新精神，1980年我母亲许子睿写信给荣县人民法院查询此案处理依据。法院于1981年1月19日答称：罗文谟是因"解放前犯有重大罪恶和民愤"被处死。因答复不符合中央政策精神，我母亲于1982年再次写信给荣县人民法院请求复查。法院于1982年9月22日复信称："罗文谟在历史上是有重大民愤和罪恶的。"又称"查历史档案和罗本人在生前的供词"均不能证明罗为起义投诚人员，故"驳回申诉"。这个答复是家属难以理解的：一、罗文谟起义投诚是由中共成都地下党组织策动，荣县法院哪有"历史档案"可查？二、用被告在特定情况下的"供词"来核查申诉问题，怎能算是复查？根据近年中央文件规定，"不论其历史罪恶大小，均不应加以追究"的新精神，我母亲在1983年9月再次向荣县法院提出申诉，至今已一年时间，迄无回答。鉴于我母亲的几次申诉均未得到符合中央政策的处理，我们作为死者的儿子，只好也出面提出申诉。

申诉理由

罗文谟自青年时代即离开荣县在外求学，入上海美术专科学校，大革命前后第一次国共合作时期，经同乡前辈吴玉章介绍参加国民党。20年代后期在成都、重庆从事美术教育工作。30年代初在武汉、北平、西安等地任国民政府军事委员会驻上述诸地政训处秘书、处员，在曾扩晴手下工作。1937年，罗回四川，在第二次国共合作时期任国民党四川省党部书记长1年，自1938年左右起改任四川省参议会秘书长，达10年之久，直至成都解放，在解放前两年，还当选为国民党中央候补监察委员、四川省党部执行委员及“国大”代表。

罗文谟从政的20多年中，一直在国民党的党政机构中任职，是为维护国民党的反动统治效劳的。我们在解放前已受到革命影响，与他早有思想冲突。但我们了解他秉性善良，对国民党的倒行逆施也并非死心塌地、自甘为其殉葬。我们一直不知道他参加过国民党的任何特务组织，也不知道他参与过镇压共产党的罪恶活动，更不知他有何反革命血债。他在从政之余，主要精力用于书法绘画和美术活动，曾任蜀艺社社长和四川美术协会主要负责人，与徐悲鸿、张大千等人交往密切，对当时一些有困难的进步艺术家如刘开渠(著名雕塑家)等进行过帮助，多次举办个人书画展，热心于发展美术教育和美术事业，蜚声艺坛。(证明人：罗承烈，四川省政协副主席)。

1949年秋，解放军进逼西南，蒋介石在逃窜台湾前夕，亲自部署把全部“国大”代表空运台湾，以维持其伪“法统”。罗文谟列在必须去台的名单上，并已领到安家费及去台湾的飞机票。但在四川省国民党头目任觉五亲自驱车接他去飞机场的汽车到达之前，他突然离家隐蔽起来，对外扬言已经离开成都，以避免遭受挟持。他在这一关键时刻的重大决定和断然行动，是在中共地下组织的大力争取下促成的。早在1949年初北京解放之后，长子罗荣渠（当时是北京大学应届毕业生）即通过香港转邮，写信向他再三阐明党对起义人员的政策和党的城工政策，劝说他坚决留在成都，不可随蒋帮逃窜。次子罗荣泉（当时是四川大学学生）已参加中共领导的地下秘密革命青年组织民主青年协会，也经常对他进行工作，使他倾向进步的思想逐步增长。当时成都的中共地下组织已把他作为争取策反的对象，通过地下党员孙慈与罗荣泉单线联系，对他进行策反工作。党提出的任务是要尽量劝阻他不去台湾，破坏蒋介石在台湾重开“国大”的伪“法统”。荣泉将党组织借与的《新民主主义论》等书刊送给他看，随时向党组织汇报他的情况，并将家中所有国民党发的部署监视共产党和进步人士的内部手册和资料秘密上交党组织。解放前夕，地下党组织面临经费困难，指示荣泉向他提出捐助的要求，他从“国大”发给的安家费中拿出了二两黄金交给地下党作为资助。他为了取得真正与共产党联系的保证，要求与地下党领导人见面。由荣泉联络，当时地下的中共成都市委直属特支书记王朴同志秘密前往东城根街他临时隐蔽的住处，与他进行了近一小时的谈话。据事后他向荣泉透露，王朴同志代表地下党组织对他决定弃暗投明表示欢迎，并要求他为迎接成都解放多做些工作，包括向地下党提供国民党方面的有关情报，为迎接解放军进城筹集一些急需的物资，认真保护自己管辖下的国家财产和有关档案，并策动其他国民党官员遵守和执行解放军的约法八章。当时他表示，由于他已经隐蔽起来，不再同外界接触，对国民党方最新动向已不了解，因此在提供情报方面确实无能为力。至于由他主管的省参议会的全部财产和档案，可以保证完整地在解放后移交给人民政府。其他工作将在力所能及的范围内尽量去做。(证明人:王朴,中共党员,已于“文革”中去世;孙慈,中共党员,现任川大生物系办公室主任;詹大风,中共党员,现在中共四川省党史资料委员会工作;罗荣泉,中共党员,现在贵州遵义师专工作。)

总起来说,罗在接受中共地下组织指示前后,有以下一些具体起义投诚政治表现:一、避离自己的旧宅,与国民党反动当局脱离接触;二、捐献黄金二两资助地下党经费;三、借用我家住宅和省参议会会议室,供进步学生作为聚会地点;四、中共党员毛文成和秘密革命青年组织成员易汝奇为躲避国民党搜捕来到我家,为其提供住宿饮食近一个月,予以庇护;五、秘密串连四川省田粮处副处长孙少芝、省运输公司协理李雅髯、省地政局长张德先等人,传达解放军约法八章,并动员他们为迎接解放军进城提供粮食、汽油等物资;六、在1949年12月底国民党部队撤出成都后,以省参议会秘书长身份出面邀集留蓉未走的省市参议员及各界人士商议维持城内社会秩序和准备迎接解放军入城事宜,并揭发企图趁机潜伏的特务分子;七、1949年12月26日解放军入城时,代表省市参议会出面欢迎进城部队,会见当时成都军管会秘书长杜桴生同志,后来又受到贺龙司令员的接见和宴请;八、完好保存省参议会全部档案、房屋财产等,并顺利向军代表移交清楚;九、解放后,按公安机关登记国民党军政人员的要求主动进行了登记;十、最重要的是,以拒绝前往台湾的实际行动打击了蒋介石在台湾重开伪“国大”维持伪“法统”的安排,与垂死的蒋政权毅然决裂。

(证明人:毛文成、孙少芝等人已去世;张秀熟,中共党员、四川省副省长；孙慈，见前；易汝奇，中共党员四川省教育厅中教处长；张司栋，中共党员，中共四川省委组织部处长；曾伯炎，四川农民报编辑。）

据以上所述，罗文谟应属于起义投诚的前国民党人员是决无疑义的。但事出意外，1950年底，荣县农会突然派人来成都押解罗文谟回县交待问题。去后不久，1951年2月成都《工商导报》即报道了罗于同年1月在荣县被处决的消息。报道中只有诸如“一贯作恶、残害人民，是罪有应得的大特务、大恶霸”之类空洞的大帽子，未指出任何具体罪行。

30多年来，家属始终不明罗文谟被押解回荣县匆匆处决的原因，也未见过法院处理此案的判决书。我母亲两次提出申诉，荣县法院至今未向家属说明罗文谟的具体罪行。这不能不更增加我们的怀疑，深感此案判得不明不白，有复查之必要。

……

申诉要求

30多年前中国翻天覆地的大变革，有如急风暴雨，难以按正常法制行事。毛泽东主席早就说过：“我们的肃反工作，成绩是主要的，但是也有错误。过火的、漏掉的，都有。”党的方针是：“有反必肃，有错必纠。”但这种纠正和政策落实，只有在今天海内一统、人心安定的情况下才有可能。在党的争取台湾回归大陆的政策指引下，那些当年跑去台湾的“国大”代表和国民党军政人员都被欢迎回大陆，既往不咎，难道当初相信党的政策而留下来未去台湾者，却至今还不能落实政策（据悉成都已列为起义城市）？既然曾经是我父亲的上级、列为战犯的曾扩晴也未处死而被特赦，难道我父亲起义投诚反被处死,至今仍不能得到赦免?

死者已矣!不管他是否罪有应得,既往已咎,他已受到历史最严厉的惩罚。请求复查并落实政策,主要是为了生者,为了我们的后代,为了争取台湾的国民党故旧更好地相信党的政策,认清前景。数十年来,我们全家为此案经受了极大的政治压力;我母亲被错划为地主分子遭管制达20多年之久;一个兄弟光荣参加人民空军而被退回;另一兄弟参加北京大学研究生考试合格在政审中被取消录取资格,如此等等,不胜枚举。尽管如此,兄弟姊妹5人都深明大义,坚信党的政策,并经受住了各种政治运动的严峻考验。随着党的重在表现的政策的落实,已有两人入党,两人多次出国。沉重的历史包袱并不能压倒我们,我们坚信党的正确政策一定会得到落实。

本申诉书如有不当之处,请予批驳;如何处理,请予复示。

申诉人:罗荣渠

(北京大学学术委员会委员,历史系副教授,亚非拉史教研室主任,中国拉美史研究会副理事长)

罗荣汉

(重庆市市中区政协委员,重庆中医学校学术委员会副主任委员,讲师)

1984年9月

谈晋升教授

（致罗荣泉）

我校这次是全国高校提职的4个试点单位之一(北大、清华、交大、复旦),已获得教授、副教授的自己审批权。我们这次的评审晋级工作也已基本结束。这次我系只评升了4名教授,我是其中之一。这也是一生奋斗的一个小结:升到高等学校最高职称;但就自己的学术道路来说,只能是一个新的起点。这学期工作一直较忙,今后的工作会更忙,兼任的社会工作也会愈来愈多。这也是我考虑到不宜再把妈妈接来的原因之一。

职称评升,争夺激烈,关键问题还是要有具体的学术成果,不论你工作多忙,都要在这方面有所准备,首先要在你们学校内有突出表现,学校自然会向上推举。……

（摘自1985年11月3日信）

父亲冤案终于得到平反

（致罗荣泉）

荣县人民法院对父亲冤案撤销原判的复查判决书已寄到我

校,由历史系转来,当即复制数份,现寄一份给你。判决书未附信件,至少我未见到,也许有信给北大组织。

这次申诉历时一年,所费周折不大。复查判决书对父亲解放前的总概括,我看还是写得比较好的。我们在申诉书上提到的,基本上都得到肯定。只是说明"按起义人员政策对待",未明确本人是否算起义人员。我们都是"法盲",请你推敲一下,有意见还可提出。

剩下的问题:一是有关亲属的通知,想寄给荣县法院一个名单(不知他们是否已通知你校,还是只给了我和荣汉两人);二是善后落实政策问题,是否有需要退还查抄物资等问题,我不清楚,也不知是什么手续?通过什么机构?

死者可以瞑目,而妈妈在有生之年能见到此案复查结果,也可告慰于万一了。

(摘自1985年12月18日信)

母亲安顿等问题

(致罗荣泉)

妈妈已领取抚恤补助费,迁回桂花巷,这些你大概早知道。荣汉来信说妈妈还是想出来,他提出是否可集资在重庆为妈妈购一间房子,搬去由他照顾。我看问题是重庆能否找到离他住处很近的住房,远了不解决问题。如能解决,这未尝不是一个办法。

我原想在今年暑假回荣县一行，办理寻找父亲的遗骨和安排迁葬等问题，原已告诉过你。最近我思想又有一些动摇。我们兄弟姊妹无一人在荣县落户，今后将更形疏离。父亲在老家虽有一定历史影响，但毕竟不是乡贤之辈。地方上不可能为他树碑立传。我们子女虽然可以花一些钱去寻找遗骨，甚至立一墓碑，也只能是作为一项平反活动，扩大影响而已。从长远来看，今后是没有人会去照顾的。连老家的祖坟也被盗一空，何况今后的发展趋势，若非具有重要历史影响的人物，又无后人照看，这类活动至多也是给远房亲属一点暂时好处而已，对我们来说，对子女后代来说，似乎都没有多大意义，不如写一两篇文章纪念一下算了。此事如何处理，我尚未想好，先征求一下你们的意见再说。父亲九泉有灵，对此是否会有意见？

（摘自 1987 年 1 月 22 日信）

谈 1987 年初学生闹事及现代化研究项目即将上马

（致罗荣泉）

年前外地学生闹事，北京比较平静，北大也如此。只是后来北京市匆匆发布禁止游行的《十条》，反而激怒了学生，一种“逆反”心理使少数学生上了街。不想此事造成如此严重的政治后果，令人难以理解斗争内情。广大群众目前都是不理解并持观望态度。从各种情况来分析,只要经济发展不变和对外开放保持,估计就不大可能重新来一次大折腾。只是事情之变化如此之速,在人们心理上造成极恶劣影响,改革前景看来是阻碍重重了。

我的科研项目“世界各国现代化比较研究”已列入“七五”规划国家项目,估计可以争取几万元研究费。今后准备重点转向这个有巨大潜力的研究课题,只是组织班子并不容易,中年以上大多保守因循或有自己的小算盘,只能在青年人中物色人选。但这样一来要花不少时间在组织工作上,成果如何,尚难预计。

(摘自 1987 年 1 月 22 日信)

不打算参加民革

(致罗荣泉)

近日,…… 来我家[谈参加民革事]……,用意在改革民革这类民主党派的结构,以学术界人士充实之。来意要求尽快决定,因下届人大等就要改换人了。过去有人找我参加民盟,我已谢绝。这次让参加民革,毫无思想准备。我尚未回答,但基本倾向是[不打算参加]……不知你对此事有何看法?

(摘自 1987 年 9 月 21 日信)

赠秋水[1]

（七律　1987年）

1987年9月秋六十岁生辰，秋水来访，赠七律一首。

别来无恙又经年，南国风潮几度传。
才听惊雷沉四野，忽传夜雪报春寒。
文锥痛砭匡时弊，独胆横陈逆耳言。
壮志消磨心未老，仍余剩勇战狂澜。

赠明霞君

（七律　1987年10月）

孙明霞君，兆民在重庆学运时之挚友也，其事迹已写入《红岩》，久闻其名，无缘见面。近闻孙君身患不治之症，兆民嘱书寄赠，故口占一绝，以志永念。

---

① 秋水即辛秋水，系作者50年代初期在中苏友协总会工作时的同事。1957年被错划为右派，1979年得到改正，调安徽省委宣传部工作，现任安徽省文化扶贫与村民自治研究实验中心主任。——编者

红梅岭上放春华，热血渝州吐紫花，
不尽江流连蜀楚，风迎万里送归霞。

谈到贵阳开会及讲学事

（致罗荣泉）

贵阳开会通知已寄到。会名："中国的社会改革与社会学的发展研讨会"，时间 11 月 25 日（星期三）——29 日（星期日），地点花溪宾馆，主办单位是贵州社科院社会学研究所。11 月底南方也较冷，我一般是不愿在冬天去西南，但考虑到可以顺便去遵义看看你们，公私兼顾，机会难得，还是决定去赴会。我这次是特邀代表，在大会上可能要做重点发言。主要是我的论文《建立马克思主义的现代化理论的初步探索》，此文得到《中国社会科学》编辑部的高度评价，提出了重大的理论问题。如要讲学，我可讲这个题目，其他题目当然也可以。

（摘自 1987 年 10月 28 日信）

贵州之行的印象

（致罗荣泉）

此次贵州之行匆匆，但一切安排都较顺利，预定的全部计划都已实现。明天如果航班正常，当于下午 2∶15 起飞，明晚 5 时过即可抵达北京。

此次遵义之行，由于你事先安排周到，师专领导予以隆重接待，是在预计之外的。请代我向师专和教育学院的领导表示致谢！

遵义的情况，比我预计为好，估计主要是近年来有较大发展。你们一家人的情况也比我预计的好，岳母给我留下了一个好印象。两个孩子也在健康成长，只是小冈学习不大用功，是较大的问题，只有随时督促检查。看他的资质并不差，可能主要是学习时精力不集中。罗曙小时也是如此，危害不小。

此间会议进行也较好，有生气。昨天上午贵大历史系主任邀请去该系做报告，中午由张副校长等宴请，下午我乘贵大便车进城去看四婶（因不便联系，未能通知张勤），孝质、孝思兄弟和孝质的大女儿均见到，晚饭后由医院派车返回花溪。

今天上午闭幕式我做了一时二十分的最后发言，然后会议完满结束。本来闭幕应在下午，因有人建议去贵阳一游，早结束半天，早知如此，我本来可以安排今天下午进城的。

（摘自 1987 年 11 月 29 日信）

伤逝——写在母亲去世以后

（致易尚志、罗香谷）

尚志、谷妹：

报丧电文收到后，一直在盼望有关妈妈去世的详情，知道你们正处在极度哀伤与忙乱之中，也就安下心来等待了。……

接来信，知妈妈病情变化很快，拖的时间不长，可以说是无痛苦地安息了，就此而言，不论对死者和生者来说都是聊可告慰。……

这次妈妈去世，子女5人只有你们亲守病榻并最后送终，荣汉已返回成都竟然也错过最后时刻，罗晓夫妇有意返回又遭来电所阻，这些都令人深感遗憾。解放以后，我两次接妈妈来京奉养，前年罗曙夫妇分房搬出以后，我就决定把妈妈再次接来，在京怡养天年，那次如抓得紧一些，早日成行，不摔跤，估计妈妈是完全可以更加高寿，在生命的最后几年多少享一点清闲之福。这也使我深感遗憾，命乎？天乎？

自妈妈1965年返成都之后，近二十多年来，供养重担一直承担在你们夫妇身上，生老病死，数十年如一日，代我们尽了人子之道。最后又全权安排后事，看来一切都做得井然有序。我与颖如和女儿们在此谨向你们深致谢意，——作为长子代表全家的谢意！尤其是对尚志的谢意！……

许家老一代的最后长辈逝世了！罗家老一代的最年长的长辈逝世了！薪尽火传，我作为父母亲接班一辈的长子也已经年过花甲，也完全可以退居二线的了。光阴过得如此之快，我们这一代也要准备向下一代交班了。每当想到马克思随时都可能来召唤，自己时时都有巨大的紧迫感。烈士暮年，壮心未已，特别是年来经常处在超负荷的运转状态，深知生命有时而尽，但当临终前回首往事之时，总要力求无愧于己，对后代们说：我已把自己献身于中国现代化的事业。有我的这支笔，述往事，思来者，上下求索，成败利钝在所不计，意在斯乎？意在斯乎？但来日无多矣！

书不尽意，难尽所言。双亲九泉有灵，亦当可以安息矣！

荣渠

1988 年 7 月 8 日

欢迎来报考硕士研究生

（致梅俊杰）

小梅：

来信收到，寄来的译稿也由你的朋友亲自交来，我尚未来得及细看，只是觉得原稿内容不太理想，过于琐细，可见选材之难。此文要付给你微薄的稿酬。

欢迎你来报考研究生，并对你寄予希望。问题是今年硕士生的考试科目改为世界史、近现代史、亚非拉史，临时我才知道，已不好更改。这种考法,世界史的分量占得太大、太重,而亚非拉史一般学校的学生未学过。补救之法是在亚非拉史中增加可供考现代化专业考生考的题目,任其选作。

考试主要是考分析研究问题的能力,而不是考背书的功夫,因此应在通盘理解融会贯通上下功夫,多读一些报刊上已发表的论文,提高分析能力。当然也要考一些知识面上的问题,主要是通过名词解释来测定。现代化专业理论不是考试的重点,看看我在《历史研究》、《中国社会科学》上的三篇文章为主。要关心理论界动态。

明春4月我要去英国访问。可能在假期中要请你把我的一篇文章译成英文,不知你假期在何处?

祝成功!

罗荣渠

1988年12月10日

参加纪念十一届三中全会十周年理论讨论会

(致罗荣泉)

这次理论讨论会,从800多篇文章中选出了191篇,都有奖,其中22篇获优秀论文奖,我的《论一元多线历史发展观》即其中之一。这次中奖,殊不易也。这说明时代的潮流不可阻挡,马列主义只有发展才能生存。去年我连续两次得一等奖。另一篇是在《中国社会科学》上发表的那篇讲马列主义现代化的论文(初稿带给你了),获北大二届科研成果一等奖。一年之内,收获如此之丰,大概表明已进入我一生的极盛时代了。

理论讨论会济济一堂,宏论甚多。此会毕竟是解放后一次盛会,中央表示重视理论,还要发一个党内文件,推动理论工作和要求各级党的领导加以重视。形势还是在慢慢转变之中。

这次会议,贵州省似乎连入选的论文都没有,不知何故?可能工作上有问题,但也在一定程度上反映贵州社会科学的落后。这次四川省社科院有一篇论文获优秀奖,在全国各省、市中较为突出。(上海、北京两市社科院均未有入选优秀奖的论文。)

目前经济形势十分严峻,今年情况是否能控制,未敢乐观。中央对此感到非常紧张,深怕各处闹事,在理论会上打了"招呼",要知识界振作精神。

……今年国家教委要召开纪念"五四"的较大学术讨论会,论文在全国高校中征集选拔。我任此会领导小组秘书长。这样,就加重了今年初之工作量。

(摘自1989年1月22日信)

遥寄神州梦里人

(七绝 1989年4月)

1989年4月游学英伦,乍暖还寒,晴雨无常,咽炎时发,偶成绝句。

半月离家倥偬行，愁云苦月锁英伦。
春宵竦听风寒厉，遥寄神州梦里人。

生活中的唯一捷径是自己的全力以赴

（致罗晓）

罗晓：

今年5月份收到你一封来信，这大概是你写给我的很少有的一封具有严肃意义的家书。当时我看了很为感动，决定要写回信，又因为北京的学生运动急转直下转移了注意力，后来我又忙于准备去欧洲旅行，因此这封早想写的回信一直拖到今天。

感谢你对我只身在国外生活和关心和忠告，特别是你提的"尊重他人，关心他人，帮助他人，理解他人"等等，都是非常中肯之言，从这里可以看出你阅世以来思想成熟得很快。听到这些忠告我心里感到的是高兴，并不想到要去摆出什么家长的面孔。

来信中对我最尖锐的一句批评的话是："但在一定意义上我不能不说你并不是一个称职的父亲"，使我深深震动，首先是感到自己的内疚，因为我过去从来没有从这个角度考虑过问题。我小的时候，爷爷就很少管教过我，他总是忙他自己的事还忙不过来，主要是奶奶在管教我们，但我似乎从来没有想到过爷爷是否一个称职的父亲的问题。我在学生时代，基本上是一帆风顺，家道蒸蒸日上，但我并没有想到过这对我的前途有什么关系。我一贯的思想都是自我成长。1949年的解放，使整个社会发生了翻天覆地的变化，这一点我是慢慢才体会到的。爷爷的地位和家庭的根基已被彻底推翻，但对这一切我并没有与我个人的命运联系起来，迟迟地不能明白地认识到这一点，大概就是因为我从未想到过凭借这个家以为援引。解放后，十分幸运的是我以一个大学毕业生的崭新姿态独立参加了工作。我在工作上学习上都干得很认真，即使在背了家庭历史的包袱之后，我仍然是如此，总在孜孜不倦地努力自我奋斗。现在回想起来，我这一生的经历是多么的不容易啊！当我回到成都会见几十年前的老同学时，我才发现自己的幸运。这种幸运使我呆在北京工作（这一点使我比你们的二叔远为优越）。但除此之外，是那种不甘于自我沉沦，不甘于灵魂平庸的远大志趣一直在激励着我，激励我在直面人生，努力进取。不管自己处在任何逆境里，总可以像鲁迅所说的那样，去战取光明，即使我们自己得不到，也可以留给后人。

你和你姐姐在我身边长大，但你们只看到我日夜伏案，孜孜不倦地工作，你们不可能了解这日日夜夜的背后我付出了多么艰辛的劳动！我在大学的四年，时局动荡，学潮起伏，很少系统地学习到多少专业，特别是世界史专业的知识尤为缺乏。1949年参加工作以后，我几乎是完全重新开张——自学俄文，自学过去完全无知的苏联问题与中苏关系史。1956年形势变化，我转了业，名义上是回到自己的“本行”，事实上是从头学起。我以超人的毅力迈入大学的世界现代史教学科研的新领域。这不是出于自我选择，而是形势所逼迫。1961年下放回来之后，又从世界现代史转到拉丁美洲史，去完全开拓一个自己根本陌生的新领域，并非是出于我的爱好或赶风头，也完全是出于政治形势所迫进行的必要调整。一直到四人帮垮台，中国的政治形势和教育领域才发生了重大变化，也就是说，经过了三十年的自我挣扎，我才开始真正地在政治上稍松一口气，也正是在此后的十年里，我终于探索到我自己学术发展的方向与道路。比起一些幸运的人来说，我这四十年走了多少弯路，似乎不断在从头开始，但每次我都像第一次那样，非常认真地全速前进，这需要付出多么大的劳动啊！我在自我奋斗的前进道路上所承受的超负荷重担，使我对家庭的确没有尽到应有的责任，对子女没有尽到应有的义务。家庭对我提出这样那样的指责应该说都是有理的，但，有所取，必有所失，我要越出这个极限实在是力不从心了。

我们这一代对于你们姐妹，较之你们这一代对于你们的子女，是相差悬殊的。你妈当然比我做的好得多。但不管怎样，你们这一代比我们总要幸福得多了。我没有见过自己的祖父母，在我入世之后所承受的完全是这个没落家庭的苦难。罗曙未念上大学，我们深以为歉。你比她要幸运。你们毕竟是都在四人帮垮台以后才进入社会，不再受到政治上的歧视，尽管学历有深浅，能力有大小，都能在各自的岗位上很好工作，并建立了远比我们时代要好得多的幸福家庭，这些都使我深感欣慰和放心。当然，我们也希望你们取得更大的成就，特别是你的学历更高，对你期望更大。但你在这方面的上进心比你在学生时代是大大地衰退了。每一代人的生活道路都要靠他们自己去走，去选择。我们无法代替你们。可能我们没有当好向导和参谋，但我并不认为你自己已经做了应有的努力。比如说，出国的问题（我从不认为这是今天青年人的时髦的出路，此处不论。）。我从未见你做过任何真正的准备。生活中是有捷径的，那只是少数幸运者才能碰到。对绝大多数人来说，唯一的捷径是自己的全力以赴。这就是我一生的经验的总结。

我已经是60多岁的人了，我所开拓的新领域刚刚开始，深感来日之无多，更当加倍地抢时间做一点工作。接班人的工作令人失望，可能暴露了我自己的许多缺点。但时代潮流也大抵如此。我考虑要转到致力于自我著述方面，为后人留一点东西，述往事以思来者，也许更合适一些吧。

话长纸短，不尽所言，妈妈一人在家，望你们常去看望。我也思家心切，早想回去了！

父字

1989年7月16日于英国萨塞克斯大学

对你们寄予很大的期望

（致梅俊杰）

小梅：

5月10日来信早收到。你被录取，我也感到高兴。目前的问题是，希望你在假期中把积欠的事情都做完，进校以后，就全力投入新的学习。有的研究生入校后，仍搞许多“外活”，对学习影响很大，我是很不赞成的。

我可能在8月份寄给你一篇文章翻译成中文。

你译的《西化到现代化》一文，我在国内只是匆匆翻阅，到英国后才仔细校订一遍，总的来说质量较好，不知是否你独立完成，还是有别的同志帮忙。我另校订后，又重新输入电脑打印，以后我会带回给你看。你的英文考得不太好，不知是否偶然失误，希望一定要注意，努力提高，今后如没有很过硬的英语，很难有大的发展。李宏军译的那篇是初稿，后来我的发表稿又由《中国社会科学》找人重新译过，译的质量如何我不清楚，迄今未见到稿子。这两篇都准备用英文发表，或在国内，或在国外。

我在英国工作很好，有很大的进展，同时也访问了 Copenhagen，Paris，Brussels，Leiden（荷兰）等地，接触了许多学者与新书。原订6月底返国，现决定再延长3个月，10月初返国。你下学期开学可能不必再分配到工作单位了吧，因你已工作了数年（这是新规定）。可以按我的书单先自学，有的要精读的书，都要写 Paper。这个书单我还要修订增补，特别是英文书部分。你到校后，可以到我家先见见你的师母——周颖如，再见林被甸老师（副系主任），见见你的师兄——董正华、严立贤、王小平、韩昕，他们会帮助你。

我对这门学科充满信心，大有作为，对你们寄予很大的期望。

匆此即问

夏安！

罗荣渠

1989.7.24

在 IDS 访问研究期间给 4 位研究生的信

（致×、×、×、×等）

×、×、×、×诸君：

7月11日来信收到。得悉你们假期仍赶回学校补上被打断的正常学习，这当然是值得嘉许的。但整个说来，几个月时间中你们没有来过一封信，而寄来的这封信又是空空洞洞，使我感到失望。看来是××忙着要我写推荐信，否则恐怕连这样一封信也是不会写的。

学运大潮打乱了一切正常生活、学习、工作，我怎样不通情理也会谅解这一点的。即使你们在这两三个月中一个字也没有读，我也不感到奇怪。奇怪的是只字全无，我去信之后迄无回信。×××要去美国留学，本来是应该主动给我来信征求意见的，甚至连推荐书写了也未通知我一声；×××的情况也是一样，来信说研究课题是"用迟发展理论比较中日现代化"，这个题目也未与我商量过，因为考虑到比较中日双方，花的力气更大，已经改为只研究日本一方现代化，为什么突然又改了？总之，我发现你们现在做事都是随心所欲，尽管现在我还是导师，就是如此，以后独立门户就更不必说了。

你们几位博士进校以后我就对你们指出过任务之艰巨性，以引起你们的重视。但你们自进校以来的表现就很难令人满意。第一学期的课，你们都没有什么可以证明自己学习成绩的凭据，第二学期由于宏观原因又是这样的情况。从表面上看，似乎我要求你们非常严格，但实际上任何要求都几乎没有完成过，所谓严格不过是一句空话。

我出国之前说过，×、×不是历史系本科毕业，出国前必须经过专业考试。出国之后，我的想法已有改变，如有机会出国看看，对一个世界史的研究生非常必要，即使本身没有学好基础，出来也总会有种种收获。因此，只要有可能，在研究生期间能争取到出国进修机会，我就决定放行。何况出国狂潮弥漫全国，青年人都做着黄金梦，我又何必去挡，挡也是挡不住的。这次学运使我看到了中国青年仍然是热血沸腾，关心国运，我深为感动。但是，运动后期却忘乎所以，结果成事不足，败事有余，也绝不是偶然的。这使我对如何估价当代中国青年，必须重新思考。

国运艰难，世局动荡。在这种形势下如何做一个导师，如何研究学问。这是我要认真思索的问题。对于你们，则是如何做一个研究生，是否值得继续做下去，也是应认真思索的问题。对于博士生来说，我想主要是依靠自己的努力，导师毋需管得过细，主要是把握研究的方向与质量。你们做学问的自觉性如何，需要你们自己检查。至于其他的种种杂念，我也不想过问很多。但是否能坚持下去？是否有此必要？是否有价值？等等，则要你们认真考虑，以免耽误前程。我想今后只把一个质量关。为了避免个人的主观，或要求不切实际，今后将组成一个评议小组来评议你们的成绩是否合格。不论你们是否出国，以及出国的表现如何，在中国都按中国的标准，由评论小组来审定你们。

××年龄较小，作为硕士生来要求，与博士生要有所区别。他为教学做过一些服务工作，完成得较好。下学期可选新课，或按我指定的书去读，希望一定要把 Diete，Senghaas 的书读完。

我这次到 IDS 访问研究，收获较大，欧洲风云聚会，学术中心甚多。我在这期间访问了哥本哈根、巴黎、布鲁塞尔、莱顿、阿姆斯特丹，眼界大开，结识了一些欧洲学者，谈成一项六国合作的国际学术研究项目。此行使我的现代化理论有很大提高，参考书目以及所编的译文集要重新修订。古人说："昨夜西风凋碧树，独上高楼，望尽天涯路"，天涯路是望不尽的，关键是要知道天外有天，知道通向天涯的路何在，知道学术的海洋确是海阔天空，大有可为。我已来日无多，甚盼后继有人，但这些不是可以主观强求的。

我在 IDS 的研究将延长 3 月，9 月底结束，准备 10 月初返国，有什么急事，随时来信，邮资可找巫永平报销。

就写到这里，你们对培养有何意见，可以来信，但看来按原计划完成学业是否已不大可能了！顺颂

学安！

罗荣渠

1989 年 7 月 25 日

谈研究生培养及有关评奖事

（致林被甸）

被甸：

7月17日来信收到。前此收到过你7月13日来信，因相距较久，上次写信时忘了提到。但上次信中只涉及研究生考试在进行中，并无录取情况，至今我并不知最后录取者何人。曾收到梅俊杰一封来信，知他已被录取。看来也是你事情太忙，不足为怪。老马走后，担子就更重了，老马[克垚]在此也常念叨此事，目前势成骑虎，也只好勉为其难了吧！

风云突变，洒向人间都是怨。今后一个时期估计工作将十分艰巨，学生运动实际上是帮了倒忙，不知是否有人能好好总结这一经验教训。由于形势变化，上报优秀成果奖一事发生变动，毫不足怪。我自己原来就是抱着为系里领奖去的目的，取消了毫不遗憾。这几年我多次获奖，这样容易溢满，从来不合中国人处世之道。满遭损，此不易之理也。只是后来听说是有人诽谤，则甚出意外，我从来没有看过何×[①]的文章，即使有某些相似观点也是常有之事，是否抄袭本来很容易鉴定出来。如果是因为这个原因取消上报，则显然失当，有是非颠倒、黑白混淆之嫌。近年来，系领导对我的

① 何×来信自称他最早提出"一元多线"的观点。——编者

工作是很支持的，我深为感谢，但自己深知开拓之难，对各种非议早有思想准备。我仍将自己走自己的道路。几年前，我曾写一诗以自慰，赠你留念：

一代风流付劫尘，羞将华发换闲情。
曾浮东海探龙穴，不羡峨山送晚晴。

此取“天意怜幽草，人间重晚晴”，反其道而行之。这就是现实人生的道理吧！

我最近给研究生的信，给严立贤的推荐信，想来都已转到你手中。不知你有何意见？……严立贤好学，但较书呆子气，同时只懂日文，视野受到很大限制，如去日本，英语还要丢下，这样对他的学术发展反而更为不利。……　×、×、×的精读成果，应写成读书报告，各人单写，不能合写。各人已看了哪些书，写出了什么东西？……三人对自己博士论文选题已有什么考虑（事先已指定方向）？估计3年很难完成［博士生］学业，他们自己如何考虑？……下学期新入学研究生，可先按我的指定书目自学，最好有统一进度，要求重点写写读书报告，先布置一份。可选新课，特别是有关发展经济学的专题课。

以上安排，如有不当之处，你可斟酌情况改变，又加重了你的工作，深感不安。

我在此间研究工作顺利，延长3个月大有必要。IDS有关拉美的材料很多，专家和拉美来的学者也不少。我很希望你下定决心，继老马之后来此进修一段时间。拉美方面我找到几本很重要的新书,其中一书是 Peter F. Klaren 编的 Promise of Development,作者已直接寄给两本(寄到北京),你可以到我家去取一本。我现在与老马住在同一单元内,朝夕见面,不再寂寞了。匆此问

暑期过得好!

荣渠

1989.8.14

访问欧洲

(致罗荣泉)

我于今年 3 月底到伦敦出席一个国际会议,然后就在 IDS(The Institute of Development Studies,发展研究所)做研究工作。原定 3 个月后即返国,不料天安门事件发生,举世震动,在国际上的反响尤为强烈,以此推迟了 3 个月,即获得 IDS 延长访问期 3 个月,9 月底结束。虽然不难得到美国方面的邀请,但我仍准备回国,已决定于 10月 1 日坐英航班机去香港,2 日抵港,在那里逗留一周时间,即直接坐火车返京。

这次英国之行是我 3 次出国中收获最大的一次,主要是这次研究的目标最为明确,而 IDS 在这方面又享有国际声誉,图书资料丰富。原定之研究项目得以较好完成,在这期间,我又访问了哥本哈根(丹麦)、巴黎、布鲁塞尔、荷兰的莱顿和阿姆斯特丹等地,特别是巴黎之行,观近代欧洲文明之风采,大开眼界。

在国外不可能正确了解国内形势之发展。这次学运搞到如此地步，令人痛心，成事不足，败事有余，良可慨也。今后中国将出现什么局面，现代化进程是否可能中断（breakdown），实堪忧虑。当前整个国际社会主义运动都处在一个严峻时刻。苏、波、东德、保等国大量居民奔向西方国家，全世界的难民问题除中东以外几乎全是社会主义国家的。我国留学生大量出国，在这次运动之后估计会有很多人长期滞留海外，在国外看到这些触目惊心的现象，甚为惶惑。前往伦敦 Highgate 公墓谒马克思墓碑，思绪万千，成诗一首，录出于下：

我于 10 月 1 日从伦敦起程，时间已是傍晚，第二天下午 7 时许抵达香港机场，在港停留一周，主要是观光和访问香港中文大学。香港是东西方文化合璧的现代化城市，其特征是摩天大楼与东方众多人口麇集相结合，噪杂异常，令人窒息。

9 日由香港乘直达火车到广州，在海关上就被取消掉一样国内取货的大件；按新规定，只能带一件进来，另一件电视机还需退还，这算是回国挨的“第一棒”，在广州停留四天，在中山大学访友，进行一次学术座谈（与历史系研究生），参观了广州一些名胜。

13 日乘飞机返京。半年欧洲之行到此结束，平安归来，躲过一场大乱，也算是重大“收获”之一。

学校情况，比想像中要好一些。……要想像过去那样搞政治运动，已不可能，空穴来风，总是到处都有，不足为惧。我们这一生已饱经忧患，年过花甲，更是无所谓了。当然，要学会保护自己，同时还要发展自己，故也不能畏首畏尾。去年我有三个博士生、一个硕士生；今年在我不在的情况下又招进两个博士生，一个硕士生，膨胀近一倍,有些冒进。但事已如此,只好干下去。学生受现实的极大影响与冲击,能否成才,大成问题。但这不是个人所能为力的。在力所能及的范围内,总要爱护青年,保护他们的成长。目前负担甚重,但精神上并没有被压倒。胡适曾经说过:做了过河卒子,只有拼命向前。

(摘自1989年10月30日信)

夏夜偶成

(七绝　1989年9月)

踏歌寻步英格兰,灯火阑珊忽半年。
夜梦飞舟还故土,高吟无处寄长篇。

谒马克思墓

(五律　1989年)

往伦敦 Highgate 公墓谒马克思墓,默立墓前,思绪万千,成诗一首。

亡命垂千古,异国护幽灵。

疏林掩旧墓，野草长新坟。
上帝评功过，人间拜鬼神。
丰碑何必树，偈语也勾魂。

（偈语，马墓碑上题语：全世界无产者联合起来。哲学家的任务是改造世界。）

马墓之照片待回国后，将洗印送你留念。

（摘自1989年9月5日信）

英伦杂咏

（五律　1989年）

旅英匆匆半年将过，夜不能寐，偶成五律一首以志此行。

惊雷沉旧梦，落日黯英伦。
斗室窥天地，汪洋测雨晴。
翻身防碰壁，杂学倍伤神。
漫步疏林晚，残霞染绿坪。

1990年4月赴美出席会议情况

（致罗荣泉）

我接受教委的临时出差任务，4月18日起程去美国华盛顿出席一个中国问题讨论会，在美呆两周左右时间。形势严峻，此去有一点人民外交的味道。这个任务很难完成，又不好拒绝，只好去走一趟，知其不可为而为之；教学也要受此冲击，近来就更忙了。

（摘自1990年3月25日信）

4月18日起程赴美，在华盛顿开了一天会，其余时间的活动都是顺访性质，到了纽约、波士顿、旧金山等地。原来估计较严重，后来才发现各地领馆以及国内教委均无硬性指示，此行反而变成一次较轻快（很累）的公费旅行了。以后接着是个人分别活动，就更方便了。会议反正是一般学术性议论，并非官方性质，发一通议论也就完了。再就是会见一些朋友，学者和学生；这次去到处都有我的学生，与过去不相同了。

（摘自1990年5月29日信）

1990年下半年科研工作情况

（致罗荣泉）

今年暑假，……我一直忙着赶写一篇论文：《中国走向现代化的艰难历程》，这既是我自己的写作研究项目之一，又是为了参加本月底在北京召开的"近代中国与世界"国际学术讨论会，一稿两用。因时间仓促，最后匆匆收笔，送去打印。此文对中国近代史的研究可能会发生一点"影响"或"刺激"，要到开会以后才知道。意识形态抓得很紧，是"收"的形势，但又不能观望不前。因为来日无多，观望到何时为了？总要用笔为后代做一些事情。历史学总要关心民族与人类的命运。"苟利国家生死以，岂因祸福避趋之？"这些问题在脑子里萦绕之久，下笔时有千钧之感。上月20日与季羡林、赵宝煦同在《光明日报》座谈会上发表谈话，不知报上登的谈话你读过否？下月《中国社会科学》第5期将发表我的《论现代化的世界进程》，是又一篇力作，对构成我的理论构架有重要意义。

今年到处都在纪念鸦片战争100周年，……我一般都不参加。对上述的国际讨论会略寄一点希望，但……也不能寄太大希望。

下学期无课，集中力量把"七五"的国家基金项目争取大部分完成，留一"尾巴"到明年解决，这样就可以说是"功德圆满"了。现在出书很难，编的第一部大型资料选编《从西化到现代化》，拖了两年，最近才见到样书。

（摘自1990年8月21日信）

谈写作中国现代化进程的论文

（致罗荣泉）

暑假以来，我一直在研究中国的现代化进程，非常艰苦，但收获也甚多，正在把8月开会的文章彻底修改（该文将在下期《近代史研究》刊出），新稿4万字，将是对中国近代史研究之突破。我现在正处在思想的高峰期，自当激流勇进。目前形势倒退，万马齐喑，很多人都做缩头鸟。我并不准备苟活，就要冒一点风险。凡是开创局面的人都是有风险的。为子孙后代着想，义无反顾，还是要有思想准备的。……近来翻阅近代史方面的论著较多，深感几十年来学术被政治扭曲得不像样子，研究远远落后于国外学术界，良可慨也。

（摘自1990年11月5日信）

赞赏你保持着一颗中国心

（致×××）

××：

先后两封来信均收到。很抱歉，第一封信未及时给你回信，看得出第二封信有些急迫心情，所以决定马上给你回信。

第一封信给系里的张万昌、郑必俊、何芳川、林被甸几位老师看过，何老师还给教研室的老师们谈到了。大家看了以后，一致的反映都很好。张万昌亲自对我说，你的行为"难能可贵"，并要我写信给你时转达他的赞赏的心情。总之，一句话，大家都非常支持你的行动。××，你做得好，我们支持你，祖国的人民支持你，因为你做了对中国人民有益的工作。这工作是在美国的中国留学生都应该做，都能够做，而却很少人去做的。

在开放的大热潮中去到美国这个"自由世界"的中国学生，数量很大，我看可分为三种人：一种是真有抱负，到西方去学习真本领的，这种人不论在国内和国外，我相信他们都是能有所成就的。这是少数。一种是在国内找不到出路，到国外去另谋生路的，这种人中的幸运者也可能有所成就，但多数人恐怕只能混日子过下去了。现在又增加了第三种人，那就是以海外作为基地的持不同政见者，他们今后会演变成什么样子，我实在不敢说，因为这是一个大杂烩。中国之内不允许政治反对派的存在，这种反对派只能投向国外，…… 我所担心者是，这三种人长期在外，对中国的现实愈来愈不了解，他们自己首先就在“异化”成为外国人，等待中国政治清明之后回来做“接收大员”，帮助中国“全盘西化”，恐怕也是想入非非吧。

我非常欣赏你的见解：“渐进式的改革对于一个有着 12 亿人口的、资源贫乏的中国是一条痛苦最少的通向现代化的道路。”但是青年人大都想来个痛快、彻底，愈革命愈够味，结果是“欲速则不达”，甚至适得其反……。今天中国的情势可能正面临这样的威胁……但我估计全面倒退也只是一些人的空想，局部的倒退还是可能的。我和你一样，是改革的真正受益者，对改革的感情也很深。“保护改革开放”！这话说得多好啊！

你希望得到系里老师同学的理解，请放心，我们是理解你的。你在做了这一切之后实有孤独之感。我看也不奇怪。如果是孤独的话，应看作是“光荣的孤独”。你怕受到误解，我看就更没有必要了。请你不要把国内的信息流通程度估计过高。你如果想在明年回来看看，我深表欢迎，不必顾虑太多了。

世界在大动荡。中国的稳定不仅符合自己人民的利益，也符合世界人民的利益。要在这样大一个国家中实现稳定，自由是会受到一些牺牲的。今天中国的现代化不存在最优选择方案，恐怕只能多害相权取其轻。这当然不是说要对现实一味迁就，而是说要采取韧性的战斗方法。否则，正如鲁迅所说，在现实生活中有很多左派是很容易变成右派的。

你出国几年，仍保持着一颗中国心，这是我深为赞赏的。请看那些刚穿上洋装就一副假洋鬼子相的人们，真令人啼笑皆非，有你这样的学生我深感自豪。说来惭愧，我们这一代人做得太少了，大半生都虚度了。希望寄托在你们这一代人身上。“士不可以不弘毅，任重而道远。”

感谢你的来信，因为这是对我的巨大信任，也是对我的精神的支持。这种互相支持是非常需要的。

匆此顺颂

夏安！

罗荣渠

1991.7.29

就争取留学生回国问题向北大校领导进言

（致吴校长、罗副校长等）

吴校长、罗副校长及有关校领导：

我最近连续收到一位留美学生从美国来信（一封是6月19日；另一封是7月18日），都谈的是她最近在美国为反对取消对华最惠国待遇到国会作证的活动，以及她近来的一些思想情况。读后我深为感动，决定将两信复印送校领导参考。因为是私人通信，考虑到写信人在美国的困难处境，我认为目前暂不公开她的姓名为好。

这个学生是我校历史系毕业生，后被招收为我的硕士生，毕业后去美国，在一所最著名的大学念社会学博士生。她在念大学之前当过工人，有10年工龄，为人热情，一贯关心政治和国家大事，活动能量非常大，这些在国内时就很突出。去美国后，她多次来信，对美国社会提出尖锐批评，对台湾也很不客气。“六四”前后，她是留美学生中最活跃的人物之一，但却始终看不起那些“民运分子”，自己独立行事。在美国人提出以取消对华最惠国待遇为要挟以压我屈服之后，她立场鲜明，几次自己花钱到国会作证和游说，坚决反对取消这一待遇，因而被“民运人士”视为眼中钉，受到围攻。为此，她深感苦恼，认为两边都不讨好，又怕国内师友对她在美国的行动产生“误解”，以后难以回国见江东父老。

我的看法是，这两封信反映了留学生的一些思想新动向，也反映了他们目前在国外的矛盾处境。他们一方面对国内改革的许多政策持批评态度，因而疑虑重重，不愿回国；另方面对西方国家的种种现象也不满意，特别是对中国人在国外受人歧视很为敏感。他们在思想上受到许多西方影响，但仍是爱国的，有一颗中国心在跳动，在大是大非面前敢于挺身而出，维护民族利益，自觉地进行了一些重要活动，这是我过去未想到过的。这说明我们培养的学生多数的素质是好的，而且很有活动能力，因此不应低估他们的爱国热忱而高估西方对他们的影响。我去年、今年去国外开会，遇到一些中国学生，他们都很关心国内形势和关心北大，看得出其中很多人（特别是文科）并不想在国外长期呆下去，但又不愿或不敢马上回来，这是改革开放后出现的一个新问题。

总之，目前国外留学生数量很大，情况复杂，变化不定，对他们应采取分析的态度，发展地看问题。要做工作争取他们，把他们拉回来，而不是拒之不纳。这一切都取决于我们的工作和国内的形势。

作为校务委员会委员，匆匆进言，尚乞明察。顺问

暑安！

罗荣渠

1991年8月2日

1991年所参加的国内外学术活动

（致罗荣泉）

我这次出国，先后去韩国、荷兰、德国一行，共20天左右，行程匆匆。韩国是初次去，因主要是陪同北大一位副校长去韩国大学联系交流问题，与本行的学者没有见面，只是一些"外交"形式的往来，收获甚少。去荷兰是开欧洲与亚洲的科技交流史学术讨论会的第一次会议，我主要是中国方面的组织者，没有专门发言，也很少收获。好在到西德玩了几天，去到马克思故里、波恩、明斯特、科隆、法兰克福等地，算是身心都放松了几天。只是德国学术界与我们的距离很大，谈不到一起。"六·四"以后，我们在西方的声誉大降。

回国后，首先是赶积压的工作、教学、考试。明年是哥伦布发现美洲500周年，有世界性庆祝活动。下月拉美史学会等联合在大连召开学术讨论会，我是非出席不可，只好赶写了一篇文章：《为

什么不会有中国哥伦布？——十五世纪中西不同航海发展取向的比较和思考》。这是在溽暑中写出的，刚刚草成。今年11月，日本邀请去参加一个现代化学术讨论会。因此，休息两天，又要忙下一篇文章了。我现在是超负荷运转，忙得愉快，但知来日无多，做一点算一点。当前最大的难题是我的几个博士研究生，因初次招收，缺乏经验，或是安排不够好，……在今后几年中都是我要大费力气而未必讨好的事，这也是前两年冒进思潮对我的影响吧。

（摘自1991年8月12日信）

事业在1991年有较大开创

（致罗荣泉）

近年来记忆力减退，而事务头绪增多，只记得年前给你寄过一张贺年片，是否接过你的来信就记不起来了。……我现在很需要一个秘书，但学校不可能配备；书房已太拥塞，图书什物都无处放了，只好凑合。颖如于年前已完全离休，但她近年来的记忆和思维能力似比我还不如，也不能指望她的帮助。历史的紧迫感使我加紧工作。我所创立的现代化研究中心已取得一些名声，但至今没有一个好的助手，研究生们也多不理想。由于博士生制度是3年时间，很难完成任务，因此招来的博士生对我业务上帮助很少，而我倒要花不少时间在他们身上。

但总的来说还是好事多些。去年是我事业有较大开创的一年。6月，去汉城和西欧一次（实际上等于是两次出国并在一起）。11月，去日本开会和顺访讲学，后者取得较大成功。去年获得荷兰莱顿大学欧洲扩张史研究所的海外研究员、墨西哥学院亚非研究协会海外会员的名誉职称。英美的名人录也来信要求收入条目（这主要是生意经，用美金去“买”条目，我没有要这种虚名）。校内担任了校务委员，并获得国务院颁发的有突出贡献的特殊津贴（每月100元）。这些虽然只是一种象征，但在当前这种政治形势下也来之不易。树大招风，红眼者和忌妒者是大有人在的，仍需谨慎从事，但也不能丧失应有的良心与品质去曲学阿世，难矣哉！

（摘自1992年1月14日信）

对一篇博士论文选题报告中理论性问题的意见

（致严立贤）

小严：

来信和论文选题报告收到，我将复印后给有关日本史专家们审阅提出意见。因春节无处可以复印；只有拖到2月底开学以后才能进行。这里只把我自己阅后的一些初步想法告诉你，以交换意见。

从选题报告来看，你学习很努力，时间抓得很紧，写作也很认真，也确有想突破旧框框、取得新成果的勇气，这些方面我都深为赞赏。但就目前的选题报告来看,是匆忙赶出来的,存在的问题还很多。专业方面的问题,只有等专家来评定;我这里只就选题的一般理论提出问题。

1.“寄生地主制与绝对主义现代化”——这个题目完全是日本式的。我不清楚日本史学界如何使用“绝对主义”一词;就世界史范围而论,绝对主义就是指17—18世纪欧洲从封建君主制向统一的现代国家过渡过程中出现的君主专制与王权提高。这个问题在学术上已经基本有定论。依田熹家称之为不是近代国家,而是近代国家的前提条件,这是正确的。我们作为中国学者写论文,应以使用通用的世界史术语为好,不必完全跟着日本人的术语走。

2. 绝对主义是属于国家政治体制范畴的问题,所谓“绝对主义现代化”,只能是讲日本从幕藩体制转向以天皇为代表的中央集权的君主专制,这只涉及政治现代化的问题。并不能作为现代化的一种基本类型,更不能把它与资本主义现代化对立起来,成为两种不同的现代化类型。因为资本主义是社会经济形态,它与绝对主义根本不是一个层次上的东西。“绝对主义现代化”(姑妄言之)也未越出资本主义社会经济形态,也只是资本主义现代化的一种形式或变形而已。这个问题,巴林顿·摩尔在他的经典性的著作里已讲得很清楚,提出了明确的理论分析架构“通向现代化社会的三条政治道路”。日本和德国是自上而下的“革命”(是否革命此处不论),是一种反动的或保守的政治形式,但这并不影响它们的资产阶级的资本主义的现代化的实质。摩尔的贡献正是在探索地主与农民阶级在这一政治变革中所起的作用。他的分析是否完善准确当然还是可以研究和商榷的,但基本理论框架是明确的,你现在提出绝对主义现代化与资本主义现代化对立，事实上是把已经比较清楚的问题搅混乱，真使我大为吃惊！

3. 西欧在现代化过程中，也经历了从封建制向绝对主义的转化过程，只是它发生得更早，拖的时间更长。这是内源性自发现代化转变过程的特点，也是西欧后来得以开展现代化的前提条件。日本是外源性现代化，它的这一变革发生得很晚，多重任务挤压在很短的时间内进行，与西欧的变革在本质上并无不同。

你在 p.11 中列举绝对主义现代化的四个阶段：第二、三、四都是与西方资本主义发展一致的，怎么硬说绝对主义现代化与资本主义现代化是截然不同的呢？前后自相矛盾。顺便指出，第二阶段称之为“垄断资本主义形成期”欠妥，不能把马克思主义术语随便自以为是地套用。

所谓绝对主义现代化，是把专制王权在现代化中的作用绝对化，把采用现代大工业生产方式和追求工业化都归功于王权，这完全只是历史的表象。事实上绝对主义只是提高王权，对建立统一的民族国家和统一市场是必不可少的。至于通向资本主义生产方式（在西方最早是商业资本主义的发展）并不是单靠王权来进行的，甚至主要不是靠王权。在研究现代化的过程时分析农村社会结构特别是地主与农民的特征与作用，当然是重要的；但现代化是多种社会力量的“合力”，摩尔的分析就是这样的，他也有片面性，即对劳工阶级的作用估计不够。（这在史蒂夫 Steve 的长篇论文中有补正，我已找人译出，收入文集。）

再说日本的绝对主义——天皇制，事实上还没有达到西方的绝对主义专制的水平，它的主要支柱是军部、财阀与现代官僚制，最后走向法西斯。当然,这中间经过了一系列的演变过程。

4.p.8 把近代变革划分为 4 种类型:Ⅰ.资产阶级的市民革命,目标是实行资本主义现代化,它只存在于西欧和美国;Ⅱ.封建主义的绝对主义革命,目标是绝对主义的现代化……Ⅲ.无产阶级革命,目标是社会主义现代化……Ⅳ.无产阶级主导的无产阶级与资产阶级相联合的新民主主义革命……。请问:封建主义的绝对主义革命是革谁的命?德国和日本不是资本主义的现代化是什么?这是把近代变革与现代革命混为一谈,把现代革命的领导问题,政权形式与现代化混为一谈,思想的混乱可见一斑。

5. 日本的寄生地主制,我没有研究过,不敢发言;但在讨论资本主义土地制时(p.5),你说在那里土地不再表现为社会财富的基本形态,这显然是信口开河。

你说在西欧是市民革命摧毁构成绝对王权的基础之一的农村地主制(p.3),也完全不符合历史事实;不论是对领主制与地主制的打击力量,首要的和主要的都来自农民革命,而不是市民革命。

把农民商品经济中产生的资本主义生产方式称之为“自下而上的现代化”,把特权手工工场和农村包买制称之为“自上而下的现代化”,不知有何根据?

6. 资本主义的土地所有制情况非常复杂,在不同国家有不同形式,小农土地所有制在封建时代与在资本主义时代大不相同,说小农绝不演化为地主—佃农的生产关系形式,也是非常武断的。

以上只是我在阅读过程中看到的一些比较突出的理论性问题,还有很多是史实性问题,需要研究过后才能发言。

正如你自己所言:“这是一个很大、很难而且理论性很强的题目”;从提纲来看,你想抓住日本史学界理论性不足的弱点,争取在理论分析上有所突破,这志向是好的。但这与你目前对理论的准备和对日本史的学习状况都很不相称。我一直主张你做小一点的实证性题目,一是考虑作为史学博士论文应在基本功上下一点实证功夫,对你今后的研究大有好处;二是可以取得较实在的成果,即使某些地方站不住,实证部分还是容易站住的,你没有采取这个建议,我认为主要还是你没有真正深入日本史,抓不出题目来,所以才落得做大题目,这种大题目不是短时期可以做出来的;时间不够要硬做,必然要落入不着边际的空谈,最后可能完全落空。你的论文的具体结构尚未见到,因此我还不清楚你自以为的“新意”到底在何处。是否有可能在具体的提纲中把问题再收缩一些,尽可能实证一些,这要看你今后的努力了。但我目前大体上可以这样断言,试图按目前的理论架构做出什么突破性的理论分析是根本不可能的。

这只是我的初步想法,此事还要请其他专家们来共同鉴定。你那边,也可以请教依田熹家和沈仁安(他回国后将请他参加答辩),并把他们的意见告我。

延长之事不知是否有希望。

你采购一台电脑,很好。但不知是什么型号,证明如何写法?请来信说得清楚一些。董正华已定于3月10日起程回国。

申请应聘一事,是否已写出报告?匆此顺问。

新春进步!

罗荣渠

1992年2月18日元宵节

漫议中国知识分子

（致×××）

××：

……

你的来信和几篇短文都写得很好，《我怎样被赶过了×××》更是一篇情文并茂的优美散文，我从没有估计到你能写出这样好的文章来。作为你的老师，我以曾经有过像你这样的学生而深感自豪。我读了几遍，然后给我的家人读，再传给系里有关的老师们看。现在是假期，碰见的人不多，下学期开学以后，我会设法让更多的人读到它。

这次……对你的打击，我想比之你过去经历过的一些坎坷，是比较轻的。当然，一个人处在有国难投，有家难奔时的心情，是可以想象的。希望你一定要沉住气。你的弱点大概是容易激动，容易被激怒。你自己也知道自己是一个不适合搞政治的人，但你却偏偏容易被激情冲动引向政治斗争，这就是你的悲剧之所在。你不是一个完全醉心于现代西方文明的浅薄青年，不论在何处都难以抛弃中国传统的某些价值规范，这又是你在新旧冲突中往往面临进退两难之困境所在。说老实话，我不知道是否可能和怎样解决这些矛盾。在短时期内，你生活在哈佛的自由空气之中，这些矛盾还不会给你带来多大的真正困扰。还是走你自己的路，……

你对今天中国知识分子的评论使我深为震动，也深感惭愧。但是请你注意，今天中国的知识分子是完全不能与东欧知识分子相提并论的。他们产生在完全不同的环境之中。知识分子——士，在中国有很古老的传统，但它是专制王权和官僚儒学的产物，科举制盛行之后，中国知识分子就完全成为御用的奴才了。在中国没有西方的市民社会，只有拥有某些半自治权力的以士绅为中心的民间社会，我称之为乡土社会。而这个承上启下的士绅阶层虽有相当大的social mobility，但流动的方向是上升为王权的官僚。19世纪后期中国传统社会开始崩解，出现了向市民社会转变的趋向，但还没有真正转变过去，新的现代军事专制政权又重新建立起来，连市民社会的幼芽也被摧垮了。因此，中国知识分子与西方知识分子实在是不同的类型，难以比拟。余英时在《二十一世纪》杂志上有一篇文章谈到中国知识分子的边缘化，不知你读过没有，笔锋犀利，见解深刻。

至于说到捷克的哈维尔，他那种从小事情做起的精神是很值得中国知识分子学习的。但他为了自己道德，原则与良心而不出口军火，就未免过于迂腐了。这种书生气十足的人是值得称道的，但在现实政治中肯定是要失败的。现实政治就充满种种污秽，要想出污泥而不染就不要去搞蹩脚的政治游戏。

作为一个知识分子，我当要认真思索今后我应该做一些什么力所能及的事。虽然能力菲薄，来日无多，但“知其不可而为之”，做一点算一点。……

我在英国时也常常想到中国，曾口占《梦归》一首：“重洋远渡英格兰，笑逐西风老半年，夜梦飞舟还故土，高吟无处寄长篇。”现抄寄与你，作为这封信的结束语吧！

诸多保重！

罗荣渠

1992.8.4

谈当选政协委员

（致罗荣泉）

原定3月初起程赴台，因上边的官僚主义文牍主义作梗，又要补办一些手续，起程时间只好延迟。是否还会出现阻拦也很难说。加之报上已发表我为八届全国政协委员，3月14日开始开会，也不好缺席，因此已初步决定将赴台日期推迟到3月20日（不准备等政协会议结束）。工作很忙，估计两个月后就要赶回来主持博士生答辩。政协委员多为在职与下台官员，或各党派头面人物，我以无党派人士身份被邀参加，总算是多年勤奋得到的社会承认，实为来之不易。握笔写墓碑之时，想到此事或许可以告慰双亲于地下。双亲得以平反，我等之有今日（荣汉当选四川省人大代表），都是托改革开放之福。天意怜幽草，人间重晚晴。倘能生存，我当然仍要努力学习，上下求索。

（摘自1993年2月24日信）

返乡吟——半世纪之歌

（七绝五首　1993 年）

一、1946 年自昆明返成都学友聚会

望江楼畔踏歌行，才别经年曲调新。
书阁空谈匡时策，生雏展翅出夔门。

二、1960 年自北京返成都拜见母亲访草堂

十载狂飚骤雨频，故园几度劫风尘。
少年盛气轻三别，壮岁方解三别情。

三、1983 年返成都祝母亲八十大寿

难得通途蜀道行，弟兄南北贺萱春。
高堂百劫身独健，一曲广陵散锦城。

四、1988 年返成都百花潭访友

汹涌洪波四十春，悠悠潭水千尺情。
才浮东海探龙穴，又上峨山祝晚晴。

五、1993 年返成都校友 50 年后重聚

世纪重逢两鬓灰，江楼日夜盼帆归。
老来仍做少年梦，聚首长歌惜余晖。

返乡吟——又一章

（七律　1993 年）

1993 年秋树德校友重聚，郭兄润生邀到其家中夜叙。郭夫子告余譬如攀登，正百尺在望，自当继续奋进，何可谓发挥余热，闻之感甚。

夜访江楼吐离肠，南云北雨几沧桑。
校园重聚童生老，故里寻踪傲菊黄。
归燕何嫌枫林晚，秋虫仍悸雪后霜。
佩君片语惊寒蛰，漫驾笔波学楚狂。

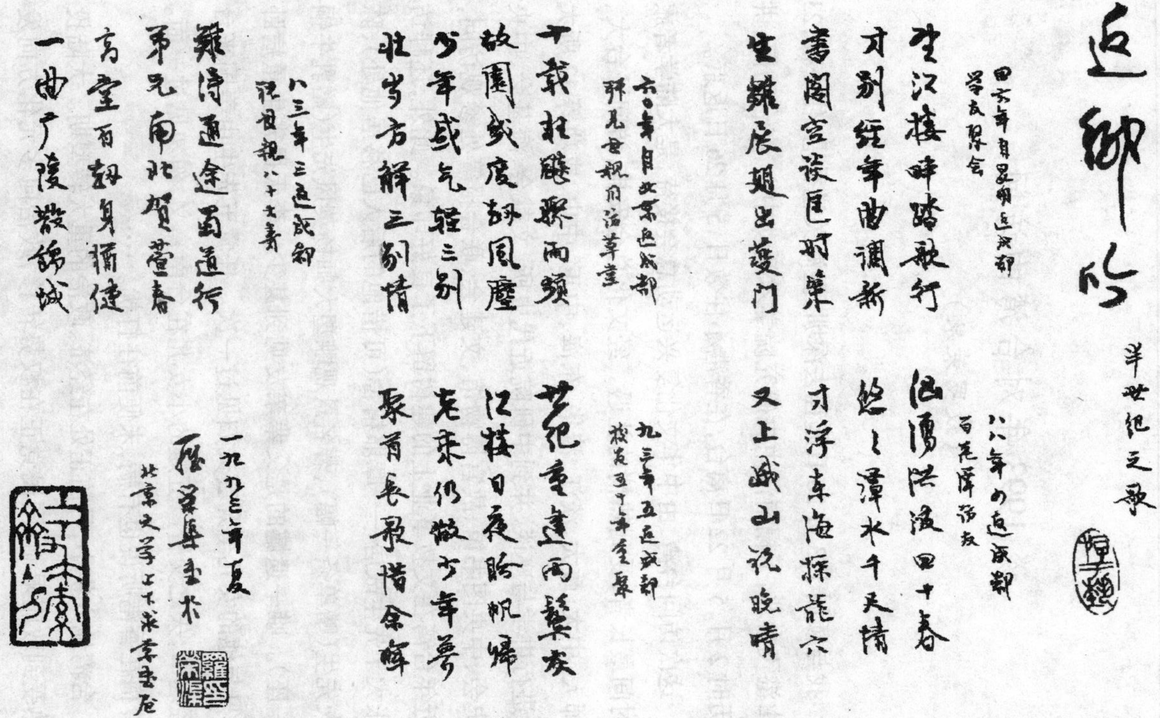

附：返乡吟——半世纪之歌墨迹

谈1993年对台湾的访问

（致罗荣泉）

我与颖如于3月20日起程去深圳，经海关过香港，住一夜，23日由港飞台北，下榻南港中央研究院学术活动中心，在台访问、讲学历时2月，5月22日离台，在香港小住数日，5月26日返京。

这次访问台湾，由中华文化复兴运动总会接待，是大陆学者旅台时间最长者，受到热情的礼遇。经文化总会安排，访问了台大、台师大、中大、政大、淡江、清华、东海、中正、中山、成功等12所大学，进行讲学与座谈，并到中研院近代史所、文献会、海基会、中央党史会、中央图书馆、故宫博物馆、文建会、联合报等处参观访问，对近年台湾在文教事业上的建树留下了良好印象。此外，还拜访了张大千先生故居——摩耶精舍（可惜他的后人已移居他处）、陈立夫先生（赠单条一幅）、著名景观雕塑大师杨英风先生（赠乳牛铜雕一座）。唯一遗憾的是父辈亲友见到甚少。李天民先生重病卧床，只与他的女儿李开芸夫妇见过一次。任觉五先生由美国来台已经返回，失之交臂。五嬷的小女儿在台南嘉义，匆匆见过一面。高岭梅在香港听说也有病，未便前往打扰。……

台湾地方狭小，目前正处在经济、政治的重大转型期。大陆投资热受到政府限制；国民党正在权势转移，政治向多元化方向发展，民进党与本省化势力将日益加强，立法院与政府中的本省势力都在加强；打斗文化令人厌恶；外省人特别是知识精英惶惶不安；普通老百姓甚为友好，很多人来过大陆，台湾对大陆的了解远远超过大陆对台湾的了解；教育普及，一般文化素质高于大陆，街上很少见有打架、骂人或乞丐；交通拥挤，但上下车秩序良好，我们从北到南纵贯台湾，总的印象是好的。但台湾前途却令人忧心……

（摘自1993年6月6日信）

中国正处在真正的深刻变革中

（致李树岭、罗晓）

小李、罗晓：

得知你们在加拿大总算安下一个“家”，感到高兴。这也是你们两年来奋斗的结果，是值得为你们感到庆幸的。

我对你们去国之行，深感矛盾。支持你们出国是为了能见见真正的世面，闯出你们自己的道路。每一代人均是这样走过的。但过去之漂洋过海者，一是在国内逼得走投无路，铤而走险；一是按正途出国留学深造，你们则两者都不是。出去之后首先得为衣食奔走，丢下专业，这是可以理解的。但这一去，也很可能就是一辈子在一条崎岖小道上与外国人进行不平等的竞争，这又是我感到颇为不值得的。至于说为了下一代那就只能如此宽慰而已。因为下一代的道路不需要你们去为他们铺垫。丁丁是一个好孩子，将来会有出息，但也不过是多培养一个小洋人而已。这些就是我的一些浮想，也不可能影响你们，只不过是谈谈心罢了。

中国正处在一场真正的深刻革命之中。这大概是一个半世纪以来中国从传统向现代化社会转变的决定性的大变革之开始，其势迅不可挡，这就是从未成功的计划经济重新回到市场经济。这一大折腾当然引起整个社会的大动荡。上月我参加全国政协去天津市郊区视察，对新兴乡镇企业跑马观花。据南方来的人说，在浙江沿海农村一带变化甚大，估计很快可能赶上台湾，甚至有过之而无不及。当然新生的问题也层出不穷，但这是大转变中不可避免之问题。因此，我对于中国的现代化还是有一些信心的。环视苏联东欧的蹒跚不前，我们的“摸着石头过河”还是基本成功的。只是目前的过热，搞不好又是大折腾。我认为中国仍未摆脱“左”的影响，总想超速前进。人们对于 Post-Deng(邓之后)，忧心忡忡，这的确难以未卜先知，但也许不必太过于杞人忧天。台湾在二蒋统治之后，逐步走向法治，就是一个先例。

你们带去的字幅，写的是“月下飞天镜，云生结海楼”，是李白的诗《渡荆门送别》。这两句写长江的近景，夜晚在江面上望月，好似天上飞来一面明镜；白天仰望天空，云彩变幻结成海市蜃楼。全诗是送别的，风格雄健，形象奇伟：

渡远荆门外，来从楚国游。
山随平野尽，江入大荒流。
月下飞天镜，云生结海楼。
仍怜故乡水，万里送行舟。

（荆门在湖北境内，这是从四川出三峡到湖北。）

我近年来一直很忙，主要是教学、带研究生、专题科研、社会工作、学术会议等加在一起，没有秘书协助，培养的学生也不能找出合适的助手，因此不能应付多头活动，并不是在外面活动很多。今年夏香港有大规模学术会议，我未去；今冬还可能争取到拉丁美洲做短期访问研究，我也放弃了，就是因今春已去台湾两月，要腾出时间来读书与研究。暑假烟台美国史会议，你妈竭力怂恿，我也未去。这都是要争取多留出一些时间来。10月要去成都为双亲合葬，准备搞一小型纪念活动，并参加树德校友50周年聚会。会后可能要到昆明参加郑和国际学术会议，也要对方出机票才去，否则也不会去的。逝者如斯，不舍昼夜。匆此问

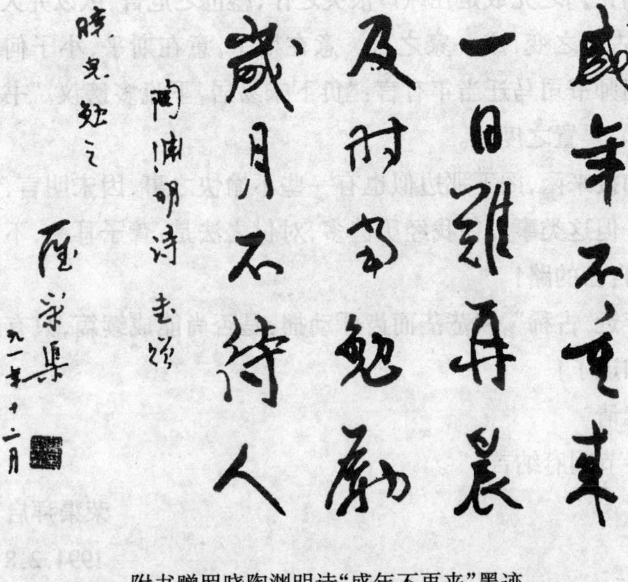

附书赠罗晓陶渊明诗“盛年不再来”墨迹

你们安康,问小丁丁健康进步!

爸爸

1993.8.23晨

《现代化新论》出版后答友人书

（致杨祖陶、萧静宁）

杨兄、萧姐:

寄来明信片收到。过誉之词,不敢当也。实不知拙书[指《现代化新论》]之完成是在风口浪尖之作,盛世之危言,欲以究天人之际,通古今之变,成一家之言。意在斯乎,意在斯乎,小子何敢让焉!祖师爷司马迁当年有言:“负下未易居,下流多谤议。”书成是福是祸,早置之度外。

前接来函,阁下那边似也有一些不愉快之事,因未明言,未便打听。但这类事以往我经历甚多,对付之法是:聋子耳朵,不予理会,走自己的路!

年近“古稀”,视茫茫而齿牙动摇,是否尚能成续篇,只有老天爷才知道了!

恭请

春节阖府纳吉

荣渠拜启

1994.2.8

鸡年除夕

对国内形势发展不应悲观

（致李树岭、罗晓）

小李、罗晓：

得知罗晓也获得临时性工作，深为欣慰。你们两人经过艰苦奋斗，总算初步打入加拿大社会。在国外全靠自己，工作来之不易。这就是你们要尝试的新生活体验了吧！丁丁在那里学习也不容易，他的成绩也使我们甚感高兴。

你们一直对国内形势很关切。只是你们看到的报道都是西方观察家的言论。他们都是从西方人的视角来看中国，不免有危言耸听之处，事实上是当前世界以东亚形势为好。经济持续增长必然带来许多新问题，这都是发展中的问题。我们把西方人几百年经历的变革压缩到数十年内来完成，这就是问题症结之所在。西方人对此大惊小怪，实在可笑。经济高增长引起中国的深刻变革，有向好处变，也有向不好处变，两者都有。但总趋势是好的，完全没有悲观之必要。要说悲观，世界的前景倒是令人悲观。现代化带来全球性的生态危机与发展性危机，恐怕将日益增长，只是在一两代人中不一定感觉非常突出罢了。Post-Deng 是无法预言的，因许多因素难以估计。今天城乡居民的实际收入都在相当程度上提高，储蓄暴增，这不是国家稳定的明显指标是什么？《黄祸》不知何所指？在国内未听说过此书，只见过《第三只眼看中国》。只是中国人口如此多，农村如此大，中国式的发展道路如何走法，并未真正解决。也许车到山前必有路，到时候总会走出路来的。

我也买了新的电脑，Data 牌，台湾组装，386，彩显，约 7100 元；喷墨打印机，1850 元；两者共计约 9000 元，这是家中近年最大的“投资”。我主要使用 Windows 3.1，比 DOS 或 WPS 要简便得多，只是没有人教，自己摸索还是相当费力。聂梅回来探亲，给了重要的指点，时间短，尚未能掌握。我嫌拼音输入方式仍是很慢，今后主要用来写较为定形的文稿。常武、东东可能会学得比较快些。亲自实践，总算对现代人工智能有了一点感性认识，其妙无穷，未来发展看来是不可限量也。

从 8—11 月，每月都有会；假期中赶写一篇有关传统文化研究问题的稿子。明天起程去烟台出席东方文化研究会的讨论会。天气很热，无兴趣外出，是被拉夫去的。8 月下旬准备去宁夏视察（全国政协组织）。

爸爸

1994.7.31

科学研究不可脱离现实去闭门造车

——给一位大学老同学的9封信

(致段其湘)

一

其湘兄:

我于1981年去美国,刚才返国数日,即看到你去年3月份来信,知你尚活在人世,欣喜之情,难以言喻。

自1948年你突然离校回四川之后,似乎只收到过你一封来信,也语焉不详,只估计你大概在家乡做什么工作。后来北平解放,书信中断,迄今已30余年矣!解放初期,到处打听你的消息,一直找不到任何线索。后来同班老同学见面时,也常问到你,我都无言以对。因此估计你也许已不在人世,否则很难以解释为什么解放后这样长的时间内你从未与过去的朋友发生过任何联系。

奉读来书,一方面感到高兴,一方面十分怅望,所高兴者,足下在30多年之后,忽发思念故人之情,还没有忘记我;所怅望者,30多年来,人世沧桑,我们这一代人大都在过渡中过渡过去了。来信提到的一些人,我所知道者有:田余庆与我同在北大;杨祖陶在武大哲学系;陈迹在新华社任对外联络部主任;吴世俄1957年挨了整,前几年才返回北师大;彭庆遐在北京一中学当校长;许世华

1957年遭祸,文化大革命中自杀身亡;龙丽侠因为一件桃色事件之牵联,严遭整肃,境况十分凄凉;本人在这些年中在学术、事业两方面均一事无成,但总算幸存起来,此其可告老友者也。

1949年初,我离北大去哈尔滨学习俄语,未成,又返北大,毕业后分配在中苏友好协会总会研究出版部工作;办《中苏友好》杂志、《中苏友好报》,至1956年,以向科学进军名义返回北大历史系,讲授世界现代史,20余年来,一直在世界史特别是美国史、拉丁美洲史、欧洲史范围内打圈圈。北大这些年的情况你是知道的,风云变幻,这里一直是一个晴雨表,由于我生性爱好独立思考,自然经常得罪权贵,挨过许多批判,几经风吹雨打,但总算1957年幸免于祸,这大概是比你略胜一筹之处。

刚刚回国,又值春节,较忙,惟见故人鸿雁从天而降,不胜雀跃,匆此奉复,书不尽意,云天遥望,伫候回音。专颂

春节好!

弟罗荣渠顿首

1982年旧历元月初二

二

其湘兄:

2月6日来信收到。虽然对你这30年的艰难处境仍不甚了了,但作为同时代人,我是完全能够理解的。解放初期,你为什么一直不同我们联系,这一点我们仍然难以理解,我只能猜想你也许在一个保密机关工作,所以才六亲不认了。至于1957年以后的情况,你不用说我也是知道的了。但仍然非常想知道你现在的处境:

如何生活，是否已经结婚，有没有孩子，等等。如果需要什么帮助，也请不必客气。你是我们同辈中最有才华者之一，从寄来的论文中，仍然可以感到你的博学多识，感到你的孜孜不倦的精神。屈原放逐乃赋离骚，左丘失明厥有国语，诗三百篇大抵皆圣贤发愤之所为作也。当此老成凋谢、青黄不接之时，吾辈当有“小子何敢让焉”的精神，激流勇进才是。我想，像你这样的人埋没在县城中实在可惜，但目前调动工作又十分困难，特别是当此精简的风头上。能否考虑就近调到成都？我在川大没有很熟的朋友，但成都四川师范学院有一朋友，过去是我的学生，现在大概是一个当权者，你如有意动一动，我可以设法为之介绍，如何？

感谢你对我的过高的赞誉，惶恐！惶恐！半生虚度，一事无成。几年前曾写一小诗以自解嘲，今录此以博老友一乐：《五十述怀》（调寄沁园春）［参见第635页］

来信提到契丹文的问题，我不知有什么人可以请教。有一好友去荷兰Leyden研究，他回来之后我可以代你打听一下，也许他知道一些线索。匆此即问

教安！

荣渠

1982.2.18

三

其湘兄：

放假后我一直忙于给中国大百科全书撰写一些美洲历史考古方面的条目，之后到济南参加拉丁美洲史研究会的年会，会后又到

泰山和曲阜匆匆一游，最近刚回来。原来计划回成都一行，也抽不出时间；如10月中旬以后能抽出时间，仍准备回去，否则明年事情可能更多。

来信说要开创一代新学风，开创新的学术途径，我颇为欣赏这种鼓劲精神。只是当今之事甚为难办。知识分子不再是“老九”，也不过是“老八”而已，搞不出什么名堂。中国不是苦于资本主义之过多，而是苦于资本主义之不足，其中之苦果，现在已开始尝到，看来还要相当长期地尝下去。狂者进取，狷者有所不为，我还是欣赏狂者的。小子，吾党之士狂简，进取不忘其初！

荣渠于北京

1982.9

四

其湘兄：

春节后泉州之行甚佳。这是我第一次去福建，特别先去福州、厦门一游。各处寺庙香火甚盛。名胜地并不令我特别吃惊，唯郑成功、林则徐、陈嘉庚三人之事迹颇令人肃然起敬。偶想近代中国各省中除福建外，似再找不出第二个省一下子出了三个这样卓绝之人物者。

泉州之会，主要是关于中国科学技术史与中国海外交通史问题，我是应邀去谈所谓中国人发现美洲的问题的。会议进行平平，但会外的活动很精彩，看了泉州著名的木偶戏、高甲戏、黎园戏，都有很高水平。中国自唐宋以后，文化南移，许多精华保存在地方戏曲之中，身临其境，果然名不虚传。还有南音大会演，可惜没有听到,是唯一遗憾。泉州之古迹也跑马观花去逛了一下。泉州海外交通史馆对有关古迹的资料,整理较好,印成专册。还有一些阿拉伯的碑石,也都汇集一处。可惜我这些年不搞海外交通史,加之时间匆匆,未及细观。我认为你是非常有必要去泉州一行的。只是这种机会不多。

因这学期课程较忙,写书之事,已半途停下来,这些都是在10年以前早应完成之事,现在来做,是为了"补课"。解放后,各人条件和处境有所不同,比起某些人来,我们可能落后;比起另一些人来,似乎又在中游。有时我甚至想在60岁以后退出历史舞台,余生之年可以自由地随兴之所至写点什么。我们这一代的确是来日无多了。我们的主要任务是为国家发现人才、培养人才。根据我的接触,在30岁左右的青年人中仍有一批有思考力之人,只要政治稳定下去,我认为他们定可以超过我们这一辈,因此向前看仍然是乐观的。中国正在变革,我想总的还是在向好的方向变。

荣渠于北京

1984.3.30

五

其湘兄:

这期《历史研究》上的拙文,是针对目前报刊上的一些歪风邪气而发,并非有兴趣钻故纸堆也。你一读就明白。现在我尚未收到这期,如有单行本,我将尽快寄给你,请你仔细看看,提出批评意见。因此文准备收入《拉丁美洲史论文集》,不当之处,尚来得及修改,所以务必请你看后不客气地提点意见。因你对西北史地比我在行得多，所以你一定要助我一臂之力。《论文集》快要交出版社，意见希能尽快寄我为感！

目前中国学术界仍然大多是“遵命”之作，独立的真刀真枪的作品是很难出世的。从美国回来之后，想先写一本介绍美国今日状况的书，不少朋友闻讯，都好意地来泼冷水，劝不要写。这些是经验之谈，不好违俗，决定不写了。

荣渠于北京

1984.4.26

六

其湘兄：来信收到。

你虽用显微镜缩小了所提意见的分量，但我用放大镜仔细看，也没有发现什么可使我“火冒三丈”的东西！

拙文只是就中国与拉丁美洲的一点少得可怜的间接接触做一篇文章，所以多是丝绸、瓷器之类。文化来往么？对不起，非不为也，是不能也。即使有机会到拉丁美洲去，恐怕也未必找得出来。

至于要在中国文化问题上做文章，完全可以在别的题目上去做，根本不必扯到美洲去。近来似乎出现了“文化热”，最先好像是从上海冒出来的，北京则有×××等人在“尊孔”，但在青年中似乎对此不感兴趣，要走自己的路，不再跟着老头子跑。

我关于现代化的研究，第一篇在下期《历史研究》刊出，很可能是你讨厌的文章，因为属于“空洞的理论”，定当再次洗耳恭听你的尖锐评论。8月，在天津举行高校史学理论研讨会，我是主持者之一,到时可能要发表更大的"空洞的理论"。我主张虚实并举。单靠乾嘉一套"朴学"或"实学"已经不够用了,该虚就得虚,该空就得空。真空之后才能实。说到底就是要把马克思主义的史学理论中的许多问题进行反思——不虚不空怎么行!

最近碰到美国纽约市立大学一位华裔教授,他想搞三个研究项目:一、中国与犹太人的关系;二、中国与非洲的关系;三、中国与伊斯兰教国家的关系。如果能在美国搞到一笔钱,就可以约请国内一些人搞起来。三个题目中第一题最有希望,因为犹太人舍得出钱。我想起你过去对第一、三题都有过兴趣,不知是否还有兴趣搞。如果他们搞到钱、找到钱,我可以推荐你参加的,——如果你愿意的话。不知你是否快要退休了,今后如何打算!

我想你的确有点"与世隔绝"了,这大概也是你挑选什么数学语言学这类研究题目的原因之一。我当然非常支持你能建立新的系统,但不知你的系统是实证性的,还是冥想式的。如果是前者,在与世隔绝的条件下是绝对不可能建立起来的,如果是后者,那只不过是想入非非而已,建议你最好把研究成果拿出来与有关的研究者看看,闭门造车,是永远不能合辙的。

北大学报已改为专题性的,历史专业每年只有一期。匆此即问

文安

弟荣渠

1986.6.14

七

其湘兄：

来信收到，是口授的信，可见仍在病中。好些否？

我感到非常遗憾的是，来信对于你这次所遭的变故和生病状况，只字未提，实在不清楚，是怎么一回事。

不久前，收到一封未署名的信，说你遭丧子之痛，痛不欲生，使我大吃一惊。匆匆发了一个电报和寄了点钱，本想再去一信，不想今年春节我特别忙，加之对你的一切，近年是一无所知，我至今不知你的家庭生活情况，甚至也不知你家的地址。老实说，我对于你这个人迂阔以至于此，是很有意见的。因此，写信的事才一直拖到现在。

看到来信，仍然不知该说什么才好。你每次来信都是海阔天空，从不接触实际，说什么"人不过是生物放在政治圈里"等等，何补于事？生存在这个世界上，为了生存，一是要抗争。我们一辈子都吃亏在太老实。二是要适应，适者才能生存。不适者即使是恐龙这样的大动物也要绝种的。清高是没有出路的。古人早说过："此辈清流，可投浊流！"我觉得你念了一辈子历史，愈念愈迂，良可慨也！你说写了几十万字的著作，写的什么？为什么要写这么长？谁看？谁出版？怎样不考虑这些问题？你回顾了几十年所走的道路，常常反思，这当然很好，但回顾不能只反思客观条件，是否也反思一下自己主观上有什么缺点和毛病？我们这一代人的确是岁月蹉跎，已付东流，即将准备退出历史舞台——只是站在舞台的边缘上，实际上从未登上过舞台。想到这些，我近来特别感到一种紧迫感，急于想抓紧时间追回一些损失来，但看来已为时过晚矣！

你对形势的看法，我深有同感，独举目斯世，求攘利不先、赴义恐后之人已不可多得，潮流所至，泥沙俱下，势不可挡。但我对未来并不过分悲观，只有经济变革可能带来深层的社会改造(即使倒退到资本主义也不可怕)，即使可能会大乱一阵，我看中国历史数千年不断，不绝如缕，未坠于地，总还是有不少积极因素源远流长。我们别的事情干不了了，为往圣继绝学仍可在力所能及范围内做一些。但只有符合历史大趋势的绝学才可能继续下去，否则是必然要淘汰的。

我的现代化研究，进去之后发现问题很多，非在总体上从头估价不可。这样就愈来愈庞大，暂时收不拢来，宁慢勿滥。最近写成一长文，载《中国社会科学》今年第 1 期，另函寄上，阅后请提出意见。

下周末去昆明云大历史系讲学两周。这是 1946 年离昆后第一次返回。今年母校 90 周年大庆，届时我想邀在京老同学聚会一次。一别 40 年，大多数咫尺天涯，不见一面。匆此即问

痊安！

荣渠顿首

1988.3.11

八

其湘兄：

你说“这一生基本上上了一个大当”。我认为这句自我评语也“有一点分量”。我们都是如此，只是环境毕竟有所不同，我在上当

之后仍然要挣扎，并不逆来顺受，也许这几年日子才好过一点。你当然也不想顺受，但长期躲在自己的那个壳壳之中，等别人来解放你，这样就等了一辈子，冤哉！枉矣！你的“集合论”不知是什么深奥的学问，但愿真的30年后人们一定要引用。虽然我毕竟有点怀疑，如果是自然科学和纯哲学，大概可能有这样的事；如果是社会科学，大概不可能。因为当今已没有脱离现实的社会科学了。

路，走是有的，除非自己不走，就没有走投无路的时候。顺颂

春祺！

罗荣渠

1989.2.25

九

其湘兄：

来信收到。给刘叔谅写的砚台题字早已完成，一个月以前就寄给你了，请仔细查一查。如已丢失，只好另写，但在11月中旬以前没有空时间。最近的确病了近一个月时间，热感冒长期不愈，奈何！

寄来的目录，粗粗看过。我认为第一、二章与以后各章并不相干…… 写这样大的题目，不知掌握了什么材料，因我斗胆估计你不可能看到近二十年西方新著，如何能就这样的问题发表总评性的意见，韦伯的书也不知成都能找到哪些？估计都是一些随想式的文章。如敝人的妄论有误，请勿见怪老友间之直率。

我早就建议你写地方性的东西，阁下不采纳，好大喜功。上次寄来的语言学论文，推荐给学报，他们认为太狭窄，不愿发表，我也

不能干预，不知原稿是否已退你处？你过去还寄几篇稿子在我处，我也不知如何处理。

8月去山东一行，那边见到一位哲学系的青年人，就地取材，调查研究，已写了几本书，很有特色。这是我对你的建议，阁下不屑于做。我虽钦佩你的治学勤奋精神与思想火花，但康德在小城市研究世界大问题的时代早已过去。

弟荣渠拜启

1994.9.10

讨论《发达国家现代化道路》一书的4封信

（致丁建弘）

一

建弘同志：

来信收到，也仔细看了提纲，正准备复信时，因别的事情耽误下来。下周我又要去上海开会，想到先把信回了，但不知把原信放在何处，如停下来就拖到月底，所以决定还是凭记忆所及先写回信。请原谅。

我对你们的提纲总的印象不错，搞得很快，人马齐全，而且各章之中都有一些新意（仅就大纲而论），不只是旧的通史教材的重复,这是我特别要强调的。但由于参加写作者人数较多,不可能完全要求一个标准,一个规格,应允许有大同中的小异,质量上的不平衡性也难免,同时,提纲与完成的文章毕竟还是两码事,故还要抓紧做更大的努力。

目前提纲中我想到的问题有:

一、题目,原题我记得是“发达国家的工业化(现代化?)……”(?)可否改得确切些。例如,《通向现代化工业国的道路》,《通向发达国家的道路》等等。

二、现代化过程中的工业化,与传统的通史教材中的工业化概念有所不同,后者只是把18世纪后期到19世纪中叶的经济大变革称之为工业化,其他国家只是模仿这一过程。这是狭义的工业化。现代化理论把从农业社会向工业社会的大转变看成是一个巨大的世界性过程,现代生产力的发展不是一次完成,而是多次多阶段的演进过程。这样,工业革命就不只是一次完成的,应有多次工业革命不断接力赛跑,就像多级的火箭推动一样。如果这个观点可被接受,那么,现代化过程就不能写到本世纪初为止。就西方发达国家而言,工业化——现代化也只能说到本世纪下半叶才基本实现(加上工业化向不同社会层面的扩散)。提纲中对这个问题不大明确,是一个主要弱点。似乎是以本世纪初作为写作的下限,这是个值得研究的问题。

三、各章在体例方面的似也有一些问题。对多数国家而言,工业化是在19世纪后期才启动的,但提纲中大多在此以前分出一章,这样如写到本世纪下半叶,两章就打不住。而有些国家则不分章。这似乎要发挥某些国家的研究优势,但的确涉及体例与安排问题。

这是我想到的几个大问题,是否妥当,请注意。至于各章中可能想到的问题,等我找到提纲后再谈。

你们的书写好后,仍按原议,纳入我的《丛书》,为此我得设法去找出版资助,除非这个问题根本无法解决或是书的质量大成问题(我想不至于如此)。

罗荣渠

1992.12.13

二

小丁:

春节好!假期前我曾匆匆草写一信,想早已收到。有何见教,未见回音,最近我找出寄来的大纲,仔细看一下,把问题再明确一下。

大纲是分头草拟的,大都是年青人,内容也都各有一些新意。我的总的印象是好的。问题是目前在体例结构方面还很不一致。因为这不是一本论文集,既然作为一部整体著作,就要提出一些共同的要求;请大家共同遵守。一是分章的原则,英、德、美三国显得过于庞大,德国尤为突出,显然是因两人分头写,因人设庙,这个问题如何平衡一下,似可考虑每个国家都只列一章,或俄、日、法也都列为2章;二是断限不一致,这对论文写作是无所谓的,对整体的道路就不大妥善。例如日本只写了明治维新,显然太短一些。似乎有点19世纪发达国家现代化的味道,这样就可以修改题目,也未尝不可。但美国一章上限又拖得太长,似可取消。如专门写19

世纪，就要大家都明确这一点，增加一些横的比较，这样才能有较大特色。

这是两个结构上的大问题，请考虑如何办。我建议最好初稿写成之后在今年暑假（洪朝晖也要回来）召开一次写作者讨论会，统一认识之后，再分头回去修改。年底再集中，由你统一定稿，这样较为成熟一些，不宜搞得过于匆忙。（根据我组织集体写作的经验，都经过两三次反复，很少一次完成者）。目前学术界的主要毛病都是短频快，搞急就章，一本本出书很快，质量多不高，似不值得仿效。这次东北师大也立项写资本主义国家现代化史，他们已有一部很粗糙的成果为基础，毕竟比从头起步容易一些。这样，就有一个比较与竞争的问题。

这些意见是粗粗想到的，供你们研究参考。

罗荣渠

1993.2.14

三

小丁：来信收到，也给被甸阅过。

我认为此书一直写到战后并不困难，只要文章向下延一些就行了。是否写下来，意义大不一样。写到一次大战，只是从现代化角度来写一部近代史；拉下来，此书就有了现实意义。把原先预定一年时间完成的工作，延长到一年半或两年完成，问题就解决了，并不困难。当然，如果你们感到实在有困难，也不勉强。只是将来还要另外组织人来写下部分了。

（摘自 1993 年 3 月 10 日信）

四

建弘兄：

来信收到，你们工作进程很快，可喜可贺！

《发达国家现代化的历程》一名，相当一般化，可以另取美名。只是“发达国家现代化道路研究——向工业化社会的转轨”一名也不好。第一，书中所述的是西欧北美日本，当初并不是发达国家（原来的书名有同样的毛病），你们拟编的第二卷可以称之，第一卷不能称之，只能用地区性名称；第二，向工业社会转轨也不理想，因为这是一个大转变的过程（Great transformation），一般很少用转轨之谈（只能在个别场合勉强使用），第三，取消发达国家之名，也可避免了俄国一章作者的不同意见，俄国一章如缺掉，似不甚妥当。

既然想再写下卷，何不一气呵成，直通下来，效果将大不一样，书的销路也大不一样。多花一点时间，出更好的成果，我认为比目前的半截子成果要好得多。

6月来京再面谈吧！

（摘自1994年4月10日信）

谈《现代化新论》的写作及1994年的国际学术活动

(致罗荣泉)

在《现代化新论》中持史家的严谨态度。1949年以后的事未能入书,就是因为还不能下笔。我另有论文评论之,立论尖锐,写好后一直未发表。前年底才发表在《中国社会科学季刊》(香港出版)上,国内《学习》杂志(人民出版社出版)拿去再刊。今日的中国社会科学研究是很难办的,但如不敢冒任何风险,一味求稳,就只好什么也不写。科学总是需要一种献身精神的,只要力所能及,总要捍卫中国知识分子的良知。当然,立论要力求谨严,福祸避趋有时非人力所能为也。

年轻时写作是想成名成家,但时代和主客观条件又不允许;老来时写作,条件稍好,但风险仍时时在左右。这就要有看破红尘的思想准备。此事颖如有时也为我担忧,我当然还是较为小心,但又绝不为潮流所压倒。忧忧乎难哉!前两年多次险象环生,我都处之泰然。"曾经沧海难为水",为此专门请人刻了一个印章。尽管是"秋虫仍悸雪后霜",但还是敢于"漫驾笔波学楚狂"也!……

6月,我要去挪威卑尔根参加北欧博士生的一个夏令班,讲一课 Chinese Interpretation of Chinese Modern History(中国人对中国近代史的解释)。

10月,我将在京召开一个国际学术讨论会,题目为:“东亚现代化的历史经验”。这是第一次在北大自己主办的会,向英国王宽诚基金申请了一些资助,国家教委补助1万元。因学校有专门办理国际会议的机构,一般事务性工作可以解脱。

(摘自1994年2月2日信)

来日无多自应抓紧时间奋进

(致李树岭、罗晓)

小李、罗晓:

久未与你们写信,因为今年我的一个主要任务是召开一个国际学术讨论会——东亚现代化历史经验国际学术讨论会,全部工作都自己动手,学生们没有经验,我必须“事必躬亲”。会在11月7—10日举行,到会正式代表40余人,国外代表10人以上,来自日本、美国、比利时、荷兰、韩国、中国台湾各一人。有些代表临时因故未到,稍有遗憾。会开得很成功。就历史系而言,也可说是第一个自己召开的国际会议。我在会上做了题为“深入探讨东亚现代化的历史经验”的Key speech[主题发言],也很成功,会后准备编论文集。这样的会,准备在后年再开一次。

另寄这篇文章是我今年在政协的发言的扩大,原送《光明日报》,他们不敢登,现在《东方》(东方文化研究会的新刊物)刊出。你们读后可谈谈意见。

《现代化新论》评为北京市社科一等奖，但不知为何迄今未颁奖。

“吾生也有涯而知也无涯”。我正处在自己事业学术的高峰，来日无多，自应抓紧时间奋进，其余皆不足虑。

你们与丁丁的每一事业与学习上的进展，都使我很感兴趣。生活就是战斗。继续奋进！

北京正在上演80多集电视剧《三国演义》，气势宏大。《狂吻俄罗斯》是一部写到俄罗斯做生意的倒爷的故事，可能很有趣，但尚未见到。

新年到了，祝你们与丁丁在异国欢欢喜喜过个年！

爸爸

1994年12月11日

谈切除前列腺增生手术情况

（致罗荣泉）

我于1月6日进入北京医院，先做各种检查，13日进入手术室，前后约4小时（正式手术估计在2个半小时左右），取出前列腺增生部分重102克，输血800c.c.。这次手术由医术与医德都很好的陶大刚教授主刀，麻醉也很成功。因是点名手术，公开收费手术医师200元，麻醉师150—200元，不收红包。

术后头几天甚是苦痛，主要是护理不尽如人意，挂瓶冲洗6

日，因有的血块不尽冲出，经过几次要求抽取血块，才算使冲洗任务转为较顺利。第 7 日停止冲洗，从尿道中安装尿管挂尿袋，9 日开始拆线，伤口无感染，长得较好，再后 2 日撤尿管，尿流也畅，只是出现尿失禁现象，这一功能至今尚未完全恢复。28 日出院回家调理，1 月后复查。

切除是最为可靠的手术，而手术进行良好，时间安排也很紧凑。北京一个月均未下雪，这些都可谓是“吉人天相”了吧！只是术后元气大伤，类似一次“剖腹产”。目前脾胃和身体都很虚弱，估计调理一个月会大有好转，准备找中医开些调理的中药补进之。

来信在病榻中收到。所提出版父亲纪念集方案容我再仔细考虑。不交出版社出书主要是为了省钱，这对图书馆收藏并无影响。目前关键是印制费用所需多少，必须具体调查研究后才能确定，难以主观臆测。《四川文史资料选辑》已经发表之稿不宜再印，主要是考虑到既已公开发表在刊物上，当以散发公开出版者更有社会效益，即使购买贵一些也无妨(考虑抽出复印费用是否可省一些)。如再自己重印，估计所省也有限。因这类资料分赠的数量估计不会很大，这也是我主观估计，请你计算一下。

12 月底在京开会见到隗瀛涛教授。他说据他的学生在省博物馆查阅，那里还有一些父亲的字画，估计是未登录者。我请他回去后请人去找出那些字画的名称或编目，他已答应。此事你可再去一信，告知我因病住院，故未能直接去信，同时也可加强你与他的直接联络。这些收藏，只能在查清其名目之后，才好去借阅或拍照，我们并无收取回来之意。

(摘自 1995 年 2 月 3 日信)

对外孙学习进步的鼓励

（致丁丁）

Dear 丁丁：

你写的 The Story of Life 收到了。热烈祝贺你在渴求知识方面取得的巨大成就，因为就你的小小年纪来说，这的确是“巨大的”学习成就。你的文章记述整个生物和地球的历史，使我大吃一惊。文章中的许多地质学和动植物的名称，我都没有学过。我像你那样大的时候，只爱看一些连环图画和讲故事的书。你比我们那一代人小时候的知识真是大多了。一代胜过一代，人类世界才有进步。

我很欣赏你在文章结尾对现代生态危机敲起的警钟，如果动物灭绝，人类也将会灭绝。

知识的海洋宽广无际，孩子！奋勇地去游泳吧！

外公

罗荣渠

1995 年 2 月 28 日

指导写作《西方资本主义的文化历史根源》等文的七封信

（致王加丰）

一

加丰同志：

《西方传统文化与资本主义现代化》①一文我已看过。看得出你为写这篇文章花了很大的功夫，搜集了很多资料，其中有些是新资料。就目前国内发表的此类文章而言，无疑是一篇有较高水平的文章。

但感到遗憾的是：此文花了很大力气，但它的着力点选得似乎不太准确。原文第一节把力气用到追溯西方文化的古典传统方面，作为一篇历史论文，是可以的，带有一些纯学术性味道。从读者着想，我认为着力点应放在西方文化与现代化的关系方面，而不是放在探讨西方文化的渊源方面。

第二节从竞争精神、经济理性、对科学技术的探索、扩张冒险四个方面来阐释"现代精神因素"，是列举式的写法，写起来省力—

① 该文题目最后改为"西方资本主义的文化历史根源"（见罗荣渠主编：《各国现代化比较研究》，陕西人民出版社1993年版）。——编者

些,但中心观点不突出,例如,用了很大篇幅来写教会与地理大发现的关系,从文章内容本身来说,这一段写得很有意思,可以独立成篇。但作为一篇独立论述海外扩张的文章,又嫌不足,因为除教会因素外,别的因素也应提到,同时结尾应说明海外扩张与现代化之关系。

第三节从中世纪的法权关系来说明西欧传统文化的特征,可能是很有价值的一部分,梁治平似乎就写过这方面的文章。这一节给我的印象是写得太深,纯粹就法权角度立论,有些地方是否有些夸大?平等与契约的法的因素是有的,但要发展成为普遍原则,适用于所有人,还需要许多条件,并非轻而易举。作为法学思想源流的研究,很有意思;作为现代化研究,似不如 Nath 对所有权问题论述的清晰和脉络可见。

总之,这文章很难写。“西方传统文化”一词似也不很理想。西方的传统文化与现代文化一脉相承,不像非西方国家那样,现代化是外来的,传统文化是土著的。这个词似不如“西方文化传统”好些,但题目太大,总括一切,非一篇文章说得清的,我也不知如何写才好。但中心主题似在说明传统与现代化有密切联系。西方现代发展的许多因素,虽然是一“创新”,但其根子在前现代时早就萌芽;西方的许多现代化特征其实都是原有的文化特征在新条件下的发展。不用写得很多,例如:在经济上抓住西欧封建制下的城市和商业与现代资本主义经营方式中的某些联系,在政治上抓住西欧封建制下的议会与主权关系对现代资产阶级民主制的某些联系,即可,重点在传统与现代化,重点不在文化传统与现代化。这样似乎好写一些。

这文章的确不好写，我没有成熟的想法，需要反复讨论。你对这个问题思考和掌握的材料较多，关键是在文章中要形成较明确的命题，即理论性的红线，才能把零散的材料串起来。现将原稿寄回，请你再考虑一下如何修改。你在北大时写的一稿以多元结构的弹性为中心，似乎较此稿明确一些。

罗荣渠

1991年3月10日

二

加丰：

来信收到，原先不知你生活相当困难。你如早告诉我，在京时可以多给"中心"做一点翻译、校订工作，给你一点补助。现在已有些晚了。可能我还可找到一点翻译，但近来一直很忙，没有时间去安排。能争取出国最好，这样在经济上也可以得一点"外援"。

文章还是要写的。关键是此文难度大。你对这个问题还没有真正弄得很明白；第二，你对文章的着力点也不够明白，还是写一般历史论文的视角。这些都是当前我们研究现代化碰到的新问题，并不是你本身的问题。让别人来写，问题也一样存在。

我想主要应把握两点：一、该文研究的是西方现代化的初始条件，说明这些条件只有西方有，东方国家没有；二、该文要说明西方形成现代化道路的模式，是在西方文化传统的土壤上生出来的，传统与现代化有承续性，不是完全背斥的。最近台湾来了一个学术团体与北大学者座谈，谈到中国的民主化问题时，我就提醒他们：西方今天的多元化民主体制，不是现代化之后才冒出来的，它是西方中世纪封建制的多元制在新条件下的发展,而东方没有这种传统,不可能一下子抄袭西方的政治现代化模式。

写这篇文章的一个目的,是要打破把现代发展——现代经济增长看成单纯的经济学方面的问题的观点,以有助于建立我们的综合的多因素互动的现代化理论。韦伯的理论还要仔细思考一下。最近可寄一复印文章给你,启发思考。

我5月底访问韩国(尚未最后决定),6月初去荷兰出席一个国际会议,因此搞得很忙。

问教安!

罗荣渠

1991.4.7

三

加丰:

来稿收到。你写得快,说明用功勤奋,孜孜不倦,主观上是力图把这篇文章写好,这些都是要充分肯定的。我的几位博士生要有你这种精神就好了。

可惜这篇稿子不大理想。主要是你的着力点不对头。《西方文化传统与现代化》,这个题目太大,难度极大,只能大题小做,不可能面面俱到;关键是如何把握论述的中心。我认为,中心是分析西方封建制度结构,特别是偏重在精神、宗教、知识结构、文化方面,有哪些因素的凑合,有利于后来的资本主义导向,向资本主义演变。

你的文章中心点在于说明欧洲的海外扩张有内部原因,不仅是资本主义萌芽的“冲动”，结论是海外扩张加上近代科技革命，最后就导致工业革命，1. 第一节中谈的大多是经济情况，与文化传统关系不大，一开始就把文章做偏了；2. 第二节讲教会，这本是重点，但文章中心点在扩张，只讲教会与扩张的关系，扩张并不等于现代化，不可能一步跨过去；3. 第三节有一些新意，提出了竞争这个有重要意义的机制，但只是落脚到扩张之上；4. 第四节近代科技产生，是一个重要问题，放在这里只能顺便提出，不可能把问题讲清楚，也没有提到科技革命，就一下子跳到“这一切发展最终导致工业革命”的结论。

我的印象是，此文似乎还不如上次你写的文章，那里还从希腊罗马的文化传统谈起（我记不清楚，似乎如此），此文则是在扩张开创了一个新时期上做文章。扩张主要表明西欧发展产生的转变，它本身还不是现代化，也不是工业革命，甚至也未必引向工业革命，这中间还有许多环节。因此，我看目前的文章可加以修改，作为讨论西欧海外扩张问题的文章发表，最后一段论科技则又庞杂而不切题。

我认为根本问题是你在这个问题上思路复杂，没有真正清理出明确的论证路线来。写文章有时是当局者迷。索性冷却一两个月，再看看材料，想得清楚些再写，好吗！主要想好一个切入点再动手。

大连见面时再谈，我为会议写的文章也是讨论郑和与哥伦布航行之比较的，估计会上这个问题会有若干篇文章，这样可以列为一个大题目来讨论，推动研究的深入。很高兴能看到你在这方面提出有新意的论文来。

学术鉴定书想已见到，不知是否会有帮助？

匆此即问撰安！

荣渠

1991.8.25

P.S.——我看可不必再在《西欧文化传统与现代化》上费力气了，索性把题目缩小，就你较熟悉和有研究的问题来写，但要求是专论性的，而不是泛泛议论。此信写得很匆忙，意见未必贴切，仅供参考而已。

四

加丰：

你对我的身体的关怀，语重心长，意见都很正确，谢谢！的确最近发现已经瘦了一些，自然也老了一些，今后我自然要注意劳逸结合。你借的书的事我再查一查。

第二封信谈到你对论文的新想法。我觉得思路开阔，想法也是对的。我建议你仔细读读 Shiomo Avineri 的 *Marx and Modernization* 一文。记得我上课时给你们印发过此文。他提出马克思在“市民社会”分析上的贡献超过韦伯的“新教伦理”的观点，很有见解，这就与你的关于市场机制的想法接近，但市民社会的提法还更全面些。

目前的问题是，你似乎仍然把问题搞得太宽太大，这样在一篇论文中很难收拢。我所要求的是在“传统与现代化的关系”这个大栏目下，从不同侧面、不同地区的现代化加以论证。你的论文是从西欧方面加以论证，中国方面的论证找不到人写，我自己又没有时间，只好把《为什么不会有中国哥伦布》一文暂时充数。因此，你的文章不要面搞得很宽，而要说明一两个问题，有一定深度，不要谈很多经济方面的问题（市场机制主要是经济问题）。不要把一本书包含的内容压缩在一篇文章中，这很难写好。提问题最好要有现实启发性。

寄去我在日本的论文一篇，阅后请提出意见。

问好！

罗荣渠

1991.11.24

五

加丰：

先后来信均收到。年终一直很忙，迟复为歉。

《东亚的崛起》一文因时间仓促，匆匆写成，来不及仔细推敲。有些问题也不是一时说得清楚的，要不断深化，不断再写文章。你的看法我都同意。

你对所承担的文章很动脑筋，我非常赞赏。此文不好写。我也没有固定的看法。只能再提醒你几点：

1. 文章要从中国人如何理解西方文明的角度去写。最好在开端指出，中国享有很高的古典文明，但却未首先进入现代化；西方古典文明低于东方，但却首先进入现代化，何故？由此引出主题，有针对性，不是从西方文明史的大题目来写。这样，写“资本主义文化的产生”不合适，也文不对题（你的文章讲的不是这个问题，也不可能讲这样笼统的问题）。我总觉得你一下子就把问题想得非常之大，这样就不可能不是把一本书的内容压缩在一篇文章中。因此，首先在思路上要变一变。

这本论文集叫《各国现代化专题研究》①（暂定），第一编讲传统与现代化的关系。因此，最好从比较的角度着眼来写；但不是把中西对比起来写，这样太费劲，只是处处加以照应，显示出西方文明即使在封建时代，与中国古典文明就不相同，而这种不同正是西方（西欧）最早通向现代化的一个重要背景因素。因此，题目最好叫：《西欧现代化与西欧历史传统》，或《西欧现代化与西欧文化传统》……一目了然。

2. 在这个大题目下，不必大题大做，可以大题小做，即只从西欧传统文化中找出几种关键性的因素，分析一下它与西欧走向现代化的关系即可，用不着去设想一个大的系统，去研究它们之间的联系（提到即可）。例如：个人主义传统、基督教传统、西欧中世纪的封建体制……大概可说是人们公认的重大历史传统特色。这些东西，特别是基督教很难说它与资本主义发展有什么直接联系，因此，着力点就是要善于找出这些因素在什么条件下转变成为创新因素、推动科技突破的因素，自身变成推动传统变革的思想力量或形成有利于变革的文化氛围；而现代化的启动与推进，又反过来加固某些文化因素，如个人主义，或改变某些传统，如基督教，etc.。不要求去分析西方文明的整体或思想体系。

3. 此文只要沿着韦伯的方向走就可以了，把韦伯提出的观点

① 最后本书定名《各国现代化比较研究》，陕西人民出版社 1993 年版。——编者

结合东方的历史对照(不用多讲),从历史变革的角度说明两三点就可能了。一篇文章有一点点新意,或对一个老命题提出一点点新的论证就可以了。切忌贪多求大,这样很容易食洋不化,自己设置一个爬不过去的障碍。文化对经济增长起多大作用,是难以科学论证的。

好的文章推动人们去思索,去启发人,不是要去解答一切。

此事说来容易做来难,我也没有成熟的想法,只是你提出来,我临时想到这些,不必成为你的框框。我相信你勇于探索的精神一定能把这篇文章写好。

问教安!

罗荣渠

1992.1.13

六

加丰:

8月底寄来一信,10月初又寄出论文,见你如此勤奋写作研究,我是感到很高兴的,只是一直很忙,10月又去四川一行与去昆明参加郑和学术讨论会。为了把论文早些送给马克垚看看,这里长话短说,不说就会忘了。

对你的研究主题,专攻资本主义起源,我很是赞同,只是对你目前的成果却很难满意。论文只是粗粗看过,未必能了解你的精髓,只能说我的印象。印象是内容很泛,讲得很空,马克思的引语很多,好像是一个读书笔记。题目《论资本主义起源的研究对象》就大而无当。何不研究或解决起源中的某个问题,谈论什么“研究对象"有什么意思。

我认为"萌芽"已不必再论了,因为"萌芽"是不成问题的。问题在于"萌芽"不一定就会成长起来,成长需要很多别的条件,这还是应着力研究的问题,而你并未研究。

论文主要是语录引证,这个理论框架,就是填上材料,我认为也是不够的。这一个世纪以来国际学术界的成果在何处?最近布罗代尔的《15—18世纪物质文明》三大卷中译本已出版(三联),不知你读到否?(你在我处只见到两卷英文本),建议你好好读读,这书有不少思想闪光,但整体上说写得很零碎。

罗荣渠

1993.10.29

七

加丰:

来信及修改稿收到。

谢谢你打电话来问候,我家电话已改,估计你不知道新号码,故未打通。

病已基本痊愈,但仍有后遗症(尿失禁),仍在治疗中(中医理疗)。因病积压了许多工作,因此现在非常忙,没有时间看寄来的论文,但受到你一再抄寄稿件的感动,只好匆匆浏览一下,提一点印象性的意见。

二稿比一稿好得多了,新增了许多材料,可以作为一篇资料性文章发表,俄文称之为 kpectomumu ;作为"新探索"论文来要求,则还不够。

1. 此文的最大特点就是罗列了不少过去教科书中未注意的新材料。这种罗列式的写法，很像教材，不像论文。论文可以罗列一些材料，但主题思想必须有明确阐述，而且应是剥笋式的写法，方有深度。

2. 此文对1870—1914时段中世界史或欧洲史的新发展与不同于前一阶段之处所表现的质的变化缺乏整体论述。文中提出了"国际经济"这样一个新概念，但并未加以阐述，甚感不足。工业资本主义世界市场的建立，实际上也是较空泛之论。19世纪中英国的支配和中心地位在这一时期发生的变化（以及怎样变化的），是一个重点问题，文中没有抓住，而是面面俱到，对帝国主义这样重大的主题没有任何触及，更不用说进行新的阐释了。

3. 论文所引之著作暴露出所掌握的关键性著作很少。《剑桥近代史》水平不高，取法乎中，仅得其下。要站在巨人的肩膀上才可能看得更高更远。

4. 论文没有理论思维，只是现象罗列。如能补充19世纪后期到20世纪初国际马克思主义者关于时代的讨论或论争的材料，当可大大增色。

以上是匆匆写下的印象性意见，不一定正确。

目前发表这样的文章估计是没有什么问题的。关键是你以什么标准和规格要求你自己。另一个是思想方法问题，要花大力气突破"甲乙丙丁开中药铺"的写作方法，你的《西方资本主义的文化历史根源》一文就没有这个毛病。

严要求，高期望，这就是我这封信的中心思想，不知是否言重了。

匆此,问学安!

罗荣渠

1995.3.24

附寄两篇文章

商议纪念"四为学会"50周年有关活动的信

(致吴介眉、张合宁)

介眉兄:

5月4日来信早收到,因五六月份是研究生论文答辩时期,工作较忙,迟复为歉。

"倡议书"我完全赞成。悠悠岁月,50年弹指一挥间,回首往事,不胜感慨系之。当年四为同仁确是充满幻想与希望的,但处在中国历史上空前未有之大变革时代,"四为"精神就成为一种anachronistic[与时代不合]的东西了。我如抽出时间,愿写一短文以论之。

关于编小纪念册一事,我认为不必都讲四为的活动,最好能就这大半生走过的道路写一些文章,长短不拘,以反映时代的变革,这样较有意义。

《会铭》我已据记忆改过,大致不差。这些东西一直保存到50

年代后期才销毁了。最近我偶然找出审干时残存的几封信，是文革后退还我的，所以得以保存下来，现复印一份寄回，作为我对50周年的小献礼。这些信中是否有不宜公开的，请你考虑处理。

编纪念册，简便的方法是用电脑排好，复印若干份即可，除非内容丰富有出版价值。“集体自娱”，以这种形式即可。所需费用，我可以补助。

临书匆匆，言不尽意，顺颂时祺！

四为诸友代候！

荣渠

1994.6.5

合宁兄：

5月24日来信早收到。因我上课之外还要忙其他的事，特别是准备赴日开会论文，迟复为歉。

日前刚从日本访问归来，首先考虑把为四为撰文列入最近日程之中，7月份可交稿；也可能在7月末返成都参加联合大学的一次会议，因一再被邀请，如果对方能提供机票，我将返川一行，带回短文；如不能成行，就寄回去。该文我自己用电脑打印，不必在成都再印了。

纪念册设计以美观大方为主，由老兄全权处理，我没有意见。《会铭》也请你手书，我只题写封面好了。其他朋友的手迹也可保留一些。我还考虑把张横渠的四句话单独书写后复印赠与各位会友一份。

《会铭》凭记忆可能有误，按诸位集体定稿为准。

纪念册每人一份即可,是否有必要再留一些复印册?

寄上400元,作为50周年纪念活动微薄资金。

匆此,即问夏安!

诸君统此未另!

荣渠

1995.7.1

手术后科研超负荷运转

(致罗荣泉)

我的手术康复情况良好,非常难得。但仍偶有"失禁",已问题不大。只是近来工作非常忙,许多事件偶然凑集到一起。最近又插入纪念二战50周年论文,已达到超负荷运转。要到6月中旬赴日本开会回来(下旬)才可能喘一口气,这是无可奈何之事。但生命的价值,总要努力发扬才是。

全国政协9月下旬要组团赴四川考察治安问题,我已报名。如能批准(因名额有限),事毕准备在成都多留几天,你可来蓉一起面商编父亲纪念文集之事。待有确切可返川的消息后,立即告你。

合宁来信要我给四为50周年纪念册写文章,6月份以前不可能,我意此册不必印刷,打印若干份即可。我准备捐出四五百元助成此事。如今年能回成都,可再叙一次。

(摘自1995年5月1日信)

在生命的末班车仍当努力工作

（致李树岭、罗晓）

小李、罗晓：

很久没有给你们写信了。寄来的贺年片上有一首致父母的美丽的诗，读后令人感动不已！

我一直很忙，自己知道是在生命的末班车上努力工作，生活得很充实。来约稿的人不少，有时发生一些误算，时间未安排好，就必须拼命去“挤”时间。最近一连在写大文章，争取汇集起来，在明年 70 岁时出《新论》的续篇。

给你们寄去的是为《当代学者展望二十一世纪》一书写的稿。当自己活到一个世纪的尽头而有可能回顾与前瞻时，是感到莫大的喜悦。这是跨世纪之作。你们也只能看到下世纪的前半，到那时再拿出看看，我的哪些预见对了，哪些错了。还有一篇是《走向现代化的中国道路》，等印出来后再寄给你们。

听说你们正在申请加拿大国籍，看来是要变成“外国人”；我暗暗吃惊这个世界正在发生多么大的变化，国家在人们的心目中正在淡化，这大概是二十一世纪的大趋势。听说丁丁还认识到自己是一个中国人，又说不想回来了，孩子们变化多大。我们这一代是在民族主义熏陶下成长起来的一代，总还是有一点说不出的悲凉之感。听说你们举行有十多个客人参加的盛大“家宴”，还是很为鼓舞,这种 Brotherhood 值得赞赏。

芝加哥会议迄今尚未收到邀请,是否能成行尚无把握。我思想上是两手准备。但你们陪同妈妈的美国之行仍按计划进行准备,不必犹豫。

留美学生拍的《新大陆》看过没有?比《北京人在纽约》好得多,我已录制下来,可带给你们看看。

丁丁要学习做一些运动,电视不宜看得太多,将大有好处。

今年怎样过春节?

祝春节好!

父字

1996.2.4

[作者写这封信离他去世仅两个月,也是我们所收集到的作者生前的最后一封信。]

编　后　记

《北大岁月》是《罗荣渠文集》的最后一集。前三集是作者有关历史学和现代化研究方面的论著集，而本集则是他本人在北大近50年岁月的实录。

罗荣渠1945年考入西南联大，1996年在北大燕园突发心脏病去世。在这半个世纪中，他经历了北大发展的四个时期，即昆明西南联大时期、复员后北大红楼时期、燕园北大时期以及改革开放后的新北大时期。本书以日记、书信和诗词这种特殊形式，具体生动地反映了北大这半个世纪的风云岁月，展现了作者在50年风雨历程中为追求真理求索不懈、为民族复兴甘于奉献、虽屡遭磨难仍奋发图强的精神境界和高尚情怀，从中还可以了解作者如何从一个大学生成长为著名学者的历程。在既往的出版物中，回忆北大的文字主要集中于20世纪早期，涉及20世纪后期，尤其像本书这样，系统反映西南联大以来为时半个世纪的北大岁月，尚不多见。

本书反映的历史背景广阔，内容恢弘，视角独到，事实生动。所收日记、书信，多为政治运动中劫后余生，内容丰富而鲜为人知，极具史料价值。作者生前勤于动笔，但有关记述个人和家庭的文字资料大多毁于“文革”十年浩劫。本书所收近30万字大学生时代的日记(1945—1949)，也在揪斗时被收缴，后来有幸返还作者手中，才得以留存下来。日记从18岁入西南联大开其端，翔实具体地描述了抗日战争胜利后到新中国建立前的北大校园生活。其中，1947—1949年记载相对完整翔实，生动地记述了红楼北大时期的学习生活和北大师生反对蒋家王朝、迎接解放的斗争。所收信件主要是写给远在西南边陲的二弟罗荣泉的，两人自小亲密无间，书信频繁，可惜早期信件也在“文革”期间被毁，只有70年代以后的信件被保存下来。解放后，作者已不再记日记，这些信件正好补上了这个空当，时间上与日记大体相接，主要反映燕园北大、特别是改革开放后的北大岁月。书信为作者对亲朋知己的内心倾诉，更具真情实感。有多封书信，读了催人泪下，实非偶然。所收诗词都是旧体诗，写作年代大体与书信相当，在内容上相互补充。这些诗词不仅表现了作者在文学方面的才华，而且以诗言志，为作者心声的真情流露。这部反映50年历程的《北大岁月》，是作者用自己的心血谱写而成的，感人肺腑，发人深思。

由于编纂工作的需要，特成立“罗荣渠文集编委会”，成员有林被甸、周颖如、罗荣泉、董正华、杨玉圣、牛大勇、尹保云、严立贤、王红生、巫永平。罗荣渠夫人周颖如女士和他的二弟罗荣泉先生提供了罗先生日记、书信等多种遗稿，并直接参加了文稿的整理和编辑工作。编委会其他成员都是罗先生的学生，他们分别承担了各卷的编辑工作或参与了相关研究和讨论，由林被甸和周颖如统筹全书并总其成。

具体承担本卷编纂工作的是林被甸先生、周颖如女士、罗荣泉先生。北京大学世界现代化进程研究中心的董经胜副教授和博士生周东华以及王文仙副研究员、刘婷副教授等参加了有关资料核查和校勘方面的工作。

商务印书馆的领导、特别是著作室常绍民主任,为本文集的出版作了精心筹划,给予了大力的支持,在此表示深切的谢忱。